拒马河

上

吴蔚 著

小说 真

中国出版集团
中国民主法制出版社
全国百佳图书出版单位

图书在版编目（CIP）数据

拒马河 / 吴蔚著 .— 北京 : 中国民主法制出版社，2022.1

ISBN 978-7-5162-2759-6

Ⅰ. ①拒…　Ⅱ. ①吴…　Ⅲ. ①长篇小说—中国—当代 Ⅳ. ① I247.5

中国版本图书馆 CIP 数据核字（2022）第 013548 号

图书出品人： 刘海涛
出 版 统 筹： 石　松
责 任 编 辑： 姜　华　高文鹏　鲁铁凡

书　　名 / 拒马河（全二册）
作　　者 / 吴　蔚　著

出版 · 发行 / 中国民主法制出版社
地址 / 北京市丰台区玉林里 7 号（100069）
电话 /（010）63055259（总编室）　63058068　63057714（营销中心）
传真 /（010）63055259
http: //www.npcpub.com
E-mail: mzfz@ npcpub.com
经销 / 新华书店
开本 / 32 开　880 毫米 ×1230 毫米
印张 / 22.5　**字数** / 627 千字
版本 / 2022 年 2 月第 1 版　　2022 年 2 月第 1 次印刷
印刷 / 三河市宏图印务有限公司

书号 / ISBN 978-7-5162-2759-6
定价 / 68.00 元（全二册）

内容简介

北宋大中祥符三年（1010 年）是宋辽签订“澶渊之盟”后的第五年。自宋辽盟好以来，双方以拒马河为界，礼尚往来，通使殷勤，表面上也算相安无事，但暗中间谍渗透一直在进行。清明节这天，离拒马河不远的晴川酒肆本应冷冷清清，却陆续进来几批客人，他们中，有誉将天下美酒喝遍的酒鬼方偕，有位列天下画师之首的玉清昭应宫画师武宗元，有高丽使者涂颂以及宋廷接伴使陈丽；有契丹第一剑术高手、南京神武军总教头刘遂，以及由他保护化名进入宋境的辽国皇帝长女耶津燕哥；有寇准夫人宋氏身边侍卫明未光，有大宋副使崔可道之女崔玄妙；还有界河巡检司副长官赵振，雄州机宜司武官赵探，河北最高军政长官李允则的亲信侍卫白锋锐……酒肆内，几方人物各怀心思，气氛微妙。

而在同一天，往常很少露面的雄州知州李允则，与高阳关副都部署杨延昭两位边关重臣同时现身拒马河畔，似乎将有什么大事发生……

总目录

目　录
CONTENTS

宋辽成为友好邻邦以来，每年均要互派使节。互访名目繁多，固定的有：贺正旦，即每年正月初一，两国互派使节祝贺，类似于民间邻里互相走门串户的“拜年”；贺生辰，逢皇帝、皇太后的生辰，互派使节祝贺，当今大宋真宗皇帝赵恒生辰谓“承天节”，辽太后萧绰生辰称“顺天节”，辽圣宗耶律隆绪生辰称“千龄节”。非固定的有：贺新皇帝即位，贺对方取得重大战事胜利，通报重大政事活动。另外还有祭吊之事，主要是互慰皇帝、皇太后驾崩，赠先帝珍玩等。

春风袅娜，轻黄浅绿，正是一年中最温柔、最和婉的时节。春日里的拒马河水波浩荡，堤堰蜿蜒，杨柳依依，藻绿荇青，风光别具。白沟河与南拒马河相汇之处，南岸河畔有一片高大茂密的山荆子林。山荆子为野生乔木，在河北一带随处可见，暮春开白花，晚秋结红果，且经久不落，颇具观赏性。虽然都是白色花朵，山荆子花却属于稀松平常的那种，既无梨花的冷艳优雅，亦无海棠之妩媚娴美，足够普通。乡人常将树叶晒干，代作茶饮，果子既可以生吃，亦能用来酿酒。

当时何承矩命人在拒马河至海河一线修筑塘泊、开浚水道，以限制契丹骑兵南进，因宋辽仍处于对峙时期，何承矩担心辽人知悉后出兵阻止，便有意掩人耳目，谎称自己钟爱蓼花，开塘是为了种植红蓼。这一策略居然十分成功，时人均称“何六宅爱蓼花”。清人陶澍吟诵此事道：“疆分辽宋一河流，往迹燕云十六州。漫诩金戈通雁塞，谁将玉斧画鸿沟。江南卧榻嗔鼾睡，冀北家山失首丘。赖得蓼花何六宅，经营塘泊类诗囚。”

这一场酒宴所引发的，不仅是北汉宰相郑珙肚肠腐烂而死，还令辽国一夜之间变了天。辽世宗耶律阮册封北汉刘崇后不久，亲率诸部南下增援北汉，途中军中叛乱，辽圣宗遇弑，汉人皇后甄氏及原配皇后萧撒葛只均同日被杀。辽穆宗耶律璟即位后，依然履行与北汉的盟约，派五万精兵与北汉合兵，攻打后周。然后周抢占有利地形，一举击败汉辽联军。北汉与辽损兵折将，烧营夜遁。经此一役，北汉只能偏居一隅，难以再与后周相争。

岐沟即《水经注》所谓奇沟，亦曰祁沟。唐朝末年，大唐国势衰落，北方契丹日益强盛，唐朝为抵御外患，于岐沟河东岸设关，因水得名，取名岐沟关。四周筑土城，土城南北宽一百三十丈，东西长，北城一百三十丈，南城一百五十丈，高三、四丈，形势险要，更有岐沟河为天然屏障，自此成为兵家必争之地。后梁龙德元年（921 年），耶律阿保机南侵，夺取幽州和涿州后，又占领岐沟关，从此岐沟落入辽人之手。

杨文广后来也成为抗辽名将，曾在范仲淹帐下带兵，并跟随名将狄青南征。后世将杨业、杨延昭、杨文广祖孙三代的抗辽事迹演绎为《杨家将》的故事，广为流传，家喻户晓。《杨家将》很早即在民间流传，据欧阳修《杨琪墓志》，早在杨家将第三代杨文广还在世的时候，他的祖父杨业和父亲杨延昭“智勇号称无敌”的故事，便已经是“至今天下之士，至于里儿野竖，皆能道之”。这些故事虽非完全真实，但它反映了广大人民对杨家将的怀念和颂扬。

此地别燕丹，壮士发冲冠。
昔时人已没，今日水犹寒。

——骆宾王《于易水送人》

第一章 拒马泠泠

宋辽成为友好邻邦以来，每年均要互派使节。互访名目繁多，固定的有：贺正旦，即每年正月初一，两国互派使节祝贺，类似于民间邻里互相走门串户的『拜年』；贺生辰，逢皇帝、皇太后的生辰，互派使节祝贺，当今大宋真宗皇帝赵恒生辰谓『承天节』，辽太后萧绰生辰称『顺天节』，辽圣宗耶律隆绪生辰称『千龄节』。非固定的有：贺新皇帝即位，贺对方取得重大战事胜利，通报重大政事活动。另外还有祭吊之事，主要是互慰皇帝、皇太后驾崩，赠先帝珍玩等。

落日苍茫里，秋风慷慨多。
燕云馀古色，易水尚寒波。
岸绝船通马，沙交路入河。
行人悲旧事，含愤说荆轲。

——傅若金《拒马河》

人间佳节唯清明。

与唐代“清明时节雨纷纷，路上行人欲断魂”感伤凄迷画卷不同的是，宋代清明节融汇了寒食[1]、上巳[2]两个民俗节日，已不仅仅局限于扫墓祭祀，赏春、游乐、斗草、踏青、秋千、蹴鞠等亦成为岁时习俗，节日娱乐性大大增强。

山川异域，虽风月同天，然风土人情，各各不同。河北一带讲究“早清明”[3]，意即上坟、祭扫诸事须得在清明前数日完成。而到了真正的清明节当日，红男绿女艳妆浓饰，倾城而出——踏青、看花、挑

[1] 寒食：中国传统节日，一般在冬至后一百零五天，清明节前一二日，是汉族传统节日中唯一以饮食习俗来命名的节日。古人很重视这个节日，按风俗家家禁火（据称是为了纪念春秋时被烧死的晋国名臣介子推），只吃冷食，故名“寒食”，亦称“禁烟节”“冷节”“百五节”。古往今来寒食诗中，以唐人韩翃《寒食》一诗最为著名（唐德宗阅此诗后立授韩翃“驾部郎中、知制诰”显职）：“春城无处不飞花，寒食东风御柳斜。日暮汉宫传蜡烛，轻烟散入五侯家。”唐代制度，清明当日，皇帝宣旨取榆柳之火，赏赐近臣，以示恩典。这一仪式有两处用意：一是寒食节结束，可以开始用火；二是借此提醒大臣们多向有功也不受禄的介子推学习，多勤政为民。

[2] 上巳：源于上古的传统节日（上古时代以“干支”纪日，三月上旬的第一个巳日，谓之“上巳”），原为“祓禊”之日，即在水边举行祭礼，洗濯去垢，消除不祥。魏晋以后，上巳节改为三月三，逐渐成为水边饮宴、郊外游春的节日。一说上巳节是为了纪念华夏始祖轩辕黄帝。相传三月三是黄帝的诞辰，中原地区自古有“二月二，龙抬头；三月三，生轩辕”的说法。

[3] 本书中所有风俗、物产等，均取自相关地方志史籍，可能会出现与今时不一样的情况。生态环境持续恶化，导致许多美好的物种和景象先后消亡，只能永远留在了史籍记载中，这是人类社会发展的遗憾。又，作品注释与正文互为补充，凡已注释的人物及人物关系等，除非特别必要，正文中均不再叙述。

菜、簪柳，不一而足——翩翩游赏，终日不绝。时人描绘此景为："倾城，尽寻胜去。"可谓贴切之极。

今年是"澶渊之盟"后的第六个清明节。自景德元年（1004年）宋辽两国[1]盟好以来，边境再无兵戈之苦，两国礼尚往来，通使殷勤。宋廷于白沟河与南拒马河相汇之处设白沟驿，专事接待来往使者。白沟驿遂成雄州乃至大宋的地标建筑[2]，亦是地处两属地[3]的寥寥几处大宋官方机构[4]之一。

彼时大宋、契丹均为东方强国，大宋经济尤为发达，而雄州是最前沿、最敏感的雄藩大镇，地位远高于一般州城，宋廷于此设河北缘边安抚使司。既是辽入宋第一站，负责外事接待的白沟驿自然规格极高，非但馆舍豪华，且戒备森严，有兵士把守，常人难以靠近。

[1] 公元916年，辽太祖耶律阿保机统一契丹各部，建契丹国。到公元1125年，契丹被女真灭国，契丹国号几次改变，史界统称辽朝。但实际上，北宋中前期，宋人多称辽朝为契丹、辽国或大辽国，后期才逐渐出现"北朝"的称呼，但契丹、辽国仍是宋人最常见的称呼，本书中辽国、契丹、辽及辽朝予以混用。又，早在"澶渊之盟"之前，辽在与宋朝来往的文件中就已自称"北朝"。宋真宗景德元年（1004年），宋降将王继忠（其人故事参见吴蔚作品《天圣铜人》）奉辽主之命写信给宋廷，信中称："北朝钦闻圣德，愿修旧好。"虽出自一位降将之手，但"北朝"实际上是辽方的自称。"澶渊之盟"后，辽方在与宋方往来的正式文书中，即开始正式以北朝、南朝代指辽、宋，但辽民间甚至辽官军仍普遍称宋朝。

[2] 北宋末年，金兵攻下宋都汴京（今河南开封），徽、钦二宗被掳北上，龙图阁学士、签书枢密院张叔夜随行。至宋辽边界，有人高喊："过白沟河（拒马河）了！"张叔夜以死不入辽境，遂于白沟驿扼喉而死。南宋末年，同样经受亡国之痛的文天祥作有《过白沟河吊张叔夜》一诗吊唁。元朝定都大都（今北京）后，白沟驿一带衍变为白沟镇（今河北省高碑店白沟），成为中国北方远近知名的水陆码头，以"燕南大都会"之美誉闻名遐迩。迄今，白沟仍为商贸重镇，闻名海内外。又，北宋末年蒋兴祖女所记"雄州驿"，非白沟驿，当位于雄州城内。参见《续资治通鉴长编》所记：宋神宗在位时，辽方指责宋方在"白沟增修馆舍及添驻兵甲"，在"雄州修馆驿，作箭窗、女墙、敌楼生事"。据此推测，雄州驿当是宋神宗朝方才修建。

[3] "两属地"，即拒马河南、北两岸的缓冲地带。宋两属地为宋雄州归信（归义改）、容城两县北部地区，大致范围为雄州拒马河南岸自界河往南三四十里的广大地段。两属地居民称"两属户"，用现代话说，即同时拥有宋、辽双重国籍。即便宋辽"澶渊之盟"已约定以拒马河为界，界河以南（包括界河本身）均为宋境，大宋亦对拒马河南岸两属地有管辖权，但辽方仍然会定时派人越过界河，到宋两属地向两属户收取赋税、征发徭役。此为历史遗留问题，亦得宋方默许，具体形成过程，可参见本书《后记》。

[4] 此处"大宋官方机构"，不包括宋界河司沿界河（拒马河。即"澶渊之盟"中所称"白沟"）所设军寨、巡铺等军事机构。

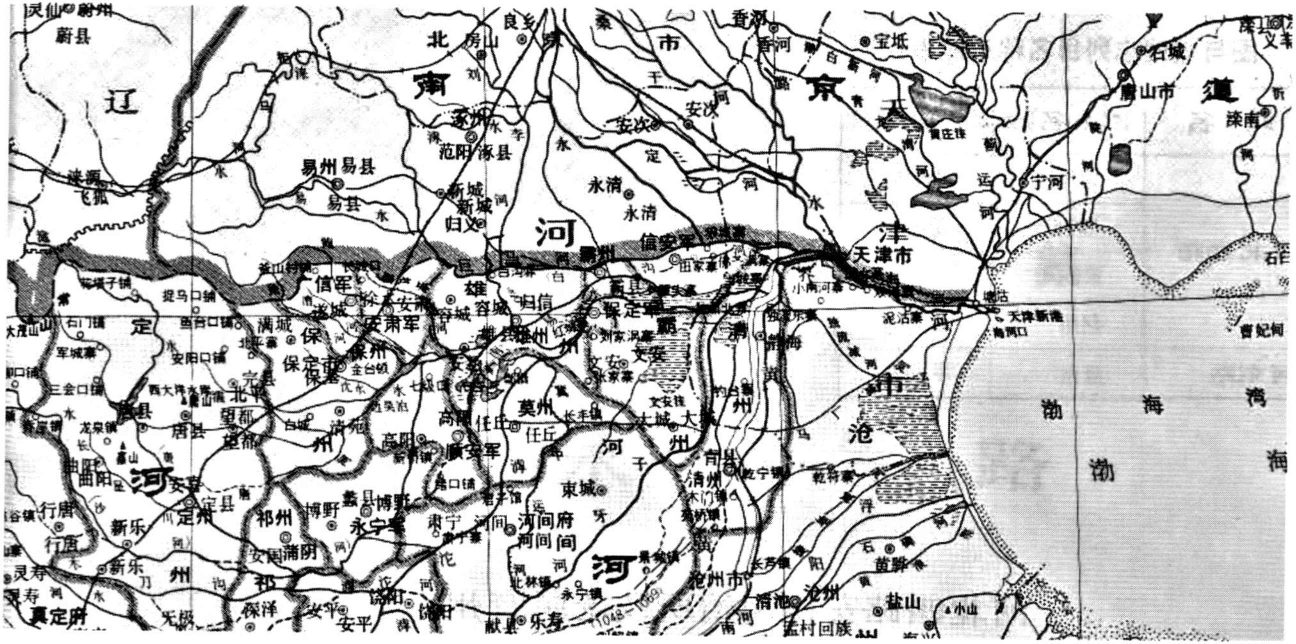
辽
北
京
河
易州易县
范阳
新城
归义
永清
安次
香河
宝坻
唐山市
滦南
宁河
天津市
天津新港
渤海
渤海湾
雄
容城
保定市
安肃军
信安军
莫州
任丘
河间府
沧州市
盐山
定州
祁州
蒲阴
安平
饶阳
深泽
新乐
行唐
灵寿
真定府
曲阳
唐县
望都
博野
束城
献县
乐寿
清池
孟村回族
永宁镇
曹妃甸

宋辽边界

宋辽成为友好邻邦以来，每年均要互派使节。宋人有诗云：“雄州乃剧藩，喉领塞南地。译通老上庭，道系单于使。”即吟诵此事。

互访名目繁多，固定的有：贺正旦，即每年正月初一，两国互派使节祝贺，类似于民间邻里互相走门串户的“拜年”；贺生辰，逢皇帝、皇太后的生辰，互派使节祝贺。非固定的有：贺新皇帝即位，贺对方取得重大战事胜利，通报重大政事活动。另外还有祭吊之事，主要是互慰皇帝、皇太后驾崩，赠先帝珍玩等。

当今大宋真宗皇帝赵恒生辰为十二月二日，谓“承天节”[1]。辽太后萧绰生辰为五月初五[2]，称“顺天节”。辽圣宗耶律隆绪生辰为十二月二十七日，称“千龄节”。故而于白沟驿而言，一年之中，有两段时期格外繁忙：一是上半年的二月至三月；二是下半年的九月至十月。

先说下半年，宋方要派出三队使者——名义是三队，但同时出发，官派扈从随行人员基本一致——一是贺国主生辰使，专贺辽圣宗“千龄节”；二是贺太后正旦使，专向辽太后萧绰贺正旦；三是贺国主正旦使，专向辽圣宗贺正旦。贺生辰使、贺正旦使各置有正使及副使，分别由文臣、武官担任，通常于九月出发，最晚不迟于十月。

而同样，辽方也会在相同时段派出两队使者：一队使者为贺生辰

[1] 以帝王生辰为节日，始于唐朝。开元十七年（729年）八月初五，这一年是唐玄宗四十四岁生日，群臣上奏建议把皇帝生日与端午、七巧、重阳等节日一样，定为“嘉节”。于是唐玄宗李隆基的八月五日降诞日便定为“千秋节”，大宴群臣于花萼楼下，并规定朝官休假三天，以示庆贺。宋袭唐制，皇帝上寿制度化，成为朝廷重要的礼制之一。宋太祖赵匡胤生日称为“长春节”；宋太宗赵光义生日初称“乾明节”，后改“寿宁节”；宋真宗赵恒生日称为“承天节”；宋仁宗赵祯生日称为“乾元节”；等等。

[2] 古时习俗，五月是恶月，五月初一到初五则是恶月中的恶日。而“重五”五月初五则是一年中最恶的日子，是一年中毒气最盛的一天，阴邪之气为至极。在这一天出生的孩子极不吉利，会克父母，所以民间一般会弃而不养，或另改出生日。战国时期齐国贵族田文即出生于五月初五，其父田婴交代小妾将这个出生日不祥的儿子淹死，但小妾爱惜亲生骨肉，还是暗中将他抚养长大。后田文成为田婴四十多个儿子中最有出息的一个，号孟尝君，与赵国平原君、楚国春申君、魏国信陵君合称“战国四公子”，在当时享有盛誉。五月初五出生的名人还有宋徽宗赵佶，赵佶有意将自己的生日改成十月初十，并把这天定为“天宁节”。迄今，“重五”的俗忌在中国民间某些地方仍有沿袭。楚国贵族屈原也死在五月初五这一天，世人为了纪念他，这才有了中华民族的传统节日——端午节。

使，专贺宋真宗“承天节”；一队使者是贺正旦使，专贺新年。两队使者亦是同日出发。

从大宋京师汴京到边镇雄州，与大辽上京[1]至宋辽界河拒马河，距离大致相等，故而两方使者往往会相会于白沟驿。

再说上半年，每年二月间，大宋照例要派出贺太后生辰使，专贺辽太后萧绰“顺天节”。而前一年出访的宋辽两方共五队使者也大概于此段时期各自归返母国，均要经过雄州。若是时间赶得凑巧，便会有六队使者聚集于白沟驿。

作为大宋占地最广的驿馆，白沟驿确有同时接待六队使者的能力，但驿馆及雄州地方官员也会因此而忙得不可开交，几近焦头烂额。等到使者离去、完成收尾，往往已莅三月，是以每逢清明，白沟驿均会放半月长假，是法定七日[2]的一倍有余。即便假期结束，若驿馆役使人员家中有事，也可以申请延长假期至四月，故而雄州本地有“白沟寒食一月节”之语。

然今年的清明节，却是个例外——

白沟驿馆内外遍布兵士，全副武装，如临大敌，非但气氛紧张，

[1] 辽有五京，分别为上京临潢府（遗址在今内蒙古自治区巴林左旗林东镇南。为辽太祖耶律阿保机所筑，初名皇都，后改称上京，设临潢府，为辽代五京之首）、中京大定府（遗址位于今内蒙古赤峰市宁城县天义镇以西约十五公里的铁匠营子乡和大明镇之间的老哈河北岸，是上京陪都，为辽国咽喉）、东京辽阳府（今辽宁辽阳，原为渤海国所有）、南京析津府（今北京，又称燕京，即“燕云十六州”中的幽州，辽南京在唐代幽州城基础上建成）、西京大同府（今山西大同，即“燕云十六州”中的云州，是辽重要赋税收入基地。辽景宗耶律贤即病逝于大同焦山行宫）。又，辽国尽有大漠，浸包长城之境，因宜为治。辽帝保持着先人在游牧生活中养成的习惯，四时巡行，秋冬违寒，春夏避暑，随水草就畋渔，岁以为常，四时各有行在之所，谓之“四时捺钵”（“捺钵”为契丹语的译音，意为辽帝的行营），故而辽帝一年四季大部分时间都不在皇宫，大体是春天在鱼儿泊捕鹅、在混同江（今松花江）钓鱼，夏天在永安山避暑张鹰，秋天在伏虎林射鹿，冬天在广平淀猎虎。可以说，辽政权中枢在马背车帐之上和四时捺钵之中。而作为国都的上京（皇都）和中京（陪都），主要是辽帝接见宋、西夏、高丽等国使节的地方（有时也会直接在捺钵接见使者），带有礼仪的性质。尤其值得一提的是，辽帝在中京接见使者后，仍然会到皇城外停驻的车帐中住宿，足见游牧民族习俗影响深远。

[2] 清明放假习俗始于唐代。由于官吏总是请假回乡扫墓，时有耽误职守之事。开元二十四年（736年）二月二十一日，唐玄宗正式颁布政令，敕“寒食、清明四日为假”，以解决官员回乡扫墓祭奠的难题。到唐德宗贞元六年（790年），假日增加到七天。宋承唐制，寒食、清明也放假七天，与元旦、冬至两大节日相同。

就连知雄州兼都钤辖[1]李允则[2]也罕见地露了面。

李允则既是一州之长，又是河北边境最高军政长官，同时兼任河北路缘边[3]安抚使[4]。按照宋廷惯例，地方最高长官不得与辽使直接接触，故而契丹使者过境，通常只由知州副手通判出面接待。自上任雄州最高长官以来，李允则还从未到过白沟驿，今日算是破天荒地头一次。

而且李允则家眷尽留住在汴京，他早已上书朝廷，请求本月回京城探亲，且已获得宋真宗批准；不想假期取消不说，今日一大早便赶来从未踏足过的白沟驿馆，显然是出了大事。

[1] 兵马钤辖：北宋前期，原是临时委派的统兵官，后来成为固定的差遣，有路分钤辖、州钤辖，其辖区一州、一路、两路、三路不等，掌军旅屯戍、营防守御等。以朝官及诸司使以上充任，官高资深的称都钤辖、都钤辖使和副都钤辖，官低资浅的称钤辖和副钤辖。有知州兼安抚使、经略安抚使，又兼路分钤辖的；也有知州兼州钤辖的。王安石变法后，实行“将兵法”，钤辖地位逐渐低落，南宋多成虚衔和闲职。

[2] 李允则（953—1028年）：字垂范。太原府盂县人。李允则祖父李荛是后晋高祖石敬瑭参谋，因建议石敬瑭勿依附契丹而被外贬（“燕云十六州”即由石敬瑭割让给契丹）。李允则生父李谦溥在后晋石敬瑭麾下任职时，曾奉命出使契丹。李氏一族与赵氏皇族私交甚深。李谦溥与赵弘殷（赵匡胤之父）曾是同居一个里门的邻居，李允则叔叔李谦升与赵匡胤更是布衣之交。李允则祖母阎氏当时对赵匡胤很是照顾，后来赵匡胤登基称帝，经常派人将阎氏接到皇宫中叙旧。李允则及其弟李允正虽是因此而步入仕途，但因干练出众，又因赵李两家之深厚渊源，先后得到宋太宗、宋真宗重用，在北方边境要害之州长期任职。李允则妹妹还嫁给了宋太宗次子赵元僖为妻。

[3] 宋代“沿边”特指辽、夏边界的河北、河东、陕西部分边境地区，按照地理远近分为“极边”（又称“缘边”）、“次边”、“近里”三级。北宋“极边”包括定州、莫州、霸州、保州、雄州、安肃军、广信军、顺安军、信安军、乾宁军、保定军等大致十一州军。“次边”包括真定、祁州、永宁军、瀛州、沧州（有史籍将沧州亦划为极边）等。“近里”包括怀州、卫州、相州、磁州、邢州、洺州、深州、赵州等。

[4] 此“缘边安抚使”非后来设置的“路安抚使”。即便后来（宋仁宗庆历年间）宋廷在河北地区设置了河北路安抚使（路级最高长官。驻大名），河北路缘边安抚使（驻雄州。通常由雄州知州兼任）一职依然存在，且始终保持独立地位，与路级安抚司并存至北宋灭亡。后一职务重点在“缘边”，实为边关最高军政统帅，主要管辖界河一线的极边州军及边境事务。

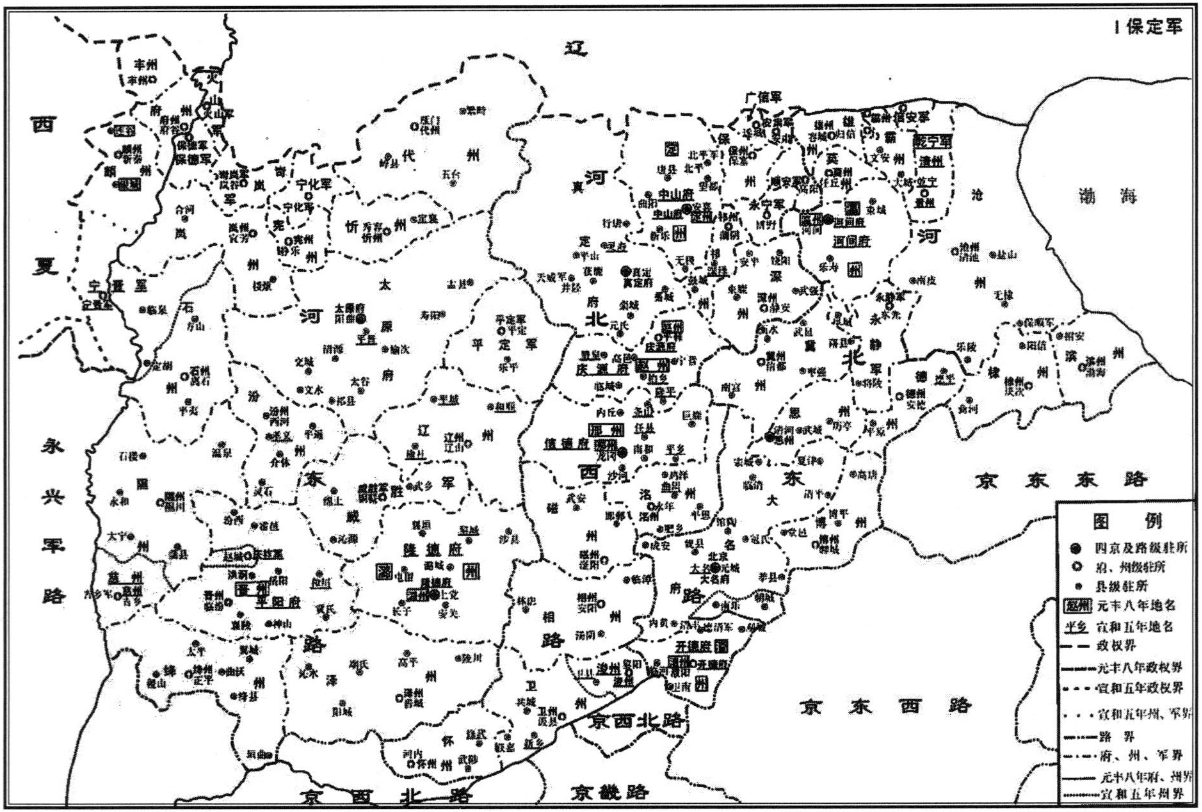
Ⅰ保定军
辽
西夏
永兴军路
京东东路
京东西路
京西北路
京畿路
渤海
图例
四京及路级驻所
府、州级驻所
县级驻所
元丰八年地名
宣和五年地名
政权界
元丰八年政权界
宣和五年政权界
宣和五年州、军界
路界
府、州、军界
元丰八年府、州界
宣和五年州界

北宋全图

更为离奇的是，高阳关副都部署[1]杨延昭[2]——即民间广为传诵的杨六郎杨将军[3]——也与李允则一道现身于白沟驿。

杨延昭是名将杨业之子，自宋太宗“雍熙北伐”后便一直镇守河北边关，是大宋武臣中最坚决的主战派，亦因骁勇善战而令辽人闻名丧胆，契丹称其所守之城为“铁城”。

杨延昭一意收复“燕云十六州”的政治主张，虽与宋真宗一门心思求和大相径庭，然其人名震边关、深孚众望却是不争的事实，宋真宗对其十分器重。“澶渊之盟”后，考虑到北方边境情况特殊，宋真宗亲自挑选、亲笔录用戍守边州官员，杨延昭与李允则均名列其中。

[1] 都部署：马步军都部署的省称。其简称还有部署、兵马都部署等。五代后唐初置，为战时指挥官。宋置于邻接辽、西夏地区，为地方军事长官，掌军队屯戍、防守、训练、教阅、赏罚事务。北宋初年，都部署地位显赫（有史学家认为都部署权位不在三衙长官之下），担任都部署的最低也是团练使（比如潘美平北汉时任职朗州团练使。诸州团练使为武臣之寄禄官，虚衔），是前线各路部署的总指挥，在宋朝统一战争中，往往是最高指挥官的称呼。比如在慕容延钊平两湖时，担任的是湖南道行营前军都部署；王全斌平后蜀时，担任西川行营前军都部署；曹彬平南唐时，担任升州西南路行营马步军战棹都部署；潘美平北汉时，担任行营诸军都部署。随着宋朝对外战略逐渐转为防御，都部署遂有“行营”与“驻泊”之别：“行营”往往用于征讨，多为有重大军事行动或重要战区时临时任命；“驻泊”往往用于防卫。“澶渊之盟”后，宋辽停战，河北都部署均为“驻泊”。宋英宗赵曙执政时，为避皇帝名讳，都部署改称都总管。

[2] 杨延昭（958—1014 年）：本名杨延朗，因避讳宋真宗在“上天书”事件中所臆造的圣祖赵玄朗而改名。又，杨延昭号杨六郎，一说其人在家族中排行第六。唐宋时期流行行第称呼，或按同一祖父，或按同一曾祖内，同辈中按年龄排行。例如范纯粹为范仲淹第四子，但排行第五，故人称“范五丈”（丈为宋代士大夫尊称）。司马光称“司马十二丈”，亦是同理。另一种说法是，杨延昭镇守边防二十几年，辽人对他非常敬畏，以南斗第六星比拟，称之“六郎”，意为天上的将星（七杀星）下凡。南斗六星由天府星（南斗第一星，天文学称斗一，古名令星）、天梁星（南斗第二星，天文学称斗二，古名荫星）、天机星（南斗第三星，即斗三，古名善星）、天同星（南斗第四星，即斗四，古名福星）、天相星（南斗第五星，即斗五，古名印星）、七杀星（南斗第六星，即斗六，古名将星）组成。

[3] 宋代以文制武，武将不用“大将”、“将军”以及“大帅”的“军衔”，仅作为由宗室充任的环卫官及武散官官名，但这些习惯性称呼仍然经常使用于口头和书面语中，是对武人的称呼。杨延昭久在河北边关，名气极大，本人又没有架子，军民均习惯性地称他为杨将军。

杨延昭被钦点上任保州[1]知州兼缘边都巡检使[2]；李允则则接替名臣何承矩[3]，上任知雄州兼河北缘边安抚使。

虽则宋辽成了兄弟之国，然杨延昭与契丹有杀父、杀弟深仇，抗辽心意始终不改。宋廷担心杨延昭有意无意的敌对行为会影响宋辽关系，专门下诏，强令不准杨延昭本人离开保州州城，有事由缘边巡检出马即可[4]。后来更是将杨延昭直接调离保州，改任高阳关副都部署[5]。

尽管杨延昭依旧兼任保州缘边都巡检使及保州界河巡检使，保州仍然是其辖境，但毕竟被调离了第一线，英雄无用武之地，不免很是怅然若失。他多年来只以练兵为务，未曾离开高阳关驻地半步，这次破例来到雄州，料想必是大有原委。

此刻的杨延昭，亦如李允则一般深怀忧色。二人并排站在驿馆东正门前一棵高大的山荆子下，朝着北面拒马河方向，不断举目眺望。

---

[1] 保州：今河北省保定市。因是宋太祖赵匡胤先祖祖坟所在地，宋廷于建隆元年（960 年）在清苑县（今保定东北马庄一带，古属涿郡）置保塞军，寓“保卫边塞”之意。宋太宗太平兴国六年（981 年），改清苑县为保塞县，升保塞军为保州。据《保定府志》：“太平兴国中，以祖宗陵墓所在，因置保州。”宋太宗淳化三年（992 年），李继宣知保州，在今保定市旧城南七里建城，为州县治所，其遗址位于今保定市东南郊，为省级文物保护单位。保州于赵宋王朝有非比寻常的意义，宋廷甚至设有保州敦宗院，专门管理保州宗室（宋太祖赵匡胤祖父赵敬有子三人：长子弘道，次子弘殷即赵匡胤之父，三子弘任。保州宗室即是赵敬后代中除赵匡胤父亲赵弘殷及其后裔之外的族裔）。北宋河北“水上长城”即起自保州西北沉辽泺（今河北省保定市徐水区）。

[2] 巡检与县尉同为宋朝维护基层社会治安的重要武力，前者属军队系统，后者属行政系统。巡检在维护地方治安的任务上所负责任更为繁重。大致来分，县尉负责县城及草市的治安，属于民防性质；巡检则负责维持乡村治安，对付大股寇盗，“不得与闻州县事”，驻所也偏设于地形险要之处，军防性质较强。巡检以武职官员为主，任期稍长。而县尉一般是由文官担任，偶有兼差武臣的情形。宋代的巡检除了按行政区划分的巡检之外，还在河道（如界河拒马河）、沿海、驿道、边境设置专门的巡检，性质近似于今武警。

[3] 何承矩（946—1006 年）：字正则。河南洛阳人。河北水上长城的提议者及主持建造者，深沉有谋略，与李允则同为河北边守中的佼佼者。其子何昌龄娶齐王赵元佐（宋太宗赵光义长子，宋真宗赵恒同母兄）之女太和县主。

[4] 景德二年（1005 年），宋廷敕书：“缘边都巡检使杨延昭，止令在保州，遣同巡检（巡检使之副）往来巡察，如遇群盗，会兵翦戮。”

[5]“雍熙北伐”时，杨延昭之父杨业也挂有“高阳关都部署”一职。宋太祖时，都部署专用武将。自宋太宗始，开始参用文臣，以文制武，多以文臣为正职，武将为副职。杨延昭在任上时，正职空缺，故“高阳关副都部署”一直是河北最高军事长官。又，颇为讽刺的是，杨延昭调任高阳关后，宋廷又给他下《责保州遣兵私越北境诏》：“如闻保州遣兵袭贼（指辽），私越北境疆场之事，尤务宁谧，其令本州按罪痛绳之。”意思是谁与辽兵作战，就是有罪，要求杨延昭予以“痛绳”（严厉制裁）。

正值春暖花开时节，皎花似雪，覆满树冠及枝条。薄阴天幕之下，愈发显得繁花照眼。美景如斯，却也遮挡不住两位老者面上的愁容。

可叹。亦可感。惆怅东林一株雪，人生看得几清明。

河北最高军政长官与河北最高军事统帅同时现身于白沟驿馆，实在太不一般。尤其是杨延昭官任高阳关副都部署，除领高阳关本路兵马外，还兼领镇州、定州两路[1]兵马，负责河北全局军事，非有重大事宜，不得随意离开屯所。如此异乎寻常的情形，旁人看在眼中，不免会暗中猜测：边关是否将有大事发生？宋辽两国是否会再次开战？

自“澶渊之盟”以来，辽国每年白得大宋三十万岁币，于雄州交割接收后，欢天喜地而去，亦少有挑衅之举。

而最近亦未闻未见拒马河北岸有任何异常——正值春汛时期，河水水位上涨不少，辽军大规模南下的话，必须就近制造浮桥等渡河工具，不管怎样掩饰，都会闹出不小的动静——似乎契丹再度侵宋难以成立。

那么会不会是宋方将有重大举措？

须知去年年底时，契丹出了一件大事：辽太后萧绰病逝，且死于距离拒马河仅二百余里的燕京行宫。

这位小字燕燕的辽国皇太后，可是一位相当了不起的人物，在激

[1] 北宋前期，宋廷为了应付对契丹的战争，在河北建立行营部署司，任命武将为都部署，主管或分管部署司下的各战区，形成定州、镇州、高阳关三路防御体系，也是日后划分安抚使路的雏形。定州一路控制太行山东麓的南北大道，因位于塘泊（水上长城）的最西端，属于山麓、平原的接合地带，没有险要的地理形势可以利用，故屯有重兵，其兵力部署在河北当居首位。镇州一路（即日后的真定府路）北端控制着飞狐口，这条道路在北宋初年常常被辽人利用作为南下侵略的通道。高阳关一路重点控制雄州、霸州之间的道路，这条道路是塘泊之间的孔隙（景德之前，雄、霸二州塘水不相接，因名东塘、西塘。后来虽将二塘相连，但冬季结冰，旱季水竭，未为必安之地），辽军数次攻击宋都是自这条道路返回。雄州、霸州均隶属于高阳关路。三部署路各自辖境，可参见“河北四路”插图（此图中的“路”为“安抚使路”，非“都部署路”，但辖境大致不差）。高阳关都部署官位在镇、定路都部署之上。高阳关都部署有时也会兼任镇、定路都部署，以形成一体的防御体系。又，始设于宋真宗咸平六年（1003 年）的传信牌（宋军通信凭证），正反面均刻有“某路传信牌”字样，此“路”即都部署路。

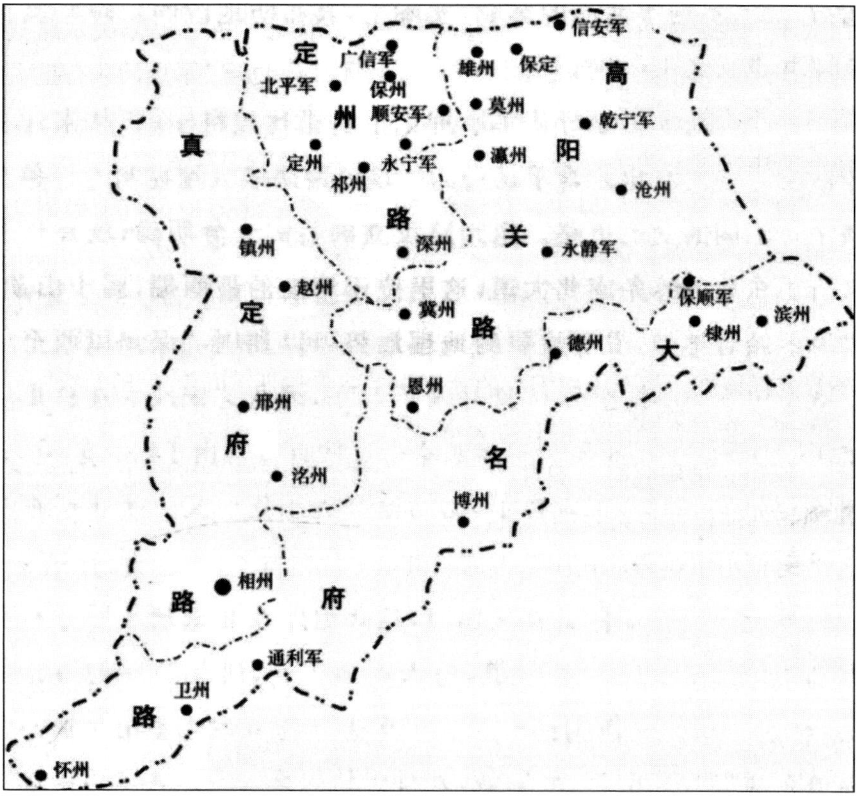

河北四路（前身即为都部署路）

荡风云中脱颖而出，非但是大辽立国以来实际执政时间最长者[1]，亦是最为杰出者，可谓巾帼不让须眉——

契丹跟宋代一样，自开国皇帝太祖之后，便陷入了传位危机[2]。辽太祖耶律阿保机与皇后述律平共有三子：耶律倍、耶律德光、耶律李胡。

辽太祖喜爱长子；述律皇后则钟爱次子，溺爱第三子。长子耶律倍本已被立为太子，号“倍太子”，然辽太祖死后，次子耶律德光得母后述律平断腕[3]助力，高调登上皇位，是为辽太宗。耶律倍被迫让位，黯然离京后，另有一番奇遇，最终去国离乡，死于中原[4]。

[1]辽太祖耶律阿保机在位十一年。辽太宗耶律德光在位二十一年。辽世宗耶律阮在位五年。辽穆宗耶律璟在位十九年。辽景宗耶律贤（萧太后萧绰丈夫）在位十四年。辽圣宗耶律隆绪（萧绰之子）在位共五十年，本为在位时间最长者，但本书故事发生时辽圣宗才刚刚亲政。萧绰在辽景宗登基后即以皇后身份参与国事，加上以太后身份临朝二十七年，总共执政四十年有余，故时间最长。

[2] 宋太祖赵匡胤在位时，未立己子赵德昭或赵德芳为太子。继位者宋太宗赵光义为赵匡胤亲弟，非父子相传，而是兄终弟及，兼之“斧声烛影”迷雾重重，故宋太宗终生背负上了“得位不正”之名。第三位皇帝宋真宗赵恒（母李夫人，李英之女。宋真宗即位后才追封为贤妃、皇太后，谥元德皇后）为宋太宗第三子，既非长子，也非皇后所生嫡子，本非储君人选，在长兄赵元佐（母李夫人，李英之女）因叔父赵廷美之死发疯、次兄赵元僖（生母不详，非嫡子）无疾暴死的情况下，这才勉强进入宋太宗眼中，被立为太子。宋太宗驾崩后，大太监王继恩和李皇后（明德皇后，李处耘之女，初为晋王妃，宋太宗继位为皇后，其子早夭）共同谋划宫廷政变，欲立赵恒同母兄赵元佐（宋太宗长子）为帝。宰相吕端机智果断，一力挫败政变，扶立太子赵恒继位，是为宋真宗。

[3] 耶律阿保机死后，其皇后述律平即以“主少国疑”为由（其实耶律倍已经二十八岁），自行临朝称制，代行皇权。凡是拥护耶律倍的文武重臣，都被杀死为耶律阿保机殉葬，前后杀害了一百多人。轮到汉人大臣赵思温时，赵思温不甘受死，竭力反抗。述律平问道：“你与先帝如此亲近，怎么不肯去呢？”赵思温坦然答道：“先帝亲近之人莫过于太后，太后为何不以身殉？我等臣子前去侍奉，哪能如先帝之意？”述律平当面被将了一军后，立即抽出腰刀，将自己的右手齐腕砍下，下令放进辽太祖棺内。又为自己开脱说：“我并非不想追从先帝于地下，只因国家无主，诸子幼弱，无暇前往。”由此停止杀戮，赵思温也幸免于难。但满朝文武被述律平顷刻间自断手腕的狠辣所震撼，自此畏如虎蝎，再不敢违抗其旨意。

[4] 辽太祖耶律阿保机过世后，耶律德光受母亲述律平支持，窥测帝位。耶律倍畏惧母亲，又不愿兄弟自相残杀，主动将皇位让给母亲述律平更为喜爱的二弟。耶律德光即位后，不但不感激亲兄长的让位之恩，反而派人严密监视耶律倍的一举一动，兄弟关系急剧恶化。后唐明宗李嗣源了解到耶律倍的处境后，出于政治目的，派人密召耶律倍赴中原。耶律倍经过考虑后，决意投奔后唐。他未携众契丹妻妾及子嗣，只带着汉人爱妾高氏（出自渤海郡高氏）及历年珍藏的图书，从辽东渡海，南赴中原。后唐皇帝李嗣源以天子仪卫迎接。耶律倍遂改名李赞华，就此在异国定居。后唐清泰三年（936年），石敬瑭引辽太宗耶律德光率军南下（契丹即由此得到“燕云十六州”），后唐末帝李从珂欲自焚，召耶律倍同焚。耶律倍不从，李从珂遂派人杀死耶律倍，时年三十八岁。洛阳一僧人把耶律倍尸体收敛起来，暂时埋在一个荒山坡上。后辽太宗耶律德光寻访到兄长耶律倍尸体，将兄长改葬在他生前喜爱的医巫闾山（今闾山，位于辽宁省锦州市境内）。

辽太宗耶律德光在位时，曾按母后述律平授意封三弟耶律李胡为皇太弟，意思是将来百年后要将皇位传给耶律李胡，颇类似宋朝的“金匮之盟”[1]。比宋太宗赵光义更有担当的是，辽太宗并没有为了传位给己子而处处迫害皇太弟[2]，反而任命耶律李胡为天下兵马大元帅，执掌兵权，看上去是真心实意要让弟弟继位做皇帝。

只不过世事并非总是尽如人意，辽太宗一死，辽国即进入多事之秋。“倍太子”耶律倍之子耶律阮以嫡长孙身份抢先自立为帝，是为辽世宗。

辽太后述律平得知后大怒，派最爱的幼子耶律李胡率领大军攻打辽世宗，预备以武力夺回皇位。

早有皇太弟身份的耶律李胡虽然勇武强悍、力大无比，但却残忍酷虐，跟其母“断腕太后”述律平一样，极其不得人心。契丹贵族对述律平母子素来心怀恐惧，当然不愿意耶律李胡即位，故为了自身利

[1] 宋太祖建隆二年（961 年）六月，杜太后病危，临终之际，急召赵普入宫记录遗命。据说当时宋太祖赵匡胤也在场，杜太后先是问儿子何以能得天下，宋太祖说是祖宗和太后的恩德与福荫。杜太后当即反驳说：“你想错了！你能够得天下，只是由于周世宗把皇位传给了一个小孩子，使得国无长君，人心不归附。假设周世宗立一个年纪中长的皇帝，天下岂能到你手中？”对于母亲的话，一向孝顺的宋太祖当然只能称是。杜太后这才语重心长地说出了关键的下文：“所以，你要吸取教训，将来将帝位先传光义（赵匡胤弟），光义再传光美（赵匡胤次弟，后改名为廷美），光美传于德昭（赵匡胤共有四子，长子德秀与三子德林早夭，只有老二德昭和幼子德芳成年），如此，则国家有长君，才是社稷之幸。”宋太祖泣拜，说：“儿铭记教诲。”杜太后又对一旁的赵普说：“你也要记住我的话，不可违背。”赵普便将杜太后的话以遗命的形式写成誓书，并在末尾署上“臣普记”，收藏在金匮（音 gui，同柜）之中，称“金匮誓书”。后世对这段“金匮誓书”的故事多有怀疑，认为这是后来宋太宗赵光义与宰相赵普勾结起来编造出来的谎言，目的是为了掩饰宋太宗之得位不正。

[2] 宋太宗赵光义即位后，以弟赵廷美（即赵光美，为避讳改名廷美）为开封尹兼中书令（彼时任开封尹就等于是储君第一候选人），封齐王；宋太祖长子赵德昭为永兴节度使兼侍中，封武功郡王；宋太祖次子赵德芳为山南西道节度使、同平章事。而对宋太祖和赵廷美的子女，均与赵光义的子女并称为皇子皇女。太平兴国四年（979 年），宋太宗伐辽惨败，兵溃后一度失踪，军中欲立赵德昭为主，刚好宋太宗返回，事情遂不了了之。之后赵德昭为北伐将士请功，受到宋太宗严厉斥责，赵德昭激愤之下割喉自杀，死时年仅二十九岁。太平兴国六年（981 年）三月，宋太祖最小的儿子赵德芳神秘暴病身亡，年仅二十三岁。按照“金匮之盟”的顺序，由宋太祖传宋太宗，宋太宗传赵廷美，赵廷美传赵德昭，赵德昭既死，那么就该改传赵德芳。赵德昭和赵德芳先后暴死，金匮誓书上的皇位继承者只剩下赵廷美一人。太平兴国六年（981 年）九月，赵德芳死后半年，针对赵廷美的轩然大波终于开始。赵廷美以莫名其妙的罪名被罢官外迁，随即贬到房州（今湖北房县。以“纵横千里、山林四塞、其固高陵、如有房屋”得名，是历史上著名的流放之地，地处偏僻，条件十分艰苦）安置，两年后死于贬所，年仅三十八岁。至此，所有阻挡宋太宗传子的绊脚石都被搬掉。

益，均果断站在了辽世宗一方。耶律李胡及述律平的军队先后被击败，辽世宗命将这对母子囚禁在祖州[1]，严格限制行动自由。

数年后，曾经不可一世的述律平在极度忧愤中去世。耶律李胡之子宋王耶律喜隐后来亦参与谋反、争夺皇位，耶律李胡最终受儿子牵连而死。

辽世宗耶律阮巩固了帝位，但很快也陷入危机当中。这位大辽皇帝迷恋汉人女子甄氏[2]，不顾群臣反对，强行立甄氏为皇后。甄皇后是契丹历史上第一位，也是唯一的一位汉人皇后[3]，深为契丹贵族所忌。辽世宗迫于汹汹而至的强大压力，终将原配正妻萧撒葛只也册立为皇后，于是辽国便出现了两位皇后并存的局面。

但辽国的局势并未因此而稳定下来。辽世宗倾慕中原文化，大肆提拔汉人入朝担任要职，引发诸多契丹贵族不满。

不久，辽世宗亲自领兵南下，欲与后汉联兵攻打后周。途中发生兵变，辽世宗与甄皇后均在睡梦中被弑杀，另居一处的皇后萧撒葛只也遭到乱兵残害。

辽世宗死后，随征军中的辽太宗耶律德光长子耶律璟立即引军

[1] 祖州：州治今内蒙古巴林左旗西南石房子村，辖境约当今内蒙古自治区巴林左旗、巴林右旗的一部分。此地原为耶律氏世居之地，为辽太祖耶律阿保机所置，因其高祖、曾祖、祖父、父亲皆诞生于此，所以得名祖州，是契丹政治、经济、文化中心之一。耶律阿保机在世时，秋季多在祖州狩猎，为此专门建有西楼。

[2] 甄氏：潞州（州治今山西长治）人氏。后唐时，入宫为宫女。后晋时，依然留在宫中。辽太宗耶律德光攻克大梁（今河南开封）后，将甄氏掳掠北上。此时的甄氏已年近四十，比耶律阮还要大上十岁，但耶律阮对甄氏一见钟情，且迷恋至深，以至登基后力排众议立甄氏为皇后。甄氏为耶律阮生下一子，名耶律只没，字和鲁堇。其人敏而好学，通契丹文、汉文，能诗。辽穆宗耶律璟登基后，封耶律只没为宁王，经常召其入宫。耶律只没与宫女安只产生了私情。辽穆宗得知后大怒，下令对耶律只没处以酷刑，榜掠数百，刺瞎一目，且处以宫刑。极尽侮辱之能事后，又将耶律只没关在狱中，准备当街处死。然尚未行刑，辽穆宗意外被杀，耶律只没异母兄耶律贤（辽世宗原配发妻萧撒葛只所生）即位，是为辽景宗。耶律只没瞬时成了皇弟，被当场予以释放，重新封为宁王，还得与宫女安只成亲。后安只卷入帝后（指辽景宗与皇后萧绰）权力之争，被处死，耶律只没则被夺爵流放。辽圣宗耶律隆绪即位后，萧绰以皇太后身份称制，召还耶律只没，诏复旧爵。

[3] 甄氏因是汉人，受到契丹皇族轻视，死后没有得到谥号。《辽史・后妃列传》中称她为“世宗妃”，不承认她有皇后身份。但后面行文又称：“葬二后（二位皇后指甄氏与怀节皇后萧撒葛只）于医巫闾山（今闾山）。”明显自相矛盾。

诛杀叛贼，又抢先即位，是为辽穆宗。帝位由此再次回归到辽太宗一脉。

但辽太宗兄长耶律倍一系及弟弟耶律李胡一系均有相当的实力，许多宗室贵族觊觎皇帝宝座，辽穆宗地位并不稳固，时时面临挑战——

辽穆宗即位不到一年，辽世宗之弟耶律娄国想自立为帝，被辽穆宗绞杀。

之后数年，先后有辽穆宗亲弟耶律罨撒葛、耶律李胡之子耶律宛、辽穆宗异母弟耶律敌烈、政事令耶律寿远、耶律李胡之子耶律喜隐等人窥测帝位，举兵作乱，均被辽穆宗毫不手软地镇压。

辽穆宗为人暴虐，对近侍极端残忍，常常滥刑滥杀，如近侍东儿仅仅因为送刀、筷等进食餐具慢了一点，便被当场杀死。其人在位后期，因疾恙缠身而酗酒荒政，愈发肆意杀人，经常将近侍杀死后，还要下令锉尸弃海。是以辽穆宗身边近侍日夜提心吊胆，均有朝不保夕之感。

宋太祖开宝二年（969 年），契丹皇室春蒐[1]，辽穆宗在黑山[2]射中一头巨熊，侍中萧思温[3]等大臣进酒庆贺。辽穆宗喝得酩酊大醉后还宫，醺醉之余，还对诸近侍大发脾气，语出威胁。

[1] 春蒐（sōu）：又称“春搜”，指帝王春季的射猎。参见《左传·隐公》：“故春蒐、夏苗（夏季田猎，言为苗除害）、秋狝（xiǎn）、冬狩，皆于农隙以讲事也。”

[2] 黑山自古为北方草原民族之圣山名，具体所在，历代均有所不同，如元代黑山是指今蒙古国境内之肯特山及余脉。辽朝黑山为赛罕乌拉山脉（蒙古语为“美丽富饶的圣山”，位于今内蒙古自治区巴林左旗西北部与巴林右旗交界处），此山是大兴安岭山脉南段主要山峰之一，主峰海拔 1928.9 米，是契丹人心目中的神圣之山。契丹人视黑山如中原之泰山，并视为契丹人灵魂的归宿。参见宋人张舜民《使辽录》：“虏中黑山，如中国之岱宗，云虏人死魂皆归此山。每岁五京进人、马、纸各万余事，祭山而焚之。其礼甚严，非祭不敢进山。”又见武珪（自辽投宋，献书于雄州，知雄州赵滋再进书于朝廷）《燕北杂记》：“冬至日，杀白羊、白马、白雁，出生血和酒，望黑山奠神。言契丹死魂为黑山保管。”又，辽祖陵所在地炭山亦称黑山（一说即今黑背独石口外东一百里黑龙山；一说即今万全南炭山；又有在今北京古北口附近之说），为契丹帝、后避暑及秋猎之地。有凉殿。辽太祖阿保机所居之汉城即在此山东南；山北有羊城，为契丹与北方贸易之所。该炭山出产食盐，故还有一种说法认为现河北唐山即辽炭山。

[3] 萧思温：字寅古，出自契丹拔里氏少父房。宰相萧敌鲁（淳钦皇后述律平同母异父兄）之侄。粗通书史，迎娶燕国公主耶律吕不谷（辽太宗耶律德光之女，辽穆宗之姊。辽国第一位正式获得公主封号的公主），拜为驸马都尉。

就在当夜，亵御小哥、盥人花哥为求自保，暗结庖人辛古等共六名近侍，联手将“欢饮方醉”的辽穆宗杀死[1]。

当时侍中萧思温亦在黑山行宫之中，惨剧发生后，立即封锁消息，连夜派人通知辽世宗之子耶律贤。黎明时，耶律贤赶到黑山，在辽穆宗灵前痛哭不已。

耶律贤有辽世宗嫡子的身份，且自幼为辽穆宗抚养，辽穆宗没有子嗣，耶律贤实际上已有辽穆宗养子的身份。飞龙使女里、侍中萧思温、汉人大臣高勋等联合劝进，耶律贤遂顺水推舟，登上大宝之位，是为辽景宗。帝位由此又回归到“倍太子”耶律倍一支。

辽景宗即位后，首先以定策之功大封功臣。最大受益者，首推萧思温、耶律贤适、高勋、女里、韩匡嗣五人。

萧思温是契丹族国舅部人，出自拔里氏少父房，娶辽太宗之女燕国公主为妻，拜为驸马都尉。为人粗通书史，机巧圆滑，在辽世宗、辽穆宗朝均得宠幸，于辽景宗更有拥戴之功，升任北院枢密使[2]，兼

[1]“亵（xiè）御”是掌侍御之小臣。“盥人”是专门侍奉皇帝洗漱的近侍。“庖人”是辽对厨子的称呼。又，小哥、花哥之所以要联合厨子辛古等人，是因为辽穆宗执政十八年间，契丹贵族反叛不断，朝野内外血雨腥风，故皇帝有相当的警觉性，禁止近侍佩带武器。而辛古等人因是厨子，可以接触到厨房刀具。小哥、花哥等人在行刺辽穆宗得手后迅即逃亡，在保宁中叶（保宁是辽景宗耶律贤的年号，自公元969年至979年，共十一年）方被捉拿归案，就地正法。此时离辽穆宗身死已有数年时间，足见小哥等弑君凶手背后另有能人，此人及同党有足够的能力庇护凶手长达数年之久。而近侍弑君，也并非完全是出于自保那么简单。辽穆宗一死，辽景宗及萧思温（萧绰父亲）获利最大，故不少人推测这二人都参与了谋划，不过没人敢公开说出来而已。因为辽穆宗被弑内幕与本书故事无关，故不做深入探讨分析，但此类涉及多方势力角逐的历史疑案为作者兴趣点所在，谨记于此，日后再单作文章考证。

[2] 契丹议政形式原为贵族大会，又称为“大政会议”“议政之会”，早在古八部时期就存在，经历大贺氏、遥辇氏部落联盟时代，到耶律阿保机统一契丹后，始终是辽中央决策机构的议政方式。辽建国之初，国家大事由辽太祖耶律阿保机与北、南府宰相共同商议。契丹的南、北之分，如北院大王、南院大王，是一种“两翼”制度，类似汉代匈奴的左、右贤王，“北”在“南”上。后来辽太祖为了加强集权，先后将北府、南府的权力收回，让听命于自己的后族与皇族世选两府宰相，两府宰相随后作为中枢官制确定下来。北府宰相总知军国事、知国事，地位最高。辽世宗即位后，因未得到述律平太后为首的后族认可，为巩固帝位，设北枢密院，“掌兵机、武铨、群牧之政，凡契丹军马皆属焉”，北枢密院遂成为是北面最高决策机构。北院枢密使则成为一人之下、万人之上者，地位在北府宰相之上。中央决策机构的议政方式也由“贵族大会”变为了“南北臣僚会议”，会议主持者由两府宰相变为两院枢密使。

任北府宰相[1]，加尚书令，封魏王。并被授予“世预其选”之特权，即北院枢密使、北府宰相等重要职位，日后将持续在萧思温家族中选举产生。

第二大功臣为耶律贤适。耶律贤适原任左皮室详稳[2]，辽穆宗在位时，谋夺皇位的叛乱不断发生，故皇帝对皮室军格外倚重。耶律贤适本人嗜学，平日乐于静退，只以游猎自娱，深得辽穆宗信用。而耶律贤适曾为耶律贤说项[3]，加深了辽穆宗对耶律贤的信任，令耶律贤深为感激。耶律贤即位为辽景宗后，即给耶律贤适加检校太保。后又任命其为北院枢密使兼侍中，封西平郡王。

第三大功臣高勋是汉人，出自渤海高氏[4]，为五代十国时期后晋

[1] 自辽世宗始，北府宰相至高地位虽然被北枢密使取代，但权力仍相当大。欧阳修之子欧阳发述其父于公元1055年使辽时，辽道宗派北宰相萧知足（即萧阿剌）等押宴，特别标注“北宰相，蕃官中最高者”，亦可佐证北府宰相地位之高。北府宰相品级要高于五京留守。萧乙薛在天庆七年（1117年）以西京留守衔“讨剧贼董厖儿，战易水西，大破之。以功为北府宰相”。又据《耶律宗允墓志》：“清宁初，遂驿召归阙，拜为南宰相，斯则我朝所置之元辅也，位在丞相之上。”表明“南、北宰相位在中书省长官左、右丞相之上”。而北、南大王院，自辽太祖耶律阿保机时，便已被置于北府宰相治下。北、南二院便与北、南二宰相府一样，具有既为大部族又为中央官署的双重政治身份。

[2]“皮室”是机构名,“详稳”是该机构长官。皮室分为左、右两部，共同组成辽朝廷的宿卫军，即皇帝亲军。辽军制按其军事职能，包括朝廷行宫宿卫军和地方镇戍军两大系统。行宫宿卫军就是皮室军，该军制对后世元朝有深刻影响。皮室军不同于汉式的宫城宿卫，它有“迁徙往来无常处，以兵为营卫”和“无日不营，无在不卫”的特点。契丹虽有五京，但辽帝和朝廷官属并不定居于京城，仍然保持四时逐水草迁徙的游牧游猎习惯。皇帝巡游的行宫叫“捺钵”，起居的毡帐叫“斡鲁朵”，即宫帐、御帐之意，须布置重兵宿卫，因而皮室军的作用非常重要，号称皇帝“腹心部”。

[3] 辽世宗遇害时，耶律贤年仅四岁，即沦为遗孤，辽穆宗诏令寄养于永兴宫。永兴宫是辽太宗耶律德光宫卫名称（宫卫又名“斡鲁朵”，是皇室以自己的亲兵及俘获人口设置的直辖领地），属辽穆宗家庭财产，耶律贤被安置于其中，自幼受到严密监视。年长之后，耶律贤也仅仅获得了曾经属于“人皇王行宫”的卓放地——奉圣州望云川，故可推测辽世宗遇害后，其宫卫积庆宫已被作分散处置。

[4] 辽渤海高氏，包括原渤海国右姓高氏家族，以及以渤海为郡望的汉人高氏家族。其中渤海国右姓高氏家族以高模翰家族为代表，该家族在渤海国灭亡后入辽，成为辽代渤海遗民家族的显著代表。本书故事将会涉及高模翰后人，故此处先行略过。这里只介绍渤海郡汉人高氏。根据史书记载，高姓出自姜姓，乃姜太公之后。春秋时期，齐国公子高有一子名傒，为齐国上卿，由于他与管仲合诸侯有功，“（齐）桓公命傒以王父字为氏，食采于卢，谥曰敬仲，世为上卿”。自此，该家族便以“高”为姓。东汉明帝时期，该家族后裔高洪被任命为渤海郡（郡治浮阳，今河北沧州沧县旧州镇）太守，随即率领家族中人迁居渤海蓨县，由此渤海蓨县便成为该家族的郡望，高氏家族自此开始自称为渤海高氏。西晋至十六国以来，渤海高氏家族势力逐步扩大，成为当地一个较为显著的家族。随后，该家族成员人仕北朝，其中高湖先后得到了北魏道武、明元、太武三朝皇帝的倚重，高湖侄子高允也在文成、（转下页）

北平王高信韬[1]之子。辽太宗耶律德光执政时，高勋投辽，被授为四方馆使。辽世宗即位后，重用汉人大臣，拔擢高勋为南院枢密使、总汉军事[2]，一跃成为世宗朝的重要辅臣之一。

辽穆宗执政时，高勋继续得到重用，为上京留守、南京留守、知南院枢密使，并得被封为赵王。辽穆宗去世后，高勋亲率铁甲精锐，于第一时间奔赴现场，并拥立辽景宗即位，故而得到重赏，进为南院枢密使，并进封秦王。

第四大功臣女里出身卑贱，原为辽世宗宫卫积庆宫人，辽穆宗即位后调任群牧系统的习马小底，后累官至马群侍中，负责群牧事务。辽景宗耶律贤是辽世宗之子，女里既出自辽世宗积庆宫本宫，算得上是"家里人"，因为这一层渊源，耶律贤对女里待遇殊厚，女里亦倾心结纳，二人在辽穆宗执政时便已往来无间，关系亲密。

辽穆宗遇刺消息传出后，女里立即率五百名精锐禁卫军兵士赶到

（接上页）献文、孝文三朝为官，在他们的共同努力下，渤海高氏家族一跃成为北魏极为显赫的家族。虽然孝文帝定姓族时，并未将高氏家族定为第一流的门阀世族，但其仍以门阀大族的身份为时人所推崇。特别是随着以北魏孝文帝昭皇后高照容以及北齐开国君主高欢为代表的一些高姓士人，为了提升自己的出身门第而冒认为渤海高氏家族后裔，在客观上也对渤海高氏门阀地位的稳固起到了极大的促进作用。此后，汉人渤海郡高氏家族，历经隋唐以来，虽然家族门第较北朝有所降低，但仍是当时汉人世族的重要代表，并最终通过家族成员的不断努力，跻身为辽代世家大族之列。在辽代主要有高嵩家族与高勋家族两支，其中以高勋家族地位最为显贵，但由于该家族参与了辽景宗朝的帝后（指辽景帝耶律贤与皇后萧绰）权力争夺，最终随着帝党势力的瓦解而走向了衰败。受到高勋家族的牵连，高嵩家族也随之衰落。

[1] 唐朝灭亡后，唐地方官吏高万兴、高万金兄弟归降后梁，后梁任命弟弟高万金为保大军节度使，兄长高万兴则累迁至检校太师兼中书令，并得封渤海郡王。高万金去世后，后梁以其兄高万兴为鄜延节度使，并进封北平王。后高万兴家族相继入仕后唐、后晋。高信韬即为高万兴之子，高勋则为高万兴之孙。

[2] 高勋并不是辽国唯一受到重用的汉人，这是由特定的历史背景所决定的。辽国采用"一国两制"的政治制度，北面官管理契丹政事，南面官管理汉人事务，即所谓"以国制治契丹，以汉制待汉人"，这在历史上十分奇特，其根源其实还是因为燕云十六州。契丹从石敬瑭手中得到富饶发达的燕云十六州后，也意识到这一地区的意义重大，因此给予了足够的重视，幽州也由原来北方的军事重镇上升为陪都南京，成为契丹的"五京"之一。不过，契丹皇帝仍沿袭着"四时捺钵"的制度，即皇帝随着春夏秋冬四季的变化游牧、狩猎于不同的地区，捺钵成为政治活动的中心。但皇帝四时迁移，政治中心也随之变化，只有在冬季捺钵时，才到南京，因此南京并不是真正意义上的都城。而按照捺钵惯例，契丹贵族大多数必须跟随皇帝迁移，因此南京官员和幽燕地区的州县官吏便只能由汉人来担任，这就是南京南面官系统的来历，区分于契丹贵族担任的北面官系统。

行宫，参与拥立。辽景宗即位后，封女里为政事令、契丹行宫部都署。

第五大功臣韩匡嗣[1]亦是汉人，因功授始平军节度使、特进太尉，封黎郡开国公。

萧绰便是在这时翩然步上了历史大舞台。她是后族重臣萧思温第三女，自幼便果敢刚毅，与众不同，被父母寄予厚望。辽景宗得以登上皇位，萧思温出力很大，为了报恩，辽景宗遂选十六岁的萧绰入宫，先立为贵妃，不久又册立为皇后[2]，是为辽国第一位出自“母前夫之

[1] 韩氏为幽州安次（今河北安次西）人。韩匡嗣祖父韩梦殷曾累官蓟、儒、顺三州刺史，父亲即韩延徽。唐朝末年，群雄并起，刘仁恭占据幽州（今北京）为卢龙节度使后，召韩延徽为幕僚。后来刘仁恭之子刘守光成为卢龙节度使，韩延徽继续受到信用。刘守光为对付河东李存勖（后来成为后唐开国皇帝），派韩延徽充当卢龙使者，出使契丹，请求联盟。李存勖抢先派人送书，尊称耶律阿保机为叔父（耶律阿保机曾与李存勖父李克用结为兄弟），表示要与契丹结盟。当时占据山西的李存勖实力远比占据河北的刘守光要强大，故耶律阿保机不愿意出兵帮助刘守光，还借口韩延徽拜见时立而不跪，将其扣留，罚做苦工。耶律阿保机的妻子述律平（回鹘遗裔）有勇有谋，在帮助耶律阿保机登上汗位的过程中出力极多。她一眼看出韩延徽绝非池中之物，力劝丈夫重用韩延徽。耶律阿保机召来韩延徽对答后，很是意外，开始重用韩延徽。韩延徽前期的主要政绩是帮助契丹修筑城郭，设立市场里巷，用来安置被契丹掳掠以及投降契丹的汉人。这大概与他之前被罚当奴隶喂牛养马的经历有关，在韩延徽提出这些建议之前，生活在契丹的汉人基本上都处于最低等的奴隶地位。契丹法律甚至公然规定“契丹人殴汉人死者偿以牛马”（此法一直到辽圣宗耶律隆绪即位后，才为太后萧绰所废，改用汉法），契丹人致汉人死，只需赔偿财物牛马，如果汉人致契丹人死的话，不但本人抵命，亲属还要被没为奴婢，可见汉人在契丹人的眼中与牲口无异。韩延徽出现后，提出了妥善安置契丹地区汉人的方法，为汉人们安排配偶，教他们开垦种植荒地，汉人们的生活由此稳定下来，能够安居乐业，逃亡的人越来越少。韩延徽此举，客观上对契丹的地域开发起了重要作用，也稳定了契丹对所属汉人的统治。韩延徽之子韩匡嗣精通医术，经常为耶律阿保机及述律平皇后看病，由此深得信任，曾官拜南京（指幽州）留守，他本人还迎娶了后族旺支兰陵郡萧氏女（封陈国夫人）。韩匡嗣的七个女儿中，一女嫁昭义军节度使、太傅耿绍纪（其幼弟为耿绍忠，将在本书中出现。耿绍忠娶北院大王亲眷耶律氏，其女耿氏为辽圣宗妃），一女嫁太尉萧猥恩，一女嫁大国舅弟萧罕余。其子韩德让则更加声名显赫，曾与萧思温之女萧绰订婚。后来萧绰成为辽景宗皇后，掌握了辽国朝政大权，对旧情人格外宠幸，韩德让遂一飞冲天，累官至宰相，甚至还被赐名为耶律隆运，位列皇族。在辽人立场，这已经是给一名汉人的最高荣誉。

[2] 契丹有一种氏族外通婚的习俗，与耶律氏世代通婚的是乙室已氏和拔里氏二部族。辽太祖耶律阿保机创建辽国之后，因为追慕中原汉高祖皇帝刘邦，便将自己的耶律氏兼称刘氏，又认为乙室已氏、拔里氏二族功劳极大，堪比汉代开国丞相萧何，遂将后族一律改称萧氏。耶律阿保机皇后述律平本人虽未改姓，但她的两个兄弟也都由此改姓萧。辽太宗耶律德光即位后，立述律平侄女萧温为皇后，并于天显十年（935年）下诏：“皇太后父族及母前夫之族二帐并为国舅。”“皇太后”即述律平，为其母耶律氏（耶律阿保机妹）二婚所生。“皇太后父族”指耶律氏与第二任丈夫述律婆姑（属拔里氏）所生述律平、萧阿古只一族。“母前夫之族”则指耶律阿保机妹耶律氏与第一任丈夫（属乙室已氏）所生萧敌鲁一族。自此，辽皇室耶律氏与萧氏世代通婚的习俗一直沿袭下去，萧氏由此成为辽国仅次于耶律氏的权贵势力。辽太宗耶律德光本人也曾感叹道：“太后族大，如古柏根，不可移也。”终辽一朝，萧氏共有十三名皇后（包括追封者），五名皇妃，十三位诸王，十七位北府宰相，二十位驸马，太后则是清一色的萧太后。

族”的皇后[1]。

但萧思温却是个心思复杂之人——

与契丹大臣多骁勇善战不同的是，萧思温通书史，“在军中，握箕修边幅”，即习惯握着发簪，格外注重修饰仪表。如此孱弱的娘娘腔形象，可谓契丹军中的“一枝独秀”，故而“僚佐皆言非将帅才”。然萧思温出自萧氏国舅部，又是辽太宗女婿、辽穆宗姊夫，故始终在朝中担任要职。

事实也证明僚佐之眼光没错。辽穆宗耶律璟[2]即位后不久，后周世宗柴荣大举挥师北伐，一路势如破竹。萧思温时任南京留守，手握重兵，镇守南境，惊慌失措之下，不知计之所出。其麾下将士奋跃请战，萧思温畏敌如虎，刻意避战，始终不从。

很快，后周军连陷益津、瓦桥、淤口三关，占领关南之地，又垂迫辽前沿军事重镇固安，南京为之震骇，契丹民众纷纷遁入西山。

萧思温见后周军来势汹汹，边防不断失利，生怕朝廷降罪，于是上表请求辽穆宗御驾亲征。潜台词是："做臣子的我是打不过后周军，还得请皇帝披挂亲自上阵。"颇令人哭笑不得。

……………………………………

[1] 辽太祖耶律阿保机皇后为述律平，属“皇太后父族”。辽太宗耶律德光皇后萧温，为述律平弟弟之女，属“皇太后父族”。辽世宗皇后萧撒葛只，为述律平弟萧阿古只之女，属“皇太后父族”。辽穆宗皇后萧氏族属不明，但萧氏为辽穆宗在辽太宗朝所纳正妃，当时述律平以太后身份执掌朝政大权，故此萧氏十之八九出自“皇太后父族”。萧绰生父萧思温，为宰相萧敌鲁（述律平同母异父兄）之侄，属“母前夫之族”。后来辽圣宗皇后萧菩萨哥（萧绰弟萧隗因之女，属“母前夫之族”）与元妃萧耨斤（述律平弟萧阿古只五世孙女，属“皇太后父族”）之争，其实也是“母前夫之族”和“皇太后父族”之争，最终以“母前夫之族”落败而告终。此后辽兴宗皇后萧挞里、辽道宗皇后萧观音均属“皇太后父族”。这一状态一直保持到辽天祚帝时才又有所改变，天祚皇后萧夺里懒是萧继先（萧思温侄）五世孙，属“母前夫之族”。

[2] 宋人史书记为“耶律明”，如《续资治通鉴长编》“开宝二年”:“契丹主（耶律）明为帐下所弑。”一说耶律璟本名璟，中原人为避讳而改称其为耶律明（后周太祖郭威追尊高祖郭璟为信祖，“璟”字遂成为后周庙讳）。另一种说法是，辽穆宗本来就叫耶律明（《契丹国志》则载其将名字从“璟”改为“明”）。支持此说者的证据不少。在目前出土的辽碑志中，“明”字往往缺最末两笔，如统和十八年《刘宇杰墓志》、统和二十六年《常遵化墓志》、统和二十六年《王悦墓志铭》、重熙五年《张嗣甫墓志》、乾统十年《宁鉴墓志》、天庆四年《王师儒墓志铭》等，均是如此，推测应该是避辽穆宗名讳。此外，《辽史》中记载西夏李德明（李元昊父）名字为李德昭，亦是佐证。另外辽确实有个名叫耶律璟的人，咸雍八年（1072年）《创静安寺碑铭》中提到辽大臣耶律海里的汉名为耶律璟，并无避讳。

因为萧思温怯懦畏战，一再夸大敌情，胸无大志的辽穆宗亦受到了不小影响，甚至放出口风称：燕云十六州本为汉人所有，周军既然来拿，还赠旧主，又有何妨？已多少流露出认输之意。

而与辽对阵的后周军则气势如虹，堪称是一举收复燕云十六州的最佳时机。然上天眷顾了契丹，后周世宗柴荣忽然患上暴疾，且病情持续转重，不得不就此撤军南退。萧思温自是大喜过望，匆忙披挂上阵，亲领数万大军，将两千负责殿后的后周兵击溃，随即自夸为“大捷”，上表邀功。

萧思温的不思进取，也同样表现在朝事上。其小舅子辽穆宗荒耽于酒，畋猎无厌，暴虐好杀，身为重臣的萧思温却只知道阿谀逢迎，一无劝谏，史称“萧思温以密戚预政，无所匡辅，士论不与”。

这般首鼠两端的人物，难免会被世人认为窝囊，但实际上，萧思温精通权术，心思缜密，城府极深，千方百计要稳立于不败之地。早在辽穆宗执政时，他便开始了精心布局，甚至持续到辽景宗登基后——

如前所言，辽开国皇帝耶律阿保机与皇后述律平生有耶律倍、耶律德光、耶律李胡三子，契丹并无明确的嫡长制，故而这三人及子嗣均有资格做皇帝。辽国局势长期动荡，内讧不止，便与此有关。萧思温既思虑周全，便要在耶律倍、耶律德光、耶律李胡三系中都安插自己的力量。

辽太宗耶律德光在位二十一年，这一系实力最为强劲。辽穆宗耶律璟则是耶律德光长子，继位后以铁腕手段铲除政敌，权位大大加强。萧思温本人娶耶律德光之女，已是辽穆宗名义上的姊夫，但辽穆宗始终没有子嗣，不能为长久之计，萧思温便将长女萧胡辇嫁给了辽穆宗同母弟太平王耶律罨撒葛。只是耶律罨撒葛徒有野心，才具不足，与辽穆宗争夺皇位失败，虽因是皇帝亲弟而免死，却被流放西北戍边。

萧思温还在继续筹谋，又将目光投向了耶律倍一系。当年耶律倍身为太子，却不得继承皇位，许多契丹人都为之不平，后来耶律倍之子辽世宗耶律阮顺利即位，与此有很大关系。辽世宗之子耶律贤便是由此进入萧思温的视野。

选择耶律贤的关键，在于对方体弱多病[1]，是个病秧子，且长年生活在恐惧中，性格软弱，容易控制。萧思温是皇亲国戚、朝中重臣，他的拥立，对耶律贤意义格外重大。耶律贤登上帝位后，亦知恩图报，给予了萧思温丰厚回报。

辽景宗耶律贤既立萧思温第三女萧绰为皇后，在耶律倍一系中，萧思温算是彻底站稳了脚跟，那么便只剩耶律李胡一系。

当时耶律李胡已死，其子耶律喜隐相貌奇伟，精于骑射，颇有威望，但亦因在辽穆宗执政时谋反而遭囚禁。辽景宗即位后大赦天下，耶律喜隐时在囚所，听说有赦令，便自行解除镣铐上朝。辽景宗发怒说："你是罪人，怎么竟敢擅自离开囚禁之所。"诏令诛杀看守官吏，并重新将耶律喜隐投入狱中。

萧思温却看出耶律喜隐背后尚有不小力量支持，不然也不能轻松脱狱，于是请求辽景宗赦免耶律喜隐[2]，还主动将正当青春妙龄的次女萧夷懒[3]许配给年近四旬的耶律喜隐，可谓心思奇妙。

彼时萧思温已"以后父超封魏王，共决大政"，成为皇帝之下、众臣之上的人物，富贵不可言状，若非有极大的欲望，或是滴水不漏的处世谋略，断然不会如此苦心经营，甚至着意结纳已经失势的耶律李胡一系。

而母仪天下的新皇后萧绰年纪虽小，却有着跟其父萧思温一样的野心。萧氏父女一夕登顶，权倾朝野。

[1] 当年辽世宗被杀时，耶律贤年仅四岁，庖厨刘解里冒险营救，用毛毡将耶律贤盖住，耶律贤这才侥幸逃过一劫，不过也因惊吓过度，落下了病根，身体状况一直不是很好。

[2] 辽景宗即位后不久，改元保宁，再度大赦天下，耶律喜隐终被赦免，娶皇后萧绰二姊萧夷懒，并恢复爵位，封为宋王。耶律喜隐轻僄无恒，稍微得志即骄横异常，几年后又再度谋反，遭辽景宗贬斥。彼时萧思温已死，因皇后萧绰说情，很快被赦免召回。然数年后耶律喜隐又欲谋反，事泄后，辽景宗忍无可忍，下令给耶律喜隐戴上脚镣手铐，又专门在祖州（即辽太祖耶律阿保机皇后述律平及耶律喜隐父亲耶律李胡被软禁之地）修造了一座狱城，将耶律喜隐囚禁其中。宋太宗太平兴国六年（981 年）五月初十日，两百北宋降卒多人在上京发动叛乱，欲劫持扶立耶律喜隐为帝，但因祖州狱城坚固而无法进入，于是改拥立耶律喜隐之子耶律留礼寿。事败后，辽景宗诏令诛杀耶律留礼寿，同时赐死耶律喜隐。萧夷懒因是皇后萧绰二姊，始终未受丈夫牵累，只被夺去"宋王妃"号，降爵为"夫人"。

[3] 胡辇、夷懒均为契丹名音译。夷懒又作伊兰。又，据萧思温三个女儿的婚姻状况来推断，长女萧胡辇年纪应该比次女萧夷懒及三女萧绰（萧燕燕）大许多。

不同于萧思温的藏愚，萧绰则锋芒毕露。辽景宗自幼失去父母，为辽穆宗抚养，在政治旋涡中长大，虽然身子虚弱，即位后又染上了风疾[1]，智力却并不差，很快便觉察到了萧思温父女结党营私、不安本分，心中不免起了芥蒂。他堂堂大辽皇帝，不愿就此受制于“握笄”臣子及后宫妇人，遂联合亲党，予以反击，此即大辽立国以来第一起帝后争权。

即位一年后，宋太祖开宝三年、辽保宁二年（970 年）五月，辽景宗耶律贤前往闾山拜祭祖父耶律倍。萧思温作为朝中重臣，自然随行皇帝。五月十三日，行至盘道岭时，忽有刺客杀出，萧思温当场遇刺身亡。

此为契丹历史上一大疑案，皇帝御驾出行，侍从如云。而萧思温身为契丹第一号实权人物，亦扈从众多，刺客竟能一击得手。至于现场详情，见证者讳莫如深，深则隐，外人亦无从得知真相到底如何。

皇后萧绰自是悲痛欲绝。萧思温之死对其打击巨大，她失去的不仅是父亲，还有最可靠、最强大的联盟。辽景宗从旁安慰皇后，信誓旦旦地表示要捉拿凶手，为岳丈报仇。然辽景宗迎娶萧绰，本身就是典型的政治联姻，未必有多少真情实意。萧思温意外身死后，后党势力被极大削弱，帝党实力则大为加强，情势反而对辽景宗有利。加上辽景宗着意于巩固实权，心思也不会真正放在缉凶一事上。他除了任命耶律贤适为北院枢密使、接替萧思温职位之外，还将即位前所领的心腹侍卫组成挞马部[2]，以加强皇权统治，此即史籍所记“时帝初践

[1] 中医认为，风为六淫之首、百病之长，风之为病善行而数变，治无常方。主要表现是筋肉、关节和气血经脉等方面长期不适，常出现头痛眩晕、抽搐、痉挛、肢体颤抖、麻木、蠕动、口眼歪斜、言语不利、步履不稳，甚至突然晕厥、不省人事、半身不遂等症状。通常认为，情志不遂、饮食无节、恣酒纵欲等，是引发风疾的主要原因。有的风疾症状如西医所说的心脑血管疾病、高血压等，当与遗传有关，且重症死亡率极高。在中国历史上，不少皇帝都患有风疾，如唐代唐高祖、唐太宗、唐高宗、唐顺宗、唐穆宗、唐文宗、唐宣宗等，宋代宋真宗、宋仁宗等。

[2] 挞马部：即扈卫队。辽开国皇帝耶律阿保机即由挞马部起家。其伯父耶律释鲁担任契丹迭剌部于越（总知军国事），地位在可汗之下，夷离堇（兵马大元帅）之上，掌握部族实权。耶律阿保机初为迭剌部可汗痕德堇的侍卫亲兵，由伯父释鲁提携，很快提拔为挞马狘沙里（挞马部总管），并凭借这支精锐军队，开始了建功立业的旅程。

阼，多疑诸王或萌非望，阴以贤适为腹心”。

皇后萧绰一党当然不会善罢甘休，全力展开反击。四个月后，有人告发国舅萧海只、萧海里兄弟是行刺萧思温主谋。此萧即为“皇太后父族”，与萧思温所属“母前夫之族”有重大利益之争。辽景宗为了安抚皇后一党，下令将萧氏兄弟及党羽诛杀。

次年年底，皇子耶律隆绪出生。长子的出生，令皇帝、皇后关系大为改善，这对不同寻常、始于政治联姻的夫妻终于开始亲密起来，有了家人的感觉。辽景宗为了安抚萧绰以及萧氏后族，追封萧思温为楚王，追封萧绰祖父胡母里为韩王。

而辽景宗的健康状况实不容乐观，虽多方调治，依然收效甚微，身体虚弱，行动不便，根本无法处理军国大政。萧思温死后，耶律贤适成为群臣之首，其人忠介肤敏，推诚待人，虽燕息不忘政务，颇得人心，但辽景宗真正信任的却是心腹高勋及女里。这二人均为社稷重臣，权势熏灼，恃宠而骄，一时纳赂请谒，门若贾区。

由于辽景宗病根久治不愈，无法主持重要朝会和传统节令庆典，帝后关系既已有所改观，辽景宗便令皇后代己出面。萧绰精明能干，遂得以掌控政局。数年下来，皇后及后党势力竟逐渐占据上风。辽保宁八年（976 年）二月初五，辽景宗耶律贤召集史馆学士，此后凡记录皇后之言，“亦称‘朕’暨‘予’”，并“着为定式”，等于将妻子萧绰的地位升级到与自己等同。此举也代表着辽景宗在帝后争权中彻底退让。耶律贤身为一国之君，到底有多少心甘情愿的成分，外人亦无从得知。

之后，辽国的一切日常政务都由萧绰独立裁决。凡遇军国大事，均由皇后召集蕃汉大臣共商决定，辽景宗不做任何干预。

独断独裁后，萧绰不顾皇帝丈夫颜面，放手穷究当年萧思温遇刺真相，终于查出高勋、女里才是行刺的真正主谋，而这二人均是辽景宗心腹重臣，帝党核心人物。辽景宗保宁十年（978 年），高勋、女里被赐死，高勋家产被抄没并赔偿给萧家。许多与后党持异见者受牵累被杀，甚至包括辽景宗异母弟宁王耶律只没王妃安只。这同时也意味着辽景宗帝党势力彻底瓦解，以萧绰为核心的后党完全掌控了局面，辽国因争权而产生的内讧至此正式结束。汉人大臣高勋本为渤海郡高氏的杰出人物，随着他被处死，渤海高氏亦急遽衰落。

而此时的萧绰，才不过二十六岁，成为辽国实际的女皇，以一介女流之身君临天下，主宰了北方大地。她确实不止有狠辣的手段、杀伐的决心，也有非凡的才干、过人的眼光，在其精心治理下，辽国国势蒸蒸日上，日益强盛。

辽景宗则完全成为妻子的陪衬，甚至连后宫也被皇后完全独霸，难以亲近其他嫔妃——皇帝共有四子四女[1]，其中四子三女均为萧绰所生。

萧绰主持下的朝堂，最显著的特点是提拔重用了不少汉臣，最受器重者当属皇后旧情人韩德让。韩德让与萧绰原订有婚约，虽然辽景宗横刀夺爱，二人未成好事，但萧绰始终不忘旧日情分。萧绰执掌大权后，韩德让也得以一飞冲天，成为朝中最显赫的汉人大臣。

皇后春风得意、意气风发，皇帝却走到了油尽灯枯的那一步。辽乾亨四年（982 年）九月二十四日，辽景宗在出猎时病卒于云州焦山行宫，年仅三十五岁。临终时，遗命长子梁王耶律隆绪继位，是为辽圣宗。因耶律隆绪时年十二岁，年纪尚幼，军国大事听皇后命，同时任命耶律斜轸与韩德让为顾命大臣，从旁辅佐。这明显是萧绰的意思——

[1] 辽景宗子女：长子耶律隆绪，即后来的辽圣宗。第二子耶律隆庆，封梁王。第三子封楚王，《契丹国志》记为耶律隆裕，《辽史》记为耶律隆祐。据秦晋国大长公主（耶律观音女）墓志铭载，当为耶律隆裕，《辽史》有误。第四子耶律郑哥（一作耶律药师奴，又名耶律韩八），早夭。长女耶律观音女，封齐国公主，嫁萧绰堂弟萧继先；为萧绰最爱之女，“尤加爱，赐奴婢万口”，且许建私城头下州徽州，“滕户万户，节度使以下，皆公主府属”。第二女耶律长寿女，封卫国公主，下嫁北府宰相萧排押（萧挞凛长子。萧挞凛出自国舅部，为萧思温族侄，曾擒获宋名将杨业、王继忠。在澶州之战中被宋军床子弩射中身亡）。第三女耶律延寿女，封越国公主，下嫁萧排押弟萧恒德（萧挞凛次子）。第四女耶律淑哥，母渤海妃，无公主封号，先下嫁北汉归附的卢俊，后耶律淑哥上表请离婚，改嫁萧神奴。又，辽国子女排行受生母地位影响，譬如耶律淑哥未必真的是第四女。耶律观音女生于 970 年，而耶律淑哥于 980 年下嫁卢俊，年纪肯定比耶律观音女要大，但因生母地位较低，排名最后。辽圣宗有十四个女儿，这一点体现得特别明显，汉人妃子白氏、李氏所生之女尽排在后面。

韩德让身份不必再说，因萧绰而显贵，时任辽南院枢密使，为汉人大臣地位最高者。史载韩德让闻知辽景宗崩逝，“不俟召，率其亲属赴行帐”，而皇后萧绰本惴惴难安，一见到韩德让，心中顿安。

任北院枢密使的耶律斜轸也不简单，为萧思温亲自举荐给辽景宗，且娶了皇后侄女，是萧绰侄女婿。其跟韩德让一样，早在帝后争权激烈时，便已是后党肱股。

由于萧绰在辽景宗一朝已掌握朝政大权，成为实际的最高统治者，故而辽景宗的去世，并未对辽国时局造成实质影响。但宋朝执政皇帝宋太宗赵光义却相信了“母寡子弱”[1]的传闻。刚好宋知雄州贺令图又上书称：“契丹主少，母后专政，宠幸用事，请乘其衅，以取幽蓟。”赵光义闻奏大喜过望，决定趁辽内部不稳之机，大举攻辽，一举收复燕云十六州，此即为对宋朝国策产生重大影响的“雍熙北伐”。

在这之前，太平兴国四年（979 年），宋太宗赵光义曾御驾亲征，挥师北伐，虽灭亡了北汉，将北汉名将杨业纳入麾下，却在高梁河一战中惨败，连赵光义自己也中了一箭，是为奇耻大辱。若非杨业拼死来救，只怕大宋皇帝就要被辽军俘虏。

而当年主持辽国军政大局、引领辽军击溃宋师的总指挥，其实正是时为辽国皇后的萧绰。大宋皇帝赵光义却不明就里，始终难忘一箭之仇，听说辽景宗去世、新登基的辽圣宗年仅十二岁后，欣喜若狂，立即集结举国兵力，分兵三路，攻打辽国。

这场大宋立国以来，甚至是有宋一朝最宏大、最浩荡的军事行动，虽然宋廷事先做了周密部署和准备，最终还是以宋军惨败而告终——

宋西路军副主帅杨业被辽将萧挞凛俘虏，一举成就了萧挞凛英名。此后萧挞凛被授予重任，驻扎燕京，全面主持对宋军政事务。

宋主力曹彬一军在歧沟关被辽将耶律休哥击败。曹彬收拾残兵，连夜抢渡拒马河时，“为辽师冲击死者数万人，沙河为之不流，弃戈甲

---

[1] 萧绰以皇太后身份初秉国权时，曾向大臣泣言：“母寡子弱，族属雄壮（指契丹皇族势力），边防未靖（指南方宋朝威胁），我可怎么办呢！”韩德让、耶律斜轸（一作“珍”）忙上前跪下表忠心：“信任臣等，何虑之有！”

若丘陵”。事后辽军打扫战场，宋军尸横遍野，耶律休哥收宋将士尸首以为京观。辽国遂进封耶律休哥为宋国王，行再生礼[1]，耶律休哥也成为辽国历史上唯一一名行再生礼的大臣，荣耀无比。

而辽师之大胜，也彻底巩固了辽太后萧绰的地位及统治。

此战亦是大宋的转折点，失去了攻取幽云最好的机会，宋军精锐尽失，很多年后也未能恢复元气。此后，宋朝再也无力对契丹发起主动进攻，亦无胆再战，不得已改取守势，转为战略防御。而河北地势平坦，无险可守，宋朝便干脆在河北沿边地带修起了一道水上长城，以此来抑制契丹骑兵的冲击。

雍熙一战，还不是萧绰人生最辉煌的时刻——

宋景德元年（1004年），辽举国南征，萧绰、辽圣宗亲自跨马行阵，率军侵宋，一路势如破竹，兵临澶州城下，虽然损失了得力大将萧挞凛，却逼迫宋真宗签订“澶渊之盟”，一举开创了宋辽和平时期。但这“和平”，辽方没有任何付出，不过是不再兴兵南下而；而大宋付出的却是实打实的金钱代价，每年白送契丹三十万岁币，此即萧绰毕生之巅峰。自此，契丹坐享其成，安心治国，辽国终成为东方军力最强大的帝国，辽圣宗甚至起了取代大宋为华夏正统之心。

当然，萧绰的人生途中，并不总是风平浪静。其人刚毅狠辣，习惯以铁腕手段残杀政敌，“多杀戮”“大诛罚”，甚至连两位亲姊姊也没有放过[2]，手段令人望而生畏、不寒而栗，此即史籍所载“萧氏天

[1] 再生礼又称复诞礼或覆诞礼，是契丹族的一种习俗，阻午可汗时始制。本质就是过“本命年”，因契丹用十二生肖纪年，每十二年生肖轮回一次，到了出生生肖这一年，就要举行仪式纪念自己的始生。但不是所有人都有资格，只有皇帝、太后、太子及夷离堇（兵马最高统帅。耶律阿保机在担任契丹可汗前曾担任于越兼夷离堇）才能举行再生礼。参见《辽史·国语解》：“再生礼，国俗，每十二年一次，行始生之礼，名曰再生。惟帝与太后、太子及夷离堇得行之。又名覆诞。”

[2] 萧思温共三女：长女萧胡辇，次女萧夷懒，幼女萧绰。辽景宗时，萧绰因萧胡辇丈夫耶律罨撒葛早逝，将姐姐接入宫中居住。时逢萧绰怀孕，萧胡辇乘虚而入，与辽景宗发生了关系。萧绰发现后，虽然心生不快，但萧胡辇地位极高，是辽太宗永兴宫的继承人（耶律罨撒葛为辽太宗耶律德光嫡子，辽穆宗耶律璟亲弟，辽穆宗无子，辽穆宗死后，萧胡辇以耶律罨撒葛元妃的身份在太宗一系中地位最尊，又是辽景宗皇后萧绰之姊，故继承了永兴宫），萧绰须得倾心笼络，也只能顺水推舟。辽圣宗即位后，还册封萧胡辇为皇太妃此“皇太妃”封号与辽景宗无关，盖因萧胡辇第一任丈夫耶律罨（转下页）

性残忍，多杀罚，有机略，其下皆禀服焉”。

世间万物皆有尽，生命亦是如此。无论是创下丰功伟业的英雄霸主，抑或是一生默默无闻的贩夫走卒，均抵御不住光阴的侵蚀，一无例外地要被时间击败。岁月催人老，萧绰也终于走到了路的尽头。而在这之前，她明显已有所预感，事先做了周密安排——

辽统和二十七年（1009 年），也就是去年十一月初一，萧绰为辽圣宗耶律隆绪举行了契丹传统的“柴册礼”，正式将大权交还给儿子，由此结束了她在辽景宗、辽圣宗两朝四十年有余的摄政生涯。随后，萧绰前往南京，预备在那里安享晚年。

之所以选择南京，一说因为燕京是其生母燕国公主封地，而萧绰小名更是叫燕燕[1]；另一说是因为萧绰深爱的情人韩德让是汉人，而南京是汉人聚居地。

无论怎样，这位充满传奇色彩、一生饱受非议的女子，最终于去年十二月十一日病逝于南京行宫，终年五十七岁。此时，距离萧太后将朝政大权交给辽圣宗仅一个月时间。

萧绰临朝摄政四十余年，辅佐两代帝王，对辽国当今之强盛功不可没且至关重要。而执政皇帝辽圣宗虽登基近三十年、年近不惑，却始终生活在母亲的羽翼之下，不闻有任何政绩，是以萧太后一死，世人便立即感觉辽国少了主心骨。再看到大宋两大边关主帅李允则、杨延昭同时出现在白沟驿的罕见场景，愈发令人浮想联翩——

当年轰轰烈烈的“雍熙北伐”，便是因为辽圣宗十二岁即位，宋太宗听信契丹“主少国疑，大臣未附，百姓不信”之传闻，想充分利

（接上页）撒葛被追册为皇太叔。萧胡辇巾帼不让须眉，征战沙场，辟土靖边，以军功赢得了很高威望，俨然以太宗系首脑人物自居，深为萧绰忌惮。后萧胡辇爱上马奴挞览阿钵。萧绰下诏禁止，命惩罚挞览阿钵。萧胡辇则公然上书，要求嫁给挞览阿钵。宋真宗景德三年（1006 年），忍耐多年的萧绰终于发作，以谋反罪名将大姐萧胡辇囚禁于怀州，二姐萧夷懒囚禁于南京，二人亲党皆被活埋。次年（1007 年）六月，皇太妃萧胡辇和夫人萧夷懒（其丈夫宋王耶律喜隐因涉入谋反案而被辽景宗赐死，夷懒被夺宋王妃号，降为夫人）被鸩杀于幽所。当年萧思温为保己身及家族周全，将三个女儿以联姻的方式分别安插于不同阵营，而结果却是骨肉相残，如此结局，实在令人唏嘘。

[1] 据《平谷县志》记载，萧绰出生在北京市平谷区王辛庄镇太后村肖家院自然村。

用时机，落井下石，结果吃了大亏。萧绰去世，于契丹绝对是巨大损失。会不会是宋廷亦想把握当下机会，出一口六年前“城下之盟”[1]的恶气？

可是也不见兵马调动呀！

高阳关副都部署杨延昭是坚决的抗战派不假，但他身为河北三军统帅，此番前来雄州，只带了几名亲兵随行，不像是大战在即的模样。而屯驻有重兵的雄州军营，正一如既往地举办拔河之类的岁时娱乐节目，浑然没有“山雨欲来风满楼”的紧迫感。

最要紧的是，天下人都知道，当今大宋真宗皇帝最在意的只有两件事：一是天书及祥瑞；二是将后宫美人刘娥立为皇后[2]。宋真宗对这两件事的热衷，甚至超过了对子嗣[3]的渴望。

综合各方面看来，大宋主动破坏盟约、对辽宣战当不可能。那么到底是什么缘故，能令李允则、杨延昭二位边关重臣同时现身于白沟驿呢？

---

[1] 城下之盟：出自《左传》，指战败国在敌人兵临城下（或大军压境）的严重威胁下，被迫订立屈辱性条约。“澶州之盟”签订之初，宋真宗赵恒认为南北停战是件大好事，是宰相寇准的功劳，因此加寇准为中书侍郎兼工部尚书，待其甚厚。然而，早先与寇准结仇的大臣王钦若一直想方设法地排挤寇准，在赵恒面前攻击寇准说：“寇准逼着陛下亲征，将陛下当作‘孤注一掷’，订立‘城下之盟’。这不是胜利，是君王的耻辱，怎么还能说寇准对社稷有功呢？”又说：“时议有谓，城下之盟，《春秋》耻之，澶渊之举，是城下之盟也。”寇准由此失宠，被罢去相位。而宋真宗深以“澶州之盟”为耻，常常闷闷不乐。王钦若趁机道：“惟封禅，可以镇服四海，夸示外国。”但是自古封禅，一般要有“天端”，王钦若和宋真宗想出了伪造“天书”的历史闹剧。一天，宋真宗对群臣说，夜见神人降“天书”于承天门。于是到承天门，果然发现“天书”，以宰相王旦为首，王钦若、陈尧叟、丁谓等大臣皆称贺。一时间，举国上下掀起了一股“争言祥瑞”的热潮。不久，又在泰山得“天书”，宋真宗顺势亲自到泰山封禅，这也是中国历史上最后一位封禅泰山的皇帝。之后，宋真宗在王钦若、陈尧叟、丁谓等大臣的迎合下，屡次搞“天书”、封禅等自欺欺人的活动，又大肆祭祀孔子、老子，并尊崇道教，大造道观，耗资巨大，以至岁出日增。

[2] 宋真宗赵恒（968—1022 年）共有三任皇后：第一任章怀皇后潘氏（968—989 年），为名将潘美之女，逝于宋真宗即位前，皇后名号为追封，没有子女；第二任章穆皇后郭氏（976—1007 年），名将郭守文之女，有子赵祐，九岁时夭折。第三任章献明肃皇后刘娥（969—1033 年），是宋朝第一个临朝称制的女主。本书故事发生时（1010 年），刘娥仍是普通嫔妃身份，尚未被立为皇后。宋真宗对刘娥感情很深，景德四年（1007 年）郭皇后病逝后，宋真宗即欲立刘娥为后，但寇准、李迪、向敏中、王旦等重臣皆以“刘娥出身微贱，不可以为一国之母”为由反对，事遂不成。

[3] 彼时宋真宗有过五子，均早夭，包括郭皇后（章穆皇后）所生次子赵祐（悼献太子）。

杨延昭微微侧头，看了李允则好几回，几度犹豫，终于还是开口问道："高翼……他可有招承罪名？"

高翼字任翔，原为杨延昭亲信侍卫。去年秋季时，雄州机宜司[1]也就是明面上的雄州国信所，破获一起间谍案。虽则辽方联络人在被追捕时失足跌落拒马河溺水而死，但机宜司还是得到了关键线索，追踪到高阳关军校高翼身上。原来这高翼竟是辽国安插在宋军营中的间谍，且大有来历，为辽国显赫一时的汉人重臣高勋之孙。李允则得报后，迅即派亲信持印信赶赴高阳关，将高翼当众逮捕，解至雄州，移交机宜司讯问。杨延昭身为高翼上司，大失颜面不说，还险些因此丢官去职——

杨延昭一心抗辽，即便在宋辽缔结"澶渊之盟"之后，依然不改初衷，故而宋廷对他格外不放心，派有不少监军在高阳关军中。

自宋辽通好，高阳关副都部署也由边关要害转为了"闲职"，杨延昭到任后，不免很是不习惯。他自幼随父征战沙场，不通吏事，于是将军中事务交给信任的校官周正。"高翼间谍案"案发后，高阳关监军趁机兴风作浪，一时之间，朝中弹劾杨延昭尸位素餐、周正作奸犯科的奏章层出不穷。而自从主战派宰相寇准被排挤出朝、禁军最高统帅高琼过世，朝政便为王钦若等投降派大臣把持，情势一度对杨延昭相当不利。好在宋真宗敬慕英雄，对杨延昭的信任始终不曾动摇，只下诏训斥了主持军中事务的周正，弹劾杨延昭之事遂不了了之。

但事情远远没有结束。辽人听说宋廷对高阳关主帅杨延昭不满，

[1] 宋太宗时，于雄州专设机宜司，主要任务是以重金招募或赏赐间谍，收集敌方军事机密。"澶渊之盟"后，宋辽两国关系缓和，宋真宗遂改机宜司为国信所。但机宜司只是名义的取消，实际上宋人仍称雄州国信所为机宜司。又，景德四年（1007年），宋真宗又于汴京置国信所，全称为管勾往来国信所，为中央机构，官署设在都亭驿，掌接待契丹（辽国）使臣及遣使契丹之事。设管勾官二人，以内侍都知押班（内侍省宦官，以内侍官在内殿崇班以上者充任）充任。先行于雄州设立的国信所（机宜司）则称雄州国信所，仍为间谍机构。机宜司实际负责人为知雄州机宜司事，本书中人物赵延祚曾担任此职。而挂名长官则由皇帝心腹宦官担任，如宋太宗、宋真宗心腹大宦官阎承翰（平定王小波、李顺起义时任监军）曾任雄州机宜司长官，如此安排，足见皇帝对机宜司的极度重视。

乘隙而入，派间谍、奸细四下散布谣言，释以离间之计，称辽方正派宋降臣王继忠倾心招纳杨延昭，杨氏亦有意北投契丹。

这自然是凭空捏造，但故事编造得有鼻子有眼儿，又扯出王继忠来，不由得人多信了几分。王继忠与杨延昭有旧，亦曾任高阳关副都部署，与辽军交战时被俘投降，而今已成为辽国贵臣，曾为宋辽和谈奔走，为“澶渊之盟”的最终签订立下大功[1]。

风波闹大后，流言亦传入了朝廷。宋真宗虽则信任杨延昭，然事涉藩邸旧人王继忠，皇帝心中还是很有些打鼓，遂下诏严查。

折腾了好一阵子，甚至雄州机宜司还在高阳关军营搜到了王继忠写给杨延昭的书信，书信固然是假，杨延昭却是百口莫辩。好在有李允则等忠义大臣的斡旋，最终无事。

这也就是杨延昭，换作旁人，即使被证明清白无辜，只怕也会被调任或是干脆免职了。当年杨延昭远亲刘进[2]降宋后亦遭敌方离间之计陷害，若不是边关大将李谦溥以全家四十口力保，刘进几被处死。这李谦溥，便是李允则生父，“全家四十口”中，亦包括李允则、李允正兄弟。

[1] 王继忠即耶律宗信，又名耶律显忠，在辽封楚王（当为宋降将中地位最高者）。为宋将王琉之子（王琉任武骑指挥使时，曾戍守雄州瓦桥关）。自幼入赵恒王府，因恭谨厚道而受到亲信，故赵恒即位为宋真宗后，委以边防重任。咸平六年（1003 年），契丹侵犯，王继忠迎战时战败被俘。宋真宗以为其人已经战死，极为震动，优诏赠大同军节度使，增加等级送给财物以帮助办丧事，又以王继忠的四个儿子为官。后来方才知道王继忠降辽，且在契丹另立家室。王继忠故事，可参见吴蔚作品《天圣铜人》。

[2] 刘进原为北汉大将（杨延昭原本也被北汉赐姓刘），李谦溥将其招降，抚之甚厚。刘进感激知遇之恩，愿效死力，在作战中经常以少胜多。北汉深忌刘进，一心想除掉他，由此想出一条离间计。北汉制作了一封蜡书，故意丢弃在道上，为宋将赵赞所得。赵赞出身显赫，父赵延寿是后唐卢龙节度使赵德钧养子，母为后唐明宗李嗣源之女兴平公主。赵赞本人深得后唐明宗喜爱，自幼与宗室子弟一道被养在六宅（皇家子弟居所）。赵延寿初仕后唐，后为契丹所获，任辽中京留守、大丞相。赵赞虽然被迫随父仕辽，但心在中原，后设法投奔后汉，又仕后周，入宋后更是屡战有功。赵赞得到北汉反间书信后，信以为真，立即上报宋太祖赵匡胤。宋太祖亲自下诏逮捕刘进。刘进被逮送京城时，李谦溥追至，询问原委。刘进不愿意解释，只伏身于地，请求一死。李谦溥遂慨然道：“我以全家四十口人的性命保你。”随后上书，称刘进一案为北汉反间计。李谦溥与赵匡胤原是邻居，相识于微时，有很深的私交。宋太祖对李谦溥极为信任，见书后立时醒悟，下令释放刘进，并予以安抚，赐予禁军都校专用的戎帐服具。又，赵赞之父赵延寿年轻时是有名的美男子，通书史，入辽后有《塞上》诗：“黄沙风卷半空抛，云重阴山雪满郊。探水人回移帐就，射雕箭落著弓抄。鸟逢霜果饥还啄，马渡冰河渴自跑。占得高原肥草地，夜深生火折林梢。”为古代塞外生活的珍贵记录。

不管怎样，高翼是引发这一切的根源。而最关键的是，高翼少年时即跟在杨延昭身边，杨延昭对其极为信任，完全不能相信自己素来视为半子的亲信竟然是辽人间谍。

高翼被机宜司逮捕后，便被押解至雄州，再没有下文。杨延昭明知以自己的身份，不该再跟高翼有任何牵扯，然毕竟还是心有牵挂，即便有所忌讳，还是当面问了出来。

李允则对杨延昭素来敬重，当即回答道："高翼原为杨将军心腹爱将，为自身考虑，杨将军实不宜再过问其事。"

不待杨延昭回应，又迅即低声告道："自高翼被带至雄州，便一直在严刑讯问中。他倒是硬气得很，机宜司使尽了手段，他也不肯招承是契丹间谍。"

杨延昭本是爽直性子，闻言便再无顾虑，当即道："高翼是辽国汉人重臣高勋之孙不假，肩头有刺青为证。而且他被捕后，自己也当面向杨某承认了。只是……身为辽臣之后，未必就代表他是辽国间谍。"

顿了顿，又举例道："本朝高太尉就是最好的例子。"

"高太尉[1]"便是曾经的最高禁军统帅高琼，已于四年前过世。高琼一生跌宕起伏，极见传奇——

其人出自渤海高氏[2]中的渔阳分支，祖上世代居于燕地，与辽臣

[1] 宋时"太尉"并非真的有太尉官衔，通常作为对高级武官的尊称。

[2] 此渤海高氏指渤海郡高氏，是指东汉起发轫于渤海郡（汉渤海郡郡治浮阳，今河北沧州沧县旧州镇。郡地包括今河北沧州东部、天津东南、山东德州东北、山东滨州北部）的高氏郡望，是中国高姓最大的郡望，素有"天下之高出渤海"之称。渤海高氏于东汉末形成后，至西晋渐趋兴盛，并形成渤海、渔阳（始置于秦，故城在今北京密云西南）、辽东、广陵、河南等多个支系。南北朝时期，渤海高氏已成为山东（太行山以东）门阀士族的代表，高欢、高澄父子相继任东魏大丞相、渤海王，控制东魏军政大权。至高澄弟高洋，以相国、齐王接受东魏孝静帝的禅让，成为北齐王朝的开国君主。至隋，隋开国元勋、宰相高颎，唐名相高士廉，均出自渤海高氏。又，高琼身世及传奇经历，均为历史真事，其人故事可参见吴蔚作品《斧声烛影》。宋英宗皇后、宋神宗之母高滔滔，即为高琼曾孙女。又，渤海郡高氏（汉族）与渤海国高氏（渤海国以靺鞨族为主体，王室大氏，主要"右姓"贵族为高、王、李、张、乌、杨、贺等，高氏当为靺鞨族）并不是一回事，但史籍往往将他们混称为渤海高氏。最简单的解释，渤海郡高氏世居于幽燕（泛指今北京、天津、河北北部及山东北部小部分地区，有时候也包括辽宁全部及朝鲜大同江以北部分地区。因上述地区唐代以前属幽州、战国时期属燕国，故称"幽燕"），这一带属辽南京管辖；渤海国高氏世居之地为渤海国故地（今中国东北地区、朝鲜半岛东北及俄罗斯远东地区的一部分），契丹灭渤海国后，归辽东京管辖。

高勋同族不说，高琼祖父高霸亦为契丹重臣。

五代时期，南唐占据江南锦绣之地，南唐中主李璟即位后，开始大规模对外用兵，消灭了楚、闽二国。为进一步与中原王朝相抗，李璟更是暗中潜结契丹，以为联盟。

当时中原王朝为后晋，初以割让“燕云十六州”为代价，换得契丹武力支持，方得建立。后晋高祖石敬瑭更是以“儿皇帝”自居，一向臣服于契丹。契丹则自恃扶立石敬瑭有功，挟制中原，虎视眈眈。然石敬瑭死后，继位的后晋少帝石重贵非但不再毕恭毕敬，还有反击契丹之意。

在此局面下，契丹亦有结纳南唐，以从侧翼牵制后晋，遂派汉人大臣高霸为使者，出使南唐。南唐宰相宋齐丘深谋远虑，为纾疆场之难，暗中派刺客杀了辽使者高霸，割走首级，并宣称刺客是后周所派。当时，辽国在位皇帝辽太宗耶律德光信以为真，不久后就发兵攻灭了后晋。

高霸出使时还带着儿子高乾，高霸被杀后，南唐以隆重礼仪下葬，又厚待高乾，为他在濠州[1]安排了田舍宅邸，将江南美貌女子嫁他为妻。高乾在濠州生下三子，高琼便是其中之一[2]。

赵匡胤发动“陈桥兵变”、代周建宋后，高乾看出江左孱弱，早晚会被大宋所灭，遂暗中携家眷逃往汴京，归附大宋。宋廷授予高乾官职，又赐地于亳州蒙城[3]，高乾一系自此占籍蒙城。高琼素来自称蒙城人氏，便是源自于此。

但高琼一生并不平坦，少年时凶猛无赖，沦为强盗，犯下死罪，

[1] 濠州：今安徽凤阳东。此段取自史籍。

[2] 此段取自史籍，高乾于中原所生三子分别为高琼、高瑶、高玖。但据高琼生年（935 年）来看，他出生时，中原为后唐王朝，南唐尚未建立，前后纰漏甚多。作者一时来不及详加验证，谨记于此。但若是不考虑高琼生年（生年或许有误），抑或高琼出生在辽地，并非濠州，一切便能对上。本书故事仍然认定高琼为高乾在濠州所生长子。

[3] 蒙城：今安徽省亳州市蒙城县。亳（bó）州：今安徽亳州。古称“谯（qiáo）城”。著名历史文化名城，是中华民族古老文化的发祥地之一。炎黄时代，帝喾（黄帝曾孙）代颛顼为帝，建都于亳。商成汤灭夏后建立商朝，在亳立都 190 年。亳州（谯城）亦是名医华佗、一代枭雄曹操故里。

后被官府擒获，判处弃市死刑。正要被当众行刑斩首时，忽地大雨滂沱，看守忙着避雨，稍有松懈，高琼便趁机掣断锁钉逃遁。又为逃避追捕而投入军中，先在王审琦部下为将，后来晋王赵光义听说其人勇猛，便招至麾下。赵光义即位为宋太宗后，最先下的一道诏令，便是任命高琼为御龙直指挥使。御龙直是最亲近天子的禁军，为亲军中的亲军，心腹中的心腹，高琼由一名名不见经传的晋王府侍卫，一跃成为御龙直指挥使，足见宋太宗对其之信任。

高琼不识字而晓达军政，兼之有宋太宗藩邸旧人这张王牌，其后仕途一帆风顺——宋太宗时担任侍卫步军都指挥使，封渤海郡开国公，名将潘美亦是其下属；宋真宗时任殿前都指挥使，已是禁军最高长官。

高琼在外时，长期镇守雁门关，但宋辽前后几次重大战事，高琼亦有参与，与杨延昭极有交情。二人来历均算得上奇特——高琼祖、父均曾在辽国任职，杨延昭父亲杨业原先是北汉名将，杨延昭自己也曾以北汉使者的身份出使大宋。但二人却没有因为出身而受到宋廷轻视排挤，均靠着自身才干脱颖而出，在宋军中担任要职，是而相比于一般武将，二人更多了一份知恩图报，也因而有更多的共同话题。高琼深知河北地形不利边防，是以坚决主张收复燕云十六州，亦视同样主战的杨延昭为忘年交。

四年前的冬天，高琼在汴京建宁里病逝，宋真宗为此辍朝两日。杨延昭虽因有军职在身不能赴京凭吊，却也专门设灵祭奠，涕泪长流，痛惋良久。

此刻杨延昭忽然举出已过世的名臣高琼来比拟，大有为高翼开脱之意，李允则不免很是意外。他为人要比杨延昭深沉得多，思忖了好大一会儿，才答道：“杨将军说得不错，辽臣之后，未必就是契丹间谍。”

又重重叹了口气，道：“高翼被囚禁已久，经受了各种苦刑，却始终不肯屈服，刚开始几日还大喊冤枉，后来干脆一言不发。本使也亲自讯问过，他始终不肯开口。本使见他顽强如斯，本来也有所动摇……”

杨延昭闻言一喜，忙问道："李使君也认为高翼可能是受人诬陷吗？"

李允则道："本使确实考虑过这个可能，毕竟高翼算是杨将军看着长大，照理说不可能为敌所趁。若不是前晚有人闯入囚所，试图营救高翼，本使已经准备要将高翼释放了。"

杨延昭吃了一惊，问道："什么人这般大胆，竟敢闯入州府大狱？"

州府即雄州州府，同时还是河北安抚司官署所在地，是河北军政中心。李允则本人既任雄州知州，亦任河北安抚使。

李允则道："对方不但大胆，而且身手极为了得。若不是高翼被精钢铁链锁住，只怕已被他救走。那人即便暴露了行踪，却仍然激战突围，脱身而去。不过他闯入的不是雄州州府，而是临时囚所。"

杨延昭不明其意，问道："临时囚所？机宜司还有临时囚所吗？"

李允则朝西南方向努了努嘴，又抬起手臂，朝地下指了指，解释道："南北和谈之后，双方虽然仍暗中较量不止，但明面上已经不能再动用强硬手段了，即便抓捕的间谍是我方人员，也不能轻易声张，是以机宜司在城外单设了一处临时囚所。"

高翼既然被捕，重要的是要问出他到底泄露了多少军中机密，还有多少同党潜伏在雄州及河北，但高翼为人坚挺，要撬开他的嘴，少不得要动用酷刑拷问。机宜司官署设在州府之中，虽戒备严密，然州府官吏差役众多，人多眼杂，难以掩人耳目，机宜司另设囚所讯问犯人，也在情理之中。只是当杨延昭会意过来临时囚所所在时，还是惊奇地瞪圆了眼珠，露出难以置信的神色。

李允则点头道："就是那里。所以，这件事，只怕是比本使之前预想得还要严重，严重得多。"

杨延昭皱眉道："杨某曾到过那里视察，当时高翼亦随侍在身边，难道真是他泄露了军中机密？"顿了顿，又恳切地道："李使君，可否让杨某跟高翼谈一谈？他跟随杨某多年，一身武艺都是杨某所教，如若他尚有一点人性，杨某一定能让他开口。"

李允则微一踌躇，即道："如此也好。"又道："军中机密当早已泄露出去，现下最重要的，是要让高翼交代还有哪些同党潜伏在雄州。"

杨延昭点点头，又问道："可否要杨某派人详查高阳关军中曾与高翼来往密切的军士？"

李允则摆手道："那倒不必。抓捕高翼，是因为有确凿证据，未必与他相交之人都涉入其中。风声鹤唳，只会让军心不安，自乱阵脚。"

忽有人仓促奔跑出驿馆，一眼见到李允则正与杨延昭站在树下交谈，侍从们都离得老远，便又生生顿住脚步。

李允则转头一望，认出是掌管酒库的库吏米霰，见其神色，揣度有事禀报，便招了招手。米霰这才敢上前，躬身禀报道："酒库少了两瓮酒。"

宋朝实行榷酒制度，对酒进行垄断经营，酒库则是官方酿酒之所，因酒利极重[1]，通常都是由州长官兼领酒库。雄州酒库即位于白沟驿之东，一是此地取水方便，且水质不错，宜于酿酒；二来雄州主要接待过往使者，白沟驿怕是全河北耗酒量最大的地方[2]，故而两处息息相关的官署相邻不说，还有暗门直接相通。

宋代酒大多是黄酒，头年酿造后密封，第二年清明前方才开封。雄州地方惯例，均在清明前三日开封验酒，这开封还没过两日，竟少了两瓮酒，整整两瓮——封酒的瓮均是大瓮，相当于一口中等大小的水缸。李允则闻报，当即皱起了眉头。

库吏米霰忙主动告道："酒库前日开封时，下吏一一验过，一滴不少。但适才下吏例行巡视，闻见酒库中有浓烈的酒气散出，进库一看，竟有两瓮空了。昨日尚不闻酒气，当是昨晚有人潜入酒库，偷走了酒。"

虽说酒不值什么大钱，但白沟驿戒备森严，驿馆隔壁酒库少了两瓮酒，这可是大事，是以米霰不敢怠慢，急忙赶来向长官禀报。

[1] 宋代商业发达，官方也大规模地参与贸易活动。酒业盈利巨大，宋神宗熙宁十年（1077年），仅东京开封一地，卖酒曲收入为355804贯，酒税收入为240558贯。而宋每年输给辽国岁币银十万、绢二十万匹，一贯钱约相当于一两白银，四贯钱约合五匹绢，足见京城酒曲一项收入，便可抵消岁币。

[2] 雄州是辽宋使者必经之地，迎来送往，朝廷拨下来的招待费远比别处要多。可参见名臣包拯（曾出使辽国）奏章《论瀛州公用》："除雄州每年五千五百贯文外，自馀瀛洲、莫州、恩州例皆二千贯文。"

米霰又道："下吏已经查问过了，自去年封酒之日起，酒库东大门迄今未打开过。北门是取水及日常进出之门，日落即落锁，日出方才打开。唯一进出的通道，就是驿馆东月门。刚巧白沟驿馆新进住了不少人进来，下吏在想……"他为人谨慎小心，有意无意地顿在这里，似不敢说出下面的话来。

李允则却听得十分明白，当即道："两瓮酒可是不少，不可能藏得住，更不可能有人携酒离开驿馆。你去找驿馆馆长庾沧浪，跟他一道四下看看，看有没有醉得不省人事的。"

失酒事小，失窃事大，李允则为人宽厚，然治州素来严谨。库吏米霰原以为至少要挨一顿严厉训斥，不料长官似是另有心事，暂无责罚之意，不由得喜出望外，忙应声而去。

杨延昭目睹米霰离开，忽然想到一件事，忙问道："适才侍卫们不是说崔小娘子人不见了吗？会不会是她……"

一时寻不到合适的措辞，便改口道："或许她心情低落之下，借酒消愁，醉倒在了什么地方，是以房中寻不到人？"

李允则立时反应过来，"哎哟"一声，忙招手叫过一名兵士，命道："立即派人沿拒马河河岸搜索。再传本使军令，命界河巡检司调派虎头船……"转头见到亲信侍卫忻继勋正疾奔过来，便住了口。

兵士莫名其妙，硬着头皮问道："敢问安抚使，到底要搜索什么？"

李允则摆了摆手，令兵士先退到一旁。

侍卫忻继勋瞬间即到，不待长官发问，先躬身禀报道："人找到了。崔玄妙小娘子就在对面的晴川酒肆。白锋锐目下正留在那里照应，属下先行赶回禀报。"

李允则最担心的事终于没有发生，立即长长舒一口气，连声道："人找到就好，找到就好。"

忻继勋不明所以，问道："要属下去带崔小娘子回驿馆吗？"

李允则想了想，摇头道："不必。跟北岸已经约好，日落后方才进行交接，目下时辰还早。"

侍卫忻继勋犹豫了下，又禀报道："赵振也在晴川酒肆中，还有赵探。他二人均是便衣，也未坐在一起。”他虽只是陈述所见事实，却明显露出不可理喻的神气，表明此事不同寻常。

赵振是雄州归信县人，土生土长的本地人氏，亦是河北最为著名的神射手，官任界河巡检。

河北一地，有两大巡检司：一是保州缘边巡检司，一是界河巡检司。二司不同于普通巡检司，为中央禁军编制，号称“兵马强劲，今未有逮”。尤其界河巡检司辖雄州、霸州、沧州三州界河，职责极重，赵振所任巡检，为界河巡检司副长官。

赵探则是赵振远房族兄，在雄州机宜司任职，其祖父便是名动一时的大宋间谍首脑人物赵延祚[1]。

李允则闻言，只皱了皱眉，却未多说什么。

赵振、赵探均是在籍武官，杨延昭自然也认识，闻听二人在酒肆中，且未同案，不免很是诧异——

军中禁止饮酒，虽然时值清明假期，但以赵振、赵探身份性情，都不该出现在那里。

侍卫忻继勋特意转头看了杨延昭一眼，又讪讪道：“那位大名天雄军[2]来的明未光，引着杨、李二位小公子，也在晴川酒肆中。”

---

[1] 赵氏是宋雄州大姓，赵延祚更是河北豪强。宋初，宋太祖有收复北方“燕云十六州”之志，因而从立国伊始，便开始向契丹派遣间谍，以了解敌情。但宋廷没有因之成立相关机构，实际执行者主要是边关守将，宋廷基本不参与其中，即所谓“太祖分置大将边郡，榷之利悉以与之，其货易则免征其税，故边臣皆富于财，以养死士，以募谍者，夷人情状，山川道路，不备见而周知之”。宋太宗时，赵延祚即散家财，交结北中豪杰，为雄州刺取契丹机密事宜，或亲身进入彼中，察探山川地理及军中机要，故深得边镇倚重，奏报朝廷，授以官任，累资至殿直。后宋廷设置雄州机宜司，命赵延祚知雄州机宜司事，成为专门负责对契丹情报工作的首领。“澶渊之盟”后，景德二年（1005 年），宋真宗特诏赵延祚赴阙，询以边事。赵延祚时年已七十余，体力精健，为宋真宗倍细述说契丹山川地理民情，并推测国家修和契丹，诚守恩信，理当长久。及说时事，历历有据，并请榷场贸易，自今应优与其值，其民获利，赖我之心益坚等。宋真宗大喜，问其所欲，但云“衰朽不堪使用”。宋真宗以契丹已经通好，不宜再置机宜司，故擢赵延祚为侍禁，官雄州北关城巡检，赐白金三百两。

[2] 天雄军：今河北大名。为河北另一重镇。彼时知天雄军兼驻泊都部署为前宰相寇准。寇准到任天雄军后，刚好遇到辽国使者路过，辽国使者故意问道：“相公（宋代对执政重臣的尊称）德高望重，为何不在中书省做官，却来到天雄军呢？”寇准被说中痛处，却回答得相当巧妙：“如今朝中无事，不需要我居中任职。皇上认为天雄军是北门锁钥，非我寇准执掌不可。”回击得无懈可击。又，寇准、杨延昭少年时故事可参见吴蔚作品《斧声烛影》。

杨延昭一怔，道："杨某竟是不知明未光带着文广和柬之出门了。"

"文广"名杨文广，是杨延昭第三子。杨氏长子杨传永和次子杨德政均已成人成家，在朝中任职。第三子杨文广及第四子杨充广为续弦所生，年纪尚幼，杨文广方才八岁，一直跟在父亲身边。

"柬之"全名李柬之，比杨文广大好几岁，是秘书省著作郎、直史馆李迪[1]之子。

侍卫忻继勋心中一直有个疑惑，趁机问道："那位明未光，到底是什么人？"

李允则抬了抬眼皮，有意无意地朝下属瞥了一眼，隐有责怪之意。

忻继勋慌忙解释道："不是属下多嘴，是明未光手里那把剑，那把剑，可不是普通人所能拥有。"

李允则当即斥道："明知多嘴，还要多嘴。"

忻继勋应道："是，属下知错。"垂手站到一旁，目光却仍然投向杨延昭。

忻继勋是保州人氏，年少从军，一直在杨延昭麾下，后在军艺大赛中脱颖而出，拔得头筹，这才做了李允则贴身侍卫。细细论起来，李允则只是新长官，杨延昭却是老上司。

杨延昭遂告道："杨某也不知明未光来历，只知道他是寇准相公宋夫人的心腹侍从。柬之一向跟在寇相公身边，这次他吵着要来雄州，寇相公没有子嗣，宋夫人素来视柬之为己子，便派了明未光护送他来边关。"

寇准与杨延昭年轻时即因一番偶然机遇而相识，交情深厚。此番寇准亦有私信寄送给杨延昭，故而明未光北上，先至高阳关。不想李

[1] 李迪（971—1047年）：字复古，祖籍赵郡赞皇（今河北赞皇县），后移居幽州（今北京）。其曾祖为躲避五代战乱，迁家至濮州（今山东鄄城旧城）。李迪深厚稳重有才学，曾携带自己所作的文章拜见文学家柳开，柳开认为他是一个奇才，并予以"公辅之才"的评价。柳开是宋代古文运动先驱，自称"吾文章可以惊鬼神，胆气可以詟夷夏"，尚气自任，眼光极高。胡旦（宋太宗太平兴国三年戊寅科状元，宋代重要史家）曾模仿孔子《春秋》笔法，撰写《汉春秋编年》，书成后请柳开品评。柳开只看了一眼，怒斥胡旦不说，还提剑追砍胡旦。李迪得柳开如此推许，极是难得。宋真宗景德二年（1005年），李迪状元及第，后成为一代名相。李迪与寇准交好，其子李柬之自少受知于寇准。

柬之与杨文广一见如故，结为好友，杨文广听说李柬之要去雄州，也吵着要去看热闹。杨延昭年近五十方才得到第三子，甚为珍爱，正好他许久未曾到雄州巡防，亦到了重新编排高阳关路传信牌“字验”[1]的时候，需要他本人亲至雄州与河北缘边安抚使李允则议定，便携了爱子，与明未光、李柬之一道来到雄州。

雄州虽为大州，却是由瓦桥关改建的军事重镇，最主要的功能是御敌。城中甚为简陋，官署、军营及军事设施占了大部分用地，普通居民也不多。而且守城军士对陌生面孔盘查极严，稍有可疑，便会予以逮捕，再移送机宜司讯问，故而客栈、酒肆之类在城内难以经营，商业一类基本都位于城外，且条件很差。

以往杨延昭来雄州，均是住在军营中，而今身边带了两个孩子，便有诸多不便。白沟驿不仅是外事驿馆，同时也接待路过的大宋官员及某些特殊客人，居住环境要比军营好上许多倍。杨延昭向河北最高长官李允则打过招呼、得到允准后，便让明未光、李柬之亦充作自身侍从，引诸人暂时栖身在白沟驿馆中。

忻继勋闻言奇道：“那位宋夫人[2]，便是开宝皇后幼妹吧？”

杨延昭未及回答，李允则已抢先问道：“你小子今日话怎么这么多？闲着没事做吗？酒库失窃了两瓮酒，限你一日之内查个清楚明白，捉到那名盗酒贼，否则军法处置。”

李允则待部下素来宽厚，忻继勋当即叫苦道：“酒库失窃，只是普

---

[1] 宋真宗咸平六年（1003 年）十月，宋廷采纳大将石普建议，于军中设立传信牌，用于行军作战时传令及通信。传信牌为木制涂漆，长六寸，阔三寸，正反面均刻有“某路传信牌”字样。对剖为两半，中有榫头，可以合二为一。又穿二孔，中放笔墨和纸札。遇有军事活动时，将传信牌分开，通信双方各执一半。需传令时，写在纸札上，放在木牌槽内，系在传令兵的颈上，送到对方处，以两个牌相合为凭。复书亦纳牌中回报。为了防止传信牌中的字条落入敌手，泄露军情，又采取“字验”法，即将行军作战中经常遇到的事项，概括为四十余条，如“请弓”“请箭”“攻城”“添兵”“移营”“进军”“退军”“贼进兵”“被贼围”“围得贼城”“将兵投降”等等，再用旧诗四十字，每字配一条，不得用重字。“字验”由主将在临战前确定，临时编排好字号后，通信双方各持一本，不得泄露。“字验”相当于一套简便的军事通信“密码”，是古代行之有效的保密措施。

[2] 寇准妻子宋氏出身名门，宋氏跟唐代名相宋璟同族，祖父宋廷浩娶后唐庄宗李存勖之女义宁公主，父亲宋偓娶后汉太祖刘知远之女永宁公主为妻，长姊宋氏是开国皇帝宋太祖赵匡胤皇后，号开宝皇后。

通盗窃案，不该是‘两县尉’的差使吗？”

窥见李允则板起了脸，忙躬身应道：“是，属下遵命。”走出几步，却又停了下来，扭头朝晴川酒肆望去。

李允则斥道：“还不快去办事？”

忻继勋抬手朝晴川酒肆指了指，似有话要说，然最终还是有所顾虑，将到口的话咽了回去，只嘟了嘟嘴，转身奔进驿馆。

李允则为人精明，最擅长察言观色、洞察人心，当即狐疑道：“继勋这小子，该不会是怀疑晴川酒肆盗了那两瓮酒吧？”

忽见“两县尉”郑定国引着一名二十三四岁的男子过来，李允则立时认出那男子来，微微一怔，忙迎上前去。

那男子名叫王惟一[1]，是祁州[2]老名医邳良诚弟子。邳良诚深明医理，精通针灸，常走村串户，悬壶济世，活人无数。其子邳安国亦是当世名医，二十年前被召入朝中为御医，然太宗皇帝归天前用药失误，被朝廷处死[3]，死时还不到四十岁。这场事故虽未牵连到邳良诚本人，但之后其人性情大变，既暴躁又孤僻，常人往往难以靠近，前几年新收了徒弟王惟一，脾性方才有所好转，重新开始为民众治病。

---

［1］王惟一日后成就非凡，编著有《铜人腧穴针灸图经》一书，主持铸造针灸铜人（即历史上著名的天圣铜人，号称“国宝”），对中国针灸学做出了重要贡献。王惟一故事可参见吴蔚作品《天圣铜人》，本书将不会具体涉及其人身世、来历。

［2］祁州：治所蒲阴（今河北安国）。安国（古称祁州）是闻名中外的药都，药业源远流长。秦汉以来，医生大多数是一方面行医，一方面卖药，专业经营药物的店铺比较少。到了唐代和宋代，由于城市商业的发展，专门出售中成药和药材的店铺纷纷出现。安国传统中药材加工技艺精湛，曾以“祁州四绝”名扬天下，自宋代始成为中国商业都会，药材的交易形式也从店铺发展到了庙会形式。宋代祁州庙会药市是当时长江以北各地药材商进行中药材交易的集散地，商贾辐辏，药材极山海之产，号称“天下第一药市”，且有“草到安国方成药，药到祁州始生香”之美誉。每逢庙会，整个祁州药气熏天，故有“药州”之称。又，东汉名医邳彤（人颂“药王邳彤”）死后葬于祁州南门外。北宋时，宋廷追封邳彤为侯，后改“封觋侯”“灵觋公”，并为邳彤立“药王庙”，供世人纪念。南宋时，宋廷又加封邳彤为“明灵昭惠显袍王”。这是中国历朝历代唯一的一次皇封药王，邳彤也由此成为中国历史上唯一一位被皇封的药王。

［3］唐咸通十年（869年），唐懿宗爱女同昌公主病逝，唐懿宗迁怒于医官，下令杀翰林院医官韩宗劭等二十余人，并将医官亲族三百余人全部逮捕下狱。明洪武三十一年（1398年），年逾七十的明太祖朱元璋患病卧床不起，御医们束手无策，朱元璋因此将御医们全部逮捕，关入死牢。不久，朱元璋病逝，建文帝朱允炆即位，将当时给朱元璋诊治过的御医全部处死，只有戴思恭一人幸免于难。仅举此两例，便可知做御医的风险。事实上，历史上因皇帝或皇族亲眷病死而被杀死泄愤的御医不计其数。

去年一队辽国使者途径雄州时，正使耶律宁忽然发病，陷入昏迷之中。雄州医博士、驻泊医官[1]均不知病因，难以对症下药医治。

若是辽使死在宋境，便可能上升为重大外交事件，雄州知州李允则深知利害，自然要千方百计地救人。他早听闻邳良诚大名，便请高阳关副都部署杨延昭出面，用“杨六郎杨将军”的名义，终于将这位老名医请动。又因邳良诚恨辽人入骨，不得不请辽方为耶律宁换上便服。

邳良诚携弟子王惟一翩然而至后，只看了耶律宁一眼，不开方，不用药，直接开药箱取了针包，几支银针扎下去——

耶律宁便立时醒转了过来，且活蹦乱跳，没有任何后遗症，甚至耶律宁浑然不知自己新得过一场暴病。

旁观者瞧在眼中，无不啧啧称奇。

治好耶律宁后，邳良诚未取分文酬金。他看出雄州知州李允则身体不好，为其针灸后，还专门开了一张方子，让李氏按方配药、按时服用。李允则长年为病痛所苦，按嘱咐用药后，病情竟大为好转，一身轻松，为此对邳良诚深为感激。此刻忽见到邳氏弟子王惟一意外现身，且面色焦虑之极，料想必是出了大事。

果然，王惟一一见到李允则，不及行礼，便仓促问道：“李使君可有见过我师傅？”

李允则一愣，问道：“邳医师人不在祁州吗？”旋即意识到这是一句多余的废话，便立刻改口问道：“邳医师是什么时候失踪的？”

王惟一道：“去年十一月二十一日。”

李允则闻言吃了一惊，道：“失踪这么久了吗？祁州州府可有查到线索？”

王惟一摇了摇头，道：“尚未报官。”

又主动解释道：“我原本不知道师傅是失踪了，还以为他老人家

[1] 宋代地方医官主要包括地方医官和驻泊医官。地方医官称“医博士”，设于州府。驻泊医官也称“驻泊郎”，由中央医政管理机构（主要是翰林医官院）派遣至地方州郡，作为地方医官的补充。

去了无极。”一边说着，一边递过来一张纸条，上书“出远门三月”五字。

无极县[1]原为祁州州治，“澶渊之盟”后，宋廷调整河北边关格局，将祁州州治移到蒲阴县，无极县则划归定州[2]。县左山谷中有温泉，对缓解某些病痛大有益处。邳良诚已年近七旬，虽然身子康健，没有什么大毛病，但每到冬季，手足便会僵硬发冷，他曾经念叨过要去无极浸泡温泉过冬，是以王惟一看到字条后，便理所当然地以为师傅去了无极县。

王惟一又道：“去年入冬后，师傅曾提过无极温泉，我还说陪他老人家一道前去，反正路途也不远，他却说不必了。后来他留了字条，独自离开，我还以为师傅一生好强，特意选择不带我去，便想着这样也好。不想今年开了春，师傅仍未回来，我便赶去无极县寻找，却不料那边温泉根本没人见过师傅。”

王惟一这才意识到不妥，不由得大急，于是重新回到祁州，大街小巷地打听，终于有人声称见到当日邳良诚被几名大汉簇拥着出了北门。王惟一便往北寻找，一路打听着到了保州，却已无迹可寻。他一时惶然不知所措。祁州、保州在军事上均属定州路部署，彼时定州长官李允正，正是雄州知州李允则亲弟。王惟一忽想到去年随师傅到雄州时，曾与李允则有过一面之缘，而李允则官任河北缘边安抚使，河北诸州包括保州、祁州等均为其辖境，便折转向东，赶来雄州，想请李允则出面，帮手寻找邳良诚。

李允则既知究竟，当即应道：“邳医师是本使辖境子民，更是于本使有恩，这件事，本使一定全力以赴。”

杨延昭与邳良诚有旧，早年几次作战受伤，均曾得到这位老名医救治，当即也道：“杨某也会全力襄助安抚使。”

---

［1］无极：今河北无极。原名毋极，唐时改名无极。据《新唐书地理志》：“无极县有无极山。”当指县以山名。清康熙皇帝南巡时路过无极，觉得村名地名有趣，随口道：“东两河西两河泗水南流。”联中“东两河”“西两河”“泗水”“南流”均为无极当地村名。该联甚是巧妙，迄今无人能对出下联。

［2］定州：州治安喜，今河北定州。

王惟一忙道了谢，又迟疑问道："师傅他老人家……会不会出了意外？"

李允则不答，只随口安慰道："你先别急，一切自有本使做主。"随即招手叫过县尉郑定国，命道："劳烦郑县尉立即赶去晴川酒肆，将赵探替回。"

郑定国不知原委，问道："赵探正在晴川酒肆当值吗？下官[1]要替他做什么？"

李允则一时解释不清楚，道："这样，郑县尉去晴川酒肆悄悄向赵探传话，就说本使有事要见徐颂和陈丽，命他速将那二位带回白沟驿馆。"

县尉郑定国虽不明其事，仍躬身领命。又禀报道："另外还有一事，下官今日带领下属出城巡防时，遇到一名鬼鬼祟祟的可疑男子，便照例上前拦下盘问。那男子支支吾吾，说是外地来的，来雄州是为了寻找失踪多年的亲眷。"

寻亲在河北是极为常见之事。早先宋辽对峙，契丹每每南侵，都会从宋境掳走大量人口。这些宋民被当作牲口一样驱赶到辽地，沦为奴隶，亦有极少数设法逃回中原。然边地经过多年战乱，无数家庭妻离子散，家人多背井离乡，流亡在外，于是寻亲便成了常态。

譬如雄州州民赵祚早年被契丹掳去，因通晓文史，被擢升为小吏，在南京任职。契丹人还为赵祚娶妻苏氏。苏氏原是宋朝赵州人氏，亦是在战乱中被辽兵所掳。"澶渊之盟"前，赵祚设法带着苏氏逃归雄州，然其家人尽已离散，不知流落何处。夫妇二人又去赵州寻苏氏父母，亦是不果。

因赵祚曾在契丹仕为小吏，故雄州地方不敢留驻，将夫妇二人

[1]"下官"是宋代官场广泛使用的谦称，无论大小官员均可自称"下官"，既不区分说话人官职的大小，也不看受话人地位的高低，譬如《水浒传》中太尉高俅对林冲自称"下官"。但由于出身、经历及性格差异等因素，宋人自称亦大有不同之处，如权臣丁谓爱称"某"（"我"的意思，近似于"丁某"）。位卑者自称"小人"则是宋时风气。书中将会根据人物不同身份及性格体现这种差异。

遣送至京师。宋真宗即命安置赵祚及其妻苏氏于京师城南归明院[1]中居住。

赵祚定居汴京后，忽然有“亲”自己寻上门来。赵州民户苏翰辗转来到东京，到宣德门狂敲登闻鼓[2]上诉，称赵祚妻子苏氏是其独生爱女，数年前被辽兵掳入北地，今与其夫俱来归国家，请求朝廷还其女并婿赵祚。

归明人因身份特殊，受到朝廷统一监管，赵祚夫妇甚至不得擅自离开归明院，与软禁无异，故而苏翰才请求宋廷“还其女并婿赵祚”之语。宋真宗得报后，同意了苏翰的请求，厚赐赵祚夫妇衣物纸帛，遣还赵州。

这算是大宋最轰动的“寻亲”故事，直接敲登闻鼓，上达天听，也有最完美的结局。而今这赵祚正在雄州州府任职，其人熟知契丹体制，正是雄州知州李允则需要的人才。

而最近发生的一起高丽送还中原人口事件，更是引发了河北边州寻亲浪潮——

雄州人氏窦文显早年被契丹军士俘虏，陷身于辽地。他思念家

[1] 归明院：宋廷专门为归明人修建的住所。除了安置，也有集中管理、监视的意思。蕃夷（非汉族人）脱离少数民族首领建立的国家，投归宋朝，称“归明人”，即弃暗投明之人，为北宋特有称呼。南宋时，称沦于外邦而返回本朝者为“归正人”，即投归正统之人。著名大词人辛弃疾即为归正人。又，“澶渊之盟”约定宋辽不得接受对方逃人，故宋辽议和后不再有“归明院”一说。但也有自契丹逃归的有价值的官吏为宋廷接纳，多居住于枢密院大程官营（大程官驻所，隶枢密院承旨司。编制有大程官一百人，由都头、十将、副将分级管理）。又，李允则在雄州任上十余年，在边关威望很高。他晚年定居于京师，凡有从契丹逃回的人，都接回自己家中居住。直到天圣六年（1028年）李允则去世，这些归明人才搬去枢密院大程官营。

[2] 古代帝王为了表示听取臣下的冤情或谏议，悬鼓于朝堂之外，允许臣民击鼓直接向皇帝反映问题，称“登闻鼓”。北宋于皇宫正门宣德门东设有登闻鼓院，由宦官掌管，门外悬有大鼓，均允许百姓击打。凡有议论朝政得失，涉及军情机密，公私利害，呈献奇方异术，或者请求恩赏、陈诉冤情等，无法通过常规渠道向皇帝呈进的，可以上登闻鼓院敲鼓呈进。这个官署规模很小，地位也不高，却给民间有冤难诉者提供了一条有用的渠道。北宋立国之初，东京有平民牟晖家中失了一头猪，因猪是自己走失，并非失窃，开封府拒不受理。牟晖气急败坏，跑到登闻鼓院敲响了大鼓。登闻鼓有一套完善体系，鼓响后必须立即受理，于是丢猪一事被紧急上报到御案前。宋太祖赵匡胤并没有因为丢猪是小事而生气，反而喜滋滋地给宰相赵普下手诏道：“今日有人声登闻来问朕，觅亡猪，朕又何尝见他的猪耶！然与卿共喜者，知天下无冤民。”猪肯定是找不回来了，宋太祖便诏令赐给牟晖一千钱，以补偿损失。

乡，想要逃归故国，遂暗中结纳了同样被掳的河北同乡共十余人，自契丹腹地逃走。然南逃时被辽军追捕，一时慌不择路，失了方向，最终窜入高丽界内，即遭高丽郡县拘执。

窦文显虽向高丽方说明了原委，然高丽与宋亦时友时敌[1]，彼时

[1] 契丹虽然武功雄耀一时，但经济文化远远落后于中原。高丽自太祖王建开国以来，就对契丹采取敌视态度，拒绝与之交往，而与宋朝联系密切。高丽成宗王治即位后，除了不断遣使朝贡外，还与宋朝开展广泛的文化交流，求得宋朝太庙、社稷、文庙等图样及请赐大藏经和九经，又派留学生崔罕、王彬进入宋国子监读书。高丽的“越海事宋”，令契丹寝食难安，早在宋太宗雍熙二年（985年）七月，契丹就预备东征高丽，但由于“辽泽沮洳”而作罢。不久，宋朝大举对辽用兵，此即影响深远的“雍熙北伐”。宋太宗赵光义事先派使者出使高丽，要求高丽出兵牵制契丹。高丽虽然没有配合宋朝出兵，但契丹使者厥烈来到高丽请求和好时，高丽也未予理睬。宋太宗淳化三年（992年）十二月，契丹再次计划出兵高丽。淳化四年（993年）五月，预先得到消息的女真向高丽通告此情报，然而高丽成宗王治及其臣下不信任女真，以为是女真人在诈骗，所以没当回事。八月，女真再次通报，高丽朝廷这才认真起来，准备御敌，可为时已晚，契丹东京留守萧恒德于当年十月大举南下，此即为第一次辽丽战争。契丹军锐不可当，高丽成宗王治一度打算割地求和，因徐熙、李知白等大臣劝阻而打消了这个念头。不久后，契丹军在安戎镇（今朝鲜平安南道文德郡）被大道秀、庾方率领的高丽军挫败，但萧恒德继续要求高丽投降。王治派阁门舍人张莹去契丹军营议和，萧恒德以其官职卑微而拒之门外，大臣中只有徐熙主动请缨谈判。面对萧恒德的割地要求，徐熙打出女真牌，请求契丹帮助高丽“逐女真、还我旧地”，作为交换，高丽同意向契丹称臣。当时辽的主要敌人是中原大宋，对高丽的讨伐只是为了避免高丽与宋合谋，形成两面作战的不利局面，见达到了威慑目的，便顺势同意了高丽提出的条件，撤出军队，翌年将鸭绿江以东二百八十里土地移交高丽，高丽在此地设立“江东六州”。第一次辽丽战争结束后，高丽仍然不甘心臣服于契丹，遂于宋淳化五年（994年）六月派使臣元郁到宋朝求援，宋太宗认为“夷狄相攻盖常事，而北边甫宁，不可轻动干戈”，于是仅厚待使节，优诏答复，但拒绝出兵相助。随后王治与宋朝绝交，彻底投入契丹怀抱。宋至道二年（996年）三月，契丹派遣的使臣翰林学士张干、忠正军节度使萧熟葛来高丽，册封王治为“开府仪同三司尚书令高丽国王”，标志着契丹和高丽正式建立了宗藩关系。又，以上提到，辽军入侵高丽前，先行得到消息的女真曾提醒高丽做好准备，但高丽却在战争结束后以牺牲女真利益的代价，换回了鸭绿江以东之地。因书中故事情节涉及此节，这里再谈一下高丽与女真的关系。渤海国灭亡后，辽太宗耶律德光将渤海遗民大量内迁辽东，一时间广袤的渤海故地变得地广人稀。契丹对原渤海地区特别是对今朝鲜半岛北部女真地区控制减弱，于是高丽和女真人展开争夺。两方旗鼓相当，实力不相上下，故而争斗旷日持久。契丹最大的敌人始终来自中原，无暇东顾，面对高丽的向北扩张，很长时间内都只能采取姑息态度。到高丽成宗王治执政时，高丽与女真关系格外紧张。当时鸭绿江流域的定安国（在今白山市浑江附近，从渤海国分裂出来的小国。后跟渤海国一样，为契丹所灭）和女真人不断与宋朝往来并骚扰契丹，令契丹人很是头疼，便用兵讨伐女真，高丽也被卷入纠纷之中。契丹大破女真后，大批女真人逃到高丽境内，契丹追兵为抓捕女真人，直接进入高丽境内。女真由此认为高丽和契丹合谋，于是利用向宋朝进贡马匹的机会向宋控诉高丽“与契丹结好，倚为势援，剽略其民”。雍熙元年（984年）十一月高丽使臣韩遂龄朝贡宋廷时，宋太宗将女真的告急木契出示于韩遂龄，并要求高丽归还其俘获的女真人口。高丽觉得在大朝失了颜面，转而怨恨女真。与此同时，高丽在鸭绿江边筑城的军民也遭到女真人袭击。自此，高丽对女真态度愈发强硬。到宋淳化二年（991年），高丽已用武力将女真人驱逐到白头山以外。正因为高丽与女真一直敌对，故女真告知契丹将入侵高丽时，高丽根本不信，而第一次辽丽战争结束后，更是采取联合契丹驱逐女真的外交策略，以确保国土西北面的安全。

高丽已与宋朝绝交，臣服于辽国。在位的高丽成宗王治[1]遵奉契丹正朔，频繁进贡，并向契丹上表求婚。辽方也欲以和亲来控制高丽，遂欣然同意，封东京留守萧恒德[2]之女萧氏为公主，出嫁高丽[3]。辽丽既然交好，便是窦文显等宋民的噩梦。好在高丽还是留了余地，未将窦文显这些人交还辽国，只是拘押起来，充作苦役。

高丽国力虽远远称不上东方强国，但论宫闱争斗、风云激荡，丝毫不亚于宋辽两国。

高丽成宗王治成功结束了第一次辽丽战争，取得外交上的胜利，并请婚辽国，得到辽主允准，却没有娶到辽国萧公主的命——

先是准岳母[4]越国公主耶律延寿女去世，再是准岳父萧恒德被萧太后赐死，而他自己尚未成亲，亦一病而亡。

---

[1] 王治：字温古，高丽王朝第六任君主（981—997年在位）。他是高丽太祖王建（高丽王朝开国之君）之孙，高丽戴宗（追尊）王旭次子，早年受封开宁君，宋太宗太平兴国六年（981年）继承堂兄高丽景宗王伷之位，被宋朝册封为高丽国王。王治在位时仰慕华风，敦崇儒学，奉行“以儒治国”的政策，按照中国唐宋模式全面改造高丽的典章制度。宋太宗淳化四年（993年），高丽遭遇契丹入侵，王治派大臣徐熙与契丹议和，就此向契丹称臣纳贡，且与宋断交。王治也在宋至道二年（996年）三月接受了契丹的册封，被封为高丽国王。次年，王治薨逝，临终前传位于堂侄王诵（高丽穆宗）。死后庙号成宗，谥号文懿，葬于康陵。

[2] 萧恒德：字逊宁，国舅部人。父萧挞凛，兄萧排押。萧挞凛为萧思温族侄，娶妻永徽公主（非皇帝女，为辽皇帝兄弟之女），辽国名将，在澶州之战时被宋军床子弩射死。萧排押为萧挞凛长子，娶卫国公主耶律长寿女（萧绰所生，辽圣宗亲妹），其长女萧氏（非卫国公主所生）为辽圣宗贵妃，即萧贵妃，生辽圣宗长女耶律燕哥。自父亲萧挞凛死后，萧排押专任南面事（即主管汉人事务），及宋议和成，为北府宰相。最后说萧恒德。萧恒德为萧挞凛次子，尚越国公主耶律延寿女（萧绰所生，辽圣宗亲妹）。宋太宗淳化四年（993年）十月，萧恒德任东京留守，奉诏率领大军征讨高丽，引发了第一次辽丽战争，这也是高丽开国以来的第一次重大外患。双方各有胜败，但高丽成宗王治惧怕辽国实力强大，上表请降，契丹同意。萧恒德因为降服高丽，立下大功，辽廷赐号“启圣竭力功臣”。

[3] 萧氏公主（因萧恒德989年才娶越国公主耶律延寿女，故萧公主非越国公主所生）与高丽主王治定亲之后，陆续出现意外。定亲当年（996年）年底，越国公主耶律延寿女怀孕待产，太后萧绰爱惜女儿，派心腹宫女贤释到公主榻前伺候，而驸马萧恒德借机与宫女贤释私通。事泄后，耶律延寿女忧愤而死，时年二十一岁，越国公主新生之子（萧匹敌）尚未满月。太后萧绰得报后勃然大怒，杀死宫女贤释，将女婿萧恒德一并赐死。萧公主身为萧恒德前妻所生之女，处境已经很是不妙。次年（997年）八月，高丽成宗王治率群臣南巡东京庆州，途中身体不适。后返回开京，于十月二十七日薨逝，时年三十七岁，庙号成宗。王治一死，辽丽联姻遂不了了之，萧公主亦不知所终。

[4] 萧公主虽非越国公主耶律延寿女亲生，但越国公主是其嫡母（妾所生的子女称父亲正妻为嫡母。相对庶母而言），故也是高丽成宗王治准岳母。又，高丽成宗王治与萧公主订婚后不久，即遣使来问起居，很是殷勤。越国公主死后，高丽成宗王治亦遣使吊祭越国公主，并纳聘币。

王治无子，临死前传位堂侄王诵。王诵是高丽景宗王伷之子，母亲是献哀王后皇甫氏[1]。王诵即位为高丽穆宗后，即尊母亲皇甫氏为王太后，因为皇甫太后居住在千秋殿，故被世人称为“千秋太后”。

高丽穆宗王诵即位时已年满十八岁，且继位后不久便获契丹册封为高丽国王，但仍由母后千秋太后皇甫氏摄政。千秋太后早年守寡后，曾在崇德宫包养了一名与皇甫家族有亲戚关系的男子，名叫金致阳。奸情败露后，金致阳被杖配远地[2]。高丽穆宗一即位，千秋太后便将金致阳召还，继续与他私通，甚至还生下了一个私生子。高丽穆宗害怕得罪母亲，也不敢过问及干预。

高丽王室均为近亲结婚，故而子嗣不旺，而高丽穆宗王诵更是有龙阳之癖，喜欢男子，厌恶女色。他宠爱贵族子弟庾行简及渤海[3]人刘忠正。庾行简相貌俊丽，胜过女子，王诵爱其疯狂，封为阁门舍人，凡宣旨时，都会事先征询庾行简后，方才下达。庾行简恃宠而骄，不可一世，对百官颐指气使。渤海人刘忠正则被任命为知银台事左司郎中，他与庾行简出入的排场，可以与国主媲美。

高丽穆宗王诵无子，而且看情形也不可能再有子嗣，对千秋太后及姘头金致阳而言，简直是天大的美事。当时金致阳在千秋太后的庇护下，已官至宰辅，但他仍然不满足，想要自己与千秋太后的私生子来继承穆宗王位。

---

[1] 献哀王后（千秋太后）：高丽太祖王建之孙，高丽戴宗（追尊）王旭之女，高丽成宗王治之妹，母亲是某位皇甫氏的夫人，故称皇甫氏。她与妹妹献贞王后皇甫氏一起嫁给高丽景宗王伷，并给高丽景宗生育了唯一的儿子王诵。高丽景宗去世后，皇甫氏兄长王治继位，是为高丽成宗。王诵被留在宫中，由高丽成宗抚养长大。而献哀王后皇甫氏则搬出大内，移居崇德宫。书中人物关系均为史实，高丽王室时兴近亲结婚。千秋太后之妹献贞王后皇甫氏（景宗王后）在高丽景宗驾崩后也与叔父王郁（高丽太祖王建之子）私通，生子王询（即后来的高丽显宗）。

[2] 书中人物关系均为史实，高丽王室时兴近亲结婚。千秋太后之妹献贞王后皇甫氏（景宗王后）在高丽景宗驾崩后也与叔父王郁（高丽太祖王建之子）私通，生子王询（即后来的高丽显宗）。

[3] 此“渤海”指渤海国。渤海国灭亡后，大批遗民流入高丽。本书中“渤海郡”及“渤海国”为截然不同的两码事，但有时候均会习惯简称为“渤海”。如为“渤海郡”，会尽量提及汉人，至于渤海国的“渤海”，则请读者根据上下文自行区分（因为故事发生时渤海国已经灭亡，不存在了），譬如辽景宗嫔妃“渤海妃”大氏，“大”是渤海国王族姓氏，故此“渤海”明显是“渤海国”之渤海。

高丽穆宗王诵没有亲生儿子，但王诵表弟王询仍然有继承王位的资格[1]。王询虽然也是私生子，但母亲是高丽景宗王后，千秋太后也是其姨母，父亲更是高丽太祖王建之子，地位尊贵，远非金致阳所能相比。而王询本人更是高丽成宗王治钦封的大良院君[2]，穆宗王诵亦有心将来百年之后将王位传给王询。

但千秋太后却不能任凭王询成为储君，遂施展手段，强迫其到杨州三角山神穴寺[3]出家为僧。之后，千秋太后多次派人到神穴寺谋害王询，行刺、赏赐毒饼等，花样层出不穷。但在正直大臣及僧侣的保护下，王询均幸免于难，时人称其为“神穴小君”。

为了给私生子铺平道路，千秋太后还排斥异己，陷害忠良。高丽穆宗王诵虽然大为不满，但也不能禁止，对此无可奈何。由于奸臣弄权，高丽朝政腐败，社会亦动荡不稳，曾发生过大量高丽民众不堪苛政、外逃日本的风波。

不过高丽穆宗王诵在位时，待窦文显等宋民甚厚，免除了诸人的奴隶身份，虽然拒绝了窦文显等人的归国请求——倒不是穆宗王诵小气，而是当时契丹是高丽的宗主国，高丽与宋朝仍处在绝交状态，穆宗王诵若公然纵逃自辽地的窦文显等人回归大宋，可是要冒不小的风险——却主动为他们安家置业，也算得上是善待了。

此举亦与王诵的外交策略有关。彼时高丽仍称臣契丹，但王诵一心想摆脱契丹控制，欲暗中联络宋朝，在继位后就试图派兵校徐远出

[1] 由于高丽王室近亲结婚导致生育质量糟糕，加上高丽光宗王昭（即位前被称为“王昭君”）执政时为强化王权而对王室内部进行了大清洗，以致当时王询是除了穆宗王诵以外高丽太祖唯一在世的男性后裔（高丽太祖另一子孝隐太子王垣的两个儿子因为躲在民间，尚不为人知，王询即位后才将他们寻回）。

[2] 献贞王后皇甫氏与王郁通奸怀孕后，高丽成宗王治感到非常羞耻，下令流放王郁于泗水（今韩国庆尚南道泗川市）。献贞王后生下一子后即在惭恨中死去。成宗王治遂命保姆将此子抚养于宫中，取名王询。王询两岁时，成宗王治召见他。王询望着成宗，连喊“爸爸”，然后坐在成宗膝盖上，摸着衣襟，又叫“爸爸”。成宗王治深为怜悯，当即流下了眼泪，下令将王询送到泗水与父亲王郁团聚。后王郁病死于泗水，王询遂被成宗王治召还开京，封为大良院君（一作大良君）。

[3] 神穴寺：今韩国首尔津宽寺。

使宋朝，只不过没有成行。后来还是由高丽吏部侍郎赵之遴[1]出面，派心腹牙将朱仁绍到宋朝。朱仁绍获得宋真宗赵恒召见后，“自陈国人思慕皇化、为契丹羁制之状”。宋真宗闻言颇为触动，写了一道密诏，交由朱仁绍带回给王诵。密诏内容，不得而知。

咸平六年（1003 年），王诵又派户部侍郎李宣古出使宋朝，请求宋朝驻军高丽，以牵制契丹。宋真宗畏辽若虎，只答以诏书，但不同意出兵。

次年，宋辽达成“澶渊之盟”协议，高丽危机感愈发深重。穆宗王诵生怕宋辽议和后，辽国腾出手来专意对付高丽，是以接连派使者出使宋朝，想联宋抗辽，然均无结果。

当时有宋人周伫随商船至高丽经商，因工文善书而被高丽穆宗王诵留用。仅数月间，周伫便升为掌制诰，当时高丽致北宋、辽的外交文书，均出自其手[2]。

宋真宗大中祥符二年（1009 年）正月十六日，是高丽王室传统的燃灯会。高丽穆宗王诵在详政殿观灯时，大府油库突然失火，延烧到太后所居的千秋殿，千秋太后不得不移居长生殿。王诵看到殿宇府库一夜之间化为灰烬，悲叹不已，由此染上疾病，干脆戒严宫中，不再上朝听政。宰臣多次请求入宫问疾，都遭王诵拒绝。

此时王诵心灰意冷，已生出禅位心思，暗中派宣徽判官皇甫俞义带兵前去杨州三角山神穴寺迎大良院君王询入宫，准备将王位禅让给他。

当时高丽国内谣言四起，朝野疯传王宫大火为千秋太后姘夫金致阳所放，为的是除掉穆宗王诵，好立己子为国君；而且金致阳事先收

[1] 韩国白川赵氏声称赵之遴是宋太祖赵匡胤之孙，为赵德昭第三子，依据是其先祖《恭和公讳之遴神道碑铭》。碑铭载：“（白川赵氏）始祖恭和公府君讳之遴字撰叔也。府君姓赵，大宋太祖皇帝长子，魏王讳德昭，第三子也。太祖宾天，太宗即位，有剪除魏王膝下之志，府君明炳祸机，潜行出境，东渡鸭绿，至于银川县都台里居焉。即丽家景宗四年也。”意即赵之遴为宋太祖赵匡胤之后，因害怕宋太宗赵光义“剪除魏王膝下”，遂于高丽景宗四年（978 年）潜逃到高丽银川定居。

[2] 周伫：温州人，是温州侨居海外的先驱者。彼时被高丽称为“投化人”。周伫在高丽穆宗、显宗两朝均得重用，后擢翰林学士承旨、崇文辅国功臣、左散骑常侍、上柱国、海南县开国男，食邑三百户，进礼部尚书。宋仁宗天圣二年（1024 年）卒于高丽。《高丽史》有传。

买了穆宗男宠刘忠正，预备火起时里应外合，发动兵变，多亏刘忠正及时上书告变，金致阳阴谋方才未能得手。事后穆宗下令王宫内外戒严，也与金致阳谋变有关。

穆宗王诵躲在深宫、懒不理事，而金致阳依旧在外兴风作浪。高丽大臣崔沆、蔡忠顺等不愿意见到高丽王位落入异姓之手，决定先发制人，怂恿西北面都巡检使康兆率重兵入卫京师“清君侧”，除掉金致阳，同时废黜王诵，拥立王询。康兆得信后，即率五千兵马赶赴京师，同时又派心腹金应仁赶往神穴寺迎接王询。

二月初二，康兆即将入京，先上奏指责穆宗王诵宠信庾行简等人，赏罚不明，致此危乱，请求他出居龙兴归法寺，由大良院君王询继位。穆宗王诵答复道：“已知所奏。”

同一天，穆宗所派宣徽判官皇甫俞义和康兆所派金应仁同时抵达神穴寺，一起接走了王询。

二月初三清晨，康兆命李铉云率兵入宫，抓走了穆宗男宠庾行简。另一男宠刘忠正已在王宫大火时失踪，下落不明。

康兆随即亲自带兵逼宫，穆宗王诵自知大势已去，与千秋太后仰天大哭，随后出宫，移居法王寺。

同日，王询入宫并即位于延宠殿，是为高丽显宗。

康兆处死了金致阳及其与千秋太后的私生子，同时杀了庾行简等七人，将金致阳同党和千秋太后亲属三十多人流放海岛，并废穆宗王诵为“让国公”，令其与千秋太后出居忠州[1]。当天康兆又派人在积城弑杀穆宗，对外则宣称自杀。千秋太后则北上娘家所在的黄州[2]，并于那里终老。

康兆当权后，废除了银台和中枢南北院，改为中台省，自任中台

[1] 忠州：穆宗王诵正妻宣正王后刘氏（父为弘德院君王圭。母为高丽光宗王昭之女，先嫁弘德院君王圭，后改嫁成宗王治，称文德王后刘氏）的母家所在地。积城：今韩国京畿道坡州市积城面。又，王诵本有画像流传，到朝鲜王朝时期仍然存世，藏于开城广明寺。朝鲜王朝文人俞好仁等访古于开城，曾在广明寺目睹此画像，他记载王诵画像“轩冕采绋，盖帝王仪也，岁久漫漶，绡丝应手飘裂”。可惜画像今已亡佚。

[2] 黄州：今朝鲜黄海北道黄州郡。

使，正是目下高丽最炙手可热的权臣，全面执掌朝政，连高丽显宗王询也得让他三分。

这一年，还真是多事之秋，年初死了高丽穆宗王诵，年底则死了辽国太后萧绰。好的是，宋境平安无事。对滞留高丽境内的窦文显等宋民，更是出现了新的转机——

新即王位的高丽显宗王询虽然仍奉契丹为宗主国，即位后派司农卿王日卿出使契丹告哀称嗣，但跟前任穆宗一样，亦有强烈的忧患意识，担心高丽再次遭到契丹入侵，希冀能早日与大宋结成同盟。且显宗王询更为大胆，也更有诚意，在尚未与大宋恢复正式外交的情况下，便派使者护送窦文显等十七名流落于高丽境内的中原人口归国。这是一件大事。宋真宗嘉赏高丽美意，厚赠使者，并令窦文显等各归本贯，诏令州府还其家产[1]。

这十七名宋民均是河北人氏，其中窦文显等五人更是雄州乡民。他们的归来，在本地掀起了一股热潮：有喜，也有悲。有亲人团聚相拥而泣，也有独对坟茔孤苦伶仃。甚至还有许多家人被掳往辽地的乡民闻讯赶来，向窦文显等人询问打听亲人下落，此亦为另一种寻亲。

容城、归义两县尉郑定国专管治安捕盗，巡防时可没少遇见“寻亲”人士，但那些都是河北乡亲，与今日遇到的男子大不相同。因为河北是辽间谍的主要活动地，尤以雄州为最，本州捕获的辽谍最多，故而雄州大小官员警惕性非常高，措施也最为严密。两县尉郑定国一眼便能看出异样，丝毫不足为奇。

郑定国又继续道：“对方一开口便有极重的口音，汉语也说不利索，明显是北岸偷渡过河的契丹人。他眼见瞒不过去，还想转身逃走。下官命人将其拘捕，他便声称认识安抚使。”

李允则闻言很是惊奇，问道：“那契丹男子叫什么名字？”

郑定国道：“他不肯说，非要面见您老人家。下官明明白白告诉过

[1] 赵祚、窦文显等辗转归国故事，均为历史真事。

他，安抚使可不是谁想见就见的，他却强调只有见了安抚使才会说实话。下官本想带他回城，好好审讯一番，不料刚好在城门处遇到了邳医师的弟子。”

去年祁州神医邳良诚带领王惟一来雄州为辽使耶律宁治病时，郑定国也见过师徒二人，对王惟一印象尤深。此次听王惟一说邳良诚可能出了事，有急事要见雄州知州李允则，一时顾不上契丹男子，便直接引他赶来白沟驿。

李允则听说那自称认识自己的契丹男子已被带去州府关押，便摆手道：“这件事，回头再说。郑县尉先去晴川酒肆，向赵探传令。”

白沟驿距离拒马河岸尚有两三里距离，坐西朝东，东门为正大门，面朝驿路。此朝向设计非中原常见的坐北朝南，主要是为了迎合契丹“东向而尚左”[1] 的习俗。

驿馆占地很大，可以说是雄州除了军营之外最大的官署。

驿馆又分为南、北两部：北面为专门接待契丹使者的契丹馆“北馆”，大馆之中又有小馆，中有水榭亭台，颇事奢华。南面前半部分亦是驿馆，称“南馆”，亦分作多处小馆，专门接待途径雄州的大宋使者或官员；后面部分则是厨房、仓库、驿馆仆役居处等。

李允则自引王惟一进来南馆，到客厅坐下，这才正色告道：“你是邳医师唯一弟子，邳医师素来视你若子，本使得实话告诉你，这张字条，并非邳医师所留。”

王惟一当即吃了一惊，道：“怎么可能？这分明是师傅的笔迹。”

李允则道：“这只是看起来像邳医师笔迹，但手劲、笔锋完全不同。”

杨延昭也坐在旁侧，闻言亦极为吃惊，急忙索过字条，仔细察

[1] 契丹有拜日习俗，故东向最尊：“每月朔旦，东向而拜日，其大会聚、视国事，皆以东向为尊。”以东方为正，面东而立，左即北，右即南，这种“东向而尚左”的习俗在政治生活中也有重要的位置，契丹的北、南职官经常被冠以左、右的称呼，如北院大王可以称作左大王。这两种称呼相互通用，相对比较随意，并没有严格的要求，符合契丹“国制简朴”的特点，具有强烈的游牧民族特色。又，辽北面官实力要大于南面，如北府宰相控制五院部、六院部、奚六部三个大部族，而南府宰相只控制乙室部一个大部族，这就与“东向而尚左”，即重视北面的习俗相吻合。

看，只不过他不如李允则老辣心细，也看不出所以然来。

李允则又道："不过本使也不算行家，一会儿等赵探赵知事回来，让他带着字条赶去州署，取出去年邳医师开给本使的药方，两相比照，一见便知。"

李允则虽然自称"不算行家"，然堂堂河北最高军政长官，没有十足把握，决不会轻易下如此结论。那王惟一虽然慌神，人却不笨，不然也不会被一向苛刻挑剔的名医邳良诚收为弟子。他料想师傅已是凶多吉少，且时隔几月，难以追寻，而这一切过错，全在自己不察。一时间王惟一惊悔交加，如此春寒天气，额头竟有大滴大滴的汗珠沁出。

杨延昭也相信李允则的判断，问道："到底发生了什么事？"

李允则道："依本使看，应该是有人将邳医师强行带走，但又怕邳医师声名太盛，他的失踪会惊动地方官府，遂模仿邳医师笔迹，留了一张字条，如此，便可以拖延时日。"

带走邳良诚，自是仰慕其人医术高明，要让他出手治病，但采取这等非常规手段，病患必定是邳良诚不愿意医治的那类人了。

王惟一立时接话道："会不会是朝中的达官显贵？"

自独生爱子邳安国被宋廷处死，邳良诚便不再为宋廷官员看病，去年为雄州知州李允则开下药方，可谓破例。这其间，自有一番原委——

李氏与大宋赵氏皇族私交深厚，李允则生父李谦溥病重时，宋太祖赵匡胤甚至派遣中使领太医为其治病。宋太宗赵光义即位后，主动与李氏结亲，为儿子赵元僖娶李允则幼妹为正妃。李允则与其弟李允正均在边关执掌重任，李允正患有佝偻病，严厉果敢，杀伐很重；李允则则平易近人，洞知人情，善抚士卒。兄弟二人性情迥异，却都是有名的清官，从不以权谋私，家中清寒如洗，"身无兼衣，食无重羞，不畜资财"，在朝中为官多年，嫁妹时竟拿不出一份像样的嫁妆，不得已，只好卖了父亲李谦溥留下的宅子。

而大手笔买下李家老宅的人，即是皇亲国戚宋偓。这位后唐外孙、后汉驸马，既是宋太祖赵匡胤的岳父，也是名相寇准的岳父。

因为那处宅第是李谦溥留下的唯一财产，也是李氏兄弟在京城的住所，宋太宗听说故友宅第易手，大为生气，狠狠斥责了李氏兄弟。得知原委后，皇帝本人很是感慨，遂自掏腰包，亲自拿出钱来，命宦官用车子拉着钱送给宋偓，重新赎回宅子，还给了李氏。这件事曾轰动一时，许多士大夫都曾赋诗记录，故而家喻户晓。宋真宗即位后，名相毕士安还亲自向皇帝举荐李允则，认为其人勤政惠民，清正廉洁，堪当大任。

神医邳良诚也是仰慕李允则清名、且造福地方百姓，才肯主动为其医治。但这只是破例，而邳良诚一向的原则，是绝不为官宦及家眷看病。

李允则听到王惟一发问，当即摇了摇头，道："若是本朝权贵，根本不必留下字条，强行将邳医师带走便是。"

顿了顿，又道："如若本使猜得不错，当是那边捉走了邳医师。"说到"那边"时，有意抬起手来，朝北面指了指。

三人所在客厅为接待宋使、宋臣的正厅，坐西朝东，北面是墙。王惟一浑然不明其意，问道："那边是谁？"

李允则未及回答，杨延昭已诧然问道："李使君是说邳医师被契丹人捉走了吗？"

王惟一闻言惊愕无比，一时难以置信，转头去看李允则。

李允则点点头，叹了口气，道："本使有八成把握。"

他如此肯定，自是有一番依据——

去年十一月初一，辽国太后萧绰在上京举行了契丹传统的"柴册礼"，正式将朝政大权交还给儿子辽圣宗耶律隆绪。结束了四十年的摄政生涯后，萧绰即动身去南京，说是要在母亲封地[1]安享晚年。

萧太后这一举动，本身已极不寻常。契丹以上京为都城，中京为陪都，除非重大战事或是例行巡视，辽皇太后、皇帝极少到南京、西

---

[1] 萧绰跟燕京颇有渊源，其生父萧思温曾长期担任南京留守（辽南京道军政长官，权任极重。但因南京为要害之地，通常南京也驻有北府宰相，位在南京留守之上）。萧绰生母为辽太宗之女，封号燕国公主。此"燕"即为幽燕之地，即辽之南京（又名析津府）。又，辽国只有皇后或受宠的贵妃（均姓萧）所生公主才会被封为古国（如燕国、楚国等）公主。

京、东京三京之地。而萧绰丈夫辽景宗更是于盛年时病逝于西京大同焦山行宫，此后辽国一直有巫师声称南京、西京、东京虽为辽土，却非契丹主体，异族之气太重，不利大辽。

南京即中原所称“幽州”“燕京”，原为汉人之地，后晋时方才割让给了契丹，是辽境中最繁华的城市，远胜上京、中京。即便契丹统治已有七十余年，但燕地始终是汉人占了绝大多数，这是不可改变的事实。萧太后原先也相信契丹巫师所言，将极具威胁的亲姊萧夷懒囚禁于南京，又在燕地大修佛寺、佛塔，便是源出于此。

那么这位曾经意气风发、不可一世的萧太后为何在退位后一改初衷、不顾忌讳，坚持前往南京居住呢？必有重大隐情。

众所周知，萧太后是病重后方才主动让权，随即启程前往南京，那么她这一趟南行，目的是不是为己求医治病呢？

刚好祁州神医邳良诚去年因医治辽使耶律宁而扬名契丹，他人又在十一月二十一日失踪，极可能跟萧太后病重求医相干。

从宋祁州到辽燕京，如果没有大的阻碍的话，最多只需几日时间。而这“大的阻碍”，便是来自大宋官方的追捕。这便是为什么会有人刻意模仿邳良诚笔迹留下字条，显然是不想令旁人发现邳氏已遭绑架一事。

辽方虽然得手，成功掳走邳良诚，但事情似乎进行得也不顺利：十二月初五，太后萧绰病重。十二月初八，辽圣宗耶律隆绪赶至南京，宣布大赦天下，以为太后祈福。三日后，十二月十一日，萧太后逝于南京行宫。

这些都是重大事件，早有潜伏于燕京的大宋间谍送来探报，李允则反复阅览过，烂熟于心。他当时便对萧太后选择南京作为人生最后一站而感到疑惑，而今既知祁州神医邳良诚失踪，失踪时日刚好是在萧太后抵达南京之后，便猜测萧太后是为了求医才亲赴南京。而辽方所“请”医师，便是祁州神医邳良诚。

听完李允则一番分析，杨延昭、王惟一均是目瞪口呆。客厅中一时沉寂了下来。

李允则面色愈发阴沉。对他而言，辽人公然在他辖境之内掳走了一位名医，事隔四月，官方都毫无觉察，即便辽方有备而来，但他也有重大失职之处。不但他本人，他弟弟李允正以知定州兼镇、定路副都部署[1]，祁州是其辖境，亦有相当大的责任。

而宋方苦心经营谍报网许多年，辽萧太后至南京求医、辽方掳掠宋朝名医等事，却无任何消息及谍报传来，足见涉及辽宫廷秘事时，宋方间谍均一无所知。

心头波澜大起，口中却是缄口不言。偏偏厅外庭院中有一只杜鹃鸟不识时务，“布谷布谷”地鸣叫个不停，叫得人心揪起来，又跌下去，再揪起来，又跌下去。

“风回日暮吹芳芷，月落山深哭杜鹃”“庄生晓梦迷蝴蝶，望帝春心托杜鹃”……杜鹃声声曾是多么凄美迷离的意象呀，何以今日竟如此聒噪刺耳？

王惟一忽然起身，大叫道：“师傅恨辽人入骨，宁可自己死，也不会为辽人治病。而且那个萧太后不是去年年底就死了吗？师傅到现在也没有回来，他老人家一定已经……已经……”

转念想到自己因出身备受世人唾弃，天大地大，亦无容身之处，是师傅收留了自己，还授以绝世医术，而自己竟然任凭师傅在眼皮底下被人绑走，且几月后方才发现。王惟一一时情不自禁，蹲下身子，号啕大哭起来。

界河巡检使祖名望正要跨门进来禀事，见客厅情状不对，便将伸出的脚又缩了回去，主动退到台阶之下。

李允则早已望见，朝杨延昭举了举手，示意他从旁宽慰王惟一，自己则走出客厅，问道：“祖巡检不是该在北岸迎候契丹使者一行吗？可是北岸有了动静？”

[1]“澶渊之盟”后，宋廷调整河北防务，将镇、定两都部署路合为一路。但后来设安抚使路时，依然为两路，即真定府（镇州）路和定州路。

巡检使祖名望躬身禀道："契丹使者正乘坐巡检司虎头船渡河，马上就要到了。"

李允则皱眉道："明明约好日暮之后方才交接，为何忽然提早了？"

祖名望答非所问地道："来人是北府宰相刘晟。"

李允则一怔，问道："是辽人号为'刘宋公'的那个新上任的汉人宰相吗？"

祖名望道："正是他。而且这位刘宋公只带了两名随从，未携灵柩。"顿了顿，又道："依下官判断，契丹使者独自过河，怕不是提早，而是要延后交接。"

李允则摇头道："朝廷体制，本使不能随意与契丹使者见面。你快些去请朝廷阎特使来。"

话音刚落，侍卫忻继勋便奔进庭院，躬身禀报道："除了空闲的契丹馆，其他地方都搜过了，没有找到酒库失窃的酒。倒是少了几个人，朝廷派来的那位阎特使，以及他的几名随从，都不见了。"

第二章

无言鸥鹭

春风袅娜，轻黄浅绿，正是一年中最温柔、最和婉的时节。春日里的拒马河水波浩荡，堤堰蜿蜒，杨柳依依，藻绿荇青，风光别具。白沟河与南拒马河相汇之处，南岸河畔有一片高大茂密的山荆子林。山荆子为野生乔木，在河北一带随处可见，暮春开白花，晚秋结红果，且经久不落，颇具观赏性。虽然都是白色花朵，山荆子花却属于稀松平常的那种，既无梨花的冷艳优雅，亦无海棠之妩媚娴美，足够普通。乡人常将树叶晒干，代作茶饮，果子既可以生吃，亦能用来酿酒。

燕云悲兮易水愁，壮士行兮专报仇。
车辚辚兮马萧萧，客送发兮酌兰椒。
击筑兮喑咽，歌变徵兮思以绝。
易水愁兮燕云悲，四座伤兮皆素衣。
歌复羽兮慷慨，发上指兮泪交挥。
又前为歌曰：风萧萧兮易水寒，壮士一去兮不复还。

——宋 郭祥正《补易水歌》

浮梁之上春风轻，浮梁之下春水生。燕争赵攘无消息，割据犹传拒马迹。

北魏地理学家郦道元即出生在拒马河畔，他在《水经注》描述道："西带巨川，东翼兹水，枝流津通，缠络墟圃，匪直田渔之赡可怀，信为游神之胜处也。"

这是一条长年不断的河流，也是北方冬季最大的不结冰河流。这也是一条历史记忆之河，从古至今，涌动着波澜壮阔。

春风袅娜，轻黄浅绿，正是一年中最温柔、最和婉的时节。春日中的拒马河水波浩荡，堤堰蜿蜒，杨柳依依，藻绿荇青，风光别具。

白沟河与南拒马河相汇之处，南岸河畔有一片高大茂密的山荆子林。山荆子为野生乔木，在河北一带随处可见，暮春开白花，晚秋结红果，且经久不落，颇具观赏性。虽然都是白色花朵，山荆子花却属于稀松平常的那种，既无梨花之冷艳优雅，亦无海棠之妩媚娴美，足够平凡，足够普通，也足够实用。乡人常采摘其树叶晒干，代作茶饮，果子既可以生吃，亦能用来酿酒。

常见的山荆子长势不高，看上去不像树，更像是灌木，唯独拒马河两岸的山荆子格外与众不同，几乎每一棵都高大茁壮。之所以如此，既有河岸土壤格外滋润肥沃的因素，也因为这些山荆子大多年头深远而长久。

早年宋辽对峙、契丹南下侵宋时，均会掳走沿途人口，焚毁所有房屋树木庄稼等，意即铁蹄过后，鸡犬不留、寸草不生。而拒马河南岸的大片土地，即属战国时荆轲刺秦王时所献燕国地图中最肥沃的“督亢之地”[1]，亦即今世之所谓的“两属地”，契丹认为仍是本国治下，归信属于涿州，容城归属易州[2]，故而从无扫荡焚烧之举，人、物均不动分毫，因而这一带林木葱郁，远胜他地。

其实这也是为什么雄州百姓绝大多数愿意居住于两属地之故。住在两属地的居民，皆是辽军眼中的辽人，而契丹通常不会向自己治下的民众动手。

而今虽然南北议和，两属地以南的宋境，不再有兵祸之苦，但民众住得习惯了，亦不会轻易搬离两属地。也有个别往南迁居者，成为“全属南户”，但绝大多数雄州民众乐于继续居住在两属地，充分享受两属民所带来的种种好处及便利。

最大的好处，就是即便同时向宋辽两方纳税，赋税亦比普通民税要少得多；最大的便利，自然就是走私。

那被雄州知州兼河北缘边安抚使李允则亲自下令逮捕的高阳关军校高翼，自小流落在拒马河两属地，年少时便以走私为生。后来高翼惹到了北岸厉害的地头蛇，被对方一路追砍，疯狂逃命时，正好遇到换防路过的杨延昭杨六郎，得其相救，遂投在杨将军麾下。

---

[1] 据《史记·刺客列传》：“荆轲曰：‘微太子（指燕太子丹）言，臣愿谒之。今行而毋信，则秦未可亲也。夫樊将军（指秦国叛将樊於期），秦王购之金千斤，邑万家。诚得樊将军首与燕督亢之地图，奉献秦王，秦王必说见臣，臣乃得有以报。’”“督亢”之名，源于燕国有督亢陂（今河北省涿州市东南），这一带尽为膏腴之地。

[2] 今河北容城境内南阳遗址，发掘有城墙、大型夯土建筑基址等遗迹，以及戳印“易市”的陶器等。史载，春秋初期燕桓侯曾迁都“临易”，战国时为“易”。此陶器戳印“易市”，极可能就是春秋时的临易、战国时的易。

无论如何，即便在宋辽交战时，拒马河两属地也未被战火蔓延。时人多认为雄州南面的南塘[1]风光远胜拒马河，然南塘是半人工水淀，为战备而筑堤引水，拒马河则是天然界河，而今和平时期，更是悠然清宁——

虽无山林台阁之趣，水村林薮，有淳厚之俗，鸥鹜锦鳞，互相游泳，春花野草，参差万状，观之不足。

晴川酒肆即位于山荆子林边，距离白马驿渡口不远，又刚好处在雄州归信县、容城县的交界线上。准确地说，酒肆东半边属归信县，西半边则属容城县。

切莫以为这里是两县都不靠的三不管地带，归信、容城二县隶属于雄州，县境虽则不小，但大多数民众却只居住靠近在拒马河岸的两属地，故而县署真正要管的事务着实不多。宋廷考虑到实际情况，在两县只设有一位知县，即知归信县者，亦同时知容城县，本地人称之为“两知县”——不是两位知县，而是一人同时知两县事。大宋天下，独此一家。主管治安捕盗的县尉亦是如此，被戏称为“两县尉”。

雄州的两属地，不但有大宋“两知县”管，还有契丹两县令管——契丹两县令即辽涿州[2]所属归义县令，以及辽易州所隶容城县令——等于两国都管。晴川酒肆地处两属地，既为宋境，亦为辽土，故而须

[1] 北宋水上长城与拒马河是两回事，就雄州而论，水上长城在雄州城南，拒马河在雄州城北。南塘为水上长城的一部分，是宋时白洋淀南部水域之称呼，又称“塘泺”，意即塘泊。北宋时期，白洋淀水域有南、北二塘，风光旖旎，久负盛名。宋仁宗朝进士金君卿有《同陈郎中游南塘》诗云：“水光烟色满南塘，十里横连古战埠。千顷芋畦揪罫局，万章云木羽林枪。渔歌闹处菱花紫，田妇归时秋穗黄。贤守公馀行乐去，许陪旌骑问耕桑。”战埠即战隍，意为无水的护城壕，意指白洋淀水域实为北宋水上长城。又，白洋淀北界，即燕国南长城所在。春秋战国时期，白洋淀地区属于“燕南陲，赵北际”的边地，群雄争霸于此。战国时，燕国为防御赵国与齐国，沿易水修建起南长城，此长城亦为燕、赵两国的分界线。据今考古发现，燕南长城遗址西起易县太行山下，向东蜿蜒经徐水、容城、安新、雄县、文安等县直至大成，总长近 260 千米。其在淀区内的段落，被后世沿用筑堤，自北宋时逐渐形成白洋淀北界。

[2] 辽涿州辖范阳、固安、新城、归义。州治范阳。归义县居民在拒马河南，侨治新城。辽易州辖易县、涞水、容城。州治易县。容城县居民在拒马河南，侨治新城县。

得同时向宋、辽两方交税。但这税却交得极其值当——

宋朝实行榷酒制度[1]，雄州本地酒肆，按例要从官府酒库买酒，然晴川酒肆地处两属地，不受此约束，自行酿酒，自家售卖，亦不用交纳酒税，只象征性交纳“牛草税”即可，为“杂变”中的最轻税种[2]，且不必再服徭役。

至于辽方，对两属民收取赋税，与辽地普通契丹民众一样，并无区别政策。不过契丹赋税不像大宋民税那么名目繁多，数目也远较宋税为低。来自辽方的主要负担，不是赋税，而是徭役，譬如涿州要补修新城县城，人手不足，便要召集两属地民众。有时候徭役征发频繁，两属民难免有怨言，宋雄州州府也会出面，向辽涿州提出书面抗议。因南北两方均在极力争取两属地民心，故而辽方也会有所让步。

有趣的是，两国交涉，只涉及地方或是不太严重的边关事务时，宋方都是由雄州出面处理，辽方则是由涿州应对。只需从这两州长官身份，便可知这两州地位超然——

宋雄州知州从来都是强勇干练之臣，且为皇帝心腹、皇亲国戚，现任李允则。但颇为讽刺的是，大宋第一任雄州知州石曦，为石敬瑭从弟石敬晖之子。这石敬瑭，便是将“燕云十六州”割让给契丹的千古罪人。

[1] 宋代实行榷酒制度，即对酒实行高价专卖。榷酒按三京、州府、县镇，分三种形式：东京（开封）、西京（洛阳）、南京（商丘）榷曲，即对酿酒所用酒曲实施专卖。三京之中，有经济能力的正店（大酒店）向都曲院买曲造酒，然后批发给脚店（小酒店）。民间百姓可以自己酿酒，但仅供自家消费，不得出售；各州府所在地，设置酒务（酒库）垄断经营，官酿官卖；县镇及乡村，允许民间自行酿酒出售，但须向当地官府交纳税课。榷酒是宋朝廷增加财政收入的重要手段，私自酿贩者要被处以严刑。宋太祖赵匡胤于建隆二年（961 年）颁布酒曲律，规定：“民犯私曲十五斤，以私酒入城至三斗者始处极典（死刑）。”后虽数量上有所放宽，但依旧量刑严酷。直到天禧三年（1019 年），宋真宗才将犯酒禁死刑改为刺配之刑。

[2] 北宋赋税包括以下五种：1. 民田税。向土地所有者按亩征收，每年秋夏各征收一次。秋税是在每年秋熟后，按亩征收粮食。如北方各地大致每亩中等土地可收获一石，须交纳官税一斗，但江南福建等地，产量较高，每亩须交纳税三斗。夏税以收钱为主，或者折纳为绸、绢、绵、布等交纳，税额按土地上、中、下分等，按亩交纳。2. 官田税。官田招致佃农耕种，由政府收取地租，称为“公田之赋”，是地租加夏秋二税之和。3. 身丁税。规定男子二十岁为丁，六十岁为老。凡丁都要交纳身丁税，交钱或绢。4. 杂变。北宋承袭五代十国的苛捐杂税统称为“杂变”，又叫“沿纳”，名目繁多，如牛草税、农器税、蚕盐税、鞋钱等。5. 和籴（dí）与和买。和籴是官府强制收纳民间的粮米，和买是官府强制收购民间布帛。和籴限于上等户，和买限于四等以上户，但实际上，下户也在所难免。在实行和籴和买之初，按土地多少分别派定额制征购的数量，并付给一些价款，到后来都是官不给钱而白取之，等于强征。

辽涿州刺史从来都是姓耶律，现任耶律守雄。

好在对晴川酒肆而言，并无契丹徭役的困扰，因为店家奚松烟是个中年妇人，女子不属于“丁”类，故不必服役。

奚松烟原是易州易县人氏，在家族中排行第三，故而人称奚三娘。往往有人一听闻她的名字，便会联想到时下大宋最为流行的松烟墨[1]。也是凑巧，这位奚松烟的“松烟”，正是喻指松烟墨，而且她姓奚，也正是易县奚氏[2]的正宗传人。

颇为遗憾的是，相比南下歙州[3]、开创徽墨的奚超[4]一支，易县奚氏及易水墨已然式微，甚至不再闻名于世。现今世人只知歙州李氏徽墨价比黄金，却不知李氏原本姓奚，祖籍易县。而这易县，目下已不归中原所有，早早沦为契丹国土了。奚松烟摒弃祖传制墨手艺，以开酒肆为生，大概也是缘于此故。

此时奚松烟穿着一袭黑色交领窄袖长袍，正站在柜台后，一边整理账目，一边冷眼打量酒肆中诸人。

---

[1] 烟是动植物未尽燃烧而生成的气化物，烟遇冷而凝固，生成烟炱，是制墨的重要原料。根据原料不同，又有松烟墨和油烟墨之分。松烟墨即用松木烧出烟灰作原料，历史最为悠久。其制作采用砍伐松枝，烧烟、筛烟、熔胶、杵捣、锤炼等研试而成，工序较为复杂，其特点是浓墨无光，质细易磨。一般松烟墨要经三冬四夏，还要加许多香料、烟叶等，防虫蛀。唐代时，易县奚氏所制松烟墨最为有名。

[2] 从石墨的出现使用到人工造墨的出现，前后大概经历了一千多年时间。易州不但产松，而且所产之松皆很名贵，为制造上等墨创造了有利条件。唐朝时易州人氏祖敏在朝中为墨官，通过研究朝鲜半岛进贡的松烟墨，多方取材配方，采用古松烟与鹿角胶煎膏和成制墨，自此易墨闻名于天下，《墨史》记载：“今墨之上者，必假其姓（指祖敏之姓）而号之。”祖敏之后，易州又有奚鼐（nài）、奚鼏（mì）兄弟擅长制墨，所制墨不但黑而发亮，而且还有香味，一时广受欢迎。奚鼐墨上印有“奚鼐”或“庚申”二字，为墨中珍品。

[3] 歙州历史沿革比较复杂，宋时辖歙县、黟县、休宁、祁门、绩溪、婺源六县。治所歙县。宋徽宗宣和三年（1121 年），宋廷镇压方腊（歙州人）起义后，改歙州为徽州，徽州得名始此。本书对地名仍称“歙州”，但对奚超始创的歙州松烟墨称“徽墨”（已成为国家地理标志保护产品称号），以免混淆。

[4] 奚超即为易州奚鼐之子。唐末时为避战乱，奚超与其子奚廷珪等南迁江南，定居歙州，奚氏制墨技术也随着南传歙州，即为徽墨的鼻祖和源头。奚氏父子根据当地实际情况，对祖传制墨技术予以改进，改进了捣松、和胶、配料等技术，造出著名绝品“新安香墨”，新安即歙州。据称选料以松烟一斤、珍珠三两、玉屑、龙脑各一两，和以生漆，捣十万杵而成。其坚如玉，其纹如犀，有“得其墨而藏者可五六十年，胶败更调，入水三年不坏”的说法。南唐后主李煜是奚墨的狂热崇拜者，特意将奚廷珪召入宫中，授为墨务官，赐以国姓“李”，以示优宠。歙州奚氏自此改姓李，新安徽墨都在模具上镌刻“李廷珪监制”字样。而后李廷珪弟李廷宽、李廷宽子李承宴、孙子李文用、重孙李惟庆和李惟益等，均出仕为墨官，绵延数代，李氏墨也为天下所重。到宋仁宗时，每以李氏“新安香墨”赐予近臣，为无上荣耀。宋徽宗宣和年间，随着李墨存世数量减少，出现了“黄金易得、李墨难求”的境况。

清明节是结伴出门寻花问柳的大好日子，往年每逢清明假期，酒肆大堂都是冷冷清清，空无一人，今日却是基本满座。

大堂北面临窗临河，共置有四案——

一案围坐着四名年轻男女，正热切地交谈着。

一案坐着一男一女，男子三十岁左右，女子则二十岁上下，一脸病容。

另一案坐着三人，是一名年轻男子领着两名孩童，小些的不过七八岁，大些的也才十二三岁。

最角落处的一案，则坐着一名素衣女子，头上簪着一小条黄绿柳枝，颇应时令。不过她面色极见沉重，对堂中诸多动静仿若未闻，只静静凝视着窗外的拒马河。

东面中案及堂中两案，则分坐着三名年轻男子，这三人奚松烟倒是认识——

东首第二案是雄州军校白锋锐，也是河北最高长官李允则的亲信侍卫。

东首第三案则是雄州国信所官吏赵探。

堂中一案是界河巡检赵振。

三人均是便服，当是在休清明假期。不过相当奇怪的是，这三人明明认识，却未坐在一起，虽说是赵振最先进来，其次赵探，再次白锋锐，可三人互不招呼，佯装不识，也未免显得太诡异了。

就算没有阅人之能，奚松烟也能看出界河巡检赵振是为那名名叫武宗元的少年郎而来；而国信所官吏赵探是跟着徐颂及陈丽；至于侍卫白锋锐，则是为角落的那名名叫崔玄妙的素衣女子；唯一没被官方人士盯住的，便是一男二童那案，但赵振、赵探、白锋锐三人的目光，亦时不时地瞟向那名七八岁的孩童。

今日这情形，可实在太古怪了。奚松烟接管酒肆这么多年，还从来没有遇到过，不由得又将今早开门后的情形回忆了一遍——

今日清明，酒肆伙计都已放了假，各自回家祭祖，店中只有奚松烟一人，是以比平日起得晚些。一开门，便看到了崔玄妙。一春芳意，三月和风，牵系人情。她默默地站在水边，凝视着河面，沉静之中带有一股悲戚之色，风华静美，气度出尘。

奚松烟一下子便被打动了，主动走过去招呼，邀请其进来坐下，还为她往发髻边簪上了一支柳条。

崔玄妙道了谢，又看到酒肆门户边、屋檐下均插着柳枝，便问道："簪柳是因为柳枝是鬼怖木[1]，可以辟邪吗？"

奚松烟笑道："不仅仅是可以辟邪。本地有谚语道，'清明不戴柳，红颜成皓首'，小娘子正当妙龄，应该还未嫁人吧？可不能白了头发。"

崔玄妙闻言颇感新鲜，也对热情好客的奚松烟很有好感，主动告知自己姓崔，名玄妙，小字小妙。

奚松烟当即笑道："玄妙这名字好听。小妙则更是可爱。三娘我就叫你小妙或妙娘吧。"

崔玄妙应道："三娘随意。"又叹道："小时候，人人都小妙、小妙地叫。现下长大了，旁人早叫得习惯了，依然叫我小妙。玄妙这个正名，反倒没人叫了。"

她在河边站了半夜，肚子有些饿了，便索要饮食。

奚松烟忙告道："清明期间酒肆是不能开火的，店里伙计都放了假，没有热食。吃食只有早几日炸的馓子[2]，饮品有水酒、有饮子，妙娘想要哪种？"

相比于饮子这类自制饮料，酒算是奢侈品。奚松烟见崔玄妙气质脱

---

[1] 因受佛教观世音手持柳枝蘸水普度众生的影响，世人认为柳条有驱鬼辟邪的作用，将柳枝称为"鬼怖木"。北魏贾思勰《齐民要术》记载："取杨柳枝著户上，百鬼不入家。"清明既然是鬼节，正值柳条发芽时节，人们便纷纷插柳戴柳辟邪，相沿成风。

[2] 馓子是一种油炸食品，呈环钏形。宋朝历史上最著名的故事源于宋哲宗皇后孟氏（元祐皇后）。孟氏因为党争而无辜被构陷，遭到废黜，在民间引起了广泛的同情。据宋人晁补之（苏门四学士之一）所著《鸡肋集》记载：孟氏被废后，居于开封西北的瑶华宫，该道观位于金水河边，地处繁华，商贩很多。当时京师卖熟食的小贩，都要在吆喝上下功夫，"必为诡异标表语言"，这样才能引人注意。唯独有个卖馓子的汉子，每天都到瑶华宫前，放下担子，既不吆喝他卖什么，也不说馓子好吃，只是长叹一声："亏便亏我也！"意思是，吃亏就让我吃亏吧。这话在别的地方都没事，在瑶华宫门口"太息大言"，便让人感觉是明目张胆地在为孟皇后被废叫屈。开封府听说后，派人抓捕卖馓人，打了他一百大棍，警告他不准再那样吆喝。于是，卖馓人改吆喝为："待我放下歇则个！"竟然就此成了京城的大名人，生意兴隆无比。

俗，料想其人必出身官宦人家，自会选择水酒，便不无骄傲地朝西南方向指了指，道："我家酒肆的酒，比雄州官酒库酿的酒要好喝得多。米霰是把酿酒好手，但他只能用官曲，也只能取拒马河之水，而我家水酒，是在易县酿造，用的是易水，是地地道道的易酒，最正宗不过。"

崔玄妙闻言很是惊诧，问道："易县不是归契丹所有吗？"

奚松烟微微一笑，道："这里是两属地，不讲大宋、契丹什么的，极容易勾引往事，伤了和气。再则说，两国早已议和，成了友邦了，提那些陈年旧事也没什么用处。三娘我是易县人没错，但我那死去的丈夫是容城人呀。噢，他这个容城，是雄州的容城，不是易州的容城。"

见崔玄妙面露惑色，料想一时也解释不清楚，便改口道："总而言之，咱们河北之地有'易水清、沧水浊'[1]的说法，就酿酒来说，水是最重要的，所以河北酒中沧酒排第一，我们易酒排第二[2]。"

[1] 引自明末清初人宋起凤点评。宋起凤为河北沧州人氏，生平好游好品酒，踪迹几乎半天下，评点南北之酒，如数家珍。环顾国中之酒，他最后的结论是："总计海内酒品，南（指江南）则惠（指无锡惠泉酒）及白（当指苏州三白酒），浙（指浙江）则花露（指绍酒中的豆酒）尚矣。北则沧、易、涞水（在易州涞水县）圣矣。他可自雄其地，难以颉颃也。"又称："北方佳酿，无过易州之易酒、沧州之沧酒、涞水县之涞酒。"

[2] 易酒、沧酒以及前注释提及的涞酒，在宋时便已知名，尤以沧州所产麻姑酒（非今江西麻姑酒）著称于时，但始终未能流行。但好酒不怕巷子深，这三种酒于明清时终于大行于世，清代易酒更是占据了京城市场，成为市肆间最流行的酒品。由于易酒畅销，市场还出现了大量仿制易酒，不法商家以假乱真，谋取利润，故钱谦益（明末清初文坛领袖，名妓柳如是的丈夫）在《饮酒七首》中有"易酒酿天坛，市沽安得清"的感慨。当时饮者谈及北酒，必将易酒排在榜首。很多文人士大夫喝过易酒之后，专门写诗志意，如徐元文（大儒顾炎武外甥，清顺治十六年进士第一，顺治帝称为"佳状元"）《易酒》诗云："荆卿昔共酒人游，酒人既空酒谱留。吾曾饮酒吊燕客，易水黯湛风声秋。"但也有人认为涞酒在口味上略胜易酒一筹，如曹寅（曹雪芹祖父）在《楝亭诗钞》中称："涞酒味胜易酒。"沧酒则更是传奇，据清人纪昀（纪晓岚）所著《滦阳消夏录》：虽然沧酒色味冠绝，有称雄酒林之势，但沧州当地人氏怕沧酒一出名，朝廷要加重税赋，故时常用假酒应付官府，而且这在沧州成为共识。即便酒客以十倍价格私下求购沧酒，也未必有人肯将真酒卖给他。而真的沧酒也不是一般的市井酒肆所能酿制，须旧式家族代代传授秘法，酿酒之水虽取于卫河，但不是直接取自河中，要到某地，用锡壶系上绳子，沉到河底，取从地底涌出的泉水方可。酒酿成后，收藏须十年以上，其味才开始清冽。收藏期间，须避寒避暑避湿避蒸。如要运到外地，一路上应尽力避免摇晃，否则会使酒变味。到了目的地，还须放上半月，使酒恢复原味。由于费时费力，所以真正的沧酒非常昂贵，一杯酒就值四五两银子。由于真酒难得且价格居高不下，沧酒逐渐失去了市场，到后来被绍酒一举超越。据清人梁章钜（楹联学开山之祖）所著《浪迹续谈》卷四"沧州酒"条："沧酒之著名，尚在绍酒之前，而今人则但知有绍酒，而鲜言及沧酒者，盖末流之酿法，渐不知其初耳。"

崔玄妙微笑道："三娘倒是实在，特意将自家酒排在了第二。"

奚松烟笑道："我当然希望易酒排第一，但沧州水质好，这个真比不了。"

崔玄妙奇道："三娘适才明明说的'易水清、沧水浊'，何以清水反而比不上浊水？"

奚松烟道："沧水之所以浊，是因为河底有暗泉涌出，泉水水质肯定比河水要好。这是天然造化，易水可比不了。"

崔玄妙忽有所感慨，叹道："易水，可当真是条名河了。"浮想到千余年前的某日，易水河畔白衣胜雪，高渐离击筑，荆轲高歌，场面悲壮，一时颇为神往，又缓缓吟诵道："荆卿西去不复返，易水东流无尽期。落日萧条蓟城北，黄沙白草任风吹。"

奚松烟笑道："易水确实大大的有名，这可全要感谢荆轲——风萧萧兮易水寒，壮士一去兮不复还。探虎穴兮入蛟宫，仰天呼气兮成白虹。许多人大老远地跑来雄州，表面是来游览水上长城和拒马河，其实是想到北岸去看易水。"

崔玄妙道："那是肯定的。"

奚松烟朝门口望了一眼，低声问道："妙娘想去吗？"

崔玄妙先是一怔，随即应道："易水是千古名胜之地，任谁都想去看一看，是否'今日水犹寒'。只是易水地处辽境，中间还隔着拒马河。我看到河面上不时有大宋船只巡逻经过，料想对面契丹也是关防甚严，想要过河，怕是极不容易。"

奚松烟笑道："这是两属地，过个河有什么难的。妙娘要是在这里待上一阵子的话，过几日等伙计们回来，我亲自去易县运酒，带上妙娘，还亲自带你去游览易水。"

崔玄妙微微叹了口气，道："过了今晚，我便要离开雄州了。"

奚松烟闻言很是惊奇，问道："这么快？那些妙娘这次专程来雄州……"

一语未毕，便闻见一股酒气，随即一名十八九岁的年轻男子步了进来。其人仪状俊伟，奚松烟当即被其吸引，目光难以自对方身上移开。

那男子大大咧咧地到北窗坐下，一敲桌案，叫道："店家，上酒。"极为豪迈，顾盼自雄，一望便是出身富贵，大手大脚惯了之人。

崔玄妙忙道："三娘不必管我。我也不需要饮食，独自在这里坐坐便好。"

奚松烟闻言，只得转去招呼新进来的年轻男子，先笑告道："小店今日本来是不开张，郎君既然进来了，三娘也没有将客人往外赶的道理。不过话要先说清楚了，没有酒菜，没有热食，吃的只有馓子，而且是前几日炸的。"

那男子名叫方偕，笑道："听闻这里有易酒，我是专门为它来的。有没有酒菜热食，没什么关系。"

河北一带以沧酒、易酒酒质为最，但易州为契丹所占，沧州则地处边地，故而只有本地人方才知道沧酒、易酒大名。方偕一口浓重的南方口音，显然不是河北人氏。奚松烟闻言，不免很是惊异，问道："小郎君是专门为易酒来的雄州？"

方偕应道："是啊。我方偕生平最大志向，便是尝遍天下好酒。我家在南方，江南的名酒我早喝遍了。这次入京求学，将中原一带的酒也喝了遍。此番北上，则是专门为河北名酒而来。"

奚松烟随口问道："方郎可有去过沧州？"

方偕道："当然去过。沧州麻姑酒确实不错，在方某心中，可排入前三。"

奚松烟奇道："沧酒才前三吗？另外两种酒是什么名头？"

方偕笑而不答，只道："这就请店家取出贵店最好的易酒吧。"

忽又想到一事，忙叫住奚松烟，抬手朝窗外指了指，问道："听说北岸也有不少名酒。三娘既公开售卖易酒，必定对那边的酒也是如数家珍吧？"

奚松烟笑道："三娘娘家就在北岸，方郎说我懂不懂那边的酒？除了易酒，值得一提的就是乳酒[1]和羊羔酒[2]了。不过羊羔酒中原也有，而且许多地方酿的不比辽地差。乳酒嘛，中原确实不常见，但东边的米家务榷场就能买到。又腥又酸，一般人真喝不惯，郎君浅浅尝尝就行了。”

方偕拍手大笑道：“好个浅浅尝尝。嗯，浅浅尝尝，这个词用得好，用得妙。”又笑道：“不怕告诉三娘说，羊羔酒和乳酒，方某在东京都喝过了，确实喝不惯。尤其是乳酒，酸气将酒味都压过了。”

顿了顿，又问道：“契丹不是还有一种叫酒果的酒吗？”

奚松烟忙笑道：“方郎想喝果酒，不必去对岸。雄州酒库的米霰最擅长酿果酒，就是用外面那些山荆子的果实，他酿出来的果酒可是雄州一绝。不过自打米霰做了雄州酒库库吏后，轻易不酿果酒了。能否喝得到他酿的酒，就得看方郎你的本事了。”

又告道：“契丹的果酒，主要是葡萄酒，也有用桃、李、梨、杏、

[1] 乳酒：又称奶酒、湩（dòng 意为乳汁）酒。最初古代北方游牧民族以皮囊盛装鲜奶，在长期游牧颠簸的过程中，鲜奶变酸发酵，牧民由此将其发展成人工酿制的一种酒类。《清稗类钞》载有乳酒酿制方法：“沸水贮于桶，俟其冷，浸酥酪，酥沉油浮，毋摇动，日以乳汁滴之，以味酸为度，约数十日，成湩酒矣。味酸而腥，略带酒气，不易醉。”“湩酒”即乳酒。史料中虽无契丹人酿制乳酒的记载，但是有关于契丹人饮用乳酒的记载，史载契丹旧俗：“马逐水草，人仰湩酪。”湩即奶酒，酪即乳酪（今奶酪）。其乳酒酿制方法当与《清稗类钞》中所载大致相同。今乳酒以鲜牛奶为原料，经发酵蒸馏（古代酒多为黄酒，唐代方才出现蒸馏酒，但始终没有流行）而成，乳香与酒香并存，醇甜柔和，回味悠长。

[2] 羊羔酒：中华传统名酒，又称羔儿酒、白羊酒、羊酒。起源于春秋，兴盛于宋代，元时畅销海外。羊羔酒“色泽白莹，入口绵甘”，如羊羔之味甘色美，故名之。苏轼有诗云：“试开云梦羔儿酒，快泻钱塘药王船。”自古以来，羊羔酒就是酒中之珍品，常被用作赏赐或馈赠之物。《史记·韩信卢绾列传》：“高祖、卢绾同日生，里中持羊酒贺两家。”《汉书·昭帝纪》：“令郡县常以正月赐羊酒。”《三国志管宁传》：“但遣主簿奉书致羊酒之礼。”《辽史·圣宗本纪》载：“霸州（今辽宁朝阳）民李在宥年百三十有三，赐束帛、锦袍、银带，月给羊酒，仍复其家。”又，明人李时珍《本草纲目》载羊羔酒配方：“宣和成殿真方，用米一旦，如常浸浆。嫩肥羊肉七斤，曲十四两，杏仁一斤，同煮烂，连汁拌米。如木香一两同酿。另一法为，羊肉五斤煮烂，酒浸一宿，入消梨十个，同捣取汁，和曲米酿酒饮之。”与黄酒生产方法大致相同，只是须加入肥嫩羊肉。又，赵宋起于北方（参见“保州”注释），宋廷有“御厨止用羊肉”的规定，故宋代皇宫中，羊是主要的肉食来源。上行下效，汴京人也最重羊肉，与羊有关的菜式名目繁多，有汤骨头乳炊羊、炖羊、闹厅羊、羊头签、羊脚子、点羊头、软羊诸色包子等。可参见《清明上河图》，有人数出该图中与羊（包括羊肉、羊头、羊蹄、羊肠、羊腰子及羊肚肺等）有关的食物，共有二十六种。

枣等水果的，但酿得好的，只有白葡萄酒[1]。郎君既嫌乳酒酸口，应该也喝不惯这葡萄酒。”

方偕忙摇头道：“我说的是酒果[2]，不是果酒。听说也是要用到果实，但极难制作，是契丹的独门秘技。”

这下奚松烟是真的诧异了，她“呀”了一声，上下仔细打量着方偕，有些不相信地道：“小郎君年纪轻轻，还真是个懂酒之人，竟然知道酒果。”

又实话告道：“确实有酒果这种酒，那可是契丹宫廷用酒，一般人是喝不到的。”

方偕嗜酒如命，发誓要饮遍天下名酒，自不会轻言放弃，思忖道：“这么说，只有到了燕京，才有可能喝到酒果。”

奚松烟忙告道：“不必到南京，涿州就有。涿州有个永宁驿馆，是专门接待大宋使者的，那里面就屯有许多酒果。但酒果到底是种什么酒，怎么酿成的，可就没人知道了。”

方偕也“呀”了一声，道：“三娘竟然连这个都知道。”

奚松烟笑道：“三娘我是易县人，经常回乡运酒，总能遇到同样去易县进酒的涿州酒家。这个永宁馆，是南北议和后新修的，涿州官府为此还清掉了半条街的商铺，所以涿州商家都知道。”

[1] 辽人酿造葡萄酒的技术在当时非常领先，已能酿制出色如金波的白葡萄酒。酿制之法，或许是学自北汉（山西太原、平阳一带以产葡萄及葡萄酒而久负盛名），因为早期契丹饮用的葡萄酒多由北汉进贡。参见《辽史·穆宗纪》：“（北）汉遣使进葡萄酒。”

[2] 关于酒果，在《辽史》和《契丹国志》中都有记载。《辽史·圣宗纪》记：“四年春正月，枢密使斜轸（指耶律斜轸），林牙勤德（指耶律勤德。林牙为官职）……等克女直（指女真）还……赐酒果劳之。”《辽史·营卫志》载：“春捺钵……皇帝获头鹅荐庙，群臣各献酒果，举乐。”酒果具体酿制方法不见记载，但宋人朱彧（北宋地理学家。“彧”音 yù，意指有文采）所著《萍洲可谈》有关于酒果的记载：“火城每位有翰林司官给酒果，以供朝臣，酒绝佳，果实皆不可嚼，欲其久存。”朱彧父亲朱服曾出使辽国，朱彧以父之见闻著成《萍洲可谈》一书，故可看作第一手资料。从这条史料记载可以推断出，酒果应是精选上等水果，浸渍于美酒中，再以复杂的工艺加工而成。经过这样处理的酒，应是酒中上品，产量自然相对较少，故而只能供应给皇帝和贵族饮用。又，朱服有《渔家傲》词传世：“雨纤纤风细细，万家杨柳青烟里。恋树湿花飞不起，秋无际，和春付与东流水。九十光阴能有几？金龟解尽留无计。寄语东阳沽酒市，拚一醉，而今乐事他年泪。”词中声称解金龟（泛指高官之印）换酒，只求酒中寻乐、醉里忘忧，亦与酒有关。

她对方偕越来越有好感，终于忍不住低声问道："方郎是不是昨晚偷喝了雄州酒库的酒？"

方偕先是一愣，随即笑道："有这回事吗？"

奚松烟"咯咯"笑道："方郎莫怕。其实这不关三娘的事，就当我没问好了。"

去柜台后盛了一瓶酒，拿过来交给方偕。她也不立即走开，等方偕斟酒仰头饮下，这才笑问道："我奚三娘家的易酒如何？"

方偕笑道："比酒库的酒要浓郁许多。跟这易酒比起来，那边的酒可真是称得上水酒了。"

这是意料之中的回答。奚松烟又问道："跟沧州麻姑酒相比呢？"

方偕答道："易酒酒色更为清冽，但酒香不及沧酒馥郁，酒味也不如其醇厚。不过这也正常，我在沧州所饮的那瓮麻姑酒在酒窖中整整藏了十五年。三娘取的这瓮易酒，当是前年封存、新近开封的。二者之间，可是差了十三个年头呢。对大多数世人来说，十三年，基本就是三分之一的人生了。"

奚松烟立时对方偕刮目相看，笑道："小郎君看上去吊儿郎当，一副公子哥儿派头，原来还真是个品酒行家。"

方偕笑道："行家不敢当，好饮酒倒是真事。"

他直接取了酒瓶，将一瓶酒一饮而尽，又笑道："好了，这就请三娘直接将那瓮酒搬出来吧，免得来回取酒麻烦。"

奚松烟为难地道："伙计们都不在店里，三娘我可没那么大气力，怕是得要方郎自己动手了。不过我看你昨晚喝了不少，酒劲未过，怕是搬不动那瓮酒。"

方偕倏地起身，哈哈大笑道："我堂堂男子，怎么可能连一瓮酒都搬不动。"

当即随奚松烟走到柜台后，猫腰去搬酒瓮时，这才发现手臂使不出气力，不得不苦笑道："三娘还真是目光如炬。我人没醉，身子骨却已酥软。"

奚松烟低声问道："老实说，方郎昨晚偷入雄州酒库，喝了多少酒？别说你没偷酒啊。方郎这年纪，可不像是能住进白沟驿馆的官员。更何况三娘也没听说昨晚驿馆有酒宴，所以一定是方郎自己偷偷溜进了酒库。”

方偕见酒肆中只有崔玄妙一人坐在角落中，且其心思全在窗外，遂不再刻意隐讳，实话告道："两瓮。"

奚松烟吃了一惊，道："这么多？"

方偕笑道："其实我还能喝，不过确实有些腹胀了。又想着若是醉了，露出醉态来，就没办法大大方方走出驿馆了，所以只能勉强停下来。再则说，我先喝过沧州麻姑酒，觉得这雄州酒库的酒也就那样，勉强算是不错的酒，可比沧酒要差一大截，所以我浅尝了两瓮，就离开了。"

顿了顿，又低声问道："北岸涿州永宁驿馆当真藏有酒果？"

奚松烟吓了一跳，忙道："方郎可别想着私闯涿州驿馆，三娘是为你好。过河不难，进涿州城也不难，但想要混进永宁驿馆，可就难了。涿州跟雄州一样，屯有重兵，而且永宁驿馆就在涿州州府边上。方郎在这边偷喝雄州酒库的酒，若被抓住，顶多就是打几大板。但你是宋人，若在北岸被抓住，又成心要混进永宁驿馆，一定会被当作间谍，那可就要掉脑袋。"

方偕奇道："现下宋辽不是成了兄弟之国吗？就算是真的间谍被抓住，也不该动真刀真枪啊。"

奚松烟道："真的间谍被抓住，就算不被处死，也不会少受活罪。"

宋辽对峙时，双方对逮捕的敌方间谍，通常是以酷刑处死。而"澶渊之盟"后，宋辽成了兄弟之国，明里不能再提间谍一事，故改为低调行事，也不再采取极端手段。敌方间谍一旦被捉，通常是予以关押囚禁，秘密刑讯，以榨取更多的价值。而被敌国收买的己方人员，则依旧处以严刑，予以斩首，以儆效尤。两国均是同样的策略、同样的手段，彼此也心照不宣。

奚松烟又道："实话告诉方郎，宋辽两方都忙着往对岸派间谍，一旦自己人被对家抓住，无论如何都不会承认，这是惯例。"

方偕道："这么说，大宋间谍一旦被契丹捉住，大宋就彻底放弃他了？”

奚松烟道：“也不全是。不承认间谍身份，只是怕引发两国争端，惹出战事。但像雄州李使君这样的好官，还是会想方设法营救部下回来的。通常都是交换，譬如拿被捕的契丹间谍，换回被捉的大宋间谍。”

方偕既感新奇，又觉惊诧，问道：“雄州是边防重镇，两岸交换间谍这类事，应该算是军事机密吧？三娘怎么会这般清楚？”

奚松烟的脸当即阴沉了下来，叹了口气，道：“三娘这晴川酒肆，是南北两方公推出来、都认可的交换场地。交换间谍之事，三娘我可是亲眼见证过两次了。”

又道：“别以为三娘我愿意。他们两方需要在两属地上选一个中立场所，三娘是易州易县人，先夫是雄州容城人，刚巧酒肆又在渡口附近，距离白沟驿不远，所以被两方同时选中。”

她以经营为生，自然不愿意惹上官家事，一开始满口拒绝。雄州通判梁莹亲来劝说，还声称是受知州李允则托付，奚松烟也不肯答应。最后还是雄州机宜司元老人物、大宋传奇间谍首脑、现任雄州北关城巡检赵延祚出马，有所承诺，奚松烟这才勉强同意。

奚松烟见方偕一副若有所思的样子，料想其偷饮酒果之心不死，忙道：“真大宋间谍，营救回来还能带回有用军情；你一个偷喝酒的宋人，雄州这边既不会承认，更不会设法营救，一定会任凭契丹处置。”

方偕闻言颇感遗憾，叹道：“哎，看样子，只有等日后金榜题名，努力做官，得以以大宋使者的身份出使契丹，这才能喝到酒果[1]。”

奚松烟先是一怔，随即笑道：“三娘我还是头一次听说努力做官是

[1] 方偕于宋真宗大中祥符五年（1012年）进士及第，时年二十岁，仅晚于本书故事发生时间两年。至宋仁宗时，方偕果真以大宋正使身份出使契丹。彼时契丹宴请宋朝使臣，使用的劝酒器大小不一。其中最大者，剖大瓠（葫芦的变种。瓠音 hù）之半，托衬以金，能盛酒三升（相当于半水桶）。宋朝前后派出的使者，没有一个人能饮下这一瓠酒。方偕善饮，抵达辽地后，稍微一露酒量，便令契丹人赞叹不已。辽方立即取出大金瓠劝酒，方偕一举饮尽，全无醉意。契丹举座皆惊，契丹主（辽兴宗耶律宗真）大喜过望，亦对方偕肃然起敬，特赠以西北名马，并将大金瓠命名为“方家瓠”。以后契丹每次宴请宋朝使节，都会专门取出“方家瓠”展示，争相夸赞方偕酒量。“方家瓠”一事，亦令方偕名闻宋廷内外，此后宋廷朝中之人每有宴会，必邀请方偕出席。方偕日饮辄以斗计，经常酣宴而无节制，最终猝然中风而卒，时年六十四岁。

为了喝到好酒的。”

她很喜欢方偕的矫矫不群，又特意安慰道：“这样名正言顺，最好不过。方郎好酒，酒量又好，契丹人一定非常喜欢你[1]。”

方偕见有人进来酒肆，便不再谈论此话题。他心有不甘，又俯身去搬酒瓮。

新进来者是名青衣男子，亦只二十岁左右。他一眼便留意到柜台后的方偕，急忙赶将过来，帮他搬取酒瓮。

方偕连忙道谢。青衣男子笑问道：“兄台应该不是酒肆的伙计吧？我好像在哪里见过你。”

方偕却不认识对方，随口应道：“是吗？”

青衣男子闻见酒瓮酒香，立时便想了起来，道：“兄台是不是曾经在东京樊楼[2]同时跟七八个酒客拼酒，一番豪饮，将对方全部喝趴下了？”

方偕跌足道：“坏了坏了，原来樊楼拼酒那件事都传开了。这要是

[1] 契丹好剧饮，以酒池肉林为时尚，喜以好酒待客，且酷爱劝酒。宋使至辽，契丹方都会设酒宴招待，席间照例要劝酒，善饮及性情豪爽者，往往与契丹君臣相处甚欢；而不善饮者，往往会因推辞饮酒而令辽方产生不快，生出嫌隙，甚至进一步恶化关系，上升成两国外交事件。宋仁宗庆历元年（1041年），宋臣刘沆为贺契丹国母生辰使。辽兴宗耶律宗真遣其大臣杜防（涿州归义人。此归义县，即与雄州归信县相对）为接伴使，凡会饮，杜防皆殷勤劝酒，总以使人致醉为度，如此日复一日，刘沆颇不耐其烦。一日，又会饮，杜防仍殷勤劝酒，刘沆本不善饮，而杜防屡强劝其酒，刘沆自席间拂袖而起，指杜防斥道：“我不能饮酒，为何总强我饮酒！”杜防即以两国和好遮饰。刘沆一时气愤，当场怒骂杜防。后契丹使者出使大宋，将刘沆出使失礼于契丹言于宋廷。宋仁宗即下诏令，将刘沆降职。庆历七年（1047年），宋大臣韩综充贺契丹主生辰使，出使辽国。辽兴宗盛宴款待时，得知韩综之父韩亿也曾出使辽国，很是高兴，要求韩综为自己斟酒。韩综于是起身为辽兴宗致酒祝寿，辽兴宗也离开座席，与韩综相酬答。韩综回国后，执政大臣认为韩综此行与使人仪典相比为“生事”，韩综被降职出知滑州。继之，朝廷认为滑州恰处契丹使人往来的必经之路，韩综降官于此，恐惊动契丹，又诏令韩综改知许州，足见宋廷既好面子又畏惧辽国的态度。之后，宋大才子王拱辰（天圣八年进士第一，中状元时年仅十九岁。原名拱寿，“拱辰”名为宋仁宗亲赐）出使辽国。王拱辰风流倜傥，狂放不羁，不拘礼节，亦好饮酒，深为辽国君臣所喜。当时辽道宗耶律洪基在混同江（松花江北流段中、下游）钓鱼，每次钓到大鱼，都要与王拱辰同宴。辽道宗还亲自为王拱辰斟酒、弹琵琶，并动情地道：“南北修好岁久，恨不得亲见南朝皇帝，托卿为传一杯酒到南朝。”然宋廷对此极为忌讳，王拱辰回国后，即被弹劾“失礼辱命”，遭到贬职。

[2] 樊楼为开封最大酒楼。宋朝榷酒，主要是榷曲。每年樊楼向都曲院（属司农寺，掌造曲，以供内酒库酿酒并出卖）购买的酒曲多达五万斤，按市价一斤一百五十文来折算，仅酒曲一项，官府便可收入七千五百贯现钱。而宋初正七品的开封县令月俸不满十贯钱（一万文），樊楼每年酒曲钱比六十名县令一年俸禄的总和还多，由此可见樊楼的酒消耗量何等惊人。当时开封物价，只要没有意外开销，一个月一百文已经能过得十分宽裕。

传到家父耳中，可就坏事了。”

青衣男子笑道：“当真是你啊，哈。我叫武宗元。那日我也在樊楼，在二楼小阁子里陪人坐着，正觉得闷呢，忽听到下面欢声如雷，问了焌糟[1]，才知道一楼大堂有人拼酒。我急忙找借口溜下去，这才没有错过当日精彩场面。兄台酒量可真是了得，称‘海量’也不为过。”

方偕未及回答，奚松烟先插口道：“二位郎君能不能把酒瓮抬走后再聊？两个大活人都挤在这里，三娘可没法干活了。”

武宗元已闻见方偕身上酒气，料想其人酒后无力，遂笑道：“这酒瓮滑溜溜的，两人没法抬，实在不趁手，还是我一个人来吧。”忽侧头看到柜台上的墨砚，不由一怔。

奚松烟忍不住催叫道：“喂。”

忽有人插口叫道：“让我来！”

界河巡检赵振不知何时走了进来。他一近柜台，武宗元便急忙拖着方偕让开。赵振轻松抱起酒瓮，问道：“放哪里？”

方偕忙指窗下案桌道：“那边，那边。多谢，多谢啦！”

赵振只微微点点头，将酒瓮放置到方偕所指案边，便不再理睬旁人，自行到堂中案桌坐下。

这一案，为堂屋正中位置，且正对大门，能清晰看到门前道路上情形。奚松烟当即起了疑心，走过去低声告道：“赵巡检可别在晴川酒肆搞事，不然三娘一定到赵村长那里告状。”

赵振不答，只道：“麻烦店家来一壶饮子，要水红花子。”也不称呼“三娘”，一副浑然不认识奚松烟的模样。

奚松烟“哼”了一声，俯下身子，低声告道：“水红花子没有，一匹罐也没有，请赵巡检渴着吧。”

那边武宗元已经与方偕同案坐了。二人既在京城有过一面之缘，

[1] 焌糟（jùn zāo）：女酒保。宋时对给酒客换汤斟酒妇女的专用称呼。

再度重逢于边关之地，自然生出亲切之感来，是以立时聊得热烈，大有一见如故的意味。

那方偕真是酒量惊人，一边交谈，一边自斟自饮，一杯接一杯，两不相误。

武宗元不善饮酒，又觉得有些口渴，便招手叫道："麻烦三娘上些吃食，再来一壶茶水。"

奚松烟回身应道："吃食只有馓子。没有茶水，只有饮子。一匹罐，是山荆子叶子所泡，入口甘甜，性凉，是凉茶一类，不大适合现下的时节。还有水红花子，是红蓼果实泡的，性热，现下天乍暖还寒，喝这个最合适，只是有些辣口[1]，外地人多喝不惯。武郎想要哪种？"

两种饮子名字都很是动听，武宗元觉得新奇，便想都尝上一尝，忙笑道："一匹罐，和那个水红花子，各来一壶。"

奚松烟满口应了，又狠狠瞪了界河巡检赵振一眼，这才转身进去厨下张罗。

等奚松烟掀帘再出来时，大堂中又多了数位客人，分两案坐在了北窗下：一男一女，坐在方偕邻案；另有一名年轻男子，引着两名孩童，坐在崔玄妙临案。如此，北窗四案便已坐满。

颇为难得的是，那两名孩童不吵不闹，也不追逐嬉戏，只一道扒在窗上，朝河面指指点点。而那年青男子，只凝视着案上的旧剑，目光始终不在孩童身上，明显不是父亲的身份。

倒是堂中的界河巡检赵振，不时看上那两名孩童几眼。又抑或他看的是那年青男子，毕竟对方携带着兵器，他身为界河巡检，负责拒马河及南岸巡防，有所警觉，也在情理之中。

武宗元和方偕明显压低了声音，大概是在谈论什么秘事，又或是因为堂中客人多了，不愿意惊扰旁人。奚松烟托盘过来时，二人便住了口。武宗元笑问道："饮子名字为什么叫一匹罐和水红花子？"

[1] 春秋时期，越王勾践卧薪尝胆，"目卧则攻之以蓼"，即以红蓼汁刺激眼睛，好让自己不入睡。

奚松烟笑道："一匹罐嘛，就是一匹叶子泡一罐[1]，不多不少，一匹叶子刚刚好，少则淡而无味，多则于味道有损。水红花子就更简单了，我们这里叫红蓼[2]果子为水红花子。这饮子是水红花子泡的，所以就叫水红花子啰。"

方偕听说水红花子即是红蓼果实，当即笑道："不放残年却到家，衔杯懒更问生涯。河堤往往人相送，一曲晴川隔蓼花[3]。敢问三娘这晴川酒肆之'晴川'，是不是也是因为拒马河岸处处红蓼？"

奚松烟"哈"了一声，笑道："还真是由此得名。"又竖起大拇指夸赞道："想不到方郎不但酒量好，学问也好。"

她将两只黑色图陶壶及陶杯[4]一一置于案上，又特意告道："这水红花子名字好听，汤水红红的也好看，但有些辣口，武郎不一定喝得

[1]"一匹罐"本为湖北地区对湖北海棠的称呼。湖北海棠与山荆子同为蔷薇科植物，树叶晒干后均可代作茶饮。但作者本人只喝过湖北海棠，没喝过山荆子，本书中对"一匹罐"饮子的描述，实际上源自湖北海棠。

[2]红蓼为一年生草本，高可达 3 米。初秋开淡红色或玫瑰红色小花。生于沟边、河川两岸的草地、沼泽潮湿处。因其生长迅速，高大茂盛，叶绿，花密而红艳，故适于观赏。宋时红蓼遍布拒马河及水岸，即所谓"渔舫依红蓼"，是非常有名的景观。诸多典故甚至连水上长城的修建，也与红蓼有关（宋大臣何承矩打着观赏蓼花的名义，偷偷挖塘引水）。

[3]蓼花即红蓼。此诗为唐朝诗人司空图所作，诗作中将河边堤岸上人们送别的情景和水边的蓼花相呼应，自此蓼花成为代表离别的花卉，在古人诗文中反复登场。因红蓼生于水边，开花于秋季，常与清秋联系在一起，故二者一道成为离别的意象。如晚唐薛昭蕴词："红蓼渡头秋正雨，印沙鸥迹自成行，整鬟飘袖野风香。不语含颦深浦里，几回愁煞棹船郎，燕归帆尽水茫茫。"尽显苍凉寂寞之感。当时有一位铁姓官员，将要赴任外地时，朋友都来相送，并即兴作诗相赠。文士们吟诵完后，最后轮到一名武官，只听武官开口就道："你也作诗送老铁，我也作诗送老铁。"旁人都暗笑武官庸碌时，武官又续道："江南江北蓼花红，都是离人眼中血。"一时震惊四座。武官所作诗虽然朴实，意境却非常符合送别的情绪。

[4]黑陶工艺源于古老的河姆渡文化、大汶口文化和龙山文化，已有七千多年的灿烂历史，后因青铜器出现被取代而失传近四千余年。雄州黑陶历史悠久，远在"雄州"之名出现前。河北省文物局在雄县踏查燕南长城时，曾发现多处战国遗迹，采集到大量陶片标本。黑陶属于无釉陶器，以纯净细腻的红胶土为原料，经过手工拉坯成型、晾晒、轧光、画线、雕花等工艺，最后以独特的烧结工艺制作而成，被誉为"土与火的艺术，力与美的结晶"。黑陶有细泥、泥质和夹砂三种，其中以细泥薄壁黑陶制作水平最高，有着"黑如漆、薄如纸、亮如镜、硬如瓷"的特点。这种黑陶的陶土经过淘洗、轮制，胎壁厚仅 0.5–1 毫米，有"蛋壳陶"之称，表现出惊人的技巧。1936 年，梁启超的儿子梁思永先生，带领考古队在日照两城文化遗址发现了 4500 多年前的珍稀陶器——高柄镂空蛋壳陶杯，无釉而乌黑发亮，胎薄而质地坚硬，其壁最厚不过 1 毫米，最薄处仅 0.2 毫米，重仅 22 克，其制作工艺之精，堪称世界一绝。直到 1989 年，才由现代学者将失传四千多年的黑陶制作工艺破译，从而使黑陶这一远古的艺术获得辉煌的新生。

惯，先小口尝尝。不过这时节喝它驱寒正好，一点也不比水酒差。”

武宗元拿起陶杯看了一看，笑道：“这饮具有点意思，虽然制作得粗陋了些，却是拙朴有趣，大有古风。”

奚松烟笑道：“乡下泥水匠自己烧的，哪里懂什么古不古的。”

武宗元又问道：“这陶杯的黑色，看着不像釉色，是如何上上去的？”

奚松烟笑道：“郎君问得还真是内行。”

又指着自己鼻子道：“三娘我的大名叫什么？松烟。这类陶器上色，跟制墨有相似之处，都要靠烟。”大致说了一番陶杯是在烧成时用浓烟熏黑[1]，而制墨则主要是靠烟冷却所生成的烟炱。

远古黑陶工艺早已失传，奚松烟所述陶器烧制方法，也仅仅是河北民间工匠自行琢磨出来的土法子。武宗元从未听闻过以烟熏陶之事，当即“哇”了一声，道：“这一趟河北之行，还真是大开眼界。”

奚松烟笑道：“乡下人灵机一动，想出来的土法子而已，没什么了不起。”自转身走开。

邻案男子名叫刘晋阳，忙举手叫道：“早听闻店家自制的饮子能祛湿御寒，烦请先来一壶。”

奚松烟应道：“那就是水红花子了。郎君稍候。”

刚一转身，便有一对年轻男女走了进来。奚松烟忙上前招呼，将店里只有馓子、没有热食之类的话先大声说了一遍，好让堂中其他客人也都听得见。

新进来的男女分别名徐颂、陈丽。那徐颂似乎没有多大主见，只转头去看陈丽。陈丽笑道：“无妨，我二人只是进来坐坐，看看河景。”转头见到临河四案都有人，不免有些失望。

刚好那边武宗元喝了一口水红花子被辛辣之气呛住，剧烈咳嗽

[1] 黑陶表面所呈现纯净的黑色，是以独特的无釉无彩碳化窑变的古老工艺烧制而成的，出窑后就是浑然天成，不再做任何处理，其外观效果黑如漆、亮如镜。通常是在器物烧成的最后一个阶段，加入大量柴草，封闭窑门与烟囱，从窑顶徐徐加水，使柴火熄灭产生浓烟，有意让烟熏黑器物，而形成黑色陶器。它是继彩陶之后，中国新石器时代制陶业出现的又一个高峰。

起来。方偕仓促起身，一面为武氏抚背平气，一面道："莫急……莫急……"

奚松烟急忙赶将过去，倒了一杯一匹罐，递给武宗元道："喝一口一匹罐顺顺气。"

武宗元先勉强饮了一口，登时露出喜色来，又将余下的大半杯一匹罐喝了，"嗯"了一声，道："还是这个饮子好喝。"

新入酒肆的陈丽也跟了过来，向方偕问道："郎君是不是福建人？噢，我是福建莆田人。想不到在这雄州边远之地，竟能听到乡音。"

方偕大喜，忙道："我也是莆田人。"又整了整衣衫，站直身子，拱手道："在下方偕，字齐古，兴化莆田人氏。"

陈丽亦行了一礼，告道："我也是兴化莆田人氏。对了，我姓陈，单名一个丽字。"

方偕奇道："陈丽？呀，姓陈名丽？丽娘的'丽'字，该不会是高丽的'丽'吧？"

陈丽笑道："正是那个丽字。"

武宗元气息已顺，忍不住插口道："方兄，你适才可没少喝酒，是不是喝醉了？长安水边多丽人，天生丽质难自弃，还有迟日江山丽，这么多丽呢，为什么偏要提及高丽？"

方偕笑道："咳，武兄不懂，丽娘的名字大有来历，全莆田人都知道的，她祖父陈靖[1]公……"

---

[1] 陈靖，字道卿，兴化军莆田（今福建莆田）人。对宋代科举产生过重大影响。宋初科举特别看重写作速度，一般由宋太祖亲自主持殿试（殿试始创于武则天，但并未成为唐朝定制，自宋开宝六年方才正式成为定制），谁先交卷，只要卷子合格，名次就排在前面，第一个交卷的，就直接定为状元。故"御试进士多擢文先就者为高等，士皆競浮华，尚敏速"。宋太宗时，陈靖在朝中任将作监丞，认为文思敏捷、下笔千言，虽为个别举子才华横溢之体现，但仅以文思敏捷与否来确定名次高下，终归有失偏颇。举子在考试时往往在写作速度上下功夫，却忽略了文章的质量，草率成篇以制造知名度，学章群起仿效，逐渐形成了一种华而不实的文风，影响十分恶劣。遂上书宋太宗："请以文付考官第甲乙，俟唱名或果知名士，即寘上科。"除此之外，陈靖还提出科考时实行"糊名"制度。糊名又称封弥，即将试卷上的考生姓名、籍贯、家世等关键信息密封起来，代之以字号，防止考官评定试卷时徇私作弊，此举始于唐朝武则天时，不过只在吏部试中使用，并未推广。宋太宗采纳了陈靖的建议，采用"糊名考试"，并将会考定考三场。自淳化三年（992 年）二月壬辰科省试起，不再以答卷迟速来决定名次，糊名制度也自此成为科举定制。此科一改前朝沿袭旧制，将进士考试每场的时间定在白天举行，全国共有一万三千名（转下页）

陈丽忙咳嗽了一声，笑道："家祖也是方郎的乡邻。"

方偕料想陈丽不愿当众提及身世，忙改口道："难得他乡遇乡邻，丽娘不如过来一起坐。"

这正是陈丽心中所望，忙回身朝同伴徐颂招了招手。徐颂虽然有所犹豫，但还是欣然走了过去。

奚松烟笑道："你们二位就坐这里了？那么三娘一会儿再添两副餐具吧。"

一转身，才发现堂中又多了一人——雄州国信所官吏赵探不知道什么时候溜了进来，自往东首第三案坐了。他见奚松烟留意到自己这边，还特意举手招呼。

奚松烟惊奇不已，只是一时顾不上寒暄，自到厨下倒了一壶饮子，送至刘晋阳那案。刘晋阳忙倒了半杯，双手奉给女伴。

奚松烟见那女子二十岁上下，正当韶华，却是一副病恹恹的模样，忙道："这水红花子性烈，脾胃虚寒者不能喝。这位小娘子……"

刘晋阳忙道："这是我妹妹刘太原。她身子是有些不大好，不过脾胃倒是还好，正需要些性烈之物驱寒。"

奚松烟道："那就好。"又去招呼旁案带着孩童的明姓男子，问道："郎君可需要些什么？小店的易酒还算不错。"

那男子姓明名未光，已听到店家声称没有热食之类，听闻"易酒"二字，颇为心动，只是不愿当着孩童的面饮酒，便道："来一壶水红花子吧。"

奚松烟满口应了，又给北窗四案每案上了一盘馓子，称是白送，算是清明节过节之礼。诸人均连声道谢。

奚松烟一一安置妥当，这才走到国信所知事赵探面前，压低声音问道："赵知事便服来我这里做什么？"

(接上页)举子赴京应省试，盛况空前。状元孙何，第四名丁谓，二人均与陈靖成为至交好友。丁谓即宋真宗朝风云一时的大权臣。其人虽品行不端，但亦是当世文豪，与以文学、经史驰名的孙何合称"孙丁"。孙何、丁谓同科及第，孙何中头名状元，而丁谓榜列第四，据说丁谓很不服气，宋太宗还幽默地道："甲乙丙丁嘛，既然姓丁，中第四名也不冤枉，有什么好怨的。"

赵探为人风趣，爱开玩笑，不似其堂弟赵振那般严肃刻板，当即笑道：“进来坐坐啊。怎么，有好长一阵子没来照顾晴川酒肆生意，三娘怪我了？”

奚松烟不答，只问道：“你怎么不跟赵振坐一起？”

赵探笑道：“晴川酒肆没规定兄弟二人一定得坐一案吧？”

奚松烟摇头道：“你们兄弟两个都一般的古怪，只差把‘古怪’这两个字刻脑门上了。”

上前一步，低声告道：“三娘我把话说在头里，今日你们两兄弟敢在晴川酒肆搞事，砸了三娘场子，以后南北两岸再有什么交换事宜，可别选我这里做中间地。就算再请赵村长出面，也不行。”

赵探嘻嘻一笑，正要接话，侧头看到有人进来，不禁惊讶地“咦”了一声。

奚松烟回身一看，却是雄州最高长官的两名心腹侍卫忻继勋和白锋锐联袂进来。

奚松烟亦感诧异，嘀咕道：“都在搞什么鬼？”

料想即便上前询问，对方不会告知实情，索性不予理睬，连招呼都懒得打，自回柜台后整理账目。

忻继勋只扫了大堂一眼，便迅即退了出去。白锋锐则走到东首第二案坐了，对近在咫尺的赵振、赵探二人，只佯作未识，也不出声向店家索要饮食，跟赵振、赵探二人一样，仅是干坐着。

奚松烟一边忙碌，一边冷眼打量堂中诸人。她原猜测雄州官府将会有什么大行动，赵振等人便服潜伏于晴川酒肆中，为的是监视门前驿道，然观察久了方才发现，界河巡检赵振的主要注意力，一直在方偕那案上。

那一案共有四人，方偕、武宗元、陈丽、徐颂。方偕最先进来，其次是武宗元，而赵振是在武宗元之后，差不多前后脚进来，所以赵振用意所在，不是方偕，便是武宗元。

看起来，倒是武宗元可能性更大些。然这男子年纪轻轻，最多不过二十岁，能有什么出格之处，劳动界河巡检司副长官亲自出动？

再说名为国信所知事赵探。起初奚松烟以为他瞩目的是明未光那案，很快她便发现自己想错了，赵探跟赵振一样，格外紧张方偕那案。之所以偶尔留意明未光，或许是因为明氏置于案桌上的那柄旧剑。

赵探是在陈丽、徐颂之后进来，莫非他在盯梢这二人？赵探名为国信所官吏，实为机宜司武官，专事谍报，被他盯上的人，多半与北岸契丹有关。可陈丽、徐颂均不到二十岁年纪，徐颂有些沉默寡言，陈丽却是一派活泼天真，浑然不像是辽国间谍。

而且那陈丽与酒量如海的方偕口音完全一致，二人认了同乡不说，陈丽的祖父似乎在福建莆田还是什么大名人。难不成契丹收买宋人做奸细，都大老远跑去南方了？

那么赵探会不会跟界河巡检赵振一样，是为武宗元而来，只是晚一些时候进来酒肆呢？

还有那雄州军校白锋锐。他是雄州知州李允则心腹侍卫，素来不离长官身旁半步，如何会大白天地跑来酒肆中枯坐？就算有军情军务，李允则统管数州军政，手下数万兵马，非要派自己的亲信侍卫出马吗？

界河巡检、机宜司密探首脑、雄州长官亲信侍卫先后出现在晴川酒肆，一定是有什么大事，甚至惊动了李允则本人。可那白锋锐的目光，何以一直在崔玄妙那案，跟赵振、赵探完全不同？

旋即又有人进来，却是一名二十余岁的女道士。这女道士道号易敏，出家修行的道观亦位于两属地，距离晴川酒肆不远。观主清净道长喜欢喝水红花子，是以每隔几日易敏便会跑一趟晴川酒肆。

奚松烟忙招手叫道："易敏道长，饮子早准备好了，一共六瓶。"

易敏目不斜视，直奔柜台，取了饮子提在手中，转身就走。忽神差鬼使地朝北窗方向看了一眼，如见到鬼魂一般，全身一震，生生顿住了脚步。呆了一呆后，似是回过神来，忙不迭地捧了饮子离去。

奚松烟立时意识到不妥，忙侧头去看北面四案：

方偕、武宗元那案四人依旧在窃窃私语；

邻案刘晋阳正对妹妹刘太原说着什么，而刘太原喝了一杯水红花子后，脸色明显红润了许多；

角落的崔玄妙依旧望向窗外，对堂中诸人诸事漠不关心；

唯独那引着两名孩童的男子明未光正望着大门处易敏背影。

奚松烟一愣，又转头去看国信所知事赵探。赵探果然呆呆望着大门之处，满脸怅然之色，忽而起身，追了出去。

酒肆算是消息灵通之处，奚松烟早听闻武官赵探迷恋女道士易敏，为此还被祖父赵延祚狠狠训斥过。本来奚松烟还不信——

赵氏是雄州大姓，赵延祚更是河北豪强，是赵氏门中杰出人物，门路极广。赵探是赵延祚最爱的孙子，精明强干，就算不在官府任职，也有花不完的财富。他本人长得不错，性格又好，不少女子都私下爱慕他，亦有许多河北豪族想与赵氏结亲。赵探这样的家世，怎么会爱上一个出家女道士？

然此刻亲眼见到赵探失魂落魄的样子，方知传闻不虚。

方偕忽起身挥手道："不行了，不行了，喝得实在太多了。我得去方便。"抚摸着肚子，走到柜台边，问道："请教三娘，茅厕在哪里？"

奚松烟朝东指了指，道："从这边后门出去，再往东，就在山荆子林边上。"

陈丽、徐颂闻言，也急忙起身，跟方偕一道出去。

那一案瞬时只剩了武宗元一人。他似有些无趣，便自来柜台找奚松烟搭讪，又举了举手中馓子，笑道："三娘人倒是大方得很。小本经营不容易，这样吧，今日店里的馓子钱，都算我头上。"

奚松烟本不在意几盘馓子钱，然既猜想这武宗元大有来头，便有意应道："那好啊，就算武郎头上。一盘馓子两文钱，武郎身上有现钱结吗？"

武宗元笑道："现钱没有，先记武某名下，自会有人结账。"特意转头看了赵振一眼。

奚松烟心道："原来这些官家人还真是为这武宗元而来。这姓武的自己也知道。如此有恃无恐，莫非身份极不一般？该不会是辽国使者吧？”

武宗元又道：“三娘，我还有事请教，你这柜台上的墨看起来不像凡品，可否让我看看？”

奚松烟不愿意沾染官家之事，当即冷然拒绝道：“郎君是来酒肆喝酒吃馓子的。酒肆也不卖墨，此墨是自家珍藏，不能给外人看。”当即将墨收入抽屉。

武宗元却不肯轻易放弃，又问道：“三娘的芳名叫松烟对不对？时下最好的墨，便是松烟墨。”

奚松烟随口问道：“武郎懂墨？”

武宗元笑道：“不但懂，还懂得很。”

奚松烟嗤笑道：“武郎小小年纪，也会说大话。”

刚好这时素衣女子崔玄妙站起身来，似要离去。奚松烟急忙舍了武宗元，赶过去问道：“小妙要走了吗？”

北窗下刘晋阳、刘太原听到“小妙”的名字，似极为惊奇，一齐转头，望了过来。

崔玄妙应道：“唔，我还有事，得先走了。”

她在心情低落时得奚松烟抚慰，即便对方无意，但于她却是莫大安慰，心中很是感激，遂上前握住奚氏双手，恳切地道：“有机会再来雄州的话，小妙一定再来看望三娘。”

这类话，奚松烟早听过千百遍，也不放在心上，随口应道：“好啊。”

崔玄妙一离开，白锋锐果然立即起身，欲跟随而出。奚松烟追出大门，一把将白锋锐扯住，喝问道：“白侍卫想对小妙做什么？”

白锋锐知道长官李允则对晴川酒肆颇为看重，也不敢轻易得罪奚松烟，忙道：“三娘快些放手！白某有公务在身。”

奚松烟却是不信，奇道：“公务？你的公务就是跟踪监视一名单身美貌女子？你小子打什么坏主意呢？”

白锋锐急道：“不是，崔玄妙是我大宋使者崔可道之女，她……”

见崔玄妙已转过篱墙，担心就此失去其踪影，也不及继续解释，干脆甩开奚松烟，自追了过去。

奚松烟这才恍然大悟，原来崔玄妙来雄州，是来迎接其父归家的。料想她父亲崔可道便是宋廷派去吊唁辽国萧太后的什么使者，现下萧太后葬礼已毕，宋使一行便该打道回府了。

再进来酒肆时，却见武宗元仍站在柜台处，正提笔忙活什么，而那界河巡检赵振依然坐在原处，神情木讷。

奚松烟急忙冲到柜台后，见武宗元已自行从抽屉中取出了墨锭，当即斥道："武郎，你这样就不对……"

一语未毕，武宗元已将纸幅举到奚松烟面前。

奚松烟愣了一会儿，才道："呀，郎君你……"旋即摇了摇头，道："三娘今日开了眼，能人一个接一个，而且都这般年轻。"

武宗元似早已习惯被人称赞，也不以为意，只好奇问道："还有谁是能人？"

奚松烟道："跟武郎同案的方偕呀。他酒量好不说，还是懂酒的大行家。"

武宗元当即笑道："那也叫能耐？"

他刚与方偕结识，颇为投契，不便过多议论，便指着墨锭问道："这是不是易水墨？当真是天下好墨。除了香气稍微差点，品质决不在李氏徽墨之下。"

奚松烟随口问道："武郎用过李氏徽墨吗？"

武宗元笑道："当然用过。我家还存着两块呢。"

奚松烟道："那么武郎家里一定是大财主了。听说李氏徽墨在汴京比黄金还值钱呢。"又将纸幅仔仔细细看了一遍，叹道："呀，武郎，你小小年纪……"

武宗元忙道："这幅画实在不算什么。画得太过仓促，倒是让三娘见笑了。时间充裕的话，我再多了解三娘一些，还能画得更好，比这好上十倍。"

奚松烟道："呀，武郎你有这身本事……"

武宗元忙接口道："三娘看我这身本事可还值得一交？"

奚松烟笑道："太值得了。"

武宗元遂压低声音，道："我正有件事要请三娘帮忙。事成后，我给三娘画一百幅画，随便画什么都可以。"

奚松烟怔了一下，随即毫不含糊地应道："成交。"

武宗元见赵振已侧头望向柜台，忙"嘘"了一声，低声道："三娘小点声，这事可不能让赵巡检听到。"又问道："三娘不问什么事，就答应跟武某交易吗？"

奚松烟笑道："还能是什么事？肯定是武郎想过河去北岸，去游览易水，对不对？"

见武宗元面露诧异之色，料想自己所猜不错，笑道："文人墨客都是这德性，三娘我见得多了。不过武郎算是我奚三娘见过的最年轻的大才子了。"

武宗元遂笑道："确实就是这件事。另外，方偕、陈丽、徐颂三人也想同去。"

奚松烟道："呀，你们这几个小毛孩子，原来一直在商议这件事。说吧，你们是怎么猜到三娘能办到这件事的？"

武宗元也不隐瞒，实话告道："是方偕猜到的。他说三娘这家酒肆很有些年头了，从战争到和平，始终屹立不倒，酒肆主人必定很有些能耐。"

又道："三娘放心，我们只是悄悄去易水看上一看，然后悄悄回来，其他事都不关心，也决不会给三娘惹麻烦。"

奚松烟心中仍有疑虑，问道："界河巡检赵振为什么专门跟着武郎？"

武宗元笑道："说起来，三娘可能不信，赵巡检是武某这趟河北之行的向导。"

原来武宗元年纪虽轻，却是画技高超，擅画道释人物，新近被朝廷选中作为玉清昭应宫的画师。但玉清昭应宫由权臣顶谓主持，尚在建设中，预计还要十余年方能建成。画师暂时派不上用场，朝廷遂派画师到全国各处道观、寺庙临摹壁画，来日好派上用场。武宗元自己挑选了河北边地。

武宗元又道："我是以玉清昭应宫画师的身份来到雄州，朝廷也有公文下达，李使君专门派了赵巡检作向导，引我到各地走走看看。"

奚松烟颇有见识，对当今大宋皇帝的上天书、封禅那一套颇为厌恶，而今雄州亦在大建天庆观[1]，兴师动众，劳民伤财，给一方百姓带来诸多不便，料想京城的玉清昭应宫亦是如此，所以也不怎么在意武宗元玉清昭应宫画师身份。

她自是不知玉清昭应宫画师是三千名杰出者中选拔出的一百名顶尖者，更不知道武宗元才学卓绝、笔术精湛，是宋真宗亲自指定的左部之长，为天下画师之首。所以听到雄州长官李允则亲自指定界河巡检赵振作武氏向导时，还大为吃惊，转头看了赵振一眼，这才问道："李使君专门指派赵振给武郎引路？"

武宗元答道："是啊。李使君说赵巡检是雄州本地人氏，对地形风土之类最熟悉不过，是最合适的向导。不想河北一带没几座寺庙，壁画更是稀少。这战乱还真是讨人厌，宋辽对峙时，契丹当真没少作恶。"

奚松烟正色告道："寺庙这事，还真跟战乱无关。契丹人信佛，不会轻易毁弃庙宇。河北庙少，是因为周世宗柴荣灭佛那档子事。为什么一过拒马河，到了北岸，寺庙忽然就多了许多？就是因为当年后周北伐，柴荣也是止步于拒马河[2]。"

---

[1] 大中祥符二年（1009年）十月，宋廷号召各路、州、府、军、监、关、县择选官地营建道观，并以"天庆"题额，民有自愿献地备材建置道观者亦听便。此前，道教仅在江西、剑南等地区流行。之后，各地始遍设道像，唐末五代以来毁掉的道教宫观又恢复起来。

[2] 这只是书中人物限于立场及视野的理解，其所述只是一个原因。事实上，唐末至五代时期，幽州节度使惯例是崇佛，"故事，每有新帅，多创招提，以邀福利"。唯独幽州节度使刘仁恭崇佛也崇道，算是特例。唐哀帝天祐三年（906年），刘仁恭和朱温军队作战失败，尽发境内男子十五以上、七十以下者从军，境内为之一空。境内男子无论贵贱，都黥面，文曰"定霸都"，士人黥其臂，文曰"一心事主"。儒者深以为耻，遂争相出家，故而幽蓟地区（拒马河北岸）佛教大盛，且一直延续了下去。而中原地区在五代战乱之后，道教开始兴起，如宋真宗在全国各地大修道观，故愈发凸显出幽蓟地区的佛教区域特征。辽人确实崇佛，上自贵族，下至平民，造像建庙，舍财施物，舍男舍女为僧尼的现象十分普遍。甚至以佛名为名，如辽景宗长女名耶律观音女，辽圣宗契丹名文殊奴，辽圣宗皇后名萧菩萨哥，辽道宗皇后名萧观音。曾出使辽国的苏辙（字子由，苏轼弟）记道："北朝皇帝好佛法，能自讲其书，每夏季辄会诸京僧徒及群臣执经亲讲。所在修盖寺院，度僧甚众。因此僧徒纵恣，放债营利，侵夺小民，民甚苦之。"金（转下页）

武宗元“呀”了一声，道：“原来是这样。看来书上的话，不能全信。有些事，不到当地，还真是不能了解到全部真相。”

他本人也信佛，当即叹道：“柴荣是在雄州患病，论起来，他也算是死在了河北之地，这大概也是一种因果报应吧。”

奚松烟摇了摇头，道：“不是什么报应，柴荣是被人下毒暗害的。”

武宗元愣了一下，虽觉匪夷所思，但好奇之心大起，正待询问柴荣相关之事，忽见有人来到酒肆门口，便及时止住。

来人只是在大门口晃了一下，便不见了人影。而北窗下的刘晋阳旋即起身，朝外走去。

奚松烟既知武宗元心意，便低声嘱咐了一番，武宗元满口答应。

奚松烟见赵振几次有意无意地瞥向柜台这边，便低声问道：“武郎预备如何甩掉赵振？”

武宗元思忖道：“这个我还没想好。不过进来酒肆前，我看到白沟驿那边警卫森严，还有兵马调动，很不寻常。今日应该会有事发生，所以大有机会。”

又朝北窗明未光一案努了努嘴，问道：“那人是谁？我看赵巡检偷偷看了他好几次。”

奚松烟摇头道：“不认识，以前也没见过。他自称姓明，赵振留意他，应该是因为那把剑。”

武宗元忙道：“三娘好眼力。我有主意了，一会儿我去撩拨那姓明的，毕竟他带着两名孩童……”

忽有一名黑衣短衫男子大踏步走进堂来，奚松烟嘟囔道：“邪了门了。往年清明节一个主顾没有，今年一个接一个上门，只怕不是什么好事。”

她见进来者是陌生面孔，且面色不善，便生出危机感来。这是边

（接上页）代也有“辽人佞佛尤甚”的评价。元朝王构则称：“辽自有国以来，崇奉大雄氏之教，陈法供，祈景福者，无日无之。侯王贵宗，倾资竭产，范金缕玉，以寓晨夕之敬，惟恐其后。以故绀修之园，金布之地，宝坊华宇，遍于燕、蓟之间，其魁杰伟丽之观，为天下甲。”特别指出拒马河以北的幽蓟地区是佛教盛行之区。

民长期处于战争压力下的一种生存本能。虽然宋辽议和已有数年之久，但奚松烟经历的战争岁月更为长久，兼之两属地的特殊性，故而她的警觉和警惕从未丧失过。

武宗元自幼喜欢在寺庙道观观摩壁画，从不放过任何细微之处，哪怕毫厘之差，亦能分辨得清清楚楚，故目力远胜常人。他一眼便看到黑衣男子袖出短刀，忙叫道："快！小心！"

这两句话没头没脑，旁人闻言俱是莫名其妙，不知所云。

界河巡检赵振与武宗元相处两月，深知其人鬼马精灵，且有心渡河前往北岸契丹之地，一为自古有名的易水，二则为燕蓟之地的寺庙壁画。早在抵达雄州之初，武宗元便向雄州长官李允则提出渡河要求，被李允则当面拒绝。但武宗元始终不死心，一路上没少拉拢试探赵振，甚至还私下逃走过，不过赵振早有防备，又将他捉了回来。此刻武氏大见异常，赵振立时疑心对方又有新花样，当即起身，欲先将其带离酒肆。然走出两步，眼见武宗元神色焦急万状，这才意识到不妥，忙转过头去——

那新进来的黑衣短衫男子已横起短刀，朝北窗方向扑去。

界河巡检赵振年少从军，一直在名将石普麾下任职，参加过数次大大小小的战斗，更是在澶州之战时从契丹军手中夺得《契丹阵图》，此为宋朝自敌方获取的第一幅地图。

宋朝恢复统一，却未能控制强邻，故而边境地图随时有所创作。宋朝主管地图测绘及"天下地上之图"的官署是兵部，由此便能窥出地图的重要性。

自大宋立国以来，宋太祖赵匡胤、宋太宗赵光义两代皇帝均怀有收复燕云十六州之志，故而对契丹地图孜孜以求。然两代皇帝手中均只有一幅《幽燕地图》，为"中国失地"之图，且是在隋唐旧图上绘制。

宋太宗至道元年（995年），契丹大将韩德威诱党项勒浪嵬族自振武[1]南下犯边。北宋永安节度使折御卿[2]截击，败契丹军于子河汊[3]。四月，契丹犯雄州，被知州何承矩击败。十二月，永安节度使折御卿染病不起，党项首领李继迁派间谍告知辽国，契丹遂攻永安[4]。折御卿带病出战，契丹军将望见即抱头鼠窜，大败而退。

宋军趁此机会，深入契丹国境，测量调查契丹国的山川形势，绘成《契丹国界图》，由内臣杨守斌献给宋太宗赵光义。

《契丹国界图》比《幽燕地图》进了一大步，至少反映幽燕之地的现势情况。据称“帝见该图，欣然阅视很久”，宋太宗赵光义还特意将此图悬挂在滋福殿[5]。咸平四年（1001 年）十月，宋真宗赵恒看到挂在滋福殿北壁的《契丹国界图》时，无限感叹道：“封域非广，惜燕蓟之沦异族也。”

而赵振所得《契丹阵图》为契丹军事地图，所绘辽境山川地形之细密，远非《契丹国界图》所能比拟，而地图上还包括辽军布防的机密信息，价值极为重大。

赵振时年十八岁，竟立下如此大功，遂一举成名[6]，为皇帝瞩目。

---

[1] 振武：今内蒙古呼和浩特市南。

[2] 折御卿：府州（今陕西府谷）人，北宋开国名将。折氏为云中大族，杨业妻子折氏即出自此党项家族，为《杨家将》中佘太君原型。

[3] 子河汊：今陕西府谷县境。

[4] 永安：今山西洪洞东北。

[5] 宋代地图档案的保管主要分三处：一是皇宫内廷“秘府”；二是中书、枢密两院，主要是枢密院；三是职方。滋福殿（又名皇仪殿）为皇帝视朝阅事之所，即所谓“禁中”，也以悬挂的形式保存大量地图档案。《玉海》卷十四《至道滋福殿观地图》载：“咸平四年十月庚戌，上（宋真宗）以陕西二十三州地图示辅臣，历指山川险易蕃部居处。……次指殿北壁灵州图……又指南壁甘、沙、伊、凉等州图，……又指北壁幽州北契丹图……”可见大量军事守备地图的测绘，除了供战事需要外，也多作为皇帝与大臣讲求庙算之资。

[6] 赵振因获《契丹阵图》而扬名宋廷为历史真事，亦能从侧面反映出此图之价值。后赵振在西北边关任职，也格外重视地图，曾亲自勘察过西北五路山川地形及要塞。其子赵珣后据此著成《聚米图经》（又称《陕西聚米图经》）一书，为地图类书籍。宋廷很是重视，专门下诏取《聚米图经》入朝。《宋史·赵振传》载：“初，（赵）珣随父（赵振）在西边访得五路徼外形胜利害，作《聚米图经》五卷，诏取其书。”宋人黄庶（黄庭坚父）有《谢赵太傅遗聚米图经》诗：“文武生贤子，羌图帝所多。始欣知马援，终叹失廉颇。苍鼠巢遗稿，黄埃锁旧戈。远人犹偃蹇，掩帙泪滂沱。”此“赵太傅”，即赵振之子赵珣。赵珣《聚米图经》书今已佚。又，人类之使用地图，肇始于没有纸张，更没有印刷术的时代，那时的地图通常画在地上、石壁以及皮子、木片、泥板等可供施展图画的东西上。为了表示地形的高下，古人想出了用谷米来堆成山丘形状，此即“聚米”一词来历。赵珣《聚米图经》书名即取此意。

宋真宗召其入朝，亲授三班借职[1]。赵振不愿意在京师禁军中任职，依旧回到边关，不久即因精于射术而闻名河北，屡有升迁。南北议和后，先是调任雄州兵马监押，后又升任界河巡检，算是河北最年轻的中级武官。

赵振长年累月在界河上巡防，应变能力极强，眼见酒肆大堂出了意外，当即拔出佩刀来。

他曾数次至高阳关公干，早认出那名俯身在窗上的小孩童是高阳关副都部署杨延昭之子杨文广。眼见黑衣凶徒朝北窗奔去，赵振满以为其人要朝杨文广下手，不想实际的目标却是那年轻女子刘太原。

而刀光一闪时，邻案的明未光倏地起身，一把扯住尚趴在窗户上观景的两名孩童，飞速退到墙角。他是佩剑之人，甚至不及抓取案上的长剑，显然是更在意孩童安危。

刘太原听到动静，微微侧过头来，眼见白光闪动，便愣在了那里，手中的陶杯随即跌落。

就在刀尖递及至咽喉时，有刀横了过来。却是界河巡检赵振后发先至，挑开了短刀的致命一刺。

刘太原这才回过神来，忙站起身，但却腿软无力，又跌回座位。赵振一刀逼退黑衣男子，侧头问道："小娘子可有受伤？"

刘太原结结巴巴地道："没……没有……"

又有一名青衣男子闯了进来，手执长刀，迅即上前与赵振缠斗。那持短刀的黑衣男子则一再攻向刘太原，似是非要置她于死地。

大堂其实不大，又四下置着案桌、矮凳，实难以施开拳脚。赵振虽挡在刘太原案前，两名凶徒亦是武艺不弱，他尚要顾念身后的刘太原，竟一时难以战下对方。

忽然有人喝道："你们做什么？"却是刘晋阳赶了回来。

[1] 三班借为武臣低级阶官，无职掌。宋代武秩散官按品级不同分为低级、中级、高级和封赠勋臣的特级四等，自太尉以下，直至三班借职，共为五十二级。书中出现过的"团练使""六宅使"等，均在这五十二级之内，如书中人物武官白守素为团练使，武官崔可道为内园副使等。具体迁转，可参见本书附录《宋代武臣三班借职至节度使叙迁制》。

话音未落，只听“哧啦”一声，堂中诸人只觉得白光耀眼。原来刘晋阳腰间缠着一柄软剑，刃白如霜，又柔软似绢。

那刘晋阳握剑在手，立时抢上前来，手腕一抖，寒光闪闪，矫若游龙。黑衣男子手腕瞬间被剑尖点中，短刀当即掉落在地。

刘晋阳关心刘太原安危，既一招却敌，便立即问道：“妹妹可有受伤？”

刘太原已然冷静了许多，道：“没有。”又指着赵振道：“是这位郎君救了我。”

刘晋阳当即朝赵振点点头，道：“多谢。”

他不知便装的赵振是大宋界河巡检，本有官方身份，又拱手道：“兄台请让开，这两名刺客交给我来对付。”

软剑属于高难度兵器，用力屈之如钩，纵之铿然有声，复直如弦，须精、气、神高度集中，非剑术高手不能运用。就连在军营中长大的赵振也还是第一次见到有人使用软剑。他一见刘晋阳出手，便知道对方武艺精强，远在自己之上，那两名凶徒万难得手。晴川酒肆骤然出现这等了不起的人物，其妹刘太原又遭两名凶徒行刺，情况极为蹊跷，赵振身为界河巡检，有责任查个清楚明白，但此刻他最关心的却是武宗元。转头一看，不见武氏人影，急忙抢到柜台处，却只见到店家奚松烟缩在柜台下。

赵振忙问道：“武宗元人呢？”

奚松烟颤声答道：“不……不知道。”似是十分害怕。

晴川酒肆已有二三十年历史，传了两代人，又位于两属地，战争时期是宋军北上、契丹南下的必经之地，奚松烟是中年人，也算是亲眼见过不少兵阵，不至于因为有人挺刀行凶便如此害怕。赵振心中微觉奇怪，只是一时顾不上多想，见武宗元不在堂中，急忙赶出去寻找。

酒肆大堂却没有人再动武。那两名凶徒被刘晋阳一招软剑震住，便顿在原处。黑衣凶徒手腕已然受了伤，青衣凶徒既想上前交手，却又深知独木难支，自己根本就不是刘晋阳对手，然就此逃遁，又心有不甘，不免进退两难。

刘晋阳居然也停手不攻，只冷然问道："你们是什么人？"

青衣凶徒看了刘太原一眼，咬咬牙，还待挥刀再上，预备拼死缠住刘晋阳，好给同伴制造杀死刘太原的机会。

刘晋阳一抖软剑，道："刘某曾立下重誓，今生绝不杀一人。你若非要逼刘某出手，剑势一旦展开，非刘某自己所能控制，你二人当真想死在这里吗？"

青衣凶徒不应，只朝同伴使了个眼色，示意一起动手。然黑衣凶徒却朝一旁努了努嘴，原来明末光已将两名孩童带到柜台后安置，他自己则取了佩剑，抱剑站在一旁。

看情形，明末光是要帮刘晋阳。其手中长剑剑鞘虽然陈旧，却是光华隐隐，当是一柄上好的古剑。能使用此等好剑之人，剑术亦当了得。他若是出手相助，即便青衣凶徒舍弃性命缠住刘晋阳，只怕已然受伤的黑衣同伴也没有机会杀死刘太原。

刘晋阳又喝道："还不快滚！"

两名凶徒交换了一下眼色，料想今日无论如何都不能如愿，便掉头跑了出去。

刘晋阳收了软剑，回身扶起刘太原，欲离开酒肆。明末光忙跟过来问道："足下姓刘，对不对？"见刘晋阳警觉地望向自己手中的剑，便主动退开两步，道："在下明末光。并无恶意。"

刘晋阳与明末光前后脚进店，知其也是酒肆座客，适才也多亏了他，才能令凶徒迅疾断绝继续动手的念头，便点点头，道："我妹妹受了惊吓，刘某得带她回去休息。改日有机会的话，再与明兄相叙。"

明末光微一犹豫，转头道："劳烦店家先帮忙照顾两位小公子。"

奚松烟一直缩在柜台后，不敢出来，闻言忙应了一声。

明末光自行追出酒肆，叫道："刘兄请留步。"

又上前一步，低声问道："刘兄那手'一长二短'剑法，是从哪里学的？你本可以一招点中凶徒要害，为何刻意手下留情？"

刘晋阳闻言，面上敌意立现，一手护住妹妹，一手本能地去握软剑剑柄。

明未光忙举手道："不要动手，明某也不想跟你动手。那边就是白沟驿，你我一拔剑，便会惊动官兵。"

刘晋阳遂松了剑柄，问道："你想怎样？"

明未光道："不想怎样。"

刘晋阳道："那么请你让开。"

明未光道："明某只想奉劝刘兄一句，不要在雄州搞事，尽快回去。为你好，也为你妹妹好。"

刘晋阳皱了皱眉，问道："你认得我们？"

明未光道："原本不认得，但我认出了你的剑法。你应该就是刘遂吧？这普天之下，除了刘遂，没有第二人能将那招'一长二短'用软剑使将出来。"

刘晋阳很是惊奇，问道："你是……"

明未光刚要回答，忽听到酒肆中有人叫道："明叔叔！明叔叔快来！"却是李柬之的声音。

明未光听到叫声急切，一时顾不上刘晋阳兄妹，急忙转身，奔进酒肆。却见店家奚松烟晕倒在柜台后，李柬之坐在她旁边，杨文广人则不见了。

明未光忙抢过去扶起李柬之，问道："杨文广人呢？"

李柬之答道："被人抱走了。"

原来明未光刚出酒肆，便有两个伙计打扮的人从后厨进来大堂，出其不意地打晕了店家奚松烟，又迅即往杨文广口中塞了破布，强行将其抱了起来。

李柬之出身富贵，自幼跟在名相寇准身边。寇准少年得志，十九岁中进士，二十九岁任同知枢密院事，成为中枢重臣，三十二岁任参政知事，为副宰相。其人大富大贵，性好奢侈，因无子嗣，一直将李柬之视为己子，格外宠爱。李柬之养尊处优惯了，哪里见过这种场面，尚未回过神来，便被其中一名伙计打晕了过去。好在对方念他是个孩童，下手不重，他很快又苏醒了过来，见奚松烟昏倒在一旁，自己也爬不起来，便出声呼叫明未光。

明未光一拍额头，道："坏了！"急欲出门去寻杨文广，却被李柬之攀住手臂。

李柬之告道："明叔叔，他们应该是从后门走了。我人并未完全晕过去，隐隐约约看到那二人抱着文广进了厨下。"

明未光一时难以解释，牵了李柬之，快步奔出酒肆大门，却已不见了刘晋阳兄妹踪迹。

又折返回酒肆，自后门出来，果然也不见人影。他一时追悔莫及，叹道："都怪我，全怪我。我真是个天大的傻瓜。"

李柬之问道："文广是被凶徒捉走了吗？为什么他们只捉了文广一个人？"

明未光道："杨将军是边关主帅，而文广是杨将军爱子，凶徒捉走了他，一定有重大图谋，多半要用文广来要挟杨将军办事。"

又道："多亏他们不知道你的身份，不然一样捉走你，再拿你来要挟寇相公。"

李柬之闻言亦是惶然不安，问道："现下该怎么办？"

明未光道："我们只能回去驿馆，将实情禀报杨将军，让他做好心理准备。"

李柬之忙道："杨将军一定会责怪明叔叔的。不如先不告诉他，我们自己去找回文广。"

明未光摇头道："这个不行。对方时机把握得刚刚好，一定事先有所谋划，且一直在暗中窥测。他们好不容易才捉到文广，岂会轻易让我们找到？而且明叔叔也不能再让你涉险。不然就不是杨将军责怪那么简单了，宋夫人一定会杀了我。"

重新进来大堂时，店家奚松烟已然醒转，狼狈从地上爬起来，眼见堂中一片狼藉，不由得有些发怔。听到动静，她随手抄起一支酒吊，做出防御姿态。

明未光忙道："三娘莫怕，是我。"又道："酒肆今日损失不小，我都赔了。"取出一块碎银，足有三四两重，丢在柜台上。

奚松烟忙放下酒吊，问道："刚才出了什么事？是谁打晕了我？"

明未光摇了摇头，便要带着李柬之离开。奚松烟赶上前来，一把扯住李柬之，问道："是谁打晕了我？你人也在场，你看到他们了，对不对？竟然欺负到我奚三娘头上来了，可不能轻易放过他们。"

李柬之遂实话告道："他们不是要欺负三娘，而是要绑架文广。文广是杨将军的儿子。"

奚松烟一时难以置信，问道："你说什么？那个小孩子竟然是杨将军的儿子？你……那你又是谁？"

李柬之答道："我是我爹爹的孩儿，名叫李柬之。我爹爹出使辽国，人还没有回来，明叔叔陪我来这里迎候。"

又特意告道："我家原本在幽州，祖上为避战乱才迁来中原。明叔叔说大概我这辈子都不能再回故乡了，所以我想来雄州，至少还能隔着河，朝幽州方向看上一看。"

雄州是宋朝北部极边之地，过了拒马河便是辽境，第一站新城，第二站涿州，第三站良乡，第四站便是幽州。实在论起来，晴川酒肆算是宋境之内距离幽州最近的地方，故而他和同伴杨文广一直趴在窗台上，朝北方眺望。

奚松烟闻言愈发惊诧，问道："小公子竟然是大宋使者的儿子。那么崔玄妙呢？"

李柬之道："崔娘子是崔可道崔副使的女儿。崔副使出使辽国时患病去世了，崔姊姊是来迎她父亲灵柩的。"

大宋使者崔可道兵死于辽境一事，尚未公开，奚松烟不关心官方之事，连宋使名字都不了解，更不会知悉相关诸事。此时方才会意崔玄妙何以如此悲戚，原来她凭水而立，殷殷所望，便是其父崔可道的灵柩。

明未光闻言倒是惊讶不已，道："这些事，我都没听说过，你怎么什么都知道？"

李柬之道："河北李使君昨晚便来了驿馆，一晚上都在跟杨将军谈论这件事。明叔叔是知道的，昨晚文广非要拉我跟他睡一榻，还是跟杨将军同一房间。文广老早就睡着了，我却睡不着，所以他二位在外屋的谈话，我全听到了。”

又道：“李使君还说，崔副使之死，可能另有原委。而且原先朝廷指派的副使并不是崔可道，而是镇州都钤辖白守素[1]。”

去年大宋先后派出四队使者，分别是：二月王随、王承瑾所率贺国母生辰使；九月冯起南、李继源所率贺国母正旦，赵祯[2]、杜守元所率贺国主正旦，乐黄目、潘惟吉所率贺国主生辰使。

十二月，冯起南等人抵达辽国后，宋廷收到萧太后去世的丧报，遂又选派王随、王承瑾为祭奠使，李迪、崔可道为吊慰使[3]，急赴辽国。

故而去年总共有六队大宋使者出使辽国。王随、王承瑾均是一年之中两次出使辽国，只不过对二人而言，第二次出使远比第一趟差事辛苦，需得日夜兼程地赶路。

因为太后萧绰去世，辽圣宗取消了贺生辰及贺正旦，冯起南、赵祯、乐黄目三队使者遂先行回国。

萧太后丧礼结束后，祭奠使王随、王承瑾先行归国，而吊慰使李迪、崔可道则继续留在辽国，预备等萧太后正式下葬后再行返国。而这期间发生了意外，崔可道忽然得了急病，一夜暴卒。

辽方知会宋方后，宋廷便命雄州地方长官李允则主理崔可道丧事。

[1] 白守素：开封人。祖父白延遇为后周镇国军节度使。父白廷训，宋初为龙捷都指挥使、领博州刺史。白守素最初以荫补东班承旨，后因善射脱颖而出，先后任镇州行营钤辖、定州钤辖、镇州钤辖等职，与辽军作战，屡有战功。宋真宗咸平六年（1003 年），辽军进攻定州（今河北定县），宋定州行营都部署王超及副部署王继忠先后战败，在辽军的重重包围中边战边撤。白守素据桥殿后，持数百箭矢，每箭必射中一敌。辽军终不敢靠近，遂自行退去。史称白守素“居边岁久，名闻北庭，颇畏伏之”。又，宋真宗令白守素为副使出使辽国，后改为崔可道，为历史真事。

[2] 该赵祯与宋仁宗赵祯同名，但彼时宋仁宗尚未出生，故不用避讳。

[3] 当年（1009 年）年底宋廷所派祭奠使本为王随（书中人物武宗元之舅父。王随慧眼识人，在武宗元童年时便主动将外甥女许配给他）、郭允恭，吊慰使为王曙（寇准女婿）、王承瑾。李迪、崔可道（白守素改）则为大中祥符三年（1010 年）贺国主生辰使。武官崔可道莫名死于辽国为历史真事，为增强戏剧冲突，小说对使者名单做了少许调整。又，出使过辽国的宋名臣极多，仅以上名单而论，王随、王曙、李迪后来均为大宋宰相。其他出使辽国的名人还有：韩琦、王珪、欧阳修、王拱辰、包拯、苏颂、苏辙、王安石（仅至辽属涿州）、沈括、张叔夜等。

为了表示重视，宋真宗还特意派了心腹宦官阎文应[1]专程赶来雄州。

这阎文应是大宦官阎承翰养子。阎承翰一度挂名雄州机宜司最高长官，与雄州大有渊源，只是现下已经老迈，宋真宗便以其子阎文应为特使，欲至雄州以隆重礼仪迎崔氏灵柩回朝。

李柬之年纪不大，却娓娓道来，将所听到的来龙去脉述说得清清楚楚。明未光越听越觉得不妥，忙道："这里面不少事情都是朝中机密大事，你可不能再偷听，无意中听到也勿随意泄露出去，不然军法从事，是要掉脑袋的。宋夫人也救不了你。"

李柬之闻言，当即吐了吐舌头。

明未光板起脸道："明叔叔是认真的。"

李柬之这才道："是。柬之再也不敢惹事了。"

奚松烟奇道："白守素吗？他可是河北有名神射手，南北交战时，死在他箭下的辽人不计其数，契丹人听到他名字都怕得要命。"

李柬之毕竟年纪还小，虽然刚刚允诺了明未光，却又忍不住接口问道："白钤辖这般厉害？"

奚松烟道："厉害极了。他儿子也不赖，也是军中的神射手。你刚才已经见过他了，就是坐在那边的白锋锐。"

李柬之讶然道："白锋锐白侍卫是白守素之子？呀，那崔娘子知道后肯定要恨死他了。"

奚松烟奇道："崔玄妙恨白锋锐做什么？朝廷指派白守素出使契丹，本来就不明智。那些年死在白氏箭下的辽人不计其数，那些人的家眷说不定有心复仇，白守素这一趟北行，实在凶险，所以不去也罢。其实这也是为南北双方好，万一白守素途中被某个契丹人暗害呢？那两国岂不是又要起争端？"

[1] 阎文应有宠于宋真宗、宋仁宗两朝，在郭皇后被废一事上起了关键作用，足见其人受宠之深。郭皇后是宋仁宗原配皇后，也是宋朝第一位被废的皇后。宋仁宗废后一度引发轩然大波，台谏官员孔道辅、范仲淹等力谏，敢于同皇帝、宰相（吕夷简）对抗，成为中国古代监察制度史上的大事，也代表台谏制度发展到一个新的水平。又，宋代中使护丧（即宦官监护丧事）为殊荣，只有受到皇帝器重的功臣或重臣死后才能享受。

忽意识到什么，失声道："哎呀，会不会契丹人将崔可道当作了白守素，暗中谋害了他？"

明未光只是平民身份，却又在巨宦身边当差，不便接口，当即招手呼叫李柬之，道："我们走吧，还得赶回驿馆向杨将军禀报文广被掳走一事。"

李柬之却是个有主意的人，摇头道："我不想回去驿馆，我一回去，肯定就会被看管起来，再也出不来了。我想自己去寻文广。"

又问道："三娘愿不愿意帮忙？一是能帮我们寻回文广，二来那两名凶徒也对三娘动了手，算是为三娘自己报仇。"

奚松烟闻言大为意外，当即赞道："你这个小孩子不简单，以后肯定能当大官。"

又叹了口气，道："三娘实话说了吧，寻找杨将军之子一事，怕是极难，虽然三娘自己也想报仇雪恨。杨将军不是普通人，雄州更是边关重镇，驻军占了人口的绝大多数，敢在这里绑架杨将军爱子，得有胆量，还得有实力，还得是能与杨将军抗衡的实力。这样的恶人，雄州没有，河北也没有，所以……"

奚松烟抬手朝北面指了指，道："一定是北岸做的。"

明未光问道："三娘如何能这般肯定？"

奚松烟反问道："郎君心中不早也这般认为了吗？这里虽然是两属地，但对面就是白沟驿，能在李雄州眼皮底下悄无声息地绑走宋军主帅之子，也只有北岸能做到了。"

忽又想到凶徒欲杀刘太原一事，问道："对了，那个满脸病容的刘小娘子，又是什么人？何以有人巴巴赶来酒肆杀她？"

明未光一怔，反问道："三娘是在问我吗？我可不认识刘小娘子，也不知道整件事情的原委。"

奚松烟哈哈一笑，道："郎君明明认得那姓刘的男子。当三娘我是瞎子吗？"

明未光忙抓起柜台上的银钱，塞到奚松烟手中，道："这是我赔付酒肆损失的银两，三娘可还满意？"

奚松烟先是一怔，随即不无鄙夷地道：“郎君是想收买我奚三娘吗？”

明未光忙将奚松烟扯到角落，正色告道：“这种话，不可以当着小孩子的面说。明某不认识那对姓刘的兄妹，三娘记住了吗？”

奚松烟哼了一声，道：“三娘为什么要帮你？官府很快就会派人来调查，三娘只能实话实说。”一边说着，一边将银钱还给了明未光。

明未光一时无奈，只得俯到奚松烟耳边，说了一番话。

奚松烟惊异之极，奇道：“这么说，那姓刘的是你……”

明未光正色问道：“三娘可愿意帮明某？”目光炯炯，凝视着奚松烟。

第三章

沧浪烟雨

当时何承矩命人在拒马河至海河一线修筑塘泊、开浚水道，以限制契丹骑兵南进，因宋辽仍处于对峙时期，何承矩担心辽人知悉后出兵阻止，便有意掩人耳目，谎称自己钟爱蓼花，开塘是为了种植红蓼。这一策略居然十分成功，时人均称『何六宅爱蓼花』。清人陶澍吟诵此事道：『疆分辽宋一河流，往迹燕云十六州。漫诩金戈通雁塞，谁将玉斧画鸿沟。江南卧榻嗔鼾睡，冀北家山失首丘。赖得蓼花何六宅，经营塘泊类诗囚。』

君不见，白洋大湖浪拍天，苍茫万顷无高田。
鼋鼍隐见蛟龙走，菡萏参差菱荇连。
又不见，青雀舫头风色恶，楫郎夜半不停泊。
起来四顾水漫漫，疑泛灵槎度寥廓。
我故高阳池上客，平生眼见才数尺。
洪涛倏忽惊心神，银汉悬流坤轴折。
适来适去一苇间，四时风浪舒心颜。
须知人世无多事，撑得虚舟心自闲。

——明 孙敬宗（孙承宪兄长）《白洋大湖歌》

明未光刚带着李柬之离去，两县尉郑定国便与国信所知事赵探联袂进来晴川酒肆。赵探见堂中空无一人，不由一怔，问道："人呢？"

郑定国则问道："发生了什么事？"

奚松烟似是惊魂未定，道："我……我也不知道。"

这一句，算是同时回答了二人的提问。

赵探急忙走入堂中，朝方偕那案看了几眼，又回身问道："这里的人呢？"

奚松烟这才会意赵探是专问方偕、武宗元、陈丽、徐颂四人，忙告道："他们早就走了。"

两县尉郑定国问道："去了哪里？"

奚松烟迟疑不答。赵探思忖道："或许是直接回去南塘窦家了。"

奚松烟忙随口接话道："对对，他们提到了南塘什么地。"

赵探受命只在暗中保护目标人物，他一身便服，便是源自于此。目标人物亦不知道有机宜司武官跟随左右，或许那二位看到拒马河风光不外如是，甚至不及南塘，便直接返回了。

两县尉郑定国狐疑问道："三娘，这满屋狼藉是怎么回事？有人在晴川酒肆打架了吗？这倒是稀奇。"

他所言不虚。自晴川酒肆开张以来，还从来没有发生过斗殴之事。其实也没有其他原因，仅仅因这里地处边关重地，是大家都不想，也不能惹是生非的地方。即便是官兵，也得掂量一下两属地的分量，南岸的会想着是否会得罪契丹，北岸的则要顾虑是否会引发宋方的抗议。

奚松烟道："是打架，也是行凶。有凶徒忽然冲进酒肆，要挥刀杀人……"

赵探本待先行赶回白沟驿，向长官李允则回禀后，再去南塘乡民窦文显家中寻陈丽、徐颂二人，走至大门口，刚好听到"挥刀杀人"一句，便又返回来，急巴巴地问道："是有凶徒要杀徐颂吗？"

奚松烟一愣，问道："徐颂？是那话最少、最安静的男子吗？为什么要杀他？"

赵探执掌谍报，尤其侧重收集北岸契丹军事情报，有许多时候需要倚靠奚松烟，便实话告道："徐颂是高丽使者。"

原来高丽为表诚意，派使者送回了流落高丽的宋民窦文显等人，徐颂便是副使。他是高丽名臣徐熙之孙，其名"颂"，亦与宋朝大有渊源——

当年宋臣陈靖新得孙女，未及取名，便作为大宋使者远赴高丽。刚好高丽方面接待的大臣徐熙也新得一孙，两相交流，相处甚欢，便各请对方为自己的孙辈取名。徐熙为陈靖孙女取名陈丽，"丽"字源自高丽国名。陈靖则为徐孙取名徐颂，"颂"与大宋之"宋"谐音，且寓意极佳。

此次新即位不久的高丽显宗王询特选徐颂为副使，极为用心。宋真宗赵恒也很是感动，下诏优待高丽使者一行。

而高丽副使徐颂更是专门提出要护送窦文显诸人返回故土。原来徐颂一直仰慕中原风华，也记得自己的名字跟宋朝有缘，遂格外照顾窦文显等人。高丽显宗王询同意遣送窦文显等人归国返乡，全赖徐颂居中出力。

徐颂还特别提及窦文显籍贯雄州，而大宋第一任雄州知州石曦，曾于后周恭帝、宋太祖在位时，先后两次以副使身份出使高丽。

徐颂如此有心，宋真宗当然不能拒绝，这也是大宋与高丽友好的表现。只是徐颂不愿意抬出官方高丽副使的身份，只想作为普通朋友送窦文显等人回去故乡。仔细论起来，这是一桩美事，也堪为一段佳话。宋廷却颇感为难——大宋惯例，外国使节在本国境内活动，均须由朝廷官员陪伴，以免出现意外。徐颂独自陪同窦文显等人回河北，显然并不现实。

徐颂了解宋廷难处后，便主动退了一步，提出由陈丽陪同。这陈丽，便是由其祖父徐熙取名的陈丽，即名臣陈靖[1]之孙女。

彼时陈靖正任京东转运使任上，家眷倒是留在京师。宋真宗遂急召陈丽入朝，对答后颇为满意，遂同意了高丽副使徐颂的请求，命陈丽为接伴使[2]，陪同徐颂与归国宋民窦文显等人一道前往河北。

窦文显等人回乡后，便各自在地方官府的帮助下安顿下来。譬如窦文显在雄州南城外得到了一处宅院。宅子虽然稍微破旧些，但位于水淀南塘边上，有着“一望湖天接杳茫，蒹葭杨柳郁苍苍。长空淡荡入飞鸟，积水清虚浮夕阳”的绝妙风景。对乡农出身的窦文显而言，更是算平生住过的顶级豪华宅第了。

而这一带也是河北最为人称羡的丰腴肥美之地。前任雄州知州何承矩在水淀淤泥地带试种水稻，一举成功，自顺安以东濒海，广袤数

[1] 前有注释已讲述陈靖对宋代科举之贡献。他本人任事无私而好为惠，平生多建树、筹划，而对于农事尤为详悉，曾取淳化、咸平年间以来所奏陈的表文谏章，编辑《劝农奏议》三十卷，又着《经国集》十卷。其中不少奏议，被后人冠以“名臣奏议”传播今世，成为珍贵的历史文献。陈靖更是被推为宋代三百年间少有的十二名“循吏”（即后世习称的“清官”）之一。

[2] 宋代有一整套接待使节的制度：使者入境，有接伴使；到达京城，入住馆驿，有馆伴使；离京返程，有送伴使。

百里，悉为稻田[1]。南塘更有莞蒲蜃蛤之饶，民赖其利[2]。

徐颂既是以朋友身份护送窦文显回雄州，就不愿意有官兵前呼后拥，亦不肯入住白沟驿，只住在窦文显家中。陈丽是接伴使，当然只能主随客便。但雄州长官李允则接到朝廷公文后，不能任凭高丽使者自己在外溜达，便指派机宜司暗中保护徐颂、陈丽二人。徐颂是第一位来到雄州的高丽使者，机宜司不敢怠慢，这才有了武官赵探始终尾随徐颂、陈丽两人的一幕。

晴川酒肆店家奚松烟听说徐颂有高丽使者的身份，惊讶得半天合不拢嘴，呆了好半晌，才喃喃道："这可实在让人想不到。怕是要坏事了。"

[1] 水稻是宋朝的主要作物，但主要种植于南方。宋太宗时，江北诸州学习南方，种植水稻。何承矩在沧州任职始，即建议趁水灾之时，多挖水池，建塘坝将积水聚集起来，"大作稻田以足食"。当时北方从无栽种水稻的先例，故而许多人笑话何承矩异想天开。临津县令黄懋却很赞同何承矩的提议，特地上书给皇帝，以福建老家栽种水稻的经验，陈述雄州一带栽种水稻的可能性，并称在河北地区栽种水稻，能让官府和百姓都获得更多的农业收入。黄懋最终成功说服了皇帝。宋太祖淳化四年（993 年），何承矩任河北沿边屯田使，奉诏引水种稻，调集各州军士 180 多万人，在河北雄州、莫州、霸州地区修筑了六百里的塘堰用以蓄水，兴筑水田，用于栽种水稻。当年选种的是南方九月成熟的晚稻种，河北地区冷得早，农历九月晚稻无法正常灌浆成熟，第一年的水稻试验失败，"初年种稻，值霜不成"。反对派官员趁机群起攻之，眼看着河北栽种水稻试验就要被朝廷取消，黄懋思之再三，终于想出了解决办法：河北水稻不能成熟的主要原因是因为气候冷得早，这回不种晚稻，改引种江东早稻，获得成功，"是岁八月，（河北）稻熟"。何承矩激动地将收获的颗粒饱满的稻穗装了好几大车送往京城，供皇帝和大臣们观赏，反对者这才再无话说。于是，河北地区开始栽种水稻，所修筑的塘坝不仅满足了灌溉需要，还衍生了很多水产品，政府多了赋税，也造福了一方百姓。此后，河东、京西等地逐步推广种稻。

[2] 莞（guān）：水葱一类的植物，可用来编席织物；蒲：亦称"香蒲"，一种多年生草本植物，生池沼中，高近两米，根茎长在泥里，可食，叶长而尖，可编席、制扇；蜃蛤（shèn gé）：大蛤蜊和蛤蜊，可食。又，南塘即为北宋水上长城的一部分。前已提过何承矩为水上长城的提议者兼主持建造者，当时何承矩命人在拒马河至海河一线修筑塘泊、开浚水道，以限制契丹骑兵南进，因宋辽仍处于对峙时期，何承矩担心辽人知悉后出兵阻止，便有意掩人耳目，谎称自己钟爱蓼花（即红蓼，书中的"水红花子"即为红蓼果实），开塘是为了种植红蓼。又率幕僚在塘中赏花吟诗诗，还筑成一台，名"爱景台"。景观处刻成石碑，上写"蓼花游"三个大字，成为当时的雄州名胜。这一策略居然十分成功，时人均称"何六宅爱蓼花（何承矩曾任六宅使，宋六宅使为武臣造转之阶，宋真宗时为同六品）"。清人陶澍吟诵此事道："疆分辽宋一河流，往迹燕云十六州。漫诩金戈通雁塞，谁将玉斧画鸿沟。江南卧榻嗔鼾睡，冀北家山失首丘。赖得蓼花何六宅，经营塘泊类诗囚。"又，何承矩虽是武将出身，本人却是文武双全，有《文昭园闻提壶（即鹈鹕）有感》诗："马家公子好楼台，凿破青山碧沼开。啼鸟不知人事变，数声犹傍水边来。"

赵探立时听出端倪，隐隐觉得不妙，追问道："坏什么事？"

奚松烟眼珠飞快转动，思索了一会儿，才答道："也不是什么事。"

又故意岔开话题，告道："适才凶徒闯进来，要杀那名生了重病的刘姓女子。她的名字叫刘太原，兄长叫刘晋阳。"大致说了当时情形。

县尉郑定国沉吟道："似乎是有人先故意引开兄长刘晋阳，好对妹妹刘太原动手。却不想赵巡检人在酒肆中，及时出手，救了刘太原一命。"

又问道："对了，赵巡检人呢？"

奚松烟道："刘晋阳进来后，赵振便匆忙出去了，再没有回来。"

朝廷派画师到地方临摹壁画一事，知情者极少。县尉郑定国不知赵振受命为年轻画师武宗元向导，闻言很是惊奇——酒肆中发生了凶徒行凶事件，刘晋阳、刘太原身份来历更是可疑，赵振身为界河巡检，竟然不管不顾，就此离去，可谓蹊跷。

只是县尉虽然主管地方捕盗治安，却只属于行政体系，而赵振的界河巡检司则是军队体系，两方互不统属，县尉管不了巡检之事。

郑定国便转头去看赵探，虽则机宜司、巡检司也是两不相干的官署，但毕竟赵探是赵振堂兄，多少应该知情才对。

赵探却顾不上旁事，急急问道："三娘说那刘晋阳所使兵器是件软兵刃，先前一直围在腰间，可是软剑？"

奚松烟迟疑道："应该是吧。三娘以前也没见过软剑是什么样子。嗯，那兵器模样是剑，但是软软的，像绸缎一样，应该就是赵知事所称的软剑了。"

郑定国惊然道："软剑吗？我也从来没见过。到底是什么人，竟能使出软剑？"

赵探忙从怀里掏出一叠纸，翻了翻，从其中抽出一张来，却是一名年轻男子画像。又将画像展示给奚松烟看，问道："刘晋阳，可是画像上的这人？"

奚松烟先是一怔，随即斥道："赵知事在耍三娘玩儿是不是？你自己刚才不是也在酒肆中坐着吗？你又不眼瞎。"

赵探看了郑定国一眼，神情尴尬，不得不解释道："那刘晋阳背朝着我，我当时注意力又全在徐颂那案，所以没留意到他长相。他妹妹刘太原面朝这边，我倒是看得清楚，似是患了重病。"

又追问道："到底是不是画像中的这个人？"

得到奚氏肯定的回答后，当即长叹道："谁能想到，契丹第一剑术高手，南京神武军总教头刘遂，竟然就坐在我眼皮底下，我竟然浑然不察。"

郑定国闻言大吃一惊，急忙凑过来观阅画像，又问道："此人便是十六岁即成为南京神武军总教头的刘遂[1]吗？"

赵探未及回答，奚松烟先应道："这般厉害吗？"

郑定国奇道："三娘是易县人氏，怎么说你娘家人也算是辽地汉人，没听过刘遂的大名吗？"

奚松烟不以为然地道："南岸也好，北岸也好，两边的军国大事我都不关心，跟三娘我有什么干系？这刘遂要是酿酒有名，又或者擅长制墨，三娘肯定知道。"

又不无嘲讽地道："赵知事做得不错，给北岸有头有脸的重要人物，都画了画像。只不过真有重要人物坐在你赵探面前时，你却看不见，还来问三娘对方长什么样。这下好了，那什么军的总教头从你眼皮底下溜走了，算是大大失职。赶紧滚回去，向李使君请罪吧。"

赵探虽然愁眉苦脸，却也不发怒，只苦苦思索，想弄明白何以契丹第一剑术高手会来到雄州，且公然在晴川酒肆露面。

郑定国又看了看画像，有意岔开话题道："怎么感觉这个刘遂跟安抚使身边的侍卫忻继勋有点像？"

赵探奇道："哪里像了？"

郑定国道："这脸的轮廓……算了，不提这个。"又问道："要不要立即调动人手追捕刘遂？"

[1] 刘遂为辽朝剑术名家。宋太宗至道二年（996年），刘遂受辽圣宗耶律隆绪及太后萧绰之命，至南京神武军向军士传授剑法，受袍带锦币之赏。

赵探不答，似在思虑什么。

郑定国便自问自答道："刘遂或是为交接灵柩一事而来。如此，他现身在两属地便是名正言顺。还是先回驿馆禀报李使君再说。"

奚松烟闻言忙问道："李使君人在对面驿馆吗？"

赵探微一犹豫，方才答道："是，安抚使目下人在白沟驿。"

奚松烟"啊"了一声，道："是了，李使君来白沟驿，一定是为了迎回小妙父亲的灵柩。"

赵探是雄州军中掌管情报讯息之人，曾听闻前任辽国皇帝辽景宗有渤海妃[1]名大妙，姓大名妙，此刻忽然听到"小妙"二字，立时有所联想，起了疑心，问道："小妙是谁？"

奚松烟道："崔玄妙啊。"

赵探面色转瞬变得凝重。他微一思忖，便让两县尉郑定国先回白沟驿，向长官李允则禀报辽国武臣刘遂现身两属地之事，自己则单独留下来，问道："三娘怎么会知道崔玄妙？又怎么会知道崔副使病死在辽国？"

奚松烟闻言很是不快，问道："赵知事这是要审问三娘吗？"

赵探肃色道："事关重大，赵探不得不问个清楚。奚三娘，你怎么会知道崔可道崔副使之事？这可是重大机密。"

奚松烟自是不能提及是李柬之所言，便道："你瞎子啊，不久前崔玄妙也在我晴川酒肆，就坐在那边吃馓子。"

赵探受命暗中保护高丽使者徐颂及接伴使陈丽，近日一直待在南塘乡民窦文显家附近，今日也是一大早跟着徐颂、陈丽二人从南塘跑来拒马河。虽则他已从手下那里得知武官崔可道之女已至雄州，就住在白沟驿，却未见过崔玄妙本人，到此时方才知道坐在角落的素衣女子就是崔玄妙，这才会意白锋锐何以会突然出现在酒肆。

[1] 该嫔妃曾为辽景宗生下一女，名耶律淑哥。因辽景宗皇后萧绰强势，耶律淑哥未得公主封号，于宋太宗太平兴国五年（980 年）下嫁北汉归附的卢俊，为第一位下嫁汉人的辽帝之女。卢俊也是辽朝第一位非萧姓驸马。太平兴国八年（983 年）六月，耶律淑哥与驸马都尉卢俊不谐，上表请离婚；十月，改嫁给了萧神奴。

赵探自己既有公务在身，又是暗中保护高丽使者，虽然先后遇到熟人赵振及白锋锐，却不能随意招呼。于赵振、白锋锐也是如此，这是军中惯例。只不过旁人如奚松烟瞧在眼中，就难免觉得古怪了。

奚松烟见赵探吃惊不已，还特意转头去看崔玄妙坐过的案桌，忍不住揶揄道："赵探啊，我看你这国信所知事还是别干了，简直是浪费朝廷禄米。"

赵探今日接连犯错，正自懊恼不已。奚松烟这话如同火上浇油，他当即面色一沉，道："三娘说话小心些，可不要太过了，失了分寸。"

奚松烟冷笑道："三娘还没提易敏道长呢。赵探，你明明有公务在身，却匆忙离开酒肆，是去追易敏道长了吧？"

赵探顿时有些着慌，面上些微泛出红色，忙抱拳道："抱歉抱歉，是赵探鲁莽了。我还有事，改日再来好好向三娘赔罪。"不敢再轻易招惹奚松烟，转身便欲离去。

忽有人疾奔进来，差点与赵探撞个满怀，却是界河巡检赵振。

赵探见堂弟满头大汗，神情严肃紧张之极，不禁有些愕然，问道："你是赶去追捕刘遂了吗？"

赵振一怔，问道："刘遂？"

他心思不在此节，只依稀觉得"刘遂"这个名字有些耳熟，思索了一会儿，方才反应过来，问道："兄长该不会说的是契丹神武军总教头刘遂吧？"

赵探道："就是他。"

赵振尚未完全会意，闻言愕然不已。

奚松烟忙插口道："刘晋阳就是刘遂。你还出手救了他妹妹刘太原。"

赵振"啊"了一声，恍然大悟道："难怪能使得一手好软剑。我早该想到的。"

又问道："既然刘晋阳就是刘遂，刘太原是什么身份？刺客又是什么来历？"

赵探一愣，问道："刺客？"

赵振道："刘晋阳……就是刘遂，他亲口对我说：这两名刺客交给他来对付。"

刺客其实就是民间习称的杀手，因为政治、私怨等，对某个目标人物实施谋杀或暗杀。刘遂号称不世出的剑术高手，威震辽军，他妹妹则无人听说过，甚至不闻他还有个妹妹。就个人而论，刘遂价值重大，刺客不刺杀他，而是着意对付他妹妹，显然这"妹妹"不是真的妹妹，一定另有来历。而且能劳动刘遂这等身份的人亲自护卫，又能令刺客拼死行刺，只怕这"妹妹"大不简单，身份极为贵重。

赵探立时有所醒悟，转头去看奚松烟。

奚松烟佯作不解，道："赵知事看我做什么？三娘我又不知道那对兄妹到底是什么身份。"

赵探忙举手作了一揖，道："三娘，回头我一定备一份厚礼，登门道谢。"

奚松烟这才道："那刘太原肯定不是妹妹那么简单。天下哪有兄长对妹妹毕恭毕敬的？"

她一直刻意观察堂中诸人，早发现那刘晋阳几次倒了饮子，都是双手奉过去给刘太原，而那刘太原亦是坦然接受，似是被人服侍惯了。二人交谈，亦是刘太原先开口，刘晋阳后应答，神色恭谨，完全不像一对兄妹在说话。刘晋阳扶刘太原离开酒肆时，亦有些畏手畏脚，明显有生疏感。

赵探忙拱手道："多谢三娘告知。"又转头道："我得立即赶去白沟驿。堂弟你……"

赵振简短答道："我还要去找武宗元。"

赵探奇道："是那个画师吗？"

赵振只微微点点头，不肯再多言。

赵探知道赵振正受命为宫廷画师武宗元做向导，料想雄州长官李允则点名赵振，跟赵振曾受召入宫受皇帝封赏有关，必是份游山玩水的美差。虽然他也奇怪赵振此刻一张脸绷得比弓弦还要紧，但他所在机宜司与赵振任职的巡检司职责完全不同，照例相互之间不可探询，堂兄弟也不能例外。赵探便点点头，先行离去。

等赵探离开，赵振才转头问道："三娘不是很害怕，一直躲在柜台下吗？如何能将刘遂带刘太原离开的情形看得一清二楚？"

奚松烟先是一愣，随即拍了拍柜台面，告道："我这木柜有一道大缝，正好可以看到堂中情形。"

赵振当真俯身去察看柜台，发现果然有一道缝，这才无言以对。

奚松烟却听出了弦外之音，敌意大盛，喝道："没事快滚。三娘我要打烊关门了。"

赵振却不肯走，问道："三娘跟武宗元……"

奚松烟慌忙摆手，打断道："哎，别说三娘跟谁谁谁，这话怎么听着暧昧？那姓武的小子看到这块易水墨，跑过来问东问西。不过他倒真是个行家。"

赵振还是不肯死心，问道："武宗元可有提过偷渡去北岸一事？"

奚松烟讶然问道："武宗元要去北岸？是想去游览荆轲易水故地吗？他为什么要跟三娘提这件事？"

赵振道："因为单凭武宗元自己，是过不了界河的，但奚三娘你却有这个能力。"

奚松烟怒道："滚滚滚！我要关门了。再不关门，又有麻烦进来。"

赵振便主动奔过去将大门关了，还特意上好横木门闩，又返身回来，恳切地道："请三娘告诉我实话，你是不是答应了武宗元，要将他偷运去对岸？赵振以亡父亡母的名义起誓，今日这番对话只限于我和三娘知道，赵振绝不会上报，也绝不泄露给第三人知晓。"

赵振父亲赵明是赵家村人，该村村长便是名震河北的豪杰人物赵延祚。该村村民均姓赵，而且同族。赵明是老来得子，赵振出生不久，赵明夫妇便患病去世，赵振实际上是由同村村民抚养。自从村长赵延祚开始为官家做事，赵氏子弟均在雄州官署任职，唯独赵振例外，小小年纪便被送去名将石普军中。虽然赵振自己也算出息，在石普麾下练就了一身真本事，箭法尤其出众，再回到雄州，已有真宗皇帝亲赐三班借职傍身，且年纪轻轻便出任界河巡检，风光无限。然整个赵家村独他一人经历与众不同，旁人均认为是其父母早死的缘故。

奚松烟早年嫁来雄州，也认识赵明夫妇，知道那是一对老实人。忽听到赵振提及“亡父亡母”，一时有所感触，发怔了一会儿，叹道：“哎，你这孩子，也是可怜。”

又实话告道：“武宗元是提过想去易县易水看看，三娘也答应了要帮他。”

赵振点点头，道：“多谢三娘实话相告。武宗元现下人在哪里？请三娘把他交出来，我得立即带他去见安抚使。”

奚松烟道：“说实话，三娘也不知道武宗元具体所在，不过他人应该正在去易县的船上吧。”

赵振闻言大吃一惊，问道：“三娘这么快就安排他上船出发了吗？”

奚松烟道：“武宗元说了，这事得尽快，因为赵巡检你一旦发现他不见了人，便会立即封锁界河。你是界河巡检司副长官，调派船只、人手封锁河面，最容易不过。”

又问道：“赵巡检适才离开酒肆，是不是到处寻不到武宗元，便转身赶去了巡铺，下令兵士封锁界河？”

确实如奚松烟所料，赵振离开大堂后，便在晴川酒肆附近搜寻武宗元。不过他并没有找到人，只遇见了雄州军校白锋锐和崔玄妙。

赵振这一两个月一直陪同武宗元在外，昨日方才返回雄州，晚间住在归义县城中，今日又随同武宗元来到两属地，只大概听说了宋使崔可道病死于辽地之事，并不认识崔玄妙，虽然曾在晴川酒肆中见过她，但也只以为是主顾而已。

遇到白、崔二人时，白锋锐正对崔玄妙说着什么，崔玄妙忽然扬手，狠狠扇了白锋锐一耳光。赵振亲眼看到这一幕，不禁愕然，但料想白锋锐是军中俊杰，武艺了得，足以应付一名女子，他自己又挂念武宗元下落，遂佯作未见，转身走开。

既四下寻不到人，赵振便猜测武宗元是有意溜走，好去实现其到北岸一游的梦想。不过赵振倒也不是十分着急，毕竟有着一道拒马河天堑，又有巡检司兵士往来巡防，偷渡过河不是件容易的事。为防万一，他赶去了最近的巡铺，详细描述了武宗元的年龄、相貌，命兵士立即封锁界河，绝不能容许武宗元偷渡去北岸。

交代完下属，赵振又想：这一两个月武宗元虽然人在河北，但一直在外办差，到处转来转去，根本没有机会结识雄州本地人氏，又哪有能力找到肯冒险渡他过河的船只？唯一可疑的，便是武氏曾在晴川酒肆中与店家奚松烟交谈了许久。

那么武宗元会不会暗中托请了奚松烟呢？

只不过武宗元是第一次到晴川酒肆，以前从没见过奚松烟，奚松烟又是个精明之极的妇人，应该不会轻易同意帮助第一次见到的人。但赵振与武宗元朝夕相处日久，已深知其人虽仍是个放纵浪漫的年轻人，却也有真本领真才学。万一奚松烟以前没见过这类才华横溢的男子，被他说服了呢？

一念及此，赵振方才大起焦虑之心。他自是知道奚松烟的能耐，她可不只是酒肆店家那般简单，别的不说，晴川酒肆对面就是雄州官营酒库，她却敢在酒肆售卖易酒，还是辽地易州运来的易酒，雄州长官则不予干涉。虽则晴川酒肆地处两属地，自有特殊性，但这公然叫板官家酒库的事，可不是一般人敢做且能做到的。

赵振折返回酒肆后，听到奚松烟向赵探描述刘遂兄妹诸多情形，心中愈发认定奚松烟暗中襄助了武宗元。她之前假意装出害怕的样子，其实是为了事后推托。但即便赵振猜到内情，也不能拿奚松烟怎样，只得软言相求，又保证遮瞒此事，终于换来了奚松烟一番实话，却万万料不到这位奚三娘当真了得，人不出酒肆一步，便能安排武宗元乘船偷渡。

奚松烟见赵振面色红一阵白一阵，十分难看，便主动安慰道：“其实没什么大不了，小孩子家好玩罢了，看过易水风光后，他们几个就会回来的。你放心，三娘都安排好了。”

赵振心念一动，问道：“他们几个？还有谁？”

转头看了北窗一眼，问道：“该不会……”

奚松烟应道：“对，就是跟武宗元同案的那三个人。不过话挑明了啊，三娘原先可不知道那徐颂是高丽使者，也不知道那陈丽小娘子是什么朝廷指派的接伴使。都是年纪轻轻的小孩子，谁能想得到都大有来头呢。”

徐颂、陈丽最近方来河北，且全当私人行程处置，事不外泄。赵振新回雄州，尚不知此事，闻言大为骇然，也不及询问何以高丽使者会来到雄州，当即拍案道：“三娘，你犯下大错了！”

奚松烟也有些犯怵，忙道：“三娘知道。刚才赵探说徐颂是高丽使者时，三娘我也吓了一跳。所以这件事，你决计不能告诉旁人，这责任有点大，三娘我怕是担不起。”

又特意加重语气警告道：“赵巡检发过誓的，绝对不能说出去。”

赵振道：“那好，请三娘再帮赵振一个忙，麻烦三娘尽快安排一只船，送我过河。”

奚松烟一时难以相信自己的耳朵，瞪大眼珠问道：“送你过河？你赵振不是界河巡检吗？这拒马河上的虎头船都听你调遣，你还要找三娘要船？再则说，三娘我也没船。”

赵振冷笑道：“三娘这几年没少往北岸偷运禁物，别以为赵振是傻子。”

奚松烟当即嗤笑道：“赵巡检是指控我奚三娘走私吗？哼，就算是走私，那也是官方默许的，三娘跟你们赵村长……算了，懒得跟你说。滚，快滚，从后门滚出去。”

走私在两属地是常态，这里占尽地利，故而不少两属民充分利用了这一有利条件。但走私通常是个双向的事，南岸往北岸走私物品，北岸亦往南岸走私物资——

相比于大宋，辽国可谓贫乏，但它也有宋军急需的军用物资，譬如粮食、马匹。宋朝边关因屯军太多，而大片边地被划为禁区，白白荒废，故而粮食亦时有短缺，更是缺马，所以宋官方亦许以重利，暗中鼓励北岸往宋地走私所缺物资。

而就军事价值而论，南岸走私往北岸最受欢迎的物资往往不值一提，多为书籍、香料、茶叶之类，宋地唾手可得的书籍之类，到辽国便能卖得大价钱[1]。

既然是你来我往，相对而言，宋方其实获利更多，故而宋廷对两属民走私都是睁一只眼闭一只眼，只要不涉及重要军事物资譬如铜铁之类，便不予追查。

赵振其实早已受过上司之命，不必干涉奚松烟走私之事，此刻有意指出奚氏阴事，无非是让对方帮自己忙。见奚松烟根本不受要挟，还差点搬出机宜司元老人物赵延祚来，只好改口道："三娘走私也是为了谋财，我可以出钱，请三娘送我去对岸。"

奚松烟连连挥手道："快滚，快滚。你小子犯浑，虎头船不坐，非要坐三娘的货船，这肯定是潭大浑水，三娘我可不想蹚进去，再惹麻烦。"

赵振忙道："我只想过河接武宗元他们几个回来。武宗元不是普通人，他这一去，等于羊入虎口，我得立即找到他，接他回来。那徐颂既是高丽使者，身份也极为敏感，须得在契丹人发现前将他接回来。三娘，请你务必帮赵某这个忙。"当即深深行了一礼，极见诚恳之意。

奚松烟道："又没人知道武宗元是宫廷画师，更没人知道徐颂是高丽使者。不过就是几个年轻人跑去易县瞻仰荆轲故地而已，就算被人认出是宋人，只要身份不暴露，也没什么打紧，这在当地早见惯不怪了。倒是你赵振，你有军职在身，一旦过了界河，进入全属北地，就等于犯界侵入辽国，万一被北岸官府捉住，可就是死路一条。"

赵振当即解下佩刀，拍在柜台上，斩钉截铁地道："三娘今日非帮我这个忙不可。这佩刀是石普石将军所赠，现下押在三娘这里。日后

[1] 宋朝书禁已多次在吴蔚作品中提及，这里不再赘述。这里要强调的是，书禁是双向的，辽国同样有书禁，因国之虚实，不以示敌，故规定：凡国人著述，唯听刊行于境内，有传于邻境者，罪至死。辽灭亡后，旧章散失，又因书禁而导致辽书籍流传有限，故而可资修史者寥寥无几。但有一则，如前注释所言，辽人崇佛，辽与佛教有关的碑刻很多，史料价值很高。又，书禁是双向的，图书走私却是单向的，宋朝文化远远领先于辽朝，故辽人对宋书籍孜孜以求，走私宋书到辽境可以获取暴利。反过来，除非是出于军事目的，宋人对辽书籍没有兴趣，因而不存在走私辽书到宋境。

三娘以刀为凭，但有所命，只要不违反军纪，赵振绝不推辞。”

奚松烟诧然道：“你明知可能送命，还非要去北岸不可？”

赵振慨然道：“一定要去，还得坐三娘的船偷偷去。”

奚松烟也是聪明人，有所会意，问道：“你怕坐官船过去可能引发两国纠纷，所以想私下去寻人？”

赵振点点头，道：“倘若这件事出了差错，由我赵振一人承担，绝不会牵累三娘。”

奚松烟心中略一权衡，便收了佩刀，点头道：“那好吧，看在你死去爹娘的份上，三娘就帮了这个忙。”

赵振忙抱拳道：“多谢三娘。”

奚松烟道：“你有命回来的话，再说这个‘谢’字不迟。再则说，三娘我也不是白帮忙，你可要记得你今日说过的话。”

赵振当即点点头，道：“赵振铭记在心，绝不敢忘。”

国信所知事赵探赶回白沟驿时，见界河巡检使祖名望抚刀守在驿馆门前，很是惊异，上前问道：“巡检使不是该在北岸渡口接引契丹使者吗？”

祖名望道：“契丹使者已经到了，正在驿馆中与安抚使商榷。我专程在这里迎候阎特使。”

“阎特使”即宋廷特派的治丧使者阎文应，之前其养父阎承翰挂名机宜司长官时，阎文应也曾随养父来雄州公干。赵探与阎文应有过一面之缘，闻言忙问道：“阎特使人不在驿馆中吗？”

祖名望道：“不在。”他出身行伍，性情豪爽，当即发起了牢骚：“这位特使可是真够特别的，一大早招呼也没打，便带了几名手下出了门。安抚使生怕出意外，派了许多人出去找，现下还没有消息。”

忽有一人不知从哪里冒了出来，悄无声息地朝东大门走来。那人全身上下笼罩在一件黑色披风下，就连头部也被兜帽盖住，完全看不清面孔，情状颇为诡异。

祖名望忙引兵士上前拦住，喝问道：“什么人？驿馆重地，闲人不得靠近。”

那人不答，微微转头，看了赵探一眼。赵探立时心中一凛，忙上前道：“放她进去。”

祖名望一怔，见赵探朝自己连使眼色，便挥手命兵士退开。那黑衣人一声不吭，自进了驿馆。

祖名望纳罕不已，问道：“他是谁？”

赵探道：“她是……”一时寻不到合适的措辞。

祖名望已有所会意，问道：“是你们机宜司密探吗？”

赵探不答，只呵呵苦笑。

祖名望这才恍然大悟，忙道：“抱歉，抱歉，祖某犯禁了，不该私下打听这个。”

赵探忽想到一事，问道：“朝廷阎特使不在，安抚使如何能与契丹使者会面？这不合体制。”

话音刚落，便见李允则引着契丹使者刘晟出来。祖名望急忙迎上前去，赵探则迅即退避到一旁。

李允则与契丹北府宰相刘晟[1]年纪相仿，但刘晟看上去要年轻许

[1] 刘氏是燕地（今北京）汉人大姓。刘晟字慎行，为刘怦（朱滔表弟，唐卢龙军节度使）五世孙。祖父刘守敬，官辽南京副留守，此为刘氏仕辽第一世。父刘景（从取名方式来看，刘晟似乎应该是刘景之弟。此处存疑），先后为辽知制诰、翰林学士、南京副留守等职。至刘晟，刘氏仕途达到巅峰，在辽由膳部员外郎迁至北府宰相，三司使，参知政事兼知北院枢密使事，南院枢密使，监修国史，霸州彰武军、顺义、辽兴军节度使，太子太傅，赐保节功臣号。刘晟本人好色，曾与儿媳姚氏私通，被人告发。辽圣宗命汉人大臣武白（原为宋国子博士，赴任知相州途中被契丹俘虏，后仕辽）调查，武白查证确有其事，如实上报，但彼时刘晟及诸子皆处权要，辽圣宗也没有追究，遂不了了之。武白本人后来反倒遭到刘氏报复。刘晟有子六人，除长子刘一德早年夭折外，其余五子俱以能名显契丹。第二子刘二玄曾任上京留守，妻子萧氏（卫国公主耶律长寿女和萧排押之女）为耶律隆庆（辽圣宗耶律隆绪同母弟）遗孀秦晋国妃。第三子刘三嘏为辽进士，尚同昌公主耶律八哥（辽圣宗第九女，母昭仪白氏。因生母地位不高，始封同昌县主，后进封公主），后因和公主不和南下投宋，事不成，被宋仁宗遣送回辽国，被杀。第四子刘四端也是辽进士，娶辽圣宗第十一女仁寿公主耶律擘失（始封仁寿县主，后进封公主。耶律八哥同母妹）为妻。第五子刘五常先后任三司使和武定军节度使。第六子刘六符为诸子中最杰出者，中辽进士后任翰林学士，在“辽索关南之地”一事上发挥过重大作用，迫使宋廷增加岁币银十万两、绢十万匹，并屈称“贡”岁币。刘六符因功升迁为枢密使、同中书门下平章事。又建议用宋增加的二十万岁币，减免幽云地区租赋，被辽主采纳。后参知政事杜防（即书中人物杜防）告发刘六符曾接受宋朝贿赂，刘六符因此而贬官。又，刘六符使宋时，宋仁宗赐御书“南北两朝永通和好”。刘六符任科考主考官后，以“南北两朝和好”为赋题，传为一时佳话。刘三嘏、刘六符故事，可参见吴蔚作品《天圣铜人》《江入大荒流》。

多。他一身汉人服饰[1]，跟汉家儒士无异，潇洒自如，神采飞扬，风姿极为出众。也难怪他如此顾盼自雄，他是汉人，却得任北府宰相，与大名鼎鼎的萧排押并为北府长官，自是荣耀。

不过也有传闻称，这刘晟由膳部员外郎迁至北府宰相，一飞冲天，并非靠才学，而是靠财富——为契丹成功发掘了刘仁恭埋在大安山[2]的宝藏。

刘仁恭[3]之父亦名刘晟。刘仁恭割据幽州后，醉心于享受，在辖境内的大安山上兴筑了富丽堂皇的离宫别墅，遴选许多美女居住其中。又召集了一帮道士炼制丹药，以求长生不死。此人贪婪成性，强行搜

[1] 据《辽史・仪卫志》载："太祖（耶律阿保机）帝北方，太宗（耶律德光）制中国……于是定衣冠之制，北班国制，南班汉制，各从其便焉。""国制"即契丹服。"汉制"即汉人服装。这就是说，同在辽朝为官，契丹人着契丹服，汉人着汉服。这是辽朝官分南北、"以国制治契丹，以汉制治汉人"制度在服饰制度方面的具体体现。但有一点，受中原文化影响，辽朝贵族服饰亦开始亦步亦趋地汉化。如辽太宗攻入后晋都城开封后，曾用汉礼汉服在崇元殿接受百官朝贺。又如"澶渊之盟"后，大宋派路振（唐宰相路岩四世孙，北宋史学家）出使契丹，路振有《乘轺录》记录此行。内中记录初见辽圣宗于武功殿，辽圣宗穿汉服，着黄纱袍，络互靴。再见皇太后萧绰于文化殿，萧绰年五十余岁，"冠翠花，玉充耳，衣黄锦小褧（音 jiǒng，罩在外面的单衣）袍，束以白锦带，方床累茵而坐，以锦裙环覆其足"。契丹人服饰颜色"以紫黑色为贵，青次之"，而萧太后的外罩是黄色袍子，这是中原帝王服饰的颜色。《辽史・仪卫志》也说："乾亨（辽景宗年号）以后，大礼虽北面三品以上亦用汉服；重熙（辽兴宗年号）以后，大礼并汉服矣。"

[2] 大安山：今北京大安山。地处房山区与门头沟区的接壤地带，太行山分支，支峰有百花山、白草畔。山中有一块开阔平坦、四面环山之地，即素称的"北大梁"。刘仁恭离宫别墅位于今大安山乡元港村，遗迹尚存。又，大安山历史悠久，随着王朝的变迁，形成了一种以宋代白话为主要词汇，且与河北唐山话极为相近的语言。这种独特的语言类似山西梆子和河北梆子的剧种，俗称"山梆子"，为大安山乡及附近几个乡镇所独有，被人称之为北京古代的"戏曲化石"，又被认为是北京古代的"语言化石"。

[3] 刘仁恭：深州（今河北省深州市）人，唐末五代地方藩镇割据将领，卢龙镇将刘晟之子，豪爽放纵，颇有智谋，志向远大。其人本是卢龙节度使李可举部下将领，唐僖宗光启元年（885 年），随军攻打易州，以挖地道进城方法破城（按：请留意此细节），号为"刘窟头"。投靠晋王李克用后，表为检校司空、卢龙军节度使，镇幽州。随后交恶李克用，投靠梁王朱温，加同平章事，成为使相。吞并义昌节度使卢彦威，妄图割据河朔，受到了朱温讨伐。刘仁恭危在旦夕时，李克用基于唇亡齿寒之理，仍不计前嫌营救。然而，刘仁恭本人对自己因中原处于多事之秋而得以称雄一隅，志得意满，逐渐骄傲奢侈，荒淫无度。刘仁恭之子刘守光曾因与刘仁恭的爱妾罗氏通奸，被刘仁恭棍打后，断绝父子关系。天祐四年（907 年），宣武将领李思安攻幽州，而当时刘仁恭正在大安山别宫享乐，城中没有戒备，刘守光从城外率军进入、击退李思安后，随即自称卢龙节度使，并派兵进攻大安山，刘仁恭被擒，被儿子刘守光囚禁。后梁乾化三年（913 年），李克用之子晋王李存勖讨伐自称燕帝的刘守光，攻陷幽州，被囚禁的刘仁恭亦与刘守光为晋军所擒，被李存勖献于晋国太庙。刘仁恭后来被押解至代州（今山西代县），将以刀刺其心脏所流的血来奠祭李克用之墓，然后斩首。

刮民众全部铜钱，藏于大安山上。民间无钱可以流通，百姓只好用土做钱，是为古今一大奇闻。

传闻说，现今这位刘晟对刘仁恭所藏宝藏极有兴趣，一直潜心研究，还多次亲至大安山考察，终于探明具体藏宝位置，遂禀报辽廷。辽圣宗派人凿山，果然取得大批铜钱[1]。辽圣宗大喜过望，自此对刘晟刮目相看，亦格外器重刘氏一族。

刘仁恭所藏铜钱数目惊人，对契丹更是意义重大——

辽地盛产铜，自辽太祖耶律阿保机之父耶律撒剌的起，即开始铸钱，撒剌的铸“通行泉货”平钱，辽太祖阿保机始造“天赞通宝”年号钱，以后各帝改元沿袭之。

但辽自铸钱币数量不多，辽前期多用五代旧钱，后来各朝铸钱与宋朝铜钱并用。而民间交易大多是以物换物，辽圣宗执政时，草原上交易依然用羊作比价，与他国的商业贸易也是“以羸老之羊及皮毛易南中之绢”，甚至连官吏的俸禄也用羊来支付。

辽圣宗得到大安山窖藏铜钱后，即下令将这批铜钱散诸五计司，即五京之内主管财政的机构，辽财政状况大为改善。又将一部分铜钱用来改铸太平钱，辽地由是钱币充溢。此举也代表着辽地商品经济及货币经济都有了很大发展。

刘仁恭割据幽州时，曾经大挫过契丹人。当时契丹部落首领阿巴引众进寇平州，刘仁恭派儿子刘守光及骁将刘雁郎率五百骑先行赶到平州。阿巴抵达平州后，当地乡民以牛酒[2]之会名义诱其赴宴。阿巴毫不知情，遂落入陷阱，被预先埋伏的刘守光所擒。阿巴之子萧翰被

---

[1] 宋太宗至道二年（996年）三月，辽圣宗派人凿大安山，挖获刘仁恭所藏诸钱。此为历史真事。当年历史大事还有：宋五路伐西夏，无功而还；西川王鸬鹚（李顺部下）率众起义，宋太宗任命石普（即书中人物赵振前上司）为西川都提举捉贼使，将起义军镇压；宋参政知事（副宰相）寇准罢官；宋廷以丁惟清（宋禁军武官，奉宋廷之命到凉州买马时被当地人留下，共推为知府。其人具体事迹参见吴蔚作品《天圣铜人》）知西凉府；高丽成宗王治请婚于辽，获准；辽圣宗命剑术高手刘遂教习南京神武军士剑法。

[2] 指牛和酒。古代用作馈赠、犒劳、祭祀的物品。唐人杜甫《赠左仆射郑国严公武》诗：“感激动四极，联翩收二京。西郊牛酒再，原庙丹青明。”清人魏源《秦淮灯船引》：“百万金缯万虏欢，十年牛酒千夫举。倾得蛟宫宝藏完，保障半壁东南土。”

迫乞盟纳贿，筹集巨额赎金送给刘仁恭，终赎回其父。此后，契丹多年不敢侵犯幽州。此段故事亦即“牛酒之会”典故之来历。而刘仁恭千方百计搜刮的财富，终在后世为契丹取出，倒像是历史的轮回及讽刺。

说来也巧，恰在掘得刘仁恭窖藏当月，高丽成宗王治派遣使者向辽请婚。辽太后萧绰和辽圣宗正为平白得了一大笔财富而心花怒放，心情愉悦之下，便答应了王治的求婚，随即选东京留守萧恒德之女为和亲公主，许嫁给王治。王治可算赶上了求婚的大好时机。

辽国掘宝事秘，刘晟是否真的是靠刘仁恭宝藏才进入辽圣宗视野，外人不得而知，但辽圣宗确实将昭仪白氏所生之女耶律八哥、耶律擘失分别嫁给了刘晟第三子刘三嘏及第四子刘四端。

刘晟是汉人，竟然有两个儿子成为辽国驸马，自是风光无限。不过他升任北府宰相是最近之事，大概跟辽圣宗喜欢任用汉人大臣大有干系。而辽圣宗真正主掌朝政，则是始于去年年底萧太后病逝之后。

赵探名为国信所官员，但一般不太出面应付外事，退到一旁后，仍在暗中观察刘晟。

这位传说的风流才子，即便年纪已大，依然风度翩翩，年轻时必定更是出众，难怪当年能迷倒那个谁。

李允则一眼便看到闪躲在兵士后面的赵探，挑了一下眉毛，这才转开目光，朝界河巡检使祖名望招了招手，告道：“使者君要返回涿州了。祖巡检使，劳烦你亲自送刘相公至北岸。”

祖名望躬身道：“领命。”

刘晟抱拳道：“今日得与李使君相见，幸甚至哉。”倒是没有辽使常见的傲慢，颇为平易谦和。

李允则也说了一番客气话。

刘晟拱了拱手，就此辞去。

等刘晟一行走远，赵探才上前问道：“契丹使者何以提前到来？”

李允则道：“说是途中崔使者棺木出了意外，须得另置棺木，故而交接得晚上数日。”

原先两方约好今日日落后交接宋副使崔可道灵柩，辽方料想宋方已做好治丧准备，而今出现突发状况，颇为过意不去。北府宰相刘晟遂亲自渡河，前来向宋方说明情况，并表达歉意。

赵探闻言，当即轻哼一声，显然认为辽方有所隐瞒，事情只怕不是他们陈述得那般简单。

李允则又问道："机宜司可有收到有关北岸的消息？"

赵探道："尚且没有。"

李允则又问道："高丽使者徐颂和接伴使陈丽呢？"

赵探犹豫了下，答道："他二人自行回去南塘了。"

李允则遂道："如此最好。"又道："你留在驿馆，本使再另外派人到南塘保护他二人。"

特意取出祁州名医邳良诚弟子王惟一携来的字条，交给赵探，告道："本使派郑县尉召你回来，不是要见徐颂、陈丽，而是为了这个。"

李允则大致叙说了邳良诚失踪的经过，又道："去年邳医师亲笔给开的药方，本使一直珍藏在书房中，本来是打算让你回城去取，但适才听郑县尉禀报了晴川酒肆之事，料想两属地最近必定多事，你人须得留在驿馆。本使已命郑县尉引着王惟一回城歇息，郑县尉会另外派人到州署后衙书房寻取药方，再送来这里。你最擅长鉴定笔迹，等药方送到后，仔细比照，看这张字条是不是邳医师亲笔。"

赵探应道："是。不过下官可以初步判断这字条不是邳医师所书。"

邳良诚已年近七旬，即便再养生有方，平日留意强身健体，然则岁月不饶人，他已经到了古来稀的年纪，精血不足，气力大为减弱，手腕关节亦不再灵活。而字条上的字笔力矫健，劲道十足，当是孔武有力的壮年男子所书。

赵探自幼不爱读书，本人仅粗通文字，但在鉴定笔迹一事上从未出过差错，其判断一向令人信服。李允则当即点点头，叹道："看来本使所料没错。"

料想以邳良诚性情之刚烈，宁可死，也不会为辽人治病，只怕已是凶多吉少了。

只是查明邳良诚下落这件事，即便是身为河北最高军政长官的李允则，亦感有心无力、无可奈何，只能静待时机了。

或许，某日邳良诚会平安归来。或许，某日能得到邳氏确切消息。又或者，其人就此湮没，自此再不闻任何声息。

赵探亦赞同李允则推测，认为名医邳良诚是遭了辽人绑架，又颇感自责，道："这件事过去了这么久，机宜司始终没有得到任何消息，看来我方间谍还得多多努力。"

李允则却摇了摇头，道："尽力即可，不必强求。他们付出了巨大代价，时时刻刻都有生命危险，切不可过于冒进。自身安全，才能为大宋刺探更多有用情报。"

赵探闻言很是感动，道："下官记住了。下官一定会将安抚使这番话转达过去。"

又问道："邳医师的弟子王惟一，该如何安置才好？"

李允则道："本使安排他在城中医馆住下了。正好雄州医博士被临时借去了定州，王惟一既是邳医师的高徒，舍弟也曾提过王惟一在定州路都算是小有名气，经常代邳医师出诊，当可暂时代任医博士一职。"又问及晴川酒肆之事。

赵探忙道："郑县尉应当已经向安抚使禀报了事情经过。下官要补充的是，刘氏兄妹不是真的兄妹，男子是契丹神武军总教头刘遂无疑，女子地位当在刘遂之上。依下官推断，此女必是契丹贵族，冒认为刘遂之妹，是为了掩人耳目。"

又单膝跪下请罪道："下官怀中揣着刘遂画像，他人就在面前，下官竟然未能认出来。下官无能，请安抚使治罪。"

其实赵探今日初入晴川酒肆时，本能地观察了所有人：临窗四案中，印象最深的是那一杯接一杯不停饮酒的方偕，少年英气，慷慨豪迈，极令人侧目。

酒肆大堂中最为可疑的，则是带着两名孩童的男子明未光。赵探并未见过明未光，却认识那小些的孩童是河北边关主帅杨延昭爱子杨文广；而且明未光根本不像杨延昭的心腹侍卫，除了没有兵士那种常见的恭谨神色外，其兵器竟然是一柄旧剑，而不是军中兵刃。

相比于其他人，刘遂和他那位面带病容的“妹妹”，反倒没有太多出奇之处；甚至角落一案的崔玄妙都比这对兄妹要引人瞩目，神色戚戚，似有满腹幽思。

李允则已自县尉郑定国口中大致了解了彼时酒肆情形，当即上前扶起赵探，道：“这不能全怪你。刘遂背对你而坐，你心思又全在徐颂、陈丽二人身上。”

赵探心中感激上司体察部属，虽有迟疑，仍然还是实话禀告道：“下官本该留在晴川酒肆，因为一点私事，暂时离开，结果酒肆便发生了大事。后来下官返回时，在酒肆外遇到郑县尉，得知安抚使要见徐颂和陈丽，便去寻他二人，不想酒肆已空无一人，只剩下店家奚三娘，这才知道发生了大事。所幸在刺客闯入酒肆前，徐颂和陈丽已先行离去，不然误及二人，朝廷必定怪罪。”

话音刚落，便见到宋使崔可道之女崔玄妙从驿馆奔了出来，李允则侍卫白锋锐则跟在其身后。

李允则未及寒暄，崔玄妙已急急问道：“听说有契丹使者到来，可是先父灵柩已经到了？”

李允则遂引崔玄妙到山荆子树下，转述了辽北府宰相刘晟的一番解释，道：“尊父灵柩半途跌落，这是意外，谁事先也料不到。北府宰相刘晟亲自过河解释，足见契丹一方也好生过意不去。那边也正在紧急处理，妙娘不妨先安心留在驿馆，再多等几日。”

崔玄妙虽然依旧平静，面色却甚是失落。

李允则虽只与崔玄妙有短暂接触，却已知对方外柔内刚，也不好提及辽宰相有重礼相送崔氏，只道：“妙娘不必太难过，你有任何要求和需要，尽管开口，本使一定满足。”

崔玄妙却只是摇了摇头。

李允则见崔氏面色惨白，情绪十分不好，便上前扶住她肩膀，柔声安慰道：“妙娘不必过于忧心尊父后事，一切有本使在。本使也会一直留在白沟驿，直至迎回崔副使。”

崔玄妙道："多谢。"又向李允则行了一礼，道："玄妙自幼失去母亲，只与先父相依为命，适才一时情急，不及向李使君见礼，实在失礼。"

李允则道："妙娘客气什么？本使派人送妙娘进去驿馆歇息。"

崔玄妙道："我……我有些不舒服。这里有大夫吗？"

李允则道："本来有一位，但刚刚进了城。"忙招手叫道："锋锐，快些派兵士回城去医馆请王惟一王医师来驿馆。"

白锋锐先躬身领命，这才问道："王医师？医博士不是蒋医师吗？他人也不在雄州，去了定州。"

李允则道："王医师就是祁州名医邳医师的爱徒王惟一，他去年来过雄州，你见过的。王惟一会暂时代任本州医博士一职，他人就在城中驿馆。"

白锋锐忙应了一声。崔玄妙却摆手道："不必，我可以自己进城去看病。驿馆虽然好，我却有些住不惯。"

李允则怜惜崔氏一介孤女，独自一人千里迎接亡父灵柩，当然是有求必应，忙道："锋锐，你送妙娘回城就医。事后就安排妙娘在州署后衙住下。"

崔玄妙看了白锋锐一眼，似对其有所抵触，但却没有再多言，只朝李允则道谢行礼，便即退开。

李允则招手命白锋锐走得近些，低声命道："安顿好崔玄妙后，你带一队人，趁夜色将郑县尉抓获的契丹间谍押来这里。要机密行事，不得令旁人看到。"

白锋锐应了一声。又问道："今晚安抚使不回州署了吗？"

李允则道："暂时不回了。告知州署当值官吏，有紧急公文的话，一律送来白沟驿。"

白锋锐引崔玄妙离开后，侍卫忻继勋奔出驿馆，躬身禀报道："属下跟庾馆长将驿馆内外都搜遍了，没有发现，哪怕是小瓶酒也没找到。几处花园，包括墙角之地都细细找过，绝无挖土埋酒或倒酒毁迹之事。"

酒库那边，也仔细勘验过——

西大门门闩及暗锁均不曾动过，北侧门亦是从内里落锁，门锁完好无损。

酒库围墙跟白沟驿一样的建筑标准，高及一丈，比普通官署围墙还要高出一些，且为藤蔓爬满，不见翻越痕迹。

驿馆这边，四下搜寻未果后，忻继勋也一一询问过当值守卫，从昨日傍晚酒库库吏米霰离开至今日案发，没有任何运输工具，也没有任何人携带容器离开驿馆。北方牧民喜用的盛水皮囊倒是能藏于身上，可那一囊也盛不下几杯酒，昨晚酒库失窃的可是两瓮酒。整整两瓮！

于是便只剩下两种可能：一是窃酒者虽设法溜进酒库，成功将两瓮新酒倒入更方便运输的容器譬如挑桶、背壶之类，然出来后见酒库大门、侧门落锁，而驿馆守卫森严，实难将酒运出，不得不忍痛割爱，将酒全部倾倒在驿馆花园的水池，以求销赃灭迹；

第二种可能，便是酒库有内应，内应私下开了北侧门，盗酒者由此将酒偷运了出去。

李允则听了忻继勋一番分析，当即摇头道："都没有可能。"

转头见到赵探正在暗中发笑，遂招了招手，命道："赵知事来说说看，为什么都没可能。"

赵探忙正了正身，道："窃贼辛辛苦苦偷到了酒，就算带不出去，也不可能就此倒掉。第一，驿馆不时有兵士巡视，窃贼倒酒闹出动静，很容易当场被捉。第二，李使君为人精明，他治下还从来没有破不了的案子，窃贼再胆大妄为，也该有所忌惮。他既难以将酒运出，连桶带酒扔在驿馆某处就好，这样日后事败被捕，只仅仅是偷酒不成而已。若是将酒倒了毁去，便是盗窃公物事实，罪名要重得多。换作我是窃贼，无论如何都不会这么做。再则说，窃贼千方百计偷酒，应该还是因为好这一口，把酒全部倒掉，哪个酒鬼会舍得？"

忻继勋还是不服气，道："或者窃贼只是为了卖酒赚钱呢？"

宋朝实行榷酒制度，便是因为酒利极高，算是国库收入的一大块。两瓮酒也能卖不少钱。

赵探笑道："这里是两属地，是私入酒库盗酒风险大，还是走私运货风险大？是盗酒罪名重，还是走私罪名重？"

言外之意，两属地走私风险远小于私进酒库盗酒——只要不涉及军用物资，官府素来都只是睁只眼闭只眼——既想卖酒赚钱，大可选择从北岸偷运易酒到南岸转手倒卖。

忻继勋一想也有道理，又问道："那么酒库内应为什么也没可能？是因为库吏米霰素来老实可信吗？"

米霰为人忠厚，每日都是留至最后，亲自巡视酒库后方才落锁离开，自到酒库上任，尽职尽责，从未出过差错。

赵探道："这只是其一。雄州酒库因与白沟驿建在一处，便成了重要机构，放外人进入是重罪，酒库上下都深知此节，决计不敢冒险。窃酒者只为酒而来，入酒库偷酒，不如去对面晴川酒肆偷酒。"忽然意识到什么，立时瞪大了眼珠。

忻继勋却立时发现了矛盾之处，当即道："赵知事说得不对。既然窃酒者只是为酒，去晴川酒肆偷奚三娘的酒更为便利，为何酒库还失窃了两瓮酒？要我说，一定是内盗。"

见赵探满脸诧色，不由得十分困惑，问道："赵知事这么惊讶做什么？难不成是奚三娘派人潜入酒库，偷了两瓮新酒？"

赵探面色古怪，眉头紧锁，却是闭口不答，似在思索。

李允则这才意味深长地插口问道："那名叫方偕的少年，当真酒量极好吗？"

赵探回过神来，忙躬身答道："下官亲眼看到方偕一杯接一杯地喝，很快就将一瓮酒都喝光了，称之为酒量如海也不为过。"

忻继勋"呀"了一声，忙道："属下寻找崔小娘子时，去过晴川酒肆，也亲眼见到那姓方的豪饮如牛。回来听说酒库失窃后，便立时想到了那人喝酒的样子。"

他当时还本能地转头，将目光投向晴川酒肆，便是因为这一幕的莫名联想。

李允则问道："那你为什么没有怀疑过方偕？"

忻继勋先是一怔，随即不解地道："方偕？安抚使是指方偕窃酒吗？他只是个平民，一看就是生面孔，如何能自驿馆混进酒库？"

李允则转头见到杨延昭匆忙自驿馆出来，远远朝自己招手，便道："罢了，酒库实窃一案，不必再查了。那两瓮酒，一定是被方偕偷喝了。"

驿馆内外到处寻不到酒，虽不可能被人以容器携出，却能盛装在人肚子里，从容瞒过守卫，"带"出驿馆。

忻继勋跟随李允则日久，从不质疑长官的判断，当即露出不可思议的神情，道："怎么可能饮了两瓮酒，人还不醉？"

赵探也接口道："而且他今日还继续在晴川酒肆豪饮，没有丝毫醉态。"

李允则一时不及再论失酒一案，只摆手道："如果再见到方偕，就带他来见本使。"

后来方偕果然被人带到李允则面前，不想这位河北最高军政长官最关心的不是酒库失窃及方偕盗窃之罪，而是方偕是如何混进了酒库。

方偕很不以为然地答道："很简单的啊，从驿馆东正门大大方方地走了进去。"

原来方偕到雄州后，先去了榷场——他每至一地，最先要去的就是当地最繁华的市集，而河北边关最繁华的市集，便是位于米家务村附近的雄州榷场。

雄州榷场是北宋对辽设置最早、时间最长的榷场，早在和议之前便已存在。第一任榷场长官即为现任雄州知州兼河北缘边安抚使李允则。最初设立榷场的目的，是以茶叶[1]、丝绸及各种器物来换取契丹的牲畜、毛皮等土产。"澶渊之盟"后，雄州榷场交易物品增多，除了宋朝特产外，还有象犀、珠玉、香药、宝货等海外之物，均是通过海上贸易自别国进口而来。可以说，雄州榷场是雄州本地物资最丰富的

[1] 据史籍记载，燕云十六州一带，在唐朝中期便已形成饮茶风俗。契丹人则要晚一些，大概在五代时开始有饮茶的习惯。五代时，曾有契丹人驱"羊三万口、马二万匹"至南唐，"价市罗绮，茶药"。而入宋以后，输辽宋货，以茶叶为最大宗。

市集，甚至不乏奇珍异宝。

正是在雄州榷场，方偕打听到雄州、霸州两州之酒都产自雄州酒库，酒质也相当不错，在河北算是数一数二的官酒。但雄州两属地还有个晴川酒肆，恰在雄州酒库对面，售卖从北岸运来的易酒，其酒味道又比雄州官酒要好得多。

方偕打听清楚后，便决定先尝雄州官酒，再去晴川酒肆，以免尝过好酒后，再喝劣酒淡然无味。此时正值新酒开封，酒库新酒却只供应白沟驿馆，不对外售卖，方偕要喝新酒，不得不另想办法。

他打听到酒库库吏米霰是米家务村人，便在村里溜达了几圈后，再来到白沟驿。

方偕一直守在驿馆外，自然引起了守卫的注意。不过他距离大门尚远，守卫也没有过去驱赶。

当日傍晚米霰自驿馆出来，方偕便立即迎上前去，与其并排离去。旁人看在眼中，不知道方偕假意慕名询酒，东扯西拉，只以为他与米霰相熟。

次日，方偕再次来到白沟驿，如法炮制演了一番好戏。米霰为人忠厚，还以为方偕等在门外，是真心请教酿制果酒之法，亦不疑有它。然在驿馆守卫看来，方偕是与米霰相熟的朋友。

到了第三日，也就是昨日，米霰前脚进去驿馆，躲在暗处的方偕便疾奔来东大门，自称是米家务村人，是米霰找来的验酒帮手，约了东门前相会，但自己来得迟了。守卫见到方偕两次，又知正是酒库新酒开封时，便真的以为他是米霰的同村，放了他进去。

方偕大致说完经过，又道："后面的事就简单了。我从驿馆进去酒库，一直躲在角落中，还寻机偷了一块挂在门边的腰牌。"

虽然酒库也不时有人来回忙碌，但酒库太大，又处处堆放着酒缸、酒瓮，藏身其中，再容易不过。

等到傍晚时分，米霰离去，酒库中再无旁人，方偕便随意选了一瓮酒打开，开始豪饮。他早准备好了一只拴有皮绳的竹筒，既能当酒吊，又能当酒杯，极其便利。一瓮酒下肚，觉得意犹未尽，便又喝了一瓮。此时开始觉得有些腹胀，便摸黑出来，往墙角撒了泡尿。他见夜色还不算太晚，还想再进去喝，但又觉得有些头晕，怕醉了混不出去驿馆，于是便强行忍住。

略事休息、等身上酒味散开后，方偕又套了一件早已准备好的厚外衫，便昂然出来驿馆。他也没有再回榷场客栈，只在附近草丛中睡了一夜。大概是因为有两瓮酒傍身，如此春寒料峭之夜，竟然丝毫没有觉出冷意。

李允则听完经过，当即问道："你夜晚自驿馆东门出去，守卫没拦下盘问吗？"

方偕道："拦下问了，但我身上什么都没有，腰间有酒库腰牌，又是从驿馆里面出来，没什么可疑，守卫便直接放我走了。"

李允则转头问道："这可算是驿馆守卫不力？"

一旁幕僚忙应道："守卫没能将人跟腰牌对上，算是有过。"

方偕虽然为人放诞，却不愿意牵累旁人，忙道："这事跟守卫无关，全是我一人之过，请安抚使不要怪罪旁人。"

彼时国信所知事赵探也在一旁，特意追问道："你当真一个人喝光了两瓮酒吗？"

方偕笑道："那还能有假。"

诸人自是不知，这方偕之酒量，为史书见载宋人最厉害者。日后方偕作为宋朝使者出使辽国，在酒席上一瓠惊人，吓呆了素以酒量自负的契丹人，连辽兴宗耶律宗真也肃然起敬，特将方偕用过的大金瓠命名为"方家瓠"。"方家瓠"自此成为宋辽两国最知名的酒器，名垂青史。此为后话。

却说李允则见到杨延昭赶出驿馆，料想必是有要事来寻自己，遂命部属不再追查酒库失酒案，自己则迎上前去。

杨延昭问道："契丹使者走了吗？"

李允则答道："刚刚离去。"

他见杨延昭未带侍卫，只有前宰相寇准侍从明未光紧随在身后，其人神色既紧张又古怪，心中暗觉奇怪，便引杨延昭进来驿馆，又命国信所知事赵探亦随侍在侧。

进来客堂，杨延昭也不就座，直接从怀中取出一道公文，双后奉给李允则，道："这是杨某请求辞去高阳关副都部署的奏章。李使君过目后，杨某立即派人送入朝中。"

又从腰间解下官印，置于案上，道："李使君是河北缘边安抚使，深受朝廷信任，有'便宜施行'之权，请即刻将杨某解职，并代为保管帅印。"

李允则一怔之时，赵探已大惊失色，抢先问道："这是为什么？"

杨延昭态度决绝，道："这是杨某目下唯一能做的。"

明未光遂插口道："杨将军爱子杨文广被人掳走了。"

赵探惊骇之极，一时回不过神来，愣了一愣，才问道："这是什么时候发生的事？"

明未光便大致叙述了杨文广被掳经过，但不提自己追出酒肆是为了跟化名刘晋阳的刘遂交谈，只称想出去看看情况。

赵探这才知道晴川酒肆今日可算是变故连连，问道："为何我讯问奚三娘时，她半句没提过这件事？"

明未光忙解释道："是我叮嘱了奚三娘，甚至威胁了她，她方才答应不对外泄露。"

边关主帅之子被掳，可谓大事，身为情报主管的赵探却到此时方才知情，当即勃然大怒，抢上前来，一把揪住明未光衣领，喝问道："你只是一介平民，凭什么……"

李允则忽插口道："这件事声张不得，明未光做得对。"摆手令赵探退开。

赵探道："可下官是机宜司知事……"

李允则道："杨将军在边关声名太盛，这件事若是传扬开去，难免会造成人心、军心浮动。难得明未光识得大体，及时止损。他能有本事令奚三娘对你赵知事缄口，奚三娘自然也绝不会再对旁人说起此事。"

明未光忙道："明某只是出于个人私利考虑，才去要挟奚三娘，并不是识大体。"

赵探"哼"了一声，道："算你老实，说了句实话。"这才悻悻退开。

杨延昭遂道："明未光携李小公子返回驿馆后，只将此事禀报给了杨某。杨某不愿意李使君为旁事分心，便想着等有了主意，再来告知。"

赵探愤然道："杨将军应该已经从明未光口中知悉晴川酒肆有凶徒行刺一事了吧？目标人物是那名叫刘太原的女子，他的兄长刘晋阳，其实就是刘遂，契丹南京神武军总教头刘遂。"

杨延昭闻言大感意外，问道："当真是刘遂吗？"

赵探忙从怀中取出刘遂画像，展示给众人，还特意在明未光眼前多晃了几下。明未光也算是现场证人，不得不点头道："酒肆中的刘晋阳，就是画像上的这名男子。"

杨延昭沉吟道："久闻刘遂是辽地第一剑术高手，就连辽国皇帝也礼敬三分，他如何会突然来到雄州？"

赵探道："刘遂来雄州的目的暂时还不知道。不过这对假兄妹前脚离开，杨将军爱子后脚便被人掳走，这件事必定跟辽人有关，刘遂本人也脱不了干系。"

又转头质问明未光道："你既负责保护杨小公子，为何当时非要出去酒肆？还有，杨小公子只是个小孩子，你带他和李小公子去酒肆做什么？"

明未光难以应答——总不能说是李柬之坚持要凭河眺望幽州故土，而晴川酒肆刚好位置绝佳，又有坐处——只好缄口不言。

杨延昭忙道："这不是明未光的错。对头必定早有预谋，一直守在暗处，方能窥准时机。文广好不容易有了一个谈得来的同伴，这一阵子变得又贪玩又好动，就算没有晴川酒肆之事，对头还是能寻到别的机会。"

又道："本来杨某尚未能肯定此为辽人所为，既然赵知事已确认那对兄妹是契丹人，那么便愈发有把握了。”他抬手朝北面指了指，旁人自是会意。

赵探接口道：“除了北岸，还能有谁敢在我等眼皮底下绑人。”

杨延昭道：“对方绑架文广，无非是想要挟杨某，只要杨某不再担任宋军统帅，不再领兵，解甲归田，便没有被要挟的价值。至于文广嘛……”

虽则他决定立即上书辞官来缓解危机，但还是难以预料对方会如何对付爱子，一时颇感忧心，竟说不下去。

旁人这才会意过来，一时大生佩服之心。李允则忙将奏章和官印一道塞回杨延昭手中，告道：“对头此举，未必是为了要挟杨将军。”

此语一出，旁人均感诧异。

李允则遂解释道：“对头是想要挟杨将军调动兵马、令河北防务空虚吗？朝廷在河北三路部署中均派有监军，杨将军独力改变边关防务，实难办到。再则说，南北议和已久，辽国萧太后又新殁未久，北岸不可能在此时兴师动众，兴风作浪。但杨将军爱子被掳的确是事实，北岸必定尚有其他图谋，或许跟军政无关。”

杨延昭很是不解，问道：“杨某是边关统帅，契丹派人掳走杨某爱子，怎么可能跟军政无关？”

旁人亦如杨延昭一般疑惑，均望向李允则。只有明未光微微点头，似是赞同李允则的惊人观点。

李允则却不再继续解释，只沉吟道：“这件事，杨将军实不宜出面。”又问道：“杨将军可否信得过本使？”

杨延昭一怔，随即道：“当然。那还用问吗？”

李允则道：“那好，来人，备马，立即送杨将军走。”

明未光一怔，忙问道：“要送杨将军去哪里？”

李允则未及回答，赵探先喝道：“杨将军去哪里是军中机密，用得到你这个平民百姓过问吗？”

李允则摆了摆手，示意赵探不可无礼，答道：“杨将军是高阳关主帅，当然是回驻地高阳关。杨将军，本使送你出去。”

又特意向明未光道："明郎请先留在这里，本使一会儿还有事请教。"

明未光尚有话想对杨延昭说，欲追将出去，却被赵探伸臂拦住。

赵探敌意甚浓，毫不客气地警告道："别以为安抚使对明郎客气，你就拿自己当贵客。"

不一会儿，李允则重新进来，径直道："赵知事，你先出去，本使要单独跟明未光谈一谈。"

赵探很是意外，忙道："安抚使，人心难测，这明未光虽说是寇相公身边的人，但他究竟……"见李允则板起脸，只得躬身应道："是，下官遵命。"

等赵探跨门而出，李允则这才转身，请明未光就座。明未光却是不动，只躬身道："安抚使贵为一路长官，明某只是平民百姓。即便不论官职地位，安抚使也是长辈，明某不敢造次。"

李允则见他举止有度，颇为喜欢，遂径直问道："明郎是不是认识刘遂？"

明未光立时露出惊讶之色。他不愿意撒谎抵赖，但也不能承认，只好沉默。

李允则道："明郎自称是寇准寇相公侍卫，但本使观你手中长剑，不是凡品，当大有来历。如若本使猜得不错，此剑当出自皇宫大内秘藏。或许明郎并不是寇相公侍卫，而是宋夫人侍卫。如此，你认识刘遂，或是以其他方式认出了刘遂，便说得通了。"

明未光只是一声不吭，既不承认，也不否认。

李允则又道："明郎应该听说过，舍妹李氏早年许配给了恭孝皇太子[1]为正妃，出嫁时嫁妆不够，本使和舍弟不得不卖了先父留下的

[1] 指宋太宗赵光义次子赵元僖。太平兴国七年（982 年）封广平郡王。次年，进封陈王。雍熙年间，任开封尹兼侍中，进封许王，加中书令。彼时宋太宗未立太子，开封尹便是默认的储君第一人选，足见宋太宗对赵元僖的喜爱。淳化三年（992 年）十一月，赵元僖早朝完后回到府中，突然觉得身体不适，浑身无力，腹痛如绞，很快就撒手归西。死时年仅二十七岁，死因极为蹊跷。宋太宗非常悲伤，因此而罢朝五日，亲作《思亡子诗》，并追赠赵元僖为皇太子，谥号"恭孝"。当时疯传赵元僖暴死是因为侍妾张氏下毒所致。赵元僖不喜欢正妻李氏（李允则妹），宠爱侍妾张氏。张氏恃宠而骄，对奴婢稍不（转下页）

宅子。接手宅子的人，便是宋夫人的父亲，宋偓宋相公。宋相公与先父颇有交情，不忍见到先父故宅落入他人之手，便主动出比市场高出一倍的价格，还一再说明宅子只是典质于他，等日后有钱，再赎回去。”

当然，这处宅第的款子，最终还是李家的老朋友太宗皇帝赵光义掏的，一满车钱直接从皇宫运到宋家，一文不差，宋偓没有分毫损失。李氏兄弟则尚未搬出、便又重新得回了宅子，可谓皆大欢喜。

但这一件事，也能从侧面反映出宋、李两家颇有交情，至少宋偓与李允则生父李谦溥情分颇深，是以李允则对宋偓的家世一清二楚——

其人是后唐庄宗李存勖外孙，后汉高祖刘知远女婿，长女又嫁于宋太祖赵匡胤为开宝皇后，史称宋氏“近代贵盛，鲜有其比”。

宋偓妻子永宁公主、也就是寇准夫人宋小妹的生母，既是后汉高祖刘知远之女，自是姓刘。而为宋朝所灭的北汉，其实算是后汉的延续，北汉开国皇帝刘崇，便是刘知远的亲弟。北汉历四帝，共二十八年，末代皇帝名刘继元，北汉灭亡后投降宋朝，被封为彭城公，也死在了宋朝。

北汉素来依附契丹，北汉灭亡前后，有部分皇族逃去了辽地，譬如刘继元堂弟刘继文。契丹对刘继文颇为优待，妻以耿氏。耿氏生父为辽太傅耿绍纪，生母韩氏为辽南京留守韩匡嗣之女。耿绍纪、韩匡嗣虽为汉人，却均仕辽为显宦。耿氏、韩氏更是贵盛无比。别的不说，耿绍纪侄女为辽圣宗嫔妃，生子耶律宗愿；韩匡嗣之子韩德让即辽太后萧绰的情人耶律隆运，一度是辽国的“摄政王”，辽圣宗对其“至父事之”，赐铁券几杖，入朝不拜，上殿不趋，左右特置护卫百人。

（接上页）如意即予以重罚，甚至有棰死者，又逾越制度葬其父母。李夫人看不惯张氏作为，常有呵斥。张氏因而怀恨在心，打算下毒毒杀李夫人，但却误打误撞地毒死了赵元僖。宋太宗听闻后勃然大怒，派亲信宦官验问，下令绞死张氏，毁掉张氏父母坟墓，其亲属都流放。宋太宗甚至恨上了死去的儿子赵元僖，赵元僖府中左右亲吏都被处罚，右谏议大夫吕端也因辅助有失而遭贬（此吕端即后来一力扶持宋真宗登位的大功臣）。又下诏停止皇太子追赠仪式，降低葬礼规格，以一品卤簿埋葬。但宋真宗赵恒即位后，诏令中外称赵元僖太子之号。乾兴初年改谥号为“昭成”（晚于本书故事发生时间）。

再说回刘继文，妻子耿氏为他生下一子，姓刘名遂。刘氏一族自诩为汉人，其实有沙陀血统，横戈跃马，长枪枪法极其出众。后刘氏得势，将枪法化为剑法，亦能独树一帜，叱咤风云。而这位生于契丹的刘遂更是天赋惊人，自小舞得一手好剑，且青出于蓝而胜于蓝，十六岁便被辽圣宗钦点为南京神武军总教头，以至为雄州机宜司所留意，专派间谍调查其人家世来历。

李允则不紧不慢地说了刘遂身世，又道："仔细论起来，这刘继文与寇相公的那位宋夫人还真算得上亲眷，且一点都不疏远。若是本使称刘遂与宋夫人也有亲戚关系，不算过分吧？"

明未光闻言惊异不已。他不在仕途，不如何关心官场中事。又见宋师屡屡败北于辽军，六年前更有澶渊之盟及岁币之耻，总以为是朝廷软弱、军队无能，自是不知宋边关将士实际上做了许许多多的事。此刻听到李允则一席话，方知边守中亦不乏能人，不由得一改姿态，大起敬佩之心。他自是不愿刘遂一事累及寇准及宋夫人声名，便实话告道："不错，明某在晴川酒肆时认出了刘氏剑法，又见对方能使软剑，依据年纪判断，便推测他可能就是传说中的绝代高手刘遂。但这件事，跟其他人没什么关系，寇相公就不说了，宋夫人也不大知情。明某之所以能猜出他是刘遂，是因为我自己也会一些刘氏剑法。"

又告知自己实不知刘遂何故来到雄州，追出酒肆，只是念在那一点亲戚关系，向对方提出警告，促其尽快离开雄州，返回辽地，以免惹出事端。

明未光大致叙述完经过，又问道："安抚使预备如何处置明某？"

李允则道："明郎若是本使下属，擅自离开，护卫杨小公子不力，直接导致现下不利我军的局面，本使自当以军法处置。但明郎只是平民，只要没有犯法，本使虽是地方长官，也不能拿你怎样，何来处置一说？"

明未光很是不解：就算他只是平民，但知情却未及时上报，又威胁证人，更未在事后如实禀报刘遂身份。而他隐瞒不报的刘遂，则是敌国重要人物。这些若是从重而论，说是通敌罪也不为过，怎么会没有犯法？

李允则似是看出明未光心中疑惑，笑道：“明郎有所不知，这里是两属地，与别处情形完全不同。刘遂若是未经照会，出现在雄州州城，那么本使会立即派人抓捕，明郎知情不报，亦是通敌叛国。但刘遂现身于两属地，说事它也是个事，可说到底，也不是大事。以往有不少这类情况，都是不予追究。”

明未光不是官场中人，又因仅在宋夫人身边侍奉，与寇准并不接近，故而完全不了解这些。以往也听过两属地，以为只是宋辽两国之间的中间地带，可界河以南，包括界河，明明是宋土，如何这一片也是两属地？

一时不明所以，亦懒得追问，只问道：“这么说，安抚使即便知道契丹重要人物现身于此，也不会派人追捕？”

李允则道：“只要对方未踏入全属南地，本使便会置之不理。以往都是如此处置，以免引发两国纠纷。”

明未光一时默然，心中却颇为不平：这“以免引发两国纠纷”，其实就是生怕得罪辽国，一种软弱的态度而已。

李允则猜及明未光心思，却也没有再去解释两属地的历史渊源，只微微叹了口气，道：“这件事，便到此为止。至于明郎是不是可能姓刘，本使也不如何关心。本使关心的是，真的是刘遂一方掳走了杨小公子？”

明未光早反复思虑过此节，当即应道：“应该是。”

他人一直在晴川酒肆，算是最后一个离开酒肆的主顾，故而对整个经过情形最清楚不过——

凶徒闯入酒肆前，刘遂曾短暂离开过，应该看到同党在酒肆门口现身，故而出去议事。事后再想，这所议之事，极可能就是针对杨小公子杨文广。

至于有凶徒突入酒肆，刺杀刘太原，则是意外事件，出乎刘遂意料。

姑且不管凶徒是什么身份，又为什么要杀刘太原，但这些人应该跟后来绑走杨文广的歹人一样，一直在暗中监视窥测，所以才能及时把握良机。

李允则思忖片刻，又问道："会不会是刘遂派人假意行刺，以分散酒肆中人……尤其是明郎你的注意力，好伺机对杨小公子下手？"

明未光沉吟道："这应该不大可能。刘遂确实没有对凶徒下重手，只点到为止，但凶徒冲进来时便着意行凶，若不是那位……嗯，那位……"

李允则道："他是界河巡检赵振。"

明未光道："若不是赵巡检出手，刘太原必定血溅当场。"

其实明未光自己当时也有出手救人之意——当时他并未认出刘遂，现下亦不知刘太原真实身份，仅仅是本能地想要救人——只不过他将杨文广及李柬之带至角落安全之处后，两只手臂便分别被两个孩子挽住，尤其是李柬之，将他右臂死死抱住，显然是从未见过此等场面，心中害怕极了。刚好长剑又不在手边，明未光思忖即便甩开两个孩子，再去取剑，也是援救不及，遂就此作罢。幸亏酒肆中另有高手，及时挡住了凶徒一击。

李允则道："明郎认为刘遂出去酒肆，是要与同伴商议朝杨小公子下手。结果有刺客乘隙而入，刘遂返回后，杀退了刺客，随即带着刘太原离开。但他手下假扮成酒肆伙计模样，仍在暗中窥测，见明郎离开酒肆，便伺机打晕了奚三娘，掳走了杨小公子。"

明未光道："应该是这样。"

李允则道："明郎既然猜到是刘遂手下绑走了杨小公子，为何不如实向杨将军禀报？"

明未光道："明某本想私下寻到刘遂，寻回杨小公子，设法了结此事。不想杨将军迅即反应，立时便要辞去统帅一职，好让杨小公子成为空质。明某不知刘遂意欲何为，又见事情瞬间闹大，一时不敢说出实情。"

料想以杨延昭疾恶如仇的个性，一旦得知明未光认得对头刘遂，必定会立即下令将他逮捕，即便不下狱关押，也会被立即押解回天雄军，交由寇准处置。如此，明未光便再无机会亲自去救杨文广。

李允则有意问道："明郎如何知道本使不会下令逮捕你？"

明未光一怔，道："适才安抚使不是还说这里是两属地，明某所作所为，不算犯法吗？"

李允则道："再往南二三十里，就不是两属地了。本使可以派人将明郎带至雄州州城，再以通敌罪名逮捕。"

明未光先是一怔，随即躬身道："安抚使运筹帷幄，深谋远虑，当知道放明某出去救人，比关入大狱要划算得多。"

又主动请命道："请准许明某出去搜寻刘遂及杨小公子。"又道："虽然我警告了刘遂，要他速速离开宋境，但他那种人，目的未达到之前，应该不会轻易放弃。"

李允则不置可否，只问道："那么明郎预备如何去寻刘遂？"

明未光一时踌躇，显然也没有多大把握。

李允则道："听说那契丹女子刘太原生了重病，是不是？"

明未光应道："是。明某面朝大门而坐，刚好可以看到那女子面容，她看起来确实不大好，身子虚得很。"

忽然心念一动，问道："那刘太原冒险进来宋境，会不会是来求医的？河北不是有个祁州，号称'药州'吗？"

李允则道："不错，祁州是天下第一药市，不少辽人生了病，都会辗转奔赴祁州求医问药，甚至有专门去祁州给药王庙上香的。明郎相信刘遂此行，是为护送刘太原去祁州求医吗？"

明未光道："极有可能。"又告道："明某适才忽然想到祁州，是听到邻案提过一句药州。只是无意中听在耳中，当时也没多想。"

他当时坐在临窗中案，东面是崔玄妙，西面便是刘遂与刘太原，听到刘遂兄妹对话的只言片语，亦不足为奇。

李允则却存有疑虑，道："刘遂可是南京神武军总教头。若仅仅是送刘太原去祁州就医，他手下多的是人，何必亲自出马。"

明未光道："明某亲眼见到刘遂对他妹妹十分关爱。"

刘遂是剑术名家，不携日常佩剑，仅在腰间缠了一柄软剑，聊作防身之用，自然是为了避免引人注意，尤其是要避开宋方官兵的盘查。事实上，当世能娴熟使用软剑者为数不多，刘遂一旦使将出来，反而更引人侧目，故而不到万不得已，他绝不会轻易使用兵刃。然乍然见到凶徒行凶时，他本能地拔出软剑御敌，不惜暴露身份，足见他最关注的是刘太原的安危。

李允则道："就算明郎说得对，但目下是敏感时期，河北一地是不会出动官兵公然通缉追捕刘遂的。"

明未光哑然失笑道："敏感时期？可曾有过非敏感时期？"

显然是嘲讽宋朝素来畏辽如虎，事事最先考虑的都是如何能不得罪辽方。

李允则也不动怒，只沉吟不语。

明未光遂道："既然官府不方便出动，便由明某去好了。杨小公子是从明某眼皮底下被掳走的，明某也有责任要救他回来。"

李允则似意有所动，问道："明郎有把握对付刘遂吗？"

明未光实话告道："若论剑法，自是没有十分把握。但姓刘的一家，没有穷凶极恶之徒。刘遂能将剑法练至上乘，更不会是罪大恶极之人。"

李允则道："这么说，明郎是打算利用旧情，对刘遂晓之以理、动之以情了？"

明未光不答，只道："明某有办法对付刘遂。不过还有件事，若是明某能够顺利救回杨小公子，明某斗胆，还想请安抚使答应给刘遂一个机会，放他和他妹妹回去，他们只为治病而来，并无恶意。"

李允则当即摇头道："这个怕是极难。"

先说刘遂。他并不是只为给妹妹刘太原治病而来，求医极可能是幌子。如果只为治病买药，直接去祁州就好，何须冒险绑架边帅杨延昭之子杨文广作为人质？

刘遂必定另有重大图谋，正好看到杨小公子来了雄州，便动了心思，想要将其抓在手中，多一个筹码。

宋方间谍既然建有辽南京军政重要人物档案，甚至部分还绘有图像，辽方间谍也不会差到哪里去。无论是战时，还是和平时期，南、北两方均在谍报一事投入了大量人力、物力，互相侦伺对方机事，以资进取规复城池之备。

雄州机宜司便是宋廷专设的谍报机构。还有一些名字听起来“不知贵干”的官署[1]，其实也是反间谍机构。

而辽方在谍报上也下了大量功夫，五代时，便在边关设立了飞狐招抚司、西南面招安使司等，均为专门针对中原设立的谍报官署[2]。入宋之后，又在燕京留守府专门设有勾南局[3]，除统一组织掌管本朝间谍外，还负责调查宋朝的间谍，有生杀大权。

许多年来，宋辽两方在谍报上的较量从来没有停止过，亦有许多英勇无畏的间谍为了谋取本国利益而做出重大牺牲。

当年“雍熙北伐”失败的原因之一，就是因为宋方派驻南京的间谍被辽南京留守耶律化哥抓住，间谍在酷刑之下，不但供出了同伴米雱、米雪，导致这对兄妹惨死，还招出了宋军将自陆路、海路合击幽

[1] 雄州曾上报朝廷：“契丹遣蔚、应、武、朔等州人来五台山出家，以探刺边事。”宋朝廷得报后非常紧张，赶紧下诏：“五台山诸寺收童行者，非有人保任，毋得系籍。”后宋廷干脆在五台山设立了“勾当寺务司及真容院兼兴善镇烟火巡检司”，听起来只是一个微不足道的巡检司，但其实是个反间谍机构，直接受宋朝廷领导。

[2] 据五代人王仁裕所著《玉堂闲话》：后晋时，有女子有绝色姿容，但却没有腿足。她父亲用车子推着她在中原都市中行乞。因女子美貌惊人，每天都有许多人跟着看。时间一长，女子有了名气，深房曲巷、华屋朱门，都能从容而进。后来后晋官署破获了一辽间谍组织，顺藤摸瓜，才知道这无足美女就是辽间谍总头领。因《玉堂闲话》内容多数为王仁裕亲身经历或来自同时期当事人叙述的记录，故这段故事当为历史真事。

[3]“勾南局”为作者杜撰，史料只记为“一局”。据《贾师训墓志》：“其府置一局，诸事连外境，情涉谍叛者，悉收付之考劾，苟语一蹉跌，即置之帑戮。”“苟语一蹉跌，即置之帑戮”，足见此局权力之大。贾师训（1032—1096 年）为辽州辽滨（今辽宁新民）人，字公范，辽进士，后官至中京留守。《贾师训墓志》于 1914 年在原热河省平泉县驿马图乡邢家沟（今属河北省）出土，现藏于辽宁博物馆。又，辽滨（今辽宁新民辽滨塔村）是一座历史悠久的古城，东晋时为高句丽所占，名“武厉城”；隋代设辽东郡治所，改名“通定镇”；隋亡后，重为高句丽所占；唐代改称“颇利城”，为“襄平守捉”治所；辽时改设辽滨县治所，属辽州统辖，后又设辽州治所。金时撤辽州，恢复辽滨县，改属沈州统辖。金末，辽滨古城毁于蒙金“贞佑之战”。

州的绝密军事计划。辽太后萧绰得报后，与圣辽宗亲自率精骑数万南下增援幽州。又派林牙[1]耶律勤德领兵抢占平州[2]海岸，以防宋水师由海上袭击侧后。

彼时宋太宗赵光义最信任的武将为出自渤海郡高氏的高琼，宋太宗对此次北伐及心腹爱将寄予厚望，高琼被授任为马步军都军头，兼任蓟州刺史、楼船战棹都指挥使，率船千艘赶赴雄州，自沧州出海，北攻平州。却因为辽军事先得到情报，早做了严密防范，且以逸待劳。高琼水师久战不下，无功而返，是以海路奇袭幽州的计划完全泡汤。此为大宋立国以来用谍的最大失败。辽耶律化哥则一举成名，升为北院大王，后又升任北院枢密使。

而辽方亦有一次因某间谍倒戈而损失惨重的经历。宋真宗景德元年（1004年），澶州之战时，宋辽交战正紧，宋真宗急派能臣丁谓赴任京东路安抚使，以安境内之民[3]。丁谓不但以奇计令“境内晏然”，还在郓州捕获了契丹间谍头目马珠勒格。马珠勒格在重刑之下，招出了全部谍报网。丁谓因此立下大功。马珠勒格也未能保住性命，宋真宗亲自下诏，命将其斩首示众。此举亦招来辽方报复，辽圣宗下令将

[1] 每有战事时，辽设军事官署北面行军官，下有行枢密院、行军都统所等机构。行枢密院为枢密院的派出机构，下设左、右林牙及参谋等官职。又，辽北面官设大林牙院，有都林牙、左右林牙等官，掌文翰之事，为文官。又，今内蒙古赤峰发现三处大型辽皇族家族墓地，即耶律羽之家族、耶律勤德家族、耶律万辛家族。其中耶律勤德家族墓地距离辽上京只有三十公里，为目前所发现的距离辽上京最近的辽代横帐（契丹社会组织主要分为部落和宫帐，横帐是宫帐之一，是独立于部落之外的头下世袭帐分）家族墓地。勤德为契丹男子常用的名字（如同本书中“继勋”一样），未及考证林牙耶律勤德与此辽墓耶律勤德是否为同一人。

[2] 平州：今河北省卢龙县。又，辽耶律化哥捕获宋间谍、由此得知宋军海上进军计划，辽方提早布防，为历史真事。

[3] 当时北方契丹铁骑南下，民心惊惶，黄河北边的百姓纷纷抢渡黄河，每天有几千人避难渡河，而船夫邀利，不肯及时渡民过河。丁谓奉命处置，采取果断措施，从监狱中取出死囚数人，假冒船夫，斩首于河上。船夫见官员斩首杀人了，再也不敢胡来，丁谓于是组织人员与船只日夜摆渡，不到三天时间，使黄河北边的百姓得以全部渡过黄河。紧接着，丁谓又从难民中挑选少壮者，在数百里的黄河边分成若干块，均竖起旗帜，鸣金鼓，击刁斗，声音百里外都能听到。契丹人不了解内情，以为宋方已有防备，便撤退离去，从此“境内晏然”。

被捕的数名宋朝间谍，通通以射鬼箭[1]酷刑处死。

随后便有“澶渊之盟”。此后被捕的契丹间谍均会被淡化低调处理，不会再被公开处刑。虽然绝大多数间谍能够苟且活命，但却生不如死，被秘密囚禁，反复刑讯，反倒不如一刀斩首来得痛快。辽国亦是如此对待捕获的宋方间谍。

岁币买到的只是“兄弟之国”的名声，并非真正的兄弟——

只要“燕云十六州”未曾收复，北方对中原成居高临下俯冲之势，契丹便始终是宋朝的头号大敌[2]，是中原头上的一把利剑。

而辽国以武力一跃成为东方最强大的国家，亦希冀代替大宋，成为华夏正统，是以要从各方面削弱大宋实力。

故而用谍没有因为一时的挫败而停止，宋辽双方对此都是孜孜不倦，以求在“澶渊之盟”维系的平衡中拔取头筹，占得先机。既然机宜司知事赵探怀中揣着辽神武军总教头刘遂画像，那么刘遂手下能认出杨文广是河北边关统帅杨延昭爱子，并以其为目标，实不足为奇。

李允则声称刘遂携妹来到宋境，并不止是求医，尚有重大图谋，见明未光露出难以置信的神色，便问道：“那么本使适才声称歹人捉杨小公子为质不是为了军国大事，明郎何以点头？”

[1]“射鬼箭”是一种祭祀礼，是契丹族传统的重大礼仪之一。“射鬼”意即将鬼射走，以驱邪消灾。《辽史·礼志》记载皇帝亲征仪：“常以秋冬，应敌制变或无时。将出师，必先告庙。乃立三神主祭之：曰先帝，曰道路，曰军旅……班师，以所获牧马、牛各一祭天地。出师以死囚（即死刑罪犯），还师以一谍者（即被俘的敌方间谍），植柱缚其上，（弓箭手）于所向之方乱射之，矢集如猬，谓之‘射鬼箭’。”宋辽议和后，改为“及班师，则射所俘”。又，辽国所射谍者，不光是宋朝间谍，也有西夏党项间谍。参见《兴宗纪》：“景福十三年十月，获党项侦人，射鬼箭。”另外，“射鬼箭”还是一种死刑刑罚，但只有极为重要的人物，才会被以此刑处死，如辽太祖耶律阿保机在平定诸弟之乱中（阿保机担任联盟首领以后，仿照中原帝王建立世袭权力，违背契丹首领三年一选、以次相代的旧习，即“不受代”，故引发众怒，爆发“诸弟之乱”），其养子涅里思追随诸弟为叛，辽太祖以“射鬼箭”杀之。又，上述辽耶律化哥捕获宋间谍而获得宋师将自海上奇袭平州的绝密情报，以及辽间谍马珠勒格被丁谓捕获后招供出宋境内全部谍报网，均为历史真事。

[2] 直到宋仁宗朝，欧阳修还上书称：“国家大患，无如契丹，自四五十年来，智士谋臣昼思夜算，未能为朝廷出一奇策，坐而制之。”又，欧阳修此道上书，是为了营救辽国驸马刘三嘏（刘晟第三子，辽圣宗女婿），具体可参见吴蔚作品《江入大荒流》。

明未光道：“刘遂此行，就算只是为了给妹妹治病，也能掳走杨文广小公子为人质啊。杨小公子年纪小，方便控制。万一刘遂一行行踪败露，还能拿杨小公子当谈判筹码，作为退路。”

顿了顿，又道：“若只是刘遂自己，当然不必多此一举。但他带着的那名女子，刘太原，应该不是他的妹妹，而是另有显贵身份。刘遂捉杨小公子在手，应该也是因为刘太原身份太过重要，不容有失。”

李允则道：“明郎这么想，也有几分道理。”

明未光便问道：“安抚使如何能确信刘遂另有隐情？既然是重大图谋，为何安抚使又说与军国大事无关？”

李允则道：“实不相瞒，去年雄州抓获了一个名叫高翼的契丹间谍，一直关押在秘密之处。前晚有蒙面人闯入囚所，试图营救高翼。”

明未光心念一动，问道：“莫非安抚使认为蒙面人就是刘遂？”

李允则点点头，叙说那蒙面人空手而来，不曾携带兵刃，后来行踪暴露、被守卫围捕，这才夺取了守卫兵刃防身，但始终不曾下杀手。虽则夜幕及地形起了一定的掩护作用，但那蒙面人最终能冲出重围，全身而退，武艺之强，可想而知。

李允则又道：“哪有去虎狼之地救人不带兵刃的？除非他本来就没有兵刃，抑或不能轻易亮出兵刃，不然会暴露身份。这些事前后串起来，那蒙面人像不像刘遂？”

明未光当即点头道：“像。不只是像，蒙面人应该就是刘遂。”

他虽然好奇高翼到底是何方神圣，竟然能劳动刘遂这等地位的人亲自出马营救，却究竟碍于平民身份，不便询问。当即深深作揖赔罪，道：“是明某不对，不该在不明原委的情况下一再袒护刘遂。他既然胆敢闯入雄州禁地，便是大宋敌人。我明未光虽无官职，却也是大宋子民，下次若是再见到刘遂，我尽力一定拿下他，送交官府治罪。”

顿了顿，又实话告道：“不过刘遂剑法神奇，明某并没有战下他的把握。”

李允则哈哈大笑道：“甚好。”

明未光闻言，正感莫名其妙，李允则已起身上前，握住他右手，又道："本使之前与明郎一番交谈，故意东扯西拉，其实要看你为人如何，在刘遂这件事上立场如何，如此，方能将营救杨文广小公子这件事放心交给你。"

明未光大喜过望，忙道："多谢安抚使信任。我这就出发去寻杨小公子。"

李允则道："等一下，杨文广小公子未必就是刘遂手下所掳。确信了你明未光的为人，本使方才能说下面这番话。"

照今日情形来看，不算雄州官府，当时晴川酒肆内外至少暗伏有两方势力，一是刘遂一党，一是凶徒一党。

若是刘遂对杨文广起了歹意，他起身离开酒肆，必是出去与同党商议绑架计划。暗中窥测的凶徒见刘遂离开，趁机冲进酒肆行刺刘太原。由于界河巡检赵振出手阻止，刘遂又及时返回，事遂不成。刘遂随即带刘太原离开，明未光跟出酒肆时，刘遂同党趁机闯进酒肆绑架了杨小公子。

这一番经过，最符合当时情形。

但有一则，明未光认出刘遂是个意外，追出酒肆也是意外之事。如若明未光未曾追刘遂出门呢？刘遂同党是不是要假冒成酒肆伙计，强行以武力从明未光手中夺取杨文广？

这显然不大可能。一是刚刚发生了凶徒行刺刘太原一事，界河巡检赵振就在场，官兵转瞬即到。而且晴川酒肆对面就是白沟驿，只要奚三娘高叫一声，立即会有大队官兵闻风而至。姑且不论明未光剑术如何、是否有保护杨文广的能力，哪怕他手无缚鸡之力，在当时这种情况下，刘遂同党贸然闯入劫人，无异于自投罗网。

更何况刘太原刚刚遇刺，于刘遂同党而言，除了保护好刘太原之外，最要紧的事难道不是追查凶徒来历及下落吗？

所以，这是一处破绽。破绽就在于，无论是谁，事先不可能预料到明未光会抛下两个孩子，奔出酒肆。

而行刺未能成功的凶徒，亦不可能掳走杨文广——

第一，那两名凶徒不会继续逗留在酒肆附近，等官兵来抓。

第二，掳走杨文广的两名男子，全是酒肆伙计打扮，灰色短衣长裤，仓促之间，凶徒到哪里去弄两套伙计衣衫换上？

故而李允则推测，当时酒肆附近尚有第三方势力存在，而这方势力早有谋划，以至事先都准备好了晴川酒肆伙计的服饰。

明未光听了李允则一番推测，先是一怔，随即问道："若是明某今日没有带杨小公子去晴川酒肆呢？这也算是意外事件，我们本来只是在河边走走，临时起意，才去了晴川酒肆。"

李允则摇头道："这不算意外事件。晴川酒肆地处两河汇流处，位置绝佳，北面临河，其余三面有林木花草之盛，简直就是一处世外桃源，外来者都会去那里坐坐。更何况你们几个就住在白沟驿，不可能不去光顾近在咫尺的晴川酒肆。"

又道："就算明郎不带杨小公子去晴川酒肆，那第三方势力也会寻找别的机会，这便是为什么那两人穿着酒肆伙计的衣衫。至少从远处看，旁人以为他们是晴川酒肆的伙计，不会起疑心。"

明未光又从头至尾仔细思虑了一番，愈发觉得李允则分析得有理，一时深为惊叹，对面前这位貌不惊人、不急不缓的老者大起敬畏之心，连呼吸也刻意放得慢些。明未光定了定神，这才问道："这第三方势力会是谁？"

李允则饶有意味地看了明未光一眼，道："这个问题，应该是由本使来问明郎才对。"

既然这第三方势力已有预谋，肯定一直在暗中监视杨延昭父子，甚至从高阳关便已经开始。而自从明未光到高阳关送信后，李柬之便与杨文广形影不离，明未光也一直陪在两个孩子身边。确实如李允则所言，如果有人在暗中瞩目并预谋算计杨文广的话，明氏应该是最知情的一个。

明未光急忙回忆了一遍与杨延昭会面以来的种种细节，却始终想不起有任何可疑人物或是可疑之处，不由得怅然长叹道："明某自认还算精明，可是这次……算啦，这次我算是彻底认栽了。"

李允则道："本使倒是有个猜测，但碍于身份不能明说，也不能派手下人去追查，以免日后引发纠纷。所以营救杨小公子这件事，要拜托明郎你去办。"

明未光为难地道："柬之和奚三娘均未看清对方面孔，只留意到那两人都是一身伙计装束。明某全然不知道对方是谁，如何着手？"

李允则道："不妨从刘遂下手。"

当时情形，有刘遂同党、凶徒及第三方同时潜伏在晴川酒肆之外，酒肆就那么大点地方，这三方势力怎么着也会互相望见，有所留意。即便刘遂同党是后来寻至酒肆，找刘遂议事，但行刺凶徒一直留意酒肆大堂内情形，必定跟同样留意酒肆的第三方有所交集。也就是说，凶徒极可能看到过第三方势力，算是第一手证人。

再说刘太原并非刘遂亲妹，身份虽然尊贵却是隐秘，凶徒追踪行刺，必然事先已经知道她身份。这可是天下一等一的消息灵通，比雄州机宜司还要厉害。推算起来，只有一种可能，凶徒是出于私人恩怨来行刺。而刘遂极可能当时便已猜到凶徒幕后主使是谁，所以才下手容情，只将对方斥退了事。

既然现下全无第三方线索，而刘遂行踪最容易预测，便可先找到刘遂，向他询问行刺凶徒线索，再去追踪凶徒，再由凶徒去追踪第三方势力。

明未光闻言大喜过望，长揖到地，道："多谢安抚使指点。"

又忍不住夸赞道："李使君，你当真是一号人物。明某自幼随侍宋相公，而后随侍宋夫人，阅人无数，除了张咏[1]张尚书，李使君是第二个令明某真心钦佩的男子。当真厉害！了得！"

李允则笑道："你家寇相公呢？"

[1] 张咏是太平兴国五年（980 年）进士。此榜是宋朝科举史上的"龙虎榜"，同时及第的还包括寇准、向敏中（曾孙女为宋神宗皇后，力排宰相之议，拥立端王赵佶为宋徽宗）、王旦、李沆、苏易简、宋湜等人，后来均成为一代名臣。所提七名进士除张咏以地方政绩扬名外，其余六人均相继位列宰辅大臣。张咏诗文俱佳，是北宋宋太宗、宋真宗两朝的名臣，尤以治蜀著称。与寇准为至交好友。寇准、张咏故事，可参见吴蔚作品《斧声烛影》。另外张咏还为官交子（世界上最早的纸币）发行做出了巨大贡献，被誉为"纸币之父"。具体可参见吴蔚作品《交子》。

明未光不答，只嘿嘿一笑。又问道："杨将军那边呢？第三方势力应该会私下联络他，要如何应付才好？"

李允则笑道："明郎不必担心杨将军那边，本使已派人将杨将军秘密囚禁。除了本使，谁也见不到他。"

第三方势力抓走杨文广，无非是要对其父杨延昭提要求，李允则却断然将杨延昭关押起来，任谁也找不到，倒是很有些釜底抽薪的意味。

明未光闻言深感愕然，转瞬想到李允则有河北安抚使的身份，算是杨延昭顶头上司，暗中将杨氏关押，也是权宜之计，总比任凭杨延昭辞去边帅一职要好。

但明未光仍有顾虑，问道："若是对头联系不到杨将军，威胁要杀了杨文广呢？"

李允则摇头道："对头不会这么做。他们谋划了许久，今日侥幸得手，实属天赐良机。对他们而言，杀死人质有百害而无一益。损人不利己的事，在别处可能会有，但在边关，决计不可能发生。这里的生存更要残酷些，因为你实在不能预料哪一天会需要跟敌人成为朋友，又必须跟朋友成为敌人。"

明未光闻言一怔，只觉得最后一句话颇耐人寻味。然听到"生存更要残酷些"，又有些不以为然，心道："两属地生活得很好啊，卖酒不用交税，官府也不敢得罪店家，酒肆收入基本落入自己腰包。要是在其他地方，商户最后能留到一半收入就要谢天谢地了。"

李允则又道："明郎放心，本使已经做了周密安排，若有人试图联络杨将军，本使会派人及时知会明郎。明郎走这一趟，救回杨小公子即可，其他都不重要。不到万不得已，不要伤人或是杀人。"

明未光应道："明白。"旋即行礼辞出。

明未光刚一离开，国信所知事赵探便匆忙奔进来，问道："安抚使是不是将杨文广的案子交给明未光去办了？"

李允则只看了赵探一眼，便埋头批阅公文。

赵探挠头道："下官怎么说也是机宜司执掌情报的主管，一看明未光神色，便全猜到了。"

李允则便道："杨文广的案子，你不必再管了。你先去隔壁叫米……"

一语未毕，侍卫忻继勋疾奔进来，躬身禀报道："定州都钤辖曹玮曹将军求见。"

李允则闻言颇感意外，忙命请曹玮进来。

曹玮[1]是名将曹彬之子，之前长期镇守西北边关，极力主张剿灭西夏李氏，等于跟杨延昭主张抗辽一样，是坚决的抗夏派，与宋廷"守内虚外"[2]的主张不符，故在"澶渊之盟"后，被调来相对平静无事的河北，与杨延昭被从保州前线调往相对后方的高阳关如出一辙。

[1] 曹玮：字国华，镇州灵寿（今河北省灵寿县）人，宋朝开国名将曹彬第四子。沉勇有谋，喜读书，通晓《春秋三传》，尤精于《左氏春秋》。宋太宗至道（995—997 年）年间，西夏李继迁据河西银、夏等州，兼并诸部，当时宋朝诸将多次出兵都无功。宋廷放弃重镇灵武后，李继迁频频扰边。宋太宗欲对西夏用兵，问曹彬谁可为将。曹彬答道："臣子曹玮可以任用。"宋太宗即召见曹玮，任其为渭州知州。曹玮时年十九岁，一跃成为一州最高长官。其人治军严明，部署有方，赏罚立决，布置举措如同老将，极令人侧目。宋真宗咸平二年（999 年），曹彬病重。宋真宗亲赴探望，询问后事。曹彬回答说："臣无事可言。"宋真宗再三追问，曹彬才道："如果要臣荐举亲故，臣长子曹璨及第四子曹玮都堪为将。"宋真宗又问谁优谁劣，曹彬回答说："曹璨不如曹玮。"曹彬去世后，曹玮请求为父服丧，宋真宗不允，令其转知镇戎军，镇抚西北。景德元年（1004 年），李继迁死后，曹玮立即上奏朝廷，希望能乘此机会攻灭西夏李氏。但李继迁子李德明假意卑躬屈膝，上书讨好宋廷，宋廷亦想以恩惠来招抚，丧失了大好良机，酿成日后李元昊之乱。"宋夏之战"具体可参见吴蔚作品《江入大荒流》。值得一提的是，河湟吐蕃部落首领李立遵（又名李遵，藏名郢成蔺逋叱。二女嫁唃厮啰）举兵攻宋时，边关吃紧，曹玮时为边帅，上疏请求增兵固防。宋真宗认为曹玮胆怯畏敌（主要是宋真宗看不起河湟、河西吐蕃政权。但其实这些部落相当有实力，宋廷深为头疼的西夏李继迁便中吐蕃六谷部潘罗支埋伏受箭伤而死。后期辽国、西夏更是争相讨好河湟唃厮啰，不惜以公主下嫁。具体可参见吴蔚作品《掖玲珑》），预备阵前换帅，另外派人替换曹玮，同时将曹玮斩首。幸亏时任翰林学士的李迪（即本书中的宋使李迪，李柬之生父）力陈曹玮有勇有谋，是忠臣良将，宋真宗方才作罢。不久，曹玮即大破李立遵部。

[2] 守内虚外：意指防卫内部可能出现的隐患（内部敌人、武将叛变等），放松外部存在的威胁（外部敌人、外敌侵略等），从而导致边境空虚。这是宋太祖赵匡胤为了维护皇家长久统治而采取的治军国策，主要表现是"崇文抑武"：一方面对武将直接打压，通过"杯酒释兵权""更戍法"之类收取兵权，将功臣宿将罢为闲职；同时提拔一批资历较浅的将领，分别担任军队要职。另一方面则提高文官及士大夫的社会地位，提倡儒家道德伦理，培植崇文的社会风气。守内虚外的后果：积极的一面，赵宋统治稳固，很少出现武将叛变现象，人民生活相对稳定，经济繁荣，且涌现出了大量文学家如范仲淹、欧阳修、苏轼等，对当时及后世均产生了深远影响。消极的一面，为了防止官员权力过大，宋太祖对相权、兵权进行分割，设计了"官、职、差遣"相分离的官员制度，将本来一个官职的权力，分给三名官（转下页）

曹玮现任定州都钤辖，是州军事长官，顶头上司定州知州兼定州路副都部署李允正是李允则亲弟。李允正为人果敢，对待下属苛责严厉，却唯独对曹玮赞许有加。李允正本人患有严重的佝偻病，出行不便，每每有机密大事要与兄长相商，便会特意指派曹玮代己到雄州，足见对曹玮之信任。

曹玮进来见礼后，直截了当地告道："下官此来雄州，没什么大事，只是来送军中月报及公文。这趟差事，是下官主动讨要的，实有些假公济私，其实下官想见一见那位京城来的年轻画师武宗元。"

李允则闻言一愣，问道："曹钤辖是专为武宗元而来吗？"

曹玮道："是。之前李知州已经接到安抚使密信，武宗元抵达定州后，李知州生怕雄州界河巡检赵振对定州一带不熟，特命下官从旁协助，是以下官陪了他二人大半个月。下官亲眼见到武宗元本领了得，很是佩服，忽然想到下官在西北任上时，也曾手绘了战守险要之处，但却不完整。近日自行整理了一番，感觉总是不对路，便想来向武宗元请教，如何……"

李允则早见到一旁赵探几次欲插话，便咳嗽了声，打断话头道："曹钤辖稍候。"

转头命道："来人，去寻界河巡检赵振，命他带武宗元来驿馆见本使。"

侍卫忻继勋应了一声，转头问道："赵巡检和武宗元人还在晴川酒肆吗？"

赵探吞吞吐吐地道："嗯，那个……我离开晴川酒肆时，赵振和武宗元人都还在。后来再返回酒肆时，只遇到赵振。本来酒肆出了事，我是要叫赵振一道来白沟驿见安抚使的，但他说他还要去找武宗元，听起来，应该是武宗元人不见了。"

（接上页）员分别掌握，故而导致官员人数不断增多，"冗官"现象十分严重，大量消耗了宋朝的财力与国力。军事上，为了防止内部反抗，精兵几乎都集中在京师，导致边境空虚，整个宋朝两百年间都处于被动挨打的状态，败仗不断，只有靠输送岁币来勉强维持和平。

李允则当即脸色一变，敲案喝道："这件事，你为何不早些禀报？"

赵探莫名其妙，不知长官如何会起这么大的反应，正待回应，忽有侍卫引界河巡检司兵士进来。

那兵士行了一礼，告道："不久前，赵巡检下令封锁了雄州一带界河，原因不明。适才契丹使者登船，见到河面巡防极严，便问及此事。祖巡检使因陪着契丹使者，不便询问原委，随口搪塞了过去，声称只是为了迎接契丹使者而加强了戒备。现下祖巡检使已登船送契丹使者过河，特命小人赶来白沟驿禀报一声。"

赵探奇道："赵振下令封锁了界河？"

李允则遂招手叫过定州都钤辖曹玮，道："曹钤辖，劳烦你再辛苦一趟，将这些公文直接送去雄州军营，交接给李钤辖。河北最近左右无事，你不妨在雄州多留两日，正好也与李钤辖交流一下兵马更戍布防诸事。你来雄州的目的，本使已了然于心，待本使寻到武宗元，再派人知会你。"

曹玮躬身道："领命。"当即行礼退出。

赵探也见过武宗元，知道对方是朝廷派来河北临摹各处寺庙道观壁画的画师。而河北安抚使李允则竟然对此事极为重视，指派界河巡检赵振为其向导，而今定州都钤辖曹玮更是为见武宗元专程赶来雄州，不免极为困惑，问道："曹钤辖找武宗元做什么？"

李允则不答，脸色阴沉得厉害。

侍卫忻继勋问道："属下要立即派人去召赵巡检和武宗元吗？"

话音未落，又有界河巡检司兵士奔进来禀报道："赵巡检不久前匆忙赶到巡铺，撤销了封河令。"

赵探奇道："搞什么鬼？赵振人呢？"

兵士答道："赵巡检下完命令就走了，不知道他人去了哪里。"

赵探心中开始有些打鼓，转头道："安抚使……"

李允则摆了摆手，道："你们先都出去，也不必派人去寻赵振和武宗元。赵探留下。"

侍卫忻继勋躬身道："领命。"自引着众兵士退出厅堂，还特意将大门掩上。

李允则道："徐颂、陈丽和武宗元一直坐在同一案，对吗？徐颂和陈丽是什么时候离开的？"

赵探道："听奚三娘说，是在下官离开……"

忽然心念一动，暗道："我是因为许久未见易敏，一时按捺不住，这才临时起意追了出去。当时易敏神色也是极为古怪，现下回想起来，她当是看到了什么意外之事或意外之人。那人自然不会是我，她进酒肆后，根本就未看过我一眼。她看到的是……是刘遂兄妹？"

李允则见忽然停顿，便追问道："你离开后呢？"

赵探勉强定了定神，道："奚三娘说，下官一离开，徐颂和陈丽就走了。"

李允则又问道："你肯定他二人回了南塘？"

赵探已开始觉得不妙，只好老老实实地答道："下官只是猜的，因为除了回南塘乡民窦文显家，他们也没有别处可去。雄州州城、米家务榷场都已经先后逛过了。"

李允则斥道："你还没会意过来吗？你的身份老早便暴露了。徐颂、陈丽一定已经留意到你，且猜到你是负责暗中监视他二人的地方官员，所以你一离开酒肆，他二人便把握良机离开了。"

赵探很是不解，道："就算知道下官身份又如何，为什么要刻意甩开下官？他二人也都有官方身份，徐颂是高丽使者，陈丽是朝廷指派的接伴使。下官名义上是国信所官员，也管外事接待这一块。"

李允则道："徐颂、陈丽现下一定跟武宗元在一起，多半还要加上那个偷饮官酒的方偕，他们四个极可能联袂偷渡去了北岸。"

这种事在雄州两属地极为常见，本地人偷渡拒马河多为走私，外地人不是投敌，便是要赶去对岸游览易水。赵探当即会意，道："他们四个是想一起去易县游览吗？这个荆轲，可算是害死人了，因为他，每年都要闹出一些事。"

又觉得难以置信，问道："他们四个怎么会在一起？徐颂、陈丽跟武宗元才是第一次见面，怎么可能一起做这么冒险的事？”

李允则道：“他们都是热情洋溢的年轻人，都对……咳，你是本地人，应该见过许多这种人。”

赵探“啊”了一声，道：“原来赵振早猜到了。他猜到武宗元偷偷溜走，是想要去北岸，所以立即下令封锁了界河。可他适才为什么又取消了封河令？”

李允则道：“还能为什么，必是因为武宗元几人已经过了拒马河，再封锁界河亦是无用，还会令对岸契丹人起疑。这个赵振，本使老早就叮嘱过他，堂堂界河巡检，竟然还是栽在……”

又转头斥道：“你也有错。赵振弄丢了武宗元，你弄丢了徐颂和陈丽。他三人一旦被辽人捉住，麻烦可就大了。”

赵探道：“不过这几年偷偷溜去北岸游览易水的人其实挺多的，北岸对这类游客也见怪不怪，都不怎么管。”

李允则道：“不一样。这四个人，年纪轻轻，男的英俊，女的漂亮，肯定会格外引人注目。”

赵探道：“论起来，也就是徐颂和陈丽身份敏感些。不过徐颂怎么着也是高丽使者，如果被契丹人捉住，直接表明身份，便可从容脱身。”意指高丽早已臣服契丹，且奉辽国为正朔，契丹怎么着也不会为难自己藩属国的官员。

李允则斥道：“你傻子啊。徐颂是出使大宋的高丽使者，又不是出使契丹。他一旦亮明身份，不是徒令高丽、大宋两方难堪吗？看来你一直当自己在机宜司任职，而不是国信所。”

赵探奇道：“机宜司和国信所不是一回事吗？”

李允则道：“你执掌谍报不假，但既然挂名国信所知事，还是该多了解些外交事务。”

又道：“本使跟徐颂交谈过，此人虽然年轻话少，但却是个极有主见的男子，不到万不得已，他不会轻易表露高丽使者身份的。”

赵探道：“是下官失职。请安抚使示下，现下要怎么做，以为弥补？”

李允则踌躇道："徐颂倒也罢了，他毕竟是高丽人，身份足以自保。那武宗元可是大麻烦，万一落入敌手……不过赵振现下应该已经过河去寻他了。"

赵探闻言大惊失色，道："怎么可能？赵振有武职在身，私自渡河越界，这边犯了大宋律法，那边被契丹抓住，也是死路一条。"

李允则不应，思忖了好大一会儿，又命道："你立即赶回机宜司，速速知会北岸谍者，从旁协助赵振，无论如何，要将武宗元平安带回来。"

赵探一怔，追问道："武宗元吗？安抚使说的是画师武宗元，不是高丽使者徐颂？"见李允则面色严厉，忙躬身道："遵命。"

李允则又道："实在办不到的话，譬如武宗元已被契丹人捉住，就设法杀了他。"

顿了顿，又特意强调道："哪怕是要谍者暴露身份，舍却性命，也在所不惜。"

第四章

淡月疏星

这一场酒宴所引发的，不仅是北汉宰相郑珙肚肠腐烂而死，还令辽国一夜之间变了天。辽世宗耶律阮册封北汉刘崇后不久，亲率诸部南下增援北汉，途中军中叛乱，辽圣宗遇弑，汉人皇后甄氏及原配皇后萧撒葛只均同日被杀。辽穆宗耶律璟即位后，依然履行与北汉的盟约，派五万精兵与北汉合兵，攻打后周。然后周抢占有利地形，一举击败汉辽联军。北汉与辽损兵折将，烧营夜遁。经此一役，北汉只能偏居一隅，难以再与后周相争。

星弧射狼夜夜张，角弓备寇不可忘。
将军屯师古关下，不尚武力何由强。
日与官兵来会此，弓须射硬箭射长。
更如羿中九乌毙，独见杲杲明扶桑。

——宋 梅尧臣《高阳关射亭》

李允则对朝廷派来的宫廷画师武宗元格外看重，特意交代国信所知事赵探：如若武宗元被辽方抓住，便命谍者不惜一切代价将武氏杀死。

派往辽地的谍者都是千挑万选的精锐。李允则素来关爱部属，从来都不愿意谍者过于冒险，这还是他第一次提出宁可谍者舍命，也不能让宫廷画师武宗元落入敌手。

赵探闻言惊愕异常，忍不住问道："武宗元他……他到底是什么人？"

李允则道："一个重要到决计不能活着落入敌手的人。你现下知道赵振为何不经禀报就偷渡过河去寻武宗元了吧。武宗元人带回来，他还有活路。人带不回来，抑或他直接来向本使禀告弄丢了人，都是一个'死'字。"

赵探奇道："那武宗元最多不过二十岁年纪，一个宫廷画师而已，当真如此重要吗？"

忽望见长官目光凌厉，冷若寒冰，心头一凛，忙道："下官不该多嘴。下官这就去办事。"

赵探刚一离开，侍卫忻继勋便奔进来禀报道："人找到了。"

李允则急忙起身，问道："找到武宗元了吗？快些带他来见本使。"

忻继勋应道："是找到了阎特使。"

原来朝廷特使阎文应一大早带着手下出门，是去了雄州北门外的观音庙。

李允则忙问道："阎特使人呢？"

忻继勋道："回房去了。他一身便衣，说是换回官服后，就来这里见安抚使。"又好奇问道："阎特使去观音庙做什么？他不是太监吗？都不能人道了，还学人家求子吗？"

李允则斥道："话多。"

他自是知道当今真宗皇帝没有子嗣[1]，宋真宗素来望子心切，而阎文应有宠于皇帝，必是听说本地观音庙求子灵验，遂赶去为皇帝及后宫宠妃求子。不过他也听说后宫最受宠的美人刘娥怀上了身孕[2]，下个月便是预产期，若是上天保佑，一切顺利，诞下一名麟儿，大宋皇帝有后，社稷江山有福。或许阎文应今日慕名赶去观音庙，便是为刘美人求子祈祷。毕竟刘美人已年近四旬，早过了生育年纪，高龄产子，还是有相当的风险。

忽听到堂外有人嚷道："迟了吗？没迟吧？灵柩好像还没到呢。"

[1] 宋真宗先后共有五子，除郭皇后所生第二子赵祐外，余子均早夭。但赵祐也只活到八岁，病死于"澶渊之盟"前一年。又，宋真宗另外还有两个女儿，长女亦为李宸妃所生，早夭。次女为杜贵妃所生，自小出家为女道士，号清虚灵照大师。

[2] 实为刘娥心腹侍女李氏怀孕。不久后李氏即生下一子（该子生于大中祥符三年四月十四日）。宋真宗已经是中年，本以为再也不会有儿子，甚至还收养了宗室子弟在身边，以防将来无子继承皇位。李氏产子后，宋真宗喜出望外，给孩子取名为赵受益，后改名赵祯，即日后的宋仁宗。而刘娥将美貌出众的李氏送给宋真宗，原本就是行移花接木、李代桃僵之计，想母凭子贵，故而在李氏产子后将赵祯据为己有，宋真宗宠幸刘娥，亦予以默许。拥有子嗣，对刘娥登上皇后之位，以及宋真宗死后以太后身份垂帘听政起到了决定性作用。李氏本人仅封崇阳县君。后来李氏又生下女儿，晋封为才人、婉仪，宋仁宗即位后封为顺容，去世前，才晋封为宸妃。而且李宸妃至死，也未能见到亲生儿子宋仁宗一面，宋仁宗也不知李宸妃是自己生母。这段故事后来被演绎成匪夷所思的"狸猫换太子"，其实不过是子虚乌有，但却由此反映出后宫以子争宠的复杂局面。虽然宫廷内外都知道赵祯并非刘娥亲子，但宋仁宗本人却是在刘娥死后才从八大王赵元俨（宋太宗第八子）口中得知真相，而其时其生母李宸妃已死。宋仁宗唯一所能做的，便是追封生母为皇太后，厚待李氏家族，甚至将最爱的女儿福康公主下嫁给表弟李玮（李宸妃亲弟李用和之子），上演了一幕公主不爱驸马爱内侍的历史悲剧，还几度引发台谏风波，就连司马光也先后上《论公主内宅状》及《正家札子》，要求宋仁宗戒饬福康公主。福康公主是宋朝第一个有册封礼的公主，也是宋朝第一个嫁给外戚的公主，之前的公主多嫁功臣武将之家。

却是朝廷特使阎文应大踏步走了进来。

李允则忙道："没有。本使正要与特使君商议丧礼一事，请坐。"

大致说了崔可道灵柩途中出现意外一事，又特意告道："契丹使者来得匆忙，本使一时寻不到特使，只得独自出面应付，有违朝廷体制，实是有过。"

李允则违例是实，但他是皇帝宠幸的大臣。阎文应自己不打招呼，擅自离开了驿馆，也有心虚之处，忙道："本使刚好有要事外出，人不在驿馆中。此事算是特例，朝廷自会体谅。"又道："这件事，实在古怪得很。不瞒李使君，本使认得崔可道，他是武官，身子板好得很，又正当壮年，可不像是走一趟北方辽地便会一病不起的人。"

李允则迟疑问道："特使君的意思是……"

阎文应道："会不会这是契丹刻意拖延，好掩饰什么？不然为何契丹北府宰相亲自充作使者，过河解释，却不放咱们大宋正使回来？副使崔可道不幸病故，正使李迪还在呀。让李迪先回来说明有突发状况，契丹那边处理好崔可道后事，再约定日期行灵柩交接仪式，岂不是省事多了？"他自幼为资深大宦官阎承翰收养，生长于宫廷之中，见惯各种钩心斗角、争名夺利之事，是以习惯性地将绝大多数事情当作阴谋来看。

李允则听在耳中，心头当即一凛，心道："本使竟然还不及这年轻太监老道。是了，果真是途中出了意外的话，大可让正使李迪先回来，又何必北府宰相刘晟辛苦跑这一趟？"

原来以为契丹是对灵柩出现意外一事深怀不安，故而令一位高权重的汉人大臣出面解释，以表歉意及诚意。现下看来，内中实大有蹊跷。

明末光回房向李柬之交代一番后，便离开了白沟驿，先到晴川酒肆向奚松烟打听了一番，这才赶来白云观。

这座道观修建于五代战乱时。彼时此地尚属易州容城，有一名南海老道姑钦慕容成子[1]遗风，万里游方至此。适逢本地疫病蔓延，老道姑略通医道，以草药治病，活人无数。乡民感激其恩德，便集资为她修了这座小观，聊作落脚修行之地。现今住着清净道长和徒弟易敏。

白云观一直是女冠修行之地，不接乡民供奉，平日也不对外开放。观主清净道长自种着数亩菜地，亦靠为百姓撰写衣物疏[2]赚些外快，作为道观修缮费用。近来清净道长身上不好，已绝少外出，观中大小事务，都交给了徒弟易敏打理。

明未光叩了几下门环，便有人赶来开了门，正是女道士易敏本人。她先从门缝看了一眼，看清来人，这才将门扇拉得开些，探出半个身子，问道："郎君有事吗？"

明未光道："道长不认得我了吗？我们不久前还在晴川酒肆见过。"

易敏一听"晴川酒肆"四字，脸色一变，便立即要掩上门扇。

明未光早有准备，忙伸臂抵住，告道："这处道观地处隐蔽，很不好找，明某走岔了两条路，好不容易才寻来这里，请道长先听明某一言。明某无心打扰道长清修，只有几句话想问，问完便走。"

易敏朝身后望了一眼，显然怕惊扰到清修中的师傅，便问道："郎君请问。"虽然满脸警觉之色，但言语还是客客气气。

明未光问道："道长是否认得那对姓刘的兄妹？"

[1] 容成子：又名容成公，黄帝老师、重臣，为黄帝造历法。曾四处游历修炼仙道，探求长生不老之术，又与古代养生术、房中术传播直接相关，在道家中影响深远，被认为是道家始祖。许多史书记收录其著作，如《汉书·艺文志》著录房中家《容成阴道》二十六卷，阴阳家《容成子》一十四篇，《后汉书·方术传》有容成子内容，葛洪《抱朴子·内篇》收《容成经》一卷。又，传闻容成子曾脚踏龟背，观日月星象，受龟纹启示，绘成阴阳道纹。后姜子牙在此基础上绘成"八卦"。周文王感念容成子之功，追封容成子后代，封号"易家"。封地之内，不纳赋税，不服徭役。此封地又名容成子，后逐渐衍变为"容城"。

[2] 中国古代讲究视死如生。早在东周时，人们会将随葬品如服饰、被衾等，列成清单，与死者一同下葬，称为"遣册"。西汉时，改称为"衣物疏"，本质跟遣册一样，仍为有记录随葬品的清单。三国时期，衣物疏上加入了署名，记录有亡者的具体姓名甚至死亡信息。一些衣物疏中，会特别强调亡者对于随葬财物的所有权，供亡者地下使用。有时候疏文中还会加入过所文书，即通关文牒（通过某种关卡时需要出示的凭证），以利亡者在前往阴间时使用。衣物疏有特定格式及体例，结尾还常加入宗教词句。譬如一件西凉嘉兴二年（418 年）高昌墓葬的"韩渠妻随葬衣物疏"，文书的后面写有："时见，左清（青）龙，右白虎。书物数：前朱雀，后玄武。□□要。急急如律令。"

易敏微一迟疑，即摇头道："不认得。"又欲关上大门，却不及明末光力大，当即有些发怒，喝道："郎君到底想做什么？"

明末光忙道："道长请听明某把话说完。那化名刘晋阳的男子，是契丹神武军总教头，真名叫作刘遂。"

易敏闻言不禁一呆，问道："郎君怎么会知道？"

平常人听到刘遂这等名头，都会惊讶其身份，女道士易敏虽然也面露意外之色，诧异的却是明末光怎么会知道。

明末光忙道："如此，便表明道长确实认得他了。我有急事要找刘遂，心想道长既然认得刘遂，可能会知道他人在哪里，来雄州做什么。"

易敏问道："郎君是什么人？"

明末光道："算是跟刘遂沾亲带故吧。"见易敏疑惧甚深，又压低声音道："这件事，除了明某，没有旁人知道，现下如此，以后也是如此。"

易敏听到师傅在内堂咳嗽了几声，不愿与明末光再纠缠下去，急欲将其打发走，便道："我是早年从北边逃过来的，曾经见过刘遂。他到南京上任总教头时，曾骑着高头大马，被军士簇拥着游街，许多人都见过他。仅此而已。"

见明末光依然审视自己不放，只好继续解释道："我在酒肆见到刘遂时，立即便认出了他。当时我露出惊慌害怕之色，只是出于本能。"

明末光却是不信，摇头道："本能？照道长的说法，你是在游街时看到过刘遂，道长当时挤在人群中，刘遂又不会认得你，道长到底害怕什么？"

易敏道："我在北边的那段生活，极为悲惨，我从来都不敢去回忆，但今日一见到刘遂，我便立即全想了起来。"

她不由自主地握紧了拳头，脸面也开始剧烈抽搐，露出了难以言喻的痛苦之色。看起来既有些狰狞可怕，又令人怜惜同情。显然，那段不堪回首的日子，又重新浮现在她脑海中。

明末光一下子便被打动了，当即歉然道："实在抱歉，是明某唐突了。”

易敏又道：“我以亡父亡母的名义起誓，自那次南京游街后，我就再也没有见过刘遂。我也不知道他为什么会来雄州。”

明未光点头道：“明某知道了。多谢道长。今日唐突冒犯之处，还请道长恕罪。明某就此告辞。”

行了一礼，转身走出几步，又回身道：“那些不好的事，就忘了吧。人总要向前走。现下安好，便是最好。”

易敏本已关上大门，闻声又拉开一道门缝，叫道：“郎君请留步。”

明未光遂重新回到观门前，作了一揖，问道：“道长还有何吩咐？”

易敏问道：“与刘遂同行的女子是谁？”

明未光听出对方其实不是发问的语气，心念一动，问道：“道长知道她是谁？”

易敏想了一想，才道：“我不能肯定，因为我逃离南京已经是十几年前的事了。那时候，她还是个小女孩。”

明未光忙问道：“她到底是谁？”

易敏道：“有些像是耶律燕哥，眉眼和脸型都很像。”

见明未光露出困惑之色，料想他也不知道耶律燕哥是谁，便告道：“耶律燕哥[1]是当今大辽皇帝之女。听说她是因为娘亲萧贵妃[2]死得早，所以才一直跟着外祖父生活在南京。她的外祖父，就是北府宰相萧排押。”

明未光奇道：“道长你……”

易敏已猜到明未光心中困惑，简短地道：“我曾在萧府做过侍女。”

[1] 2012 年，河北平泉大雨倾盆，冲刷出一处辽代时期的贵族墓葬，出土辽政事令魏王及辽秦国长公主墓志铭。秦国长公主即辽圣宗长女耶律燕哥，初封梁国公主，后进封秦国公主。其弟辽兴宗即位后，又晋封为秦国长公主。辽政事令魏王当指驸马萧绍宗，为萧继先之子。萧继先为萧思温之侄，幼年被萧思温收为养子，故萧太后萧绰是其姊姊。又，除极个别重要人物同时有汉名及契丹名外，如辽太宗汉名耶律德光、契丹名耶律尧骨，史籍所记辽人之名大多为契丹名音译，故无从谈起避讳。如辽圣宗生母萧绰小字燕燕，长女名耶律燕哥。

[2] 此萧贵妃是北府宰相萧排押长女。萧贵妃入宫为辽圣宗嫔妃后，其父萧排押娶辽圣宗亲妹魏国公主耶律长寿女为妻，萧贵妃与辽圣宗并非舅甥关系。萧贵妃墓志 2015 年于内蒙古多伦县出土，志盖阴刻篆书“故贵妃萧氏玄堂志铭”。

明未光道：“原来如此。”又道：“适才这些话，道长本不必告诉我的。多谢了。哦，我叫明未光，多谢道长信任明某。道长可还有别的嘱咐？”

易敏道：“郎君切莫将今日之事告诉他人就好。”

明未光忙道：“道长放心。”

话音未落，观门已訇然掩上。

明未光不能忘记适才易敏所流露的痛楚之色，又发了一会儿怔，这才转身。走不多远，便遇到一名骑士，竟然是国信所知事赵探。

赵探乍然见到明未光，也吃了一惊，当即翻身下马，上前质问道：“你怎么在这里？”

明未光问道：“赵知事又如何在这里？”

赵探很是不满，道：“我是官，你是民，是我问你话，还轮不到你来盘问我。你是不是刚从白云观出来？”

见明未光不答，便将腰刀横在其肩上，喝道：“快说，你到白云观做什么？”

明未光不动声色，平静答道：“我若说是迷了路，赵知事也不会相信。那么我便实话实说好了，赵知事为什么来白云观，我便是为什么来。”

赵探道：“我与易敏道长相熟，正好路过这里，便顺路来探访。”

明未光饶有意味地问道：“是吗？”

赵探虽对明未光不满，但也不能真的动武用强，便收了腰刀，问道：“安抚使不是将杨文广小公子的案子交给你去办了吗？现下天色已然不早，你预备去哪里找人？”

明未光答道：“祁州。”

那化名刘晋阳的男子，果真就是契丹神武军总教头刘遂，为当世顶尖剑术高手。他冒险入宋的主要目的，便是要为“妹妹”刘太原寻医治病。原本如李允则及明未光所料，他要携刘太原尽快赶往祁州，但事情突然起了某些变化，遂又临时改变了主意。

当日，刘遂将刘太原安置好后，便换了一身早已准备好的宋军军校衣衫，佩上宋军兵器，独自来到雄州城外。一直等到天色未明将晦时，才从暗处闪出，步到北城门。

进城时，守卫例行拦下盘查。刘遂刚要出示假腰牌，门楼上有人探身叫道："忻继勋，你不在白沟驿侍奉安抚使，怎么自己回城了？白锋锐可是刚刚才走。"

刘遂心念一动，应道："我有急事。"

门楼上的军校倒也没有再问，将身子缩了回去。天光昏暗，守卫一时也看不清面孔，听到刘遂与城楼上同伴对答，满以为是熟人，便笑着挥了挥手，退了开去。刘遂心中暗呼侥幸，顺势进了戒备森严的雄州城。

雄州始置于后周，后周世宗柴荣亲自命名——"雄"意为威烈，以"雄"彰显武功，有威慑契丹之意。

雄州城是在名关瓦桥关的基础上修建，一开始便是出于军事用途，故而没有规划街衢、市集、居民区之类，城区狭小，大多是军营所在。入宋后，既是雄州州治所在，亦是归义县城，但仍然是一座军事要塞。真正的城市营建，始于李允则上任雄州知州后。

原先州城中住房大多是茅草房，刮风下雨各种漏不说，还容易发生火灾，甚至殃及全城。李允则派人从西山采来木材，将仓库、营房等全部改建。又从外地请来名匠，教会雄州本地人烧制砖瓦，修理门干，建廊市、邸舍、水磨。城上都用砖垒砌，下面则开挖壕沟，种麻植柳。

除此之外，李允则还扩大了宦官阎承翰所修屯田，又架设石桥，构筑亭榭，建堤修路，以整治交通，令军民生活便利许多。

这李允则也是个奇人。雄州一带过去在上元节时都不燃灯赏玩，他一到任上，便大力发展花灯，雄州花灯遂成为河北胜景，四方游客争相赶至，许多辽人也慕名而来。

当年辽南京有一位萧统军，风流浪荡，通晓汉文，曾作《契丹风土歌》云："契丹家住云沙中，耆车如水马若龙。春来草色一万里，芍药牡丹相间红。大胡牵车小胡舞，弹胡琵琶调胡女。一春浪荡不归家，自有穹庐障风雨。"萧统军也抵挡不住雄州花灯的诱惑，冒险潜入雄州游览，后来事泄，被辽方杀死。

但雄州究竟还是军镇，论市集之繁华，当属城外的米家务榷场，而不是雄州州城。城中街道上行走的绝大多数都是军士，有当值巡逻的，也有休班闲逛的，少许平民百姓经过，反倒显得突出碍眼。

今日淡月疏星，夜风也捎带着温柔春意，拂面虽微感清凉，却已不觉寒冷。

刘遂进城后不久，便遇到一队兵士押解着两名男子。那两名男子均反剪双手，双眼被黑巾蒙住，口中勒有木丸，耳中也塞了碎棉，不能开口说话，也无法视听[1]，只能靠兵士挟持着前行。

这一定是自北岸辽地逃过来的汉人。"澶渊之盟"约定宋辽均不得收留对方亡人，凡遇逃亡者，均须主动遣返。而两国停战后，自北岸逃到南岸的人数不少，基本上都是以前被辽军掳掠的汉人。他们本来是大宋子民，却在契丹南侵时被掠往北方，而今千辛万苦地逃回宋境，以为有机会重返故乡，却又要被自己的母国强行遣返回异国，想想也着实可怜。

雄州医馆是官府经营，由雄州医博士主持，主要服务于军中将士，亦接治平民。医馆位于东大街军营附近，但却不临街，须得穿过一条巷子，且医馆门前院后植满杏花，颇有"春深杏花乱"之意。

刘遂早已看过契丹谍者手绘的雄州地图，一路寻至医馆时，天色已黑。朦胧月色中，恻恻轻寒，翦翦细风，杏花飘雪，落英满地，幽幽冉冉，倾吐嘉意，极具诗画之美。

[1] 宋政府严格防范境外可疑人员入境，已入境人员诏令遣返。在遣返途中，为防止机密信息的泄露，规定蒙塞遣返人员耳目。

刘遂不知雄州医馆竟然是个美妙所在，一时呆住，定了定神，这才朝医馆大门走去。

医馆门前高挑着一盏气死风灯，院门大开，一入院中，便有一股浓烈药气扑面而来，将杏花的馥郁香气也压盖了过去。

刘遂扬声叫道："有人在吗？"

一名女子从堂中步出，应道："王医师和医馆执事都有事出去了。"

刘遂一眼便认出对方正是在晴川酒肆中见过的素衣女子。崔玄妙也立时认出了刘遂，奇道："你不是晴川酒肆中那……"

今日刘遂携妹进入晴川酒肆时，第一眼留意到的人，便是崔玄妙。她静静坐在角落中，若空谷幽兰，婉转芳华，自在芬芳。刘遂一下子便想起了那支歌曲："北方有佳人，绝世而独立。一顾倾人城，再顾倾人国。"而崔玄妙刚好也在那时候转过头来，朝刘遂看了一眼。流水不语，清风怡然。

刘遂早先已经得到消息，宋方朝廷特使阎文应及宋使崔可道之女均住在白沟驿。离开晴川酒肆后，刘遂便一直怀疑角落的素衣女子便是宋使崔可道之女。从其人状态判断，她今日不曾走过远路，故而应该住在附近，而附近居所除了少数民居，便只有白沟驿。她那样的气度，自然不可能是普通民女。

然此刻再度遇到佳人，刘遂却是满怀紧张——他今日在晴川酒肆露了一手软剑，又遇到神秘男子明未光，料想雄州官府很快就会猜到自己身份，而崔玄妙也算是半个官方人士——一时不敢大意，忙抢上一步，一手握住崔玄妙手臂，反拧到背后，一手捂住其口，将她拖入堂内。

崔玄妙大惊失色，试图反抗，却未能挣动分毫，便不再动弹。

两人身子贴在一起。刘遂站在崔玄妙身后，闻见她衣领上的幽香，一时有些意乱情迷起来。他勉强定了定神，才低声道："我只是来寻医的，你若不出声，我便放手。"

崔玄妙点点头。刘遂先松开手掌，见崔玄妙不曾出声呼救，这才松开手臂，退开两步。

崔玄妙倒也不十分惊慌，只盯着刘遂不放。

刘遂四下寻找一番，不见其他人踪影，便问道："王医师人呢？"

崔玄妙道："适才我便说过了，王医师有事出去了。"

刘遂问道："那么娘子在这里做什么？"

崔玄妙道："我有事要问王医师。他临时有点急事要赶去军营，便叫我先等在这里。"

刘遂点头道："那好，我也在这里等他。"

崔玄妙问道："你姓刘，是辽人对不对？"

刘遂本能地手抚刀柄，问道："娘子怎么会知道？"

崔玄妙道："是李使君的侍卫告诉我的，说雄州到处是危险人物，今日便有契丹军总教头混在晴川酒肆饮酒。不过他告诉我这些的目的，只是为了让我不要再随便出门，尤其不能去酒肆、榷场这些地方。"

刘遂见她神态平静，没有丝毫惧怕之色，便松开刀柄，叹道："娘子应该想不到，你人在医馆，还是有危险人物寻上门来。"

崔玄妙道："我叫崔玄妙，是大宋副使崔可道之女。先父去年年底奉诏出使契丹，结果病故于辽地。郎君既是契丹贵人，应该知道这件事。我想问问你，先父是怎么死的？"

刘遂闻言，一时大为愕然。

崔玄妙道："我来医馆，并非求医，而是想向医师请教，一名健壮的大宋武官，如何去了辽地，便会得暴疾而死？"

刘遂踌躇道："妙娘这个问题，刘某回答不了。我还有事，得先走了。"

崔玄妙道："站住！我不知道郎君假扮成宋军军校、混进城中到底想做什么，但若是你帮我，我也会帮你。"

刘遂回转身来，奇道："妙娘明知我是辽人，还肯帮我吗？这可是通敌叛国。"

崔玄妙道："宋辽已是兄弟之国，不可能再对对方做出太过出格之事，至少明面上会如此。我看郎君也不像是穷凶极恶之人，应该不会做得太过分，也许算不上'敌'。"又问道："郎君冒险进来雄州州城，到底想做什么？”

刘遂遂实话告道：“我妹妹患了重病，命在旦夕，只有针灸能治，非得请王医师出马不可。”

崔玄妙是开封人氏，还是第一次来河北，亦不知医师王惟一来历，奇道：“针灸之术，固然神奇，对沉疴痼疾更有意想不到之效，然失之毫厘，差之千里，针穴得准，力道也很重要，不然针被气血拘住而不能拔出，反成大患。故而针灸一道，经验最为重要。这位王医师年纪轻轻，你放心将令妹性命交到他手里吗？”

刘遂大为意外，失声道：“妙娘怎么会知道这些？”

崔玄妙道：“我少时也有不足之症，全靠针灸方得痊愈，久病成医，故而多少了解一些。”

忽有人进来医馆，却是王惟一从军营回来了。

王惟一已见过崔玄妙，却不认识刘遂，见其一身军校打扮，随口问道：“这位是……”

刘遂答道：“我叫辛继勋。”

王惟一当即变色，死死瞪着刘遂，失声问道：“你的名字叫继勋吗？”

刘遂以为王惟一认识忻继勋真人，自己假冒已被识破，正有动武制服对方之意，王惟一已定了定神，歉然道：“实在抱歉，我走神了，先祖的名字，也是叫继勋。”

刘遂这才释然，忙道：“无妨。”又告道：“两属地有名民妇忽然病倒，完全行走不得。她家里也没有其他人可以帮忙，我是代她来请王医师出诊的。”

王惟一今日方在临时医馆代任医博士，全然不知雄州医馆主要是为军营服务，虽然也接治普通民众，但却从不出诊，更不会去两属地。听说城外民妇得了急病，王惟一忙应了一声，又道：“这处医馆是雄州官馆，好像接诊出诊都得登记，麻烦辛郎到那边登记。我肚腹有些不舒服，得先去方便一下。”

又回身道：“那民妇病得可重？她既然独身一人，最好还是抬来医馆救治。”

刘遂心中暗叫要糟，王惟一却又道：“如此，便要去叫医馆执事了。适才从军营出来，我料想今晚不会再有事，便让他们各自归家了。罢了，还是我先跑一趟，看看情形，实在不行的话，明日抬她到医馆也不迟。”一边说着，一边自行出堂去了。

刘遂便来到书案边，寻到名册翻开。他进城时听到城楼军校错将自己当作了忻继勋，便决意冒充到底，提笔在名册写下了“辛继勋”三个字，却不知道“辛”其实是“忻”。

崔玄妙忽然开口问道：“刚才王医师是不是说他祖父叫王继勋？”

刘遂道：“是啊。”正待解释自己为何要冒名辛继勋，崔玄妙却道：“郎君没听过王继勋的故事吗？噢，我倒忘记了，你是契丹人，不一定会知道王继勋。”

刘遂见崔玄妙神色既紧张又古怪，便问道：“王继勋是谁？”

崔玄妙道：“曾经是轰动两京的食人狂魔。”

原来太祖皇帝赵匡胤有个小舅子也叫王继勋，专以吃女人肉为乐，从东京开封吃到西京洛阳，死在他手中的女子不计其数。案发后群情汹汹，宋太祖却一力庇护，不予惩处。后来宋太宗即位，这才将王继勋杀了以平民愤。

刘遂闻言大感骇然。崔玄妙自己又摇了摇头，道：“应该不会这么巧吧？王是大姓，继勋是男子最常用的名字，或许只是同名而已。”

刘遂忙道：“一定是同名。这位王医师，可是祁州名医邳良诚的唯一高徒。”

崔玄妙道：“但王医师年纪尚轻，于针灸之术，未必谈得上精深。为令妹着想，何不去祁州另请名医？”

刘遂感激她好意提醒，遂告道：“实不相瞒，邳医师已经过世了。他亲口说过，他一死，世上便只有他徒弟王惟一能救公主。”话一出口，便即愣住。

崔玄妙诧然道：“你妹妹……”

刘遂一时出言失当，料想无法再继续隐瞒下去，遂道：“她不是我妹妹，而是当今辽国皇帝长女，封号梁国公主，名耶律燕哥。”

这耶律燕哥是萧贵妃所生，因萧贵妃早已病逝，故辽圣宗对长女眷爱极深。萧贵妃是北府宰相萧排押之女，而萧排押既是萧太后侄孙，又是萧太后女婿，故而萧太后亦对孙女耶律燕哥格外钟爱，视为掌上明珠。耶律燕哥在万千宠爱下长大，却不幸患有隐疾，时不时会莫名晕倒，是以年过二十，尚待字闺中，而几位年纪比她小的妹妹，均已出嫁。

去年年底萧太后病逝，耶律燕哥伤心欲绝，病情愈发沉重，已到了非治不可的地步。辽圣宗见本国御医均束手无策，不得不命刘遂护送耶律燕哥前来宋境就医。刘遂一行原本是要去祁州，今日意外得知邳良诚高徒王惟一来了雄州，可谓意外惊喜，遂临时改了计划。

雄州州城非等闲之地，刘遂单身涉险，欲将王惟一骗出城外，其实冒了极大风险。偏偏王惟一对医馆诸多规定一无所知，竟然进行得还算顺利。

而更出人意料的是，刘遂竟然遇到在晴川酒肆有一面之缘的崔玄妙，且对方与普通宋人大不相同，在得知他身份的情况下，亦能理智相处。

崔玄妙得知刘太原竟是辽圣宗最爱的公主，果然只是惊愕一时，旋即便冷静下来，叹道："其实在生老病死面前，世人没多大差别，公主也好，百姓也好。"

话音未落，王惟一便走了进来。刘遂忙道："救人要紧，有劳王医师动身出发吧。"

王惟一道："麻烦再等等，我还得为药箱补些常用药材，以防万一。"又转头问道："娘子一直在医馆等着吗？身上哪里不好？"

崔玄妙看了刘遂一眼，道："我现下好多了，应该不碍事了。"

她有心跟随王惟一出诊，好寻机向刘遂询问父亲病死真相，然一时找不到合适借口，见王惟一忙着在药柜中找药，便主动过去搭讪道："王医师原来是祁州邳名医的高徒。邳是小姓，王医师可认识一位名叫邳安国的医师？他曾在汴京做御医。"

王惟一"啊"了一声，道："邳安国正是家师独生爱子，论起来，也是我师兄。不过我几年前才投到师傅门下，那时候邳师兄已经……已经……”脸色局促黯然，一时说不下去。

邳安国原是皇家御医，在宋太宗过世后因“用药不当”罪名被杀。然世人皆知没有顶尖医术，当不了御医。而不管用药得不得当，老皇帝一死，新皇帝杀几个御医以表孝心之事，在历史上比比皆是。

崔玄妙显然也是同情邳安国的一方，叹道：“邳御医擅长针灸，曾为先父治过病，先父直夸他医术了得。唉，当真可惜……”又问道：“尊师邳医师是什么时候过世的？”

王惟一登时如遭雷击，手中药丸也掉落在地。他面若死灰，瞪视着崔玄妙问道：“娘子如何知道家师已经过世了？”

崔玄妙莫名其妙，心中隐约觉得不妥，不由自主地转头去看刘遂。

王惟一忽然反应过来，急欲逃走，见刘遂已手抚刀柄抢先挡在面前，便重新退到墙角，扬声高叫道：“来人，快来人……”

雄州是军事重镇，城中九成以上人口是将士，立即有两名兵士闻声奔进医馆。

王惟一忙指着刘遂道：“他……他是契丹人。”

一名兵士当即拔出佩刀，却不是去擒拿刘遂，而是上前捉住王惟一手臂，将刀横在他颈间，喝道：“不准再出声，不然杀了你。”

另一名兵士则赶去关了医馆院门。这二人，竟然是刘遂同党，与刘遂前后脚混进了雄州城。

制住王惟一的假兵士名叫仇江江，他将王惟一押到刘遂面前，问道：“刘公子，现下该怎么办？”

刘遂需要带王惟一出城，以赶去藏身之处，为公主耶律燕哥施行针灸之术。但雄州内外守卫森严，就此挟持王惟一出城，其人稍有异样，便会暴露，一干人等尽会为宋军所擒。

刘遂想了想，示意手下放开王惟一，又朝王惟一深深行了一礼，诚恳地道：“我妹妹得了重病，非得王医师神针方能救治，请念在上天有好生之德，救她一命。”

王惟一倒不再试图呼救，只尖声问道：“你们……是不是你们将我师傅掳去了辽地，又杀了他？”

崔玄妙闻言大吃一惊，插口问道：“你们绑架了邳医师？”

刘遂不愿意撒谎，又见王惟一极为激动，便实话告道：“尊师是为我方所掳，但契丹对他礼敬有加，没有半分怠慢之处。”顿了顿，才道：“邳医师是自杀而死。”

他料想王惟一必定反应激烈，为避免引起外面巡逻宋军注意，已做好将其打晕的准备，不想王惟一只愣了愣，很快便平静了许多，点头道：“不愧是师傅。”

王惟一心中早有不祥预感，又从雄州知州李允则那里得知，邳良诚极可能是被契丹绑架，而他深知师傅宁可死也不会为辽人治病，便已做好心理准备。

刘遂道：“绑架邳医师这件事，是我方做得不对，但我妹妹是无辜的。她现下命在顷刻，还望王医师能出手相救。”

王惟一摇头道：“不可能。就算你杀了我，我也不会给辽人治病。”

刘遂道：“我姓刘，是汉人，祖籍晋阳。”但却不提妹妹是假妹妹，实姓耶律。

王惟一一愣，随即摇头道：“但你是辽地汉人，一样是辽国人。”又转头问道：“小娘子到底是什么身份？”

崔玄妙道：“我是大宋使者之女，来雄州迎接先父灵柩，与契丹毫不相干。”

王惟一已大致听县尉郑定国提过宋使崔可道死于辽境一事，一时起了怜悯之心，遂安慰道：“天有不测风云。尊父虽病死异国，但娘子千里奔丧，至边关迎灵柩回故乡，尊父九泉之下，也当欣慰有女若此。”

崔玄妙摇头道：“先父不是病死的，极可能是被契丹人害死的。”一边说着，一边盯着刘遂不放。

刘遂正待出言解释，忽见王惟一正同情地看着崔玄妙，便立即生出主意来，当即拔出佩刀，横在崔玄妙颈间，喝道：“王医师若是不肯随我等出城医治我妹妹的话，我便杀了她。既是医师，当以悬壶济世为务，眼下王医师便可同时救两名女子性命。如若抗拒，我妹妹，还有崔玄妙，这两个人都是因为你而死。”

王惟一大为意外，一时有些局促，双手乱摆，道：“你先放开崔小娘子，别伤了她。”

刘遂见王惟一果然在意崔玄妙安危，愈发得势，道：“只要王医师肯救我妹妹，我不但放人，还会向她赔礼。”

王惟一已经做好被杀的准备，却料不到刘遂竟然以崔玄妙性命来威胁自己。他与崔玄妙才刚刚相识，然听到其父遭遇后，便联想到师傅亦已命丧辽国，本能地产生了共情之感。若是不答应辽人要求，任凭她被杀死在眼前，那么送回中原的便是两副灵柩。

但邳良诚有多名亲眷死于辽军南侵时，故而宁死不医治辽人，这是邳氏族行医的规矩。王惟一身为邳良诚的唯一弟子，自当继承下去，又哪能在师傅尸骨未寒时答应为辽人治病？

刘遂见王惟一犹豫徘徊，正要再度出言威逼，崔玄妙却道：“王医师，你应该去救人。虽然她是辽人，但现下她只是个患者。身为医师，眼中最先看到的当是病人病情，而不是对方是否有辽人身份。”

她虽是为刘遂一方说话，但却说得义正词严，没有半分是因为受到胁持而不得不屈服的意味。王惟一闻言，一时踌躇不语。刘遂亦大为感激，当即将刀锋松开了些。

崔玄妙又道：“但这应由王医师自行选择，绝不能因为我崔玄妙受到挟制而影响王医师的决定。”当即抬起手臂，双手握住刀锋，往自己颈间抹去。

这一下大出众人意料。刘遂武艺精绝，使用兵刃已到了随心所欲、运用自如的地步，急忙收手。但崔玄妙出声之时，已有自杀的准备，动作亦快——

刀锋触及脖颈之时，旋即又退了开去。

刘遂忙抛下腰刀，上前捂住崔玄妙颈间伤口，转头叫道：“王医师快救救她。”

王惟一忙抢了过来，喝道：“滚开！”

一把推开刘遂，扶着崔玄妙到卧榻坐下，飞快地为她止血上药。

他动作娴熟，一气呵成，旁人尚在惊愕时，他已处理完伤口，又柔声安慰道：“还好伤口不深。小娘子只需按时换药，休养数日，便会痊愈。回头我再调配一些去疤痕的药，包管小娘子玉颈不会留下痕迹。”

崔玄妙不答，只幽幽叹了口气。

王惟一又道：“我还从来没有遇见像小娘子这样的女子。小娘子说得对，身为医师，眼中最大的当是病人。”

转头向刘遂道：“好，我答应去给你妹妹治病。”

刘遂大喜过望，忙深揖到地，道：“多谢。”

王惟一道：“但我有个条件，我跟你手下出城去救人，你得留在这里。你伤了崔小娘子，得留下来接受律法制裁。”

刘遂忙道：“只要王医师答应去救治我妹妹，我愿意留下来。”当即解下刀鞘，丢到一旁，又道：“王医师仍然不放心的话，大可将我绑起来，甚至直接将我送去宋军军营。”

崔玄妙却道：“我还有话要问刘遂，是关于先父的。至于邳医师被掳去契丹的经历，我也会一并询问清楚。”

问明邳良诚到底是如何被掳如何自杀，以及而今葬在何处，正是王惟一要求刘遂留下的目的。他见崔玄妙冰雪聪明，瞬时便猜到自己心意，甚至还愿意代为盘问，当即朝她感激地了点点头。然任凭刘遂这样孔武有力的男子与崔玄妙单独相处，不免又有所迟疑。

刘遂也猜到王惟一心思，忙举手道：“刘某绝不会再动妙娘分毫。”

王惟一根本不相信，道：“你适才还持刀挟持崔小娘子呢。我得找根绳索，把你绑起来。”

崔玄妙却摆手道：“不必了。他不会再对我怎样。”

刘遂忙道：“我可以对天起誓，绝不动妙娘一根手指头。我会老老实实地待在医馆，等王医师回来，随你怎么处置。”

王惟一见崔玄妙朝自己点头示意，似是甚有把握，他既已视崔氏为生平未见之奇女子，便也相信她的判断，当即道：“那好，一言为定。”

刘遂便过去向手下仇江江低声交代了一番。

仇江江问道：“刘公子当真要这么做吗？你若留在这里，很快便会落入宋官兵之手。”

刘遂道："我已经决定了，就这么办。”又朝王惟一抱拳道："我妹妹的病情，就拜托给王医师了。”

王惟一也不理睬，只道："前面带路吧。”

仇江江遂与同伴引王惟一离去。

医馆又只剩下刘遂和崔玄妙二人。崔玄妙坐在窗下，始终一言不发。刘遂心中有愧，徘徊许久，才上前行了一礼，道："全靠妙娘一番话，这才说服了王医师出手相救，多谢。”

崔玄妙淡然道："那番话也不是专为了救辽国公主，我只是实话实说而已。”

刘遂踌躇道："实在抱歉，我有军令在身，务必要寻到王医师，治好公主的病。适才一时情急，才挟持了妙娘。不过这也只是我的辩解，我不知道如何才能求得妙娘原谅。”

崔玄妙冷然道："我是宋人，你是辽人，你需要我的原谅做什么？”

刘遂当即涨红了脸，大急道："不是这样……”一时手足无措，不知该如何是好。

崔玄妙看在眼中，这才叹了口气，道："我不怪你，我也知道郎君不会真的杀我。只是我自己见不得旁人因我而受挟制。”

刘遂回忆适才情形，仍觉心有余悸，问道："妙娘当真不会怪我？”

崔玄妙点点头，又道："但郎君要将先父是怎么死的一五一十地告诉我。”

刘遂登时露出了为难之色。

崔玄妙道："是你们契丹人暗害了他，对不对？”语调尖锐了许多，面色也变得阴冷。

刘遂沉默了好大一会儿，才道："据我所知，尊父是醉酒而死。”

崔玄妙一怔，随即冷笑道："醉酒而死？郎君别说笑话了，先父根本就不喝酒。”

刘遂道："就是因为尊父先前从不饮酒，酒量太浅，所以才会醉酒而死。”

崔玄妙连连摇头道："我不信。"一时泪水盈眶，但仍强行忍住，不肯哭出声来。

刘遂心中不忍，遂吞吞吐吐地道："下面这番话，我本来不该说的。"

崔玄妙脸色为之一变，忙举袖拂拭一下双目，厉声质问道："是不是你们契丹人下毒害死先父？"

刘遂忙道："不是这样，尊父崔使者确实是醉酒而死。但仔细论起这件事，契丹一方也有很大责任。"

原来契丹丧礼与中原大不相同。皇太后去世是国丧，这等重要丧事，在大宋均会禁止饮酒作乐，但辽地嗜酒如命，亦不认为丧中宴饮是失德之举。故而宋使到辽地后，契丹依然大摆酒宴招待。

契丹礼制粗疏，宴席上更是不讲上下礼仪[1]。而辽人最好劝酒，喝得多便是给对方面子，喝得少便会被认为是不敬。宋朝正使李迪知道副使崔可道不能饮酒，故而开席时特意解释崔可道身体不适，辽人听说后，倒也不再勉强，毕竟李迪才是正使。然李迪酒量远远不及其好友寇准[2]，辽人劝酒的酒杯又比寻常酒器大许多，几杯下来，李迪已不胜酒力。

辽方接伴使仍然劝酒不止。当日主持宴席的北府宰相刘晟更是一套一套的说辞，令人眼花缭乱，不能推辞。一旁崔可道实难袖手旁观，遂奋然上前，替李迪将酒全部挡了下来。他忽然越席而出，狂饮如牛，一众契丹人先是呆住，随即鼓掌喝彩。不想宴席将尽时，崔可道猝然

[1] 宋真宗大中祥符元年（1008年）二月，宋搏等自契丹使还，上报契丹见闻：称言见契丹主于中京，契丹君臣之间性情不检点，也没有什么约束。凡遇聚集、宴会之时，其臣或有不拜不拱手者。

[2] 寇准少年富贵，性喜奢侈，好饮美酒。"澶渊之盟"后，宋真宗赵恒听信奸臣挑拨，便是以"过求虚荣，无大臣礼"等罪名，罢免了寇准相位，出知陕州（今河南陕县）。后来寇准虽然东山再起，最终还是败于"酒事"。宋真宗晚年自知难起，欲令太子赵祯监国，又怕皇后刘娥阻挠，遂密令心腹宦官周怀政及宰相寇准暗中筹划此事。寇准秘密谒见宋真宗后，立即找到翰林学士杨亿，令其起草太子监国的诏书。然事不机密，酷爱豪饮的寇准当晚喝醉了酒，自己将消息泄露了出去。皇后刘娥得报后，紧急联络另一宰相丁谓及执掌兵权的枢密使曹利用，几方联合起来，共同对宋真宗施加压力。宋真宗无力应付强硬气盛的刘皇后，推诿不记得交代过寇准前事。丁谓趁机请求罢免寇准，宋真宗恼恨寇准泄密，让自己在皇后面前下不来台，竟当场同意。寇准由是被贬，自此远离中枢，最终死于雷州（今广东海康）。

倒地，不及等到随团医师[1]赶到，便撒手而去。

崔玄妙听了详细经过，这才开始相信父亲确实是醉酒而死，悲不自胜。她抹了抹眼泪，又问道："那你们契丹为什么要故意拖延丧事？"

刘遂奇道："拖延？"

得知契丹专派北府宰相刘晟至白沟驿说明崔可道灵柩途中出了状况后，刘遂忙道："我全然不知道这件事。我护送公主离境时，尊父灵柩已经到了涿州。"忽又想到什么，一时沉吟不语。

崔玄妙问道："你知道原委，对不对？"

见刘遂不答，崔玄妙心中大急，起身上前，抓住刘遂手臂，恳切地道："请郎君务必实话告诉我，到底是为什么？"

刘遂只觉得全身酥软，手足发麻，使不出半分力气。他勉力定了定神，不敢看崔氏那双泪目，也不敢动，只劝道："妙娘别急。我其实不知道涿州那边拖延丧事，但料想可能……可能与尊父死状有关。"

宋副使在宴席之上暴毙身亡，自然是重大外交事件。尤其崔可道死状极为可疑，面色惨白若纸，双目充血，口唇发紫。宋朝医师黄琦判断崔可道是中毒而死，却不敢声张，只低声告诉了正使李迪。李迪以为酒中有毒，有人要下毒暗害他，不想崔可道代酒，误饮毒酒，崔氏可谓是替自己而死，一时悲从心来，当即上前抚尸大哭。

而契丹方也是同样看法，北府宰相刘晟还下令封锁宴所，彻查侍者及厨子等。

驿馆有一名老驿卒名察哥，年七十余岁，自十二三岁起，便在驿馆当差，见过的使者不计其数。他见到崔可道死状，主动上前告知：宋副使并非中毒，而是醉酒而死。并举出北汉宰相郑珙为证。

[1] 宋朝出使外国，以文臣为正使，武臣为副使。使团中配有医师，以应付出使途中突发状况。又，宋使团成员中必须有皇城司（皇宫秘密监察机构）人员，但其主要职责并非收集他国情报，而是监视本国使者，以防通敌叛变之事发生。宋朝外交使节在外交事务活动中，有严格的纪律约束，尤以保守秘密为最严。据《宋刑统》："诸漏泄大事应密者，绞；非大事应密者，徒一年半；漏泄于蕃国使者，加一等。"关于皇城司的具体职能及作用，可参考吴蔚作品《天圣铜人》。

郑珙[1]仕北汉为宰相，曾于辽圣宗耶律阮执政时出使辽国，请求辽国与北汉联兵攻打后周[2]。当时北汉刘崇自称“侄皇帝致书于叔天授皇帝”，辽世宗得书后十分高兴，特别优遇于郑珙。

契丹习俗，常以酒池肉林为名目，凡遇筵宴，不饮酒者，也要加以灌注。郑珙躯干魁伟，神态俊朗，本北汉之善饮酒者，然至契丹后日日酣宴，每次宴会都是不停饮酒，没有任何节制，郑珙也开始受不了；若是拒绝不饮，又怕失礼，毕竟北汉正有求于契丹，只好勉强强灌。

一日宴罢，郑珙酩酊大醉，被车载送回毡庐宿所。第二天一早，郑珙未按时起身，毡庐中也没有任何动静。侍从急忙揭开毡门进去，郑珙已冥然而逝。及细察视，郑氏面若中毒，两肋之间俱已腐溃，酒血浓渍已浸于毡堵之上，明显是饮酒过度而死。

辽圣宗得知原委后，深感惋惜，亦稍有歉疚之心，遂命大加赐赏北汉使团，车载郑珙尸首，归于北汉。

但郑珙也没有白死，契丹就此与北汉结盟，约为父子之国。此后每每北汉有难，契丹多会派兵援救，直到北汉灭亡。

老驿卒察哥汉话说得不流畅，多有词不达意之处，后来干脆改用契丹语。宋朝医师黄琦听了通译翻译的老驿卒一番叙说后，急忙再去检视崔可道尸首，发现遍身青黑，两胁亦有紫红色肿胀，最终确认崔氏是得腐胁疾[3]而死。

---

[1] 郑珙：青州（州治今山东益都）人。年轻时有异才。刘崇（后汉高祖刘知远之弟，北汉开国皇帝）为太原府尹时，征辟郑珙为留守判官。郑珙曾劝刘崇据有晋阳，以防备契丹的名义，招募士兵，收买豪杰，扩充力量，以图发展。刘崇建立北汉，任郑珙为中书侍郎、同平章事。寻为礼部侍郎，出使辽国时因饮酒过量卒。

[2] 后汉时，后汉隐帝刘承祐猜忌大将郭威，杀郭威在京全部亲属，包括郭威尚在襁褓中的儿子，即史籍所记“婴孺无免者”。郭威发动兵变，攻破开封，推翻后汉隐帝，先立刘赟（刘崇之子）为帝，后杀刘赟，自立为帝，建立后周。时在太原的刘崇听说后，也于太原即皇帝位，仍用后汉“乾佑”年号，史称“北汉”。而后周立国后，辽圣宗派使者向后周太祖郭威道贺并议合约。郭威因根基未稳，不欲与契丹交恶，便派田敏出使契丹，欲以岁输钱十万缗为贡，达成和约。辽世宗认为十万不及石晋（即石敬瑭所立后晋）之数额。两方未能谈拢，议和遂止。北汉刘崇听说契丹与后周议和后，急忙派郑珙出使契丹。刘崇对辽自称侄皇帝，请辽行册礼，并以厚赂为谢。辽世宗大喜，遂册刘崇为“大汉神武皇帝”。

[3]“胁”为从腋下到肋骨尽处的部分。“腐胁”意为腐蚀胁部及胸腔。“腐胁疾”是因过度饮酒而引起的脓胸穿孔症。

听说崔可道是因饮酒而暴死，不但宋使李迪，连契丹人亦长舒一口气。然饮酒过度而死实有失体面，双方遂达成协议，对外声称是患病身亡。准确说来，腐胁疾也算是一种疾病。

至于契丹忽然更改灵柩交接日期，刘遂疑心是崔克道尸首出了状况。北方天气寒冷，时下也仍未化冻，棺木中的尸首当一直保存完好，而一路南下，温度渐升，或许真的出现了意外。尤其崔玄妙人来了雄州，必定要开棺见父亲最后一面，契丹方总不能将一具惨不忍睹的尸首送交给宋方。

刘遂说得颇为委婉，崔玄妙还是立即会意了过来，一时泪水潸然，身子摇晃不止。刘遂生怕她因伤心过度而晕倒，急忙上前扶住。

忽有人来到医馆门前，叩门叫道："王医师睡下了吗？我路过这里，看到有灯……"一边说着，一边推门进来，却是县尉郑定国。

郑定国一眼看到崔玄妙，奇道："小娘子不在州署歇息，来医馆做什么？是身子不舒服吗？"

忽又看到刘遂，愣了一下，转身便朝外跑去，边跑边高叫道："来人！快来人！"

崔玄妙忙拾起佩刀，交到刘遂手中，道："用我做人质，郎君还有逃走的机会。"

刘遂当即摇头道："我不能这么做。就算我没有答应过王医师，我也不会这么做。我不会再做任何伤害妙娘的事。"随手将佩刀抛到一旁。

崔玄妙一时不知该如何作答，又料想今日一别，再见无期，遂道："那么我真心希望你妹妹……希望那位公主能够痊愈。"

刘遂未及回答，县尉郑定国已引一队巡逻兵士冲进医馆。

郑定国指着刘遂道："快些将他拿下！他就是契丹神武军总教头刘遂。"

兵士拔出兵刃，一齐围了上来。刘遂倒未反抗，任凭兵士制住自己。

郑定国早听过刘遂在晴川酒肆一招软剑退敌之事，便命兵士执住刘遂手臂，亲自去搜他腰间，欲缴下软剑，不想只摸到一条普通腰带，不由一怔，问道："你的兵器呢？"

刘遂只冷然看了郑定国一眼，随即将目光转开，一言不发。

郑定国命道："先绑起来。"又向崔玄妙询问道："王医师人呢？"

崔玄妙简短答道："王医师出诊去了。"

郑定国一怔，问道："出诊？去哪里出诊？"

随手取过案上的登记名册，不由一怔，转身问道："辛继勋是谁？雄州城里还有跟忻继勋同名的人吗？我怎么没听说过？"

忽有所会意，抓住刘遂衣襟，逼问道："是不是你同党冒称辛继勋，诓骗走了王医师？"

刘遂始终冷着面孔，默不作声。

郑定国料想难以从刘遂口中套出话来，便转头问道："崔小娘子，你人一直在这里吗？这到底是怎么回事？王医师人呢？"

崔玄妙自然不能撒谎，但她若就此说出实情，郑定国必定立即带人出城搜捕，那么耶律燕哥非但治不好病，还极可能被捕。

其实还不单单官兵出城追捕那么简单，雄州城内固然驻有重兵，城外也分布有八个兵寨，足以扼控全境。只要在城楼上出烟火信号，张家、木场、三桥、双柳四大兵寨戒备外围，大涡、泣姑垣、红城、新垣兵寨封锁道路，内外呼应，四方合围，结队搜索，敌人插翅难飞。

崔玄妙正迟疑时，刘遂忽插口道："崔玄妙受过我威胁，不敢说出实情。"

郑定国这才留意到崔玄妙颈间伤口，惊道："崔小娘子受伤了吗？"又追问道："王医师是不是被刘遂同党带走了？"

崔玄妙踌躇道："这个……"

一语未出，刘遂忽挣开兵士掌握，直朝崔玄妙撞来，崔玄妙当即被撞倒。兵士急忙过来将刘遂制伏拖开，然崔玄妙刚好跌落在案几边，瞬时晕了过去。

两县尉郑定国巡城时发现了一名可疑男子，凭以往经验，揣度对方是契丹人，极可能是混来雄州探事的，遂将其逮捕讯问。对方不肯报出姓名，声称认识雄州长官李允则，要求面见李知州。李允则因故暂时滞留在城外的白沟驿，一时不便回城，遂命心腹侍卫白锋锐入夜后将郑定国所捕契丹奸细押解到白沟驿。

那可疑男子被带进李允则所居驿房后，兵士方才取下他头上布套，掏出口中木丸。李允则一下便认出了对方，问道："你是耶律吴欲，对不对？"

那耶律吴欲却无甚反应。

侍卫白锋锐忙道："属下按照惯例，封了他眼口耳。"忙掏出耶律吴欲耳中塞布。

李允则又重新问了一遍，耶律吴欲这才听到问话，喜道："李使君还记得我。"

李允则笑道："当然记得。数年过去，耶律郎君相貌可是一点都没变，反倒还年轻了些。"

这耶律吴欲原任契丹燕京留守府班济库都监，负责监管南京重要军事物资，但不是什么领军将领。澶渊之盟前，澶州之战形势正紧时，耶律吴欲忽然南下投宋。当时萧太后、辽圣宗亲自率军南侵，势如破竹，气势极盛。耶律吴欲却在这个时候主动投降，而且还是大宋立国以来第一个主动"归明"的耶律皇族，宋真宗感到脸上有光，遂格外重视，亲自召见，封其为官。不过也只是授三班奉职，这是宋廷对辽降臣的一贯策略。

但耶律吴欲却没有为大宋带来任何实质利益，唯一提供的稍有价值的情报，便是告知"雍熙北伐"时被俘的雄州知州贺令图[1]并没有

[1] 贺令图：开封陈留（今河南开封祥符）人。宋太祖贺皇后侄。少侍赵光义于藩邸，赵光义即位后补供奉官。历任莫州、雄州知州，握兵边郡十余年。他因久随宋太宗，知道皇帝一心想用收复"燕云十六州"来驱除"斧声烛影"的即位疑云，更是对高梁桥败仗耿耿于怀，没有一日不想伺机报仇，故而每次入奏，都声称辽国政治不稳，幽、蓟之地可取，于是方有"雍熙北伐"之事。其人轻而无谋。当时契丹耶律休格（又作耶律休哥、耶律逊宁）引军南下，故意派人送信给贺令图，称自己获罪于（转下页）

被杀。不过贺氏也没有出仕辽国，只是如同普通被掳宋民一般，被赐予某权臣为奴。这自然是因为贺令图是宋太祖赵匡胤皇后贺氏之侄，是皇亲国戚，又自小跟随宋太宗，为赵光义心腹，地位甚高，契丹不舍得将其一刀杀死。

与以往辽臣投宋均是得罪上司或是犯下过错不同的是，这耶律吴欲不闻有过，相处稍久，也知其人谨小慎微，确实是掌管重要物资的合适人选。但这样一个老实人，怎么会突然投宋呢？

耶律吴欲声称仰慕南朝风光，不求在朝中为官，只请求宋廷准他到处游历。他所称的游历，不是有官方陪同的那种，而是独自游山玩水。这种要求，实在奇怪，宋廷还是第一次听说。但宋真宗念在耶律吴欲是第一个降宋的契丹皇族，答应了他的要求。

为保险起见，宋真宗命皇城司多派探子，暗中对耶律吴欲多加照顾。这照顾有几个目的，一是监视耶律吴欲一举一动，弄清楚他到底要做什么；二来他汉话说得不大流畅，独自在中原游历，怕遭逢不测，有皇城司探子跟着，起码能避免不测，也算是一种保护吧。

原本有人揣度游历只是探查大宋军情的幌子，不想这耶律吴欲还真的就是游山玩水，在江南一带逛得不亦乐乎，反正花的是大宋官家赏赐的银钱，不花白不花。如此过了好几年，皇城司探子都厌倦了，深信耶律吴欲只是因为喜爱江南水乡风光，才投宋以偿心愿。宋真宗听到皇城司回禀后，还对耶律吴欲颇为赞赏，这种随心所欲，连家国都愿意放弃的男子，世间怕是也不多，便放松了监管，撤回皇城司探子，随他去了。

耶律吴欲是“归明人”，雄州机宜司自然也有其档案记录。李允则

（接上页）契丹，有心归降大宋，只愿得见雄州贺使君（此“使君”是对刺史的尊称，宋知州相当于唐刺史，非李允则所任之安抚使。书中对同一人物的称呼，会因身份差异而有所不同，非作者健忘或混淆）。贺令图贪功心切，竟然信以为真，亲自率领数十骑到辽营。耶律休格骂道：“你常好经度边事，今天来送死吧！”麾左右尽杀贺令图从骑，反缚贺氏而去。贺令图时年三十九岁，自此下落不明，宋廷默认其已死于辽军之手。贺令图父岳州刺史贺怀浦则在“雍熙北伐”战事中力战而死。宋名将高阳关都部署杨业亦在此战中被俘，最后绝食三天而死。因贺令图与父贺怀浦是这次北伐的首谋者，结果父子一人被杀、一人被俘，不但未能引来同情怜悯，反遭世人耻笑，即所谓“一岁中父子皆败，天下笑之”。

素来重视谍报及用间，阅览研究过机宜司所有档案。耶律吴欲南投时，李允则在河北任职已久，为边守何承矩副手，甚至还出面接待过耶律吴欲。后来听说此人只以山水为乐，一度感到惊奇。然大千世界，无奇不有，人也是林林总总，各有所好罢了。

此时此刻，李允则乍然认出县尉郑定国逮捕的契丹探子便是耶律吴欲，当真比当初听到其人恣情于江南山水还要诧异。

李允则虽然意外之极，心头疑云大起，但表面却不动声色，忙命侍卫解了绑缚，请耶律吴欲就座，和颜悦色地问道："耶律郎君何以不打招呼，便突然来到雄州？"有意无意地加重"不打招呼"四字。

按照惯例，除非朝廷特许，归明人一律不得再返回边州，以免有刺探军情或是北逃契丹之嫌。

这不是没有先例。雍熙北伐时，契丹边守耿绍忠被部下胁持南下，不得已降宋[1]。但这耿绍忠出自耿氏大族，父、兄均为辽国显宦，他自己还娶了辽国皇族耶律化哥之妹为妻，如何肯甘心仕宋？被授予官职不久，即设法逃离了汴京，试图逃回辽国，然还是未能如愿，在雄州被捕。彼时宋太宗执政，正为宋师惨败于岐沟关而震怒不已，遂下诏将耿绍忠处死。

耶律吴欲虽为人憨直，但还是立时明白了李允则的暗示，吞吞吐吐地道："这是吴欲之过失。吴欲来雄州之前，确实应该事先知会宋廷的。"

顿了顿，又老老实实地承认道："吴欲其实也想过要先上奏，可又怕被当今皇帝阻止，所以便干脆不上报，自己私下来了雄州。"

李允则一怔，追问道："那么耶律郎君北赴雄州，到底所为何

[1] 耿绍忠：辽武定军节度使耿崇美之子。兄耿绍纪，娶韩匡嗣之女。耿氏入辽后，为辽地汉人右姓，与大族韩氏相为姻娅，故亦为辽之豪门。耿绍忠幼以父荫资入仕，宋太宗雍熙三年（986年），仕至铜州节度使。是时，宋朝为恢复幽燕旧地而发动"雍熙北伐"，辽南京形势一度极为紧迫。当时辽圣宗与其母太后萧绰正游幸于饶乐河（今西拉沐沦上游），耿绍忠以心腹大臣扈从左右。边报紧急，辽圣宗遂遣耿绍忠为蔚州监城使，赶赴前线。不久，宋大军至蔚州，攻围甚急，左右都押牙李存璋、许彦钦等遂斩主帅萧啜里（妻子耶律和古典为辽世宗长女、辽景宗亲妹），逮捕监城使耿绍忠，以城降宋。而耿绍忠被挟裹降宋后，谋归辽，被宋觉察。

事？”言外之意，已不大相信耶律吴欲是要北逃回辽国。

耶律吴欲道：“唔，那个……来雄州，跟吴欲去江南的目的，是一样的。”

一旁侍卫忻继勋也听过耶律吴欲南下江南一事，此刻听了对方云山雾罩的一番话，忍不住插口问道：“郎君该不会说你来雄州，也是为了游山玩水吧？”

耶律吴欲犹豫了一会儿，才摇头道：“不是。”

李允则问道：“这么说，这些年，耶律郎君人在江南，也不是因为水乡风光？”

耶律吴欲道：“不是。”

忻继勋道：“咳，你就不能一次把话痛痛快快地说完？”

李允则当即斥道：“放肆！没大没小！还不快些向耶律郎君赔罪。”

耶律吴欲忙摆手道：“李使君不要责怪侍卫，都怪吴欲一开始就没有把话说清楚。”

原来耶律吴欲自幼有个心仪的女子，后来那女子设法逃离了南京。耶律吴欲一直有心去找她，他曾听那女子说过，要去江南水乡，是以他降宋后提出的唯一要求，就是准他去四方游历。他在江南徘徊不已，名为游览风光，实为寻人，然数年未果，他不由得开始怀疑心上人或许根本未至江南。近来他忽然想到，或许她说的“江南”，是指拒马河以南，“水乡”则是指宋朝那道水上长城，譬如东塘、西塘、南塘、北塘之类。一念及此，便又匆匆北上，赶来雄州。

到雄州州城之前，耶律吴欲已在水淀一带努力寻找过，但却没有发现心上人踪迹，便继续北行，预备到拒马河一带寻人。

侍卫忻继勋奇道：“耶律郎君放弃契丹皇族身份，从北方折腾到南方，又从江南折腾到雄州，来来回回折腾这么多年，就是为了寻找一名女子？”

耶律吴欲点点头，道：“寻到她，是我今生最大的希望。”

忻继勋惊异不已，还待再问，见长官连朝自己以目示意，不得已，只得将到口的话吞了回去，垂手退到一旁。

李允则道："耶律郎君情比金坚，好生令人感动。敢问那女子叫什么名字？"

耶律吴欲道："这个嘛……"似不愿意说出心上人的名字。

李允则道："郎君不妨将名字告知本使，本使也好帮你寻找。"

忻继勋见耶律吴欲仍是支支吾吾，按捺不住，插口道："你这个人可真奇怪。你若是一开始就将那女子的名字上报朝廷，朝廷出面张榜找人，还不一下就找到了？何必你自己辛苦这么多年。现下安抚使好意要帮你，你还这般畏畏缩缩，到底有什么说不得的？"

李允则斥道："还多话！再擅自插嘴，军法从事。"

忻继勋闻言，吐了吐舌头。同伴白锋锐低声道："别再多话了，真惹恼了安抚使，可要吃不了兜着走。"

耶律吴欲又迟疑了一会儿，见李允则始终望着自己，只好道："吴欲也不知道她现下叫什么名字。她以前的小名，叫燕姿。"

李允则闻言一愣，又问道："燕姿既然千方百计才逃离燕京，想必是被契丹掳至辽地的宋人，何以逃回故土后，还要改名？"

耶律吴欲道："燕姿早年定了亲，她家里要将她嫁给一个比她年长一倍有余的已婚男子，她若仍用本名，多半会被娘家人和夫家人找到。"

李允则这才恍然大悟，道："难怪耶律郎君不敢请朝廷帮你寻人。"

耶律吴欲当即起身，朝李允则行了一礼，道："多谢李使君体谅。寻人这件事，还是吴欲自己来做比较好。"顿了顿，又道："如果李使君允准的话。"

忻继勋道："如果我们安抚使允准耶律郎君在雄州跑来跑去，他自己就有大麻烦了。"

李允则喝道："锋锐，把他嘴封上。"

白锋锐躬身应道："遵命。"他当然也不会真的去封忻继勋的嘴，只朝同伴摇了摇头。

李允则道："耶律郎君请坐。寻找燕姿的事不急，这么多年都等了，也不急在这几日。再则说，燕姿果然人在雄州的话，也不会在最近匆匆搬走，早晚能找得到她。郎君说对不对？”

耶律吴欲已从侍卫忻继勋言语中猜到李允则必须得先行扣押自己，上奏后再等宋廷指示，虽感气馁，然亦是无奈，只得抱拳道：“吴欲全听李使君示下。”

李允则道：“正好有件事，本使想向耶律郎君请教。”

耶律吴欲忙抢先道：“吴欲天生平庸无用，之前在辽国就被族人耻笑，也不得重用，对朝政一无所知。能够掌管班济库，也不是凭本事，全赖天生的耶律姓氏。”

李允则笑道：“本使对耶律郎君为人多少有些了解，当年若不是为了寻找心上人燕姿，你也不会背叛辽国。但就算你投宋归明，还是不会泄露契丹机密大事，对不对？”

耶律吴欲刚要辩解，李允则摆手道：“人心都是肉长的，本使能够体谅耶律郎君的立场。郎君放心，本使要询问的，无干辽国军政，本使只想问问贺令图之事。”

耶律吴欲先是一怔，随即应道：“贺令图之事，吴欲当年便已将详情告知过赵知事，他人还活着，至少数年前吴欲离开南京时，他还在北院大王耶律化哥门下做奴隶。”

李允则笑道：“耶律化哥现下已经是北院枢密使了。”

北院枢密使地位尚在北府宰相之上，等于是一人之下、万人之上的人物。耶律吴欲闻言倒也不十分惊异，只点点头，道：“太后素来喜欢耶律化哥这类有手段够狠辣的人。”

忽想到自己幼年时也受过太后萧绰抚育之恩，而今斯人已逝，他却已经成了契丹叛徒，个人声名倒也罢了，竟不能在太后灵前一拜，做最后诀别，实是心中愧疚难安，一时颇有黯然之色。

李允则道：“关于贺令图被俘之后的事，本使想询问得更详细些。”

耶律吴欲未及回答，忽有人轻轻敲了敲门，叫道：“赵探求见。”

李允则遂命道：“叫他进来。”

赵探进来见过礼，目光旋即落在耶律吴欲身上，“咦”了一声，道："我见过你。"

耶律吴欲应道："我也见过你。"

赵探道："你前几日是不是一直在南塘转来转去，一副不怀好意的样子。"

耶律吴欲道："你人也在南塘，刻意躲躲闪闪，也不像是好人。"

两人相互凝视，忽然一齐笑了出来。

李允则忙引荐道："这位是耶律吴欲。这位是国信所知事赵探。耶律郎君是什么人，赵探是知道的。耶律郎君，你刚才还提及的赵延祚赵知事，便是赵探的祖父。"

耶律吴欲"啊"了一声，忙道："当年吴欲忽然起意南奔，匆忙渡河，多亏了尊祖父接应，吴欲才没有被捉回去，不然恐怕现下早已尸骨成灰了。"

赵探拱手道："好说好说。"自是对降臣耶律吴欲忽现身雄州满怀疑问，却又不便询问。

李允则道："本使正要向耶律郎君细问当年贺令图之事，赵知事既然来了，不妨一道听听。"

赵探躬身应道："下官遵命。"当即垂手立到一旁。

耶律吴欲问道："李使君还想知道些什么？"

李允则道："贺令图是皇亲国戚，又是太宗皇帝心腹大臣，身份决不同于一般郡守。当年契丹统帅耶律休格统领数万精兵南下，攻城略地，轻而易举，却不惜亲自行诈降之计，将贺令图诱擒，应该不会只是为了将他赐给耶律化哥为奴隶吧？"

耶律吴欲踌躇道："贺令图身陷辽地已有二十多年。这件事，很重要吗？"

李允则肃色道："很重要。"见耶律吴欲仍然迟疑，便道："耶律郎君该知道本使不得不将你暂时扣押。不过朝廷那边，本使一定会尽力斡旋。或许圣上体察耶律郎君殷殷寻人心意，会格外开恩，破例允准耶律郎君在雄州继续寻人。"

意外之意，无非是暗示耶律吴欲，若肯吐露关于贺令图的全部实情，李允则便会上奏求情，也许宋真宗会顺势同意允准耶律吴欲留在边州。

耶律吴欲再蠢再笨，也立即会意了过来，揣度贺令图之事与契丹军政无干，自己之前有意略过细节，也仅仅是不愿张人丑事。然事情过去已久，现今自身处境也是不妙，不得不有所妥协，遂实话告道："当年宋辽两国交战，吴欲年纪很小，也不知事，但先父恰好在燕京留守府任职，又总在家族聚餐中拿贺令图当笑话讲，所以吴欲倒是了解了他不少事。"

料想李允则专意询问贺令图被俘后事，必有深意，遂将所知一五一十地说了出来——

契丹军统帅耶律休格以诈降之计，俘虏了雄州知州贺令图，随即派人将其押解回燕京，交由堂弟耶律化哥审讯。

"雍熙北伐"之前，耶律化哥任南京留守，捕获了一名叫金勇的宋朝间谍，拷问出了宋将高琼将率领宋精锐水师海上进攻的机密信息，辽军抢先布防，令宋朝水陆夹攻、收复幽州的计划彻底失败。萧太后对此事大加赞赏，也意识到情报的重要性，于是命南京留守耶律化哥专掌对宋用谍刺事，耶律化哥遂在燕京留守府设勾南局。

这一节，在当时属于高度机密信息，然二十年过去，你死我活的双方已成为兄弟之国，宋廷亦早知勾南局诸事，故而耶律吴欲也没有顾虑，毫无隐讳地说了出来。

当时耶律化哥已从被捕的宋方间谍金勇口中得知，宋廷专设有雄州机宜司官署，挂名长官为皇帝心腹宦官，实际长官是雄州知州贺令图，但真正执事者却是雄州豪强赵延祚，其人神出鬼没，据说身边护卫尽是武艺精湛的死士。宦官远在汴京，赵延祚也是行踪飘忽无定，但贺令图却是雄州长官，实打实的有迹可循。正逢耶律休格要领兵南下，耶律化哥遂令堂兄务必生擒雄州知州贺令图。

辽军屡屡南下侵宋，并不是要占领土地，而是要抢夺物资及人口，攻坚亦非辽军所长，故而入宋境后极少浪费兵力去攻打城池，除非是像定州这类云集大量工匠的地方[1]。耶律休格苦思之下，决意巧取，竟然一举奏效，以一封简单的诈降信将贺令图诱来己方军营，实不费吹灰之力。

贺令图一到燕京，便被押进了新成立的勾南局。彼时宋间谍金勇尚未被处死，耶律化哥有意当着贺令图的面对其施以残酷刑罚，将其折磨了一天一夜后，方才挖出心肝，肢解而死。贺令图亲眼见到种种血腥惨状，战栗不已，当听到耶律化哥下令将他绑上刑架时，立时软倒在地，苦苦哀告，求饶不已，遂招出了雄州机宜司布于燕地的间谍名单。

赵探闻言大吃一惊，道："你是说，米雳那些人是因为贺令图的供词，方才被耶律化哥抓住？"

转头看了李允则一眼，道："原来我们一直都想错了，还以为是金勇。"

耶律吴欲也不知道米雳是谁，只应道："据吴欲所知，贺令图招供后，燕京留守府紧急出动兵马，在南京大肆搜捕，逮捕了许多人，不少人都确认是宋方间谍。那一批间谍算是勾南局捕获的第一批宋朝间谍，不过当时战事频繁，基本上都未经讯问，便被在还师仪式上以射鬼箭处死了。"

顿了顿，又道："吴欲不记得听过米雳的名字，倒是有个叫嘉仁的男子。之所以有印象，是因为父亲特意强调过辽东嘉氏[2]是燕太子丹

[1] 定州有著名的定窑，是中国传统制瓷工艺中的珍品，宋代六大窑系之一，始于唐，为邢窑的后继者，在五代时期就已经发达。主要产地在今河北省保定市曲阳县（原属今定州市）的涧磁村、野北村及东燕川村、西燕川村一带，因该地区唐宋时期属定州管辖，故名定窑。定窑原为民窑，北宋中后期开始烧造宫廷用瓷，以产白瓷著称，兼烧颜色釉，如黑釉、酱釉和绿釉瓷，文献分别称其为"黑定""紫定"和"绿定"。入宋后，定窑地位提高，而辽对中原工匠孜孜以求，曾数度占领定州，俘工匠北上制瓷。辽陶瓷器早期产品，有不少白釉皮囊壶，形如皮革缝制的水囊，壶身通体施白釉，微泛黄，胎白质细，既与契丹族"青牛白马"的古老传说有关（相传契丹男性始祖以白马为图腾），另外也与擅长烧造精美白瓷的定窑工匠大量北上有关。

[2]荆轲刺秦王失败后，秦王嬴政派大将军王翦、辛胜进攻燕国，燕国联合代国发兵抵抗，于易水西为秦军击破。秦军随后大举攻燕国，攻克燕都蓟城。燕太子丹和燕王喜逃至辽东，燕太子丹隐匿于衍水。秦将李信率军追击，屯兵于首山（今辽宁辽阳），使人书数太子丹之罪。燕王喜大惧，遂佯召太子丹计事，以酒灌醉，缢杀之，然后断其首，并将其头献给秦军以求和。然而，秦军仍然进兵，后终（转下页）

后人。”

即便是契丹人，也对荆轲刺秦的勇气和胆量赞叹不已[1]，而荆轲的幕后主使，便是燕太子丹。

赵探不由自主地转头去看李允则。李允则面色肃穆，重重眨了一下眼皮。二人虽然未曾接话交谈，却均是一般的心思：这嘉仁，便是宋朝间谍首脑米霁的化名。之所以刻意选用“嘉”姓，正是为了冒认为辽阳汉人，好更方便接近目标人物。

耶律吴欲又道：“这后面的事，李使君就应该猜得到了。”

辽南京留守耶律化哥因功升任北院大王，他一手创建的勾南局名义上仍然隶属于燕京留守府，但已不属南京留守职责，而是仍由耶律化哥掌管。凡牵连外境之事，均归勾南局管辖，且有生杀大权，可任意处置被逮者，可谓大权在握。勾南局稍成建制后，契丹也学宋朝皇城司做法，长官常年兼任，不予更换[2]。从勾南局创建之日起，到耶律吴欲南逃之时，耶律化哥始终兼任勾南局长官，没有变动过。

至于“居功至伟”的贺令图，身上价值被彻底榨干后，契丹也讨厌此类软骨头，不愿意任其为官，萧太后干脆将他赐给耶律化哥为奴。耶律化哥又将宋人皆嘲笑贺氏父子之事告知贺令图，贺令图愈发羞愧难当，连连磕头，表示愿意做牛做马侍奉耶律化哥，只求保全贺氏名

（接上页）于灭燕，俘虏了燕王喜。后人们为了纪念燕太子丹，将衍水改名为太子河。明人韩承训有《咏太子河》诗云：“燕丹昔日避秦兵，衍水今传太子名。渠口远从千涧出，头边近倚一川平。斯干自入维熊颂，如带应同白马盟。向晚渡前争利涉，隔林烟雨棹歌行。”西汉末期，王莽篡汉，为收揽人心，赐燕太子丹玄孙姬嘉“王”姓。东汉建立后，姬嘉后人即全部抛弃王氏，部分恢复姬姓，另一部分以嘉字为姓氏，称嘉氏，世代相传至今。

[1] 今河北易县县城西南一公里处的荆轲山村村南的荆轲山上有荆轲塔，又称圣塔院塔，建在荆轲衣冠冢上，形如利剑，直指苍天。从塔东遗存的碑碣来看，圣塔建于辽天祚帝乾统三年、宋徽宗崇宁二年（1103 年）。建塔同时，还在这里兴建了寺院，但目前寺院已无迹可寻。

[2] 自大宋立国以来，皇城司长官均由皇帝心腹担任，且不轻易更换。如大宋第一任武德使（皇城司原名武德司）为王仁赡，尽管其人官职不断变化升迁，如作为使臣陪同南唐使者韩熙载返回南唐，又担任统兵参与将领攻灭后蜀之战，但始终兼领武德使一职，持续十余年。后来王仁赡因犯下贪污百姓财货、杀害降兵导致蜀地叛乱等罪而失宠，宋太祖因武德司责任重大，罢去王仁赡武德使之职，改由刘知信接任。刘知信生母是昭宪太后杜太后亲妹。刘氏以戚里致贵，尤被亲任，自出任武德使后，地位巍然，一直到宋太祖过世、宋太宗即位，又改武德司为皇城司后，还在继续担任皇城司长官，后因亲近秦王赵廷美，为宋太宗所忌，这才被免职。

声。耶律化哥遂令贺令图改名宋奴，对外则称贺氏已被处死。正因为连耶律化哥都没有做得太绝，愿意为贺氏保全最后一点颜面，故而先前耶律吴欲也未提及贺令图一经受审便即招供求饶之事。

耶律吴欲道："关于贺令图，吴欲所知道的就是这些。不知可有为李使君解惑？"

李允则遂起身道："时辰不早。这里是白沟驿，按例不能留住外人，本使派人送耶律郎君回城歇息。请郎君暂时在州署客馆中歇息几日，少安毋躁，寻人之事，本使放在心上，必定会助郎君一臂之力。"

耶律吴欲讪讪道："若是大宋皇帝命李使君送吴欲回汴京，那么寻人之事，就不必劳李使君费心了。寻找燕姿这件事，非得吴欲自己去办不可，吴欲实有难言之隐。请李使君务必答应吴欲这个请求。"

李允则微一踌躇，即道："好，本使答应你。"

又道："若是皇帝最终还是决定要召耶律郎君回京师，那么寻人之事，不独本使，郎君也就此作罢吧。"这一句，是多余的一句，也是殷殷规劝之语。

耶律吴欲叹道："吴欲应该是会就此作罢吧。"

又摇了摇头，道："其实吴欲也不知道自己到底会怎么做。我心中始终放不下燕姿，期待今生今世还能再见她一面。或许吴欲还会上书请求皇帝开恩，允准吴欲再来雄州寻她。"

他汉语说得不大流畅，言语再普通不过，也没有任何华丽辞藻，但语气中流露出的至情至性，却在瞬间打动了在场所有人——

这个貌不惊人、看起来还有几分呆板的男子，竟然是名痴心汉。世事百幻，心志如一，千万里只为追寻她的踪迹，这份深情，世间罕有。然能有一个心动的人，念念不忘，亦是莫大之幸事。

兵士护送耶律吴欲离开后，赵探刚要禀事，县尉郑定国便匆忙奔了进来，报称捉住了契丹神武军总教头刘遂。李允则极为意外，忙询问经过。听说刘遂手下自医馆掳走今日方到雄州的王惟一，不由得摇头道："这可实在想不到。原来他们只为王惟一而来，本使还以为他们这一行人会去祁州。”

素来沉默少言的侍卫白锋锐罕见地插口问道：“崔玄妙人可有事？”

郑定国答道：“崔小娘子先被刘遂在脖子上割了一刀，流了不少血，而后又撞在案角上，人晕了过去，医馆医师、执事都不在，无人救治，所以我先派人将她送回州署客馆了。”

又拍了拍白锋锐肩头，道：“不过崔小娘子受伤不重，她也不是弱不禁风的妇人，李钤辖也派了军营军医赶去州署了，应该不会有事。放心。”

他知道白锋锐格外关心崔玄妙，并非其他，而是白锋锐之父白守素本该是出使契丹的副使。白守素因往年交战时射杀过太多契丹兵，不愿意踏足辽地，故而上书推谢了使者一职。宋真宗亦能体谅，未加怪罪，这才有崔可道取而代之，却不想崔可道竟死在了辽地，白守素心中极为过意不去。白锋锐面对崔氏孤女，亦感歉疚。

同来的雄州都钤辖李子沐躬身道：“据郑县尉判断，刘遂被捕时，王惟一应该就已经被其同党带出县城了。本朝使者灵柩将归，而今算是特殊时期，又已入夜，下官未敢擅自调动兵马出城搜捕王医师及刘遂余党，特赶来驿馆请安抚使示下。”

李允则摇头道：“李钤辖做得好。大半夜的，就不必惊扰一方百姓了。”

县尉郑定国问道：“那么就任由刘遂同党绑走王惟一吗？”

李子沐也问道：“要不要连夜封锁州界，再知会界河巡检司封锁界河？”

李允则摆手道：“先不用兴师动众。”又问道：“刘遂人在哪里？”

郑定国忙道：“人带来了，就押在驿馆外。”

县尉郑定国在医馆抓住刘遂后，便将其送进县狱关押。雄州州城即是归信县城，县狱同时兼做州狱，位于州署和县署之间，州署西墙兼做县狱东墙，县署东墙兼做县狱西墙，戒备森严，犯人根本没有逃逸的可能。

郑定国随即赶往军营知会雄州都钤辖李子沐，商议要如何处置医师王惟一被掳一事。彼时李子沐正与定州都钤辖曹玮秉烛夜谈，二人闻听经过后，均认为虽则刘遂被捕，但情况未明，不应深夜调动兵马。李子沐遂只下令封锁全城，加强巡逻警戒。

李子沐欲赶往白沟驿请示长官，又料想刘遂身份不凡，李允则必定会连夜提审，便与县尉郑定国一道赶来县狱提取刘遂。不想县狱狱长还禀报了一件奇事，刘遂被关入大牢后，即想方设法呼叫狱卒，许以重利，只为打听大牢中是否关有长年未曾处决的死囚。

县尉郑定国又道："这件事，似乎有点古怪。下官返家时路过医馆，看到馆中有灯，想到王医师新到雄州，可能会有些不适应，便想进去问问他可有什么需要，不想推门进去时，正好看到刘遂和崔小娘子站在一处交谈，二人看起来也不像是针锋相对的样子。"

白锋锐格外留意崔玄妙诸事，当即插口问道："既然不是针锋相对，刘遂何以会拿刀割伤崔玄妙脖颈？"

郑定国踌躇道："这个嘛……"

李允则当即侧头，严厉地瞪了白锋锐一眼，又摆手道："不必理会他。郑县尉请继续说。"

郑定国应道："是。下官的意思是，刘遂见到我方官兵冲入医馆时，神色自若，并不如何紧张，甚至将兵刃抛在一边，束手就擒。他是声名显赫的契丹军总教头，如此轻而易举便被拿下，实出乎下官意料。还有一则，刘遂在县狱中打听死囚之事，就更奇怪了。"

李允则点点头，道："本使知道了。你二位辛苦，城中须得有人主持大局，你二位即刻赶回城中，声称今晚在医馆被捕的奸细在押往白沟驿途中逃走了，但不必刻意张扬此事，也不要提及刘遂的名字。"

郑定国一怔，追问道："谎称奸细半途逃走了吗？"

李允则点点头，道："城中要全面戒严，只准人进，不准人出，就算是军中将士有公事外出，也要严格校验腰牌及令信。"

郑定国、李子沐虽然满腹纳罕，却不敢多问，躬身应道："遵命。"遂告退辞出。

李允则又道："赵探，你留下跟本使一道审讯刘遂。继勋，你去将人带进来。”

侍卫忻继勋应了一声，急忙奔出驿馆东门，东瞧西看，却不见刘遂人影。县尉郑定国忙过来告道：“人在石狮脚下的麻袋中。听说刘遂武功了得，我不敢轻易去除其身上重铐，但如此他便不能骑马，大半夜车载出城，又极不方便，所以我临时起意，将他人装在了麻袋中，横在马背上驮了过来。”

忻继勋先是一愣，随即竖起大拇指，笑道：“郑县尉这法子够聪明。”

县尉郑定国又告道：“对了，刘遂在医馆登记册上写下的名字，是辛继勋。”

忻继勋奇道：“那不是我的名字吗？他居然冒用我的名字？”

郑定国忙道：“是辛苦的辛。”又打量了忻继勋一番，奇道：“这会儿借着灯火一看，这刘遂跟你忻继勋还真有几分相像呢。”

雄州都钤辖李子沐已翻身上马，扬鞭叫道：“郑县尉，该走了。”

郑定国便拱了拱手，匆忙辞去。

忻继勋走到石狮子边，命兵士解开麻袋，将刘遂拖了出来。

刘遂入县狱时已被强行剥去宋军兵士衣衫，换上了赭色囚衣，灯火一照，煞是醒目。忻继勋看了他几眼，转头问道：“他跟我像吗？”

兵士干脆地答道：“不像。”

刘遂双手被绑在背后，双脚钉了粗笨的镣铐，口、眼、耳尽被封住，看不见，听不到，也无法开口，只茫然立于当场。忻继勋将他拖到灯笼下，又仔细打量了一番，摇头道：“我觉得也不像。”

一行人自东正门进来时，正遇到驿馆馆长庾沧浪。庾沧浪一眼留意镣铐锒铛的刘遂，问道：“这是将要遣返回北面的逃人吗？何以带来了驿馆？”

忻继勋不敢随意泄露刘遂身份，简短答道：“是安抚使要见的犯人。”

刘遂被带入堂中后，方才解开口禁，去了蒙眼黑布及耳中面塞。他人被塞到麻袋中，一路颠簸，模样很是狼狈，但气度却依旧沉稳，只不动声色站在堂中。

侍卫忻继勋还欲强令他跪下，李允则摆手道：“不必了。”又问道：“你便是刘遂吗？刘公子，本使仰慕你大名已久。”

刘遂应道：“刘某亦久仰李使君大名，听说李使君是忠厚长者，素来好手段。”

“忠厚长者”一句，实则大有来历。李允则上任雄州知州时，宋辽已议和停战，李允则仍然加紧修筑城堡营垒。辽圣宗得到消息后，很是担心，询问大臣道：“宋朝还在修建城池，加强战备，他们会不会违背和约？”汉人大臣张俭回答道：“李雄州任安抚使，他是个忠厚长者，不必怀疑。”

张俭[1]是宋太宗至道二年（996年）契丹状元，为辽圣宗亲自选拔，素被信用。他本人又曾作为副使，随正使、长宁军节度使耶律汉宁出使过宋朝，见过李允则本人。辽圣宗听信了张俭一番话，这才没有做出激烈反应，但仍然将此事知会了宋廷。

宋真宗不敢得罪辽方，急忙下诏询问这件事。李允则答道：“双方签订停战盟约时，工事只修了一半，我担心就此放弃，便会就此荒废，实在可惜。再说边境战事时时变化，未来难以预测。”暗示要时刻居安思危。宋真宗也予以认可，此事遂不了了之。

作为弥补，李允则主动撤掉了雄州城上用以观察敌情的望楼。宋辽对峙时，宋军在雄州北面挖了很多陷马坑，李允则下令填平陷马坑，让人在上面拓垦田土，种植蔬菜，行为友善，诚意昭然。辽方也对此表示满意，认为张俭说得不错，李雄州确有忠厚长者之风。

---

[1] 张俭字仲宝，宛平（今北京）人，历任枢密使、节度使、左丞相等要职。辽圣宗去世时，张俭受遗诏辅立太子耶律宗真。辽兴宗即位之后，加太师、中书令、尚父，先后受封为韩王、陈王。张俭虽然地位显赫，但注重节俭，平日只穿粗丝织成的绢帛，每餐只食一菜，月俸只要有节余，便拿来接济亲朋旧友。辽兴宗听闻后还不相信，趁张俭到便殿奏事，暗中派近侍用火夹将张俭的旧袍烫了个洞，以作为记号。然之后每次再见张俭，他都是穿着那件带洞的袍子。辽兴宗问其缘故，张俭回答说：“我穿这件袍子已经三十年了。”辽兴宗怜悯他清贫，让他任意取用内府物品。张俭奉诏后，只拿了三匹布出来。后以九十一岁高龄去世，号称“功著两朝，世称贤相”，葬于析津府（即辽南京）宛平县仁寿乡陈王里。又，1969年，张俭墓志铭在北京西城新街口以西桦皮厂、明代北城基下出土。1973年夏，桦皮厂以东后桃园一段城墙拆除时，发现辽张俭之子张嗣甫墓志。故而专家分析，辽张俭墓志不是墓葬出土，而是被用作明代初年建筑北部城垣的基础用石。

然不久后，李允则便以事佛为名，在雄州修建了一座佛塔，供人们登高望远，三十里以内一目了然。而以往城上望楼，只能看到十里以内的情形。原先填平的陷马坑改作田地，挖井开沟，种满荆棘树木，成为天然障碍，效用一点也不比陷马坑差。

又下令给安抚司，规定所辖境内凡是隙地，都必须种上榆树。一段时期后，榆树布满塞下，纵然契丹骑兵南下，也难以纵横驰骋，施展不开。

又以“东岳祠计”，成功将旧瓮城[1]与雄州城连为一体；又用“上元花灯计”予以离间，令辽方自毁长城，处死了南京统军萧觅哥[2]；以“两贯钱计”，除掉了潜伏于雄州的某契丹间谍[3]。

辽方事后追悔，方才知道“忠厚老者”其实饶有智计，城府极深，再也不敢掉以轻心不说，更是派了大批探子潜入雄州，专意监视李允

---

[1] 瓮城：古代城市的主要防御设施之一，即在城门外（亦有在城门内侧的特例）加筑小城，高与大城相同，其形或圆或方，圆者似瓮，故称瓮城，方者亦称方城。由于瓮城设在侧面，故而增强了防御能力。雄州州城北面原来修了一座单独的城池作为瓮城，城中还有不少居民。李允则上任雄州知州后，想将旧瓮城改建，与大城合为一体，以增强防御，同时也能更好地保护瓮城民众。但彼时宋辽已经议和，双方约定不在边境增修军事设施，若是就此改修瓮城，必然引来辽方抗议。李允则便先在瓮城旁边修建了一座东岳祠（即泰山祠，奉祀东岳大帝）。当时宋真宗正大搞上天书、封禅泰山，李允则此举不但没有引来辽人怀疑，还被时人认为是谄媚宋真宗之举。东岳祠建成后，李允则拿出百两黄金打造成供奉器物，并号召民众也献出金银等器物，放在东岳祠中祭祀东岳大帝。一时间，应者如云。不久，李允则派人秘密将东岳祠中的金银器物全部取走，对外则声称北面来了盗匪，派兵在城北大肆搜捕。盗匪自然是未能搜到，李允则装出很气恼的样子，下令修筑城墙，好保护东岳祠。如此掩人耳目，最终将瓮城全部纳入雄州大城中。

[2] 上元节即正月十五，自古以热烈喜庆的燃灯习俗为主。北宋最著名的节日即“汴京元宵”，宋人极为之心醉。词人周邦彦记录说：“望千门如昼，嬉笑游冶。”说的是汴京每逢元宵之时，皓月当空，华灯似海，夜明如昼，游人如云。但雄州一带却没有燃灯赏玩的习俗。李允则到任后，即在城中张灯结彩，遍燃花灯，又派伶官表演歌舞，放开城禁，怂恿民众彻夜游玩。次日，便有探子报称辽南京统军久慕宋朝花灯，打算偷偷来雄州观看。李允则便精心安排了一番。不久，辽南京统军穿着紫衣入城，径直来到城中旅舍。李允则人也在那里，但未与对方交谈。李允则安排的女奴上前服侍紫衣人，殷勤相劝，令其喝得酩酊大醉。紫衣统军返回南京后没几日，便被契丹诛杀。此为历史真事。李允则事先得知辽统军详细行踪，而契丹方亦立即能知悉手下统军去了宋境游玩观灯，足见双方间谍都不简单。

[3] 某次两属地发生一起严重打架斗殴事件，有契丹人打伤了宋民。宋民跑到雄州州府告状，要求李允则做主，向契丹讨回公道。李允则根本不做任何调查，只给了被打伤的宋民二千钱（两贯），聊作安抚之资。众人都认为李允则不愿得罪辽方。不少人对此颇有微词，认为李允则太过胆小怯弱。一个月后，辽方派人来雄州质询此事（契丹间谍上报了打架斗殴事件，辽方想用这件事大做文章），李允则回答说根本没有这回事。辽方灰头土脸，以为是己方间谍妄报，就将该间谍处死。

则的一举一动。

李允则听出刘遂言语中嘲讽之意，也不动怒，只微微一笑，道："原来在北面，本使声名这么差。这样吧，不妨来试试，看传闻中本使的好手段，能不能令你这位神武军总教头折服。"

刘遂冷然道："李使君不必客气，尽管使出手段来。"

李允则问道："那位刘太原，应该不会真的是刘公子妹妹吧？能劳动你这位总教头亲自护送来雄州就医，身份必不简单。会不会就是当今辽国皇帝最爱的公主？"

一旁赵探、忻继勋、白锋锐诸人闻言均吃了一惊。刘遂亦大为意外——

化名刘太原的耶律燕哥正是辽圣宗最爱的梁国公主，但公主的真实身份是机密，刘遂只告诉了崔玄妙，甚至与潜伏于宋境的契丹间谍联络时，都没有透露过半句。然崔玄妙人已经被撞晕了过去，应该不可能这么快就将相关信息泄露给雄州官府。

而且刘遂当时对崔玄妙实言相告，一是难以拒绝对方的问话，二来也是发自心底地信任崔玄妙，但为什么会对这个才第二次见面的女子信任至斯，他也说不清楚原委。或许他只是一时情绪化感情用事，但愿他不会因为一时冲动而追悔莫及。

李允则又道："刘公子不必猜了，没有人透露给本使，是本使自己猜的。本来本使也猜不到，毕竟与梁国公主年纪相仿的契丹贵族女子不在少数，但既然刘公子未携梁国公主赶赴祁州，一心只针对王惟一王医师，那么病人必是梁国公主无疑了。"

刘遂只一声不吭。他早听闻过李允则诸多奇事，知道其人表面是个忠厚老者，实则精明无比，稍微不慎，便可能会被他从口风中打探过梁国公主踪迹。

一旁忻继勋却听得糊里糊涂，问道："王惟一不是今日才到雄州吗？他也不是特别有名的医师。我是说，王惟一跟他师傅邳医师相比，名气可差得太多了。为什么刘遂掳走王惟一，便能证明他那位假妹妹是辽国公主呢？”

又生怕长官斥责自己随意开口，忙指着刘遂解释道：“这小子到医馆后，冒充属下名字，以属下的名字诓骗走了王惟一，医馆登记册写的也是属下的名字，所以这件事，属下非得问个清楚明白。”

刘遂这才知道李允则身侧的侍卫便是忻继勋，不由得惊奇望了他一眼。

忻继勋冷笑道：“看什么看？当真以为你跟我长得有几分相像吗？再告诉你，我姓忻，是忻民之善的‘忻’，可不是千辛万苦的‘辛’。”

一旁赵探忙接口道：“难怪刘遂同党能带着王惟一顺利出城，原来并没有对王医师用强。”

李允则问道：“是不是你们契丹人绑走了祁州名医邳良诚？也就是王惟一的师傅。”

刘遂只是闭口不答。

赵探奇道：“刘公子好生奇怪的一个人。你适才不是还口出妄言，想尝尝安抚使的手段吗？何以安抚使问话，你便成了哑巴，这便是你的本事吗？”

李允则道：“刘公子不肯开口，本使先说，不对的地方，劳烦刘公子指点。”

又道：“之前契丹绑走祁州邳医师，是为了给病入膏肓的那位治病，对不对？因为药石无效时，针灸往往有奇效。邳医氏最擅长针灸，邳氏独门针术，天下无人能及。”

李允则所称“病入膏肓的那位”，自是指新逝不久的辽太后萧绰。料想辽国御医对病情束手无策，便有人想到了针灸之术，刚好祁州名医邳良诚曾以针灸之术救活契丹使者耶律宁，是最合适不过的人选。于是契丹出动精锐人手奔赴祁州，将邳良诚掳往南京。

但邳良诚却是个刚烈性子，发誓不给辽人治病，这辽人，当然也包括萧绰。两相僵持不下，最后的结果是，萧太后不治身死，邳良诚大概也被辽人杀死殉葬，或是已经抢先自杀而死。

梁国公主耶律燕哥身患怪病之事，早已不是什么秘密，辽圣宗还专门悬过皇榜，以重金悬赏，聘请天下名医为公主治病。邳良诚被掳至燕京后，必定见过梁国公主。而辽方也从邳氏言语中得知针灸可治好公主怪病，遂在萧太后葬礼后，选派刘遂护送梁国公主潜入宋境就医。之所以不如法炮制将王惟一绑去燕京，自然是怕重蹈覆辙，再度出现王惟一宁死也不肯出手救治梁国公主的一幕。

听到这里，侍卫忻继勋恍然大悟，道："原来这些事，前后都是大有联系的。"

李允则又道："既然刘公子没有带梁国公主前往祁州，又将王惟一诓出雄州城，那么梁国公主应该还在雄州，两属地是最合适不过的藏身之处。刘公子，你来说说看，如若本使现下调派三千兵马，拉网搜索两属地，尤其是白沟驿西面一带，找到梁国公主的可能性，会有多大？"

刘遂忙道："两属地名为两属，既属于宋朝，也属于契丹，李使君不能没来由地调动如此多兵马进入这一带区域。"

李允则道："高阳关都部署杨延昭家的小公子杨文广白日被人掳走，这算不算来由？应该算是大事了吧。"

赵探忙躬身道："下官得到密报，掳走杨小公子的歹人就藏身在两属地。安抚使，事不宜迟，请立即下令。"

李允则遂命道："来人，命界河巡检司先封锁界河，以防歹人听到风声后渡河逃逸。"

刘遂心中立时有些发急，脚下刚动，便被身后两名兵士左右执住。他本能地出力反抗，欲挣脱掌握，却被兵士踩住脚镣，牢牢按住肩头，再也动弹不得。

李允则窥见刘遂终于失态，便示意兵士松手，悠然问道："刘公子现下肯开口吗？"

刘遂料想若是再继续僵持下去，李允则便会立即以搜捕杨文广的名义派兵进驻两属地，数千官兵拉网搜捕，三十里的两属地瞬时便会被覆盖，即便一时搜不到梁国公主藏身之处，但动静亦是不小，会惊扰到正在施行针术的王惟一，只有勉强应答，方才能拖延时间。

刘遂道："李使君说得不错。邳医师是被我国请了去，但我国并没有半分不敬。只是邳医师性情刚烈，即便见到太后，也不肯下跪折腰，还声称太后已有垂死之相，最多只能再活三日，即便他同意为太后施行针灸之术，也只能多活三月。"

能多活三个月也是好的，于是契丹方均恳请邳良诚出手，条件任由他开。

邳良诚也不客气，当即道："只要将燕云十六州还给中原，老夫便为太后治病。"

众人闻言，尽面面相觑，却没有敢当着太后萧绰的面指责邳良诚狂妄。

萧绰沉默了一会儿，忽然笑道："本宫的命，不值燕云十六州。邳医师再换个条件吧，除燕云十六州外，不管什么条件，本宫都可以答应你。"

邳良诚哈哈大笑道："老夫就知道太后不会同意，老夫也没打算给太后医治。准备后事吧。"又指着卧榻旁的梁国公主耶律燕哥道："此女亦患有隐疾，活不过半年时间。"

萧绰当即道："既然邳医师不肯为本宫治病，本宫也不勉强。但邳医师若能治好燕哥，留在辽国高官厚禄也好，携带黄金珠宝返回宋朝也好，任你选择。"

耶律燕哥当即跪在卧榻前，哭出声来，道："燕哥活不活不要紧，只求邳医师能治好太后。"

邳良诚摇头道："你们两个都是契丹人，无论是谁，老夫都不会治。"

他被带进行宫前，就已存了必死之心，早暗中服下了毒药。此刻药性发作，便慢慢软倒在地。

萧绰先是惊骇，随即挣扎着从卧榻上起身，亲自上前扶住邳良诚，恳求道："邳医师，本宫知道你妻子和女儿为契丹军所杀，所以你深恨我们辽人，但这些事都过去了。宋辽已成兄弟之国，即便有别，但天下父母关爱子女之心，都是一样的。邳医师也有过儿女，做过父亲，当能体谅，难道不愿帮我这个做祖母的实现最后的心愿吗？”

这位威名赫赫的契丹太后，多次亲征宋朝，于数年前兵临澶州，终迫得宋真宗签订“澶渊之盟”，一举奠定了辽国东方强国的基础，堪称天下最有权势的妇人，却在此时流下了两行清泪。

也正是这两行泪水，打动了奄奄一息的邳良诚。他勉强抬起手来，将萧绰扶住自己的手臂推开，又指着耶律燕哥道：“针刺风府穴[1]，可救她性命。但入穴及力道须准，稍有偏差，她便会自己发狂自杀[2]。只有我徒弟王……王惟一尽得邳氏针法真传，可以救她性命……”

关于祁州名医邳良诚被带进南京行宫后的一番经历，刘遂叙述得颇为平静，尽量没有掺入个人情绪。但旁人听在耳中，自有一番惊心动魄，又心潮起伏，感慨不已。

末了刘遂又道：“我们本来是要去祁州，但先行赶去祁州打探的人折返回来，说王惟一离开祁州已久。本来还有些发愁要到哪里去寻他，刚好听说他人来了雄州，所以我便临时决定留下来。至于王惟一王医师，我确实是用辛继勋的名字将他诓骗出城。但我们没有任何恶意，我也交代过手下，只要他治好公主，便会立即放他走，还有不菲酬金奉上。”

侍卫白锋锐忽然插口问道：“你们既然已经得手，成功骗走了王医师，你本人为什么还要留在医馆？是因为崔玄妙吗？”

刘遂闻言惊奇不已。

李允则脸色一变，转头问道：“锋锐，你是不是将刘遂身份告诉了崔玄妙？”

白锋锐道：“是。崔玄妙在晴川酒肆见过刘遂，属下在回城途中将

[1] 风府穴在颈部，当后发际正中直上一寸。风府穴最容易招致风邪，故古人称风府是受风要处也。治疗与风有关的疾病，也是首选此穴。又，风邪侵头，引起的第一病症就是头痛。

[2] 据《铜人针灸经》的说法，针灸医生如果刺错穴位，可能导致病人自杀：“风府、晕眩一穴，本在项后入发际一寸大筋上宛宛中起肉，疾言其肉立起，言休立下，督脉阳维之会。不可灸，针入三分，主头项急不可倾侧，目眩鼻窒不得息，瘖不能言，嗌痛，足不仁，狂走欲自杀，目反妄视。”

刘遂身份告诉了她，是想警告她不要乱走，不但两属地，就连雄州城中也混有不少危险人物。”

又转头喝问道：“你为什么还留在医馆？快些回答。”

刘遂料想宋方早晚会知道此事真相，遂实话道：“我答应留在医馆，是因为邳医师到底是死在了辽国，这笔账，王医师要算在我头上。再加上我之前伤了崔玄妙，害她流了不少血，王医师声称要我负责。”

忻继勋道：“这么说，王惟一早就知道你是辽人了，所以他是主动跟随你手下出城，不算是诓骗。”

李允则也问道：“刘公子同意留在医馆，任由王惟一处置，以换取王惟一为梁国公主治病，对不对？”

刘遂道：“是。”说到这里，已有些惴惴不安，不断偷眼查看李允则神色。

李允则思索了一会儿，才道：“王惟一今日才到雄州，刘公子立时便能知道他行踪，还能混入城中医馆寻人，本领可是不小。”

刘遂这才意识到李允则真正想探问的是自己的消息来源，也就是潜伏在雄州的契丹间谍的身份，急忙闭了口。但又担心李允则转身便要对付梁国公主，定了定神，有意转换了话题，问道：“杨延昭杨将军的小公子，当真被人掳走了吗？”

赵探适时插话问道：“难道不是你们做的吗？”

刘遂一怔，道：“怎么会？我们为什么要掳走杨小公子？”

赵探道：“好当作筹码呀。”

刘遂摇头道：“不会。我们决计不会对一个小孩子下手。再则说……杨小公子身边的佩剑男子，不是普通人，要从他手里夺人，即便能做到，也要费一大番力气。这里虽是两属地，到底还是宋境，我们不会乱来，也不会做得不偿失的事。”

他虽然认真解释了一番，内心却并不相信杨延昭之子杨文广被人掳走是真有其事。毕竟刘遂早闻李允则深谋远虑、智慧过人，当年施一招“东岳祠计”，谎称北岸契丹盗匪盗取了祠中供奉的金银，以搜捕盗匪、保护百姓的名义大修城墙，趁机将城外瓮城连入大城中，料想对方所谓杨小公子被掳也是谎言，是李允则精心安排的计谋，好方便其随时调派重兵搜索两属地。

事实上，谁那么没眼力见儿，要去招惹鼎鼎有名的杨延昭杨六郎呢？在刘遂看来，杨延昭这样的人，在大是大非的问题上绝不会有丝毫含糊，即便真拿杨小公子性命去要挟，他也不会就范，又何必多此一举呢？

李允则问道："晴川酒肆中试图行刺梁国公主的刺客，是什么身份？"

刘遂闻言一愣，不知李允则何以忽然转换了话题。

赵探忙接口道："哦，只要事关契丹机密，刘公子都不会开口。但会不会是刺客掳走了杨小公子呢？"

刘遂这才会意过来，决然道："不会。"

赵探道："这么说，刘公子知道刺客是谁了？是你们契丹自己人对不对？"

刺客有意避开刘遂，只朝耶律燕哥下手，表明早知其辽国公主身份。但耶律燕哥身份本身就是机密，宋方雄州都未能得到，刺客如何知晓？只有事先知道耶律燕哥将至宋境就医的人，才可能及时派出刺客，赶来宋境追杀。

而辽太后萧绰以铁腕著称，又信用汉人大臣韩德让，且以韩氏为半公开情人，没少与契丹贵族结怨。萧绰铲除政敌毫不留情，连两位亲姊姊都没有放过，在契丹国内树敌可是不少。她人死了，威风不再，有人趁机对她最爱的孙女下手，倒也说得过去。

赵探又道："刘公子自己刚才也说了，治好梁国公主的怪病，是萧太后最后的心愿，说不定是有人有心让萧太后遗愿难遂，这才行刺梁国公主。"

刘遂未及回答，李允则却摆手道："怕不是。梁国公主到底女流之辈，不值得如此大费周章。或许行刺公主，只是为了挑起两国争端。刘公子，你自信有能力应付这件事吗？"

侍卫忻继勋忍不住插口道："安抚使这句话问得可真奇怪，刘遂现下是阶下囚，还谈什么能力不能力的。”

刘遂本想说刺客不足为虑，他只在意公主耶律燕哥病情，想请李允则手下留情，网开一面，但又不好意思开口。

李允则似是看出刘遂心思，主动告道：“刘公子不必担心。我们宋人是讲道义的，你们虽然是化名潜入宋境，但梁国公主只为求医而来，并没有任何敌对行为，本使不会对她怎样。但愿她吉人天相，王惟一王医师神针妙手，能治好她的怪病。”

顿了顿，又道：“倒是刘公子你，明明是契丹神武军总教头，却要充作间谍，先后两次潜入我大宋要地，意图不轨，难以轻饶。”

赵探忙问道：“两次吗？除了今晚雄州医馆这次，还有哪次？”

瞬间会意了过来，道：“原来之前潜入机宜司囚所，试图营救高翼的蒙面人，就是你。”

刘遂见李允则没有拿耶律燕哥要挟自己就范的意思，大为宽慰，也极受触动，忙主动解释道：“我不是间谍。我上次潜入禁地不假，但不是为了打探军情，仅仅是为了寻人。那晚在地道秘处撞见被囚禁的高翼，完全是意外，我以为……”

赵探追问道：“你以为什么？”

刘遂道：“没什么。总而言之，我不是间谍。”

李允则问道：“刘公子生父是北汉皇族刘继文，生母姓耿，对不对？”

刘遂道：“不错。”

料想李允则既然已了解到自己身世，多半也猜到了自己潜入机宜司囚所的目的，不如干脆坦白一些，遂道：“我外祖父名耿绍纪，有一名年纪小上许多的幼弟，名耿绍忠，雍熙北伐当年陷于宋境。我受姨母耿淑仪托付，特来雄州寻找外叔祖耿绍忠。敢问李使君，他人可在雄州？”

雍熙北伐时，耿绍忠已贵为铜州节度使，正以宠臣身份，扈从辽圣宗、萧太后游玩饶乐河。听说军情紧急后，辽圣宗将耿绍忠派往前线蔚州监军。不久，宋大军围城，辽军中的部分汉人将校联合起来，杀死主帅萧啜里，擒住耿绍忠，以城降宋。虽然不久辽军收复了蔚州，但耿绍忠却被带到宋朝。他先是假意降宋，趁机北逃，却在雄州被逮。宋太宗亲自下诏，令将其就地处死。

彼时耿绍忠已娶南京留守耶律化哥之妹为妻，育有一女耿氏，年纪方幼。后来该女长大后入宫，成为辽圣宗嫔妃，被封为淑仪。刘遂所提“耿淑仪”，便是辽圣宗的这位耿淑仪，年纪虽然比刘遂还小，但论辈分，却是刘氏姨母。

宋方用谍刺探军情还在其次，以离间之计令契丹自乱才是重中之重。宋太宗太平兴国六年（981 年），宋间谍发动宋降卒在上京拥立辽太祖耶律阿保机之孙耶律喜隐为帝，辽景宗虽然平定了叛乱，处死耶律喜隐父子，但却由此引发辽国局势剧烈动荡，且不安局面持续了许多年。后来萧绰以太后身份执政，到后期时，为了放心将江山交给儿子辽圣宗，又杀耶律喜隐妻子，即自己二姊萧夷懒，以及手握重兵、骁勇善战的长姊萧胡辇，足见萧太后执政几十年，国中反对势力依然蠢蠢欲动。

而号称“火神淀之乱”的重大事件，亦是因为辽世宗宠爱汉人皇后甄氏而令契丹贵族不满，引来杀身之祸，故而雄州机宜司素来对辽帝后宫汉人嫔妃格外瞩目，早已刺探到辽圣宗跟其祖父辽世宗一样，亦偏爱汉人女子，其后宫有多名汉人嫔妃，如丽仪马氏、淑仪耿氏、昭仪白氏、芳仪李氏、顺仪艾氏，和仪孙氏等，而出身后族的萧耨斤[1]入宫后也不过是名普通宫女。

其中李芳仪与耿淑仪同为后宫最受宠爱的妃子。李芳仪是地地道道的江南女子，之所以得宠，更多的是因为出身。其人年纪已大，只

[1] 萧耨斤为辽太祖皇后述律平后代，北府宰相萧阿古只五世孙女。其人相貌丑陋，皮肤粗糙黝黑，辽圣宗耶律隆绪虽奉母命娶其入宫，却没有给嫔妃封号，而是将其打发去母亲萧绰宫中为宫女。萧耨斤极力讨好萧太后，由此终得与辽圣宗圆房，后产下一子（晚于本书故事发生时间），取名木不孤，后改名耶律宗真（即后来的辽兴宗）。辽圣宗也因为萧耨斤产子，而封其为顺圣元妃。辽兴宗即位后，尊辽圣宗皇后萧菩萨哥为皇太后，生母萧耨斤为皇太妃。但萧耨斤野心勃勃，毫不知足，施展权谋，废黜并逼死萧菩萨哥，自立为皇太后，尊号法天太后，干预政事，并以自己的生辰为应圣节。又阴谋废黜辽兴宗，谋立次子耶律重元。事败之后，幽禁守陵，年老方才回宫，且比亲子辽兴宗还多活了两年。死后葬入庆陵（今内蒙古巴林右旗白塔子北），与丈夫辽圣宗、情敌萧菩萨哥同居一墓。

生了一子一女，女儿名耶律赛哥，封金乡公主，早已在几年前嫁故北府宰相萧海璨之子萧图玉[1]。而耿淑仪有一半契丹血统，青春貌美，两年前还诞下皇子耶律宗愿[2]，地位愈发稳固。

耿绍忠陷于宋境时，耿淑仪才两三岁，尚在懵懂之时，连父亲的容貌都尚未记清，便天人永隔。大概她思念父亲太过，竟认定耿绍忠还在人世，居然利用这次刘遂护送梁国公主到宋境就医的机会，令外甥设法打探亲生父亲的下落，也可谓相当有执念了。

李允则见刘遂目光炯炯，满怀期待地望着自己，便答道："刘公子该知道本使是在宋辽议和后才到任雄州长官的吧？耿绍忠的事，可是过了二十多年了。据本使所知，耿绍忠在欲过拒马河时被截留，太宗皇帝亲自下诏，于雄州城中处死。不知尊姨母耿淑仪忽然托付刘公子到雄州寻人，从何谈起？"

也不知是信了对方的话，还是对李允则一番回答感到失望，刘遂面色瞬时黯淡了下来。

李允则忽然板起了脸，喝问道："刘公子，你有契丹军职在身，私下潜入宋境，又四下刺探军情，还要强行辩解吗？说，你是受何人指使？宋辽和好已久，你若只是护送梁国公主来宋地求医，倒也罢了，偏偏你还要在雄州兴风作浪，到底意欲何为？"

刘遂挺了挺身子，道："我已经说过了，我来雄州就两个目的，一是为梁国公主求医治病，二就是打探外叔祖耿绍忠下落。"

---

[1] 萧图玉：字兀衍，国舅部人，为穆宗时北府宰相萧海璨之子，生母即辽太宗耶律德光之女嘲瑰公主（辽太宗共二女，长女耶律吕不古下嫁萧思温，次女耶律嘲瑰下嫁萧海璨）。太后萧绰（萧思温之女）临朝称制后，萧图玉以戚属入宫为侍卫，迁为乌古部都监，因功升为乌古部节度使。辽圣宗统和十九年（1001年），诏令萧图玉总领西北路军事。统和二十一年（1003年），修复回鹘旧可敦城，以为边防军城（镇）。次年，辽圣宗诏以可敦城为镇州建安军。萧图玉遂击破甘州、肃州部落。统和二十五年（1007年），又大破西北强部阻卜部落，入朝献捷，诏尚皇女金乡公主，拜驸马都尉，加同政事门下平章事，西北路招讨使如故。

[2] 耶律宗愿：契丹名侯古，字讹里本。耶律宗愿墓志曾被盗，具体出土地点不详。2000年5月，内蒙古自治区兴安盟科尔沁右翼中旗公安局从盗墓分子手中缴获耶律宗愿墓志，证明《辽史》皇子表的耶律侯古就是本纪记载的耶律宗愿。该墓志现藏兴安盟科尔沁右翼中旗文管所。

赵探道："可是耿绍忠二十多年前就已经被处死了。刘公子又如何打探一个死人下落？你声称自己不是契丹间谍，但你闯入禁地是事实，得给自己找个好点的借口。"

刘遂"哼"了一声："你不信，我也没办法。"

又昂然道："李使君可以以私闯雄州重地的罪名杀我，但指斥我是契丹间谍，我刘遂一万个不服。"

李允则也是果断之人，当即应道："好，就以擅闯军事重地的罪名杀你。来人，先将刘遂关入大牢，择日行刑。"

赵探忙命兵士依旧封掉刘遂视、听、言三项，先将其人带出，又躬身问道："敢问安抚使，是要将刘遂押解回城吗？"

李允则道："不，刘遂交由你带去机宜司秘密囚所囚禁。"当即招手令赵探近身，低声嘱咐了一番。

又道："不能将刘遂和高翼关在一处，不然风险太大。你先带刘遂去囚所，如果杨将军仍然未能说服高翼招供，你就再讯问高翼一次，他仍然不肯屈服的话，就将他押回城中，关押在军营中，择日行刑处死。杨将军也一并送回城中军营。"

赵探道："下官遵命。"

又告道："高丽使者徐颂和接伴使陈丽果然未回南塘，乡民窦文显也称二人说过要出门游玩数日。下官按照安抚使吩咐，派人去北岸知会谍者后，又去了晴川酒肆一趟，好不容易才令奚三娘说了实话，她说是武宗元出面，求她帮忙偷渡过河。武宗元还说，徐颂、陈丽，还包括那个饮酒如水的方偕，也都要去对岸观光游玩。"

李允则道："奚三娘是个精明人，应该是第一次与武宗元见面，为什么肯冒险帮他？"

赵探道："因为……"

李允则随即摆手道："罢了，武宗元这孩子，确实是当世奇才。奚三娘也算是明眼人，不会看不出来，她帮这位大才子一个忙，总不会吃亏。只是她万万料不到……"

叹了口气，又道："方偕既然好酒，想必也是个品酒的大行家，奚三娘对她家易酒素来自负，与方偕投契，也不足为奇。倒是徐颂、陈丽二人……”

赵探忙道：“奚三娘对他二人印象不深，原先也不知道他二人身份。”

又讪讪道：“是下官失职，才令徐颂、陈丽走脱。今日真是风波不断，好在郑县尉这边立了大功，抓住了刘遂，算是个好消息。”

李允则道：“这是两回事，你纵走徐颂、陈丽，与郑县尉擒获刘遂，之间有什么联系吗？罢了，现下不是追究责任的时候。你可有交代清楚，一旦武宗元被契丹人捉住，就要不惜一切代价杀了他？”

赵探道：“交代清楚了。另外下官赶来驿馆，也是想向安抚使请示，如若徐颂、陈丽也同时被捕呢？”

李允则道：“他二人不必理会，到时候看情况再定。”

赵探又问道：“赵振呢？他能脱身自然好，若是他也被北面捉住呢？”

李允则道：“立即以安抚司的名义发出通缉告示，捉拿赵振。”

第五章

易水萧萧

岐沟即《水经注》所谓奇沟，亦曰祁沟。唐朝末年，大唐国势衰落，北方契丹日益强盛，唐朝为抵御外患，于岐沟河东岸设关，因水得名，取名岐沟关。四周筑土城，土城南北宽一百三十丈，东西长，北城一百三十丈，南城一百五十丈，高三、四丈，形式险要，更有岐沟河为天然屏障，自此成为兵家必争之地。后梁龙德元年（921年），耶律阿保机南侵，夺取幽州和涿州后，又占领岐沟关，从此岐沟落入辽人之手。

白日苍茫落易水，悲风动地萧条起。
荆卿入秦功不成，遗恨骊山暮烟紫。
昔年此地别燕丹，哀歌变征风雨阑。
白虹翕翕贯燕市，黄金台下阴云寒。

——明 夏完淳《易水歌》

界河巡检赵振从晴川酒肆店家奚松烟手里取了乘船信物，又赶至最近的巡铺，下令取消界河戒严，随即独自上路，沿河岸西行，急急赶往奚氏走私货船停靠之处。

走出二三里地，穿过一片山荆子林，忽见到前面不远处立着一名青衣女子，清气朝朝，洁雅姣姣，望着河水东流，似是无限感伤。而那女子，赵振竟然认识，正是他不久前在晴川酒肆救过的女子，即化名刘太原的辽国公主耶律燕哥。

赵振尚不知耶律燕哥是当今辽国皇帝之女，但却已经知道刘太原的兄长，即是契丹神武军总教头刘遂，乍然遇见，先是一怔，随即疾奔过去。

刘太原听到动静，转过身来，一眼认出赵振，登时流露出惊喜之色，叫道："恩公……"

赵振佩刀留在了晴川酒肆，身上没有其他兵器，便径直上前扼住耶律燕哥咽喉，喝问道："说，你是什么人？刘遂人在哪里？你们偷越界河，来雄州做什么？"

耶律燕哥"嘤咛"一声，双眼翻白，立时晕了过去。赵振愣了一下，本能地松了手。耶律燕哥仰天便倒，赵振忙上前扶住，将她平放在地，一探鼻下，尚有气息，只是面色惨淡，已有濒死之相。

赵振也不懂施救之法，只好到河边掬了一捧水，轻轻拍在耶律燕哥额头，又叫道："娘子！娘子！"

隔了一会儿，耶律燕哥缓缓睁开眼睛，道："恩公，多谢你救了我。"

赵振本已视耶律燕哥为大敌，不想对方一开口，便是道谢，反而有些不好意思起来，遂扶她坐起，问道："你是什么人？"虽然仍是盘问，语气却已经和缓了许多。

耶律燕哥叹了口气，答道："我复姓耶律，名燕哥。"

赵振奇道："你姓耶律吗？这么说，刘遂只是娘子的护卫？"又问道："你们化装成兄妹，来雄州做什么？"

耶律燕哥叹道："我病成这样，还能做什么？当然是来求医的。"又道："恩公要送我去见官的话，尽管动手，我不会怪你。谁叫我是契丹人，你是宋人呢。"

她神色平静，言语亦无半分反讽之意，反倒有一种无可奈何的凄凉。

赵振心中颇为矛盾，但他是军将，决断只在一刻之间，当即扶耶律燕哥起身，随即就要离去。

耶律燕哥大为意外，忙叫道："恩公要走了吗？"

赵振回过身来，见她身体虚弱，摇摇欲坠，有些不忍，便问道："娘子可有别的去处？你护卫刘遂人呢？"

耶律燕哥不答。

赵振料想各有立场，对方不会轻易透露藏身之处，遂道："我走了。赵某还有事，得先走了。娘子你……你多保重。"

又走出两里地，便见到河边停着两艘中等货船。赵振尚未靠近，便有船夫从船舱中钻了出来，认出赵振，立时露出惊慌之色，回头叫道："是界河巡检来了。"

赵振忙举手叫道："赵某不是来巡视搜查的。我要乘船过河，这里有奚三娘信物。"

船夫周能急忙跳下船来，验过信物无误，仍然半信半疑，奇道："赵巡检过河，有的是官船可坐，何必委屈巴巴来坐咱这又脏又破的货船。难道你……你要北投契丹？”

赵振不答，只道：“带我去易县。”

雄州拒马河与易州易水相通，走水道亦可直接抵达。

船夫周能忙道：“现下不行。北岸不知为何突然加强了巡防，进不了易水，只能送赵巡检到对岸。”

赵振一怔，问道：“北岸何时加强了巡防？”

船夫周能道：“就在这几日。”又笑道：“赵巡检也不要怪你手下眼瞎，北边增加的是暗哨和巡逻队，明面上没啥动静，界河上的虎头船啥也看不见。”

赵振既知辽圣宗之女耶律燕哥来了雄州，恍然有所醒悟，心道：“这一定是等着接应刘遂一行回去的。”遂道：“那就去对岸吧。”

船夫周能遂引赵振上船，又道：“对了，三娘的信物，小的得收回来。”

赵振便交回了信物，又问道：“那么我返回时以何为凭？”

船夫周能一怔，随即喜道：“原来赵巡检偷渡过河，不是投敌。那你为什么不乘坐官船呢？”

赵振不予理睬，只问道：“不久前是不是有个姓武的男子持信物过了河？二十岁左右年纪。”

船夫周能犹豫了下，才告道：“有。三男一女，都是年纪轻轻的小郎君、小娘子，为首的姓武。他们早就过河了，算起来，早该到了新城境内。”

赵振忙道：“我过河要去找那四个人，你跟你同伴说一声，如果再见到他们，就让他们速速返回雄州。”

船夫周能道：“估计一时半会儿不会回来吧。小的听到他们说去游易水荆轲故地后，还要去涿州，姓方的说要去喝什么酒，姓武的则说要去什么庙。”

赵振忙问道：“是不是楼桑庙？”

船夫周能应道：“对对对，就是楼桑庙，那姓武的郎君念叨了好几次。小的娘亲也信佛，倒是听她提过惠能[1]什么的是涿州人氏，但那个楼桑庙什么的，从来都没听过。”

中原佛教曾经历过几次灭佛，最近的这次，便是后周世宗柴荣的禁佛。当时全国共废除寺院三万三百三十六所，镇州某寺铜制观世音菩萨像便是柴荣以巨斧亲手砍毁。废佛之风席卷过后，天下佛像几灭，河北也不例外，现今雄州城外求子灵验无比的观音庙还是入宋后由乡民筹建。

但北岸情形则完全不一样。后周世宗柴荣举兵伐辽时，何其轰轰烈烈，然因一场暴病，最终止步于拒马河南岸。故而北岸佛寺未受柴荣灭佛影响，均保存完好。

辽属涿州西南十里有处“蜀先主庙”，即当地人俗称的楼桑庙[2]。传说当年刘备、张飞、关羽即在此地桃园义结金兰，故立庙纪念。始建于晋，入唐后大规模扩建修葺，庙中壁画均为画圣吴道子亲笔。

[1] 惠能：祖籍涿州范阳，俗姓卢。父亲原为小吏，因罪被贬岭南新州（今广东新兴）。惠能于唐太宗贞观十二年（638年）在新州出生，成人后开始求法。禅宗至五祖弘忍选嗣法弟子时，弟子神秀作偈道：“身是菩提树，心如明镜台。时时勤拂拭，勿使惹尘埃。”弘忍以为未见本性，不想传其衣钵。正在碓房舂米的惠能听到后，也作了一偈：“菩提本无树，明镜亦非台。本来无一物，何处惹尘埃。”众僧见到后，均感惊诧。弘忍以为得其禅之心要，半夜秘密将惠能唤到堂内，为其讲《金刚经》，密授法衣木棉袈裟。当时惠能只是寺中的杂务工，弘忍担心门下弟子不服，命惠能接受木棉袈裟后，即日南归广东。惠能回到新州，隐遁了十几年，来到广州法性寺。当时印宗法师正在该寺讲《涅槃经》，有两名僧人辩论风幡，一个说风动，一个说幡动，争论不已。惠能便插口说：“不是风动，不是幡动，仁者心动。”印宗闻之竦然而惊，便为惠能落发受戒。此时，惠能才成为一名正式僧人。惠能是中国佛教史上里程碑式的人物。在惠能之前，佛教在中国的发展历史仍然仅仅是对各种经典的翻译、整理以及阅读和掌握，比如玄奘，就是靠翻译和讲经奠定了其在中国佛教史上的地位。惠能另辟蹊径，主张教外别传、不立文字，提倡心性本净、佛性本有、直指人心、见性成佛。自惠能开始，中国佛教才抛弃了以往一味接受追随印度佛教的被动姿态，开始真正中国化、本土化。唐宋之后，禅宗在士大夫中广为流行，并由此对中国文化如诗歌、书法、绘画、园林等产生了重大影响，形成了独特的东方文化特征。

[2] 蜀先主即蜀汉昭烈帝刘备。刘备故乡在涿州楼桑村。据《三国·蜀志·先主传》：“先主（刘备）少孤，与母贩履织席为业。舍东南角篱上有桑树，高五丈余，遥望见童童如小车盖，往来者皆怪此树非凡，或谓当出贵人。先主少时，与宗中诸小儿于树下戏，言：‘吾必当乘此羽葆盖车。’”刘备死后，乡人建庙以作纪念。庙在涿县西南十里。又，金末元初元好问作有《摸鱼儿·楼桑村汉昭烈庙》词：“问楼桑、故居无处，青林留在祠宇。荒坛社散乌声喧，寂寞汉家箫鼓。春已暮。君不见、锦城花重惊风雨。刘郎良苦。尽玉垒青云，锦江秀色，办作一丘土！西山好，满意龙盘虎踞。登临感怆千古。当时诸葛成何事，伯仲果谁伊吕？还自语。缘底事、十年来往燕南路？征鞍且驻。就老瓦盆边，田仇共饮，携手醉乡去。”

这武宗元专画人物、佛道、鬼神等，师吴道子法[1]，而中原经过五代战乱更迭后，所余吴道子真迹已然不多，故而武氏对涿州楼桑庙极为神往。赵振任其向导时，曾听他提过多次。而船夫周能母亲事佛，竟不知楼桑庙，仅是因为此庙跟佛教无甚干系。

船夫周能见赵振踌躇不语，问道："赵巡检，你当真要去对岸吗？你是雄州武官，到北岸两属地随便逛逛没什么，但一旦踏入全属北地，麻烦可就大了。而今巡防极严，万一赵巡检被北边抓住……"

赵振摆手道："无妨，开船吧。"

其实两属民均是一半宋人、一半辽人的身份。契丹一方坚持归义为涿州所有、容城为易州所有，只是为了争口气，时不时地派人越过界河向两属民收取赋税、征派徭役，但对两属民并无其他特殊限制，仍与辽地汉人一般对待。

反倒是宋廷这边，从来不拿两属民当真正的子民[2]，禁止两属民

[1] 吴道子为唐朝花圣，擅佛道、神鬼、人物、山水、鸟兽、草木、楼阁等，尤精于佛道、人物，长于壁画创作。天宝年间，唐玄宗想起蜀中嘉陵江山清水秀，妙趣横生，遂命吴道子乘驿传赴嘉陵江去写生。吴道子游山玩水了一番，连一张草图也没画。回到长安，唐玄宗询问绘画情况，吴道子回答说："臣无粉本，并记在心。"唐玄宗命他在大同殿壁上绘画。吴道子凝神挥笔，一日而成，嘉陵江三百里的旖旎风光跃然纸上。唐玄宗看了啧啧称赞。在此之前，擅长山水的大画家李思训也曾在大同殿壁上画嘉陵江山水，虽然画得也十分奇妙，但却"数月方毕"。唐玄宗颇为感慨地说："李思训数月之功，吴道子一日之迹，皆极其妙也。"吴道子不仅善于画山水画，画动物也能传神。他曾在大同殿上画了五条龙，活灵活现，"鳞甲飞动，每欲大雨，即生烟雾"。吴道子的画风为唐代和宋元以来的许多画家所效仿、借鉴。唐朝以后的壁画都有吴道子的影响。元代永乐宫、明代法岗寺壁画等都是吴道子的风格，敦煌壁画也不乏吴派风貌的作品。宋代画家李公麟的朴素淡雅的"白描"，也是从吴道子"不以装背为妙，只以墨踪为之"的白画发展而来，白描自此成为我国绘画上的一种新体例。

[2] 宋廷对两属民防范极为严格，为此采取了许多措施：首先，限制两属民流动。规定两属民不得私自出越本州边界，违者处以徒刑，后改从杖刑。其次，宋朝边臣唯恐两属民替契丹到雄州以南州军探察机事，严禁两属民过往黄河以南州军，犯者以违制论。如果两属民离开两属地，到南面州县居住，以后不得再进入两属地。凡是往来于宋辽边界为契丹探事的两属民，一经发现，便要处以死刑。最后，限制两属民婚姻。两属民被宋廷列为"杂类"之家，不得与宗室子弟为婚。宋仁宗执政后更是明确规定："两属户不得结亲北界。"即两属民不得与北界辽人结亲，以防止两属民与辽人结成固定的血缘关系（如本书中辽地易县妇人奚松烟嫁入雄州两属地）。宋徽宗时，还进一步限制两属民与宋境其他地区民户配婚，譬如雄州两属民不得与雄州全属南户结亲，但由于此项措施太不得民心，宋廷也顾虑会令两属民失去对宋朝的信赖，"而生其离畔之意"，故而很快又收回了这项法令。有意思的是，宋廷曾有一个更为长远的构想，即等两属户全部"老且死"的时候，就以"全南人"补而代之。但事实上，两属户增长速度比其他州军更快，这一构想根本不可能实现。

流动，规定当地官府不得招募两属民[1]，甚至对两属民婚姻也多有限制。所谓赏赐、恩惠之类[2]，都是表面文章，是为了面子而做给辽人看的。

不过北岸契丹人也不怎么样，歧视汉人，视如牲畜。这些汉人，不光是被掳掠到北方的中原汉人，也包括原先生活在幽燕之地的汉人。也就是辽圣宗即位后，实际执政者铁腕太后萧绰太后因为情人韩德让[3]亦是汉人的关系，才开始尝试提高汉人地位[4]。

虽然两属民在南北两岸都受歧视，但相对而言，还是契丹给人的感觉稍微好些，至少两属民与辽地汉人待遇是一样的。不像宋廷赤裸裸地挤压两属民，甚至想用“全南人”取而代之。

[1] 宋真宗时，因“雄州归信、容城县两地供输人户（两属民）充衙前，稍有过犯，即逃入北界，深为不便”，故而宋廷下诏，规定衙前勾当钱谷场务今后止于近南州军招募。甚至田产与两属地相接的人也不得招募为雄州公人，“虑事机因此传报”，“欲自今召募止于在城久居坊郭，并易河南岸及塘泊已南村”。

[2] 宋朝对两属民总的指导思想是“不欲今异内地百姓”（参见前注释“不令流动”等诸多限制），但又不愿意失去两属地在北部边防的屏蔽作用，故而用经济优惠政策来笼络两属民。两属民贡送朝廷物品，宋廷“答以茶彩”作为回赐，还“设饮食，以接其意”。两属地若逢灾伤年份，宋廷都要调拨大批粮食，赈贷民户，且两属户借贷的常平粮米，都可享受免息待遇，有时甚至除免所欠的官府贷粮。

[3] 宋太宗端拱元年（988年）九月十三日，辽太后萧绰一反从前在皇宫中宴请臣下的惯例，改在汉人大臣韩德让帐室中大宴群臣，并对众人厚加赏赉。这场宴会被认为是萧太后与韩德让的婚宴，此后开始有韩德让娶了萧太后的传言出现。不管传言真假，萧绰对韩德让的宠爱有目共睹。涿州刺史耶律虎古不忿韩德让与萧太后关系亲昵，言语有所冒犯，韩德让便在众目睽睽之下将耶律虎古活活打死。宋真宗咸平元年（998年）十二月，萧绰赐韩德让契丹皇族姓氏耶律，赐名隆运，并封晋王。辽圣宗耶律隆绪自此改口称呼韩德让为“叔叔”。跟辽圣宗和萧太后一样，韩德让也拥有私人“斡鲁朵”（文宗王宫帐）、宗州（沈阳）属城，万人卫队。又，契丹有收继婚习俗。收继婚俗称转房婚，即妇女在丈夫死后不得外嫁，必须转嫁给丈夫家族的其他男性成员。多为兄弟亡故之后收其寡妻为自己妻子，也包括父死子娶庶母、叔死侄娶婶母的情况。萧绰赐韩德让姓耶律，有可能是想令二人私情合法化。萧绰死后葬于医巫闾山乾陵。乾陵为辽景宗耶律贤和皇后萧绰的合葬墓，位于今辽宁省锦州市北镇市富屯街道龙岗子村。宋徽宗宣和元年（1119年），辽国衰败，女真强盛，金兵毁乾陵、显陵（耶律倍陵寝）凝神殿、安元殿并皇妃子弟影堂，地面建筑焚烧殆尽，两陵均被挖开，内中金银珠宝被盗掠一空，这是乾陵的首次被盗。金迁都汴京后，辽地荒芜，南方盗墓贼大规模乘虚而入，将辽陵又洗劫一遍，此为乾陵的二次被盗。而韩德让仅比萧绰多活了十五个月，辽圣宗亲自为韩德让举行了国葬，并将其安葬在萧绰陵墓边。韩德让遂成为葬于大辽皇陵的唯一汉人和臣下。

[4] 萧太后垂帘听政后，逐步缩小契丹和汉人量刑上的差别，限制契丹贵族的某些特权，加进汉法中维护封建统治的“十恶八议”等内容。辽圣宗之前，“契丹及汉人相殴致死，其法轻重不均”，通常是重责汉人。辽圣宗时，更定法令，明确规定“一等科之”，改为契丹人和汉人同罪同罚。萧太后更定法令的目的，是为了改善契丹和汉族的关系，维系辽地汉族人心，巩固“燕云十六州”统治，但实际执行时，契丹人侵害汉人正当权益，往往受到袒护。

赵振久在河北，知道绝大多数两属民个人利益至上，在宋辽对峙时持中立态度，是两不相向、两不相帮的那种，所以对走私毫无顾忌，认为不管有没有损害宋朝或是契丹利益，都不关他们的事。另外有一小部分两属民更偏向契丹，毕竟辽国更为强大，纵横于东方，不仅使西夏、高丽臣服，更是逼令所谓天朝大国宋朝岁岁进贡。所谓“岁币”，不过是用金钱购买和平罢了，而真正心向宋朝的两属民基本没有。

不过于国家是一回事，于个人则是另一回事。这船夫周能以走私为生，明显不将宋朝、契丹律法放在眼中，却能在此时语出关切，明显还是向着赵振。赵振亦知对方完全是好意，当即抱拳道：“多谢。”

周能倒诚惶诚恐起来，连声道：“不敢当。不敢当。”

拒马河是宋辽界河，河面属大宋所有，宋辽双方均不得在河上捕鱼；而河岸均为边州，极边之地，故而行船不多，基本都是巡防的官船以及边民用来运货的货船。

船夫周能这些人专以走私运货为生，自是将界河巡检司的巡防规律摸得一清二楚。而界河巡检司往往对这类民用货船不甚防范，即便远远看到，只要不是风声紧张时期，也不予拦截。这也是没办法的事，拒马河南北两岸二三十里都是两属地，居住在两属地的都是两属民，像晴川酒肆店家奚松烟、船夫周能这样的两属民，驾船横过界河去北岸，名正言顺，毕竟他们既是宋人，也算契丹子民。界河巡检司将其拦下，查出不法的事，是惩处好呢，还是不惩处好呢？万一北岸涿州又来向雄州抗议，甚至称宋方擅自抓捕惩处契丹子民，该怎么办？每每出现交涉之事，宋方多会让步，而相关人员如巡检司兵士等，也多会被免职，以作为对辽方的交代。

这类情况发生过多次，巡检司兵士自然就学了乖。他们知道一旦事情闹大，朝廷及长官不会保自己人不说，多半还要将自己充作替罪羊推出去，故而谁又再愿意去多惹事呢？

通常界河上向北行船都是逆风，今日刚好无风。这船虽是货船，因为空载，行驶倒快，很快便到了北岸。

船夫周能道："赵巡检如果仍想悄悄返回，不愿惊动官船的话，直接来这个地方等便可。"

赵振道："多谢。"

周能感激堂堂界河巡检，竟能礼敬自己一个小小船夫，便主动告知了契丹暗哨位置，又道："这些临时添置的暗哨及巡逻队，全在两属地地段。进了全属北地，反倒安全了，没那么多事。"

赵振道了谢，便径直上岸。一路疾奔，按照船夫周能指点，果然成功避开契丹方的暗哨，顺利进入全属北地，也就是涿州新城地界。

此时天色已暗，赵振暗忖武宗元四人虽然先行出发，但脚力远远不及自己，无论是西去易州州城易县，还是北上涿州州城，新城均是第一站；武氏四人今晚多半会在新城榷场或是新城县城内歇息。

新城榷场为契丹所置，始于"澶渊之盟"后，以与宋雄州榷场相对。两大榷场不时会有往来，譬如去年辽新城榷场都监送毡、羊、酒给宋雄州榷场，宋方则回送药物。赵振曾协助押送岁币到新城，对这一带甚是熟悉，猜测武宗元等人好热闹，应该会先到新城榷场。不想赶来榷场寻了一圈，不见武宗元四人人影，料想应该是直接进新城县城歇脚了。

那么赵振自己到底要不要进城呢？

如果这四人明日要先去易县游览易水荆轲故地，便会出西门；若是要去涿州楼桑庙，便会出北门，前提还是四人不会被契丹官兵扣留。如若赵振只守在城外，一己之力，只能顾及一处城门，便有错过四人的风险，遂决意冒险入城。

好的是，辽地汉人节日习俗跟中原相差无几。今日是清明节，许多民众外出踏青游春，又刚好在这时返回城中，赵振便轻而易举地混在人群中进了城。

新城除了是新城县治外，还兼作辽涿州归义、易州容城县治。同时作为三县县治所在，普天之下，独此一城而已。不过归义、容城二县均是侨治，虽然也置有官署，但均由新城官吏兼任。不然有官无民，就等于是让拒马河南岸雄州所辖归信、容城二县看笑话了。

县城不大，虽然也地处前沿阵地，却不像雄州城中军士占了大多数，城中还是民众居多，且绝大多数都是汉人。

然进城顺利，寻人却不顺利。赵振寻至客栈，却没有发现武宗元等人踪迹。此时城门已闭，除非有辽军腰牌，方能夜出。赵振也无法可想，只好在客栈住了一晚。

这一晚，界河巡检赵振仅仅是耿耿难寐，其堂兄国信所知事赵探却忙碌得半刻不停，连停下来喝口水、喘口气的时间都没有。

雄州长官李允则亲自签发了缉拿界河巡检赵振的告示，赵探因与赵振是亲眷，照例得避嫌，虽有疑虑，却也不敢再发话，遂告辞出来。

兵士押着契丹神武军总教头刘遂，尚等候在庭院中。赵探正要下令出发，忽听甬道旁的大柳树后窸窸窣窣，有些动静，心念一动，便命道："你们先带刘遂出去，在大门口等我。"

等兵士离去，赵振这才走到柳树下，朝树后深深行了一礼。

树后随即闪出一人。那人身上披着一件宽大的黑色披风，头上兜帽半垂，严严实实地遮挡住了面孔，月光下乍然一望，仿若鬼魅。

赵探却没有丝毫惧色，只小心翼翼地问道："赵探这就要押解犯人去机宜司囚所了，娘子可还有什么要交代的？"

那黑衣人，竟然是个妇人！她沉默了好大一会儿，才问道："赵振人呢？不是说昨晚便回雄州了吗？"听声音，似是已过中年。

赵探道："听奚三娘说，赵振偷渡去北岸了。"

黑衣妇人也不问赵振偷渡原委，只幽幽叹了口气。

赵探又告道："安抚使刚刚签发了通缉赵振的告示。"

黑衣妇人居然一点也不惊诧，只摇头道："没用的。赵振宁可死，也不会说出那番话的。"

赵探一怔，问道："什么话？"

黑衣妇人不答，翩然转身，似欲离去。

赵探忙道："等一下，还有件事，是关于金勇的，或许娘子想知道。"

黑衣妇人全身一震，迅即回身走到赵探面前，喝问道："金勇怎么了？"

赵探道："原来当日供出燕京谍者名单的，是贺令图。"大致转述了降臣耶律吴欲一番话，又道："金勇当年对娘子一往情深。他受尽酷刑，始终坚称没有其他同党潜伏在燕京，看来他心目中还是护着娘子的。"

黑衣妇人大怒道："难道金勇供出本朝高太尉将率水师精锐将自海上进攻的绝密情报是假的吗？"

赵探道："不假。"

黑衣妇人冷笑道："那么他一样该死，活该死在射鬼箭下。别跟我谈什么一往情深，我宁可金勇招出的是我米雪的名字，而不是绝密军情。"

赵探一时无言以对，但他也能体会到对方内心深处的愤怒与悲凉，这是许多谍者都会经历的感受。他勉强定了定神，便躬身道："下官这就告辞了。"

黑衣妇人米雪道："等一下，你要带去夏地囚所的这个刘遂，生母是不是姓耿？"

赵探未及回答，李允则已跨槛而出，步下台阶，走到黑衣妇人面前，正色告道："刘遂这个人，本使大有用处，还请雪娘切莫插手。"

机宜司的秘密囚所不在雄州城中，也不是什么戒备森严的建筑，而是位于归信县城东南的一处地道中。

河北地处平原，历史上曾有多起利用地道破敌的战事。三国时期，诸侯公孙瓒占据幽州，命人在今雄州容城南部一带修建了高楼，高楼外挖凿十道壕沟，壕沟内构筑有坚固的堡垒。公孙瓒自己住在高楼中，足不出户，七岁以上男性不得进入高楼，一切军政命令均由女子宣达。与公孙瓒相争的另一诸侯袁绍见高楼易守难攻，便挖掘地道到城楼下，毁坏其望楼，渐渐到达中央的土丘。公孙瓒自料必败无疑，遂引火自焚。

后来袁绍又如法炮制，将地道战应用于与枭雄曹操的对战中。但曹操老谋深算，事先有所准备，派人在军营之前挖掘了一条又长又深的壕沟，破了袁绍的地道术。最终袁绍在官渡败于曹操之手，曹操一跃成为北方实力最强大的诸侯，实现了北方的统一。

无独有偶。唐朝末年，群雄争霸。卢龙将领刘仁恭攻打易州，久攻不下，刘仁恭遂命兵士挖掘了一条地道，直接通到易州城中，由此破城，刘仁恭也因此得了“刘窟头”的外号。他后来占据幽州后，还将挖地道的本领进一步发扬光大，大掘大安山，将搜刮自民间的铜钱等财宝全部埋在山中，这便是后来为辽圣宗所得的刘氏窖藏。

至于刘仁恭所挖易州地道，也一度为宋军所利用。入宋后，宋师曾收复过易州一段时期，发现了昔日刘仁恭留下的地道，便充分利用地形，将地道予以扩展。然不久易州重新为契丹所占，这条本来要用来屯兵守城的地道，也没有发挥出作用。

宋边守何承矩听说易州地道之事后，认为可以大加借鉴，于是也发动军民，在雄州城东北面挖了一条地道，以为战备。

按照何氏的构想，雄州城南有水上长城，城北则距离拒马河尚远，并无护城河，所挖地道处于州城外围，当可有效起到护城作用。颇类似瓮城，只不过瓮城在地上，地道在地下；瓮城多与城池相连或相近，而地道距离城池尚有一段距离。但拱卫城池的效用却是一致的，地道甚至更具出其不意之奇效。

然构想是一回事，现实中则是另一回事。辽军南下深入内地时，基本不攻打城池，除非是有特别价值的地方，譬如工匠云集的定州。对契丹军而言，雄州仅仅是一座易守难攻的关塞，故而每每仅是路经此处而已。而且契丹骑兵机动灵活，来去如风，也不怕以步兵为主的宋军抄断其后路，所以雄州地道始终未能发挥出多大防护作用，最终充作了屯粮之所。当年宋辽议和，辽军大营设在狄头村一带，便位于地道不远处。

对于被捕的契丹间谍，雄州机宜司往往要施以刑罚，以尽可能地榨取更多有用讯息。间谍不是普通犯人，此类刑讯也不受宋朝律法约束，可能极其残酷，也可能旷日持久，故而不适合在归信县狱这类普通监狱进行。考虑到种种特殊性，宋廷特许让雄州机宜司于归信城外另设场所，专事囚禁、拷问契丹间谍。机宜司便充分利用了地道中的一段，将其改造为囚所，除了地处隐秘、不为人所知外，还有一个绝大好处——即便犯人用尽气力呼救惨叫，也不会被外面听到。

之前李允则以河北缘边安抚使的身份，暗中下令将高阳关都部署杨延昭予以软禁，这自是为了防止对头以其幼子杨文广来要挟，逼其就范。对头寻不到杨延昭，便不能开出条件，杨文广便只是一颗废子，此为釜底抽薪之计。

而杨延昭被软禁的地方，竟然就是机宜司的秘密囚所，名为“夏地”。除了囚所地处隐秘、外敌决计想象不到外，还因为杨延昭自己想见一名被关押在夏地的犯人。

地道中暗无天日，兵士举火先行，引杨延昭来到刑室。这里算是全部地道中最为开阔的场所，约有一楹厅堂大小，原本是预备当作武器库，现今却改作了拷打犯人的场所。

一名年轻男子精赤着身子，一丝不挂，双手反绑在背后，脖子中套了粗索，垂吊在木架之下。他双脚钉了重镣，只能踮起脚尖，挺直身子，才能勉强令勒住脖颈的麻索稍稍松懈。然其人遍体鳞伤，消瘦得厉害，面孔已因极度痛楚而扭曲。大概被吊时间已然不短，实难以支撑下去，身子渐渐软了下来，粗索旋即收紧，他因为呼吸不畅而面色涨成紫红，口中不断发出“嚯嚯”之音，显然极为痛苦。

一旁狱长曹全仍不肯松刑，一再催逼问道：“快说，你在雄州还有哪些同党？”见到有人过来，这才让到一旁。

杨延昭一见犯人惨状，便吃了一惊，问道：“高翼，是你吗？”

这赤身男子，赫然便是高翼，少年时即跟在杨延昭身边，为其心腹侍卫。去年被安抚使李允则下令以间谍罪名逮捕，解至雄州，便直接关进了机宜司夏地囚所拷问。

高翼侧过头来，认出了杨延昭，勉力挺了挺身子，道：“大……大帅，请恕高翼不能……不能见礼。”

杨延昭忙道："快，快解他下来。"

狱长曹全迟疑道："这个怕是不行。夏地每日要对犯人进行例行拷问，时辰未到。"

兵士忙道："这位是杨六郎杨将军。"

狱长曹全"啊"了一声，道："原来是杨将军。"不敢再推辞，急忙命狱卒解开吊索，将高翼放了下来。高翼气泄，立时摔倒在地。

杨延昭已脱下外袍，上前遮住高翼裸体，又亲自扶他坐起。

这还是高翼被关进夏地囚所以来第一次与衣衫相接，而为他披上外袍的更是杨延昭本人，一时感动得无以复加，低声道："多谢大帅。"

不过宋朝制度，犯人均是裸体受刑，以达到肉体与精神双重羞辱的目的。高翼如此狼狈情形，也不能算是特别针对他，更何况他还是敌方奸细。

杨延昭正色问道："你坦白说，你当真是契丹间谍吗？只要你说你是冤枉的，杨某愿意为你追查真相到底，一定还你清白。"

高翼挣扎着起身，努力跪下，却不肯抬头，不敢正视杨延昭。

杨延昭惊讶万状，问道："你……难道你真的是……"

高翼垂首道："请大帅原谅。高翼生是契丹人，死也是契丹鬼。"

杨延昭当即怒斥道："什么契丹人？你姓高，出自渤海高氏，跟本朝高琼高太尉同族，是汉人，不是契丹人。"

高翼道："我……我选不了出身。"

杨延昭既感心痛，又很是不解，问道："辽国萧太后杀了你祖父、灭了你高氏全族，你自己也是全靠侥幸，方才逃得性命，与契丹实有不共戴天之仇，为何还要冒险替辽人做事？"

高翼答道："太后当面答应了我，只要我能为契丹立下大功，就恢复我高氏家族的名誉。"

狱长曹全忍不住插话道："辽国萧太后已经死了。"

高翼被逮捕囚禁时，辽太后萧绰还在执政，尚未正式让权于辽圣宗。高翼闻言一怔，但却没有再接话。

杨延昭问道："你一直跟在杨某身边，到底泄露了多少军中机密？"

高翼默不作声。杨延昭一时气血上涌，当即拔出佩刀，直朝高翼斩去。

狱长曹全急忙挺身挡住。刀锋生生顿住，距离曹全头顶仅两寸之遥。

曹全恳求道："小人是夏地长官，高翼若死在这里，不管怎么死的，都是小人职责，按例要受重罚。小人近来都不敢再对高翼使用重刑，就是因为他身子损耗太大，怕他承受不住。他死了倒是解脱，小人可就完了。求杨将军手下留情。小人家里上有老、下有小，全指着小人一人俸禄养家糊口。"

一旁狱卒告忙道："曹狱长是个大善人，他家中的一老一小，并非亲生，而是他主动收养的孤老和孤儿。"

有了对方这一番话，这一刀，杨延昭自然再也斩不下去。

高翼刀下逃生，料不到竟然是每日以苦刑折磨自己的狱长曹全相救，亦是大出意料。

狱长曹全抹了一抹额头，尽是冷汗。他也是个机灵人，主动替杨延昭将刀插回鞘中，又低声道："杨将军，自从高翼被带到这里，各种刑罚都招呼到他身上，他要不就声称不是间谍，要不就一声不吭。安抚使两次到夏地，亲自讯问，他也不肯吐实。今日算是破天荒头一遭，承认了自己是契丹间谍。还是杨将军有本事，杨将军可否再去劝劝高翼，赶快交代出同党名字，这样大家伙儿都不必在这里耗着了。"

杨延昭转头看了高翼一眼，摇摇头，道："你们不必再拷打他了，他无论如何都不会供出同党的。"自走去一边。

狱长曹全呆了一呆，又转头，问道："怎么办？"

扈从杨延昭的兵士双手一摊，反问道："狱长问我，我问谁去？"顿了顿，又道："不过杨将军刚才可是说了，不必再拷打高翼。"

狱长曹全嘀咕道："我又不是杨将军下属，不必受他军令。"

曹全原名曹双全，原本也有美满的家庭，妻子生了一对双胞胎儿女，应了他的名字——双全。然天有不测风云，人有旦夕祸福，十余年前契丹军南下，掳走了曹氏一双儿女。曹妻思念儿女，忧郁成疾，最终投水自杀，只剩了曹双全孤身一人。他愤而改名曹全，投入军中，欲上阵杀敌报仇，只是武艺不济，被分配到伙房做伙夫。因其人与契丹结有深仇，雄州机宜司趁机将其招揽，安排到夏地做狱卒，负责刑讯。曹全恨契丹人入骨，下手狠辣，很快便升为狱长，算是机宜司用来对付契丹间谍的得力人物。

但夏地囚所是见不得光的机构，狱卒包括狱长在内，虽然也隶属军籍，却不大被军中看得起，所以连扈从杨延昭的兵士对曹全态度也是随意之极。曹全嘟囔一句"不是杨将军下属"，也只是心中不平，发发牢骚，口中逞逞强而已，并不敢真的去得罪大名鼎鼎的杨六郎。转头又见杨延昭自往案边坐下，不由一怔，问道："杨将军为何不走？"

兵士答道："安抚使下令暂时将杨将军安置在这里。"

曹全奇道："这是为什么？"

料想兵士也不会知道原委，即便知情也不能透露，曹全旋即摇了摇头，招手叫狱卒，命先将高翼囚禁起来。

地道空间有限，夏地名为囚所，其实没有牢房之类，只在刑室墙边立了几具立枷，用来禁锢犯人。

狱长曹全既然见到杨延昭对高翼略有关爱之意，便特意取来一件旧衣衫，换下了高翼身上的袍子，好将外袍拿去还给杨延昭。

高翼居然破天荒地说了声"多谢"。曹全奇道："你谢我？这半年来，你可没少在我手中受罪。"

高翼道："这些只是曹狱长分内之事。"

曹全道："那么实在对不住了，我还得继续做分内之事。来人，封了他三觉，锁起来。"

狱卒当即取木丸塞入高翼口中，又封了他耳眼，令其朝墙跪下，将其头按入立枷洞孔，合上枷板，将脖颈束住，这才解开绑索，扯下缠在粗木架上的镣铐，铐住双手。

如此，高翼便只能俯身跪着，脖子套在立枷孔中，双手后扬，被铁链高高扯起，反吊在木架下，基本不能移动，姿势亦是十分不好受。

兵士窥见杨延昭面色不豫，忙过来道："不是说了不要再拷打高翼吗？至少杨将军人在这里时，不要再动刑罚。”

狱长曹全道：“没有动刑呀。”转头看了高翼一眼，忙解释道：“夏地没有牢房，这里就是这样关押犯人的。”

兵士奇道：“犯人会一直被这样锁着吗？”

曹全答道：“只要不受刑，便会一直这样锁着。一是防止犯人自杀；二来犯人难以挣脱，不必时时派人紧盯着。”

兵士忍不住叹道：“那可真是无时无刻不生生受着活罪。”

曹全道：“能被选作间谍的，都是百里挑一，甚至千里挑一的人杰，不是普通人，自然不能像对待平常犯人那样。不过来了夏地，也没几个能挺得过去。即便不动重刑，像这样一直被锁着，看不见，听不到，也不能开口说话，求生不得，求死不能，没人能长期忍受，多是两三个月就开始求饶。”

转头看了一眼高翼，又道：“不过这小子也够硬气，居然坚持了这么久，始终没有开过口，也不肯服软。今日要不是杨将军令他开了口，只怕他到现在还不肯招承是契丹间谍呢。”

当夜，机宜司知事赵探居然来到了夏地囚所。狱长曹全忙上前向长官禀报好消息，称高翼终于承认了自己是契丹间谍。

赵探闻言很是惊奇，询问了经过，当即道：“高翼这是给杨将军面子。”又低声问道：“你可有请杨将军出面，令高翼交代出同党名字？”

狱长曹全道：“杨将军不肯，还说高翼无论如何都不会供出同党，命小人不要再拷打他。”

赵探道：“杨将军说得也对。高翼也算是条汉子，既对辽国太后有过许诺，又涉及高氏家族名誉，必定不会再招供。”转身命道：“抬过来。”

当即有两名兵士抬进来一只麻袋，又从麻袋中放出一名男子。那男子身穿赭色囚衣，也被封了耳眼口，蒙眼黑布盖住了一半脸，看不清楚长相。

狱长曹全问道：“这是新抓的契丹奸细吗？”

赵探点点头，道："这名犯人很重要，不必每日例行讯问，锁起来好好看管即可，安抚使自有发落。"又道："将高翼上绑，带过来。"

狱长曹全急忙命狱卒将新押进来的犯人锁入立枷，自己亲自去提高翼，又特意取出高翼右耳棉塞，低声告道："你的日子到头了，终于不必留在这里了。虽然也要受身首分离之苦，不过总比在夏地受罪强。你到了阴曹地府，可不要向阎王爷告我的状，你自己也说过的，我拷打于你，只是奉命而为，是分内之事。"

高翼口中塞了木丸，无法开口说话，只"唔"了一声。

狱长曹全重新塞好棉塞，将高翼绑好，押到赵探面前。赵探命去了封塞，道："高翼，这是我最后一次问你，你还有哪些同党？交代出来，尚有活路，不然的话……你也知道自己会有什么下场。"

高翼冷然不答，只转头去看新被带进来的赭色犯人，问道："他是谁？"

赵探道："是你同党。"

高翼道："我没有同党。"

赵探便亲自拉扯着高翼来到立枷边，命狱卒去掉新犯人的蒙眼黑布。

高翼不由一怔，他自是认出了这是前晚潜入囚所营救自己的男子，只不过自己当时被锁在立枷中，双手被镣铐反锁住，对方不能以兵刃斩断镣铐，一时寻不到钥匙，又露了形迹，这才不得已退去。

那新被带进来的赭色犯人，自然就是契丹神武军总教头刘遂了。他伏着身子，只能勉强侧头，看清楚立在身侧的是五花大绑的高翼，倒也不感到意外。

赵探道："你还说你没有同党，他是谁？"

高翼摇头道："我不认识他。"

赵探原先也没指望能从高翼口中问出什么，自己不过是奉命多讯问一次罢了，便道："把高翼的鞋袜取来，给他穿上。"

狱长曹全其实早已猜到高翼死期将至，却有意问道："赵知事这是要带高翼走吗？"

赵探道："安抚使有命，要将高翼带回城中军营关押，择日公开处死。"

杨延昭听闻此言，当即起身，但只是看了看高翼，并没有开口。

赵探又道："杨将军，安抚使也请你随下官一道回城。杨小公子之事，杨将军不必忧心，安抚使已选派了得力人手，正全力追查杨小公子下落。"

杨延昭点点头，道："我们走吧。"

赵探特意将狱长曹全叫到一旁，指着刘遂交代道："这个人，武艺十分了得。之前独自闯入夏地试图营救高翼的蒙面人就是他。他上次伤了咱们好几个人，虽则安抚使特意交代了不必例行讯问，但也得让他吃点苦头，不必给他饮食，饿他几日再说。"

狱长曹全躬身道："遵命。"

却说宋雄州界河巡检赵振偷渡潜入辽地，在涿州新城县客栈住了一宿。次日一早，赵振取出一吊铜钱结账时，客栈店家不免多看了他几眼。虽则辽地也通行宋钱，但自从辽圣宗取得大安山窖藏后，契丹铜钱充裕，辽地民间顶多是辽、宋铜钱混用，已极少能见到有人一下子拿出整一吊宋钱。

赵振知道客栈店家起了疑心，便匆忙离开，预备尽快离开是非之地。

未及出城，便有一队人马追了上来。为首者马快，瞬时越过赵振，挡在道前。那人随即翻身下马，却是辽永泰军指挥使高为弁。

这高为弁姓高，亦称出自渤海高氏，却不是汉人，而是靺鞨族人。其先祖原为渤海国贵族。辽太祖耶律阿保机攻灭渤海国后，高为弁祖父高模翰逃往高丽，高丽国王王建[1]将女儿嫁给了他，高模翰遂

[1] 王建：字若天，高丽王朝开国之君，即高丽太祖。王建生逢朝鲜半岛"后三国"乱世，二十岁时投奔弓裔，率水陆军队攻城略地，成为弓裔麾下爱将，官至弓裔泰封政权的广评侍中（首相）。政开五年（918 年）受"四骑将"（洪儒、裴玄庆、申崇谦、卜智谦）推戴，取代弓裔，登上王位，国号高丽，年号天授。天授十六年（933 年）接受后唐册封，为"高丽国王"。清泰二年（935 年）合并新罗，（转下页）

摇身成为高丽驸马。但不久后高模翰在高丽犯罪，又逃归辽地，以“有膂力，善骑射，好谈兵”而为辽太祖耶律阿保机信用。

辽太宗耶律德光即位后，积极对外扩张。石敬瑭不仅割让了燕云十六州给辽朝，还与辽太宗约为父子，据称高模翰在这一事件中起到了关键作用。辽太宗曾对高模翰言：“朕自起兵，百余战，卿功第一，虽古名将无以加。”高模翰也由是以战功得授开府仪同三司、同政事门下平章事、天下兵马都部署等职，还得到想郡开国公的封爵，以及推忠佐运平定功臣号，奠定了其家族在辽代世家大族中的地位。

高为弁即是高模翰长孙，虽然作为小辈，已无祖父当年显赫及风光，但依然是一员勇将，现任涿州永泰军指挥使。

涿州是辽国南部重镇，一度为宋辽战场前线，契丹于涿州置永泰军，以指挥使领军。雄州机宜司建有高为弁的档案，赵振看过其画像，立时便认了出来。一时纳罕为何永泰军指挥使不在涿州，而是离开驻地来了新城。他知道辽方间谍也不是吃素的，自己官任界河巡检，同样属于要害之职，辽燕京留守府勾南局多半也绘有自己的画像，于是急忙低下头去。

高为弁翻身下马，好奇地看着赵振，有些不相信地问道：“你该不会就是雄州界河巡检司副长官赵振吧？”

赵振见对方第一面就直接叫出了自己名字，料想否认亦是无用，可也不愿意就此承认身份，便闭口不答。

高为弁又仔细打量了赵振一番，这才喜滋滋地道：“就是赵振没错。来人，将他拿下。”

赵振身无兵刃，料想徒手抗拒亦无济于事，自己寡不敌众，最终还是要力尽被擒，便干脆不动。辽兵取出皮索，将赵振反手缚住，推到高为弁面前。

（接上页）清泰三年（936 年）灭后百济，统一了朝鲜半岛清川江以南区域。王建在位时期，对内采取笼络豪族的策略，广泛与豪族联姻，建立豪族联合政权；参酌泰封、新罗和中原王朝的制度，初步组建国家机构；定平壤为西京，积极北拓；文化上弘扬佛教；对外向中原王朝称臣纳贡，对契丹则持敌对态度，并积极收留接纳被契丹灭亡的渤海国遗民。

高为弁亲自搜身，然除了数枚铜钱之外，赵振身上别无长物，既无官印，亦无文书之类。高为弁遂问道："赵巡检私越界河，来我们涿州新城做什么？"

赵振沉默了一会儿，才迟疑答道："我……我是……"似有话要说，却又难以出口。

高为弁奇道："久闻赵巡检是河北第一神射手，当是个豪杰人物，今日一见，何以这般不爽快？"

见赵振面色古怪，支支吾吾，忽心念一动，问道："莫非赵巡检是来投奔我们契丹的？这可实在想不到。"

赵振素来刚强自负，闻言当即涨红了脸，斥道："决计没有这回事！可别玷污了我赵振声名。"

高为弁笑了一笑，问道："那么赵巡检来新城做什么？"

赵振干脆地道："无可奉告。"

高为弁道："好个无可奉告。你潜入新城，不但犯了契丹王法，还私自携带宋钱出境，在辽地客栈使用，大大触犯了你们大宋的法律[1]。"

他尚有公务在身，见赵振缄口不答，便道："那就暂时委屈赵巡检一下吧。来人，先把赵振带回新城县衙关起来，等我办完公事，亲自押解他回涿州。"

高为弁刚要上马，便见到客栈店家站在街边朝自己拱手讪笑，显然是要邀功领赏。高为弁转头看了赵振一眼，隐隐有些难为情，觉得不是靠真刀实枪才抓住了对头，便走了过去，没好气地对客栈店家道："你先回去。抓住南朝探子的赏钱，我会派人送去客栈。"

[1] 宋人沈括曾分析当时钱荒的成因，称"四夷皆仰中国之铜币。岁阑出塞外者不赀。议者欲榷河北之盐，盐重则外盐日至，而中国之钱日北。"这番话提到两个问题，一是宋朝榷盐，食盐太贵，故而辽盐大量走私入境；二是宋钱大量流出宋境。宋朝为了防止铜钱外流，制定出一系列法律，首先是针对河北："河北州军，自今厢禁军兵士与北客（辽朝商人）偷递违禁物色并见钱及与勾当买卖捉获者，内禁军从违制定，厢军从违制失断遣。并刺面配广南牢城收管。"又鼓励官员抓捕私自持铜钱出境的人："雄州、广信安肃军榷场北客市易，多私以铜钱出境，自今巡防人等，凡三告捕得所犯人者，并迁一资。"因屡禁不止，后来宋廷又陆续加重了量刑，予以严处，如一百文杖一百、一贯以上处死等。

数名辽兵押着赵振来到新城县衙，刚好遇到一众侍从簇拥着一名黑衣老者出来。那名黑衣老者虽则上了年纪，却是神采俊秀、顾盼生辉，正是契丹新任北府宰相刘晟。

为首辽兵忙躬身行礼道："刘宋公。"

"刘宋公"是辽人对刘晟的尊称。这"宋"字，是宋朝之宋，却不是赵宋之宋，而是刘宋之宋——

刘氏祖籍徐州彭城，为宋武帝刘裕之后。刘裕凭借巨大军功代晋自立，建立宋朝，为南北朝时期南朝的第一个朝代，也是南朝中存在时间最久、疆域最大、国力最强的朝代。因国君姓刘，世人为与宋太祖赵匡胤建立的赵宋相区别，故又称为刘宋。刘晟爱慕虚荣，时常夸耀先祖伟业，辽人便送了他"刘宋公"的称号。

刘晟昨日过河到过雄州，从白沟驿回来后，便在新城歇下，预备今日赶去涿州。忽然一眼留意到被五花大绑的赵振，便停下脚步，问道："这犯人是什么人？"

为首辽兵忙道："是南面雄州界河巡检赵振，私过界河，被高指挥使抓住了。"

刘晟点点头，道："宋朝武官偷越界河，可是大大破坏了规矩，须得严惩，纵容不得。"

正要扶着侍从上马，忽又转身叫道："等一下。"特意走到赵振面前，问道："你果真姓赵吗？"

赵振莫名其妙，只是不应。

为首辽兵当即倒转刀柄，狠狠抽了一下赵振后腰，喝道："还不快些回答刘宋公问话。"

刘晟挥手命辽兵退开，又问道："你是雄州本地人氏吗？你娘亲是不是姓米？"

雄州一地，米姓尽出自米家务村。赵振闻言心念一动，遂答道："我娘亲姓李，是归信李广村人。"

雄州一带，大有来历的村落甚多——

如城东有亚谷村，原为燕桓侯所建亚谷城。汉景帝时，匈奴卢它降汉，被封为亚谷侯，食邑便在亚谷城一带。

又如城西有西楼村。东汉末年，公孙瓒曾在此处修建了易守难攻的土楼，却被袁绍以地道攻破，土楼倾塌，公孙瓒无奈举火自焚。

城东南有狄头村。澶州之战时，辽军扎营于此，宋真宗派曹利用为使臣，两次赴狄头村辽军大营谈判。最终，宋辽订立和约，是为“澶渊之盟”。辽军撤退后，宋真宗将狄头村谈判处命名为“狄夏台”[1]，以求心理安慰。

城西南有郦亭，为南北朝北魏地理学家郦道元[2]出生地。郦道元祖籍涿州，其六世祖时迁居容城，即今之雄州容城。

城北有王家台村。村内有数丈高台，传说为战国时期燕国遗迹，后来后周世宗柴荣亦登临此台，远眺燕云十六州。也正是在这里，本地乡民向柴荣敬献牛酒。而柴荣当日返回瓦桥关后，即得暴病，伐幽壮志一夕成灰。故而该村又名望驾台村，高台则被称作病龙台。

城南南塘边则有李广村。汉代飞将军李广曾在此驻兵，留下“但使龙城飞将在，不教胡马度阴山”之佳话。

刘晟闻言颇为失望，道：“李广村人氏？那肯定不是姓米了。哎，可惜。”

赵振不解其意，正有心询问，刘晟却已经转身离去。辽兵旋即押解赵振进来县狱。

[1]“狄”是中原对北方少数民族的称呼。夏台是中国历史上第一个王朝夏朝的监狱，又称钧台，遗址在今河南禹州，曾囚禁过商汤王。

[2] 郦道元：袭父爵出仕，历任北魏中央及地方官吏。孝昌三年（527 年），齐王、雍州刺史萧宝夤图谋反叛，郦道元被任命为关右大使，负责监视萧宝夤。萧宝夤顾虑到郦道元可能对自己不利，派部下郭子恢将郦道元一行包围在阴盘驿亭。因极度缺水，郦道元指挥部下掘井十多丈，仍然没有发现水源，最终无力抵抗，被跳墙而入的郭子恢军杀害。郦道元最有名的著作是《水经注》。《水经注》以《水经》为纲，主要记述黄河、济、淮、沔（汉）、长江五大河流主干及其支流，黄河以北及长江以南诸河共计一千余条河流的流路源委，流经地区的城邑建置沿革、地理概况、水利建设、名胜古迹及有关历史事件等，是我国及世界最早的水文地理著作，是当时一部空前的地理学巨著，对于研究中国古代历史和地理具有重要的参考价值。它名义上是注释《水经》，实际上是在《水经》基础上的再创作。此书不仅开创了古代“写实地理学”的历史，而且在世界地理学发展史上也占有重要的地位，《水经注》在后世学者对其不断研究中逐渐形成了一门学问——郦学。

契丹刑罚残酷，仅死刑行刑方法便有近二十种，除汉唐以来常用的绞、斩、凌迟、车裂、热铁掊口、枭磔、生瘗、砲掷、肢解、钉割、脔杀、赐死、夷族之外，辽国还有投崖、射鬼箭、鸣镝丛射及骑践等法外酷刑，深具民族特色。

投崖即从悬崖壁之上投罪犯。另外还有一种自投崖，与赐死近似：赐死都是自缢或鸩杀，自投崖则是自己跳崖而死。

射鬼箭和鸣镝丛射均为射杀。只不过射鬼箭更为正式，是重要礼仪仪式，通常只在辽大军出师、回师祭天时使用。

骑践则是万马踩踏，直到将人踩死、尸体踩碎为止。辽穆宗执政时，听从女巫肖占之言，认为用人胆作药可以延年益寿，为此而杀人甚众。而后辽穆宗终于觉察肖古之言有诈，便先以骑践之法杀死肖古。

至于契丹官府所采用的刑具更是五花八门，像宋代对枷具、铐锁形制、重量均有严格规定，契丹却无章法，大多是随心所欲。

辽兵将赵振带进县狱，告道：“此人是南朝间谍，极为重要。高指挥使办完公事，会亲自押解他回涿州。可要看管好了，别出岔子。”

狱卒闻言，也不将赵振关进牢房，直接取过最粗最重的脚镣，锁了双脚，随即推其到狱厅墙角，将头颈锁在专用来示众的粗木立枷中。

赵振只能保持弯腰站立的姿势，稍微一久，便十分不舒服。绑住他双手的绳索是细毛条编结而成，韧劲十足，勒得极紧，手臂、手腕血流不畅，很快便麻木了，失去了知觉。

像这类皮索绑的时间一久，容易导致被缚者血凝而死，故而犯人入狱关押时，通常要解去绑缚，另换枷锁来限制手足活动。但狱卒听说赵振即将被押往涿州，便懒得另换刑具。赵振本来还想寻找机会逃走，然被禁锢至斯，无论如何都难以脱身了。

赵振面朝墙而立，也看不到狱厅及大门情形。过了小半个时辰，终于听到有人进来狱厅坐下，还在窃窃议论着涿州的什么事。

赵振也无法回头，只能高声叫道：“喂，有人吗？快放开我，我要解手。”

一连喊了两遍，才有人姗姗过来，粗暴地掀起赵振外袍，扯下他裤子。

赵振惊道："你做什么？"

那狱卒道："你不是要撒尿吗？"从角落提了一只便桶，放在赵振身下。

赵振下体裸露，大感屈辱，道："你解开木枷，放我起身，我自己解手。"

狱卒当即冷笑道："就知道你不是真的要撒尿，而是想找机会逃走。这种花招，爷爷早看过好几遍了。"

顺手取过火盆中的烙铁，直接按压在赵振臀部。登时有青烟升起，伴以皮肉烧焦声。

赵振猝不及防，大声惨叫。

狱卒轻蔑地道："这才轻轻烫了一下，你就受不了？等你到了燕京，进了勾南局，可有得你受的。"随即将烙铁丢回火盆，不再理睬赵振，也不为他拉上衣裤，径自走开。

赵振确实想利用解手制造逃跑机会，却不想被那狱卒轻易识破，挨了一下火烫不说，还被狱卒有意羞辱，一时又愧又气。

备受煎熬时，时光总是格外缓慢。赵振曾听堂兄赵探提过一些应对敌方审讯的策略，若是特别艰难时、譬如身受酷刑时，减轻痛苦的最好方法就是转移注意力，去回忆生命中最为美好的人或事。此刻他的处境，应该不算好吧，实与受刑无异。那么他有什么可回忆的呢？

自幼失去父母，少小即被送入军中，家的温暖、父爱母爱、兄弟手足之情，这些都与他毫不沾边。似乎活了二十多岁，竟从来没有感受过爱。

不知怎的，忽然想到了她。

拒马河边的她，弱不禁风，亭亭玉立，仿若一幅绝美的仕女图。

他扼住她咽喉的时候，看到了她目光中的不解。她晕厥过去的时候，他满心惶然焦虑。当她再度醒来、睁开双眼的时候，他的内心，当真是有过一阵狂喜。

现下的她，可还安好？她有没有被雄州官兵捉住？能不能寻到名医，治好怪病？

拒马河边的那次见面，应该就是他最后一次见到她了吧？

人生就是这般神奇，他本该回忆生命中最美好的事物，以转移肉体上的痛苦，但他想到的，却是敌国公主。

辽永泰军兵士进来提取赵振时，见其露着大腿和臀部，屁股上还有一个烙印，情状狼狈，不免奇怪，问道："你们对他动刑了吗？"

狱卒随口答道："这小子想要挣开绳索逃跑，不得不给他点颜色看看。"

辽兵遂不再多言，为赵振提上衣裤，将他从立枷中放了出来。赵振长久猫着身子，已然有些僵硬，竟难以直身行走，辽兵不得不一路拖着他出来。

县衙外已准备好了囚车，其实就是一辆马拉的轻便太平车，车上立着一根木柱。辽兵将赵振拖上车子，令其面朝后方，连人带索绑在木柱上。

又等了一刻工夫，永泰军指挥使高为弁自县衙出来，翻身上马，命道："回涿州。"

涿州古名范阳，名人极多，刘备、张飞、郦道元、卢照邻、慧能、贾岛等，都是涿州人氏，就连大宋开国皇帝赵匡胤祖籍亦是涿州范阳。但对宋朝而言，涿州最不能忘记的，还是岐沟关[1]。

[1] 岐沟：位于今河北保定市涿州西南三十里，即《水经注》所谓奇沟，亦曰祁沟。唐朝末年，大唐国势衰落，北方契丹日益强盛，唐朝为抵御外患，于唐昭宗天复元年（901 年）在岐沟河东岸设关，因水得名，取名岐沟关。四周筑土城，土城南北宽一百三十丈，东西长，北城一百三十丈，南城一百五十丈，高三四丈，形势险要，更有岐沟河为天然屏障，自此成为兵家必争之地。后梁龙德元年（921 年），耶律阿保机南侵，夺取幽州和涿州后，又占领岐沟关，从此岐沟落入辽人之手。太平兴国四年（979 年），宋太宗赵光义为收复北方失地，御驾亲征，一度攻下涿州及岐沟关。不久，高粱河一战，宋军大败，宋太宗在战乱中身受箭伤，乘驴车仓皇南逃，岐沟关又重新落入契丹之手。雍熙三年（986 年），宋知雄州贺令图上言，称契丹主少国疑（指辽圣宗年纪方幼），母后专权（指太后萧绰专权），宠臣用事（指萧太后信用汉人大臣韩德让），国人怨疾，建议乘此机会直取幽云。宋太宗赵光义信以为真，不顾重臣（转下页）

离开新城县城后，赵振便频繁右顾。他面朝后而立，看不到前面情形，只能不断侧头。

驰出十余里，高为弁忽然回马到赵振车旁，指着西面道："那边便是岐沟关。"

远远望去，沟坑罗列，古道斜陈，仍有雄关险隘之风范。然这处要塞也曾尸横遍野，甚至河水为之堵塞，惨状触目惊心。而自从岐沟关被宋军的鲜血染红染透，大宋收复"燕云十六州"的梦想便一去不复返矣。壮士骨冷，叹惋难收。

赵振不愿意在对手面前流露伤感情绪，表面神色不动，心中却波涛汹涌。若是当年雍熙北伐成功，不独涿州，幽燕尽已是宋土，又何至于有界河一说、岁币之辱？

高为弁有意问道："赵巡检可是心中有所不甘？"

赵振"哼"了一声，道："若是契丹人冷嘲热讽，赵某也无话可说，但高指挥使好像忘了，你不是契丹人，你先祖的母国，名叫渤海国，而不是契丹或是大辽。"

高为弁脸色大变，但又无言以对，遂恨恨打马去了队伍前面，一路上再也未与赵振交谈半句。

赵振本来还想打听楼桑庙，但又怕辽兵起疑。转念想到自己一到辽地便身陷囹圄，万难逃脱，即便打听楼桑庙具体所在，也没有机会去寻找武宗元，只能就此作罢了。

忽有数骑追上前来，为首者是高为弁副手叶欢。他先在太平车旁放慢速度，问道："你就是雄州界河巡检赵振吗？我叫叶欢。"

驾车的辽兵回头介绍道："这位是涿州永泰军副指挥使。"

赵振遂问道："叶指挥使有何指教？"

(接上页)反对，即轻率决定对辽用兵，兵分三路，大举北伐。主力东路统帅曹彬、米信为了争功，不等与另外两路宋军合兵，便抢先攻占岐沟关。萧太后和辽圣宗急统大军救援，双方在岐沟关和拒马河套拉锯多日。两军决战时，宋军因粮草不济败北，伤亡惨重。残部南撤夜渡拒马河时，又被辽军追及，溺死者甚众。万余名运粮漕夫也都被俘，宋朝开国大将高怀德在关西安乐桥以身殉国。宋军主帅曹彬退至易州东面沙河宿营，风闻辽兵追至，士兵惊溃，争渡沙河，溺死者过半。宋军遂全线溃败。从此，宋对辽失去了战略进攻能力，被迫转入战略防御。此即史书所记"岐沟之蹶，终宋不振"。

叶欢道："我久闻你是南朝第一神射手，你箭法当真有传说中那般神奇吗？"

赵振未及回答，前面高为弁便先大声叫道："叶欢！"

叶欢应了一声，自赶去队伍前面。

不一会儿，叶欢又折返了回来，道："本来宋辽议和，不会再有战事发生，想不到赵振你自投罗网，我叶欢竟然能见到你，实在再好不过。我要跟你比试一场。"

见赵振面露困惑之色，忙解释道："我是奚族人，名字就是叶欢，不是你们南朝说的姓叶名欢。我汉话说得不大好。总而言之，我一定会向主帅求情，请求解开你绑缚，与你好好比试一场箭法。"

赵振总算听明白了，他料想之后的命运自己再也无法做主，不愿空口许诺，便只笑了一下。

叶欢喜不自胜，笑道："你同意了？实在太好了。我还有军令在身，得先行赶去营地。赵振，你等我。"自引了侍从，扬鞭策马去了。

涿州州城为著名历史古城，传说最初土城筑自黄帝之孙颛顼。当年涿鹿大战后，蚩尤落败，黄帝车裂蚩尤，部分尸骨弃于涿地。为避蚩尤之孽，修筑土城时，西门凹入，故而才有"城周九里，形如凹字"一说。鸟瞰则似一头卧牛，故而又名"卧牛城"。

涿州城南门外岔道口建有修睦亭[1]，北门外则有望云亭[2]，均是宋辽议和后修建，专待宋朝使者。修睦为迎接之处，望云为送别之亭，颇具深意。契丹在经济、文化及国力上远远不及宋朝，即便在武力上轻视对手，时不时地想要凌驾其上，但内心深处还是倾慕宋朝风范，礼仪上多有学习宋朝之处。

至修睦亭时，高为弁翻身下马，又命人将赵振从太平车上解下

[1] 修睦：意为调整相互间的关系，使之亲密和睦。见《礼记·礼运》："大道之行也，天下为公，选贤与能，讲信修睦。"

[2] 望云：仰望白云，寓意仰慕君王。语出《史记·五帝本纪》："帝尧者，放勋。其仁如天，其知如神。就之如日，望之如云。"

来，告道："这里是涿州官府迎接宋使之处，本地官民，照例到这里都要下马，无论有没有宋使来。"

赵振点点头，正待开言，西面官道忽驰来一辆太平车。板车体量比赵振这趟囚车要大一倍，由两匹马拉着，不疾不缓。

将近修睦亭时，太平车停了下来。车上跃下来几人，一共是四男一女，一边朝着修睦亭指指点点，一边走了过来。

而这四男一女，除了一名年轻男子是陌生面孔外，其余四人，正是宋宫廷画师武宗元、高丽使者徐颂、宋接伴使陈丽，以及好饮酒的宋人大酒鬼方偕。

武宗元本来兴高采烈，正向陌生面孔男子询问着什么事，忽一眼见到五花大绑的赵振，当即愣在当场。

却说武宗元离开晴川酒肆后，便按照店家奚松烟的指引，迅即引着方偕、徐颂、陈丽三人来到河边登船。

虽然是偷渡越过界河，但船行得极顺。到北岸时，武宗元一时还不能相信，道："这般顺利吗？竟然连一点风波都没有。"

同行的接伴使陈丽当即笑道："难道武郎还期待有事发生？"

四人下船后，北行一段，见有小路各往东西，便立时起了争执——

武宗元是宫廷画师，亦是唐代画圣吴道子的狂热崇拜者，自然想立即赶去涿州楼桑庙观赏吴道子壁画真迹。

陈丽则认为易水是千古名胜之地，无论如何都得去瞻仰一番。更何况易州特产甚多，除了易酒之外，还有易墨、易砚，均是天下珍品。

徐颂则因自己是高丽人，不便表态，故而保持中立，无论谁问他意见，他都只是笑而不答。

而大酒鬼方偕最为矛盾，既想速速赶去涿州，设法饮到传说中的酒果，又想怀抱易酒，去易水边大醉一场，体验一下"风萧萧兮易水寒"的悲怆。既然难以抉择，他便干脆也如同徐颂一般，保持中立。

武宗元和陈丽则争执不休，都试图说服对方。

四人不知道的是，一名契丹暗哨就隐伏在路边芦苇丛中。那暗哨早猜到四人是从南岸偷渡过来，然因为仅仅是慕名来观光而已，便打算不予理会。结果武宗元、陈丽二人就在他眼前喋喋不休地争吵，他实在听不下去了，忍不住现身告道：“去涿州的话，今晚只能到新城歇下，明早出发，最快也是在午后才能到涿州。去易州的话，那边有条小河，直通易水，雇条小船，日暮时分就能到达易县白虹村。几位今晚先大醉一场，明日早起，看过易水日出后，再出发赶去涿州。途中顺利的话，一样是午后抵达。”

陈丽大喜过望，道：“这位大叔说得太好了。”又问道：“是不是易墨、易水砚产地奚家村也值得去看上一看？听说那里是徽墨、歙砚的发源地。”

契丹暗哨道：“就名气而言，当然是易水最值得一去，因为有荆轲啊。可几位不是赶时间吗？奚家村虽然也产易水砚、易墨，但实在不算什么[1]，不看也罢，楼桑庙肯定更值得一去。”

武宗元忙道：“大叔说得极对，楼桑庙更值得去。”

方偕生怕二人又要争吵，忙接口道：“就这么办，现下赶去易县白虹村，明早看过日出后再去涿州楼桑庙。”

就连徐颂也连连点头，道：“这个主意最好。”

武宗元再也无话可说，只得同意先去易县。

四人均以为暗哨只是居住在北岸的两属民，当即道了谢，又按其所指，西行至河边，雇了艘船，直朝易州而去。

四人果然在天黑时到达易州，先寻到易水酒肆坐下。

这易水酒肆位于易县白虹村外，传说这里便是当年燕太子丹为荆

[1] 此仅为书中人物观点，辽朝经济文化远远落后于宋朝，玩赏墨砚亦未能成为社会风气。前面已提过徽墨即源自易墨（安徽老胡开文墨厂至今还有“师承古易水，奇珍握墨绝”的对联），而在中国历史上，易水砚（又名易砚、奚砚、燕畿乌金砚，由奚氏最早发现于易水终南山津水峪）与端砚齐名，素有“南端北易”之称，为中国石质书写砚之先驱。易水砚石料为上亿年形成的水成岩，石料以“紫翠石”“玉黛石”为主，紫翠多石眼，玉黛多石胆。石料上往往点缀着天然斑点纹理，呈黄、白、绿等色，颜色嫩而纯。石质优良，细密柔腻，坚韧皆备，硬度适中，琢之圆滑，浑然天成。所制砚台滑中有涩，涩中不滞笔，涩而易发墨，发墨快，不伤毫，墨汁流润，而不易蒸发，具备了发墨、贮墨、润笔、励毫的优良特性。易水砚制作技艺已于2008年被评为“国家级非物质文化遗产”。

轲送别饯行的地方。白虹村的村名，即源于荆轲出发时仰天嘘气、白虹贯日的传说。“义无反顾”“气贯长虹”的典故，均来自于此。

白虹村村民均以酿酒为生，而易酒自古有名。清明前后正是新酒开封时节，亦有不少好饮者自四方专程赶至易水酒肆，只求喝到新开封的易酒。

方偕稍微一露酒量，即震惊四座。辽人素来钦佩酒量好的人，当即有一名年轻男子主动上前，与方偕结识。

那男子姓杜名防，为辽地汉人，家在涿州，是归义人氏。这归义，便是与雄州对应的归信。

杜防早看出方偕等人是南岸偷渡过来的宋人，然既视方偕为酒中知己，与其一见如故，也不以为意，还主动打趣道：“杜某虽然家在涿州州城，其实也勉强算得上是两属民，毕竟这涿州归义，也可以称作雄州归信。”

方偕笑道：“管他宋民辽民，抑或是两属民，今晚你我只是酒民。”

陈丽接口道：“酒民？酒鬼还差不多。”

五人嘻嘻哈哈，当夜一直留在易水酒肆中。武宗元对酒肆所用辽三彩[1]碟、盘、壶等陶器格外有兴趣，还好好把玩了一通。他与陈丽、徐颂酒足饭饱后，又自到外面欣赏易水月色，与村民闲话，累了便回来酒肆，趴到案上睡去。

方偕、杜防二人则对饮不停，间或聊些趣闻轶事。到后半夜时，方偕似是有些醺醉，忽然问道：“我听说你们那位刚过世的萧太后有辟阳之宠[2]。她堂堂一国皇太后，当真曾与那位姓韩的汉人大臣私下结

[1] 辽三彩即“辽瓷”，因继承了“唐三彩”的传统，故名。辽穆宗之前，辽三彩以黄、绿单色釉陶器为主，后来多用黄、绿、褐三色釉，是一种低温瓷式釉陶，胎质粗而较硬，呈灰黄白色或淡红色，釉色娇艳光洁，韵味十足，但质量不如唐三彩。与唐三彩的区别除胎土不同外，主要是辽三彩中无蓝色，施釉不交融，釉面少流淌。

[2] 西汉初年，辟阳侯审食其，曾经为吕后（汉高祖刘邦皇后吕雉）所爱幸，为吕后之男宠。后世遂以“辟阳之宠”指大臣为后、妃所宠幸，或为满足后、妃两性交欢之大臣。参见《旧唐书·张易之传》：“（易之、昌宗）兄弟俱侍宫中，皆傅粉施朱，衣锦绣服，俱承辟阳之宠。”又见《廿二史札记》：“薛怀义承辟阳之宠，至命为行军大总管。”指张易之兄弟及薛怀义，为武则天男宠。

为了夫妻吗？”

杜防也已有些醉了，当即应道：“千真万确。而且不是私下秘密结婚，是公开的夫妻。”

方偕瞪大眼珠，道：“那岂不是……岂不是……”一时寻不到合适的词，便改口道：“我还听说你们北府萧宰相，既是当今辽帝的妹夫，又是皇帝的岳父，是不是？”

“北府萧宰相”即指萧排押，其长女萧氏为辽圣宗贵妃，生有梁国公主耶律燕哥。同时萧排押又娶了辽圣宗同产妹耶律长寿女，故而兼有辽圣宗岳父及妹夫的双重身份。

杜防道：“是啊。”

又笑道：“你们宋人认为这是乱伦，其实是不了解契丹传统。包括萧太后嫁给晋王韩德让这件事，是完全合规合法的，契丹贵族包括当今辽帝都予以承认。方兄听没听过收继婚？估计你也没听过，我先给讲个‘五畜合群’的故事。”

中原以农耕文明为主，农田很大程度是靠天吃饭，故而自然条件对农业有着重大影响。随着千百年来的发展，经验逐渐积累，文明不断进步，人们对时不时爆发的天灾也有了有效的应对之策，又能够通过精耕细作及某些技术手段，来达到增产的目的[1]。

而草原上的情况其实跟中原差不多，唯一的区别是，一个以耕种为主，一个以放牧为主。跟中原农民一样，草原牧民亦发展出相应手段来对抗恶劣的自然环境，“五畜合群”就是最典型的例子。

“五畜”即骆驼、黄牛、绵羊、马、山羊。“五畜合群”就是将这五种不同的牲畜混合放养。这五种生物都是食草动物，但物种归属大不相同，混放在一起时，便展现出奇妙的万物和谐之美——

[1] 前面提及的宋臣何承矩在河北成功引种水稻、提高粮食产量，便是一例。甚至宋真宗本人也亲自参与过改进农作物品种。大中祥符四年（1011 年），为解决江淮、两浙地区旱季水稻歉收的问题，宋真宗专门派遣官吏去福建调拨中南半岛的高产、早熟、耐旱的占城稻三万斛，分给江淮、江南地区的农民栽种，并且还由官方组织做了技术推广。更有趣的是，宋真宗还在皇宫内自种了“水稻试验田”，将收获的稻穗给官员们作了展示。

骆驼能忍受干旱，取食于树木，能为畜群抵御狂风以及沙尘暴，当遭遇大风和沙尘暴，骆驼们便主动出来，为其他牲畜遮风挡雨。

马最擅长奔驰，在游牧迁移过程中，总是率先开路，扮演着先锋的角色。当大雪覆盖草原时，坚硬的马蹄还能刨开积雪，保证牲畜们不会饿死。甚至在最为艰苦的极端情况下，马粪也可以作为食物，供其他牲畜维持一段时间。

五畜中，山羊取食于灌木及落叶，而黄牛、绵羊则食用矮牧草。食料来源刚好错开，既有利于畜牧业的产量，又减轻了草原的负担，还能抗击一定的灾荒。

……

方偕听杜防讲述了一番“五畜合群”，愈发不解，问道：“五种牲畜混合放养，比某一种单独放养要好许多，这我听懂了。敢问杜兄想用‘五畜合群’来比喻什么？”

杜防话匣子打开，便有些滔滔不绝起来，笑道：“现下南北议和，宋辽是兄弟之国，不会再有战事。其实自古以来，灾荒始终是世人的最大敌人。这一点，方兄也承认吧？”

在中原，应付灾荒，多是依据亲属关系结为组织，这也被历史及经验证明，是最有效的手段。但在草原上，这种手段却并不适用。农耕和草原有着财富形式上的巨大差异，中原的房屋、田地等，可按照亲疏关系分给子孙等亲属；但草原唯一的财产便是牲畜，而畜群不可能如同田产一般传承。

杜防又道：“草原的生存环境要比中原恶劣得多，人们若不能团结起来，像五畜合群那样互相帮助，便很难存活下去。故而在草原上，同舟共济，无论亲疏，一力抗灾，是所有牧民的共识。”

牧民多四下迁徙，若是在途中遇到了某个人，或是某个家挺，甚至某个游牧部落，只要对方需要，多会毫不犹豫地伸出援助之手，完全不计较个人利益得失。草原上的绝大多数牧民，都具有着眼于集体生存的胸怀，这正是长期艰苦生活磨炼导致的结果。收继婚制，正是诞生于这种背景之下。

中原传统礼法自是觉得这种制度粗俗野蛮，但却不能否认它能让相对弱势的妇孺得以生存，保证了孤儿寡母也能得到抚养，不会被群体抛弃。

至于萧太后下嫁汉人大臣韩德让，韩德让既已赐姓耶律，隶属季父房[1]，这桩婚姻便完全符合契丹收继婚的传统，再不会有人提出异议。这也是为什么萧太后去世后，辽圣宗仍然称呼韩德让为叔父，韩德让卧病，圣宗皇帝亦如亲子一般亲侍榻前，皇后萧菩萨哥也得亲奉汤药伺候。

方偕受儒家礼法教育，一向认为契丹多秽闻丑事，乱伦婚姻更是比比皆是。此时听了杜防一番话，方才明白收继婚的来历原委，一时之间，竟对契丹人印象大为改观，甚至多少起了钦佩之心。

杜防又问道："你们南朝宫廷可有什么有趣的事？听说你国皇帝最宠爱的妃子刘美人，原先是靠打花鼓卖唱为生的。"

方偕道："嗯，有这么回事。不过南北有别，你们契丹可以随便议论萧太后、韩德让之类，只要不是语出不恭，便不会有人管。但在我们那边，像刘美人出身这类话题，不管是好话坏话，都不能随便说。"

杜防笑道："哈哈哈，那岂不是说明你们南朝不如……"

方偕忙咳嗽了一声，举杯道："喝酒，喝酒。南朝也好，北朝也好，咱们终归得酒案上见高低。"

杜防笑道："好，今日杜防舍命陪君子，跟方兄非得分出个高下不可。"

二人又继续狂饮。将一坛易酒喝了个底朝天后，杜防终于支撑不住，跑出去吐了一大泡，回到酒肆便倒了。

次日一早，众人陆续惊醒，方偕居然还独自坐在原处饮酒，竟是

[1] 季父房：契丹皇族三父房之一。辽太祖耶律阿保机大伯父耶律麻鲁无后，二伯父耶律岩木后裔称"孟父房"（如本书中人物北院枢密使耶律化哥即出自孟父房），三伯父耶律释鲁后裔称"仲父房"（本书中以诈降之计擒获宋雄州知州贺令图的耶律休格即出自仲父房，为耶律释鲁之孙。耶律释鲁因引导契丹民"种树桑麻"而享有盛名），诸弟（以耶律阿保机父排行而论）后裔称"季父房"，合称"三父房"，或"皇族三父帐"。再加上耶律阿保机后裔之"大横帐"，合为"皇族四帐"，专置北面皇族帐官以治理。

喝了一夜。

杜防当即佩服得五体投地，叹道："方兄这酒量，只怕在涿、易两地都找不出第二个来。你要是生在辽地，必定能做大官。"

陈丽忙道："方郎一表人才，难道在大宋就不能做大官吗？"

玩笑归玩笑，众人均知双方各有立场，此类话题当点到为止，遂一齐哈哈大笑。

两年后，宋真宗大中祥符五年（1012年），方偕登进士第，时年二十岁。他曾作为宋朝使者出使辽国，酒量震惊契丹，留下"方家瓠"的历史佳话。任侍御史时，适逢宋夏战事，赵振担任西北边帅，被都转运使庞籍弹劾"拥兵不救"，论罪当死，全靠方偕据实上奏，才救了赵振一命。官终两浙安抚使，卓有能声。方偕妻子为名臣陈靖孙女，即书中人物陈丽，被朝廷封为安定郡君。

杜防则于辽圣宗开泰五年（1016年）考中进士，为当科榜眼。因是汉人，酒量又好，辽主常命他出来陪宋使饮酒。杜防在辽圣宗朝官至枢密副使，辽兴宗朝任南府宰相，辽道宗朝时因好酒不愿理事而迁任右丞相，是极少数出任辽朝宰相的汉人。其子杜公谓也官至南府宰相。此为后话。

此刻天色将明，五人遂出酒肆观看日出，终于得偿一游易水心愿。此地别燕丹，壮士发冲冠。昔时人已没，今日水犹寒。

杜防出身涿州大族，家境优渥，主动为众人结了酒账。又邀请众人随自己同返涿州。武宗元四人本就要去涿州，见有地主主动作陪，自然是锦上添花，于是欣然同意。

只是出了一点小小的风波，杜防那匹棕马昨夜莫名遗失，料想多半是被本地乡人盗去，好偷运去南岸卖个好价钱[1]。好在杜防出身富

[1] 唐时失河西之地后，灵州（今宁夏灵武县附近）便是中原唯一的马源地，后被西夏占领，宋朝丧失马源之地，极度缺马，不得不另想办法。宋太祖为了打通海路向女真买马，还豁免了登州以北沙门岛、鼍矶岛等诸海岛税役，以鼓励岛民多造舟筏渡女真之马（其实就是鼓励岛民走私马匹）。女真到登州的海道，又被称为"买马故道"。但由于古代航海技术限制，海路艰险，来自女真的马匹数量很少，民间走私仍大量集中在宋辽边境拒马河一带。马是冷兵器时代最为重要的战略物资，宋辽双方都有严格管制，如辽"严立科条，禁奸民鬻马于宋夏界""每擒获鬻马出界人，皆戮之，远配其家"。但大宋经济（转下页）

贵，辽地也不难买到好马，既一时难以寻到，也就算了，遂在易县雇了一辆太平车，自朝涿州赶来。

到涿州城外时，因修睦亭是本地一处名胜，杜防遂引众人下车，欲先游览修睦亭。

诸人沿途已看过几处碑刻，武宗元远远见到亭中有碑，当即先品评道："幽蓟一带，碑上文字皆出释子及村学究，无论是文字，还是书法，绝无佳迹。"

杜防应道："先前所见碑刻，诚如武兄所言。然修睦亭中碑文是本朝北府宰相刘晟所书，大可一品。"

话音未落，便看到了永泰军指挥使高为弁一行。

武宗元还待接话，忽侧头看到赵振，一时愣在了当场。

已沦为阶下囚的赵振做梦也想不到，竟然会在这种情况下遇到他千辛万苦要找的人。

他自然知道此时凶险万状，稍微露出异样，武宗元一行便会被高为弁逮捕。而辽方一旦查到武宗元的真实身份，必会对其痛下功夫，那么宋廷损失可就太大太大了，简直不可估量。

赵振是训练有素的武官，反应极快，当即转过头去，漠然凝视着亭匾上"修睦"二字。

武宗元显然也意料不到竟会遇到赵振，且赵振已落入辽官兵之手，一时愣在了那里。他虽然也意识到危险，很快将目光移开，但高为弁已有所察觉，抚刀上前，逼视着武宗元，问道："你是什么人？"

武宗元结结巴巴地道："我……我是……"

方偕忙接话道："我们是游客，专程来游涿州。"

（接上页）发达，极其富有，辽人受高价诱惑，仍屡屡冒险走私马匹至宋境，"边民多赍禁物及盗贩北界马"。而宋廷对于走私马匹之事，则不仅默许，甚者纵容，之前宋太祖免除沙门岛赋税便是例子。宋真宗时，更是明令下诏"听民越拒马河市马"。只不过宋朝缺马，契丹也缺茶叶、书籍、医药之类。走私往往是双向的，有来就有往，官方也明白这个道理，故而对民间其他走私行为也多采取容忍态度，尤其是两属民走私，只要不是太过，不涉及重要军用物资，通常都是睁只眼闭只眼。这就是为什么偷渡者名为"偷渡"，但过河总是很顺利，几乎遇不到太大阻碍。

高为弁问道："你们是宋人？"

方偕忙道："不是，不全是。"随即扯了扯身后的杜防。

杜防不得已，只得挺身而出，拱手笑道："高指挥使，哈哈哈，怎么在这里遇到你？"

杜防出身归义大族，是涿州有名的大才子，就连涿州刺史有重要事宜都会专门请他作文。高为弁既驻防于涿州，自是认识对方，当即问道："杜公子，怎么是你？这几个人……"

杜防笑道："他们是我朋友，我们昨晚都跑去白虹村喝酒了。今日回来涿州，准备再痛饮一场涿州酒。"

高为弁依旧不肯放过武宗元，特意走到他面前，问道："你分明认识赵振。你到底是什么人？"

武宗元已冷静多了，惊讶地道："他叫赵振吗？昨日在晴川酒肆也见过他。"

方偕"哎呀"了一声，打量了赵振一番，道："我也记得他，昨日他冷着脸坐在东首，好像心事重重的样子。怎么会突然在这里出现，又落得这般下场？"

南岸奚松烟的晴川酒肆在北岸也大大有名，高为弁自己也去过几次，都是率兵护送涿州官吏去南岸两属地派发徭役时，顺路进去坐了坐，闻言这才稍感释然。

杜防指着赵振问道："他是谁？"

高为弁不答，只摇了摇头。杜防有所会意，面上登时露出惊惶之色。

辽永泰军军校韩小树一眼留意到太平车车夫有些异样，便走过去问道："你是不是有什么话要说？"

车夫遂朝赵振指了指，道："那个被绑的男子，小人好像见过。"

军校韩小树忙问道："你见过他？在哪里？"见车夫支支吾吾，便喝道："快说！"

车夫吓了一跳，忙道："小人有时候会去界河……去界河那个……"

军校韩小树不耐烦地道："什么这个那个的，不就是去偷偷捕鱼吗？大家伙儿都明白的。”

车夫遂道：“有一次小人跟同村去界河捕鱼，有宋兵虎头船过来驱赶，那个人就在船上，好像还是个领头的。”

界河虽然是边界，但却为宋所有，宋辽也约定两方都不得在界河上捕鱼，但辽方总有民众违令到界河捕鱼或是采摘芦苇，为此没少起纠纷。宋雄州一再抗议，辽涿州起初不理，后来见宋方有些急了，这才随意抓了几个捕鱼的民众，押到边境示众，作为对宋方的交代。这一招倒也有效，那之后再少有辽民捕鱼之事发生。

这车夫算是漏网之鱼，未曾被官府逮到，他生怕官兵追究往日捕鱼之罪，忙道：“小人再没有去过界河了，现在都改行赶车了。”

军校韩小树也不以为意，挥了挥手，径直走开。

辽永泰军指挥使高为弁目光仍在武宗元等四人身上，问道：“你们四个偷渡过来的吗？来北面做什么？”

方偕笑道：“还能做什么？还不是看看易水，喝喝易酒呗。当然，主要是品尝新酒。虽然都是易酒，但白虹村新开封的酒，还是比奚三娘家的好喝多了。”

这几个人都是二十岁上下，个个年轻俊美，意气风发，引人瞩目，自然不可能是宋朝间谍。高为弁疑虑已去，但还是有些不放心，问道：“你们当真只是为了喝新酒才来北岸？”

杜防忙指着方偕道：“酒豪就在这里，只怕两个杜防都喝不过他。”

辽永泰军军校韩小树忍不住插口道：“杜公子，你酒量不错，在涿州城好歹是排得上号的，竟然说这南朝小哥儿一个能喝你两个，夸张的吧？”

方偕闻言忙挺身上前，拍着胸脯道：“说我方偕其他不灵，我没意见，说我酒量不行，我决计不服。你叫什么名字？等我去逛完楼桑庙，就去城中找你，不把两个你喝趴下，我就不姓方。”

那军校韩小树在涿州军中以酒量好知名，当即应道：“你小子小小年纪，还逞能了你。我叫韩小树，有本事你来涿州军营找我，我倒要看看你有多能。只要你能把一个我喝趴下，我就服你。”

方偕笑道："好，一言为定。谁输了谁是孙子，得跪下来磕头叫爷爷。"

他已连续两晚豪饮如牛，前晚在雄州酒库偷喝了两瓮水酒，昨日至晴川酒肆喝了一坛易酒，算是极为节制，昨晚至易水酒肆，从晚间一直喝到今早，也不知道到底喝了多少酒。军校韩小树不知内情，见方偕双目迷离，满脸绯红，醉态微露，料想是宿醉所致，愈发起了轻视之意，笑道："你一个小公子哥儿，酒量不见得多大，口气倒是不小。我看你就没当爷爷的相。我韩小树喝遍军营，还没遇到过对手。就你，哈哈哈，等着叫爷爷吧。"

方偕笑嘻嘻地道："别以为你年纪比我大许多，就当不了孙子。你既然敢称军营第一，等我将你喝趴下，我就是你们涿州第一了。"

他二人为酒量而争相斗嘴，一旁辽兵均暗自发笑。高为弁皱了皱眉，示意兵士将赵振带上车，又叫道："小树，走了！"

军校韩小树应了一声，指着方偕道："我等着你，你一定要来。"

方偕应道："你等着我，我一定来找你。"

等高为弁一行走远，武宗元才松了一口气，颇有惊魂未定之感。

杜防也是个聪明人，已略略看出端倪，忙道："你们几位是南面来的，这我不介意。但似乎你们几位跟雄州官府有些牵扯，这个就有点……刚才那名叫赵振的男子，必是被高指挥使当作南面间谍抓了。武兄你其实认得他对不对？各位初来北面，怕是不知道燕京留守府勾南局厉害，稍有牵扯，便会被逮捕拷问，拷掠备至，极尽荼毒，还要连累家人。所以，杜防怕是要在这里与几位告别了。"

言外之意，竟是要立即与武宗元四人划清界限。

诸人之中，方偕与杜防是酒友，最为亲密，故而旁人均不语，只望着方偕。

方偕也不以为意，只笑道："无妨，无妨。适才杜兄多少也帮我们解了围，已经很感激了。"

杜防抱拳道："那么再会了。"

这"再会"，自然是再也不相会的意思。但杜防仍然保持了大家子弟风范，先结了车钱，与诸人一一拱手作别，这才转身进城。

等杜防离开，方偕立即收敛笑容，正色问道：“武兄，你和那个被捉的赵振确实认识，对吧？他是雄州官府的人吗？”

武宗元不答，只道：“我们得立即返回雄州了。”

众人闻言，均感意外。方偕忙道：“不是说好先去涿州城中购买饮食，再去游览楼桑庙，今晚也在那里过夜吗？”

陈丽也道：“是啊，之前武郎还不想随杜防回城，想直接去楼桑庙呢，何以现下忽然改变了主意？”

武宗元道：“我得立即回去雄州，你们也得随我一道回去。”

旁人尚未接话，方偕先斩钉截铁地道：“绝对不行。这趟过河实在不易，喝不到酒果，我是不会回去的。再则说，我跟那个军校韩小树还有斗酒之约，可不能让契丹小看我们宋人。”

武宗元料想一百头牛也拉不转方偕，遂道：“那么请徐兄和丽娘跟我一道回去吧。”

陈丽奇道：“这是为什么？来北面的机会实在不多，怕是再也不会有了，就是人们常说的机不可失、失不再来，我还想好好玩一玩看一看呢。”

武宗元急道：“我回雄州，是有紧急大事要办，但我自己不能出面，还得有劳你们二位帮忙。”

陈丽也是明事理的人，料想武宗元爱吴道子发狂，却不等观摩楼桑庙真迹，忽然要折返回雄州，当确实是有“紧急大事”，便道：“那好吧。”

方偕却有些不乐意了，怏怏道：“你们都要走啊，那岂不是就剩下我一个人？”

徐颂忽然道：“我留下来陪方兄。”

方偕大喜过望，忙拍了拍徐颂后背，道：“呀，实在想不到高丽徐兄肯留下来。当真是好兄弟。”

陈丽为难地道：“我是高丽接伴使，虽然只是皇帝口头封的，没有正式任命诏书，但皇帝是金口玉言，我这个接伴使还是算数的。徐颂留下来，我也得留下来。”

徐颂笑道：“我们早说好了，出来玩，我就不是高丽使者，丽娘也不必时时陪着我。”又道：“再则说，留在涿州，肯定还会遇到契丹官兵，我是高丽人，怎么也比你们有优势。”

高丽臣服于辽，使用契丹年号，而且高丽王受辽国皇帝册封后，方才能正式成为高丽国王，虽有藩属之名，却有同盟之实。

宋辽是兄弟之国，但这兄弟，是靠宋朝每年白送契丹三十万岁币换来的，是花钱消灾的典范。但只要燕云十六州一日不收复，契丹便能倚仗居高临下的地势，随时俯冲中原，辽国依旧是悬在宋朝头上的利剑，虽有兄弟之名，其实仍为敌国。

武宗元立即听出了话外之音，便接口道：“不错，还是徐兄留下来吧。就算他身份暴露，契丹也不会拿他怎样。”

陈丽道：“徐郎当然不会有事。那么方偕呢？”

方偕笑道：“不像你们三位还都有官方身份，我只是个酒鬼，是最不可能有事的那个人。不过还是要多谢丽娘挂念。”

徐颂道：“契丹人好酒，适才能够得杜防帮腔收话，不正是靠方兄酒量吗？他不但不会有事，估计还能因为酒量好而名震涿州，令契丹人对宋人刮目相看。”

几人回忆起适才方偕与辽军校韩小树斗嘴的情形，均忍不住笑了。

徐颂又道：“二位不妨快些动身。我看适才那位高指挥使是个精明人，他若仍然怀疑武兄与那被捕的赵振有所牵连，可就遭了。”

武宗元见已有路人正朝自己这边张望，忙道：“徐兄担心不无道理，闲话少说，我和丽娘先走了。二位，回头雄州再见。”

杜防所雇太平车仍然等在一旁。武宗元便与陈丽乘了大车，命车夫速速驰回易县。

陈丽很是不解，低声问道：“往新城方向不是最近吗？奚三娘家的船夫说了，只会在原来下船的位置等。”

武宗元道：“适才那位高指挥使已经对我起了疑心，虽然因为方偕跟他手下斗嘴而转移了注意力，但难保他事后不会后悔。他若是决意扣押我，必定派出快骑往新城方向追赶。你我原路折返回易县最有胜算，一则对方决计料不到我们会从易县走水路，二来昨晚在白虹村厮混了一夜，也算混了个脸熟，雇船方便。”

陈丽已经困惑了许久，终于忍耐不住，问道：“赵振是什么人？”

武宗元犹豫了下，低声告道：“雄州界河巡检。”

陈丽大吃一惊，又问道：“武郎真认识他？”

武宗元简短地答道：“不只是认识。”

陈丽奇道：“该不会……该不会赵振昨日到晴川酒肆，是为了武郎你吧？噢，武郎还记不记得坐在东首墙边的那个人？他其实也是官府中人，是官府派来暗中保护徐颂的。不过这件事，李使君事先没让我知道，我也没有觉察到，还是徐颂自己发现的。”

武宗元早已知晓徐颂、陈丽身份及二人来雄州的目的，且知道徐颂只想以普通人身份出现，不愿意官府介入，便笑道：“徐颂这个人有点意思，身为高丽使者，却要做此等出格之事。”

这“出格”，并非指徐颂只以朋友身份住在雄州乡民窦文显家中，而是指他居然不顾陈丽反对，坚持要跟武宗元、方偕一道来北岸。

陈丽笑道：“哪有到了拒马河边，不想到北岸看看的？我一开始极力反对，也只是碍于身份，担心徐颂有危险，不得不装装样子，其实心里早巴不得也跟武郎一道过河呢。”

又道：“这一趟虽然仓促，好歹也算到过易水荆轲之地了。”

武宗元登时以手击额，叹道：“哎，我的吴道子啊。哎，哎。”

这武宗元年纪不大，当真能料事在先。辽永泰军指挥使高为弁进城后，越想越觉得不妥，便命部下韩小树率人先行押解赵振去涿州州府，自己则带了数名兵士，重新折返回来，预备将武宗元几人先行扣押下来，细细讯问后再说，却只在街口遇到杜防一人。

杜防见高为弁一下马便问武宗元四人，忙告道：“他们四个今晚要去楼桑庙过夜，预备在那里大醉一场。我昨日悄悄溜去易县饮酒，已是有违家规，还弄丢了马匹，生怕家父怪罪，今晚断然不能再跟他们四人去楼桑庙厮混，所以刚刚跟他们作别分手了。”

口中说着，心里不由得暗自庆幸自己有先见之明。他已看出高为弁来意不善，若是此时被对方撞到仍与武宗元等四人在一处，便是百口难辩了。

高为弁又问道：“杜公子跟他们四个不是朋友吗？为何不请他们入城，去城北杜府做客？”

杜防讪笑道：“高指挥使这话说得，杜防虽然好酒，可还没有那般糊涂。我跟他们四个昨晚才在易水酒肆认识，既已猜到他们是南面来的，哪敢引入自己家中？”

高为弁一想有理，遂问道：“那四人，三男一女，都是些什么人？”

杜防道：“方偕，酒量最好的那个，是福建人。听说他家里给了他一笔钱，本来是让他去汴京准备科考的，但他自己偷偷跑了出来，说是要饮遍天下好酒。昨晚在易水酒肆，他可真没少喝，喝酒跟平常人喝水似的。小娘子名叫陈丽，是方偕同乡，二人口音还真是一模一样。武宗元最好画画，吵着要去看楼桑庙看吴道子壁画，说是之前请人临摹过，但未得真迹精髓，他非得亲自去看。最后那个叫徐颂，话很少，不像其他三人那般咋咋呼呼，好像是从宋朝京城来雄州南塘探亲的。”

高为弁忙问道：“武宗元明明是宋人，如何能请人到涿州临摹吴道子壁画？”

杜防挠了挠头，道：“他当时跟陈丽小娘子闲扯，只是随口那么一说，我听是听到了，但忙着跟方偕对饮，也没往心里去，没多想，也没多问。”

高为弁忽然想到去年年初大宋贺国母生辰使王随抵达涿州后，曾专门提出想去楼桑庙看看吴道子壁画，但因为他是正使，行程极为紧张，也没真的去成。倒是王随的一名官姓侍从留在了涿州，在官方监管下去了数趟楼桑庙，说是要临摹壁画。涿州刺史耶律守雄疑心有诈，派人监视官侍从，发现无论在楼桑庙，还是永宁驿馆，他确是在作画，并无其他。

耶律守雄为人谨慎，又将这件事上报燕京留守府。勾南局长官北院枢密使耶律化哥也极为重视，专门调查了官侍从，确信那人只是个吴道子崇拜者，充作王随侍从，其实就是想找机会来涿州观摩壁画，这才作罢。

而去年年底，王随再度出使契丹，涿州刺史耶律守雄还专门问过官侍从可有随行，当时高为弁正在一旁，故而印象颇深。

如果这武宗元不是在说大话，他果真请人临摹过楼桑庙吴道子壁画，那么他手中的临摹必是去年王随侍从画作无疑。

这武宗元的身份也大有可疑之处，必定跟宋朝正使王随有着非比寻常的关系，王随才肯为他冒险。此趟武宗元再来涿州，即便真是为楼桑庙吴道子壁画而来，也该好好审问清楚。如若此人果真是王随亲眷，那么必是名家子弟，大可扣押下来。契丹佛风浓厚，幽燕之地新增翻修了不少寺庙，如独乐寺[1]等，最缺壁画画师。这不但能为辽方所用，到关键时刻还可充当与宋人交涉的筹码。

杜防不明原委，见高为弁神色闪烁不定，忙问道："高指挥使何以格外关注武宗元？"

高为弁也不及多言，只告道："我适才看到尊父杜老员外往州府去了，怕是有事。"

[1] 独乐寺：又称大佛寺，位于今天津市蓟州区，是中国仅存的三大辽代寺院之一。寺庙历史，最早可追至唐太宗贞观十年（636年）。唐玄宗天宝年间，安禄山起兵叛唐，即在独乐寺誓师，据传因寺名有"思独乐而不与民同乐"之意。寺内现存最古老的两座建筑物山门和观音阁，均于辽圣宗执政期间重建，主持重修者为著名汉人大臣韩匡嗣、韩德让父子，重修后撰写碑文者为刘晟（即本书中的汉人宰相）。清乾隆十年（1745年），乾隆皇帝游独乐寺，之后，独乐寺成为禁地，平民不得入内。直到辛亥革命后，独乐寺才复归还于民众。1931年5月29日，日本学者关野贞驱车去往清东陵时，无意间发现路边有一座古老的建筑，即独乐寺，于是停车从旁门进入。关野贞一眼便认定这是座非常古老的辽代建筑。次年（1932年），中国建筑学者梁思成到独乐寺考察，调查后整理并发表的学术论文使独乐寺闻名海内外。又，独乐寺山门为辽代建筑，是我国现存最早的庑殿顶山门，据说山门牌匾为明代严嵩所题。正脊两端的鸱吻为辽代原物，造型生动古朴，是中国现存古建筑中年代最早的鸱尾实物。山门前两稍间两尊彩色泥塑金刚力士像（俗称哼哈二将），亦为辽代彩塑珍品。山门东西两侧墙壁上绘制有"四大天王"彩色壁画，为清代作品。观音阁建筑亦建于辽圣宗时期，阁中泥塑观音菩萨站像为辽代作品，阁下层四壁上的彩画，为明代画师绘制，主要是十六罗汉立像和三头六臂或四臂的明王像，间绘山林、云、水和世俗题材画。

杜防为人至孝，闻言顾不上其他，急忙朝州府奔去。

高为弁遂翻身上马，继续引兵出城，刚好在城门处遇到方偕、徐颂二人。

高为弁一怔，问道："怎么只有你们两个？武宗元和那名女子呢？"

方偕道："他二人直接去楼桑庙了。"

高为弁问道："武宗元是什么人？"

方偕道："小武吗？他是河南白波[1]人。"

高为弁道："我不是问他是哪里人氏，而是问他到底是做什么的？"

方偕道："做什么的？他没说，只说最喜欢画画。"

高为弁半信半疑，问道："你们四个一直在一起，好像还是以武宗元为首，你居然不知道他来历？"

方偕笑道："知道啊，武宗元是白波人氏，在洛阳长大。这不就是来历了？至于是做什么的，小武年纪跟我差不多大，能做什么？应该跟我一样，一介布衣吧，不过他喜欢画画，我喜欢喝酒。"

一名兵士见方偕嬉皮笑脸，没一点正经，当即喝道："高指挥使问你话，好生回答。"

方偕忙道："不是我不回答，而是回答不了。我昨日才在晴川酒肆认识武宗元。"又朝身边的徐颂指了指，道："包括他也是。"

徐颂遂道："我们原先并不认识，昨日在晴川酒肆遇到，才临时凑到一起。"

他声音不大，却有一股让人难以质疑的力量。高为弁还待发问，忽觉得徐颂双目晶晶发亮，凝视着自己，似格外有深意。

方偕见状忙道："最先是我提议偷渡来北岸，武宗元说他有办法雇到船，所以我们就都听他的啦。喂，高指挥使，不跟你扯了，我还赶

[1] 白波：今河南孟津。北宋时期，白波处于漕运要害，为"三门白波发运司"治所所在，地位极为重要，屯有重兵。宋太宗时，在黄河漕运线上设立了"三门发运"的机构，负责管理陕西、河东地区供应京师的漕运事务。三门即三门峡，原址在今河南省三门峡市东北黄河中，因峡中有三门山而得名。到宋真宗景德二年（1005年），升为三门白波发运司，长官为发运使，掌黄河三门至汴河水运，漕运陕西诸州粮谷以供京城。

着进城去尝涿州酒呢。”当真抬脚便走。见徐颂仍站在原处不动，又催道：“走啊。”

徐颂这才“唔”了一声，仍朝高为弁重重看了一眼，这才随方偕而去。

高为弁也未阻拦，只招手叫过兵士，命道：“你跟着这两个人，若发现有不妥之处，就传我的命令，将他二人先扣押起来。”嘱咐了一番，自己则率人赶去楼桑庙，预备拿下武宗元，当面盘问清楚。

刚过修睦亭，便有快骑迎面飞奔而来。高为弁见是自己辖下兵士，便勒马问道：“什么事？”

那兵士急忙下马行礼，道：“禀指挥使，这是新城派人送来的急报。”

高为弁接过信筒，取下盖子，先掏出一张长纸卷，展开一看，竟是南面雄州通缉界河巡检赵振的告示，由河北缘边安抚使李允则亲自签发。

高为弁大为困惑，问道：“赵振是河北一大干将，李雄州为何要通缉他？”

旋即想到兵士不敢拆阅急报，未必知晓原委，又朝信筒一看，见里面还有一张黄色折纸，便倒了出来，展开一看，脸色大变，忙招手叫过属下，道：“你们几个人快马赶去楼桑庙，把那一男一女武宗元和陈丽带回涿州。”自己则携了送信兵士及信筒，匆忙进城。

高为弁到州府时，正好遇到北府宰相刘晟亲自相送杜渝、杜防父子出来。刘晟连声向杜渝道谢，似乎这位在涿州大有名望的乡绅帮了大忙。

杜防扶着父亲，暗中偷窥了高为弁几眼，颇有惴惴不安之意。高为弁佯作未见，又见刘晟与杜渝交谈热烈，自己一时插不上话，便也等不及向刘晟见礼，自行进府拜见长官涿州刺史耶律守雄。

涿州因地处前沿，不时要代表契丹与宋方交涉，故而地位超凡，历任长官都由耶律皇族担任。现任刺史涿州耶律守雄出自季父房。辽太后萧绰在世时，赐情人韩德让姓耶律，入隶季父房，足见萧太后对这一房皇族的信任。

也曾有一位涿州刺史耶律虎古[1]死在了韩德让手中，不过因为韩德让提高对辽地汉人地位贡献颇大，涿州又是以汉人为主，故而时人都站在他这一方。毕竟于普通人而言，个人利益总是第一位要考虑的。

早在“澶渊之盟”前，耶律守雄便已担任涿州刺史，年头已不算短。相比于智谋见识出众的耶律虎古，其人更为保守谨慎。自南岸李允则上任雄州知州，且不再是以最初的“忠厚长者”形象示人后，辽方也一度认为耶律守雄才干远远不及南边的对手。但他在涿州任上时，无论是战争，还是和平，均没有出过纰漏，对于极度敏感且极度关键的边州而言，这便足矣。

高为弁进来议事厅时，耶律守雄刚刚坐下。高为弁见耶律守雄面上难得露出了一丝喜色，忙询问究竟。

耶律守雄道：“杜渝同意把他为自己百年后准备的棺木捐献出来。宋使崔可道的丧礼，总算可以尽快办了。我刚已派人赶去南岸雄州知会李允则，最早后日，最迟大后日，我方于白沟驿交接崔氏灵柩。时辰不变，依旧定在日落入夜后。”

高为弁很是不解，道：“昨日刘宋公亲赴雄州，已当面向李雄州解释过灵柩途中发生意外一事，宋方已同意延迟数日，为何现下又要如

[1] 耶律虎古：字海邻，六院夷离堇觌烈（即耶律觌烈，辽太祖耶律阿保机的堂兄弟）之孙。仕于辽景宗时期。其人聪明机警，曾出使北宋，推测宋太宗有欲伐北汉取河东的动向，回国后，即将此绝密信息上报辽景宗，称：“诸僭号之国，宋皆并收，唯河东未下。今宋讲武习战，意必在汉。”契丹朝中无人相信，燕王韩匡嗣更是极力反驳，认为耶律虎古所言荒谬无比，辽方遂未采取任何措施。次年，宋朝果然出兵北汉。辽景宗由此感到耶律虎古谋略过人，还说：“吾和韩匡嗣虑不及此。”自此格外器重耶律虎古，特授涿州刺史一职（由此也可佐证“涿州刺史”一职地位之重，绝非一般人能够担任）。辽圣宗即位后，太后萧绰临朝称制，召耶律虎古赴上京议事。耶律虎古因事与韩德让意见相悖，却得不到萧太后支持，气愤之下，有所失言，暗指韩德让靠侍奉萧太后发家。韩德让狂怒之下，抄起护卫所持戎仗猛击耶律虎古头部，耶律虎古当即身亡。其子耶律磨鲁古后来官至北院大王，南下侵宋时死于军中。因其父耶律虎古曾长期担任涿州刺史一职，故耶律磨鲁古自称籍贯涿州。

此仓促，还要劳动本地乡绅捐献棺木[1]？”

耶律守雄道："刘宋公说李允则表面答应得好，其实起了疑心。这件事拖不得，须得尽快将崔可道尸首移交给宋人才好。”又问道："宋朝使者一行可有什么动静？”

高为弁道："宋使李迪等人都被软禁在永宁馆，应该没什么动静吧？我刚从新城回来，未去驿馆查看过。”

耶律守雄道："对了，你手下军校韩小树不久前进来禀报，声称捉住了界河巡检赵振。我当时正与刘宋公议事，故而只下令将他关押，尚来不及一见。当真捉住了赵振吗？”

他用的是“尚来不及一见”，显然对赵振也是慕名已久。

高为弁道："我正要向刺史君禀报这件事。”取出信筒，双手奉给了耶律守雄。

耶律守雄先展开告示，奇道："李雄州亲自通缉赵振吗？这是什么缘故？”

高为弁忙将黄色折纸打开，推到案前，告道："据我手下人说，这告示和密函都是南面谍者紧急送过来的。”

耶律守雄久在涿州，对宋方情况十分了解，当即道："原来是因为石普。”

高为弁道："密函只是谍者自行推测，称赵振可能是受了其旧主石普牵累，不过也未必是事实。”

耶律守雄道："赵振原先是石普麾下，这我早就知道，我倒是觉得这名谍者眼光不差，推测很有几分有理。”

[1] 辽人丧葬制度（指普遍社会风气，不包括皇族墓葬之类）简单朴素，既不造墓，又不设棺，死者以马驾车送于大山，置之树上，即露天葬。没有这个条件的，则置死者于尸棚（尸台）或树枝之上，经久而予以焚化，即露天葬继以火葬，故而辽地棺材极为罕见。参见沈括《梦溪笔谈》卷二十五："（宋仁宗）天圣中，侍御史知杂事章频使辽，死于虏中。虏中无棺榇，至范阳（即涿州）方就殓。自后辽人常造数漆棺，以银饰之，每有使人入境，则载以随行，至今为例。”又据《宋史・章频传》："（章）频为刑部郎中，使契丹，至紫蒙馆卒。契丹遣使就馆奠祭。命接伴副使吴克荷护其丧，以锦驾橐驼载至中京，殓以银饰棺，具鼓吹羽葆，吏士卫送至白沟河（拒马河）。”“以锦驾橐驼载”才是典型的契丹习俗，至于“殓以银饰棺”，则是辽人依据宋人习俗采取的补救措施，临时打造了一口银饰棺木。

又叹道："这石普也算是南朝一代名将，而今这下场也太惨了。你知道房州是什么地方吗？听说四周都是高山，就像房子一样，人在里面关得久了，会发疯的。前不久得知石普被流放房州时，你我是他对手，不都还有所感慨吗？更何况他还是赵振旧主。"

高为弁道："通缉告示是李雄州昨晚连夜签发。我今早在新城街上捉住了赵振，他应该是昨日偷渡过河，将暮时进了新城。似乎是……嗯，是……"一时有所踌躇。

耶律守雄道："你的意思是，赵振知道李允则要对他下手，所以抢先逃到北岸？"

高为弁道："我带兵拦住赵振时，他身上没有兵刃，也没有反抗，很顺从地反手就缚。"

耶律守雄奇道："难道你是在暗指赵振有投效我契丹之意？"

高为弁道："当时情形，真的有那么点意思，赵振明明是想说什么，却又不好意思开口。我便当面问他是不是来投靠的，他当场红了脸。现下回想，其实当时赵振是有那个意思的，毕竟走投无路时，契丹是不错的选择。但我话说的不是时候，也不大相信他会主动来北岸投诚，故而是一副玩笑的口气，不免伤了他自尊，他气急之下，便矢口否认了。"

耶律守雄道："赵振有'河北第一神射手'之名，如果能得到他，当然再好不过。"

高为弁道："但南面那位李雄州也不是好惹的，他若得知赵振来了北岸，必定派人索取。按照两国盟约，我方是断然不能收留对岸逃人的。"

耶律守雄点点头，道："通知下去，先瞒下赵振已被我方逮捕这件事。"

高为弁为难地道："我在新城大街上捉住了赵振，又一路押来涿州，只怕北岸早就知道了。"意指雄州李允则一向不是吃素的，跟契丹派了谍者在雄州一样，他必然也派了许多谍者在涿州，赵振是在明面被捕，消息一定已经传往南岸。

耶律守雄道："即便李允则已经得到消息，只要我方不予承认就行。再则说，赵振没有对你亲口承认他叫赵振吧？"

高为弁道："那倒没有。"

耶律守雄道："那就好办了，高指挥使只是在新城抓了一名盗匪而已，但这盗匪不是赵振。就先这么办。等枢密使接了梁国公主回来，再请他老人家示下。"

料想赵振自幼从军，先是跟随名将石普，而后因立功而被大宋真宗皇帝亲授官职，又久在河北军中，所知宋军机密极多，其人价值重大。北院枢密使耶律化哥主掌谍报，必定会力保赵振不再落回南岸李雄州手中。

高为弁心中却是滋味复杂。赵振能够投效契丹，强劲对手变为可靠同僚，固然是一件大大的好事，但似乎长久以来赵振立于他心中的形象，也开始有些坍塌了。毕竟在他的心底深处，还是认为叛国事敌并非英雄所为。

可路过岐沟关时，赵振曾指出高氏母国是渤海国，高氏其实算是亡国之人。

以高为弁自身而论，祖父高模翰是渤海国人，祖母王氏是高丽人，祖父高模翰在渤海亡国后才逃亡高丽，成为高丽国驸马，而后又因为在高丽无法立足而逃到契丹。虽则高模翰最终靠军功显达于辽国，为子孙带来了契丹人的身份，但距离渤海国灭亡，确实还未超过三代人。

赵振讥讽高氏是亡国之人，仅仅是为了反击高为弁而逞一时之快吗？

他若是心中看不起亡国之人高为弁，岂不是也会一样看不起投敌仕辽的他自己？反过来也是同理，他高为弁又有什么资格轻视欲投契丹的赵振呢？

耶律守雄又将黄色折纸看了一遍，这才重新塞回信筒中，又问道："话说这宋朝皇帝为何要将石普这样的人才流放到不毛之地，让他自生自灭[1]呢？"

[1] 宋代流人均不供给衣食，流人要生存下去，就得自食其力。这就是为什么登州沙门岛（宋朝最高级别的流放地）一度会定期杀囚，因为流人越来越多，而岛上又没有其他谋生手段，流人只能向岛民讨生活。而岛上岛民有限，不能为流人提供足够多的工作机会及食物，供需矛盾突出。具体可参见吴蔚作品《登州沙门岛》。

高为弁满腹心事，随口答道："估计是跟我契丹永世修好吧。"

耶律守雄闻言一怔，未及回答，北府宰相刘晟急奔了进来，喜叫道："公主回来了！梁国公主回来了。"

耶律守雄大喜过望，当即起身问道："公主人在哪里？"

刘晟道："公主人才到新城，因为身上还未见大好，急不得，须得慢慢上路，大约夜半时分才会抵达涿州。新城先派了快骑赶来报信，好让你我做好准备。"

又上前拍了拍耶律守雄肩头，笑道："耶律使君，你我这次算是立下大功了。本来还以为梁国公主这趟南行怎么着也会有些波澜，想不到如此顺利。我先去行馆，准备一下，好迎候公主回来。"喜滋滋地转身离去。

高为弁奇道："刘宋公不是专程来移交宋副使崔可道灵柩的吗？是不是他不知道枢密使人就在新城，梁国公主赴南岸就医一事，枢密使也有参与？"

耶律守雄不答，只道："梁国公主没事就好。"

又命道："来人，去将赵振提来。"

赵振就关在涿州州狱中，不一会儿便被押至议事厅。他双手已换上了镣铐，兵士还欲强迫他跪下，涿州刺史耶律守雄摆手道："不必。"

虽然不曾跪下，但赵振手铐脚镣之间有短铁链相连，迫得他只能弓背弯腰站立，姿势亦是十分不好受。

耶律守雄也不问姓名，只问道："你们雄州官府可是捉了一个名叫高翼的人？"

这是堂堂涿州长官的第一个问题，问的竟然是高翼。赵振大为意外，然也只是冷然看了耶律守雄一眼，随转过头去。

耶律守雄又问道："你来涿州做什么？"

赵振依旧默不作声。

耶律守雄道："这里只有我与高指挥使二人，你有什么心里话，大可直接说出来，不用不好意思。"

赵振只是沉默不应。

耶律守雄惑然转头，看了高为弁一眼，意思是赵振既然来投契丹，何以一言不发？高为弁不知该如何回应，只摇了摇头。

耶律守雄遂道："你原先的长官是石普，对不对？听说你们宋朝皇帝热衷于做道家法事，石普却说这些都是白白浪费钱，宋朝皇帝恼怒石普多嘴，命有司判了他死刑，行刑之前，才临时改为流放房州。对于这件事，你心中应该很是不满吧？"

又问道："你是因为石普，才来到北岸吗？"

话意已然十分明显，赵振只需稍微点头即可。然耶律守雄还是失望了，赵遂目光始终看向别处，没有任何反应。

耶律守雄只好命道："先关起来。"

兵士押解着赵振出来议事厅，高为弁旋即追了出来，一把握住赵振手臂，问道："武宗元到底是什么人？"

他用力甚大，赵振本能地挣了一下，却未能挣脱，只冷然不语。

高为弁遂道："赵巡检不说也没关系，我已经派兵去楼桑庙捉拿武宗元了。你不肯开口，我不信武宗元也不会开口。"

赵振立时眯了一下眼，面色也起了微妙变化。他虽然仍然缄口不言，但露出了些许焦虑之情。

高为弁松了手，道："耶律使君说你有心投靠契丹，我本来也这样认为，可就算你现下开口承认自己是来投诚的，我也全然不信了。来人，再调派一队人马，赶去楼桑庙接应。"

高为弁亲自送赵振来到大狱，道："按照惯例，赵巡检将会被交由燕京留守府勾南局审讯。通常宋朝谍者一听到'勾南局'三个字，都会想方设法地自杀寻死，以避免刑讯。我敬重赵巡检是条好汉，但你我各为其主，我不得不这么做。"

又专门交代狱长道："这个人是南朝间谍，务必好好看守。"

宋朝谍报机构机宜司设于雄州，辽国谍报机构勾南局则位处燕京。但涿州是燕京前哨，地位与雄州于宋朝大致相等，亦是间谍频繁活动之地，故而涿州州狱也设有专门锁禁间谍的囚室，以备不时之需。

这也是为什么高为弁特意告知狱长说赵振是南朝间谍，意指该名犯人要予以特殊对待。

狱长当即亲自押解赵振来到一间密不透风的石室。石室中两侧放置着四具一模一样的木架，立柱足有碗口粗。木架一人高处，装有可开可合的铁叶包边木枷，枷板足有两寸厚，中有圆孔。

狱长命狱卒脱去赵振鞋袜，撕烂其衣衫衣裤，将他剥得一丝不挂，再推到一具木架前，打开木枷，用圆孔套住赵振脖颈，又重新合上，再将扣环扣死。

木枷水平放置，尾部固定在立柱上，略略高出赵振肩部。但他手足镣铐相连，即使并拢双脚，也仍然被拉扯得弯下腰去。他只能竭力仰头，高高踮起脚尖站立。也无法抬手扶物来减轻下巴及颈部痛苦，时间稍微一长，便觉得有些窒息，开始承受不住。

好在狱长如此锁禁赵振，并不是要将他慢慢弄死，只是为了防其逃脱或自杀，又命狱卒取来一块厚木板，垫在赵振脚下，赵振颈中勒压这才大为减轻。

狱卒又分开赵振双脚，取过一只便桶，塞到他胯下。如此安排，显然短时间内是不打算松开械具了。

赵振忍不住叫道："喂，你们……"

"们"字尚未出口，口中便被勒了木棒。那木棒两端系有细索，狱卒将皮索绕到赵振脑后，收紧后牢牢打了死结，赵振便再也无法出声。

狱长亲自检查，确认犯人无法挣脱后，又安排了三班看守，这才放心离去。

厚重的铁门"轧轧"合上了，铁链及上锁声后，石室便完全陷入了黑暗静寂中。

辽永泰军指挥使高为弁出来涿州州府时，天色已黑。他正欲先返回军营，忽有黑脸兵士疾奔过来，躬身行礼。

高为弁奇道："我不是派你跟踪方偕、徐颂二人吗？可是有什么异常？"

黑脸兵士答道："没有异常，他二人去了涿鹿酒家，点了几个酒菜，然后那个方偕开始饮酒，徐颂则开始吃菜。”

高为弁心道：“涿鹿酒家不就在永宁馆附近吗？目下那里正住着宋使者李迪一行。涿州好几家酒肆，方偕偏偏去了涿鹿，其中必定有鬼。”他忙召集人手，欲亲自带兵赶去涿鹿酒家，一则可以顺路察看永宁馆宋使者情形；二来可将方偕、徐颂先行逮捕，带回军营，以免二人设法与永宁馆中的宋使者串联，另有图谋。

黑脸兵士忙道：“小人赶来见指挥使，除了禀报方偕行踪外，还因为有个人一定要见你。”

高为弁也不问对方是谁，只道：“我现下有要事要办，回头再说。”

正待上马，忽有人从暗处闪身而出，朗声叫道：“高指挥使，请留步！”

高为弁背对着灯火，侧了下头，方才看清对方面孔，不由得大为惊奇，失声问道：“怎么是你？”

那人却不近前，只招了招手，道：“劳烦高指挥使借一步说话。”

第六章

一篙春浪

杨文广后来也成为抗辽名将，曾在范仲淹帐下带兵，并跟随名将狄青南征。后世将杨业、杨延昭、杨文广祖孙三代的抗辽事迹演绎为《杨家将》的故事，广为流传，家喻户晓。《杨家将》很早即在民间流传，据欧阳修《杨琪墓志》，早在杨家将第三代杨文广还在世的时候，他的祖父杨业和父亲杨延昭『智勇号称无敌』的故事，便已经是『至今天下之士，至于里儿野竖，皆能道之』。这些故事虽非完全真实，但它反映了广大人民对杨家将的怀念和颂扬。

饮马临易水，清波照客心。
平生仗侠骨，谊重轻千金。
匣中剑动苍龙气，化作白虹光烛地。
万古荆轲不死魂，拍手哀歌招复起。

——明 邓云霄《渡易水歌》

涿鹿酒肆中，方偕还在独自饮酒。起初也有不少看客围观，然入夜后，便渐渐散去，各自归家了。

酒肆店家欢喜无限，也不管方偕有没有足够的钱来付酒账，只守在一旁，亲自添酒。毕竟遇到海量饮者的机会不多，这将是值得涿鹿酒肆夸耀很多年的一件大事，完全可以当作招牌。

辽永泰军指挥使高为弁率兵赶至涿鹿酒肆时，方偕正在有一搭没一搭地与店家聊黄帝与蚩尤大战于涿鹿之事。

高为弁一把推开店家，坐到方偕旁侧，问道："武宗元人在哪里？"

方偕奇道："高指挥使，又是你。你之前问过了呀，我也如实回答了，小武和陈丽去楼桑庙了。"

高为弁重重一拍桌案，喝道："快说，武宗元人在哪里？"

方偕已有些醺醉，笑道："快说的话，就只能回答'我怎么会知道了'。我们在城外分了手，他说要先去楼桑庙，陈丽也跟他去了。本来之前我也说了要去的，可我喝酒上瘾，坐下来就不想走了。"

高为弁道："武宗元和陈丽人都不在楼桑庙。"

方偕连连摇头道："不可能。武宗元就是为了楼桑庙的吴道子壁画才来的北岸。高指挥使找他有事吗？估计楼桑庙也不小吧，好好找找看，他人肯定在那里。"

高为弁道："我先后派了两队人马，将楼桑庙及附近村落都搜遍了，也没找到人，也没人见过他们。”

他得到手下称楼桑庙空无一人的回报后，怀疑武宗元和陈丽要逃回南岸，便立即派出快骑往新城，但也没有发现二人踪迹，甚至没人见过这一男一女，是以他怀疑武宗元人还在涿州，便赶来盘问方偕。

方偕诧然道：“人不在楼桑庙吗？那他们去了哪里？”

高为弁道：“这正是我问你的。”

方偕“呀”了一声，道：“会不会是丽娘对小武有意思，他二人私奔了？”

又纳罕地道：“武宗元不是成亲了吗？我记得他提过好几次内子内子的，我还想这小子成亲够早的，比我也大不了两岁。”挠了挠头，续道：“是了，小武说他那门婚事是娃娃亲，他很小的时候，就由长辈做主定下了。”

高为弁皱眉道：“你在嘀咕些什么呢？”

方偕忽将酒杯往案上重重一顿，道：“难道武宗元真的对丽娘有意思？丽娘也对小武有意思？我还以为……”

高为弁见他说傻不傻，说痴不痴，夹杂不清，勃然大怒，喝道：“方偕！”

方偕遂道：“高指挥使若是找到武宗元，一定要告诉我。我……我喜欢陈丽，武宗元……他夺走了我心上人，我非得找他算账不可。”忽侧头看了看，问道：“咦，徐颂呢？徐颂人去了哪里？”

高为弁遂命道：“来人，抓住他。”又喝问道：“说，你来涿鹿酒肆做什么？”

方偕被两名兵士执住手臂，从矮凳上拖了起来，一时挣不开，只好答道：“来酒肆，当然是来喝酒呀。”

高为弁朝街对面永宁驿馆看了一眼，道：“城中那么多酒肆，你何以偏偏来了涿鹿酒肆？”

方偕笑道：“你想听实话？放开我，放开我！让我继续喝酒，我就告诉你实话。”

高为弁见此人确实是嗜酒如命，便命道：“放开他。”

方偕果然重新坐下，满饮了一杯，这才指着对街永宁馆道：“我听说那里面有酒果。不瞒高指挥使，这才是我来北岸的目的。什么易水荆轲啊，什么楼桑庙吴道子啊，都比不上我心心念的酒果。喂，我说的是酒果，可不是果酒。”

一旁兵士见方偕已然流露出一副垂涎欲滴的样子，忍不住偷笑起来。

高为弁先是一怔，随即问道：“你怎么知道永宁驿馆中藏有酒果？”

方偕笑道：“奚三娘告诉我的呀。我原先以为酒果珍贵，至少要去幽州才有可能喝到，结果她说涿州就有，省事了，省事多了。”

一名兵士问道：“这南朝小子喝醉了，尽说些疯话。该怎么办？”

另一名兵士道：“这南朝小子是个真酒鬼。不过他为了喝到酒果，居然还打算远赴南京，胆量可真不小。”

高为弁对方偕饮酒如牛饮水，倒也有几分钦佩，便命道：“把他带回军营去。”

方偕见兵士来拖自己，问道：“你们又要做什么？”

高为弁道：“你不是要跟我手下军校韩小树比拼酒量吗？”

方偕以手抚额，费劲想了想，才道：“是了，有这回事。”

高为弁道：“所以你现下别喝了，先跟我回军营。等你这场酒醒了，下一场，与韩小树见过高下再说。”

方偕朝对面永宁馆指了指，问道：“那我的酒果怎么办？”

高为弁道：“酒果你就别想了，连我都只喝到过一次。”

两名兵士一左一右搀扶起方偕，将他带离座位。

店家忙上前道：“郎君今日可喝了不少，一共是五坛酒，共三十文钱。”他既然知道方偕是宋人，又笑着补充道：“敝店也收宋钱。”

方偕遂从怀中摸出一小块碎银，塞到店家手中，又笑道：“你们契丹的酒劲大，好喝，价钱还比南岸公道。”

店家忙笑道：“就是就是。南朝是由官府经营，北面不是，酒、盐这些都是极便宜的。客官可要常来。”

方偕笑道：“常来估计不大可能吧。”转头看了看酒案，问道：“我同伴徐颂呢？他适才说去方便，怎么不见回来？是不是高指挥使捉了他？”

高为弁问道：“你知不知道那位徐颂是谁？”

方偕笑道：“知道啊，从东京来雄州探亲的。”

高为弁又问道：“你不知道他身份来历吗？”

方偕奇道：“我说你们契丹人怎么那么爱问身份呀来历呀。不是有句话，叫‘英雄莫问出处’吗？我昨日在晴川酒肆遇到他……是不是昨日，还是前日，总之就是近两日吧。我遇到徐颂，还有武宗元、陈丽，觉得投缘，就一起结伴来北岸游玩，有什么不妥？”

他接连暴饮了好几顿，是真的醉了，醉眼蒙眬，踉踉跄跄，全靠兵士扶住，方才勉强行走，唯有口齿还算清晰。

高为弁当即应道：“你小子就是个酒鬼，算什么英雄，还莫问出处呢。来人，带他回去。”

一名兵士知道长官原本是为盘问武宗元行踪而来，问道：“武宗元该怎么办？”

高为弁亲眼见到方偕如此执着于美酒，料想那武宗元不看到吴道子壁画也不会罢休，遂道：“今晚就算了，明日一早，再派一队人到楼桑庙看看。”

今夜月明人尽望，一片春愁谁与共。

拒马河北岸的易州，亦是一样的月色如银。

夜深人静时，武宗元和陈丽按易水酒肆店家所指，一路寻来白虹村后的芦苇荡。皎洁月光下，果见荡边停着一艘货船。而船头拴着一匹马，赫然便是涿州杜防丢失的高头大马。

武宗元起初还不能相信，待跳上船，确认这正是杜防的那匹棕马后，忍不住笑出声来。

陈丽问道：“有什么好笑的？”

武宗元笑道：“就是好笑，太好笑了。”

船夫听到动静，急引船工从船舱中钻了出来，几人手中均提着明晃晃的钢刀。燕地民风彪悍，果真名不虚传。

武宗元忙道："是易店家让我们来的，钱已经付过了。"又指了指马，笑道："这个我没看见，我什么都没看见。"

见船夫敌意浓重，仍不肯退去，忙告道："我是宋人，船家肯运马去宋境，我高兴还来不及呢。再则说，我自己也是偷渡过河，怎么好意思告发船家？那不是自找麻烦吗？"

船夫歪着头想了想，道："也对。"这才道："马上就要开船了。"命船工收取船板，升起樯帆。

陈丽问道："大概什么时候能到南岸？"

船夫道："今晚北风，船行得快，顺利的话，明早吧，天不亮就能到，正好可以避开界河巡检司的虎头船。你二人去舱底躲着，还可以睡上一觉。"

船舱底部点有一盏微弱油灯，角落中堆有一大堆物事，有浓重的膻味，应该是预备走私到宋境的毛皮之类。陈丽十分闻不惯，当即举袖捂住了鼻子。

武宗元急忙走过去，费力将毛皮堆到一起，预备再寻件麻袋之类，盖到毛皮之上，以掩饰气味，却见毛皮之下是数只大木箱。武宗元心念一动，正要伸手，陈丽忙阻止道："这样不好吧？船家好心帮我们，我们还偷看他船舱中的东西。"

武宗元一想也对，忙道："丽娘说得极是。"便将手缩了回来。但走出几步，仍心有不甘，转头去看那木箱。

陈丽上前问道："怎么了？"

武宗元道："我有种奇怪的感觉，觉得这些木箱中，一定装着非比寻常的物事。"

陈丽忙笑道："就算非同一般，既然这些都是走私到雄州的，总是好事，对吧？还是不要看了，万一船家知道，不肯再载我们过河，岂不是得不偿失？"

武宗元笑道："还是丽娘思虑周全，不看也罢。"便引陈丽到一旁坐下。

他又特意在舱底喊了一声，也听不到上面船夫回应，料想隔了舱板，对方听不到，这才正色告道：“丽娘，有件事我得告诉你。内子舅父王随公在朝中任职，去年曾两次出使契丹。因为他的关系，我在朝中挂了个闲职，但这不算什么，只是拿一份朝廷俸禄而已。除此之外，我还有一层宫廷画师的身份，已被当今皇帝选中，要在玉清昭应宫落成后，为之绘制壁画。”

陈丽这才恍然大悟，道：“难怪武郎对吴道子真迹格外向往。”

武宗元道：“这只是我私人所爱。我这次来河北，是奉诏观摩学习各地寺庙壁画，因是受朝廷指派，故而雄州官府派了界河巡检赵振作为向导。其他就不多说了。我要告诉丽娘的是，赵振是为了寻我，才冒险去北岸，他落入契丹之手，也全是由我而起。赵振与你我不同，他有武职在身，只怕这次凶多吉少。”

陈丽冰雪聪明，当即有所会意，问道：“所以武郎才要立即赶回雄州，求李使君设法救赵振？这样看来，赵振对武郎一定很重要了。”

此趟易州、涿州之行，应该是武宗元人生最后一次游览辽地的机会，他对楼桑庙吴道子壁画朝思暮想、魂牵梦绕，却为了营救赵振而决然转身离开，足见在他心目中，赵振的安危远比吴道子壁画要重要了。

武宗元却摇摇头，道：“不瞒丽娘，我立即动身返回雄州，只有一半是为了赵振，另一半是因为我自己害怕。”

陈丽问道：“害怕什么？”

武宗元道：“当然是害怕被契丹人抓住。”

陈丽道：“武郎是有些忧心忡忡，但我可看不出你有丝毫害怕的样子。”

武宗元勉强笑道：“你我现下暂时脱离险境，当然不怕了，可一旦被契丹人捉住……唉，不说这个了。总而言之，我跟赵振完全合不来，他那人死板得很，性格又木讷，连最简单的笑话都听不懂，总之他身上的一切都不对我胃口。但我不能眼睁睁地看着他因为我而死，所以我一定要救他。只是救人这件事，我不能自己出面，得请丽娘代我去见李使君。”

大致说了自己的设想：一到雄州，陈丽便赶去白沟驿求见知州李允则，告知赵振在涿州被捕一事。说不定李允则能想个法子，以官方身份出面，通过外交斡旋的方式，将赵振索要回来。

陈丽闻言大为不解，道："这救人的法子很是不错。既然赵振是李使君麾下爱将，想必李使君也会竭尽全力营救。只是为什么武郎自己不能出面，非要我代你去呢？"

武宗元道："因为李使君一见到我，就会将赵振被捕一事怪罪到我头上，会立即将我扣押起来。到那时，我就跟囚徒无异了。"

陈丽道："就算如此，武郎的目的也已经达到，李使君会设法去救赵振了呀。"

武宗元摇头道："未必。我跟李使君接触不多，但我听内子舅父说过他许多事。李使君这个人，是那种表面平平无奇，实则胸中大有丘壑的人物。依我判断，李使君不会因为一个赵振就破坏大局，多半会认为赵振没有看管好我，才会咎由自取，故而也有可能置赵振于不顾。"顿了顿，又强调道："而且这种可能性很大。"

陈丽愈发糊涂了，道："既然武郎猜到李使君极可能不同意营救赵振，为什么还要我去碰钉子？"

武宗元道："赵振被辽人捉住这件事，必须得尽快让李使君知道。万一李使君爱惜赵振，同意营救呢？丽娘出面，比我自己去要合适得多。"

陈丽问道："如若李使君拒绝呢？"

武宗元道："那么就得另想办法。所以我绝对不能露面，不然被李使君关押起来，就没有机会再去救赵振了。"

见陈丽仍然懵懵懂懂，忙道："我知道这件事有点复杂，日后我自会向丽娘解释清楚一切，也会当面向李使君请罪。"

陈丽道："好，我会照武郎叮嘱去做。可是我自己也是犯了过错，不但偷渡去过北岸，还将徐颂留在了北岸，他可是高丽使者。万一李使君要惩罚我，将我扣下呢？我要如何将事情结果知会给武郎？"

武宗元踌躇道："那就要看李使君如何断处了。如果……我是说如果李使君没有扣押丽娘，丽娘可知雄州城东北有个赵家村？我在那里等你。”

陈丽奇道：“赵家村？”

武宗元道：“对，赵家村，那里是赵振的出生地。”

忽听到头顶上有马踏船板声，武、陈二人以为有事，急忙奔了上去。一出船舱，便立时为眼前奇景惊住——

水月一色，玻璃万顷。微风吹空，春浪粼粼。月波清霁，幽胜累累。

温柔的春江，似水的月光，是否能够安抚茫然迷乱的人儿，慰藉无归无助的灵魂？

刘遂被关入机宜司秘密囚所夏地后，狱长曹全受过长官赵探交代，特意不供给饮食，禁制却不曾松懈。一日一夜之间，立枷枷板只开过一次，还是放刘遂起身解手方便。

刘遂虽是武官，却与赵振等人大不相同，他出身尊贵，自小到大，没有吃过任何苦。虽说在常人眼中，习武练剑也是一件辛苦之事，但那是他真心热爱，从来不觉得劳累。

地道暗无天日，墙壁上插有火把，然灯火朦胧，刘遂双眼又被黑布蒙住，眼前基本就是黑魆魆一片。他甚至一度产生幻觉，以为身在梦境中。若真是做梦倒好了，至少噩梦会醒，而这夏地的苦难，又真实又迷离，且无穷无尽，不知何时才能到头。

他现下开始觉得自己有些天真了，为了完成姨母耿淑妃的心愿，可谓费尽了心思，然则自己身陷囹圄，先后蹲过雄州大牢及这处秘密囚所，却仍无半分外叔祖耿绍忠的音讯。会不会契丹谍者的消息有误，外叔祖其实早已不在人世？如此，可就等于前功付流水矣。

忽然又想起崔玄妙来。她可真是一个奇妙的女子，幽人清赏，雅女深致，仿若一缕清风，就那样缥缥缈缈地沁入了他的心田。

她人可还安好？那一下，有没有撞得太重？他明明才说过“我不会再做任何伤害妙娘的事”，却又立即朝她下了手，虽然是为她好，但他心中总觉得失了信，太对不起她。

那一晚，可真是神奇，他竟然与她再度重逢，还独处于一室。许多年后，他都不会忘记那动人一刻吧。

一春憔悴有谁怜？别来此处最萦牵。

忽听到有狱卒喝问之声。刘遂天赋异禀，自幼习剑，听力远过常人，虽然狱卒往他耳中塞了棉塞，以封他听觉，但稍微靠近些的动静、人语，他都能听得到。只听到有人答了一句，旋即便有人倒地。

正惊异时，有人飞快地奔近立枷，拔剑一挥，铐住刘遂双手的镣铐应声而断。枷板旋即打开，只是刘遂被禁锢多时，全身僵硬，又无气力，即便刑具松开，一时也难以动弹。他勉强挣了一下，却使不出丝毫力气，仍匍匐跪在立枷上。来者见状，便一把将刘遂提起，去了他蒙眼黑布及耳口塞。

对方一身宋军兵士打扮，刘遂却一眼认出对方，正是当日在晴川酒肆有过一面之缘的明未光，不由得奇道："又是你？你为什么救我？"

明未光简短地道："我来救你出去。"一边说着，一边提剑斩开脚镣。

刘遂惊异万分，又见明未光手中长剑削铁如泥，他是剑术名家，自然对名剑也颇有研究，一时不顾处境仍然危险，问道："你这柄剑可是师古剑[1]？不，应该叫章武剑。"

明未光不答，还剑入鞘，只道："先离开这里再说。"料想刘遂行走不便，又主动上前搀扶。

刘遂虽未受刑，却一直被锁在立枷中，也遭了不少罪，但居然一把推开了明未光，退后几步，倚靠着墙壁，摇头道："我不想走。"

又冷笑道："是李雄州派你来的，对不对？假意救我，再利用我将我同伴一举抓获。不然夏地囚所戒备森严，你如何能轻易闯进来。"

明未光奇道："之前你不是闯过一次夏地囚所吗？虽然未能达到目

[1] 蜀汉立国时，刘备为扬国威，在金牛山开采铁矿，铸了八柄剑，称"蜀主八剑"。诸葛亮佩剑名章武剑，是八剑之一。后为唐平卢节度使李师古所得，改剑名为师古剑。

的，但在行踪暴露后，仍然从容脱身而去，不可谓不能。你刘遂能办到，为何我明未光办不到？”

刘遂道：“我不久前是闯过一次，但全靠侥幸方才得以脱身。现今夏地囚所加强了防范，不可能再有外人轻易进出。你们也不用再白费心思了。无论李雄州想从我身上得到什么，都不会如愿。”

明未光见刘遂全然不相信自己，只得从怀中掏出宋军令牌，道：“我有这个，是先前李使君给我的。我扮作传令兵，凭它进来囚所，再出其不意地打晕了狱卒。”

之前雄州知州李允则判断刘遂将携梁国公主耶律燕哥往祁州治病，明未光受命寻找杨延昭之子杨文广下落，欲由刘遂一方打探线索，遂朝祁州方向追去。但明未光只是平民身份，又是外地口音，途中难保不会被关卡、巡铺拦下盘问，说不定还会因身携兵器、形迹可疑而被捕，李允则为方便其人行事，便给了他这块令牌。

刘遂仍是半信半疑，道：“就算如此，你也是李雄州一方的人，为什么要救我？”

明未光道：“我答应了你手下，要尽力救你出去。”

刘遂愈发惊奇，道：“我手下？”

明未光道：“对，你手下安忠善。不然这柄软剑怎么会在我手中？我又怎么会知道这处地下囚所所在？”一边说着，一边从腰间解下软剑，递还给了刘遂。

刘遂听对方话意，明未光竟是从手下安忠善口中得知囚所夏地位置所在，愈发诧异，道：“怎么可能？不错，因为我之前在晴川酒肆露了软剑，料想可能会因此而暴露身份，担心雄州官府大举搜捕，不得已，才让安忠善携着软剑，奔祁州而去，再一路有意暴露形迹，好将官府注意力引向祁州。不过就算你擒住了安忠善，他也不可能让你来救我。”

明未光道：“安忠善有我要的讯息，所以我跟他达成了一项交易。他告诉了我想知道的事，作为回报，我得救你出去。”

刘遂连连摇头道：“我不信。你这番话，太过匪夷所思。安忠善从未见过你，你擒住了他，身份不明，他怎么可能贸然相信你？再则说，安忠善也不可能来救我，更不可能托付你来救人。”

明未光忽然出手，拔出刘遂腰间软剑，抖了一个剑花。又一甩手，那软剑便插回腰带中，分毫不差。

刘遂失声道：“你……你怎么会这一招蜻蜓点水？这是我刘氏不传之秘。”又道：“你居然能用软剑？”

明未光不答，只道：“安忠善是你心腹，我露了这一手，你说他信不信？再则说，那讯息对他没任何用处，就算我失信不来救你，他也不会再多损失什么。”

又问道：“你到底走不走？怪不得安忠善说，如果你不肯逃走，就得用强带你走。刘遂，你说安忠善不可能来救你，难道是因为你自己想在这里？你为什么想做大宋的囚徒，可是有什么特别目的？”

刘遂不答，只怔怔望着明未光，似在权衡利弊得失。

明未光遂道：“我也不想对你用强。但你若不走，我便会去告诉雄州知州李允则，你是有意被擒，且别有居心。如此，李知州便会将你转押在一个暗无天日、没有人知道的地方，也不准任何人接近你。到那时，不管你有什么计划，都彻底泡汤了。”

刘遂奇道：“你擅自闯进夏地囚所，打晕这些狱卒，还有胆去见李雄州？”

明未光道：“我是不得已才来救你，李使君了解原委后自会体谅。就算李使君对明某要打要杀，等我办完该办的事后，也会一力承担。”

刘遂问道：“你到底要办什么事？”

明未光道：“当日在晴川酒肆，我带着两名孩童，你见过的。那个小些的小童，是杨六郎杨将军的小公子。那日我从剑法猜出你身份，出门追你时，被奸人乘虚而入，将杨小公子掳走，我须得救他回来。”

刘遂沉吟道：“原来杨六郎爱子被掳，是真有其事。”又问道：“明兄既与杨六郎相熟，可知道高翼？”

见明未光当真不再理睬自己，转身欲走，刘遂忙叫道：“喂，我跟你走。你扶我一下。”

明未光回转身来，搀住刘遂。二人刚走出数步，便有人自地道下来，发现狱卒昏倒一旁，立时拔出兵刃，又高声道："不好了！有人劫狱！来人！快来人！"

明未光道："糟了，地道狱卒虽然不多，但入口两边各有巡铺，巡检司兵士听到动静，会立即赶过来。都要怪你，故意拖延不走。现下好了，想走也走不了。"见刘遂弯腰去掏靴底，问道："你做什么？"

刘遂道："我这里有两件秘密武器。"从两只靴底各掏出一只小球来，球上有引线，明显是火器之类。

明未光奇道："你从哪里弄来得这个？"话一出口，便立时醒悟，道："原来你真的是有意被擒，事先早做好逃脱准备。"

刘遂道："确实是有准备，不过若不是有外力相助，我根本就没使用的机会。"

他入县狱时，狱卒已照例扒掉靴袜，令其赤脚。后来县尉郑定国等人来提刘遂时，觉得光脚去见李允则不像话，又命狱卒寻来靴袜，给刘遂重新穿好。而后刘遂被解至夏地囚禁，双手被锁住，根本就无法触碰到靴子，更不要说使用这秘密武器。

明未光忙问道："这是火器吗？可会伤人？"

刘遂道："不会，这是烟雾球。"见兵士已蜂拥而入，便就着火把点燃引线，用力朝地道口掷去。只听到"砰砰"两声巨响，地道中立时黄烟弥漫，咳嗽声大起。

有人叫道："退后，退后，烟里有毒！"

明未光闻言忙道："有毒吗？我可得警告你，今晚你敢出手杀人的话……"

刘遂摆手道："有毒是有毒，但不会死人的，只会全身发痒起疹子。"又取了墙上火把，道："走，往那边走。那边有条侧道，通往拒界河边。"

刘遂当先引路，来到所谓的"侧道"，却无出口，只堆满了麻袋之类的器物。刘遂上前将麻袋挪开，露出一个洞孔，遂猫腰钻了进去。明未光一呆，忙跟着钻了过去。

过了麻袋堆砌成的假墙，果然又是一条地道。明未光暗暗称奇，问道："你怎么会知道这里另有出口？"见刘遂不答，旋即会意，赞道："你们契丹间谍当真了得。"

刘遂道："这地道已有几十年历史，经历了各种风雨，早已不是什么秘密。"

明未光冷笑道："不是秘密？何以你一个辽人知道地道入口及内部结构，而我一个宋人，却毫不知情？"

刘遂道："明兄不是军中人，自是不会知晓。这条地道最初是用来屯兵护城的，相当于雄、霸两州的瓮城，必须得留有足够多的出入口，方才能在作战时保持机动灵活性。其实只要知道地道大致轮廓走向，便不难根据实地地形猜到出入口所在。"

明未光道："但还是得靠间谍，方才能知道地道轮廓走向，对不对？"

刘遂不答，只道："走吧，还有好长一段路呢。好消息是，这条地道已从下面封住，上面没有守卫。"

确实如刘遂所言，此段地道出口没有守卫，但出来时却比逃离夏地囚所还要费劲。那出口被用木板封死，上面还填了土，因为时日已久，早已蔓草丛生。二人花费了很大一番力气，弄得灰头土脸，才将出口刨开。

钻出地道，却见外面银光泻地，无限清朗。刘遂当即将火把踩灭，回头见明未光已将地道口重新封住，正拂去长剑的泥土，当即笑道："想不到堂堂章武剑，今日竟然被明兄当作了掘土的锄头。"

明未光道："虽则今晚出了些意外，能够逃脱，你也出力不少。但我也算是信守了承诺，将你成功救出。"

又道："我没料到他们会给你穿上这身囚衣，也未给你先行预备衣衫，你只好自己想办法解决了。"

刘遂也不以为意，问道："你到底是什么人？"

明未光道："我是宋氏侍卫。宋偓，你应该知道吧？"

刘遂道："当然。只是宋偓公仙逝已久，我听说他生前最爱幼女宋小妹，也就是宋朝宰相寇准的续弦夫人，所以你应该是宋夫人侍卫吧？”

明未光不答，只道：“我救你，一是跟你手下安忠善达成了交易，二来也是念先人之谊。但你我立场不同……”

说到这里，明未光明显顿了一下，又道：“我究竟是食大宋米粮得活，而你刘遂是契丹剑术名家，贵为辽军总教头，对大宋威胁太大，我要留下你一只手。”又加重语气强调道：“那只握剑的手。”

刘遂闻言大为惊愕，愣了一会儿，才回过神来，随即沉下脸，冷笑道：“那么你该先斩下我右手，再解绑缚，更不该将软剑归还给我。你该知道，此刻你我各自拔剑大战一场，你未必有胜算。”

明未光当即退开两步，拔剑出鞘，道：“废话少说，这就动手吧。”

刘遂却是不动，叹了口气，无奈摇了摇头，缓缓伸直右臂。

明未光极是意外，问道：“你肯老老实实地让我砍下右手？”又加重语气道：“你是习剑之人，右手一断，人就彻底废了。”

刘遂冷然道：“婆婆妈妈的那么多废话！不是你要留下我一只手吗？怎么，狠不下心了？”

见明未光踌躇不应，便左手握住剑柄，抽出软剑，微微一抖，直朝自己右手斩去……

剑刃将及肌肤时，却被另一柄剑及时挑开。拔剑出手阻止的人正是明未光。

刘遂怒道：“你到底要做什么？”

明未光沉默了一会儿，才应道：“你走吧。你的手不用留了。”

刘遂道：“你好歹救了我，我可不想欠你什么。”

明未光摇头道：“你不欠我什么。若不是南北分离，我们本是一家人。”

又道：“对了，你手下安忠善事先还让我转告你，原先的藏身之所，不能再回去了。”随即插剑入鞘，抬脚便走。

刘遂呆了一呆，这才叫道：“喂……”见明未光却是头也不回，忙道：“我还有事要求明兄帮忙。”

明未光顿住脚步，反问道：“你求我帮忙？你是辽人，我是……中原人。”

本以为他后面一句会说“我是宋人”，不料他道出的却是“中原人”，饶有深意。

刘遂顺势问道：“你这个中原人不是刚刚救了我这个辽人吗？”

不待明未光回答，先试探问道：“明兄可否帮我去城中看看，有一名叫崔玄妙的女子，她可还安好？”

明未光怔了一下，这才会意过来，旋即骂道：“滚，快滚！我还要去救杨小公子。”

刘遂问道：“是河西回鹘人绑架了杨小公子吗？或许我可以帮明兄。”

明未光道：“滚。你快些过河滚回北岸，就是帮了我大忙了。”

刘遂忙道：“真的。我是真心想帮明兄，而且我对杨六郎杨将军素来钦佩，也想为他做点力所能及的事。反正我一时半会儿也不会回北岸。”

明未光奇道：“你留在雄州等着被官府抓吗？还想害我也被抓吗？”

刘遂正色道：“我还有件私事要办，不办完是不会离开的。但不管怎样，我会帮明兄找人。明日入夜后，你到晴川酒肆东面的树林中等我。”朝明未光抱了抱拳，自转身离去。

夜空深邃而浩瀚。夜幕上一轮满月，正照耀着大地。

月光下的拒马河，波心频频闪动，像是调皮少女灵动的眼睛，格外妖娆而妩媚。

月色寂寂，几番照人？

这一片静谧。这一片清宁。

谁能想到，这条安详而美丽的河流，曾经被南北两岸兵士鲜血染红，尸首多到流水为之阻塞？

是该以更多生命为代价，夺回燕云十六州，还是该保持现今颇令宋人屈辱的和平？

今人不见古时月，今月曾经照古人。古人今人若流水，共看明月皆如此。

关河离合，南北依旧照清愁。

刘遂离开后，明未光独自立于拒马河边，思绪渺然，恍惚了许久，终于觉得该离去了。刚一转身，便见到身后不远处立着一名黑衣男子，虽是一身便服，却是怀中抱刀，正是国信所知事赵探。

明未光先是一怔，随即佯作未见，只顾走自己的路。正要擦肩而过时，赵探横刀拦住去路，冷然道："明郎坏了安抚使大事，还想轻易脱身吗？"

明未光料想赵探发现刘遂自侧道逃脱后，便尽快赶至出口之处，也算料事在先，遂道："是明某放走了刘遂，我自会向李使君请罪。但目下还不行，我有了奸人线索，要赶去追踪杨小公子下落。"

赵探冷笑道："你自命不凡，却是劳而无功。奸人已经主动联络官府，要以杨文广小公子换取高翼。"

原来今日入夜时分，有人朝北门城楼射了一封箭书，指名要用高翼换取杨文广。而高翼已于昨夜被转押到雄州军营，囚禁在练武场边的木笼中，预备择日在军前斩首。

这是今晚明未光第二次听到高翼的名字，不由得皱眉了眉头，问道："高翼到底是什么人？我记得李使君提过高翼是契丹间谍，但为何刘遂会特意在问到杨六郎杨将军时提及他？而今又涉及杨小公子，这其中可是有什么联系？"

赵探不答，只问道："你说呢？"

到白沟驿时，天光已蒙蒙发亮。这一夜，竟然就这样有惊无险地过去了。

赵探让明未光先等在大门口，又命兵士从旁监管，以防他逃逸。

过了好大一会儿，进去禀报的赵探才重新出来，引明未光进来李允则居处。

到堂前阶下时，侍卫忻继勋抢上前来，伸手拦住明未光，喝道："交出佩剑！"

忻继勋极为恶声恶气，显然已将明未光当作敌人来对待。见对方不应，他便自行伸手去夺剑。

明未光心气颇高，自是不愿意缴剑，但他也知道自己理屈，不愿意明里与忻继勋相抗，是以只退开数步，却仍然保持沉默。

忻继勋愈发恼怒，冷笑道："你是仗着自己有几分武力，想要动手吗？来人……"

赵探忽然挺身上前，摆手阻止道："不要打。不必缴明未光兵器。他不是站北面的，我亲眼看到他要斩下刘遂一条手臂。"

明未光很是意外，心道："既然赵探及时赶到，看到了刘遂在场，何以不现身上前擒拿？是忌惮刘遂剑术高明吗？"旋即会意过来，暗道："是了，赵探必是要从刘遂身上追查其同党，尤其是契丹间谍的线索。"

比较而论，这洞悉雄州机密重地且不知其姓甚名谁的契丹间谍，可比契丹神武军总教头刘遂的危害要大多了。

一念及此，明未光不免又慨叹赵探极有耐性。他自己在拒马河边发怔了许久，赵探居然一直等在一旁，不曾出声打扰。

忻继勋居然也大为诧异，失声问道："刘遂被斩下手臂了吗？"

赵探道："没有。本来是明未光要斩刘遂手臂，后来刘遂自己要斩自己手臂，快要斩到时，又被明未光阻止了。"

忻继勋"哦"了一声，长舒了一口气，竟然颇有为刘遂庆幸的意思。他只是勉强听明白了刘遂手臂未失，旋即问道："赵知事，你刚刚说话怎么颠三倒四？什么明未光要斩刘遂手臂，刘遂要斩自己手臂，都什么乱七八糟的？"

赵探道："先带明未光进去，免得安抚使久候。"

李允则面带倦容，脸色也不是很好看，但见到明未光时，也没有立即出声斥责，只道："劳烦明郎将令牌缴回。"

明未光依言将令牌取出，交给了侍卫忻继勋。他最关心的自然是杨文广安危，见完礼，便立即问道："敢问李使君，奸人所提交换杨小公子一事进行得如何了？"

李允则道："本使已经答应了辽人条件。反正高翼宁死也不肯开口，留下来也没什么用处。"

明未光失声道："怎么可能是辽人绑架了杨小公子？李使君之前不是还暗示……"

赵探插口道："高翼原先是杨延昭杨将军心腹侍卫，又是契丹间谍，奸人要以他来交换杨文广小公子，你说是不是辽人做的？"

明未光至此方才知道高翼身份，问道："对方当真要以高翼交换杨小公子吗？可是刘遂昨晚还对我说……"

赵探道："他说不是契丹一方做的，对不对？"

明未光道："不是……"

李允则摆手道："说到刘遂，明郎，你可是欠本使一个解释。"

明未光道："是。"大致叙述了一番——

他在赶去祁州时，听到路人议论软剑之事，遂打探后循迹而去，由此擒获了刘遂手下安忠善。而安忠善腰间所缠软剑，正是刘遂在晴川酒肆中御敌所用兵器。

起初安忠善很强硬，明未光以一手刘氏剑法说服了他，又称已知刘遂妹妹便是梁国公主耶律燕哥，他对梁国公主来宋境就医一事没有兴趣，只想知道当日晴川酒肆外围可疑人等及情形。安忠善闻言惊讶万分。

当时明未光已猜到刘遂及梁国公主仍在雄州，安忠善不过是声东击西，要将官府注意力引向祁州，遂押着安忠善返回了雄州两属地。

而明未光与安忠善当时尚不知刘遂已于前晚被捕，安忠善称要向刘遂当面禀报后，才能与明未光交易。明未光遂答应并放走了安忠善，但将软剑留下为质，料想刘遂此等剑术名家，决计不会轻易舍弃随身兵器。

昨日夜幕时，安忠善赶至约定地点，同意与明未光交易，但条件是要救出刘遂。明未光这才知道刘遂已被雄州官方逮捕，且关进了机宜司秘密囚所。他本来还有所犹豫，但安忠善为人机警，已看出明氏与刘遂之间有着某种不为外人知的联系，苦苦哀求不已。又称刘遂危在旦夕，不独要被宋方酷刑讯问，还另外有人要杀刘遂灭口。

明未光以为是当日晴川酒肆刺客要杀刘遂，也不以为意，刺客武功再强，也不可能闯入守卫森严的官府监狱。然刘遂之前也曾闯入雄州禁地，此次被捕，只怕凶多吉少。他也不愿意见到刘遂受酷刑折磨，便同意了安忠善的条件。

安忠善遂道出了晴川酒肆之事。当日正是安忠善赶去酒肆向刘遂禀事，刘遂见到安忠善现身于酒肆门前后，便起身出去。二人寻了一处隐秘之处交谈，确实留意到酒肆后墙外有两名男子。可疑的是，这两名男子明明穿着酒肆伙计的衣衫，却以安忠善听不懂的蕃语交谈。

李允则道："明郎为了换取这条信息，答应了安忠善去救刘遂？你是如何知道夏地囚所所在？"

明未光道："是安忠善告诉我的。而昨晚也凶险万分，我与刘遂本来难以逃脱，不想他靴底藏有武器不说，还知悉地道另有出口。"

赵探当即插口道："明郎这是在推脱责任吗？意思是，就算你不去救人，刘遂也能自行逃脱？"

明未光道："不是。明某想说的是，契丹间谍十分厉害，而且危害极大，当务之急，须得尽快找出这个人或是这几个人。"

赵探冷笑道："你也知道当务之急须得挖出契丹间谍，若不是你冒冒失失放走刘遂，我们本可以利用刘遂引出那契丹间谍来。"

明未光一时怔住，纳罕地去看李允则。

李允则遂解释道："刘遂是有意被捕，本使早已看出来了。他意在寻人，又自恃身份，以为本使不会拿他怎样，却不想被本使言语激怒，自请惩处，本使遂顺势将他囚禁，也是有意将他关在夏地囚所。"

其实雄州这边早得到消息，辽北院枢密使耶律化哥已秘密赶至涿州新城。辽国政治体系不同于宋朝，辽世宗后，北院枢密使成为群臣之首，位在北府宰相之上，北府宰相又在北院大王之上。北院枢密使亲自出马，此事非同小可。

起先只以为与宋副使崔可道暴毙一事有关，后来得知刘遂护送梁国公主耶律燕哥来宋境就医后，料想必是梁国公主为辽圣宗最爱之女，耶律化哥不敢怠慢，不得不亲自筹划梁国公主过境一事。此人执掌谍报二十余年，还是第一次亲至宋辽边境，必定会出动最高级别的间谍，以策万全。故而刘遂一行至雄州后，刘遂极可能与契丹间谍首脑有过接触，至少知道对方身份。毕竟刘遂本人身份贵重，梁国公主更是天之骄女，显赫无比，这应该是宋辽和谈之后进入宋境的最高级别的人物。

刘遂此趟雄州之行，有两个目的，一是护送耶律燕哥就医，算是上面交代的公事；一是打探外叔祖耿绍忠下落，算是其姨母耿淑妃托付私事。刘遂有意被捕，自是因为私事。但李允则简单讯问过后，却出人意料地将刘遂移交给了专事谍报的机宜司，等于是拿刘遂当契丹间谍处置。

另一方面，雄州官方却对外宣称刘遂人已逃走。知州李允则甚至还派兵封锁了雄州城及界河，以佐证刘遂逃走是实。这便表明李允则破例允准机宜司对刘遂下手，以极端手段讯问，不必再顾及北岸。若是北岸涿州甚至燕京来向雄州要人，李允则大可以刘遂逃脱为由推脱。

但契丹间谍本领了得，不会不知道刘遂被关进了机宜司夏地囚所。而夏地刑讯之所，犯人一进到那里，基本就是九死一生，很难有坚挺到底的人，即便没有屈服招供，最终也会因为无休无止的肉体拷问及四肢禁锢而发疯发狂，沦为废人，像高翼坚持了这么久，实属罕见。

明未光听了李允则一番解释，有所领悟，问道：“李使君是在暗示刘遂不如高翼吗？”

李允则道：“不是说谁不如谁，而是刘遂跟高翼身份大不一样。”

高翼自小在艰险中谋生，心理承受能力远过常人，他挺过了早几个月的酷刑，便已度过了最艰难的时期。而刘遂出身富贵，虽然剑术高明，却是在极为优渥的环境中长大，没经历过徘徊在生死之间的残酷与血腥，未必能挺得过去。

契丹间谍应该也知悉此节。间谍都是在刀尖行走，虽然能做到为国家而舍身忘我，但自保也是本能。刘遂一旦开口，辽方损失的不只是诸多军事机密，还有雄州间谍网，所以契丹间谍必定千方百计地要让刘遂闭口。

明未光这才恍然大悟，心道："原来安忠善说有人要杀刘遂灭口，这个'人'，不是之前晴川酒肆现过身的刺客，而是潜伏在雄州的契丹间谍。"

李允则道："明郎是聪明人，本使稍微一点拨，你便明白了。"又道："就算不能用刘遂引出契丹间谍，他身份非凡，本使也能用他换回赵振。"

他已得知赵振偷渡到北岸后，即于涿州新城被捕。而且赵振并未按照事先约定去做，以至被当作宋朝间谍，绑赴涿州。下一步，估计就要被辽北院枢密使耶律化哥带去燕京了。

明未光奇道："是界河巡检赵振吗？他怎么会被契丹人捉住？"

料想自己一介平民，对方也不会告知原委，遂道："总而言之，这次都是明未光的错。"

李允则亦不掩饰自己对此事极为不满，道："明郎决定与刘遂手下交易时，至少可以来问一下本使意见的。"

明未光讪讪道："我不是没有想过，只是又想到刘遂那样的身份，李使君必定不会轻易放过他，要设法从他身上获取辽军军事机密。"

侍卫忻继勋愤愤插口道："所以你还是向着北岸的。"

明未光道："不是。不过我再继续辩解，也是无济于事。"

正说话间，界河巡检使祖名望进来禀报道："安抚使，赵知事，跟踪刘遂的人来报，人跟丢了，现下不知道他人去了何处。"

李允则重重看了明未光一眼，道："这件事，可要记在明郎头上。"又问道："那边呢？"

祖名望道："只听闻赵振被押至涿州一事，其他没有听到。"

又道："昨日下官奉命撤去巡防，好方便辽国公主偷渡返回北岸。今早重新布防，下官亲自巡视，发现北岸暗哨都已经撤去，料想梁国公主人应该无事，已经安然抵达。”

李允则道：“预备运送使者棺木的大船呢？”

祖名望道：“一直停在北岸码头，不曾动过。”

李允则遂道：“劳烦祖巡检使再多辛苦几日，亲自盯着北岸。这一次，不容有失。”旋即起身，命道：“先回城，准备交换人质。”

明未光见众人都跟随李允则而出，忙一把扯住赵探，问道：“安抚使之前一番安排，也不是真的要对付刘遂，而是只想抓到契丹间谍吧？”

赵探道：“是啊，你自己亲眼见到了，刘遂只是被关在那里，并未受到刑讯。怎么，你有办法能查出契丹间谍？”

明未光道：“没有。但其实有，刘遂信任我，可我不能利用他对我的信任。”

赵探道：“那你还这么多废话。”白了明未光一眼，自跟着李允则出去。

明未光似有话要说，也想追着出去，却被门前兵士举刀拦住。

不一会儿，赵探重新进来，将明未光带出厅堂，引至院侧的一间厢房中，正色告道：“安抚使有命，请明郎交出佩剑，暂时留在这里。”

明未光心中有愧，叹了口气，最终还是将佩剑递给了赵探。

赵探道：“看在寇准寇相公面上，安抚使才没有将你下狱囚禁。不过外面伏有一队弓箭手，明郎若是想要逃走，莫怪下手无情。”

明未光忙道：“赵知事……你既然昨晚人一直躲在旁侧，该听到刘遂许诺了我，会帮我打探杨小公子下落，我们约好了今晚见面。”

赵探道：“怎么，你还想赴约？要不要我替代你，带一队人马，去那里等刘遂？”

明未光忙道：“我的意思是，杨小公子被掳这件事，一定不是契丹人做的。若是契丹人所为，刘遂岂会毫不知情？安忠善说听到对方交谈，说的是蕃语，而且是他从未听过的一种，极可能是回鹘语或是吐蕃语，所以不是契丹人，应该是回鹘人，或是吐蕃人。”

这回鹘，是指河西一带的回鹘人，如甘州[1]回鹘等。吐蕃则主要是指凉州[2]一带的吐蕃部落，如六谷部、折逋氏等。这些少数民族政权素来礼敬中原，接受中原册封，算是宋朝政治上的同盟。凉州吐蕃、甘州回鹘素以中原外甥自居[3]，上一任凉州长官知西凉府[4]甚至还是由宋朝禁军武官丁惟清担任。

自汉武帝派名将卫青、霍去病打通河西走廊，河西便处于极为重要的地理位置，可谓焦点地带。西夏党项对河西一带垂涎已久，多次发动夺取甘州、凉州的战争，甘州回鹘和凉州吐蕃六谷部结成联盟共同抵抗。

而党项则在与宋朝反目后投靠辽国，辽国也希望借助党项牵制宋朝，遂全力支持党项，还将辽公主许配给党项首脑李继迁为妻。西夏与辽国互为倚仗后，志在统一河西，不断进攻，多次与吐蕃、回鹘发生大战。

宋真宗咸平六年（1003 年），西夏李继迁突袭凉州，凉州长官丁

[1] 甘州：今甘肃张掖。唐朝武则天时，由于东突厥复国，大批回鹘人南奔到河西地区，在当地定居。唐朝末年，甘州回鹘成为河西一带最为强大的势力，并独立建国。自建国起，甘州回鹘便采取了远交近攻的策略，积极发展与中原地区的关系，与后梁、后唐、后晋、后汉、后周及宋朝等都建立了良好的关系，特别是同宋朝以“甥舅”相称，贡使往来十分频繁。

[2] 凉州：今甘肃武威。彼时凉州一带以吐蕃族为主，共有六个山谷的蕃部，故称吐蕃六谷部。另外还有折逋氏家族，其实也是吐蕃分支。

[3] 唐朝先后以文成公主（唐宗室女）、金城公主（邠王李守礼女，唐中宗养女）和亲吐蕃，以宁国公主（唐肃宗女）、小宁国公主（唐宗室荣王李琬女）、崇徽公主（仆固怀恩女，其人故事参见吴蔚作品《雪满弓刀》）、咸安公主（唐德宗女）、永安公主（唐宪宗女）、太和公主（唐宪宗女）和亲回鹘。据《宋史·回鹘传》：“先是，唐朝继以公主下嫁，故回鹘世称中朝为舅，中朝每赐答诏，亦曰外甥。五代之后皆因之。”又据《宋史·于阗传》，喀喇汗王朝可汗称宋朝皇帝为“汉家阿舅大官家”。

[4] 宋建国初年，虽在凉州设立了西凉府，但宋朝实际上并没有正式在凉州建立起自己的政权机构，控制凉州政权的仍然是吐蕃的六谷部及折逋氏家族。丁惟清原是宋殿前司武官。宋太宗淳化年间，当时尚未有“澶渊之盟”，大宋与契丹不时兵戎相见，宋太宗赵光义为补充军力，派丁惟清秘密赶赴凉州买马，顺带了解河西一带情况。丁惟清抵达凉州当年，凉州境内丰收，丁惟清因而被视为天降贵人，得到当地人敬重。丁惟清的任务是买马，凉州吐蕃首脑人物坚持将其人留在当地，自己则亲自前往大宋京师开封贡马千余匹，并上书宋太宗，请求丁惟清留任凉州。宋太宗也想利用河西势力牵制契丹，便“厚给马价，别赐彩百段、茶百斤”，同时就势任命丁惟清为西凉府知府。又封六谷部吐蕃首领潘罗支（一名巴拉济）为盐州防御史，兼西面都巡检使，当地豪族折逋游龙为宵州刺史，褚下箕等三人为怀化将军。但宋廷只是出了几纸任命书，并未有实际上的军事或经济支持，对凉州吐蕃联兵抗夏的请求，均以“路途遥远，难以约期”为借口拒绝。反倒是丁惟清，在凉州兢兢业业近十年，以身体力行赢得了蕃族民众的衷心爱戴。

惟清率领军民奋力抵抗。李继迁以声东击西之计攻破凉州，丁惟清被杀[1]。

当时吐蕃六谷部酋长潘罗支已经与宋朝结盟，他见李继迁难以力取，便假意归顺，请李继迁亲自去受降。李继迁的心腹谋士张浦认为潘罗支请降定然有诈，但李继迁志得意满，十分自信，欣然前往，结果遭到潘罗支伏兵的袭击。李继迁没有防备，大败而回。他本人的左眼球被射破，败退回灵州后不久，便与他的老对手宋太宗赵光义一样，因箭伤发作死去，时年四十一岁。

吐蕃六谷部由此再度收复凉州。然丁惟清战死后，宋廷再未派遣宋官吏到凉州任职，只授潘罗支为朔方节度使兼灵州西面都巡检使，等于彻底失去了对凉州的控制。

凉州吐蕃六谷部一举杀死李继迁，为丁惟清报了仇。甘州回鹘禄胜可汗也于宋真宗咸平四年（1001 年）遣枢密使曹万通入宋朝贡，进献玉勒名马、独峰无峰驼、镔铁剑甲、琉璃器皿等，请宋廷遣使统领回鹘部众共讨党项羌李继迁。宋真宗予以嘉奖，授曹万通为左神武军大将军，等于是间接与甘州回鹘建立了反西夏联盟。

此后，甘州回鹘屡屡向西夏发难，给西夏以沉重打击，基本上将西夏势力逐出了河西。

眼见西夏接连战败，辽国再也坐不住了，干脆直接出手，几度派重兵袭击甘州回鹘。辽国军力强大，甚至能迫使“天朝”大宋签下“澶渊之盟”，远非刚刚崛起的西夏所能相提并论，甘州回鹘因而受到极大的打击。

就在一月前，辽太后萧绰尸骨未寒、尚未下葬，辽圣宗又派西北

[1] 凉州有著名的狄台（又名狄青台、招讨台、双阳台），相传为北宋名将狄青所筑。有诗云：“荒台昔日说屯师，路出河湟到涧湄。千载勋名存面具，九层遗迹在边陲。色侵古陌春生暖，烟锁重城月上移。五姓纷争无尺土，争如名胜动人思。”事实上，狄青崛起时，西夏已完全占据河西，势力已成，宋军不可能抵达凉州城下。据《西夏书事》记载：“丁惟清奉诏往西凉市马，比至而境大稔，因为所留。至是土人请立帅，太宗即以惟清知府事。”后世多认为丁惟清在凉州主事时，曾于城东主持修筑敌情瞭望台或点将台，此即为后世所传“狄台”。兼之“丁”与“狄”读音接近，故在口口相传中将“丁惟清”误说成了“狄青”，将“丁台”讹传为“狄台”。

招讨使萧图玉攻打甘州回鹘控制的肃州[1]，彼时正处于胶着状态。

自宋辽议和以来，辽国多年未曾发动大的战事，已养精蓄锐多年。这一次出击，是辽圣宗亲政以来的第一场战争，可谓有猛虎下山、雷霆万钧之势。

西征主帅萧图玉由辽圣宗亲自挑选。萧图玉出身国舅部，为穆宗朝北府宰相萧海璬之子，母亲则是辽太宗最爱长女。因与太后萧绰是近亲，萧图玉很小就入宫担任侍卫，侍奉左右，故而与耶律皇族关系亲密，成人后即娶金乡公主耶律赛哥为妻，成为辽圣宗女婿。

这位金乡公主倒也罢了，其母芳仪李氏，封号虽然不高，却是辽圣宗最爱的汉人嫔妃，还有南唐公主的身份，是南唐元宗李璟之女。

而以肃州目前的军力及守势，城池被攻破是迟早的事情。即便甘州回鹘与凉州吐蕃联手，也无力缓解这场兵祸危机，毕竟辽圣宗有势在必得的决心。

唯一有能力援救肃州的便是宋朝。但宋朝已与辽国结为兄弟之国，不可能再为区区肃州破坏盟约，重启战端。

肃州一失，唇亡齿寒，河西危矣。一定要救肃州、救河西的话，便只能另想他法。而最好的法子就是令宋辽重新开战，如此，整个河西危机迎刃而解。故而甘州回鹘、凉州吐蕃均有绑架杨文广，然后嫁祸契丹，以期挑起宋辽争端的强烈动机。

而明未光其实一开始便隐约有些怀疑凉州与甘州，盖因为吐蕃、回鹘这些少数民族部落均与西夏党项结有不解深仇，而杨六郎杨延昭至少……至少有一半党项血统——

杨延昭生父杨业出生于麟州[2]豪族，杨氏虽自称汉族，极可能是党项族，与北汉皇族本为沙陀族，却自称汉族一样。即便杨业真是汉族，其妻却是出自地地道道的党项豪族府州[3]折氏。

[1] 肃州：今甘肃酒泉。

[2] 麟州：今陕西省榆林市神木市北。历史上，有秦、汉、隋、唐、明、清朝代的长城穿境而过。

[3] 府州：今陕西府谷。宋名将杨业妻子折氏即《杨家将》佘太君原型。折氏出身豪门大族，人称太君，“折”与“佘”发音近似，遂误传为“佘太君”。折氏性警敏，善骑射，平时经常教习侍女（转下页）

赵探听了明未光一番叙述，脸色登时一变，问道："你刚才为什么不说？"

明未光道："我说了呀，说那两名假扮伙计的奸人在用蕃语交谈。可李使君更关注刘遂一事，一直在谈论刘遂，然后他便匆忙走了。"

其实最初李允则交代明未光设法打探杨文广下落时，已有所暗示。照明未光理解，李允则也已经开始怀疑是河西某方派人掳走了杨文广，毕竟李氏久在边关，对局势看得极透。寇准人在天雄军，都已经得到河西军情奏报——明未光便是由此知晓河西目下局势，辽主帅萧图玉正率军全力攻打肃州回鹘——李允则必定早知道河西肃州已危在旦夕，由此将河西与杨文广被掳一事联系上，也不足为奇。

然适才明未光提及奸人以蕃语交谈时，李允则似乎无动于衷，颇令明氏惊讶。他还以为李允则已有成竹在胸，知道了奸人身份，然见对方忽然坚持认为是辽人所为，便不免有些着急起来。

赵探却不知李允则、明未光一早便怀疑凉州吐蕃及甘肃回鹘，但有一节，丁惟清未战死前，且还在凉州长官任上时，是与雄州机宜司有过来往联络的。此人不但是大宋武官，还与目下炙手可热的权臣丁谓同族。据说丁谓在京东路安抚使任上时，抓获契丹间谍首脑马珠勒格，并由其供状，一举破获宋境谍报网，便是因为事先得到了丁惟清凉州妻子、甘州龙族公主的机密书信。

虽则契丹近在眼前，而河西远在天边，似乎有些不搭竿，赵探却越想越觉得明未光所言有理，忙道："你先等在这里。"

过了一刻多工夫，赵探才重新返回，也不再提河西之事，只告

（接上页）武艺，曾参与战斗，"用兵克敌，如蕲夫人（指宋朝名将韩世忠妻梁红玉，韩世忠以军功封蕲王）之亲援桴鼓然"。书中人物杨延昭之子杨文广（因为杨延昭晚年所生，父子二人年纪相差太大，故杨文广常常被当作杨延昭之孙）后来也成为抗辽名将，曾在范仲淹帐下带兵，并跟随名将狄青南征。后世将杨业、杨延昭、杨文广祖孙三代的抗辽事迹演绎为《杨家将》的故事，广为流传，家喻户晓。《杨家将》很早即在民间流传，据欧阳修《杨琪墓志》所记录，早在杨家将第三代杨文广还在世的时候，他的祖父杨业和父亲杨延昭"智勇号称无敌"的故事，便已经是"至今天下之士，至于里儿野竖，皆能道之"。这些故事虽非完全真实，但它反映了广大人民对杨家将的怀念和颂扬。传说中杨门女将也都代夫从征，上阵杀敌。实际上，史书中记载的只有杨业孙媳杨文广妻慕容氏，保德州慕塔村人，党项族，骁勇善战。杨文广及其妻慕容氏故事，可参见吴蔚作品《包青天沧浪濯缨》。

道："安抚使说了，如若你能就此安分守己，老老实实待在驿馆，之前的事，就不再追究了。"

明未光道："我想亲自带高翼去交换地点，换回杨文广小公子。"又道："杨小公子是在我手中丢失的，理该由我接他回来。"

赵探摇头如拨浪鼓，道："不可能，绝不可能。安抚使已经答应了杨将军，要由杨将军出面去换人。你不会不知道吧，高翼原先是杨将军心腹侍卫，他一身骑射功夫，都是杨将军亲自教的。杨将军历来视他为半子，却料不到他竟然是契丹人暗伏在我军中的棋子。"

明未光道："不行，这办法不行。或许这正是对方真正的目的，要引杨将军本人出面。"

赵探道："安抚使已虑及此节，早做了安排。"

明未光道："我想见见李使君。"

赵探道："北岸契丹昨日派了使者过来，要在这两日移交崔副使灵柩，雄州这边得做好准备。安抚使还得亲自安排交换人质一事，他人已经动身回城了。"

明未光见赵探转身欲出，忙挺身拦在门前，恳求道："请不要将我关在这里。之前我是有思虑不周之处，但我是真的想帮忙。"

赵探道："好啊，安抚使已经料到你会这么说，他说只要你能说服刘遂交出契丹间谍名单，便是帮了雄州大忙。"

明未光道："既然奸人已射了箭书，要用杨小公子来换高翼，刘遂必已知情，他不会再赴今晚之约了。"

赵探道："你如何知道刘遂会及时知悉此事？通过契丹间谍吗？安忠善已经知道契丹间谍要杀刘遂灭口，会不告诉自己主子吗？刘遂还会主动去与契丹间谍接触？"

明未光道："但契丹间谍为了自己的安全考虑，一定会设法找到刘遂，好促使他尽快离开雄州，返回契丹。"

赵探道："所以了，刘遂就是个大麻烦，对契丹间谍是，对雄州也是。"

又上下打量了明未光一番，道："你未必就比刘遂好多少。安抚使料到你不会同意去游说刘遂，你不想被关在这里也可以，请你立刻离开雄州。”

明未光吃了一惊，道：“柬之还在这里，我怎么能独自离去？”

赵探道：“路是你自己选的，可别再怨他人。”

明未光咬了咬牙，道：“好，我答应你。我去找刘遂，但不会劝说他交出间谍名单，他不是那样的人，我劝了也是白劝。但我可以通过他知悉更多线索，说不定可以追查奸人所在。”

赵探笑道：“你都说了，奸人是受甘州回鹘或是凉州吐蕃所派，抓到他们又怎样？关着他们？还要消耗我大宋粮食。杀了他们？也只是多了两条人命。”

又拍了拍明未光肩头，笑道：“安抚使有一句话：‘时而糊涂，比时时精明要好。’真的很有道理。明郎不妨试试看。”

明未光忙道：“奸人不算什么，李使君也不愿意理睬他们，但高翼呢？”

高翼是契丹间谍，奸人是河西人氏，竟然都能知道他，要用杨小公子来换，足见其人价值之大。说不定甘州回鹘会拿高翼与契丹做交易，以高翼所知情报来换取辽军撤出河西。

明未光又道：“高翼在杨将军身边这么久，肯定知道不少秘密，若是让他返回契丹，大宋边军机密尽为契丹所知，岂不是令辽人如虎添翼？”

赵探道：“你这个想法有点意思。不过我可以告诉你，高翼绝对活不过今天。”

明未光闻言大为不解，问道：“难道李使君想违背协议，等接到杨小公子，就命伏兵将奸人及高翼同时射杀？”

赵探道：“不，安抚使最重承诺，他不会这么做，说了交换，就会如约交换。但我私下告诉你，以我对杨将军的了解，他宁可自己死，也不会让高翼活着回契丹。”

明未光诧然问道：“那杨将军为什么要同意与奸人交易，还要亲自出马？”

赵探道："你说呢？"

明未光稍一凝思，便即会意过来：对方如果意在引杨延昭出面，杨延昭便可以用自己换回爱子。如果对方只要高翼，而杨延昭自己的价值，远远大于高翼，足以替代。不管怎样，杨延昭都会当场杀了高翼，以免重大机密落入外人之手。但杨延昭自己，便自此置身于险地，会有什么样的结局，不难想象。

赵探见明未光面上大见焦虑，又有蠢蠢欲动之势，忙举手警告道："哎，安抚使说了，杨小公子这件事，你绝对不能插手，不然只会更乱。你若敢抗令，格杀勿论。"

又笑道："不过我也不会做那么绝，顶多把你抓起来，关进夏地囚所。刘遂上次闯入夏地，是仗着熟悉地形。你昨晚闯了进去，是因为手中有安抚使令牌。但下次不会再有这么好运气了，我保证，再没有人能从夏地救人出去。"

明未光不理会赵探的戏谑，问道："李使君已料到此节，并有所安排，对不对？"

赵探笑道："你说呢？"

明未光见赵探不断抚弄自己的佩剑，终有所醒悟，叹道："看来我不能选择自己想做的事。但我若不想被关在这里，就得为官府做事。说吧，赵知事想要我做什么？"

赵探嘻嘻一笑，道："我可不敢要求你做什么。你觉得自己能做什么？"

明未光道："找到刘遂。刘遂虽然甩脱了跟踪者，但他人还在雄州，我会设法寻到他，带他回来，交由雄州官府监管。契丹间谍有所顾虑，肯定会设法暗害他。"

赵探笑道："明明是你放了刘遂，现下又肯以刘遂为饵了吗？"

明未光其实早猜到赵探百般试探，就是想利用自己来寻刘遂，他自知破坏了雄州长官李允则的精心布置，也不得不有所弥补，当即道："事关国家，自当以大局为重。更何况刘遂自己在外面瞎跑，危险得很，关着他，反而可以保护他。"

又道："李使君不是说界河巡检赵振被契丹捉了吗？就算不能引出契丹间谍，还可以拿刘遂去换赵振。"

赵探当即应道："好，这个主意极好。但你得受我监管。"

明未光狐疑问道："赵知事是要与我一道去寻刘遂吗？"

赵探点点头，道："是了，你不知道赵振是我堂弟，事关我堂弟性命，我赵探当然得亲力亲为。但我有言在先，你如若有所隐瞒，或是暗地想搞小动作，我一定亲自将你上绑，送你上路回天雄军。"

明未光苦笑道："赵知事就在我身侧，随时监管，我还能隐瞒什么？"

赵探这才将佩剑还给明未光，引他出来。先到驿厅寻到馆长庾沧浪，道："烦请庾馆长派人到州署去接崔玄妙。"

庾沧浪道："是了，灵柩就快要交接，崔小娘子也该接回驿馆。"招手叫过一名三十岁出头的妇人，命道："苏大娘，就由你去吧。"

苏大娘姓苏名惠，跟创制《璇玑图》的才女苏惠名字一样，是白沟驿的女管事。虽则白沟驿专事接待使者，住客基本都是男子，但偶尔也会有例外，譬如像崔玄妙这类情况，又或者路过官员带了家眷之类，所以有名女管事还是要方便些。

雄州国信所官署亦设在白沟驿，苏惠本人精通契丹语，故而还兼作通译。她手下还有两名女使，三人平日只在后厨帮手，若有女客入住驿馆，才会出来专门侍奉。

苏惠丈夫赵祚也是赵家村人，与赵探同族不说，还多少有些转弯抹角的亲戚关系。实在论起来，赵探还得称呼苏惠为"嫂子"。但苏惠本人话不多，还有些羞怯，只轻轻应了一声，朝赵探行了一礼，也不敢抬头看人，自出去准备车马。

赵探拖着明未光出来驿厅，道："刚才说好了不许有所隐瞒，这还没离开驿馆，你便开始瞒我。"

明未光一时不明所以，摊手道："哪有这回事？"

赵探笑道："你还真不是擅长作伪之人，为什么我一提到崔玄妙，你就那副表情？"

明未光只得说了刘遂之事。

昨晚赵探伏在草丛中，距离河边略远，明未光、刘遂二人说话大声时，他勉强听到了一耳朵，大多数则没听到。忽听闻刘遂专门托请明未光进城去探望崔玄妙，不由得“呀”了一声，笑道：“古语说得好，‘英雄难过美人关’，想不到这刘遂如此威名赫赫，竟然栽在一个小女子手里。”

又问道：“这刘遂求你帮忙不成，会不会自己冒险进城，去探望崔玄妙？”

明未光道：“不会。刘遂自称有事要办，不得不留在雄州，事情没办好之前，不会贸然进城。不然再被捉住，可就没那么容易脱身了，想办的事也办不了，岂不遗憾？”

话音未落，便有人急奔过来，叫道：“赵知事，我正到处找你。”

赵探奇道：“米霰？你找我做什么？我可管不了酒库、酿酒之类的事。”

来者正是主管酿造雄州官酒的米霰。他匆忙将赵探拖到一边，告道：“我昨晚好像见到我姊姊了。我姊姊，米雪。昨晚我睡不着觉，出门散心时，看到后山坡上有个人影，身形很像我姊姊。我起初吓了一跳，以为是鬼魂，叫了一声，她便转身走了。我上到坡上时，她人已经不见了。”

赵探道：“你看花眼了吧？你大哥和二姊都死了好多年了，而且埋骨在异国他乡，魂魄都不可能回到米家务。”

米霰讪讪道：“可是那个人真的很像我姊姊。昨晚月色很好，我看得很真切。”

赵探道：“你一定看错了。”

又不无愧疚地道：“实在对不起啊。宋辽议和后，雄州也曾出面索要过米雱、米雪兄妹的尸首，但隔了这么多年，早没人知道他们被埋在了哪里。不能让他兄妹二人归葬回乡，我也很过意不去。”

赵探这般说，米霰反倒不好意思了，忙摆手道：“没事，没事的。大哥和姊姊，永远都活在我心里，就像从来没有离开过。”说到动情之处，目光中已有泪意。

米霰不愿意当众落泪，便匆忙转身去了。

赵探叹了口气，转过身来，却见明未光正冷冷瞪视着自己，不禁一怔，问道："怎么了？"

明未光冷然道："赵知事撒谎的本事，也不过如此。"

出来白沟驿，赵探见明未光似已有目标，便问道："你打算去哪里寻刘遂？"

明未光道："你知道的，你我都去过那个地方。"

赵探想了想，才道："晴川酒肆吗？哈，不可能。奚三娘已经知道刘遂是辽军总教头，刘遂能有多大胆子，还敢故地重游？"

又自问自答地道："不过也未必，说不定刘遂真心喜欢奚家的饮子，就跟白云观清净道长一日都离不开水红花子一样。而奚三娘这个人，做事向来不拘一格，说不定她也想认真跟刘遂交个朋友，日后好派上用场呢。"

明未光不答，抬脚往东而去。

赵探叫道："喂，晴川酒肆在那边呢。"

忽想到曾在白云观外遇到过明未光，忙上前扯住明未光右臂，喝问道："你为什么要去白云观？不会是认为刘遂在白云观中吧？"

明未光道："赵知事当日也在晴川酒肆中，不会没看出白云观易敏道长其实是认识刘遂的吧？"

赵探这才会意，问道："你上次去白云观，就是因为这个吗？为何易敏没告诉我？"

因为知道长官李允则已命明未光去探访杨文广下落，赵探当时虽然起了疑心，但仍放明氏离去。后与易敏匆匆见了一面，问及明未光时，易敏只称是路人拍门问路。他自然看出易敏认识刘晋阳兄妹中一人，也就是刘遂或耶律燕哥，赶去白云观探询时，也明显感觉易敏有事瞒着自己，但对方不愿意多提，他也不好勉强，更不想怀疑心爱的女子，事情遂到此而止。

明未光只看了赵探一眼，表情古古怪怪，似早已看透赵氏暗中喜欢易敏的真相。赵探一时有些不好意思起来，遂改口问道："你为何认为刘遂会在白云观？"

明未光随口答道："随便猜的。"

明未光当然不是随便猜的。刘遂在辽国身份显赫，只是临时受命护送梁国公主耶律燕哥来宋境就医，在雄州没有任何根基，也不可能认识什么人，之前的藏身处，以及混入雄州城所穿兵士衣衫、假腰牌等，全靠潜伏雄州的契丹间谍事先安排。而今刘遂大概已从心腹手下安忠善口中得知己方间谍欲杀自己灭口之事，必然不会再与对方接触，如此，原先种种便利便再也没有了。他既然还要再继续留在雄州办事，先得靠自己寻一安身之处。推算起来，白云观易敏道长应该算是刘遂在雄州的唯一故人。

虽则易敏告诉明未光，称只在刘遂游街时远远见过她一面，但她在晴川酒肆时反应强烈，足见她第一眼便认出了刘遂。

易敏还声称曾在北府宰相萧排押府上做侍女，应该见过梁国公主耶律燕哥不止一次，但她却只称刘太原"有些像是耶律燕哥"。她对耶律燕哥不算十分肯定，却能将一个只远远见过一面的刘遂记忆这么多年，且印象深刻，实在很难想象。

也就是说，易敏跟刘遂极可能相识。这相识，指易敏认识刘遂，而刘遂也认识易敏。既然刘遂目下急缺一藏身之处，那么唯一的相识易敏，很可能会成为他最先要求助的人。

不管怎样，目下既无其他线索，白云观便是首先值得一去的地方。

易敏只将究竟告诉了明未光，赵探却不知原委，见明未光吞吞吐吐，不肯明言，立即摆出了官方架子，道："你又想耍花招吗？信不信我现下就能派人捆送你回天雄军？"

明未光道："不是我不愿意告知赵知事真相，而是这里面涉及易敏道长个人隐私，还是由她自己来告诉比较好。况且我也答应了她，决计不对旁人提及她所述之事。"

赵探听说易敏竟将隐私告知素不相识的明未光，却不肯告诉自己，登时无名火起，上前执住明未光手臂，喝道："走。"欲将明氏解去最近的巡铺，扣押起来。

明未光自是不能出手与官府相抗，不得已，只得道："赵知事既然已看到易敏道长在晴川酒肆的反应，在得知刘晋阳便是刘遂后，还特意赶来白云观再度询问原委，即便易敏道长一时不方便，未将实情相告，你自己应该也已经想到了吧？"

赵探道："易敏当日说是她看错人了。我知道肯定不只是这么回事，可看到她泪眼涟涟的样子，也不好继续追问。难道她与刘遂真的是老相识？"

又想了想晴川酒肆当时的情形，问道："可是刘遂应该没有留意到易敏吧？"

自易敏步入晴川酒肆，赵探的注意力便一直在她身上，看到她的异状后，循着其目光，他转头看了刘遂一眼，并未见任何异常，刘遂彼时正与耶律燕哥交谈呢。

明未光道："刘遂是当世剑术高手，眼观六路，耳听八方，仅是其基本修为。"

料想刘遂这等人物，如何会留意不到新进来的女道士？必定对易敏的失态早有所察觉，只不过要掩饰身份，佯作未知而已。

赵探踌躇了好大一会儿，才道："这件事，你为何没有禀报安抚使？"

明未光道："我原先只是局外人，不必多管闲事。后来因为杨文广小公子一事才被迫卷入，救回杨小公子才是当务之急，其他的，一概都不关我事。"

赵探却摇头道："不对，你一开始就有心包庇刘遂。你跟刘遂到底是什么关系？"

明未光不答，只反问道："那么赵知事你呢，你既也猜到易敏道长认识刘遂，后来得知刘遂真实身份后，何以没有将这件事当面禀报李使君？只怕也是存有私心吧。"

赵探瞪了明未光一眼，却也没有再接话。

二人遂不再交谈，默默赶往白云观。将至道观时，赵探道："事情未必就是你想象的那样。我先去找易敏，看她怎么说。你先去附近逛一逛，一会儿我会出来找你。"

他对易敏之前只将究竟告知明未光一事仍然愤愤不平，这次便想要将明未光支开，自己单独与易敏交谈。

明未光问道："如果刘遂人真在里面呢？"

赵探没好气地道："他人在里面，也不会主动来开门迎我，对不对？易敏必定把他藏起来了。我打探清楚状况后，再出来与你商议对策。"

明未光正色道："英雄难过美人关。这可是赵知事不久前才嘲讽过刘遂的话。"

赵探闻言很是恼怒，道："我是官，你是民，你目下受我监管，凡事都得听我的。少废话，滚一边儿去！去那边树林里，我不叫你，不许出来。"

打发走明未光，赵探来到白云观前，正了正衣衫，叩了叩门环。

等了好一会儿，仍不闻动静，赵探便扬声叫道："易敏，是我，赵探。我知道你人在里面，我只想跟你谈谈。"

却听到观主清净道长在里面应道："易敏一早便去了城里，瓮城有人家在办丧事，她被请去替那家人写衣物疏了，还不知道什么时候回来。赵知事要是着急，直接去瓮城寻她吧。"

赵探心道："糟了，该不会是易敏正忙着安置刘遂，不肯出来见我？"

遂又拍门道："易敏不在就算了，回头我再找她。麻烦清净道长开开门。哦，我口渴了，得讨口水喝。"

过了好大一会儿，清净道长才隔门应道："那边不就是拒马河吗？赵知事自己多走几步路就是了。贫道身上不好，不愿起身。"

赵探忙笑道："拒马河的水，哪有白云观的井水好喝？"

顿了顿，又忍不住拆穿对方谎话，道："清净道长明明人都在庭院中了，还说什么不愿起身。再不开门，我可要翻墙进来了。”

清净道长慌忙应道：“就来，就来。”

只听到门闩声响，大门拉开了一道缝，清净道长露出半边脸，到：“若只是喝水，麻烦赵知事等在门外，贫道去取水。”

赵探忙道：“不敢有劳清净道长，还是我自己动手好了。”欲强行进去。

可赵探右手刚碰到大门，清净道长便迅即退了开去，人亦消失不见，速度比闪电还快。赵探一怔，急忙跨过门槛，闪身而进，却见刘遂站在门后，挟持了清净道长。

事情居然被明未光料中，赵探反倒有些意外，“呀”了一声，急忙抽出腰刀。

刘遂右手握着一截竹竿，当即以尖头对准老道长脖颈，喝道：“道长人在我手里，别动！别出声！敢叫人的话，我就杀了她。”

赵探定了定神，哈哈一笑，指着清净道长道：“你以为我会在乎她的性命吗？”

刘遂冷笑道：“你是官，她是民，你们宋人不是说‘当官不为民做主，不如回家种绿竹’吗？你要是不在乎清净道长性命，你这官便白做了，还是快快回家种竹子吧。”

赵探奇道：“还有这么一句俗语吗？我还是头一回听到。你就信口胡诌吧。再说了，我种竹子做什么？”

刘遂道：“管你做什么？快放下兵器，不然我就杀了她。”

赵探当即嘲讽道：“足下可真有出息！堂堂契丹神武军总教头，号称不世出的剑术大家，居然手持一截竹子，挟持一名病重的老道长。”

刘遂喝道：“快快放下兵器！不然的话……”

忽有人插口道：“赵知事不必理会，刘遂不会真的动手。”却是明未光走了进来。

刘遂奇道：“又是你。你我不是约好晚间才见面的吗？”

明未光道：“不要胡闹了，还不快些放人。”

刘遂道：“别以为我不会动手。退开，你们两个都退开。”口中说着，手还是缓缓松了开去。

赵探瞅准机会，急忙上前，一把扯开清净道长，又抛下手中腰刀，抢上去夺刘遂手中竹竿。刘遂自是不肯相让，他见赵探抛了兵刃，便也不抽软剑，只徒手相抗。二人居然贴身扭打肉搏了起来。

明未光忙上前扯开二人，道："行了，你们两个别打了，实在是够了。"对赵探道："他不会杀你。"又转头对刘遂道："他也不会杀你。"

赵探哼了一声，上前拾了腰刀，插回鞘中，又指着刘遂道："你别动，待在这里。"自进去寻找易敏。

明未光上前扶住清净道长，歉然道："道长，抱歉惊扰了你清修，我扶你进去。"

清净道长脸色惨白，虽然惊魂未定，但也未如寻常人一半大呼小叫。她见明未光态度温和，当即顺从点点头。

安置好清净道长，明未光便退了出来。却见刘遂坐在庭院树下的石头上，赵探则站在甬道边，二人均是一言不发。

明未光问道："你们没什么可说的吗？"

赵探遂问道："易敏人呢？"

刘遂道："你听到清净道长说的了呀！她一大早便去了城里，去替人写衣物疏，我来时没见到她。"

原来昨晚刘遂与明未光分别后，便设法寻到了手下安忠善。安忠善告知契丹间谍得知刘遂被关入夏地囚所后，担心他受不住长期酷刑折磨，而最终招承一切，是以已决意杀他灭口。尽管如此，刘遂仍然决定留在雄州，以完成姨母耿淑仪的托付，但此情形下，自然不能再向契丹间谍求取庇护。他本人又已露形容，不能再轻易露面，遂先由安忠善去办事，他自己则来到白云观，欲以道观为临时栖身之所。

刘遂到达白云观时，易敏刚好离去。清净道长本不肯放人进来，刘遂无处可去，只能强行闯进，本想好好思虑一下对策，不想才刚刚坐定喘了口气儿，赵探与明未光便前后脚到了。

赵探问道："你真的认识易敏？"

刘遂不应，不承认也不否认。

赵探又问道："易敏到底是什么人？"

他见刘遂态度强硬，不肯回答，还欲进去询问清净道长。明未光忙挺身拦住，道："我已经试探过了，清净道长不知易敏底细。"又道："关于易敏的这些问题，还是赵知事自己当面问她比较好。"

赵探遂道："那好。我一会儿就进城去寻她，当面问个清楚明白。"又朝刘遂摆了摆手，道："这就请吧。"

刘遂问道："你们想带我去哪里？"

赵探道："还能去哪里？当然是夏地囚所。"见刘遂一动不动，便冷笑道："怎么，你还真的想让我动手来拿你？"

刘遂冷然道："真动手的话，你不是我对手。"

赵探大怒，欲拔兵刃，明未光忙止住他，又上前对刘遂道："你既然躲到了白云观，该知道你被捕后，你们自己人已有心杀你了。"

刘遂沉默了一会儿，才道："谢谢你救了我性命。"显然已默认明未光所言之事。

明未光仍然疑惑，问道："既然这个人这么有能耐，能潜入夏地囚所杀你，为什么不设法救你？"

刘遂未及回答，赵探抢先答道："杀人容易，救人极难。杀人收买一名狱卒就能轻易办到，救人大概要收买绝大部分甚至所有狱卒，而这根本不可能做到。"

又不无讥讽地答道："如若不是明未光误打误撞救了你，你最终死在自己人手里，一定很不情愿吧？"

雄州知州李允则其实已安排有对策，无论谁想闯入夏地囚所，杀人或是救人，均不可能得手。明未光一事，则是因为他来得太快太急，又有安抚使令牌在手，这才能被他乘隙而入，进了夏地囚所。兼之刘遂熟知地道结构，又有烟雾球神助，二人方得侥幸逃脱。

即便如此，赵探瞬间便率人赶至地道出口，虽埋伏在暗处，隐忍未发，任凭刘遂离去，最终还被刘遂甩脱了跟踪，却也足以证明李允则先前谋划之周全。

刘遂不愿意受赵探揶揄，当即答道："这应该是北院枢密使耶律化哥的意思，谍者当然比我刘遂性命更为重要。”

明未光道：“只能说，这名谍者已深入雄州要害，你方长官耶律化哥宁可杀你，也要保全他。”又喝问道：“他是谁？”

刘遂见明未光已手抚长剑，遂问道：“我不如实回答，你便要用强吗？也罢，反正我欠你一条手臂，动手吧。”

明未光一怔，当即松了手，道：“我这只是本能。我早说过了，你不欠我什么。我是救了你，但你手下也给我需要的讯息，虽然那讯息也没派上用场，但这究竟还算是公平交易。”

赵探窥测这二人颇有牵连羁绊，忙有意告道：“明未光因为救你逃出夏地囚所，可是被安抚使大大训斥了一番，令牌被收回，他自己还差点被逮捕囚禁。你看他这么骄傲的性子，现下也得老老实实听我话，就是因为不想被关起来，或是遣送回天雄军。”

刘遂看了明未光一眼，深叹了口气，遂道：“你们要打我杀我，我不会反抗，任凭作为。但是要我说出谍者姓名，千难万难。”

赵探道：“对方可是一心谋划要杀了你。”

刘遂道：“那又如何？他只是因为我出身富贵，而对我没有信心，担心我经受不住厉害刑罚而已。总而言之，他也是为了契丹的利益。”

明未光道：“我知道你不可能说出潜伏在雄州契丹间谍的，我也不勉强，但你得跟赵知事走。他堂弟界河巡检赵振被你们契丹捉了，得拿你去换赵振回来。”

刘遂虽在晴川酒肆见过赵振，当时却并不认识对方，更不可能知道出手救下梁国公主耶律燕哥的男子就是雄州界河巡检，闻言很是意外，忙问道：“我久闻赵振大名。他既是界河巡检，登北岸涿州三十里内都不算违制，怎么会捉住？”

拒马河南北两岸均有两属地，为宋辽两国的缓冲地带，只不过南岸两属地两属民同时向宋、辽两方交税，北岸两属地只向契丹交税。

南岸两属地，是因为宋雄州部分辖地原为辽涿州、易州所有，契丹承认雄州，却认为雄州北部区域仍为涿州、易州所有。雄州有归信、容城二县，易州也有容城县，涿州也有归义县。这也是为什么契丹即便发现宋人偷渡到北岸游览，也不大会管，说到底，从南岸到北岸，都是在易州、涿州境内呢。

北岸之所以也有两属地，是因为界河河面属宋所有，故而北岸三十里以内是双方默认的缓冲地段，只不过名为“两属”罢了。

刘遂的意思是，赵振是宋界河巡检，熟知澶渊盟约规定，不可能违制逾越界线。即便赵振在北岸活动，只要人在两属地内，亦不算违制，涿州方面无权将其逮捕。就像刘遂在南岸两属地活动，只要没有公然做出敌对行为，雄州官府也不能明面逮捕他是一样的道理。先前雄州知州李允则下令逮捕关押刘遂，所用理由还是因为他擅闯雄州州城及禁地夏地囚所。

刘遂见赵探不答，立时便会意了过来，问道：“赵振为何要偷渡去北岸？”

赵探问道：“你这般关心赵振做什么？”

刘遂道：“他到底救过梁国公主性命。”

赵探奇道：“你又不认识赵振，怎么会知道在晴川酒肆中出手制止刺客的人就是赵振？应该是潜伏在雄州的契丹间谍告诉你的吧？如果我告诉你赵振去北岸的目的，你愿意告诉我契丹谍者姓名吗？”

刘遂摇摇头，道：“不能。”

赵探道：“你倒是干脆。不管怎样，赵振现下被押去了涿州，得用你刘遂去换他回来。”

刘遂想了想，才问道：“原先李雄州预备下重手对付我吗？”

赵探道：“当然，都下令将你关进夏地囚所了。”

刘遂道：“但我却没有受到刑讯，我只是被囚禁在那里。”

他亲眼见到高翼受刑的惨状，即便现下想到，仍然心有余悸。又问道：“你们其实并不打算用刑罚折磨我，只是想用我引契丹谍者出来，对不对？既然我都能想到李雄州不会下重手对付我，耶律化哥也能想到，如果赵振真的对契丹有重大价值，他是绝对不会用赵振来换我回去的。”

赵探道：“你可是辽国皇帝钦点的神武军总教头。”

刘遂道："那又如何？论起来，我跟耶律化哥也算亲戚，我外叔祖母姓耶律，正是耶律化哥的亲妹妹。可我被擒后，耶律化哥还不是一样默许他手下谍者来杀我灭口？"

明未光亦觉有理，遂道："刘遂说得对，只怕带他回去，也没什么用处。"

赵探反问道："怎么没用处？可以将他关进夏地囚所，动用重刑拷问，就像对高翼那样，引契丹间谍来杀他灭口啊。"

见明未光瞪视着自己，只好说了实话，道："好吧，安抚使确实不会这样对付刘遂，因为他确实不是契丹间谍。"

又转头对刘遂道："我对你说了实话，你可得有所回报，想个法子救我堂弟赵振回来。"

刘遂道："拿高翼去换赵振吧，耶律化哥一定会同意。"

赵探当即摇头道："这个不行。"

刘遂道："为什么不行？你们拷问了高翼那么久，依旧一无所获，留着他也没什么用处，不如用他换更有用的赵振回来。"

又道："虽然可能你们认为高翼知悉宋军军事机密太多，比赵振更有价值。但赵振落入耶律化哥手中后，一样会被反复刑讯，也存在泄密的可能。"

赵探发怒道："绝不可能！赵振总不会背叛大宋。"

刘遂道："高翼被捕才半年，日夜受刑，也只有半年时间。而耶律化哥最厉害的就是有耐心，他对贺令图……"忽意识到失言，急忙止住。

赵探忙追问道："贺令图怎么了？"

他已从辽降臣耶律吴欲口中得知贺令图被带到燕京留守府不久便全盘招供，其人价值被榨干后，契丹亦嫌弃其身子软没骨气，将其赏赐给耶律化哥为奴。而听刘遂话意，耶律化哥显然对贺令图还做了什么极度需要耐心的事，当是另有阴谋了。

刘遂却绝口不再提"贺令图"三字，改口道："我的意思是，耶律化哥是那种不达目的誓不罢休的人，他若想从赵振口中问出宋军机密，便一定能做到。赵振可能撑过一年两年酷刑，但未必能撑得过十年。那么旷日持久的荼毒和磨难，再强大的人，最终也会崩溃。”

赵探怒道：“胡扯！我们赵氏子弟都是大好男儿，绝不会做贺令图那样的软骨头。”说罢欲上前与刘遂扭打，明未光忙阻止道：“刘遂其实是向着赵振的。”

赵探道：“好啊，你既然向着赵振，那现下就回去涿州，想办法救他出来。”

刘遂道：“若在以往，还有这个可能，但耶律化哥目下人就在涿州，想要从他手中救人，把我自己搭进去，都嫌不够。”

明未光踌躇道：“如果去求梁国公主呢？不管怎样，赵振好歹救过她。”

刘遂道：“我如果去求公主出面营救赵振，那岂不就等于是叛国？还会陷公主于两难境地。我不会这么做。”

顿了顿，又道：“目下最好的法子，就是拿高翼换回赵振。”

刘遂虽无敌意，却有敌人身份，赵探不便透露雄州长官李允则已决定用高翼去换杨延昭之子杨文广，遂模棱两可地道：“这不是你我决定得了的事。”

明未光道：“走吧，你不能留在这里，我得带你去雄州城，交由李使君发落。”

刘遂忙道：“不行，我要在这里等我手下消息。”

明未光喝道：“刘遂！你真要顽抗拒捕吗？”

赵探却摆手道：“不忙不忙。最好是先等易敏回来，弄清楚她和刘遂的关系。刘遂人在这里最好，她不能再当面撒谎。”

又将明未光拖到一旁，低声告道：“适才刘遂无意中透露了不少有用信息，若是带他回城，他反倒会一言不发，又摆出一副宁死不屈的姿态来。不妨先顺他的意，暂时留在这里，看是否能套问出更多话。”

明未光奇道：“赵知事一贯就是这般待人处世的吗？难怪易敏不肯将实情告诉你。”

赵探顿时有些急恼起来，道：“喂，我对旁人可能会使些手段，这是我职责所在，我就是吃这碗饭的。但对易敏，我可从未强逼过她什么，不然她此时怎么还可能是自由身？就凭她认识刘遂这一件事，就足以被逮捕讯问了。”

明未光问道：“你现下知道易敏身份极其可疑，仍然会护着她吗？”

赵探愣了一愣，才道：“不知道，不好说。按理来说不会，我毕竟有军令在身，可只要一想到她，我就心乱如麻。”

忽想到刘遂亦暗中钟情于宋朝副使崔可道之女崔玄妙，忙转头告道：“喂，北岸涿州那边已经安排妥当，已经定好这两日交接崔副使灵柩。你念念不忘的崔玄妙，很快就要返回京师了。”

刘遂一怔，问道：“我念念不忘的崔玄妙？”随即会意过来，登时满面通红。既由赵探话意得知崔玄妙平安无事，心中又有几分莫名的欣喜。

赵探遂有意问道：“要不要安排刘公子和崔小娘子再见上一面？”

刘遂沉默了许久，才道：“以赵知事的身份，不会没来由的照应刘某，一定是有条件的，对不对？”

赵探道：“对极了。要么你救赵振回来，要么你说出契丹间谍姓名。”

刘遂哼了一声，重新往大石上坐下，态度和立场已不言而喻。

又僵持了好一阵子，明未光才率先打破了沉默，问道：“你手下安忠善去做什么了？”

刘遂道：“我答应了要帮你寻找杨文广小公子下落，安忠善在酒肆外徘徊时，见过那两名奸人相貌，所以赶去寻找了。”二人在雄州本地算是陌生面孔，又讲回鹘蕃语，应该不难打探。

刘遂又对赵探道：“这本来是你赵知事该做的事。”

赵探忙指着明未光道：“这是他该做的事，安抚使早将寻访杨小公子的任务交给了他。”

又道：“再则说，河西一带也有许多汉人，前任凉州长官丁惟清甚至是我大宋武官，他们怎么会派只说蕃语的人来？”

赵探只是随口一扯，可说者无心，听者有意，刘遂和明未光均心头一凛。明未光甚至道：“你说得太对了。”

赵探莫名其妙，问道："什么太对了？"

明未光道："未必就是甘州回鹘所为。"

果真是甘州回鹘派人到雄州兴风作浪，目的无非是想要挑起宋辽争端，以缓解河西危机。那么甘州回鹘自己当置身事外，这一计策才会奏效，不然阴谋败露，既进一步激怒了契丹，又惹恼了大宋，悔之晚矣。故而甘州回鹘不会派一些只会讲蕃语者入宋，至少之前也要反复叮嘱，到雄州后绝对不能再讲蕃语，要么讲汉话，要么讲契丹语，尤其是后一种，才是嫁祸的上上选择。

而事实是，酒肆外的凶徒讲的正是蕃语。是这二人太过幼稚？抑或他二人有意如此，令旁人以为他们来自甘州回鹘？

赵探听完明未光一番分析，奇道："怎么听起来反倒是甘州回鹘被嫁祸了？"

刘遂道："但确实只有甘州回鹘有动机。"他虽在军中只教习武艺。但并非不关注时局，知道目下辽圣宗调派了重兵，正攻打河西重镇肃州。

赵探忽想到一事，问道："喂，我问你，之前在晴川酒肆行刺梁国公主的刺客，你有没有找到？"

刘遂摇头道："不必我去寻找。我已命属下仇江江返回涿州后，将事情经过上报耶律化哥，耶律化哥自会调查此事。"

赵探当即"哈"了一声，道："这么说，当真是你们契丹人自己要行刺梁国公主了？"

刘遂也不否认，沉吟道："这件事，有些奇怪，那两名说蕃语的男子，我原先未多留意，现下既然知道是他们绑架了杨文广小公子，会不会……"

明未光道："你是说行刺梁国公主的刺客，跟绑架杨小公子的奸人，是同一伙人？"

刘遂道："尽管梁国公主偷渡入境在先，但公主若是死在宋境，当今大辽皇帝多少会迁怒于宋朝；若是宋辽两国重新开战，河西之厄自会涣然冰释。"

但他随即又摇头否定道："虽然河西嫌疑重大，但梁国公主此趟行踪极为隐秘，甘州回鹘断然不可能知道此事。"

赵探道："这么说，还是契丹人自己行刺梁国公主。"

刘遂道："而且幕后主使居心叵测，真正目的不是要害公主，而是要令宋辽重新开战。"

梁国公主耶律燕哥自幼体弱多病，过着锦衣玉食又与世无争的生活，能价值几何？她是萧太后最爱孙女、辽圣宗最爱之女，将其杀死，固然能令圣宗皇帝伤心一时，但也不过是伤心而已，甚至算不上重大打击。

所以，行刺主谋要么是契丹好战分子，要么是辽地亲近甘州回鹘之人。辽太祖耶律阿保机的皇后述律平倒是回鹘人，之后历代辽国皇帝后宫嫔妃中也偶有回鹘贵族女子，但以甘州回鹘之地位声势，后一种情形，基本不可能发生。

明末光踌躇问道："契丹国中可有某位或是某几位特别希望宋辽重新开战的大臣？"

他这般问，自是因为契丹自立国以来，便已习惯凭借战争来获取人口及物资。而辽国制度，凡对外作战，诸王、外戚、大臣和诸部等均可以私军从征，所获俘虏即归胜者所有。诸王、外戚等所获俘虏达到一定数量，往往加以私奴，建立头下军州[1]。头下军州直接代表着契丹贵族的领地，是其地位及财富的标志，故而不少契丹贵族都喜好打仗，毕竟掳掠汉人为奴是其增加财富最快的方式。

刘遂认真想了想，才道："没有，至少明面上的没有。"

毕竟"澶渊之盟"是当今辽圣宗亲自签订，身为臣子，再好军功，也不能当着皇帝的面，反对皇帝签订的和约。

明末光又问道："那么这次进攻河西肃州，是谁的主意？"

刘遂道："西北路招讨使萧图玉。"

[1] 头下军州，又称投下军州，是辽朝特别设置的一种行政机构。在契丹建国前后，契丹贵族在掠夺战争中也俘获了大量人口，并同契丹皇帝建立斡鲁朵一样，建立了所谓的头下军州，安插俘虏，成为自己的领地。但只有"横帐诸王、国舅、公主"等契丹上层贵族，才有资格建立头下军州。

又道："不过萧图玉是前北府宰相萧海瓈之子，尚金乡公主耶律赛哥，拜驸马都尉，与梁国公主算是姻亲，是梁国公主的姊夫。"

明未光问道："金乡公主是梁国公主之姊吗？"

刘遂道："二位公主非一母所生。梁国公主生母是萧贵妃，是当今北府宰相萧排押长女，地位极高，若非早逝，多半要被立为皇后。金乡公主生母是汉人，只是个芳仪。不过萧贵妃过世多年，李芳仪即便年老色衰，但因为端庄秀雅，知书识礼，仍然很受皇帝宠爱。"

赵探忽然插口道："刺客，我是说行刺梁国公主的刺客，是受萧图玉和金乡公主所派。"

刘遂吓了一跳，忙道："赵知事可不要信口开河。不错，刺客一定受契丹某位贵族指使，但没有真凭实据，可不要直接指名道姓。"

赵探道："这对夫妇嫌疑最大！西北路招讨使萧图玉好战，有战功，他才能往上爬，对不对？还有那位金乡公主，她生母李氏李芳仪，其实是南唐公主，刘公子不会不知道吧？"

刘遂迟疑了下，才道："知道是知道……"

明未光闻言大吃了一惊，忙问道："辽国皇帝后宫中竟有南唐公主吗？"

赵探肯定道："有，就是那位李芳仪。她原本是我大宋的俘虏，后来被契丹掳去了北方，沦为奴隶，又意外被辽国皇帝看中，遂由女奴摇身变成了后宫嫔妃。"

南唐享国三十八年，传三世历一帝二主。第一位皇帝为先主李昪，庙号烈祖。南唐第二位皇帝李璟，后因受到后周威胁，被迫削去帝号，改称国主，史称南唐中主。中主李璟共有十子三女，第六子李煜，即为南唐后主，亦历史上最著名的亡国之君——

四十年来家国，三千里地山河。凤阁龙楼连霄汉，玉树琼枝作烟萝，几曾识干戈？一旦归为臣虏，沈腰潘鬓消磨。最是仓皇辞庙日，教坊犹奏别离歌，垂泪对宫娥。

李璟长女太宁公主及次女永嘉公主早已出嫁，分嫁刘崇俊长子及幼子[1]。永宁公主为李璟晚年所生，南唐灭亡时，尚来不及出嫁，便与兄长后主李煜一道被俘虏到汴京。

南唐既然亡国，公主之号例遭废免。宋太祖赵匡胤为人尚且厚道，见永宁公主李氏已到适嫁年龄，便做主将其嫁于供奉官孙某为妻，虽非大富大贵，仍不失为大家妻室。

后来孙某出任河北深州武强都尉，李氏随夫前往任所。时值宋辽兵戎相争的战乱时刻，混战中，李氏与丈夫俱被辽军俘虏，掳往北方。李氏因曾有南唐公主身份，神彩端静，兼有才情，故被纳入后宫为宫女[2]。后逐渐为辽圣宗宠幸，封为芳仪，并生下一女一子，女为金乡公主耶律赛哥，子名耶律双古。

大宋在宋太祖赵匡胤执政时便开始对辽用谍，打探军情还在其次，最重要的是要了解契丹贵族内部矛盾，再用计令其互相猜忌、内

[1] 王铚（南宋宋高宗时期人）《默记》记载："余尝游庐山，李主有国时修真风观，皆宫人施财，刊姓氏于碑。有太宁公主、永嘉公主二人，皆景（李璟）女。"《旧五代史》及《十国春秋》记载，南唐节度使刘崇俊以其子刘节尚太宁公主。据徐铉（南唐重臣，与韩熙载齐名，人称"韩徐"）《刘崇俊神道碑》：刘崇俊幼子刘匡符尚永嘉公主。又据赵至忠（原名赵英，辽兴宗时任辽朝中书舍人、兼修国史赵英，后投宋，成为宋廷重要顾问，凡有关契丹情况，宋廷均要向他咨询）《阴山杂录》（又名《虏庭杂记》）："圣宗芳仪李氏，江南李景女。初嫁供奉官孙某，为武疆都监。妻女皆为圣宗所获，封芳仪，生公主一人。"故而除太宁公主、永嘉公主外，李璟还有第三位公主，应该就是传说中的永宁公主（一说为永禧公主）。当然也有可能李璟只有太宁公主、永嘉公主二女，南唐灭亡时，永嘉公主夫婿刘匡符已死，宋太祖遂将其再嫁，后永嘉公主辗转流落契丹，成为辽圣宗嫔妃。本书取"永宁公主"说。

[2] 李氏一生经历坎坷，跌宕曲折。在她奇特的生活际遇中，始终与帝王之家相伴，但其中的悲喜辛酸却为常人所不及。很长时间，中原人士不知李氏在北方的遭遇。宋仁宗庆历年间，辽中书舍人赵志忠（赵英）叛辽附宋。赵志忠在契丹时著有《阴山杂录》，记载契丹诸事，后赵将此书删改，更名为《虏廷杂记》，刊刻后在中原流传开来。内中记有辽圣宗李芳仪来历事迹，中原人士方才得以了解了南唐中主李璟幼女的奇特遭际。晁补之（"苏门四学士"之一，另有黄庭坚、秦观、张耒）作了一首《芳仪曲》，歌而悲之。此诗历辽、宋、金、元而不衰，文人墨士时有歌之。《芳仪曲》为七言歌行，凡四十句，云："金陵宫殿春霏微，江南花发鹧鸪飞。风流国主家千口，十五吹箫粉黛稀。满堂诗酒皆词客，夺锦挥毫在瑶席。后庭一曲风景改，泪洒临江悲故国。公卿献籍朝中央，敕书筑第优降王。魏俘曾不输织室，供奉一官奔武疆，秦淮潮水钟山树，塞北江南易其土。双燕清秋梦柏梁，吹落天涯犹并羽。相随未是断肠悲，黄河应有却还时，宁知翻手更朝事，咫尺山河不可期！仓皇三鼓滹沱岸，良人白马今谁见？国亡家破一身存，薄命如云信流转。芳仪加我名字新，教歌遣舞不由人。采珠拾翠衣裳好，深红暗尽惊沙尘。阴山射虎边风急，嘈杂琵琶酒阑泣。无言数遍天河星，只有南箕近乡邑。当年千指渡江来，千指不知身独哀。中原骨肉又零落，黄鹤寄意何当回！生男自有四方志，女子那知出门事。君不见，李陵椎髻泣穷边，丈夫漂泊犹堪怜！"

部离心。当年辽世宗格外宠幸汉人皇后甄氏便是其遇弑的重要诱因。而拥立辽景宗即位的高勋等大批重臣被杀，则跟甄皇后所生之子耶律只没大有干系。故而辽国皇帝汉人嫔妃及其所生之子素来是大宋间谍重点关注对象。

赵探自小加入雄州机宜司，担任知事也有两三年，当然不是吃白饭的，对辽圣宗后宫汉人嫔妃诸事了解得颇为清楚。

明未光还是第一次听说南唐公主由亡国公主变为契丹皇帝嫔妃之事，一时惊得目瞪口呆。

赵探又道："涿州是大宋使者入辽第一站，当今辽国皇帝亲自下诏修建驿馆，极度重视。涿州驿馆叫永宁馆，即取李芳仪原南唐永宁公主封号。"

刘遂虽知李芳仪原为南唐公主，但还是第一次听说涿州永宁馆的名字来历，亦感诧然，又不得不佩服宋朝间谍的无孔不入，当即抱拳道："有一件事，刘某想向赵知事请教。"

赵探忙摆手道："无须请教。刘公子想问耿绍忠之事吧？安抚使已经当面答复你了。当年耿绍忠降宋后又试图北逃，于雄州被捕，由太宗皇帝亲自下诏处死。我官职、年纪均比安抚使小得多，不可能比他知道得更多。"

刘遂正色道："可我收到确切消息，外叔祖确实还在人世，而且他一直被关押在雄州。"

赵探也正色告道："我也有确切消息，耿绍忠二十年前便已经死了。本来这话我不想提，但为了取信刘公子，赵某还是据实告知。耿绍忠被杀时，我才四岁，家父还抱着我，专门去北城门看他的首级呢。"

刘遂神色登时黯淡了下来。他原本抱了很大期望，甚至不惜以被捕入狱来打探消息，却想不到还是应验了耶律化哥的话——耿绍忠二十多年前就已经死了，且悬首于雄州北门城头。

赵探又问道："刘公子的确切消息，是从哪里来的，是那契丹间谍告诉你的吗？”

刘遂道：“多谢赵知事告知刘某实情，让刘某绝了念想，不会再白白奔波。刘某也愿意实话相告，但只限于这一件事。”

之前耶律化哥捕获了一名宋朝间谍，酷刑之下，那人招供说耿绍忠尚在人世，当年被处死者是名替身；耿绍忠本人一直被秘密囚禁在雄州某处，且娶了新妻子，生育有一子。

耿绍忠正是耶律化哥亲妹夫。耶律化哥不相信这是真事，也未将消息透露，且果断将该间谍杀死灭口。

后来辽圣宗宠妃耿淑仪不知如何知道了父亲耿绍忠尚在人世的消息，遂召舅父耶律化哥询问。耶律化哥不得已，只能将宋朝间谍的一番话据实说了，又称这只是对方为了活命胡乱编造的谎言。

耿淑仪却对该“谎言”深信不疑，又知道这位亲舅父不会派人寻找营救父亲，可又不愿意就此放弃希望。刚好不久后刘遂奉辽圣宗之命护送梁国公主耶律燕哥入宋就医，耿淑仪与刘遂生母是堂姊妹，她便找到刘遂，命他设法打探耿绍忠下落。

赵探既知事情缘起，遂道：“刘公子已进过雄州州狱，也到我夏地囚所一游，没有发现耿绍宗踪迹吧？雄州除了这两处正规监狱外，能关人的，就只有军营的木笼了，高翼现下就关在那里。”

刘遂早已得知雄州军营设有一排木笼，专门用来禁闭犯法兵士，但木笼直接安置在练武场边，处于众目睽睽之下，根本不可能用来囚禁耿绍忠。

赵探又道：“安抚使没有骗你，他的答复，就是最终的答复。”

刘遂正待回答，忽有人敲了三下门，一长两短，忙道：“是我手下安忠善。”

明未光关心杨文广下落，还要跟过去，赵探却拉住他问道：“既然是南唐公主的女儿金乡公主派人行刺同父异母的妹妹梁国公主，意在挑起宋辽争端，绑架杨文广一事，会不会也是金乡公主安排？”

如此，便符合对方指名要用杨文广换取高翼的状况。毕竟，高翼是辽国间谍，对契丹最有价值。之前奸人大说蕃语，估计也是刻意为之，有意嫁祸甘州回鹘。如果辽圣宗知道甘州回鹘意图挑起宋辽争端，必定大发雷霆，继续增兵河西。那么，金乡公主丈夫萧图玉身为主帅，胜算更大，亦能早日凯旋。

明未光踌躇道："果真是金乡公主所为的话，她应该只是私下行事，耶律化哥这些执政大臣并不知情。"

顿了顿，又道："要弄明白这些事，恐怕得放刘遂回去北岸才行。"

赵探忙道："甚好甚好，正合我意。"

明未光闻言大奇，问道："赵知事愿意就此放刘遂走？"

赵探笑道："安抚使总说'时而糊涂，比时时精明要好'，我感觉现下就是到了该糊涂的时候了。留下刘遂有什么用？他不是契丹间谍，却是辽国的皇亲国戚，不能随便打，骂倒是可以骂，他这性子，也不大会回嘴。拿他去换赵振吧，耶律化哥那只老狐狸还不会同意。"

又道："不过放刘遂走这件事，明兄你也有份，回头安抚使若怪我处置不当，要责罚于我，你可得承担一半责任。"

明未光未及回答，刘遂已折返了回来，告道："我得走了。"

又朝门外看了看，道："我手下安忠善跟我分手后不久，就被耶律化哥手下找到了。耶律化哥手下还告诉他，如果他今日不能带我回涿州，耶律化哥就要杀了他父母及幼弟。他幼弟忠信才十二岁，我不能让安氏一家因为我而遭难。"

赵探道："耶律化哥还真是好手段。"又道："好在刘公子牵挂之事也有了结果，不必再留在雄州，徒劳寻人了。"

刘遂点点头道："多谢二位。"

又道："赵知事怀疑金乡公主耶律赛哥，其实很有几分道理。嗯，好像几位汉人嫔妃所生公主性情都要跋扈嚣张些，又以耶律赛哥和白昭仪所生公主耶律八哥最为占强。赛哥可能想为生母复仇，毕竟是宋朝灭了南唐，也就是李芳仪的母国。"

宋朝攻灭南唐后，国主李煜与亲属只穿着贴身白衣，于汴京宣德门被宋军献俘。这群俘虏中，自然也有永宁公主，也就是今日辽圣宗之李芳仪。无限江山，别时容易见时难。随后李煜被封违命侯，随后开始了屈辱的囚徒生涯。

若说宋太祖赵匡胤尚能体面对待李煜，宋太宗赵光义即位后，李煜之屈辱则更上一层楼，小周后[1]一再被召入皇宫，每次进宫，数日后方得放还。而小周后回来后，必大哭痛骂李煜，声闻于外，故而世人均知宋太宗垂涎小周后美貌，不断召其入宫侍寝。

太平兴国三年（978 年）七月初七，这天既是乞巧节，又是李煜的生日。他在感慨中填了一阕《虞美人》：

春花秋月何时了，往事知多少！小楼昨夜又东风，故国不堪回首月明中。

雕栏玉砌应犹在，只是朱颜改。问君能有几多愁？恰似一江春水向东流。

这首词表达了悲哀无奈的心境，以及对“故国”“往事”的无限留恋，抒发了明知时不再来而心终不死的感慨。

李煜因为心情郁闷，填完《虞美人》后，将它交给歌妓演唱，自己也击节相和，不知不觉已经泪满衣襟。

宋太宗得知后非常恼怒，认为李煜是故意借词发泄心中的不满，当晚便派使者给李煜送去了牵机药。

牵机药是一种剧毒药，吃下去后，人的头部向前抽搐，最后与足部拘挛相接而死，状似牵机。李煜在使者监督下被迫服药后，在极度痛苦中悲惨地死去，时年四十二岁。不久，悲痛欲绝的小周后也追随李煜而去。

亡国国主的人生与经历，在外人看来，只是发生过的故事而已，

[1] 小周后（950—978 年），南唐司徒周宗次女，周娥皇（大周后）之妹。开宝元年（968 年）十一月，立为国后，南唐亡国后，随后主被俘入北宋京师（今开封）。太平兴国三年（978 年）七夕，后主死于汴京，小周后不久亦与世长辞。小周后容貌美丽，神彩端静，有才情，曾创作《击蒙小叶子格》一卷，是叶子戏规则的早期记录。

无非是给茶余饭间增加谈资，只是因为李煜才气过人，才平白多了些“作个才人真绝代，可怜薄命作君王”的感慨。但对于至亲譬如李煜之妹永宁公主李氏而言，则是另一回事，亡国之悲加失亲之痛，足以压得她喘不过气来。而她却不能有丝毫表露，困守在宋朝皇帝亲自安排的婚姻中，苟苟且且却又清清醒醒地活着，抑或还在私下庆幸，没有像嫂嫂小周后那样成为春宫图的女主角。问君能有几多愁？恰似一江春水向东流。

当这位亡国公主渐渐被世人遗忘，她却没有忘记被当众献俘的羞耻，以及丧兄的悲苦。然而她再一次经历了被献俘的屈辱，被契丹人俘虏，剥去上衣，袒胸露乳[1]，当众献给了辽圣宗。

没有人同情她，没有人怜悯她，要改变命运，还是得凭借自身努力。她终于赢得了契丹皇帝的瞩目，成为后宫中的佼佼者。她人生中的一切苦难，均源自宋朝，故而饱受磨难的她，终于有机会反击宋朝时，大概也是不吝赐教的。

辽强宋弱，这是公认的事实。若有朝一日契丹灭宋，李芳仪灭国杀兄大仇自然得报。但而今南北和议达成，宋辽成了兄弟之国。对辽圣宗而言，自然是大大的好事，不用兴兵打仗，便能每年白得宋朝三十万岁币。但对李芳仪而言，则意味着再也不能报仇雪恨。回望这些年的艰辛苦难历程，无论如何，她心中都是恨意难平。

刘遂在辽国经常参加宫廷宴会，见过李芳仪本人，与萧图玉、金乡公主夫妇也打过交道，自是比赵探更多一分了解。他既称“赛哥可能想为生母复仇”，必然是于前事有所联想。赵探当即应道：“既然刘公子肯指名道姓说出姓名，当是极有把握了。”

刘遂道：“若非得赵知事提醒，我也联想不到金乡公主身上，她……”

---

[1] 契丹献俘时俘虏均要露出上身。又，契丹妇女不以袒胸露乳为耻，今辽墓壁画中不乏袒胸露乳烹饪者。

虽然到这里便刻意顿住了，但后话明显该是："她确实有很重的嫌疑。"

刘遂又续道："不管怎样，这件事我会据实禀报。若是绑架杨小公子也是金乡公主所为，刘某向二位保证，一定会给出一个交代。"

他微一踌躇，又道："我离开前，想留一封信给易敏，不知道是否方便？"

赵探很是意外，旋即点头道："方便啊。那边那间静室就有纸笔，刘公子大可自便。"

不一会儿，刘遂匆匆从静室出来，告道："这是我留给易敏的信，未经她本人允许，二位最好不要看。"欲将信递给赵探时，有所犹豫，转而交给了明未光。

赵探"呀"了一声，道："这等于是当着我面说不信任我呀。"

刘遂也不辩解，只道："抱歉。"凝视着明未光，两次欲言又止。

明未光问道："你是要我替你向崔玄妙道别吗？"

刘遂面色一红，嘴角蠕动了几下，颇为艰难地道："不，不用。"朝赵探、明未光拱了拱手，就此辞出。

赵探忽想到一事，急忙追出道观，见刘遂与手下安忠善正要离去，忙举手叫道："等一下。"追上前问道："昨晚明未光救出刘公子后，你都去了哪些地方，见了哪些人？"

刘遂微一迟疑，即答道："我与明兄分手后，便去寻到忠善，换了衣衫，在树林中稍事休憩。等天大亮后，忠善便去寻杨文广小公子，我因为不能再露面，便直接来了白云观。"

赵探又向安忠善问道："你呢？"

安忠善见刘遂点头应允，这才答道："我先去了晴川酒肆，向奚店家打听有无留意到说蕃语之人，毕竟那里算是消息灵通之处。奚店家说没有，还说要听蕃语，怕是得去雄州榷场。而后我预备去榷场，结果途中被人截住。他们让我今日务必带刘公子返回涿州，否则……"

刘遂轻咳了声，打断了安忠善，又问道："赵知事问这个做什么？"

赵探摆了摆手，道："没什么，随便问问。二位请上路吧。"

抬头看了看天，又道："看情形，今日还有一场雨要下。二位可需要赵某略做安排，乘坐虎头船渡河？如此要快上许多。若是北岸有快骑接应，二位一定能赶在下雨前抵达新城。"

刘遂苦笑道："多谢啦。果真乘坐雄州界河巡检司虎头船过河的话，我二人回到涿州后，只怕会立即被耶律化哥逮捕下狱，审讯三天三夜都不止。"

走出几步，又回身告道："梁国公主为人善良，知恩图报，想必她若是得知救命恩人正被困于涿州，一定会设法营救。"

赵探大喜过望，深深作了一揖，道："多谢。"

赵探目送刘遂、安忠善远去后，方才返回白云观，见明未光正在为厨下水缸添水，先是一怔，上前问道："那封信呢？"

明未光答道："我收好了。"

赵探问道："你可有看过？"

明未光道："没有。"

赵探仍不死心，道："如果你看过了，就将信中内容告诉我，我不会说出去。"

明未光正色道："我没看过。赵知事实在想看，等易敏道长看过信后，再当面向她索要不迟。你有官方身份，她不能拒绝。"

赵探搓手道："咳，难就难在这里。算了，不提信的事了。"

又问道："你我是等在这里好，还是进城去寻易敏好？是了，你都在帮忙打水了，肯定认为还是留在白云观好，毕竟这里发生的事，只有我们几个知道，进城可就不好说了。万一遇到安抚使，麻烦更大。"

明未光见赵探一遇易敏之事就方寸大乱，絮絮叨叨，便有意问道："你不关心你堂弟赵振吗？"

赵探道："赵振刚生下来时都死过去了，大家伙儿均觉得没希望了，正要埋掉他时，他居然又活过来了。连我祖父都说，赵振这个人很不一般，命硬得很。我有一种预感，他这次不会有事，顶多就是吃点苦头。"

明未光道："预感？只怕是刘遂暗示了你什么吧？"

赵探不答，还有意岔开了话题，道："对了，正好这里没有别人，有件事我得同你商议。"

他适才特意追出去询问刘遂、安忠善，自然不是随便问问。明未光昨晚才救出刘遂，天亮时明氏方才被带到白沟驿，消息本是秘而不宣，而耶律化哥手下竟然很快得知刘遂已经被人救出，且及时寻到刘遂心腹安忠善，以安氏家人性命要挟他尽快带刘遂回涿州。这一切的最大功臣，自然就是契丹间谍了。

赵探又道："他们的联络点肯定在两属地。但这等效率，不可谓不惊人。你是局外人，可能比我们这些局内人看得更清楚，你说说看，契丹奸细最可能潜伏在何处？"

明未光仔细思虑了一遍，才道："从时间上推算，契丹间谍要么在夏地囚所伏了眼线，要么是从白沟驿的某种渠道探听了消息。"

前一种情况看起来可能性更大，实则不然。刘遂被关入夏地囚所后，眼线大可直接杀了刘遂灭口。即便眼线才刚刚得到指示，尚未进行周密布置，刘遂便被明未光救了出去，但何以刘遂第一次潜入夏地囚所时，未能成功救走高翼？

后一种情况，河北安抚使李允则前两日人一直在白沟驿，侍从众多，传令兵时进时出，驿馆本身还有馆长、管事等其他人，甚至还有酒库人员进出，人多眼杂，消息泄露出去，实不足为奇。但这种也更难追查，毕竟相关人员实在太多。

赵探道："这两种情况都有可能。第一种情况，有眼线事先绘制了地道详图，所以刘遂才熟知夏地囚所地形。至于他第一次潜入时未能成功救走高翼，实是因为他只是去办私事，并非营救高翼。"

刘遂大概事先向契丹间谍索要了地道图形，详细研究过，却只是为了寻找耿绍忠。之前刘遂被捕后，河北安抚使李允则当面讯问，刘遂也一再强调，他在夏地囚所遇到高翼，只是意外。

而寻人这件事，耿绍忠之女耿淑仪必定事先叮嘱过刘遂，最好是瞒着北院枢密使耶律化哥，也就是耿绍忠的大舅子。既然这样，刘遂必然不会将内情告知契丹间谍，因为契丹间谍直接听命于耶律化哥，是其心腹。如此，便能解释刘遂有意被捕后，契丹间谍大感意外，还一度动了杀机，欲杀死刘遂灭口。

至于明未光认为可能性更大的第二种情况，赵探反倒认为未及第一种。雄州是风起云涌之地，间谍出没频繁，李允则本人又重视用谍，是以对身边人都格外小心。白沟驿固然人多，但能接近安抚使所居院落者，都是其心腹侍从。

明未光心中仍有疑惑，又问道："既然契丹一直有眼线潜伏在夏地囚所，那被捕的契丹间谍高翼又如此重要，刘遂甚至觉得比他自己还要重要，契丹一方何以一直未采取措施，以营救高翼出去？"

赵探白了明未光一眼，道："救人就那么简单吗？当我们雄州机宜司都是吃白饭的？刘遂事先了解到地道结构，你则手持安抚使令牌，这才能潜入夏地囚所。当真以为世上所有人都跟你和刘遂一样，是身手了得的人物？"

明未光问道："那么为什么不杀了高翼？契丹间谍还担心刘遂顶不住酷刑，高翼被捕受刑已久，就不担心高翼吐实招供吗？"

赵探道："这件事，不难解释，高翼应该不知道潜伏在雄州的最重要的契丹间谍的名字。高翼对契丹的最大价值，在于他在杨将军身边潜伏多年，知悉我军诸多军事机密。"

所以无论机宜司怎么拷问，高翼顶多吐露出几个联络人的名字而已，不能威胁契丹间谍本人，故不必痛下杀手。对契丹而言，高翼活着，肯定比死了更有用，如若日后能通过某种交换，将他换回契丹，那么辽人可就赚大发了。

明未光道："看来赵知事心中早已有数，知道契丹在夏地囚所伏了眼线，又何必问我意见？"

赵探笑道："兼听则明，偏信则暗嘛，安抚使总这样说。"

又正色告道："即便猜到，也难以追查。安抚使向来不愿意兴师动众地调查，认为那样会扰乱军心，正趁了契丹间谍的意。他老人家主张有证据时，直接对准某人下手。这件事，你可是有责任的。本来夏地囚所管理严格，出入都要登记，就连安抚使也不例外。但你昨晚大闹一场，救走刘遂，还惊动了附近巡捕，一大群人蜂拥而入，哪里顾得上登记？有人趁机出去，向外间传递了消息，旁人也无从得知，无从查起。”

忽想到一事，道：“是了，不独全夏地囚所都知道刘遂跑了，附近巡铺赶来增援的巡检司兵士必定也从狱卒口中听说了。”

原先夏地囚所对犯人身份严格保密，通常只有负责审讯的狱长才能知道犯人名字，但刘遂因为是安抚使李允则布下的棋子，所以事先有意将其身份宣告了出去。

赵探又问道：“是不是巡铺兵士也有可能是契丹眼线？毕竟人在外面，传递消息更为便捷。”

明未光道：“夏地囚所归赵知事管辖，巡铺则归军中管辖，是界河巡检司的地盘。现下赵知事怀疑巡捕兵士才是契丹眼线，是不是立时觉得责任轻多了？”

赵探当即骂道：“轻个屁呀！我又不是只管夏地囚所，追查契丹间谍不也是我的责任吗？要不是你明未光捣乱，这会儿说不定已经将契丹眼线和间谍都抓住了，你居然还大着脸在这里冷嘲热讽。”

明未光已与赵探熟稔了许多，立即回敬道：“未必啊，如果契丹眼线就隐伏在夏地囚所，不是我救走刘遂，他人说不定已经死了。不过那样的话，眼线应该也就暴露了，对赵知事总归是一件好事，对不对？”

赵探连连摇头道：“我是不在意刘遂生死，但安抚使在意。他这样身份的人，死在夏地囚所中，契丹必声称他是受宋人酷刑而死，随后就是没完没了的外交纠纷，搞不好两国还要兵戎相见。之前安抚使命人放出刘遂已然逃走的风声，也没多大用处，契丹间谍也不是吃素的，必定能拿出相关证据来。以安抚使个性，辽方果真找他当面对质，他大概也不会否认。而朝廷最怕的就是两国重新开战，一定竭力息事宁人。到那时，我赵探肯定是头号替罪羊，搞不好连安抚使也要受到牵累，能是什么好事？”

发完牢骚，又道：“我们原先没有料到夏地囚所会有契丹眼线，毕竟地点隐秘，不为人知，从来没有出过事。高翼在那里关了半年，也没有任何异常状况。你和刘遂先后潜入，也就是最近几日才发生的事。果真夏地内部有眼线的话，还真得谢谢你误打误撞救走了刘遂。虽然我们预先做了防范，但主要是针对外敌，家贼实在难防。”

顿了顿，又道：“不过我还是觉得眼线应该在巡铺。机宜司从上到下，哪怕是一名狱卒，都是由我祖父一个一个地挑选，安抚使也都亲自过目的，不说万无一失，起码不会有家贼这种事……罢了，这件事，还得先禀报安抚使和祖父。”

明末光踌躇道：“晴川酒肆的奚松烟呢？她姓奚，应该是易州易县人吧？”

赵探道：“奚三娘吗？她是最典型的两属民，个人利益最重要，决计不会偏向任何一方。她若是做大宋眼线，契丹不会放过她，她娘家亲眷尽在易州。若是做契丹眼线，雄州也不会甘休，她夫家亲眷尽在雄州，所以历来是两不相帮。”

明末光道：“既然是最重个人利益，两面都帮，岂不是比两不相帮要更有利？”

赵探摇头道：“不会是奚三娘。赵振就是乘坐她家货船偷渡过的界河，如若她是契丹眼线，赵振不会是因为在新城客栈用了宋钱遭店家告发而被捕。”

明末光原先不知赵振被捉原委，此刻听闻这位雄州界河巡检竟然偷渡过河，不由得惊诧异常。

赵探道：“是，赵振这小子这次是有点古怪。算了，不提他也罢。总而言之，晴川酒肆不会伏有契丹眼线，奚三娘太过精明，她不会将自己置于两难境地，也不会容忍手下人去做任何一方的眼线。”

明末光沉吟道：“那么白沟驿中必定也有契丹眼线。那里人多，潜伏容易，譬如混到驿馆中做杂役之类，应该不是难事。虽然难以接近李使君或是朝廷使者，但毕竟也多了一双眼睛。”

赵探道：“这是安抚使一早已经认定的事。不然何以祁州名医邳医师高徒王惟一人刚到雄州，刘遂便能立即知晓，及时改变了行程？”

又道："本来安抚使要你追查刘遂，是不想他留在雄州继续惹是生非，现下既然放刘遂走了，也就没事做了。不过还得给你找点事做才行。要不你帮忙把白云观外的菜地都浇一遍水吧。"

明未光道："白云观距离拒马河不远，菜地土壤湿润，用不着特意浇水。更何况今日还会下一场雨。赵知事是想绊住我，不令我插手高翼交换杨文广小公子一事吧？放心，我坏了李使君大事，不会再莽撞行事。"

赵探双手一摊，道："不光是我绊住你，安抚使也想让你绊住我，省得我去插手赵振之事。要不然直接将你关在驿馆就好了，何必要我寸步不离地监管你？"

明未光奇道："你不是雄州机宜司知事吗？即便机宜司改成了国信所，但像赵振被北岸捉走这类事，不正该你管吗？"

赵探道："是啊，可赵振是我堂弟，我照例得避嫌。"

忽想到一事，上下打量着明未光道："你小子虽然只是平民，眼光倒是挺毒辣的，居然能从易敏一个眼神，便判断出刘遂躲在白云观。真是挺厉害的。原先安抚使让我与你一道追踪刘遂，现今刘遂走了，你我不如一道来追查契丹间谍和眼线吧。"

明未光居然觉得这主意不错，遂问道："要如何查起？"

赵探道："白沟驿那边，安抚使已派了精干人手暗中调查。不过契丹亦有眼线伏于夏地囚所一事，安抚使尚不知情。你我不妨先去夏地，你去囚所，我去附近的两处巡铺；然后反过来，你去巡铺，我去囚所。两轮下来，我不信会没有发现。"

明未光皱眉道："这是什么查案方法？"

赵探笑道："这是我从长期实践中磨炼出来的高明技巧。你若是眼线，有人来调查，你慌不慌？上一个走了，再来一个调查的，心中是不是更慌？"

明未光反问道："若是遇到的是一个不会慌乱的眼线呢？"

赵探笑容顿敛，叹了口气，道："那就更得把他找出来了，不然危害实在太大。"

话音未落，便有人大力拍门。赵探狐疑道："拍得这么急，肯定不是易敏。难道是刘遂又回来了吗？"

打开观门一看，却是城北瓮城的百姓陈林。他见到国信所知事赵探人在白云观，颇为诧异，随即匆忙告道："小人是来向清净道长报信的。城里有人被杀了，易敏道长是首要嫌犯，已经被安抚使派兵逮捕，带去了州府。"

赵探闻讯大吃一惊，问道："怎么会有这样的事？是什么人被杀了？"

陈林答道："是名男子，很高很壮，面生得很，以前从来没有见过他。"

赵探着急跺脚道："这几日面生的男子多得很，到底是谁？"

陈林道："小人真的不知道他姓名。易敏道长这件事，烦请赵知事告知清净道长一声。"说罢作了一揖，便急匆匆地转身离去。

赵探苦思冥想了好大一会儿，忽然一个激灵，问道："被杀的该不会是耶律吴欲吧？"

明未光问道："耶律吴欲？他是什么人？是契丹皇族吗？"

赵探忙道："信！快将刘遂留给易敏的信给我！"见明未光不动，便上前往他怀中摸去。

明未光道："我早料到你可能会强行索信，所以提早将信藏起来了。"

赵探搜遍明未光全身，未曾发现信件，愈发大急，问道："你藏哪里了？快些交出来！"

见明未光置之不理，便粗暴地将他推撞到门板上，横臂压在他胸口，喝道："快把信交出来，不然我对你不客气！"

明未光神色甚是平静，既不动怒，也不还手，只道："你年纪轻轻，便官任机宜司知事，必有相当的过人之处，何以一遇到易敏道长之事，便方寸大乱？"

赵探大怒，当即拔出佩刀，道："再不说出书信下落，我杀了你！"

见明未光依然不动声色，便一咬牙——

只见白光一闪，寒气逼人，刀刃已朝明未光当头劈下。

小说 真

拒马河

下

吴蔚 著

中国出版集团
中国民主法制出版社
全国百佳图书出版单位

图书在版编目（CIP）数据

拒马河 / 吴蔚著 . — 北京 : 中国民主法制出版社，
2022.1
ISBN 978-7-5162-2759-6

Ⅰ. ①拒…　Ⅱ. ①吴…　Ⅲ. ①长篇小说—中国—当代
Ⅳ. ① I247.5

中国版本图书馆 CIP 数据核字（2022）第 013548 号

图书出品人：刘海涛
出 版 统 筹：石　松
责 任 编 辑：姜　华　高文鹏　鲁铁凡

书　　名 / 拒马河（全二册）
作　　者 / 吴　蔚　著

出版 · 发行 / 中国民主法制出版社
地址 / 北京市丰台区玉林里 7 号（100069）
电话 /（010）63055259（总编室）　63058068　63057714（营销中心）
传真 /（010）63055259
http: //www.npcpub.com
E-mail: mzfz@ npcpub.com
经销 / 新华书店
开本 / 32 开　880 毫米 ×1230 毫米
印张 / 22.5　**字数** / 627 千字
版本 / 2022 年 2 月第 1 版　　2022 年 2 月第 1 次印刷
印刷 / 三河市宏图印务有限公司

书号 / ISBN 978-7-5162-2759-6
定价 / 68.00 元（全二册）

目　录
CONTENTS

磨习字，日写五千，整整用了十年，墨才用完。《遯斋闲览》记载有一权贵误将一锭李墨掉入水池，心疼不已，于是下决心掘池寻墨。墨寻回后，不但墨锭未化，外形规整，且光色不变，表里如新。权贵当场叩拜，自此将这锭墨供奉起来，再也不舍使用。

第十章　也诗相逢　143

武宗元为天才画家，少年时已成就大名，十七岁绘北邙山老子庙壁画，号称“精绝”。稍后又于洛阳上清宫画三十六天帝，其间将赤明和阳天帝画成宋太宗相貌，宋真宗赵恒见之，惊叹画笔之神。但武宗元对自己的绘画颇为珍秘，虽贵人大臣日走门下，求画甚勤，都不轻易肯诺。有京师富商高某，有画癖，常投刺拜于武宗元庭下，欲求水月观音一轴，迨十余年，武宗元终被其诚意打动，点头答应。又过了三年，才完成画作，携往高某家时，其人早已死去。武宗元感慨万千，于是焚画垂泪离去。

尾　声　287

这条宋辽界河曾被鲜血染红，虽则和平如约而至，但历史的记忆不曾淡去，注定会有人恨它，但亦有人爱它。恨它的人早晚会被内中的压抑激怒，而爱它的人却能体验到那如雾霭般黏稠的郁结之下湍流不息的生命波涛，以及生生不息的生命韵律。历史长河滔滔不绝，恰如拒马东流水。尽管中原相继涌现出许多忧国忧民的仁人志士，但最终还是无法改变北宋日益孱弱的国运。靖康二年，北宋灭亡。蒋兴祖女于雄州驿墙壁上题《减字木兰花》。回首乡关归路难。雄州自此落入异族之手，直到明朝建立，方才重回中原汉人怀抱。

第七章

遗恨重寻

翰林医官院设置于宋太宗淳化三年（992年），与天文、图画、御书同属翰林院，隶属于入内内侍省，掌管医药卫生政令，为宋代中央最高医疗机构。除主治皇帝、后宫及其宗室、亲属外，也受诏治疗禁军或京师士庶的时疫等疾病。有翰林医官使与副使主管院事，以尚药奉御充任，并有直局、医官、医学、祗候等官。又，宋代医政与医学分立，翰林医官院是医疗机构，另有太医局，是国家最高医学教育机构，以培养医学生为主。

风潇潇，易水波，高冠送客白峨峨。
马嘶燕都夜生角，壮士悲歌刀拔削。
徐娘匕，尺八铦，函中目光射匕尖。
先生地下汗如雨，匕机一失中铜柱。

——元 杨维桢《易水歌》

赵探意外得知白云观女道士易敏因杀人罪名被捕后，便欲取得刘遂留给易敏的信，好弄清楚易敏的真实身份。明未光却不肯交出信件。赵探一时被激怒，拔刀欲杀明未光。明未光竟然不闪不避，任凭赵探作为。

赵探虽然暴怒，但尚有理智，也不会真的杀死明未光，刀到其头顶三寸时生生顿住。他见明未光始终只是冷静地凝视着自己，目光中饶有深意，叹了口气，当即收刀入鞘，问道："为什么你总是碍我事？"

明未光上前拍了拍赵探肩头，隐有安慰之意，又道："你不是我朋友，但我非常钦佩你们这些人日夜为国奔走、殚精竭虑。你听我一句劝，不要进城，你我继续去查契丹眼线。李使君精明老练，不是易敏道长杀人，自会还她清白。如果她真的杀了那个什么耶律吴欲，你去也是无用。"

赵探怔了一会儿，才道："你说得对。咱们走吧，去夏地。"

忽听到清净道长在屋里问道："易敏回来了吗？"

赵探忙应道："没有呢。说是有事耽搁了，一时回不来。"

清净道长"哦"了一声，道："赵知事见到易敏的话，叫她安心帮人家做法事，不必挂念为师。"

赵探道："是。"

离开白云观后，赵探半句不提易敏，径直引明未光来到夏地囚所，告知众人道："这位是我新来的副手明未光，他有些话要问，大家伙儿就当他是我好了。"

引见了明未光，赵探便欲前去附近巡铺。狱卒曹建跟了过来，悄悄告道："赵知事的这位副手，很像是昨晚救走重犯刘遂的那个人。"

赵探一怔，问道："像吗？"

狱卒曹建道："像极了。"

赵探只笑应道："还有人说昨晚逃走的囚犯刘遂像忻继勋呢。"也不理睬曹建，独自走出囚所，按原先约定去附近巡铺盘问兵士。

按照预定计划，两轮下来后，赵探便与明未光一同来到拒马河畔坐下。

赵探问道："发现可疑人员了吗？"

明未光点点头，道："发现了一个。"

赵探笑道："我也发现了一个。你我不妨一同写下名字，看是不是同一人。"

遂各自捡了根木棍，往沙地上写下名字，再一核对，果真是同一名字：余六。此人却不是夏地囚所狱卒，而是囚所西面巡铺的兵士。

赵探忙问道："你是怎么知道的？"

明未光道："你先说，你先去的巡铺。"

赵探道："我例行问了一遍所有兵士，这个余六神情闪烁，最为可疑。"

明未光道："我直接问谁经常去夏地囚所，众人虽然都默然不答，但有两名兵士都去看这个余六。"

赵探"呀"了一声，道："你这个问题还真是一下就问到了点子上，比我的法子省时省力多了。"

夏地囚所东、西两面各有一处巡铺，分驻有二十名兵士，虽然也负责附近河岸的日常巡视，但最主要的职责，还是拱卫夏地囚所。

这两间巡铺均隶属于界河巡检司，属禁军编制。而夏地囚所的狱卒虽然也是军队编制，却是属于地方厢军，二者地位待遇差很多。巡铺兵士素来看不起狱卒，极少往来，见面连招呼都懒得打。而且夏地囚所那样的地方，阴森晦气，除非迫不得已，不然不会有人愿意下去。

明末光虽然没有查案经验，却是发自内心地觉得夏地囚所实在不是人待的地方。而赵探因为职责所在，总时不时要到夏地囚所走上一走，反而想不到这一节。

赵探又问道："夏地囚所可有发现？"

明末光摇头道："没有。"

赵探喜滋滋地道："我也没发现。只要眼线不是我手下，就感觉好多了。走吧，我们去抓那个余六。"

明末光道："不必了，他人就在附近。"当即从附近草丛中拖出一名巡检司兵士打扮的男子，双手反缚，口中还塞了破布。

原来明末光发现余六可疑后，便佯装离开，其实人一直埋伏在巡铺附近。不一会儿，便见到那余六从巡铺出来，东张西望一番后，便往东而去。明末光一路尾随，但他不熟悉雄州，担心途中跟丢，便等到无人处时，上前将余六拿下。

赵探听说经过，当即哈哈一笑，道："想不到明兄还真是个不错的帮手。安抚使果然慧眼，没有看错人。"

明末光一怔，问道："什么？"

赵探不答，只将兵士余六提了过来，指着自己鼻子问道："你可知道我是谁？"

余六口不能言，只连连点头。

赵探又道："你有没有听过唐朝有个'请君入瓮'的故事？"

也不挖出余六口中破布，自顾自地讲述起来："这请君入瓮，说的是唐朝的故事。天后武则天当权的时候，酷吏横行，其中有两个最为狠毒，一个叫周兴，一个叫来俊臣。有一回，有人向武则天告发周兴与人联络谋反。武则天大怒，责令来俊臣严查此事。来俊臣有意瞒着周兴，准备一桌丰盛的酒席，请周兴赴宴。酒酣时，来俊臣有意请教道：'平日办案，常遇到囚犯死不认罪，该怎么办？'周兴笑着回答说：‘容易。找一大瓮，四周用炭火炙烤，再将犯人置于瓮中，何事不吐？’来俊臣立即按照周兴的方法，抬来一口大瓮，又对周兴说道：‘有内状勘老兄谋反，请兄入此瓮。’周兴惶恐无比，立即叩头服罪。”

忽转头问道：“是了，我是不是也算是酷吏？”

见明未光不予理睬，便拉出兵士余六口中布团，问道：“你说我算不算酷吏？嗯，不管算不算，今日都要请君入瓮，要让你这位平日眼高于顶的巡检司军爷好好尝一尝我们机宜司的刑罚。”

余六“扑通”一声跪了下来，磕头如捣蒜，连声道：“小人有罪，小人有罪。”

不待赵探询问，先主动告道：“大概三四个月前，有人暗中收买了小人，让小人做眼线，时不时地将夏地囚所的情况告诉他。”

又哀告道：“并非小人贪钱，实是小人家中贫寒，军俸不足以养家，父母都患了重病，两个妹妹都因为备不起嫁妆而尚未出嫁。实在是过不下去了，所以才……”

赵探摆手道：“好了，不必再说了。收买你的人是谁？”

余六道：“是经常来榷场的一名北岸商人，姓高。小人听到旁人都叫他高员外。”

赵探皱眉道：“怎么又是姓高？”又问道：“那你如何与高员外联络？”

余六道：“高员外与人在榷场外的市集合租了一家店铺，小人有消息时，只需将纸条塞到店铺门口的石狮座下。”

界河巡检司东营房即在雄州榷场附近，余六大可借回营之机到市集传递消息，既方便快捷，也不会令人起疑。大概也正因为巡检司兵士闲暇时常在榷场市集闲逛，这才被高员外了解到余六家境，得以乘虚而入。

赵探当即起身，让明未光将余六押去夏地囚所，交给狱长曹全继续拷问，自己则欲赶去巡铺调兵，迅即赶往市集捉拿高员外或其同党。

明未光却道：“先别急。”又问道：“此去榷场有多远？”

赵探道：“七八里地吧。”

明未光又向余六问道："昨晚夏地囚所之事，你是什么时候传递出去的？"

余六道："昨晚小人不当值，今早才轮班。听说了昨晚夏地囚所出了大事，有人劫走了重囚。小人感觉这消息很重要，不能等到晚间换防了，便等例行巡视结束后，借口肚子疼要大解，一路跑去市集传递了消息。这才隔了不到一个时辰，赵知事人就来了。"

明未光忙将赵探拉到一旁，低声告道："余六不是唯一的眼线。他是上午才传递的消息，从时间上来推算，余六递出消息后，人还在返回巡铺途中，契丹人便已经截到了刘遂手下安氏。市集在东面，刘遂手下当时在西面，这根本就不可能办到，除非长了翅膀。所以一定是昨晚我救走刘遂后，便有人立即将消息传递了出去。"

赵探踌躇道："这么说，夏地囚所中仍然有契丹眼线？"

明未光点点头，道："而且是那种遇事不会慌乱的眼线。"

赵探道："不管怎样，得立即派人去市集查看。你先在这里等我。"

自赶去最近的东巡铺，命铺长亲自率兵去查封余六所指店铺，将店铺中所有人尽数逮捕，先就近关押到巡检司东营房。

赵探一走，兵士余六便向明未光倾诉家中苦处，赵探回来时，余六仍在哭诉个不停。明未光始终一声不吭。

赵探很是不满，问道："跟你一样辛苦，或比你更辛苦的人多的是，他们有没有像你一样通敌叛国？"

余六愕然道："通敌叛国？"又迭声叫道，"小人没做过！小人哪有那么大的胆子？"

赵探道："你这时候开始装傻了。不知道夏地囚所是什么地方吗？关押的都是契丹间谍。你暗中给契丹人传递消息，还说不是通敌叛国。走！"

余六已意识到赵探要将自己押去夏地囚所，那是什么地方他最清楚，比之阎王殿都不为过，当即崩溃大哭道："小人家中有难处，才会替人传递消息，真的不是通敌叛国。求赵知事不要将小人带去夏地。"

赵探道："少废话！快走。"

到夏地囚所入口时，正好遇到狱长曹全出来。曹全见巡铺兵士余六双手反绑，哭哭啼啼，像是个受了天大委屈的妇人，不由一愣，问道："出了什么事？"

赵探则问道："曹狱长要出去吗？"

狱长曹全看了明未光一眼，道："唔，小人有急事要进城一趟。"

赵探正色道："曹狱长，夏地是机宜司重地，目下更是多事之秋，除非是十万火急之大事，否则不得在当值时离开。而且你家明明在城外，有什么急事非要进城？"

曹全道："小人身上有些不舒服……"

他本想说进城就医，忽想到附近巡检司大营便设有军医，赵探必会拿此节回击，遂改口说了实话："小人得立即进城去见安抚使。"

赵探愈发惊奇，问道："我才是曹狱长顶头上司，你有何急事，要越级上报安抚使？"

曹全支支吾吾地道："这件事，目下还不能告诉赵知事。小人得走了。"转头朝入口两名狱卒打了一个眼色，竟隐有要对付赵探的意思。

赵探一见狱长曹全着急离开，便起了极大的疑心，此刻再见到曹全向狱卒暗使眼色，疑虑更重。然而曹全在夏地囚所任职已有十余年，担任狱长也有十年之久，与狱卒同甘共苦，情分极好，若是就此强行阻拦，只怕会生出变故，遂改变主意，道："那好，我也有急事要去见安抚使，就与曹狱长一道进城吧。"

曹全登时露出惊疑之色来，问道："莫非赵知事是要……"看了明未光一眼，却又不肯说完下面的话。

赵探追问道："是要什么？"

曹全道："没事。那就一起去见安抚使吧。"又大声对狱卒道："我现下要与赵知事一道进城见安抚使，你们可有听清楚？"

狱卒均莫名其妙，但仍然躬身应道："听清楚了。"

赵探本以为曹全有寻机逃走的嫌疑，却料不到对方反应极其古怪，一时有些发怔。正要命狱卒将巡铺兵士余六带入夏地囚所，余六忽蹲到地上，放声大哭起来。

明未光之前已听余六唠叨过无数遍上有患病二老、下有待嫁妹妹之类，遂道："他确实不算契丹间谍，不必关入夏地。"

赵探一愣，见余六确实哭得不像话，估计也拷问不出什么有用信息，遂将他一把扯起来，道："那好，我带你去见安抚使，请安抚使亲自发落你。"

余六本已绝望，只求死前能少受些活罪，忽听说要带自己去见安抚使，料想李允则为人宽厚，立时又生出一丝希望来，遂立即停止了哭泣。

曹全却皱眉道："余六是巡检司兵士，违反军令的话，不该交由界河巡检司军正处置吗？"

赵探愈发怀疑曹全，随口应道："我堂弟赵振是界河巡检，我这是代他行事。走吧。"

明未光有意落在后头，问道："怎么回事？这位曹狱长似是对我极有敌意。"

赵探道："你看管好他，免得他半途逃走。"

明未光奇道："看好曹狱长吗？我看他可是急不可待地要进城去见李使君，甚至比你还着急。"

赵探道："果真如此倒好了。见到安抚使再说。"

明未光问道："李使君可知道你对易敏道长……嗯，你明白我的意思。"

赵探叹了口气，道："没有安抚使不知道的事。放心，我不会胡来的。"顿了顿，又道："万一我有失控之举，你可要提醒我。"

明未光道："不必我出声，李使君一定会先提醒你的。"

一行人遂往城中而来。

雄州知州兼河北缘边安抚使李允则一早自白沟驿快马驰回雄州城后，便径直回来州府时，安抚司及州府大小官员尽在议事厅等候，他简略地交代了一下，便朝后署赶来。

一跨过月门，便有人迎了上来，却是李允则侍女张巧巧。

李允则家眷尽在京师，就任雄州最高长官后，也是孤身一人，生活极为简朴。李允则妹妹是宋太宗次子赵元僖正妃，虽赵元僖已死，宋真宗却已下诏恢复二兄“恭孝皇太子”之号，李氏也相应享受太子妃待遇，地位尊贵。早几年李允则回京探亲，李氏见长兄身为河北最高长官，却是满身寒酸落魄之气，便主动将贴身侍女张巧巧相赠，也是觉得长兄远在边关，身边该有个贴心照应的人。李氏品秩远在李允则之上，李允则不敢推辞，勉强带着张巧巧回到河北。

原本李允则只是打算应付妹妹一下，再找个理由将张巧巧打发回京师，省得她年纪轻轻在边关受苦。不想那张巧巧名字中有个“巧”字，倒真是巧手得很，家务就不说了，能做一手好饭，会缝制衣裳，还会做一种凉浆，即将米汤发酵后置凉。李允则很爱喝这个，习惯之后，每天都离不开。之前李允则人在白沟驿时，也是张巧巧专门做好凉浆，每天交给侍卫送去。

真真论起来，这张巧巧已算是李允则生活中极为重要的人，“衣食住行”四大样，除了“行”之外，其他三项都离不开她。之前要将张巧巧打发回汴京的计划一推再推，而今更是烟消云散，再无此心。

此刻见张巧巧迎上来，李允则问道：“崔玄妙呢？”

张巧巧道：“崔小娘子人在客馆。”

原来当日李允则想到崔玄妙新近丧父，心情低落，身边时时需要人陪伴照应，特意命侍卫白锋锐将崔玄妙送来州府后署安置，又命侍女张巧巧悉心照顾。白锋锐因另有军令，将崔玄妙送到州府交给张巧巧后，便即离去。崔玄妙跟着张巧巧进去后署，听说这里是李允则日常起居之处，感到自己一介平民，住进河北安抚使住所，多有不便之处，便主动要求搬去了客馆。

州府客馆就在州府旁侧，倒也方便。只是“澶渊之盟”后，路过雄州的官员多住在白沟驿，客馆闲置，长久没有维修，很有些破败。

李允则皱眉问道：“本使年届六旬，崔玄妙一介孤女，做本使孙女都绰绰有余，还怕别人说闲话吗？有何不便之处？”

张巧巧忙道：“安抚使误会了。崔小娘子是担心安抚使身居高位，居所或有涉及军事机密的信件公文之类，万一被她不小心看到，可就不好了。”

李允则这才醒悟，捋须笑道：“这个崔玄妙，处事倒是谨慎周全得很，不愧是本朝武官之女。”

张巧巧道：“奴家再三解释，说安抚使从来不会将公文之类带回后署，但她还是坚持要去客馆，奴家也只好随她。这两日，她人一直在那里。奴家记得安抚使嘱咐，也准备了饮食，去看过她几次。昨日去时，发现她不知如何受了伤。问她原委，她也不肯说，好在伤得也不重。”

顿了顿，又道：“后来奴家遇到郑县尉，才听他说起崔小娘子是被什么契丹人持刀挟持，割伤了脖子。那契丹人凶悍得很，人都被绑起来了，还将崔小娘子撞得晕了过去。想想就觉得可怕，但看崔小娘子自己，竟是神色自若，半分惧色也没有。”

李允则道：“你这几日不时去客馆探望崔玄妙，她可有说过什么？”

张巧巧道：“没有。崔小娘子心事很重，除了日常客套话，再没有说过别的。”

又道：“是了，郑县尉还让奴家询问当晚崔小娘子受伤的具体经过和情形。奴家尝试过，但崔小娘子说不想再提，奴家也不好多问，只得就此罢了，也算是对不住郑县尉嘱托。”

李允则“唔”了一声，告道：“今日崔玄妙要搬去白沟驿，你不必再去客馆送饮食了。”

张巧巧应了一声，见李允则转身要走，忙道：“安抚使不进屋歇一下吗？奴家听闻安抚使回城，已经准备好了凉浆果点。”

李允则“唔”了一声，脚下却是不停，自转身去了。

李允则径直来到客馆，问及崔玄妙时，门前兵士迟疑了下，才答道：“崔小娘子便与耶律吴欲出去了，说是要去北城佛塔看雄州日出。”

这座佛塔，便是李允则上任雄州知州后修建，可登高眺远，名为事佛，实际上还可作为军事瞭望楼使用，天气晴好的话，目力可及三十里以内，而今也算是雄州的一处名胜。

侍卫忻继勋闻言大吃一惊，问道："安抚使不是下令将耶律吴欲软禁在客馆，不准他随意外出吗？"

兵士为难地道："可是安抚使也交代过耶律吴欲是贵客，千万不可怠慢。再则说，小人不是没有阻拦，是崔小娘子愿意替耶律吴欲作保，小人一时碍不过情面，这才放人出去。"

李允则皱眉问道："在你眼中，是情面大，还是军令大？"

侍卫忻继勋见长官语气明显不善，忙朝兵士连使眼色。

那兵士原先料不到李允则会亲自来客馆，见到忻继勋暗示，当即会意过来，慌忙跪下请罪道："小人一时糊涂，不该违抗军令，请安抚使责罚。"

李允则道："你起来。本使说的是不准随意外出，既然耶律吴欲与崔玄妙联袂外出，应该不算随意了。这件事，暂且就这么算了，但之后若有再犯，决不轻饶。"

兵士连忙道谢，又道："都说安抚使体恤下属，果然如此。"

侍卫忻继勋斥道："就你话多，还不快退下。"

兵士应了一声，又感激地朝忻继勋抱了抱拳。

侍卫白锋锐问道："要不要属下去北城寻崔玄妙、耶律吴欲回来？"

李允则道："不必。这日头早就上三杆了，雄州也没什么可逛的地方，他二人也该回来了。"又转头问道："继勋，你适才悄悄给那兵士暗示，可有别的用意？"

忻继勋一怔，这才知道长官目光如炬，适才的小动作也没能逃过他的眼睛，忙赔笑道："属下是为安抚使着想。安抚使这两日没少动肝火，这点小事就算了。再则说，就算换了白锋锐守在这里，他也一样会碍于情面，放崔玄妙、耶律吴欲出去的。"

白锋锐一愣，问道："没来由地扯上我做什么？"

话音未落，便见到有人朝客馆行来，正是崔玄妙。但只有她一人，身侧不见耶律吴欲。

崔玄妙见雄州长官李允则亲自率人等在客馆门前，颇为惊异，忙赶过来行礼。

李允则问道："妙娘看日出回来了？耶律吴欲人呢？"

崔玄妙当即意识到重点在后面一问，忙答道："李使君放心，耶律吴欲会回来的。"

侍卫忻继勋道："会回来？妙娘凭什么这么肯定？万一耶律吴欲走脱，或者是偷渡回了契丹，我们安抚使可是要担大责任的。"

崔玄妙闻言不由一怔。

李允则忙道："本使也不是有心要软禁耶律吴欲，只不过国有国法……罢了，不提他了。"

崔玄妙是个聪明伶俐人儿，当即引李允则进客馆坐下，正色告道："玄妙昨晚在客馆散步时，偶尔遇到了耶律吴欲。他当时自称叫吴欲，不过也没错，这确实是他的名字，只不过玄妙以为他姓吴名欲，还觉得这名字颇有意味。"

二人起初没有搭话，各自逛了一圈后，又再度遇到。耶律吴欲先笑了起来，主动上来招呼。崔玄妙情绪苦闷之际，对这憨厚男子莫名生出一些好感，二人遂坐在客馆凉亭中有一搭没一搭地聊天。

天色将明时，崔玄妙忽想到侍女张巧巧提过佛塔是本地名胜，遂提议一道登塔观日。耶律吴欲有所迟疑，随即说了真实身份，称自己不能随意离开客馆。

崔玄妙很是诧异，但她这两日已见闻甚至亲历不少奇事，便道："李使君的意思，是不让郎君离开雄州，离开客馆去看一次日出，不算违令。"

当真引耶律吴欲来到大门处，居然也说动了守门兵士。

侍卫忻继勋听说经过，忙插口问道："你二人竟然说了一夜话？都说了些什么？"

崔玄妙道："无非就是些倾诉情绪的言语，也涉及一些私事。主要还是耶律吴欲在说，而且翻来覆去都在说一名女子，说他其实不在乎大宋、契丹之类，他只在意他的燕姿。"

微有停顿，问道："是燕姿，还是燕之？耶律吴欲汉语不大好，我只在静听他叙述，也没具体问是哪两个字。"

李允则奇道："燕姿？"

白锋锐忙应道："耶律吴欲要找的女子名叫燕姿，他说过的。"

李允则已想到一事，忙道："继勋，你立即回安抚司，向书吏赵祚索要萧排押、萧恒德兄弟档案，记下这二人儿女的名字，再回来告诉本使。"

忻继勋应了一声，又问道："萧排押是契丹现任北府宰相。萧恒德是早已经被辽国萧太后赐死的那位吗？"

李允则道："是，死了的也要看。快去。"

忻继勋见长官神色非比寻常，料想事关重大，急忙应命而去。

崔玄妙也开始觉得不妙，问道："带耶律吴欲出客馆这件事，玄妙可是做得大错特错了？"

李允则摇了摇头，道："跟妙娘无关。请妙娘继续讲述后事。"

崔玄妙道："后来玄妙和耶律吴欲到了佛塔，那里只有我二人，但也不大清静。北面瓮城中有户人家在办丧事，吹吹打打，各种动静，佛塔上都能听得到。我二人均感觉没有想象中好，所以勉强等到日出，便直接下塔了。到塔中时，耶律吴欲忽然停了下来。我见他神色诡异之极，紧紧瞪着瓮城不放，便询问究竟。他说是看到了熟人。"

李允则忙问道："熟人？什么熟人？"

崔玄妙道："他没说。对方人在瓮城中，他只是远远瞧见身形，并不能确定，只说他得去看个清楚明白，随后便匆忙下塔了。"

白锋锐插口问道："会不会对方就是我们一直在追查的契丹间谍？"

李允则忙命道："你立即带一队人马，去北城搜寻耶律吴欲，尽快将他带回来。"

白锋锐忙躬身应命而去。

崔玄妙原先不知事情严重性，此刻听到契丹间谍都冒了出来，愈发惴惴不安，问道："玄妙可是闯下了大祸？"

李允则道："妙娘尊父名讳可道，娘子名玄妙，想必崔氏一家均有修道之心，该知道《老子》有云：‘祸兮福所倚，福兮祸所伏。’这件事，未必就是坏事。”

崔玄妙道：“但未必就是好事。”

李允则道：“耶律吴欲这件事，不提也罢。今日本使来找妙娘，一是来探望妙娘，二来也有些别的话要说。妙娘伤势可好些了？”

崔玄妙举手摸了摸颈中伤处，道：“承蒙王医师悉心医治，玄妙也有按时换药，已经不碍事。”又道：“对了，玄妙听说王医师已平安回到医馆，他人可还好？”

王惟一当晚被契丹刘遂手下仇江江带走，次日下午方才回到医馆。县尉郑定国早守在那里，自有一番盘问。王惟一却声称不久前才在拒马河边醒来，完全不知道发生了什么事，他只记得自己在寻找师傅邳良诚，为此来雄州向李允则求助，之后的事，便什么都也不记得了。

郑定国闻言大奇。又从王惟一身上搜出一张字条，不知是谁所留，称王惟一已为梁国公主针灸，并服下了忘情药，之前三日内所发生之事，会悉数忘却。

郑定国半信半疑，然王惟一本人确实懵懵懂懂，反复询问，他也不能记起前事。郑定国只得就此作罢，将事情禀报了李允则。李允则闻报，也未多说什么。

崔玄妙闻言亦惊奇不已，问道：“王医师当真什么都不记得了吗？”

李允则道：“不记得岂不是最省事？不管怎样，王惟一就要离开雄州了。”

崔玄妙又问道：“王医师是要回祁州吗？”

李允则道：“也不一定回祁州。他说想回老家汴京，想考翰林医官院[1]，好将邳氏针术发扬光大。”

[1] 翰林医官院设置于宋太宗淳化三年（992年），与天文、图画、御书同属翰林院，隶属于入内内侍省，掌管医药卫生政令，为宋代中央最高医疗机构。除主治皇帝、后宫及其宗室、亲属外，也受诏治疗禁军或京师士庶的时疫等疾病。有翰林医官使与副使主管院事，以尚药奉御（殿中省尚药局官职）充任，并有直局、医官、医学、祗候等官。又，宋代医政与医学分立，翰林医官院是医疗机构；另有太医局，是国家最高医学教育机构，以培养医学生为主。

后王惟一返回汴京，集宋以前针灸学之大成，成就一代针灸大师之名，并于宋仁宗天圣年间主持铸造了针灸铜人——体型与正常成年男子相同，身体外壳由前后两件合成，体内装配五脏六腑，与真人生理结构一致。体表面则刻有人体手三阳、足三阳、手三阴、足三阴和任脉、督脉等十四条经脉和六百五十七个腧穴，穴孔与身体内部器官相通——是为中国历史上的瑰宝，号“天圣铜人”。此为后话。

崔玄妙心道：“王医师有这等心志，岂会不记得当晚发生之事？他为辽国公主治病，罪名说轻不轻，说重不重，全在李使君一句话。虽然李使君不一定会追究，但王医师少不得要被各级官员反复盘问，譬如辽国公主相貌、手下侍从之类，一句‘不记得’，便省了所有事。不过还是李使君宽厚睿智，心中再清楚不过，明里还是装糊涂。”

李允则又道：“既然王惟一不记得了，妙娘跟契丹刘遂单独相处这件事，本使也不想再多问。不过本使要告诉妙娘的是，当晚在雄州医馆，刘遂是有意被抓住的。”

料想崔玄妙不会就此相信，便解释道：“刘遂此来雄州，护送梁国公主求医只是其一，他最主要的目的，是来寻找一名契丹重要人物。此人一直被我方秘密关押，之前契丹奸细有过尝试，也未能打探到确切的囚禁之所。”

该人物在“雍熙北伐”后被捕，之后一直被秘密囚禁在雄州某处。辽方本来以为其人已死，但近来不知怎么得知其人仍然在世。因该人物家族势力极为强大，辽方意图营救，曾令涿州与雄州交涉——南北双方交涉，只要不是涉及国家层面事务，宋方都是由雄州出面，辽方则是由涿州代理，故而宋雄州知州素为皇帝亲选，而辽涿州刺史则均由耶律皇族担任——试探着查问该人物下落。宋方自然否认。

辽方明探不成，便开始出动间谍暗访，但后来大概未见成效，便主动放弃，认可雄州一方声称该人物已死的说法。但该人物亲眷却不肯放弃，仍自己派人寻找，刘遂此来雄州，便负有寻人使命。甚至在梁国公主离开雄州后，刘遂仍然独自留下，为的就是寻访打探该人物踪影。

李允则又道："刘遂曾蒙面闯入机宜司秘密囚所，并没有发现该人物。但他仍然不肯死心，有意自投罗网，其实也是为了借机察看雄州监狱内情形。"

崔玄妙大为惊奇，道："刘遂就不怕安抚使杀了他吗？"

李允则实话告道："刘遂身份超然，生父是北汉皇族，生母是辽国摄政王[1]外甥女，本使亦不敢擅自处置他。上报朝廷后，朝廷顶多是下令就地扣押。日后若有契机，辽方出面交涉，朝廷多半会顺势放人。"

自宋太宗亲征伐辽惨败后，契丹便占据了上风。宋太宗屁股被辽人射了一箭，却仍然暗中派人向辽国求和，此等屈辱之事都能做得出来，足见宋廷畏辽如虎。契丹耀武扬威，始终看不起宋朝，断然拒绝了宋太宗的求和。宋太宗颜面全无，发誓要一雪前耻，这才有了后面的"雍熙北伐"，虽倾举国之力，却一再惨败，精锐尽丧。自此，宋朝再也无力主动出击，辽国则一跃成为东方最强大的国家。战争中被掳掠到辽地的汉人，均如猪狗。而议和之后，宋辽明为兄弟，其实仍然是辽国大占上风，时时盛气凌人。双方若有冲突，多是以宋朝妥协了结。

崔玄妙是武官之女，对敌强我弱的局面多少有些了解，当即不再追问。沉默了一会儿，还是有些不甘心，又问道："安抚使的意思，刘遂当晚只是在利用玄妙？"

李允则道："应该说不上利用。毕竟刘遂潜入雄州医馆时，并不知道妙娘人也在哪里。"

顿了顿，又道："本使只是提醒妙娘，人心难测，更何况刘遂还是敌人，来自北岸。不要以为他真是为了妙娘，才肯束手就擒。哦，本使的意思是，以当时情形来看，刘遂大可以挟持妙娘，以妙娘为人质，大大增加逃走的机会，但他却没有这么做。"

崔玄妙摇头道："刘遂不是为了玄妙。他只是为了救梁国公主而事

[1] 摄政王指韩德让（韩匡嗣子），契丹名耶律隆运。韩匡嗣女嫁辽汉人权臣耿绍纪，女耿氏（韩德让外甥女），嫁北汉皇族刘继文。

先允诺了王医师，要留在医馆，听候处置。”

又暗暗思忖：“如若当晚郑县尉不来这一趟呢？次日王医师悄然回来，雄州官府浑然不觉，又会是什么样的结局？王医师真会将刘遂交给官府吗？”

李允则问道：“妙娘何以不问刘遂目下情形如何？”

崔玄妙道：“安抚使适才也说了，刘遂虽是敌人，但出身显赫，朝廷都不敢拿他怎样，又何须我一个小女子再多问？”

李允则道：“刘遂人已经逃了。依本使判断，他应该还会来找妙娘。”

崔玄妙一愣，随即问道：“怎么可能？莫说萍水相逢、立场有别，我人大多数时候都在官署中，他岂会为了见我一面而冒险？”

李允则不知崔玄妙受伤经过，答道：“刘遂确实伤了妙娘，但应该只是失手，并非他本意。后来他没有继续挟持你，而且在被捕后忽然挣脱掌握，撞晕了你，分明是不想让你受到郑县尉盘问。可见他心中……”

顿了顿，又改口道：“昨晚刘遂被人救走，完全脱险之前，他还不忘请托营救之人进城来探妙娘。”

崔玄妙先是愕然，随即满面红晕，低下头去。

李允则摆手道：“罢了，刘遂再来找妙娘这件事，本使也没把握，只是猜测而已。不过本使要拜托妙娘一件事，如果刘遂再来找你……本使是说如果……”

一语未毕，侍卫忻继勋便急急忙忙冲了进来，告道：“属下刚刚查阅了档案，名字及生平都记下了。现任北府宰相萧排押没有儿子，只有两个女儿：长女萧弥哥，曾是当今辽国皇帝的贵妃，来雄州治病的梁国公主耶律燕哥，就是萧贵妃所生。次女萧玉哥，是辽国皇帝之妹卫国公主耶律长寿女所生，嫁给了亲舅耶律隆庆。”

李允则忙问道：“萧恒德的儿女呢？”

忻继勋道：“萧恒德有一个女儿一个儿子，儿子萧匹敌生母也是辽国皇帝的妹妹，叫耶律延寿女。女儿是萧恒德原配所生，名叫萧夷直，是萧匹敌同父异母的姊姊，年纪也比萧匹敌要大上许多。对了，这位萧夷直，就是原先预备嫁去高丽做王后的萧公主。”

见长官眉头深锁，不由一怔，问道：“怎么了？”

李允则问道：“关于萧公主萧夷直，档案中就这些吗？”

忻继勋道：“档案中就记了这些。对了，赵书吏说了，这个萧匹敌因为太受宠爱，现下已经改名叫耶律匹敌了。这一节资料，档案尚未更新。”

崔玄妙忽插口道：“这位萧夷直萧公主，名字夷直，是哪两个字？”

忻继勋道：“萧夷直吗？她没有汉名，夷直是契丹语音译，随便选的两个汉字。”

崔玄妙问道：“夷直，是不是也可以念作燕姿？”

忻继勋“啊”了一声，本能地转头去看李允则。李允则面色沉穆，点点头，示意崔玄妙所猜不错。

忻继勋惊得下巴都快掉到地上，道：“难道耶律吴欲念念不忘、一定要寻到的女子，就是那位萧公主，萧夷直？萧燕姿？”

越想越觉得合理，之前种种古怪之处也能对上，道：“难怪耶律吴欲不肯假他人之手，非要自己去寻人，还说无论是夫家人和娘家人寻到燕姿，都会有大麻烦。可不是嘛，萧公主果真逃至宋境，耶律氏和萧氏找到她，都不会放过她。”

那么，萧燕姿为何要逃离辽国呢？她已被封为公主，且将嫁去高丽为王后，贵为一国之母，为何甘心沦为逃犯，在辽国是千夫所指；在宋境即便能勉强安身，亦只能隐姓埋名，永世见不得光。

李允则叹了口气，道：“因为这位萧公主根本就不想嫁去高丽，更何况萧太后还杀了她的亲生父亲萧恒德。”

萧恒德父女，都是那类看似大富大贵、实则命苦之极的人——

萧恒德当年因降服高丽而一举成名，赐号“启圣竭力功臣”。那之后，他任东京留守，镇抚辽东。后来讨伐东北诸部时，因道远粮绝、士马死伤者众多，遭到辽朝追责，又被削功臣称号。

再说家事。萧恒德原配发妻只生有一女萧燕姿，且已早早离世，故萧恒德膝下无子，但他对亡妻及女儿感清很深，一直不愿意续娶。后来还是萧父萧挞凛做主，为萧恒德求娶到了萧太后最爱幼女耶律延寿女为妻。萧恒德兄长萧排押则尚萧太后次女耶律长寿女，兄弟二人同时娶了辽景宗与萧太后的嫡生公主，可谓荣光无限。

但风光只是表面，婚姻生活如人饮水，冷暖自知。耶律延寿女是萧太后亲生掌上明珠，性子难免骄傲些。她与萧燕姿年纪仅相差数岁，对这位已经懂事的继女态度也不大和善。而萧恒德素来爱女如命，因为这一节，与耶律延寿女也不怎么和睦。

宋太宗至道二年（996 年），萧恒德任行军都部署，率军征伐蒲卢毛朵部。就在他外出征战时，高丽国王王治正式接受契丹册封——这是王治第二次接受册封，十五年前，他曾受宋太宗册封为高丽国王——并趁机向契丹请婚。太后萧绰早有心替爱女搬掉萧燕姿这颗碍眼的石头，便趁势同意了高丽的求婚，借口萧恒德曾任东京留守，与高丽有旧，封其女萧燕姿为公主，下嫁高丽国王王治。

这一消息，令高丽国王王治喜出望外。对萧恒德父女而言，则不亚于晴天霹雳。年底萧恒德率军返朝时，木已成舟，萧燕姿下嫁高丽已成定局。父女二人除了抱头痛哭外，别无他法。

而此时耶律延寿女已怀胎九月，即将临盆。萧恒德将爱女远嫁高丽一事迁怒于公主，对其不闻不问。萧太后爱惜女儿，派心腹女官贤释到萧府专门侍奉公主。萧恒德知道贤释是萧太后跟前最受宠信的女官，平日无数权臣争相巴结都巴结不上，此刻居然有了朝夕相处的机会。看到眼波挑人的贤释不时在眼前晃来晃去，他忽然生出一个诡异而大胆的想法，决定利用贤释来设法改变萧太后主意，拯救爱女将要远嫁他国的命运。

然萧太后眼线无处不在，萧恒德和贤释的奸情最终还是被人发现了。耶律延寿女刚生下儿子不到一月，惊闻丈夫与母亲女官私通，气愤不已，一时呼吸困难，当场便撒手而去。时年二十一岁，与其“延寿女”的名字大不相符。

萧太后闻讯赶到时，面对的只是爱女冰冷的尸体，及嗷嗷大哭的新生婴儿。

萧太后亦如常人一般失去了理智，仿若一只受伤的狮子，迭声怒吼，下令将女官贤释以残酷刑罚处死，令萧恒德跪在一旁观刑。等到贤释彻底变成一团碎肉后，这才命武士用弓弦将萧恒德绞死，对外则称赐死。

萧燕姿已被关押起来，没有亲眼看到这些血腥惨烈的场面。

好的是，因为父亲、继母暴死，她不必立即嫁去高丽。虽然契丹并无守丧一说[1]，但至少要等到父亲、继母下葬，婚事才会排上日程。坏的是，她在失去至亲、饱受痛苦的时候，还得每日接受萧太后使者的训导及教诲。

次年（997 年）三月，高丽国王王治听闻岳父、岳母意外身故，也派了使者赶来参加葬礼。

那时候，萧燕姿才被释放出来，以高丽准王后的身份，与高丽使者相见，双方还交换了信物。

萧太后听说萧燕姿始终表现柔顺，不见异常，这才准许萧燕姿为父母服丧守灵，稍微放松了看管。

高丽使者回报后，高丽国王王治听说萧燕姿温柔美丽，对这桩婚事也极是期盼，特意派人向契丹进贡了许多聘币。

然就在萧恒德夫妇下葬当日，萧燕姿离奇失踪，自此下落不明。契丹对此事始终秘而不宣，却将联姻高丽的婚期推迟，大概仍然想找到萧燕姿。

同年十月，高丽国王王治因病薨逝，时年三十七岁，庙号成宗。

王治一死，辽丽联姻便不了了之，辽方亦不必再大肆浪费人力物力搜寻萧燕姿下落。就连萧太后也慨叹这桩婚事大概是“天不作之合”，是以继位的高丽穆宗王诵再度求娶契丹公主时，便直截了当地拒绝。到后来又听说王诵有龙阳之癖、只好男子、不好女色时，更是打定主

[1] 契丹没有中原的丁忧制度，即无服纪，子孙死，父母晨夕哭之；父母死，子孙不哭。

意以后决不再与高丽联姻。

以上种种，即便曾为机密，然时过境迁，冰山亦渐渐浮出水面。

宋廷自立国以来，便有以高丽为右臂的打算，高丽亦是如此。然两国尔虞我诈，都只想利用对方，不愿意实际付出，最终高丽在被辽将萧恒德率军大肆入侵后，迅即倒向了辽国。如此局面，自是对宋朝不利，宋廷因而格外关注辽丽两国外交。

萧公主萧燕姿将下嫁高丽国王王治是大事中的大事，曾令宋朝大为紧张，以为自此将永久失去高丽为藩属。毕竟辽丽联姻之后，高丽国王王治必将立萧公主所生之子为储君，其后高丽国主都将有契丹血统，宋朝再无回旋余地。所幸联姻不成，宋朝方才大大松了一口气。

萧公主萧燕姿自此不知所踪，料想她一介孤女，无人可以依靠，实难逃脱权倾天下的萧太后之手，多半已被秘密捉回。然因未婚夫高丽成宗王治已死，她也成了可有可无的闲人，极可能已被萧太后秘密处死。

萧燕姿于宋太宗至道二年（996年）被册封公主，欲和亲高丽。其父萧恒德则是在该年年底被萧太后赐死。次年三月，高丽使者还在萧恒德夫妇葬礼上见到萧燕姿，赠送了国王王治的礼物，萧燕姿旋即失踪。而耶律吴欲则是宋真宗景德元年（1004年）“澶渊之盟”达成前夕投宋，先后差了八年之久，是以从来都没有人将这二人联系在一起。

现今耶律吴欲意外现身于雄州，声称欲寻心上人燕姿，以河北安抚使李允则之精明，竟也不疑有它。若不是崔玄妙无意一句“是燕姿，还是燕之？也没具体问是哪两个字”，李允则断然不会将燕姿与档案中所记录的萧夷直联系到一起。

但既然耶律吴欲对萧燕姿用情至深，何以过了八年后，方才投宋寻人呢？莫非之前他一直在辽境寻访，未能如愿，方才想到萧燕姿可能逃到了宋境？

可这说不通啊，明明耶律吴欲提及萧燕姿曾说过要去江南水乡，他寻人心切的话，该立即奔向南方才对呀。

旁人不知道的是，萧燕姿与耶律吴欲青梅竹马，一起长大，二人年少时，双方长辈已默认了这桩婚事。不想萧燕姿十四岁那年，忽然接到皇帝诏书，一纸诏命，便摇身成为本朝公主、未来的高丽王后。

当时萧恒德领兵在外，萧燕姿唯一可以商议、可以依赖的人，就是比自己大上几岁的耶律吴欲。她找到情郎，倾诉了自己不想与继母越国公主生活在一起，也不想嫁往高丽的心愿，想与心上人一起私奔，远走他乡。

耶律吴欲已听说萧燕姿大大得罪了继母越国公主，故而萧太后指名要将她嫁往高丽。他性格有些软弱，素来畏惧萧太后权威，听到“私奔”一词，当即吓了一跳，不敢答应，只能徒然无力地看着心爱的女子哭泣。

那一日，萧燕姿心灰意冷地离去。她也没有逃走，而是回到家中，继续忍受继母越国公主的侮辱谩骂，静静等候即将降临的命运。毕竟，她还有深爱的父亲，她一定要等到父亲回家。

然而她等来的却是最为心痛的结局。从萧恒德与女官贤释奸情败露的那一刻，她便知道，父亲是为了救她，才会如此不顾廉耻。她疯狂地呼喊，撕打拦住她的下人，但却无济于事。她再见到父亲时，他已经静静躺在了尸棚上，身边还并排躺着他并不爱的妻子越国公主。

相比于人生至暗时刻的萧燕姿，耶律吴欲心里也不好受。萧恒德被赐死后，父亲怕他因为萧燕姿而滋事，断然将他关在了酒窖中，预备等到萧燕姿出嫁高丽后再放他出来。

那可真是饱受磨难的一段日子呀。他无时无刻不处于焦虑与恐惧中，不时会惊悸，心跳快得连自己都听得到；不时感到胸闷窒息，以至昏眩倒地；还会因灯光昏暗而产生幻觉，会忽然发热冒汗，又会忽然冷得直打哆嗦。

很多时候，他都认为自己最后会变成一个歇斯底里的疯子，揪掉满头头发，撕烂全身衣衫，然后到冰雪天地中蹦蹦跳跳，慢慢冻僵死去……

所幸耶律吴欲尚未变得疯癫，预计时刻未到，便被放了出来。而释放他的人，并非其亲生父亲，而是太后萧绰派来搜寻萧燕姿的亲兵。也亏得父亲将他关了三个月，不然他还真难以逃脱与萧燕姿勾结的嫌疑。

囚禁的苦难日子结束了，生活似乎也发生了巨大变化。萧太后亲自召见了耶律吴欲，对他颇为满意，任命他做了班济库都监。他也就勤勤恳恳地做着，心中虽然挂念那个女子，却不敢打听她的消息。

出动军队搜寻萧燕姿一事，在高丽国王王治死后便结束了。耶律吴欲略微松了口气，但又怀疑以萧太后之个性手段，必不会轻易放过萧燕姿，必定另外派了人手，秘密查探其人下落。他有时候感觉有人在暗中跟踪监视自己，猜测或许是太后的心腹，期待能由他寻到萧燕姿。他也会问自己，如若萧燕姿真的来找他，他又会怎么做？

时光一年一年过去。那一年，萧太后和圣宗皇帝预备御驾亲征，南下侵宋。耶律吴欲进宫禀事时，意外遇到了萧匹敌。

这位萧匹敌，即萧恒德与越国公主耶律延寿女之子。出生不到一个月时，生母越国公主因得知丈夫与母亲女官通奸忧愤而死，生父萧恒德随即被太后萧绰赐死，故而不足月父母俱死。萧太后思念女儿，亦爱惜外孙，亲自抚育于禁宫之中，溺爱之极。

耶律吴欲一见到萧匹敌，便立即联想到了他那位同父异母的姊姊萧燕姿。萧匹敌也对耶律吴欲甚为友好，主动过来招呼。

耶律吴欲心念一动，问萧匹敌是否知道自己还有一位姊姊。

萧匹敌回答说：“知道。太后说她已经死了。”接下来又说了一句令耶律吴欲震惊之极的话，道：“但我知道姊姊没死。”

耶律吴欲呆了一呆，忙问道：“你怎么知道？”

萧匹敌道：“我就是知道。我还知道，姊姊总有一天会回来的，因为太后已经原谅她了。”

彼时萧太后已追封萧恒德为兰陵郡王，确实已有追悔往事之意。

耶律吴欲还欲再问，萧匹敌却已经跑开。

耶律吴欲一时心潮澎湃，心道：“太后是因为找不到燕姿，所以才说她死了。但萧匹敌与燕姿是血缘至亲，他当能感应到燕姿尚在人世。”

蓦地起了强烈要去寻找萧燕姿的心思，如此强烈，竟至不可抑制。他匆忙回家收拾了行囊，便立即动身离开了燕京，不再给自己反悔的机会。

然以萧太后之势力，尚不能寻到人，他又一时到哪里去找？

忽然记起某日萧燕姿曾说过最喜欢宋朝的江南水乡，有机会的话，一定要去那里住住，便疑心爱人去了宋朝，难怪萧太后遍寻不得。他既然已决意不再回头，遂义无反顾，南下投宋。

这些细枝末节，若非当事人，自是难以知晓内中原委。但即便是外人，如李允则等人，亦能看出尽管时隔多年，耶律吴欲依然对萧燕姿一往情深。

那么萧燕姿呢？当年她遭耶律吴欲沉默回应，掉头离开后，会不会就此恩断义绝，再无情意？

侍卫忻继勋既知耶律吴欲所寻女子，便是档案中的萧公主萧夷直，忙问道："会不会真如耶律吴欲所言，萧燕姿就在雄州？"

崔玄妙则接口问道："会不会耶律吴欲在佛塔上所望见的熟人，就是这位萧燕姿萧公主？"

李允则当即应道："大有可能。"又转头命道："继勋，你带一队人赶去瓮城，一是接应白锋锐，一来搜寻这位萧公主下落。"

忻继勋为难地道："如何个搜寻法？找不找得到耶律吴欲还不知道，就算找到他，就凭他那份痴情，他也不会说出燕姿是谁。"

又道："站在佛塔上，是能看到瓮城全部。但我就奇怪了，隔得那么远，人小得跟豆子似的，耶律吴欲怎么就能认出来那是萧燕姿？"

李允则道："如果对方是他极为熟悉的人，且朝思暮想，应该可以办到。"

忻继勋道："就算如此，瓮城可是有上百户人家，安抚使不是向来主张不到万不得已不要扰民吗？"挨家挨户搜索，必定会闹得鸡犬不宁，搞得人心惶惶。

崔玄妙忙道："可以先试试那户办丧事的人家。"

她虽然未曾仔细留意，但感觉瓮城中就数那户人家附近影影绰绰，不停有人进出，耶律吴欲的目光，应该也会首先落在那一块。毕竟活动的物体，比静物更能让人一眼留意到。

李允则赞许地点点头，道："就先去搜那户办丧事的人家。"

忻继勋应了一声，刚要离开，李允则又道："对了，记得代本使在死者灵前拜上一拜。"

忻继勋躬身道："遵命。"

侍卫忻继勋刚离开，便有兵士进来禀报道："白沟驿派人来接崔小娘子了。"

李允则道："甚好。本来跟涿州定的今晚或是明晚交接崔使者灵柩，但棺木太过沉重，契丹人尊重中原习俗，一到涿州，便使用人力抬棺，只怕还会有所延迟。不管怎样，妙娘人住到白沟驿要保险些。"

崔玄妙应了一声，道："先父之事，让李使君费心了。"

李允则道："崔使者也算是为国捐躯，这些都是本使分内之事。"见崔氏面色有异，问道："妙娘既然早知刘遂身份，可有问过尊府病因？"

崔玄妙点点头，大致将刘遂一番话说了。说到因饮酒过度而患腐胁疾暴死时，已是饮泣不已，又问道："李使君相信刘遂这番解释吗？"

李允则道："刘遂应该不会骗妙娘。而且就他这番话本身而言，有头有尾，尤其是腐胁疾发病经过及症状，他是编不出来的。"

料想崔玄妙会为如此死法而介怀，遂安慰道："外交宴上无小事，无论怎样，尊父都算是为国捐躯。"

崔玄妙极是感激，道："多谢。李使君长者风范，旁人未必会这样想。"

李允则道："这件事，契丹人自不会提，仅你我二人知晓即可。不过使团中有皇城司的武官，无论如何都瞒不过朝廷，就看朝廷如何声明。妙娘不妨将刘遂所述及你个人对尊父后事的意愿经过写成奏章，本使立即派人送回朝中。当今皇帝最体恤臣下，自会满足妙娘的要求。"

崔玄妙道："好，我回白沟驿后便立即着手奏章之事。"又迟疑道：

“可是我……我还想见先父最后一面。”

李允则道：“此乃人之常情。本使会亲自开棺，万一崔使者骸骨有异，旁人也不会看到。本使也会一直陪在妙娘身边，妙娘不必担心。”

崔玄妙大为感动，当即朝李允则盈盈下拜。李允则忙上前扶起，又扶着崔玄妙出来，将她交给等在庭院中的女官苏惠，道：“好生照顾妙娘。”

苏惠道：“遵命。”

李允则见苏惠身后的女使面生，便停下脚步问道：“这位是……”

苏惠道：“她是白沟驿女使林黛，一直在后厨当差，安抚使没有见过。”

林黛跟苏惠一样羞怯，畏畏缩缩不敢上前，只行了一礼，垂首禀报道：“奴家是随苏管事来搬取崔小娘子行囊。”

李允则点点头，道：“辛苦。”

李允则回来州府议事厅坐下，刚处理了几件公文，侍卫白锋锐便疾奔进来，躬身禀报道：“耶律吴欲被杀了。”

李允则霍然起身，身子摇晃了两下。白锋锐忙抢到案边扶住长官，又报道：“属下奉命去找耶律吴欲，刚好郑县尉也带了弓手在北城例行巡防，遂一道搜寻。后来在北城门附近的一处柴垛后发现了耶律吴欲，人已经死了。”

白锋锐闻讯赶到时，耶律吴欲尸首还是热的，胸腹两处刀伤尚有新血渗出。其人面色如生，双目瞪得老大，面露惊奇之色，似是料不到凶手会出手对付他。

李允则皱眉道：“这么说，耶律吴欲是在你眼皮底下被杀？”

白锋锐忙扶李允则坐下，又回到堂中，单膝跪下请罪，道：“属下自知失职，但请安抚使准许属下戴罪立功，与郑县尉一道找出凶手。”

李允则见两县尉郑定国人已到议事厅外，便叫道：“进来。”

郑定国忙进厅见礼，又禀报道：“耶律吴欲尸首已运到归信县署。身上只有两处致命伤，是匕首之类的短兵刃所致。凶手应该是认识的人，才会在耶律吴欲毫无防备的情况下，正面捅了他两刀。”

李允则无奈摇了摇头，道：“萧燕姿。”

话音刚落，侍卫忻继勋便奔了进来，告道：“找到萧燕姿了。她就是白云观易敏道长。”

李允则再度起身，瞪大了眼珠，显然意外至极。

县尉郑定国忙问道：“易敏道长？是赵探赵知事暗中喜欢的那个易敏吗？”

忻继勋道：“原来大家伙儿都知道这件事啊。是，就是那个易敏。”

至于寻到萧燕姿的经过，则简单得不能再简单，方法土得不能再土了。

忻继勋一路直奔瓮城，途中遇到同僚白锋锐，得知辽投臣耶律吴欲被杀，大感震惊，便与白锋锐一道赶至现场。看过耶律吴欲死状后，忻继勋亦料定是熟人杀人。他既已知悉萧燕姿一事，便立即怀疑是熟人萧燕姿所为，又径直赶来瓮城，来到正在办丧事的百姓陈林家中。

陈家院子内外聚集有不少人，看到官兵到来，人群已开始不安。忻继勋怕引起骚动，不敢公然盘问，遂灵机一动，独自进来院子，扬声叫道：“燕姿！燕姿！”

人声嘈杂，大家各有事在忙，也没有人留意到忻继勋的呼叫，唯独正在拟写衣物疏的女道士易敏竟然回过头来。忻继勋一见她脸色，便知道她就是萧燕姿。

易敏也认出忻继勋，情知不妙，丢下手中毫笔，起身便走。忻继勋早看在眼中，当即追上前去，捉住易敏手臂，将她带出院子。搜索其身，却未发现兵器之类。

易敏倒是不挣扎也不吵闹，任凭忻继勋作为。主人陈林一眼看到，急忙追过来问道：“出了什么事？”

忻继勋忙道：“安抚使命我向丧主致哀。本来还要替安抚使拜祭死者，不过我现下有公务在身，须得立即带易敏回城，实在抱歉。”

陈林闻言很是感动，忙作揖谢道：“安抚使实在有心。家母八十六岁高龄过世，老人家走得无痛无病，也算是喜丧。”

又见忻继勋将易敏交给兵士执住，忍不住问道："易敏道长犯了什么事？"

忻继勋难以解释，便简短地道："她杀了人。"又侧头去看易敏反应。其人面色木然，甚是平静。

陈林则大吃一惊，问道："是刚刚来过的那名与易敏道长争吵过的男子吗？"

忻继勋心念一动，忙将陈林扯到一旁，描述了耶律吴欲相貌，问道："是不是这个人？"

陈林点头道："是。"又大致叙述了事情经过。

原来不久前有名又高又壮的陌生男子直奔进陈家，拉了易敏便走。易敏虽然惊讶异常，却也没有反抗呼叫，顺从地被对方牵了出去。

陈家人多，人来人往，旁人未曾留意，但易敏是陈家专门请来参与丧事的，陈林对她格外瞩目，见忽有古怪事情发生，担心会有意外，便悄悄跟了过去。

他敬重修道之人，倒也不敢靠得太近，只远远听到易敏与那陌生男子争吵。二人言辞激烈，语速极快，他根本就听不清对方在说什么。

忻继勋忙问道："他们是不是在说契丹语？"

陈林"啊"了一声，道："小人本来没留意，听忻侍卫这么一说，倒是想起来了，他二人说的还真是契丹语。"

又转头看了一眼易敏，惊疑不定，问道："她……易敏道长她……"

忻继勋不敢轻易泄露易敏身份，忙道："不是，不是陈老想的那样。易敏居住在两属地呢。两属地的人，谁不会说几句契丹语？我的意思是，这二人是怕旁人听到，才故意用契丹语交谈。"

陈林这才释然，道："那小人就放心了。"又问道："那男子是两属地人氏吗？小人怎么从来没见过他？"

忻继勋笑道："陈老又不可能见过雄州所有两属民。"

陈林讪笑道："那倒是。"又叙说了后面之事。

二人争吵了一番后，易敏怒气冲冲，转身离开。男子则上前一把扯住易敏衣袖不放。易敏未能甩脱，便扬手扇了男子一耳光。那男子这才松了手。易敏旋即转身离开，回了陈家。那男子发了一会儿呆，也转身走了。陈林见最后也没发生什么事，这才回了家。

忻继勋又问道："后来易敏可有离开过陈家？"

陈林迟疑了下，道："有。易敏道长回来一会儿后，便又出去了。小人料定她与那男子有旧，虽然瞧在眼中，但这次没有再跟出去。"

顿了顿，又道："原来易敏道长是赶出去杀了那男子。"

忻继勋忙告道："易敏道长只是嫌犯，未必就是真凶。好了，我得带她回城去见安抚使。"又叮嘱陈林务须保密、不得声张，这才率人押着易敏离开。

忻继勋大致叙述了经过，又道："易敏身上没有兵刃。若果真是她杀人，必定已将凶器抛弃。属下已派了人手，在陈家通往北门沿途中搜索。"

李允则踌躇了好大一会儿，才问道："易敏道长身上可有血迹？"

忻继勋道："易敏穿着黑色道袍，看着不太明显。不过属下留意到她面前有些深色斑点，当是杀死耶律吴欲时血液喷溅所染。"

两县尉郑定国忙道："凶手必是易敏无疑。既然人已捕获，不妨立即带她上堂审问。"

李允则却摆手道："不必。这件案子，本使会亲自负责，你们都不必再管。继勋，你派心腹人手将易敏解去军营，单独囚禁在营房中。没有本使许可，任何人不得接近。"

忻继勋一怔，问道："易敏身份特殊，为何要带去军营，而不是关押在隔壁的归信县狱？"

李允则不答，只道："易敏的黑色道袍是关键证据，你亲自监管她脱下来，再交给本使。好了，这件案子到此为止，若有人问起，便说死者是外地人吴欲，与另一外地人争吵相斗而死，凶手已经潜逃。至于易敏道长，先以病重搪塞吧。郑县尉，劳烦你先悄悄买一副棺木，将耶律吴欲装殓，棺木暂时停放在县衙地窖中。再辛苦郑县尉走一趟北城，向诸位乡邻解释。”

李氏自到任雄州以来，还没有破不了的案子、解决不了的难题，诸人素服其能，一齐躬身应道：“遵命。”

耶律吴欲一案刚草草了事，便有侍卫进来报道：“武宗元回来了。他和陈丽今早渡河，回到雄州了。”

李允则“噢”了一声，抚额道：“总算有了点好消息。”舒了一口气，又问道：“只有武宗元和陈丽二人吗？”

侍卫道：“只有他二人。因为未得安抚使示下，探子不敢暴露身份上前阻拦。不过他二人都没有回南塘，也没有来雄州州城，而是前后脚去了东面的赵家村。”

李允则道：“知道了。你去吧。”

侍卫白锋锐知道武宗元一直是长官的首要关注对象，忙问道：“要不要属下立即率人赶去赵家村，将武宗元带回州府？”

李允则道：“先不用管他。武宗元自行返回雄州，必是知悉赵振被捕，一回来就巴巴赶去赵家村，肯定是想求赵延祚出手营救赵振。”

白锋锐闻言很是惊奇，问道：“武宗元想救人，为何不直接来求安抚使？难道赵侍禁比安抚使能耐还大吗？”

李允则道：“陈丽不是在来州府的路上吗？嗯，实话告诉你，倘若连旁门左道都算上，赵侍禁能耐绝对比本使大。只是目下南北议和，旁门左道都不能再用了。可惜！”

顿了顿，又道：“这武宗元还真是个机敏聪颖的少年，本使之前已经对他刮目相看，但仍然小瞧了他，他居然能想到去求赵延祚。本使倒要看看，他能用什么方法打动老谋深算的赵延祚。”

书吏赵祚匆忙进来，躬身道：“北岸涿州回书到了。”

昨晚李允则已以雄州知州名义连夜发出文书，要求涿州刺史耶律守雄交出被通缉的雄州界河巡检赵振。以往发生这类事，对方通常都会拖个半个月、一个月，这次涿州方面居然迅即回应，堪称破天荒的头一遭。

李允则亦感到意外，道："这次这么快吗？"拆开回书一看，立时皱紧眉头。

白锋锐关心赵振安危，忙问道："如何？"见长官不答，便朝赵祚使了个眼色。

赵祚掌管机要文书，有权阅读涿州公文。他与赵振同族，亦格外关注，略一犹豫，便主动上前，从案上拾起公文，读了一遍，道："涿州声称赵振是宋朝间谍，并称赵振已招供承认了此节。"

白锋锐当即斥道："这不是放屁吗？赵振怎么可能招供？"见李允则微微侧头，忙躬身道："属下失言。"

赵祚道："不过涿州提出以赵振来换高翼。这可真是奇怪……"偷偷看了李允则一眼，一时不敢再说下去。

李允则思忖了一会儿，道："涿州公文先封存起来，暂时不必回应。旁人问起赵振之事，就说涿州一方尚无回信。"

赵祚问道："那么高翼……"

李允则道："高翼已经交给杨将军看管，今晚要拿他换回杨小公子。"

想了一想，又侧头向心腹侍卫交代道："锋锐，交换人质一事，事关重大。你负责押解高翼，一路扈从杨将军，半步不得离开，直到事情结束为止。"

又加重了语气，一字一句地强调道："还有，涿州提出以赵振交换高翼一事，不得对任何人提及。本使是说任何人，赵书吏，你可明白？"

赵祚躬身道："安抚使有命，下官自当谨遵。"

他心中疑惑未解，又忍不住问道："不过为什么涿州要提出以赵振来换高翼？他们应该知道，安抚使绝对不会同意的。噢，我也不是说赵振就该牺牲，但高翼一旦回了契丹，危害实在太大。"

李允则未及回答，兵士进来禀报道："雄州都钤辖求见安抚使，说是有关晚间以高翼交换杨小公子一事。"

赵家村位于城北的赵家岗上，共有二三十户人家。因为村长赵延祚于宋朝有功，村民都能轻而易举地在官府谋取一份公职，赵祚就是典型的例子。

赵祚是遗腹子。其父早年病死，赵母郭氏在本村名声不好，甚至有风声说，郭氏与村中豪强人物赵延祚有些见不得人的故事。郭氏受不了流言蜚语，遂回了娘家郦亭，即地理学家郦道元的出生成长地。后郭氏产下一子，取名赵祚。“祚”即豪强赵延祚名字中的一字，郭氏以此举来证明自己清白，与赵延祚并无瓜葛，毕竟在以孝治国的大宋，断然不会出现儿子与父亲同名之事。

郭氏出身小康之家，通晓文字书史，也尽心尽力教导爱子。赵祚少年时便能写得一手好文章，颇令乡人瞩目。他自己有志科举，期待将来金榜题名，光宗耀祖。不料二十年前契丹南侵时，俘虏了赵祚，带去燕京。赵祚因通晓文史，渐渐被契丹人发现，慢慢擢为小吏，还将掠自宋赵州的苏氏女苏惠嫁给赵祚为妻。

光阴流淌，十余年过去，赵祚早已在燕京安家落户，但他心中始终不忘故土，时时想着回乡陪伴母亲。后来终于寻到机会，带着妻子苏惠一路南逃，重返大宋。只是郦亭亲眷尽已离散，母亲郭氏据称已死于战乱中，郭氏祖屋亦早被辽军烧成了白地。

赵氏夫妇又往苏惠娘家赵州投亲，亦是未果。无家可归时，赵延祚伸出了援助之手，将赵家村赵祚父亲老宅重新翻修扩建，供赵祚夫妇居住。但赵祚不忘母亲生前所受羞辱，不肯接受赵延祚好意，也始终没有回过赵家村。

因赵祚曾在契丹朝中任职，雄州官府派人将赵氏夫妇逮捕，讯问之后，送往京城，统一安置归明院中。盖因为当时宋辽对抗激烈，而赵祚在燕京生活了十余年之久，宋廷极担心他会是契丹有意放回的奸细。

后苏氏父亲苏翰辗转寻亲，敲登闻鼓向朝廷申诉。宋真宗了解情况后，下令将赵祚夫妇放还。雄州知州李允则认为赵祚在燕京任书吏多年，了解契丹情况，遂将其聘来安抚司任职，其妻苏惠因为精通契丹语，也安排在白沟驿中供职。

某日闲谈，赵祚方才知道自己与妻子苏惠之所以没有被继续囚禁在东京归明院中，赵延祚功劳着实不小，是他千辛万苦寻到了苏父苏翰，又教其去京城告状，这才有后来之事。

至于赵祚能在河北缘边安抚司中任职，也是赵延祚竭力作保。毕竟像赵祚这样的经历，不可能再参加科举，仕途无望，但若能在安抚司谋一份公职，哪怕是从文书做起，只要踏实勤勉，日后不难有所作为，也算是一种安慰和弥补。

赵祚得知真相后十分感激，急忙带着妻子苏惠前去拜谢赵延祚，双方遂冰释前嫌。赵祚虽因公职不能时时回赵家村，却也会在闲暇时回来探访赵延祚，有时候还会在老宅住上几宿。其妻苏惠在白沟驿担任管事，相对要清闲一些，在赵家村住的时间更长，其人性格温和，与村民相处融洽。

这一日上午，赵家村来了一名二十岁左右的年轻男子，一到村口便打听村长赵延祚住所。老村民告知赵宅不在村里，而是建在赵家岗南面的笨笨湖边后，那男子却没有立即寻去笨笨庄园，只点头称谢，旋即坐在村口，似在等人。

老村民见状不免感到奇怪，便有意上前搭讪。

那男子笑道："我是来找赵侍禁帮忙的，但得先等一个人。如果这个人不来，或是来了告知事情不妥，这才去找赵侍禁。如若事情妥当，就不必打扰他老人家了。"

老村民见对方一口便能叫出赵延祚的"侍禁"官衔，料想也是个官人，遂不再怀疑。

年轻男子又问道："老公适才说的是笨笨湖吧？笨重的笨吗？为何叫这样的名字？"

老村民笑道："郎君是外地来的吧？雄州人都知道，笨笨湖就是个笑话。"

原来此湖水质极好，马儿都爱在湖中饮水，故原名叫策湖，取"策马"之意。后来有个白字先生念成了笨湖，传扬了开去，人们都开玩笑"笨湖""笨湖"地叫，结果后来就真的叫成了笨湖。而后又演变成笨笨湖，实是河北方言念“笨”字时，有个拖音。

年轻男子闻言，哈哈大笑道：“自古都是有来历、有故事方能被记录，这笨笨湖比原来的策湖好，至少算是有历史了。”

又指着村口丛生的竹林道：“老公可知‘笨’字的本义，就是竹里[1]？”

老村民道：“是吗？那小人可不知道这个。”

又告道：“这些竹子原本是没有的，新任安抚使上任后，要求雄州所有隙地都要种树[2]。赵村长说竹子比树好，不知道从哪里弄了这些竹子来，居然活了，而且长得快，发势好，不几年就能长成一大片，比种树省事多了。”

年轻男子道：“唔，竹子喜温暖湿润，通常都是生长在南方的。赵侍禁肯定花费了不少力气，才挑选到这种耐寒的竹子。”

老村民应道：“世上奇事，可是不少呢。何六宅早年在雄州的时候，大种稻子，居然也活了。这在从前，谁能想到河北居然还能种水稻呢。”

年轻男子已知宋廷下令河北一带广植树木是为抑制契丹骑兵，又问道：“既然竹子能在河北成活，何以只有赵家村一带才能见到？”

老村民应道：“种树好处多啊，木材可以盖房子、当柴火烧，自然更多人愿意种树。虽然上头命令不准砍伐，但偷偷砍上一棵两棵自用，也没什么打紧。赵家村有竹子，是因为老村长喜欢竹子。”

这与村民闲扯的年轻男子，便是武宗元了。他与陈丽自易县乘船到雄州后，便让陈丽以高丽接伴使的身份去见雄州知州李允则，自己则一路寻来了赵家村，预备若是陈丽恳请李允则营救赵振未果，便改

[1] 竹里：指竹的内表面。笨，从竹，本声，意为竹里，即竹子的内层，通称“竹黄”。参见《广雅·释草》：“竹其表曰笢，其里曰笨，谓中之白质者也。其白如纸，可手揭者，谓之竹孚俞。”

[2] 辽军以骑兵见长，机动灵活，往往能占到先机和主动权。宋朝为了抑制辽骑兵，在雄州地区密植树木。大宋立国之处，宋太祖赵匡胤就下令：“于瓦桥一带南北分界之所，专植榆柳，中通一径，仅能容一骑。”到宋真宗执政，“以为使人每岁往来之路，岁月浸久，日益繁茂，合抱之木交络翳塞”。这些树木确实可以起到迟滞辽骑兵的作用，故而这种做法一直被沿用。而辽国对这些树木发挥的作用也颇为重视，不时派兵予以焚毁破坏。

向赵家村村长赵延祚求助。

一番闲聊后，老村民已熟络热情多了，武宗元正要趁机询问赵延祚相关诸事，忽见有人赶着一辆牛拉太平车路过村口。

车运在宋朝十分普及，平原地区多以太平车运物，山陵地区则以独轮鸡公车更为常见。但令人惊讶的是，除了赶车车夫外，还有几名男子随太平车而行，似是车上之物十分贵重，须得以人手护送。而那太平车上的数只大箱子，正是武宗元昨晚在易县船夫货舱中所见。

武宗元愣了一下，忙问道："那车东西要运去哪里？"

老村民道："笨笨湖老村长家呀。哦，老村长就是郎君口中的赵侍禁，村子里都习惯叫他村长。"又指着天平车道："那些人，都是老村长府中的侍从。"

武宗元正待再问，转头又见到一名女子匆匆朝村口走来，居然是不久前才分手的陈丽。

武宗元忙迎上前去，急切地问道："怎么这么快？见到李使君了吗？他怎么说？"

陈丽先摇了摇头，示意事情未办妥，然后才告道："我先去了晴川酒肆，看到那里张贴有通缉赵振的告示，称界河巡检赵振违抗军令、犯了军法，私下逃走了。"

武宗元闻言一呆，问道："你没有看错吗？当真是通缉赵振的告示？是官方告示吗？"

陈丽道："决计没错，而且是河北缘边安抚使李允则亲自签发的。我想都成这样了，见到李使君也不会有什么结果，所以想先来找武郎商量。"

武宗元道："也罢，只能去找赵侍禁了。"遂按照老村民所指，与陈丽向笨笨湖而来。

笨笨湖听起来很有些童趣，其实是一个周回十余里的大湖。湖水蓝中泛绿，清澈见底。湖底有暗河与拒马河相连，是以湖面并不像寻常湖泊那般风平浪静，而是无风自浪，波澜微起时，愈发有湖光潋滟之旖旎。

湖周植满柳树和竹子，“笨”原意为竹之里，倒应了笨笨湖的字义。由于竹林太过茂密，人稍微走得近些，便望不见湖面。若不是事先得老村民告知，大概不会知道竹林背后藏有一个天然大湖。

湖西竹林掩映中，有一座坐北朝南的庄园宅院，这便是赵家村村长赵延祚居所笨笨庄园了。此庄园修建于“澶渊之盟”之后，因向来只有赵延祚居住，内外保存得极好，看起来仍是簇新的感觉。

陈丽一见到赵家大宅，便惊叹不已，赞道：“这大概是我见到的雄州最气派的宅子了。”

她已从武宗元口中大致听说赵延祚是个极有能耐的人，算是雄州机宜司的创始者，还曾多次亲自潜入辽地打探军情，又问道：“就算这位赵侍禁当真有能力营救赵振，他会帮忙吗？毕竟他也算官府中人，论起来，李使君还是他上司，他不可能公然抗令，跟李使君作对。”

武宗元道：“总得试上一试。”

到了宅院大门前，武宗元未曾见到那辆太平车，不禁“咦”了一声。

陈丽听说了经过，亦是极为惊诧，道：“车子应该是从能通车马的旁门进院了吧。”

又道：“武郎不是说这位赵侍禁富甲一方，是本地豪族吗？为何还要与北岸易州乡民勾结走私？”

武宗元道：“赵侍禁对大宋的忠心，是毋庸置疑的。他几年前到过京城，当今皇帝亲自召对。内子舅父亲眼所见，皇帝对其人品都赞不绝口。至于赵侍禁参与走私这件事嘛，一定另有原委。”于是上前叩门，请下人通报。

下人踌躇道：“老村长年纪大了，通常这个时候才刚刚起身，不会见客。”

武宗元道：“烦请大叔务必通报一声。我叫武宗元，这位是陈丽。我二人确有急事，不然也不敢专程赶来这里惊扰赵侍禁他老人家。”

下人看出武宗元与陈丽都不是普通乡民，便勉强应了一声。

不一会儿，下人匆忙出来，笑道：“原来小郎君和小娘子大大有名，老村长一听到二位名字，便立即命小人来请。”当即引武宗元、陈丽进来前院客堂。

二人未及坐下，一名七十余岁老者自内堂出来。虽然须发全白，但依旧红光满面，状态极好。这名精神矍铄的老者，便是河北传奇人物赵延祚了。

武宗元、陈丽忙上前拜见，还欲自报姓名，赵延祚摆手笑道：“老夫知道二位的名字，武郎是宫廷画师，丽娘是高丽接伴使，对不对？”

武宗元料想赵延祚虽然老迈、在家颐养天年，却未完全与雄州官府隔绝，闻言也不意外，遂径直道：“时间急迫，宗元也就不拐弯抹角了。我二人是来找赵侍禁帮忙的，界河巡检赵振被契丹人捉了，目前关押在涿州。听说赵侍禁很有些本领，若肯帮忙去北岸救出赵振，宗元愿意以重金酬谢。”

赵延祚先是一怔，随即呵呵笑道：“武郎匆忙赶来笨笨湖，是打算收买老夫为你办事吗？”

武宗元见赵延祚半句不问赵振何以去了北岸、如何被契丹捉住，愈发肯定对方有足够能力救人，便道：“别的不说，赵振也是赵家村人，与赵侍禁同族。赵侍禁身为本族村长，总不能见死不救吧？”

赵延祚道：“赵振吃的是大宋禄米，首先是界河巡检，其次才是赵家村人。他的事，雄州界河巡检司自会处置，老夫管不了。”

武宗元问道：“黄金万两够不够？”

一万两黄金约等于十万两银，而当时宋朝每年付给的岁币也才合银三十万两，数目着实不小。一旁赵府侍从闻言均是一惊，上下打量着武宗元，怎么也不相信这位年纪轻轻的男子能一举拿出万两黄金。

陈丽也吓了一跳，暗中扯了扯武宗元衣袖，意思是让他不要信口开河。武宗元只是不理，又道：“契丹重利，以往连年战争，得了岁币的好处，方才不再南侵。若是我能给他们十万钱，换回赵振，他们必定十分愿意。”

赵延祚又是一愣，随即笑道：“武郎当真是个有趣人。不过老夫年少时，也是像武郎这般初生牛犊不怕虎。”

随即拱手道："虽有贵客在堂，但老夫年纪大了，不能久坐。来人，护送武郎和这位陈小娘子去见安抚使。"

武宗元立时大急。他自是知道一旦见到雄州长官李允则，不被软禁起来，也要被强行押解回京，到那时，不要说去营救赵振，只怕他自己也是难保自由身。

赵府侍从做了一个"请"的姿势，见武宗元不动，便欲用强，上前去拉其手臂。

武宗元见赵延祚已经起身，欲转入后堂，忙叫道："赵侍禁请留步！宗元还有一个提议，我敢担保，赵侍禁绝对拒绝不了宗元的这个提议。"

赵延祚当真顿住脚步，回身笑道："哦，还有比万两黄金更值钱的东西吗？莫非是绝代美人，抑或是庙堂高官？可惜老夫年纪老迈，这些都没福消受了。"

武宗元道："都不是。"当即甩开赵府侍从，走上前去，附到赵延祚耳边，低声说了一番话。

起初赵延祚不以为意，只笑呵呵地听着，不一会儿便瞪大了眼睛，失声道："当真？武郎当真能办到？"

武宗元挺了挺胸，傲然道："如果说世上有一人能办到此事，那便是我武宗元。这样，我知道赵侍禁嫌我年纪轻，认为言语不能尽信，赵侍禁大可先派人去打探我武宗元是什么人，有什么本领，再来请赵侍禁自己判断，我能不能办到此事。我就坐在这里等。"

赵延祚居然立即点点头，道："好。一言为定。"

武宗元又道："如果赵侍禁确信我能办到办好这件事，可得出力去救赵振。"

赵延祚道："老夫一定尽力而为。"

又特意交代赵府侍从道："务必好好招待两位贵客。去将新收的点心和新茶取来。"

等赵延祚离开，武宗元便寻机向赵府侍从打探今日所见太平车木箱之事。

赵府侍从道："今日有车运了箱子到笨笨湖吗？小人可不知道有这回事。"见武宗元疑虑不解，便笑道："武郎实在想知道，不如直接向老村长打听。"

武宗元料想木箱中物事必是涉及赵府机密，故而侍从不敢随意提及，遂笑道："也好。"

赵府侍从遂引武宗元、陈丽来到专事招待贵客的露天水榭。

这水榭一半建在湖面上，水漾楼台，物象清华，湖色尽入眼帘。走到水榭正中的凉亭时，正好可以看到南面的雄州城。

陈丽满腹狐疑，一等赵府侍从离开，便急不可待地问道："这位赵侍禁根本不将金钱名利当回事，为什么突然肯帮忙了？武郎到底提了什么条件？"

武宗元笑道："这件事，丽娘还是不要知道的好。"

过了一两个时辰，一团乌云漂到上空，天气骤变，竟忽然下起雨来。二人坐在凉亭中，观赏着雨中的笨笨湖——

好风如扇雨如帘，渺渺天涯雨。轻薄雨雾随风飘荡，又有清新水气扑面而来。当真是清景无限，好不惬意。

雨歇后，又放了晴。武宗元目睹着日斜西山，吟诵道："风雨晚初歇，悠然景更清。亭台迟落日，渔火傍孤城。"

陈丽拍手笑道："好一个亭台迟落日，渔火傍孤城。"

眼中美景如斯，再想想昨夜狼狈离开涿州的情形，真恍若隔世，又忍不住道："也不知道方偕和徐颂二人怎么样了。"

武宗元笑道："徐颂不会有事，方偕也不会有事。"

陈丽道："徐颂为人谨慎，处事得体，当不会有事。可方偕那个咋咋呼呼的张扬性子，我真担心他招惹了契丹人，会被当作大宋间谍抓起来。"

武宗元笑道："我自小好观赏临摹释道人物，略识面相，方偕这个人，是命中注定的福泽深厚之人。"

陈丽奇道："他还福泽深厚？他就是个酒鬼，大酒鬼，大大的酒鬼。我还从来没见过他这样能喝酒的，喝起来不要命似的。”

武宗元笑道：“那为何丽娘还如此关心这个大酒鬼？甚至先问的方偕，后面才提徐颂。”意指陈丽本是高丽接伴使，理该更在意高丽使者徐颂。

陈丽当即红了脸，一时无言以对。

武宗元会心笑道：“丽娘大可放心，能杀死方偕的，只有一样东西，那就是酒，绝不会是契丹人。”

第八章 缥缈行舟

契丹是典型的游牧社会，没有农耕经济，故而在生活物资上严重依赖比邻的农业区，也就是宋朝。以往辽国兴兵南侵，最主要的目的就是劫掠农产品及手工业品。『澶渊之盟』后，宋廷在雄州、霸州设置榷场，与辽进行交易。大宋设立榷场，更多的是为了绥边弭患，『谋继好之事』，侧重点在政治，而不是出于经济目的，即所谓『创置榷场非独利之贸易，实欲南北往来但无猜阻，乃绥怀远俗之意』，故而宋廷对榷场交易管制极严，商品种类极其有限。

曾饯荆轲两岸愁，至今风雨不胜秋。
沙非博浪成锥立，水向黄河变血流。
乱国合纵心易散，危时知己命难酬。
芦花日落渔人老，犹唱悲歌倚钓舟。

——明 梁以壮《易水》

雄州这几日事故频发，长官李允则当真有些焦头烂额的感觉。岁月不饶人，毕竟年纪大了，精力也很有些不济。他喝了一大碗凉浆，勉强打起精神来，刚与雄州都钤辖李子沐等几名武将商议完军务，国信所知事赵探一行便到了。

侍卫忻继勋已经安置好女道士易敏，刚好返回州府，见状忙迎上前道："赵知事，安抚使专门交代过，你若是为了易敏一案而来，便请回去。"

赵探侧头看了明未光一眼，对他的先见之明很是佩服，但还是有些不甘心，问道："不说易敏，我只想问问耶律吴欲命案，调查得如何了？"

忻继勋道："这起案子，由安抚使本人亲自负责，旁人都不得过问。安抚使已下过命令，相关人员，若敢泄漏相关讯息，立斩无赦。赵知事，你为人比赵巡检要和善体贴得多，咱俩关系总算不差，你不会是想要我掉脑袋吧？"

赵探道："那好，不说此事了。"朝身后的夏地囚所狱长曹全及巡检司兵士余六指了指，道："我是有事来见安抚使。"

忻继勋道："那好啊。我为几位通报。"走出几步，又回身叮嘱赵探道："千万别提易敏。"

赵探道："放心。"顿了顿，又忍不住问道："易敏被关在归信县狱吗？她人可还好？”

忻继勋叹了口气，道：“现下我总算明白安抚使为什么要将易敏关押在别处了。”

赵探愣了一愣，随即大惊失色，问道：“她该不会是被关进了夏地囚所吧？易敏她可不是契丹间谍。”

忻继勋道：“嗯，易敏身份已不是什么秘密，这个倒是可以告诉赵知事，易敏本名萧燕姿。赵知事执掌河北谍报，就算不知道萧燕姿这个名字，也该记得萧夷直。”

赵探道：“那不是萧恒德之女，本来要嫁去高丽做王后的萧公主吗？”

忻继勋道：“萧燕姿就是萧夷直。别怪我没提醒你，在安抚使面前，千万别提易敏，也别提萧燕姿。”

赵探当场愣住，半天作声不得。

李允则见赵探、明未光与狱长曹全一道进来，颇为惊诧，忙放下毫笔，问道：“可是夏地囚所出了事？”

赵探心中有事，一时没有接话。狱长曹全便上前告道：“小人是不得已，才会越级来见安抚使。”

又回身朝明未光指了指，告道：“这个人，就是昨晚手持安抚使令牌、闯入夏地囚所、救走重犯刘遂之人。虽然地道昏暗，小人未能完全看清样貌便被他打晕，但小人记得他的身形。”

李允则皱眉问道：“曹狱长专门赶来城中，就是为了这事？”

曹全道：“近来夏地囚所频繁出事，分明是内部出了奸细。这个人最为可疑，极可能是契丹奸细，赵知事却还让这个人到夏地讯问众狱卒，这不是贼喊捉贼吗？小人下属曹建发现这个人可疑后，特意禀报了赵知事。赵知事不但不理，还瞎扯什么逃走的重犯刘遂长得像忻继勋……”

侍卫忻继勋正立在一旁，闻言怔了一怔，问道：“又关我什么事？”

曹全道：“总而言之，赵知事明显在包庇这个人，足见他二人暗中有所勾结。适才小人赶来城中时，赵知事还千方百计阻拦，愈发说明他心中有鬼。”

李允则见赵探正神游于天外，一副失魂落魄的样子，料想是因为易敏一事，当即拍案喝道：“赵探！”

明未光忙扯了扯赵探衣袖，赵探这才回过神来，低声问道：“什么事？”

明未光道：“曹狱长指斥你我是契丹奸细。”

赵探忙应道：“是，下官正要禀报此事。”

大致叙说了不久前与明未光在白云观遇到了契丹神武军总教头刘遂，由此确认昨晚刘遂越狱之后、消息即被契丹眼线送出一事。

他偷眼窥见李允则听闻自己放走刘遂后并无多大反应，这才彻底放了心，续道：“下官与明未光各自到巡铺、夏地囚所讯问过一遍，巡铺中查出了余六。他已经供认曾为契丹人收买。但余六不是唯一的眼线，从刘遂极其熟悉地道地形来看，必然另有眼线隐伏于夏地囚所中，曹狱长实在可疑得很。”

侍卫忻继勋忙插口道：“怎么可能，曹狱长与契丹有不共戴天之仇。”

李允则喝道：“继勋少插口！”又道：“赵探执掌谍报，他这般判断，一定有他的道理，先听他说完。”

赵探应道：“是。之前曾有人看到曹全出现于榷场，神情紧张，似是在等人。他来雄州这么多年，从来没去过榷场、市集这样的地方，这是头一次。下官得报后，原先也没有放到心上，而今既然从余六口中得知榷场之外的市集便是契丹联络点，那么曹全生平唯一的一次光顾榷场便显得相当可疑了。下官敢肯定，曹全必定跟契丹人有所勾连，不然怎么会去榷场那样鱼龙混杂的地方。”

正因为榷场是泥沙俱下之地，所以机宜司在那里暗伏有不少眼线，赵探方才能及时知晓夏地囚所狱长曹全曾在那里出现。

曹全闻言当即火冒三丈，斥道：“胡说八道！老子最恨契丹，杀光这些乌龟王八蛋还来不及，怎么可能去勾连？”

赵探遂问道：“那么敢问曹狱长，你几月前去榷场做什么？”

曹全怒道：“那是小人私事，不必向长官汇报。”

李允则忙道：“曹狱长少安毋躁。”又指明未光道：“这一位是寇准寇相公心腹侍从，他与契丹刘遂有旧，所以昨晚才出手相救。但事后他也主动向本使解释过，本使也原谅了他。”

曹全奇道：“劫走重犯这么大的事，安抚使竟然原谅了他？寇相公好大的面子。哦，其实是安抚使原本也没有打算对付那刘遂。”

又来回打量着明未光，问道：“他当真不是契丹奸细？”

李允则道：“不是。至于赵探，因为他知道明未光的身份，也觉得对方是个好帮手，所以请了明未光一道追查契丹眼线。不过赵探事先未将实情告知曹狱长，还用言语随意搪塞提出质疑的狱卒，这是他不对。但不管怎样，赵探绝无可能勾结契丹。曹狱长也是一样。你二人的人品，本使绝对信得过。”

赵探倒没什么，曹全当即大为感动，忽然双膝跪下，主动告道：“赵知事其实说对了一半，下官差一点，只差那么一丁点，就要跟契丹人有所勾连。去榷场那次，就是为了等契丹信使。”

原来三个月前，有人投书曹全，告知他一双儿女曹珍、曹珠尚在人世，且已长大，目下正在上京头下军州顺州为奴，只要曹全肯为契丹眼线，就赦免他一双儿女奴隶身份，予以妥善安置。信中还附上了一只银镯，正是曹女被掳前手腕上所戴。曹全一时泪如雨下，又不知该如何是好，对着妻子淑娘灵位苦思了一夜，最终还是按书信中的交代，赶到了雄州榷场。

他比信中交代的时间提前抵达，反复观察，然榷场是宋辽双方交易场所，各色人等都有，他既觉得这人可疑，也觉得那人可疑，竟至茫然迷乱起来。

忽然一个激灵，反问自己道：“我这是在做什么？淑娘在天上看着我呢，我怎么屈服于契丹人？就算是正在受苦的珍珠儿，他们也不会希望我这么做。”当即掉头，出来榷场。

然契丹人却没有就此罢休，先后三次投书，曹全看也不看，直接烧掉。之后就当这些事没发生过一般，既未对任何人提起，也继续工作如常。

赵探闻言十分惊奇，道：“曹狱长既然不肯与契丹通联，为何不将此事禀报于我，你我大可设下诱敌之计，直接将对方引出？”

曹全未及回答，李允则先摆手道：“曹狱长做得极对。他未接受契丹要挟，但也未表现出敌意，故而契丹也不会对他一双儿女再下狠手。换作本使，也不能处置得更好。”

曹全一时涕泪交加，哽咽道：“多谢安抚使体谅小人难处。”

李允则又对赵探道：“你没有所关爱的至亲之人落在对头手中，自是说得轻松。”

赵探到底年轻气盛，闻言很不服气，声辩道：“现下赵振就落在了契丹人手中，下官还不是照样先从大局考虑？”

李允则道：“那不一样，赵振只是你堂弟，你二人情分虽好，却还算不上至亲。如若本使现下说易敏如何如何，你是不是一样要六神无主？”

赵探“啊”了一声，正待开口，忽见忻继勋朝自己连连摇头，明未光也及时戳了戳他后腰，只得将到口的话吞了回去。

李允则走下座来，亲自扶起狱长曹全，正色告道：“曹狱长适才说的这件事，本使就当没听到过，这里的人也不会泄露半句，曹狱长大可放心。”

赵探定了定神，忙道：“契丹曾一再要挟曹狱长，只怕不会就此甘休，安抚使要视而不见吗？万一曹狱长太过思念亲生子女，最终承受不住压力，最终同意做契丹眼线怎么办？”

曹全慨然道：“小人如果真有承受不住压力的一天，一定会自行了断，宁死不做契丹眼线。”

李允则忙道：“曹狱长不必如此。若有难处，大可来找本使，咱们一起商议个对策。”

侍卫忻继勋插口道：“实在不行，顶多不做这个狱长了。如此，曹狱长失去了利用价值，契丹人也不会再要挟你了。”

曹全先是一怔，随即应道：“也对。那就这么办，小人这就辞去狱长一职。”

李允则却摇头道：“现下不行。曹狱长辞职，本使也不会批准。你是在籍武官，可不能像寻常官吏说辞官就辞官。”

侍卫忻继勋见长官转头狠狠瞪了自己一眼，料想是嫌自己不该多嘴提及辞官一事，忙道：“安抚使不允准，曹狱长仍然坚持辞官，便是违抗军令，照例要受重责。若是擅自离职，便要当作逃兵处置，抓回后要在军前处死。”

曹全一愣，问道：“这么严重？那要是安抚使始终不批准辞官，小人就得干到老死为止了？”

忻继勋告道：“本朝有退休致仕一说，但那也得请报后经长官批准。”

李允则摆手令侍卫退开，握住曹全的手，道：“目下本使正要借重曹狱长，辞官一事，切不可再提。”

李允则是河北最高长官，统领数州人马，曹全只是一名小小狱长，连普通兵士都瞧不起他，此刻却得安抚使如此殷殷叮嘱，感动得无以复加，当即躬身道：“安抚使但有所命，小人万死不辞。”

李允则道：“就请曹狱长再辛苦一阵，与赵探一道，查出夏地中的契丹眼线。”

曹全躬身道：“遵命。”

李允则重新坐下，仔细询问了巡检司兵士余六诸事，遂命道：“既然已确认无误，直接将余六在军前斩首。该巡铺铺长逮捕下狱，若是查明与余六互相勾连，与余六同罪，斩首示众。若无勾连，重杖四十，发配沧州牢城。其他人不必再追查。”

军中出了差池，最忌广泛牵连，如此会导致军心浮动，人心惶惶。李允则素来遵循宁可放过、也绝不牵连的原则，故而深得军心。

一旁军正忙一一记下，又问道：“与敌人勾结是重罪，按例家眷也要判流配之刑。安抚使素来优待下属，敢问余六家眷该如何处置？”

李允则微一思忖，即道：“照章办理，余六父母及两个妹妹均流放南方烟瘴之地。虽则余六家眷可怜，但勾结外敌一事，法不容情，不然军中会有更多人效尤。”

明未光闻言，心头微感恻然：即便是健康男子，被判流放南方烟瘴之地，也等于是判了死刑。余六父母患有重病，妹妹都是弱质女流，这一趟南行，基本就是踏上死亡之途。

然李允则说得也对，军中将士众多，难保人心不齐，全得靠严酷军纪维系，勾结外敌这种事，实在无法宽大处理。

李允则又道："界河巡检司长官祖名望御下不严，罚俸三月。巡检赵振……"

赵探忙道："这两处巡铺负责护卫夏地，不负责界河巡防，不归赵振统辖。"

李允则遂改口道："这两处巡铺虽隶属于巡检司，实际归机宜司调遣，赵探身为机宜司实际执事主管，治下不严，罚俸半年。"

赵探立时目瞪口呆，嘀咕道："早知道这样，就不为赵振说话了。"

李允则又道："既然已经确定夏地之中有契丹眼线，务必找他出来。你们去办事吧。"

赵探与曹全一齐躬身道："下官遵命。"

李允则又招手叫住明未光，道："明郎，请你暂留一下。"

赵探见长官对待明未光既平和又客气，不免很有些愤愤不平。

李允则见赵探不肯退出，问道："你还有事吗？"

赵探踌躇欲语，又见忻继勋连使眼色，只好道："没事。下官告退。"

等赵探离开，李允则方才问道："看明郎神色，似是有话要说。"

明未光应道："安抚使果然明察秋毫。"顿了顿，便径直问道："易敏道长，现下如何了？"又主动解释道："不是赵探让我问的。动身去往祁州之前，我曾去过白云观，跟易敏道长简略交谈过。她……她对我说了一些大可不必说出的话，我……我对她印象很好，是我自己想知道她现下状况。"

李允则闻言颇感愕然，随即问道："明郎可是知道易敏的真实身份？"

明未光微一迟疑，即实话告道："已经知道了，她是契丹萧公主。"

李允则遂告道："易敏人在军营里，除了行动不自由，其他并无大碍。"

明未光点点头，道：“多谢安抚使告知。”又主动告道：“刘遂离开白云观时，留了一封信给易敏。”

李允则当即问道：“信呢？”

明未光道：“我答应过刘遂，除非得到易敏本人允准，不然不会将信交给旁人。不过既然易敏身份已经败露，这封信于安抚使而言，应该也没有太大用处了。”

李允则问道：“那么明郎可是想要将信当面交给易敏？”

明未光道：“这样最好。”

李允则也极是爽快，道：“好。来人，派兵护送明未光去军营面见易敏。”

明未光脚下却是不动，苦思了一会儿，又道：“罢了，还是不要再见的好。”

侍卫忻继勋奇道：“你到底是要见，还是不见？”

明未光不答，提起佩剑，旋开剑柄，从中空处取出信件，交给了忻继勋。又告道：“明某信得过安抚使，这信就麻烦安抚使转交给易敏吧。我还是去做些有用的事。”

明未光出来议事厅时，发现赵探与狱长曹全仍等在庭院中，便上前问道：“二位是在等我吗？”

赵探翻了一下白眼，没好气答道：“谁等你，我正与曹狱长议事呢。”

又续道：“余六之事，始于三四个月前，曹狱长受契丹要挟，也是三四个月内的事，对方明显是为高翼而来。”

狱长曹全仍然难以相信自己下属中会有人被契丹收买，沉吟道：“会不会是巡铺内除了余六外，另有眼线？那人若凑巧昨夜当值，混乱之中，也有很大机会将消息传出。”

赵探未及回答，明未光先插口道：“余六人在夏地囚所外围，所知实在有限，未必就是真的眼线，他看起来更像是真正眼线的掩护。如若我猜得不错，榷场市集那家充作联络点的店铺也只是个幌子而已，查不到什么的。”

曹全很是不解，问道：“为什么说余六只是个掩护？”

明未光道：“追查起来的话，余六是极容易败露的那类人。他一旦被捉，应该就不会有人再继续追查真正的眼线了。”

曹全沉吟道：“这么说，契丹眼线，还真的就在夏地囚所内。”

赵探也认可明未光的看法，问道：“这几月内，可有哪名狱卒有不对劲的地方？”

曹全迟疑了下，才道：“曹建。他当班轮值时迟到过好几次，小人狠狠训斥过他。曹建是小人侄子，所以小人待他与别的狱卒不同，要格外严厉些。”

曹建受训后，虽然信誓旦旦表示要改过，但还是偶尔会迟到。后来曹全暗中跟踪，才发现侄子有了相好的女子。那女子十分貌美，曹建不时与她幽会，难免会有忘情之时，才会有迟到之事发生。

赵探奇道：“幽会？”

曹全叹道：“算起来，曹建早到了成家的年纪。他来雄州投奔时，小人还曾许诺给他一个好前程，结果……哎，总之小人感觉有些对不起他，就没有再追究他迟到之事。”

赵探忙道：“有了相好，难免会跟单身时不一样，这不算可疑。这样，曹狱长先回夏地，就当什么事都没发生过，跟以前一样，但暗中多加留意些。”

曹全应了一声，又问道：“赵知事可疑这件事，还是曹建提醒小人的。他知道小人要来见安抚使，如若他当面问起结果，小人该如何回答？”

赵探道：“就说安抚使虽然没有相信我跟契丹奸细有关，但也有所怀疑，命我去追查市集线索，不得再妄自扰乱夏地众狱卒军心。”

明未光忙道：“这番话，最好也让夏地所有狱卒听到。如此，契丹眼线便会放松警惕，说不定会露出马脚来。”

曹全满口应了，自拱手告辞而去。

见曹全离开，赵探对明未光道：“我得立即赶去巡检司大营，就算市集店铺是幌子，也得跑这一趟。明兄，劳烦你辛苦一下，去监视跟踪狱卒曹建。”又告知了夏地狱卒轮班作息时间及营房地址。

明未光奇道：“赵兄为何会怀疑曹建？”

赵探“哈”了一声，笑道：“你终于改口叫我赵兄了。”

旋即笑道：“明兄不懂，在雄州，僧多粥少，基本上每个女子都被许多男子巴巴盯着。决计不会有女子看得上狱卒。曹建不是本地人，没有任何根基，无才又无貌，铁定打光棍的命，怎么可能突然有美貌女子看上他？但是这话不能当着曹狱长面说。”

明未光应道：“好，你我分头行事。另外易敏……”

一语未毕，赵探便急切问道：“易敏怎么了？”

明未光便大致将李允则一番话说了。

赵探虽已从忻继勋面色猜到易敏并未被关进夏地，此刻得知其确切下落，方才松了口气。又喃喃道：“我也不知道自己是怎么了，一遇到易敏……”

他神不守舍，又顾着说话，竟未留意到对面有人走来，登时与对方撞了个满怀，一时心中愤懑，怒道：“今日怎么这般霉运？”

正欲发火，待看清楚来人，不由得慌了神，忙躬身行礼，又结结巴巴地问道：“祖父……您老人家怎么来了？”

来者正是赵探祖父赵延祚，也是雄州机宜司的元老。他当即板起脸道：“这里是安抚司官署，老夫为何不能来？”

天一直阴沉得厉害。雨点就在此时淅淅沥沥飘落了下来。

却说大宋宫廷画师武宗元回到雄州后，便直奔赵家村，高丽接伴使陈丽后脚到来。武宗元听说河北安抚司发出了通缉赵振的告示，不明原委，遂赶来笨笨湖向传奇人物赵延祚求助。一番交谈后，武宗元最终令本地豪雄动心，同意亲自出去验证其能耐。

赵氏庄园主人这一趟也去得够久，一直等到夜幕降临时，赵延祚方才姗姗回来。

武宗元、陈丽已回至客堂。赵延祚抱拳道：“抱歉，劳二位久等。

老夫亲自去见了安抚使，打听了相关诸事。武郎原来真是个厉害人儿，老夫之前可是有眼不识泰山了。”

武宗元忙回礼道：“不敢当。既然赵侍禁确信宗元能办到承诺之事，当愿意帮忙营救赵振了。”又讪笑问道：“李使君可有向赵侍禁问起过我？”

赵延祚道：“二位请坐。先说赵振之事。”

打了个手势，便有一名赵府侍从将一张告示置于案上，竟然是通缉界河巡检赵振的告示。

陈丽之前在晴川酒肆已然见过这告示。武宗元还是第一次见，也不及细看，看到赵振姓名后，便直接将目光投向落款，果然是河北缘边安抚使李允则亲自签发，一时有些惴惴不安起来。

赵延祚指着通缉告示道：“这便是营救赵振之法。”

武宗元大惑不解，问道：“宗元可有听错，河北安抚司通缉赵振，便是营救之法吗？”

赵延祚道：“二位有所不知，六年前，宋辽签订澶渊之盟，盟约规定两方都不得收留对岸逃亡之人。赵振既被河北缘边安抚司通缉，便是逃亡在外，按照两国盟约，契丹须得立即将他逮捕后，押还雄州。”

武宗元奇道：“还有这回事？这么说，李使君并不是真的通缉赵振，只是有意做给契丹人看了？”

赵延祚笑道：“正是。”

又告道：“安抚使料事在先，与赵振事先有过约定，一旦陷于辽地，难以脱身，便谎称北逃投敌。即便辽人有心留下他，只要雄州官方文书一到，也得立即交人。”

陈丽道：“这么说，赵振这次有惊无险，而且很快就会被送回雄州了？这可实在太好了。”

赵延祚道：“但这主意，不是老夫出的，所以不算是老夫的功劳。哎，可惜。”

这一句“可惜”，自是可惜未能帮上忙，是以不能令武宗元履行事先承诺。

武宗元却不大放心，忙道："多谢赵侍禁实言相告。可是赵振那个人古板得很，他会不会不依照约定，主动告诉契丹人他到北岸来是去投敌的？"

赵延祚道："赵振是在籍武官，有军令在身，不敢不做。"

武宗元这才舒了口气，道："如此，宗元便放心了。"

心中则暗自忖道："这位李安抚使好生厉害，竟然已经事先安排好了善后之计。必定是料到我早晚会甩开赵振，偷偷跑去北岸。赵振被捕，是要以通缉他的方式令契丹主动将其送回。要是我被契丹人捉住呢？总不可能也是这法子吧，一来我没有军职，不是安抚使下属；二来安抚使事先也没有交代过我要怎么做才能脱身呀。呀，该不会是……"

越想越觉得心惊，忙借口时辰不早，起身告辞。

赵延祚笑道："武郎，丽娘，你们今晚是走不了了。安抚使命老夫将二位留在赵氏庄园做客，除非安抚使下令，不然二位得一直留在这里，做老夫的座上宾。二位是知道的，老夫也算是朝廷命官，隶属于雄州州府，安抚使有命，老夫不敢不听。"

武宗元深知名为座上宾，其实是软禁，他总觉得赵振这事有不妥之处，不愿意就此困住，遂道："如若赵侍禁肯放我和丽娘离开，之前允诺之事，一样算数。"

赵延祚当即摇头道："那不行。老夫现下虽然天天在家里种菜蔬种竹子，但仍然挂有雄州北关城巡检一职，安抚使是老夫顶头上司，违抗军令，轻则受杖，重则斩首。老夫这把年纪了，别说砍头，杖刑也挨不了几下。"

顿了顿，又道："不过武郎开的这个条件，太有诱惑。武郎可还有其他需要，金钱、珠宝、房宅、田产，抑或是美女，任君开口。"

武宗元摇头道："财物之类，只要宗元愿意，轻而易举便能得到。至于美女，宗元已有家室。自幼定下的婚事，虽然是由长辈拉拢，谈不上情投意合，但内子能容忍宗元痴迷醉心于画画，还多方予以支持，便已是人生最大的幸运。"

又转头看了陈丽一眼，道："抱歉，我不该当着丽娘的面说这些大话。"

陈丽虽不知武宗元承诺了赵延祚何事，却也知道这位嗜画如命的潇洒郎君，必定还有另外的身份或本领，这才能令传奇老者赵延祚侧目，也令河北安抚使李允则格外"优待"，遂笑道："丽娘现下知道这不是大话。武郎之前可是一直不曾显山露水。"

武宗元忙道："宗元不是有意隐瞒一些事，实在是……"

赵延祚咳嗽了一声，道："劳累了一天，丽娘也有些乏了，老夫命人带你去歇息。"

又道："赵氏庄园应有尽有，就算丽娘有别的需要，此处距离榷场、市集不远，随时都能派人去买。不过丽娘是大家之女，雄州又是偏远边城，怕总有些买不到的物事。丽娘行囊还在南塘窦文显家中吗？老夫连夜派人去取。"

陈丽见赵延祚连自己行囊都要一并取来，料想必是得了河北安抚使李允则严令，务必要将自己与武宗元软禁在此。她不是善于应变之人，只得应了一声，又转头去看武宗元。

武宗元忙道："无妨，丽娘自去歇息。"又笑道："我一定尽快设法打探方偕、徐颂下落，丽娘放心。"

陈丽见武宗元深悉自己心意，面色一红，自随赵氏侍从去了。

等陈丽离开，赵延祚便命人置下几样果品点心，煮了一炉热茶，自与武宗元对饮。武宗元笑道："宗元后生小辈，不敢有劳赵侍禁斟茶。"

茶不待饮，嗅闻清香之气，便知是本年新茶。即使在中原腹地，哪怕是东京，此刻新茶亦是稀罕之物。

茶盏明如镜，青如天，薄如纸，声如磬，滋润细媚有细纹，制精色异，光彩绝伦。

武宗元是识货之人，当即吃了一惊，问道："这是柴窑天青[1]吗？"

赵延祚道："不错。武郎果真是个行家。"

武宗元"呀"了一声，惊叹道："柴窑传世极少[2]，碎片都极为珍贵[3]，想不到赵侍禁府上竟藏有一套完整天青[4]。"

赵延祚显然对瓷器话题不感兴趣，只摆了摆手，又道："老夫之前只知道朝廷派了宫廷画师来河北临摹壁画，今日见过安抚使后，方才知道武郎至雄州的真正目的。武郎也该知道自己身份贵重，幸亏契丹没有捉到你，不然的话……"

武宗元道："李使君早已交代过赵振，一旦契丹人赶来捉我，就让赵振抢先杀死我，对不对？"

赵延祚见武氏已猜到究竟，也不隐瞒，实话告道："安抚使原先只预料了三种情形：第一种是武郎你被捕，赵振奉有严令，绝不能让武郎活着落入敌手。第二种是武郎和赵振一起被捕，这种情形跟第一种没什么分别，赵振舍弃性命，也得杀了武郎。第三种便是只有赵振一人被捕，就是目下这种状况，安抚使早有安排，算是三种情况中最好的局面了。"

武宗元问道："第二种情形，我和赵振一起被捕，若是赵振来不及杀我，就被辽人制服了呢？之后我二人若被分开关押讯问，他岂不是

[1] 柴窑是周世宗柴荣所建御窑（宋朝时改称柴窑），始于后周显德初年，位于今河南郑州新密月台。这一带自唐朝时就开始烧制钧瓷，柴荣当上皇帝后，即命弟弟柴贵管辖月台，监督烧制钧瓷，故此窑又称为"钧瓷柴窑"，为古来诸窑之冠。据清人唐铨衡《文房肆考》：对于柴窑瓷器，周世宗专门提出要求道："雨过天青云破处，这般颜色作将来。"钦定天青色为柴窑标准釉色，此即"天青色"之来历。

[2] 入宋后，宋太祖赵匡胤不事奢华，下令停禁柴窑。因后周世宗柴荣在位仅六年，柴窑又是御窑，产量很小，故后世保存下的完品极少。然后来因定州白瓷器有芒不堪用，宋廷命汝州造青窑器，即成为现在有名的钧瓷。钧瓷在中国陶瓷发展史上占有重要地位，自古就有"黄金有价钧无价""家有万贯，不如钧瓷一片"之说。

[3] 柴荣曾规定：烧制出来的合格钧瓷只允许在宫廷里使用，残次品全部当场毁掉，不准流入民间。故而柴窑故地留有许多残渣碎片。有人别出心裁将这些碎瓷片制作成戒指面、冠饰、绦环、玩具等，受到宋代权贵的疯狂追捧，也由此可见柴窑瓷器之珍贵程度。世传柴瓷片，"宝莹射目，光可却矢。宝莹则有之，却矢未必然，盖难得而重言之也"。

[4] 明朝时，权相严嵩借嘉靖皇帝之名，举全国之力，穷其一生，也只搜罗到十数件柴窑瓷器。民国时期，袁世凯管家、大收藏家郭葆昌以一处宅子、二十亩良田的代价，与人交换了一件柴窑器。

再也没有杀我的机会？”

赵延祚一怔，随即答道：“那么自然会有别人来杀你。”

又见武宗元发笑，狐疑问道：“武郎笑什么？是笑李使君做不到吗？雄州机宜司可不是白吃饭的。”

武宗元笑道：“嗯嗯，我其实是在庆幸，幸好是第三种情形。”

又道：“当然最好的情形是没人被捕，赵振在涿州找到了我，我们一起到楼桑庙看过吴道子壁画后，再折返回雄州，不能更完美。”

想到近在咫尺却失之臂交的吴道子壁画，笑容顿敛，哀叹连连。

赵延祚笑道：“这就劳烦武郎将所有经过一五一十地说出来吧。或者也可以等安抚使特使到了再说。”

武宗元闻言一惊，问道：“李使君要派特使来审问宗元吗？”

赵延祚笑道：“审问？武郎言重了。你这等身份，谁敢审问你？顶多是了解情况罢了。”

武宗元道：“也罢，我还是早些说出来，说不定李使君和赵侍禁能有更好的应对之法。”大致叙述了自己与方偕等人偷渡去北岸的情形。

潜伏在涿州的宋朝谍者只打探到界河巡检赵振被捕，但并未查到武宗元等人行踪下落。武宗元与陈丽逃回雄州，又来笨笨湖向赵延祚求助，对正担心武宗元安危的李允则实是天降意外之喜。

李允则料想就连界河巡检赵振都不是对手，没有能看住精灵古怪的武宗元，旁人怕是也好不到哪里去，遂就势命赵延祚将武宗元及陈丽软禁于赵氏庄园，内外封锁消息，不令串通。料想以赵延祚之老谋深算，武宗元再聪明伶俐，诡计百出，也逃不出其五指山。

然除了陈丽及武宗元本人外，所有人都对他二人回到雄州之经过一无所知。赵延祚奉命盘问清楚，亦是此时方才知道武宗元曾经与被捕的赵振面对面，而辽永泰军指挥使高为弁就在一旁，面色登时凝重起来。

武宗元却丝毫未曾留意赵延祚神色变化，抚额叹道：“赵侍禁可有尝过至爱近在眼前，却不得不生生分离的情形？我与朝夕梦想的吴道子壁画只差一步，真的就只差一步，然看到赵振被五花大绑着，我便立即知道事情严重了。是选择保命，还是选择至爱，须得立即做出决定，真是两难啊。”

赵延祚问道：“武郎最终还是选择了保命，于是立即掉头，取道易水，逃离了涿州？”

武宗元点点头，又笑道：“我这个保命，保的其实不光是我自己的小命。不过要是只有我武宗元一人的命，契丹人也一定不屑来对付我。我知道己身干系重大，绝对不能落入敌手。赵振虽然不敢看我，但我知道他心里一定在狂喊：‘快逃，快回雄州。’所以我立刻决定逃回雄州。”

赵延祚又问道：“武郎为何想走易水，而不是新城？新城路程近得多，而且界河为大宋所欲，你只需逃到河岸，朝河面巡逻的虎头船招手，巡检司兵士自会靠岸接你。可比你自己千辛万苦赶去易县乘坐走私货船要强多了。”

武宗元苦笑道：“契丹人又不是傻子。我看到赵振被捉后，一时愣在了那里。后来全靠方偕鬼扯，才将对方注意力引了开去，不然那契丹指挥使极可能当场将我拘捕。但事后他很可能会回过神来，觉得还是把我捉回去审问一通更为妥当，派出兵追捕，我两条腿如何跑得过契丹精锐骑兵？不等到新城，就被捉回去了。”

赵延祚哈哈笑道：“不错，是这个理。武郎若是来我们雄州机宜司任职，稍加训练，日后绝对能成为叱咤风云的一号人物。”

武宗元奇道：“我吗？”旋即连连摇头道：“我不行。我当时看到赵振被绑在那里，整个人都傻了。”

赵延祚笑道：“当然了，以武郎目下的地位，已足以名垂青史，区区雄州机宜司，也不会放在眼里。”

又道：“老夫本来认为武郎是个任性妄为的男子，明知道北岸危险，还非要跑去看楼桑庙。可当看到契丹指挥使对你起了疑心后，你又断然回头，能以大局为重。了不起。当真了不起。”

武宗元奇道：“宗元居然也能称得上了不起？实在是惭愧。这件事，全是因我而起，要不是为了找我，赵振也不会冒险潜入涿州。

这次只要赵振能平安回来，不管李使君怎样怪罪、怎样处罚，宗元都认了。”

赵延祚又问道：“方偕和徐颂还留在北岸吗？”

武宗元点点头，又道：“方偕也算是奇男子，不达目的决不罢休的那种，他不喝到酒果，是不会回雄州的。徐颂话一直不多，想不到人挺仗义，见方偕不情愿一个人留下，便主动留下来陪他。”

赵延祚笑道：“徐颂若不是仗义之人，怎么会千里护送窦文显这些人还乡呢？他是高丽贵族，窦文显等人不过是大宋平民百姓而已。不过徐颂这么做，即便自己有心，多半也得到了高丽国王的授意。”

武宗元奇道：“此话怎讲？”

赵延祚不提高丽虽然臣服于契丹，却仍想与大宋修好之事，转念想到曾有高丽使者利用出使机会沿途搜集宋朝地图一事[1]，便问道：“徐颂可有询问过本朝兵部地图一事？”

武宗元摇头道：“没有。我半句没提过地图，就连方偕和陈丽也只知道我是朝廷派来的宫廷画师。”

又道：“我们四个事先已经约好，都不提官方身份，徐颂是从京城来雄州探亲的，方偕是慕名来喝酒的，陈丽是方偕同乡，我则是专门来观摩壁画的。”

赵延祚道：“你们几个，年纪不大，胆子倒是不小，以为事先编一套谎话，就能骗过契丹人吗？”

武宗元笑道：“这不是谎话，都是事实。”

赵延祚一怔，居然一时无言以对，又连饮了两杯茶。

一旁侍从看不下去了，躬身道：“这时节，即便是热茶，也太过寒凉。身子要紧，老村长还是要节制些才好。”

赵延祚斥道：“关你屁事！心结难解，活百岁亦是无用。”

侍从还待再劝，赵延祚骂道：“滚出去，你们都滚出去！”

---

[1] 地理形势向来被视为机密，故而利用使者出使他国之便利，暗中绘制地图一事，时有发生。苏轼甚至专门向宋哲宗上过奏书，言禁止高丽人绘制所过山川地图。

武宗元见赵延祚面色不豫，便道："赵侍禁心里有话，不妨对宗元说说看。"

赵延祚遂道："那么老夫有几句肺腑之言，想告知武郎。"

武宗元笑道："宗元洗耳恭听。"

赵延祚道："老夫出身富贵，父母均是虔诚的佛教徒。小弟赵延赐小我十岁，自幼被舍至镇州的镇州寺为僧。"

赵延祚从出生到长大成人，家乡瓦桥关一直为契丹所占，甚至还没有"雄州"这个地名。但赵延赐寺庙所在镇州，却仍属中原所有。

自后晋石敬瑭献"燕云十六州"以来，中原王朝每岁都向契丹输钱为贡，故而南北没有发生大的战事，边界亦不明显。赵延祚从来都觉得自己是汉人，中原也从来不拿他当契丹人看待。他不时到镇州的镇州寺探访幼弟，亦从未遇到过阻碍。

后周建立后，因岁贡钱未能谈拢，契丹转而支持新建立的北汉政权，与中原针锋相对。赵延祚机警敏锐，当时便意识到处于夹缝间的瓦桥关，将会有一场史所罕见的大战。

而后中原后周世宗柴荣即位，大肆灭佛，废寺院三万三百三十六所，还俗僧尼多达六万一千二百人。又毁天下佛像用以铸钱，并限定民众于五十日内缴纳铜佛，由官府收购，只要家藏五斤以上的铜佛而不缴纳，则判死刑。一时之间，天下佛像几灭。

赵家亦有一尊铜像，但彼时后周势力未及瓦桥关，故而赵氏铜像未受柴荣灭佛波及。

赵延赐出家的镇州寺中则有一铜制观世音菩萨像，因颇具灵验，无人敢毁。柴荣遂亲往镇州寺，以巨斧砍破菩萨胸部，观者为之战栗。随后，柴荣又下令关闭了镇州寺。

赵延赐自幼在镇州寺出家，以寺为家，感情深厚。柴荣欲砍菩萨铜像时，赵延赐还拼死上前阻止，却被兵士捆起来暴打了一顿。柴荣见赵延赐还只是个稚嫩少年，便下令释放，责令其还俗。就这样，少年僧人赵延赐被迫还俗为民，回到了家乡瓦桥关。

随后又有柴荣北伐契丹之事，后周大军浩浩荡荡，一举收复了瓦桥关，柴荣亲自率军屯驻于瓦桥关中，好不威风。

而沉默了许久的赵延赐忽然开口说话，声称要去向柴荣献酒。彼时赵父已然过世，赵延祚已成为一家之主，料想幼弟怨恨柴荣已久，才不会真心献酒，必是想要寻机报复，于是命下人将赵延赐关在房中，不准他出来。

赵延赐难以与兄长相抗，不知从哪里弄来了一包毒药，决然服毒自杀，临死前抖抖索索将余下的毒药交到赵延祚手中，恳求兄长务必要实现自己的遗愿。

赵母闻讯赶来时，赵延赐已毒发身亡。赵母痛哭不已，又埋怨是赵延祚害死了赵延赐。赵延祚一气之下，在赵延赐灵前发下毒誓，一定会亲手杀死柴荣，为幼弟一了心愿。

武宗元听到这里，不由得骇然而惊，问道："赵侍禁该不会是说……"

赵延祚叹了口气，道："就是武郎想的那样。那一日，我与本地父老一起，去瓦桥关外的土台，就是现在的病龙台，去向柴荣进献牛酒。本来还以为中原皇帝前呼后拥，阵仗极大，柴荣不一定会饮下那壶毒酒，不想他毫不犹豫地连饮三杯，将一壶酒喝得干干净净。"

那一年，赵延祚二十六岁，早已成家立业，却因为一时之气，将毒酒献给了后周世宗柴荣，而后柴荣于病中改瓦桥关为雄州，预备以其为北上根本之地。一夜之间，雄州一跃成为边境前沿阵地，黑云压城，狼烟四起。

入宋之后，宋辽征战频繁，大批河北人口被掳北上，诸多无辜老幼妇孺被杀，这其中也有赵延祚的亲戚朋友。他方才渐渐明白燕云十六州对中原王朝的意义，燕云之地一日不复，契丹便有探囊中原的地理优势，随时跃马南下，随时烧杀抢掠。而中原王朝本无险可守，面对来如风去如电的契丹骑兵，只能消极应付，疲于奔命。

柴荣饮马拒马河的那一年，天时、地利、人和，本是最佳时机，极有可能一举收复燕云十六州的。而这大好机会，却被赵延祚以一壶毒酒葬送了。

赵延祚不能原谅自己的作为，于是散尽家产，以重金收买豪杰死士，甚至亲赴契丹打探军情。

他本是平民百姓，大可以安然做一回民间富足翁，却不断以身犯险，徘徊在生与死的边缘，在时人眼中，是当之无愧的异人。但其实这一切，只是他对当年那壶毒酒的弥补。

赵延祚又道："武郎可尝过悔恨无穷的滋味？那便是老夫醒悟过来后余下的人生。"

武宗元长年浸濡于壁画，对释道二教均有所涉猎，当即劝道："人生寄身于太虚之中，其间荣悴悲欢，得失聚散，彼死此生，变形换壳，如梦一场。"

赵延祚叹道："一切有为法，皆如梦幻泡影，如露亦如电，应作如是观。道理老夫都懂，但真轮到个人身上，却只是绵绵怅恨，始终摆脱不掉。"

武宗元道："红尘往事，皆时也运也。赵侍禁不妨这样想，如若当年周世宗柴荣未死，且收复了燕云，那么以周世宗之雄主气概，断然不会有后来的陈桥兵变、黄袍加身，也就没有今日之大宋了。"

其实即便柴荣未能收复燕云十六州，其人只要在位，也不会被赵匡胤趁隙从柴氏孤儿寡母手中夺取了江山。

赵延祚摇头道："大周也好，大宋也好，都是中原王朝。老夫最大的错失，始终只是燕云十六州。"

武宗元闻言颇为不解，道："听说当今皇帝几年前召问对策，赵侍禁奉旨入宫面圣，谈论的可都是宋辽两国和好，而不是收复燕云十六州呀。"

赵延祚问道："武郎可有听过《易水送别》？既是曲子，又是故事，在拒马河一带流传已久。"

见武宗元摇头，便击节唱道："春萧萧兮易水寒，春景入秦关。壮士张彦从此去，因为二女入燕。击竹歌声悲切酸，冲天发直冠。千秋流水鸣潺潺，天晚夕阳残。只至一死报丹墀，不畏行路难。归梦已断，白骨长寒。一去不复返，一去不复返。”

又道："不只是张彦，老夫见过不少父母北上寻女，人再也没有回来的事例；也亲眼见过辽地汉人冒险举家南迁，而遭契丹残忍杀害。为什么总会有这种悲剧，还不是因为南北分离？”

武宗元闻言也很是感叹，当即应道："所以还是应该收回燕云十六州。如此南北统一，再也不会有骨肉分离的痛苦。”

赵延祚摇头叹道："且不说收复燕云有多大可能，单谈所要付出的代价，只怕这全河北民众的性命都搭将进去，也是不够用的。不独幽燕之地，河北大片土地都将血流成河，尸骨累累。对武郎而言，两国再度开战，武郎连偷渡去北岸的机会都没有了。契丹一眼认出你是宋人，非杀了你不可。而现下北岸明明知道你是宋人，还能相安无事，那个叫杜防的涿州杜氏子弟，还与你们同案饮酒。你说是打仗好呢，还是和平好呢？”

武宗元踌躇道："但是这每年的三十万岁币，可是……可是有点……”一时寻不到合适的词语。

赵延祚遂道："如果宋辽重新开仗，每年因为多养兵多损失三百万都不止。”无奈摇了摇头，道："对手强大，难与争锋，不妨和为上计。况且三十万对本朝而言，实不算什么，仅雄州榷场一年的利润，便可抵掉一半[1]。”

又叹了口气，道："国体大事就不说了，仅谈老夫个人。武郎可知

[1] 契丹是典型的游牧社会，没有农耕经济，故而在生活物资上严重依赖比邻的农业区，也就是宋朝。以往辽国兴兵南侵，最主要的目的就是劫掠农产品及手工业品。“澶渊之盟”后，宋廷在雄州、霸州设置榷场，与辽进行交易。大宋设立榷场，更多的是为了绥边弭患，“谋继好之事”，侧重点在政治，而不是出于经济目的，即所谓“创置榷场非独利之贸易，实欲南北往来但无猜阻，乃绥怀远俗之意”，故而宋廷对榷场交易管制极严，商品种类极其有限，金属、书籍、盐、粮食等，均属于禁止交易物资。但因为辽对宋日用物资孜孜以求，宋廷在榷场贸易中对辽大量出超，大约可以收回其每年付辽岁币的十分之五六，利润不可谓不高。宋人论榷场时明确指出："……盖祖宗朝赐予之费，皆出于榷场。岁得之息，取之于虏，而复以予虏。中国初无毫发损也。”这也是大宋经济优势的体现。而辽从大宋取得大量物资后，除了满足自身需要，也会将剩余物资转售牟利。如将宋朝所产绢帛转卖给西夏，契丹可从中获得两三倍的利润。

战时的雄州是什么样子？除了两属地不受影响外，余处，契丹军过后，称作满目疮痍也不为过。而今老夫却能在全属南地修建起一座笨笨庄园，得以太太平平地安度晚年，也算是拜两国和约所赐啊。”

武宗元对政治并无兴趣，不过是随口聊聊，当即道：“赵侍禁心意，宗元已完全明白，宗元一定竭力达成赵侍禁心愿。等他日玉清昭应宫建成，宗元自会邀请赵侍禁前往京城一观。”

赵延祚大喜过望，当即起身，连连作揖道：“多谢，多谢。”

又道：“就算看不到玉清昭应宫建成也不要紧。只要有了武郎这句话，老夫就心安多了，也可以放心去了。想不到垂暮之年，竟然能遇到武郎这样的贵人，实在是上天眷顾。”说到激动之处，竟是涕泪纵横。

武宗元忙起身还礼，道：“赵侍禁多年来为国家付出良多，宗元十分钦佩。只不过这件事……”

赵延祚慨然道：“武郎放心，这件事除了你我二人，不会再有第三人知晓。”

武宗元当即笑道：“正是如此。”

原来武宗元所承诺之事，便是在日后题绘玉清昭应宫壁画时，将某一神话人物替换为赵延祚的面孔——

武宗元十八岁时便受雇于洛阳上清宫[1]，为其绘制三十六天帝，其间赤明和阳天帝均有意画成宋太宗赵光义相貌。某日宋真宗赵恒入宫拜祭，忽见父皇相貌，栩栩如生，一时惊得呆住，得知原委后，慨叹武宗元画笔之神妙。

玉清昭应宫是皇家道观，盛况空前，宋真宗为其拨出了两岁岁

[1] 上清宫：位于今河南洛阳城北邙山翠云峰。相传是太上老君炼丹的地方，为中国第一个以“上清宫”名字出现的道教名观。始建于唐高宗乾封元年（666 年），当时是国家级建筑。唐代画圣吴道子在上清宫中绘有《五圣千官像》。大诗人杜甫也曾登上清宫，一览洛阳山河形势，写出“山河扶绣户，日月近雕梁”的千古名句。

收[1]，可谓绝大手笔。能永久驻于道观画壁上，供后人万世膜拜敬仰，这对赵延祚而言，自然是莫大的荣幸。不然见过无数惊涛骇浪的他，何以能被武宗元一语打动？

赵延祚见武宗元仍面有忧色，始终提不起银箸，便问道："既然赵振已无危险，何以武郎还如此忧心忡忡？"

武宗元沉吟道："我跟赵振朝夕相处两个多月，知道他这个人……"

忽有赵府侍从在门外禀报道："安抚使派特使来了。"

武宗元神色登时为之一沮。他感觉赵振性情刚强自负，不大可能谎言欺骗契丹人。不是说赵振不愿撒谎，而是他说不出背叛大宋、投靠契丹之类的话，即便有长官李允则军令压身，但投敌这类话，已超出了赵振为人的底线。武宗元得知赵延祚一段不为人所知的秘辛后，在情感上已与这位老者拉近了许多，料想赵氏纵横拒马河两岸几十年，许多异士能人甘为所用，必定大有过人之处，本待寻机说服对方与自己联手去救赵振，不想尚未开口，河北安抚使李允则的特使便到了。

那特使却是李允则心腹侍卫忻继勋。武宗元初到雄州时，曾见过忻氏一次，当即问道："忻侍卫就是李使君派来的特使吗？适才我已经将全部经过向赵侍禁做过交代了。"

忻继勋笑道："什么特使不特使的，安抚使指派我来当狱卒，专门看管武郎，不得离开你身边半步。"

又道："安抚使有命，劳烦赵侍禁再拨四名侍从，听我调遣，专事保护武宗元。"

武宗元苦笑道："不是才说来当狱卒吗？怎么又成保护了？"

赵延祚忙道："忻侍卫放心，武郎人在赵氏庄园，住得很好，也不

[1] 玉清宫修建实际耗时八年，共有两千多区，包含长生崇寿殿及两千六百一十间房屋，大约花费白银近亿两，合人民币约两百亿元，约为彼时北宋两年岁入。其耗资之巨大，华丽之程度，甚至超过了秦始皇的阿房宫。士大夫田谓曾称其"宏大瑰丽不可名似"，官员张永也称其耗资之巨大"竭天下之才，伤生民之命"，足见玉清宫令人惊叹的奢华。

会再去别处，安全得很。至于侍从嘛，庄园里闲人多的是，老夫调派八名侍从给你。”

武宗元道：“那就是九名狱卒了。”

忻继勋不理睬武宗元的嘲讽，又细细询问了其逃脱经过，“呀”了一声，道：“看不出来呀，武郎竟然这么机警。你要是走新城，铁定被契丹人捉住。契丹北院枢密使耶律化哥安排在北岸的暗哨，今早才撤走。”

武宗元最关心的自是赵振能否平安归来，急忙询问进展。

忻继勋道：“昨晚安抚使已以雄州知州名义移书涿州刺史耶律守雄，声称赵振畏罪潜逃，据闻已被契丹在新城县城逮捕，解往涿州，要求对方遣返。但涿州一方尚未回复。”

武宗元道：“雄州跟涿州也就隔条河，不到一百里地吧？”

忻继勋未及回答，赵延祚先如数家珍地答道：“雄州到新城四十里地，新城到涿州六十里，再六十里到良乡县，再六十里到幽州。”

武宗元道：“那就是整一百里。就算今早公文才发往涿州，快马传讯，一日之内，也足以来回两趟，为何到现在还没有消息？涿州一方这般迟缓，会不会是有意拖延？”

忻继勋道：“南北双方交涉，互相拖延是家常便饭。”

武宗元又问道：“赵振当真会自称是去投靠契丹的吗？忻侍卫，你有把握吗？”

忻继勋迟疑了一下，答道：“赵振素来最敬畏安抚使，安抚使当面对他下过军令，他绝不敢违抗。”

武宗元道：“原来赵振是在新城县城被捕。如果他遵照李使君嘱咐，已声称投辽，何以我在涿州城外遇到他时，他仍然被五花大绑？”

忻继勋踌躇道：“这个嘛……”

武宗元道：“如果赵振不肯说投辽之类的话，便当作南岸间谍抓起来，宋辽盟约中关于逃亡之人的约定岂不是无效？”

忻继勋看了赵延祚一眼，挠了挠头，道：“好像还真是这么回事。”

赵延祚忙问道：“武郎遇到赵振时，具体是怎么的情形？”

武宗元道："当时那位契丹指挥使领军押着赵振站在修睦亭旁。听说修睦亭是为宋辽和好所修，路过那里时，无论官民，都得下车下马，以示尊敬。赵振双手反绑在背后，脚上钉了一副极粗的镣铐，站在契丹指挥使旁边。一旁有辆板车，车上有根碗口粗的木柱，从新城到涿州，赵振应该是一直被绑在柱子上。那一行人走的时候，那契丹指挥使又命人将赵振绑到车上，而且还面朝后方。"

雄州这边仅知道赵振在新城被捕，谍报并未涉及更多具体细节。而从武宗元描述情形来看，赵振显然是被当作重犯押解，而不是投诚之人。

武宗元窥测赵延祚、忻继勋神色，问道："二位也开始认为赵振没有撒谎骗契丹人，对不对？他那副刚强性子，那种话，他实在说不出口。"

忻继勋沉吟道："果真如此的话，可就有些难办了。"

武宗元道："既然是难办，就表明还是有办法，只是困难一些而已，对不对？到底是什么办法？只要能救回赵振，我什么都愿意做，我也不怕死。"

忻继勋当即道："好个什么都愿意做。如果要拿你去换赵振呢？"

武宗元一呆，旋即摇头道："那可不行。"又解释道："我是不怕死，但是我怕痛。"

忻继勋奇道："武郎连死都不怕，还怕痛吗？"

武宗元道："那不一样，死就是一刀了事，痛痛快快。但辽人若是得到我，一定不会让我死，而是会千方百计地逼我绘出河北边关地形图。那可就是无穷无尽的痛，生不如死。一旦我抵受不住酷刑折磨，不得不照办，这泄露大宋机密的罪过可就太大了，怕是我武氏满门都要受株连。"

忻继勋道："原来武郎也知道你自己极为重要，那你还摆脱赵振监管，私下跑去易县？"

武宗元道："不是易县。我是去了易县，但我真正想去的是涿州楼桑庙，结果还没去成。再则说，全大宋知道我身份我的人没几个，旁人眼中，我只是个游山玩水的小年轻，去涿州玩玩，有什么干系？谁能想到那个赵振跑去找我，自己倒是先被抓了。”

忻继勋道：“要不是武郎自己偷跑去北岸，赵振能跟去涿州寻你，能被契丹人抓住？”

武宗元呆了一呆，只得道：“是我不对，这件事……”忽然“咦”了一声，问道：“我记得忻侍卫跟赵振特别不对付，怎么忽然这般向着他了？”

忻继勋奇道：“武郎就见过我一次，怎么知道我跟赵振不对付？”

武宗元道：“我初次到雄州拜见李使君时，忻侍卫和赵振都在场的。我又不是没长眼睛，忻侍卫横竖看赵振不顺眼，再明显不过。”

忻继勋遂道：“我是跟赵振不对付，不过那也不代表我不关心他安危。”叹了口气，转头去看赵延祚，意在询问可有别的办法。

赵延祚只微微摇了摇头。

武宗元试探问道：“目下这种局面，赵振……他是不是回不来了？”

忻继勋默然不应。赵延祚亦不愿意空言安慰，只踌躇不语。

武宗元遂道：“只要能救赵振回来，除了我自己，我愿意做任何事。”

见忻继勋诧然望着自己，忙摆手道：“千万别误会，我对赵振没什么好感，但他是为了寻我才被契丹人抓住，我无论如何要救他回来。”

赵延祚问道：“武郎想怎么做？”

武宗元道：“我们暗中组织一队人马，去涿州劫狱，怎么样？”

忻继勋先是瞪大眼珠，随即哑然失笑道：“劫狱？武郎是不是在京城听说话人故事听得太多了？”

赵延祚也道：“武郎老老实实地待在赵氏庄园，不到处乱跑，不被坏人捉去，就是最大的帮忙了。”

又道：“忻侍卫，只怕老夫还得多派些人手给你。”

言外之意，是要严格限制武宗元行动自由，以免他为了救赵振而胡乱行事了。

武宗元一时无法可想，不由得怅然长叹道：“现下我终于知道什么是悔恨无穷的滋味，却又无法弥补。”

沉默了许久，赵延祚忽然开口道：“本来是有办法的，可以拿高翼去换回赵振，辽人必定十分愿意。但现下，得用高翼去换杨小公子。”

武宗元与人在赵氏庄园谈及营救赵振的时候，高阳关都部署杨延昭已至西门。他一身便服，只在腰间挂了一把佩刀。

等了好大一会儿，才有一队兵士到来。领头的却是雄州兵马钤辖李子沐及河北安抚使李允则心腹侍卫白锋锐。

杨延昭忙迎上前道：“交换犬子之事，不敢有劳李钤辖出马。”

雄州兵马钤辖李子沐道：“杨将军身系边关重任，杨小公子安危也不是小事，下官理当尽责。”

又特意强调道：“奸人事先在箭书中说了，会临时通知交换地点，所以下官也无从设下伏兵，只能命八大兵寨加强巡视。”

杨延昭点点头，道：“有劳了。”又问道：“高翼人呢？”

李子沐遂转头命道：“带过来。”

两名兵士携着高翼过来。他刑伤未愈，又被蒙住了双眼，看不清道路，只能靠兵士搀扶行走。不过其人已梳洗过，换上了干净衣衫鞋袜，跟上次杨延昭在夏地囚所见到他时，已是判若两人。

杨延昭命兵士取下蒙眼黑布、耳塞及高翼口中木丸。

李子沐颇为不解，低声告道：“如此，我等交谈内容，可就全被这小贼听到了。”

杨延昭摆手示意李子沐放心，又道：“一会儿杨某自己带高翼去换人，诸位不必再跟着。”

李子沐迟疑道：“但是安抚使有命……”

杨延昭道：“杨某主意已定。虽则交换并非杨某情愿，但安抚使既然做了决定、下了军令，杨某也只能遵从。”

白锋锐忙道：“高翼重伤未愈，行动不便，不如由属下带几个人从旁跟着，也好有个照应。”

杨延昭转头看到高翼身体情况确实不大好，便点头应允。又问道：“安抚使他……”

白锋锐忙告道："安抚使特意交代过了，高翼不算什么，杨小公子性命最为要紧。"

杨延昭却是面无喜色，只微微叹了口气。

其实在这之前，杨延昭与李允则有过一场激烈争论。杨延昭得知奸人要以杨文广交换高翼后，便连夜赶来白沟驿求见李允则。

李允则道："杨将军不必担心，本使愿意用高翼换回杨三公子。"

杨延昭却连连摇头道："绝对不可以。高翼在杨某身边多年，洞悉河北军中机密。宁可文广死，也绝不能纵虎归山。"后面更是言辞激烈，指出李允则当以大局为重。

李允则劝说无效，便沉下脸道："那好，本使只好搬出河北缘边安抚使的身份，下令杨将军不得干涉此事了。本使已经决定用高翼换回杨文广，杨将军不得干涉，否则军法从事。"

杨延昭踌躇了好大一会儿，才道："既然安抚使主意已决，那么就请让杨某带高翼去换人。"

李允则踌躇道："杨将军是事主，恐怕不是合适人选。"

杨延昭当即单膝下跪请命，道："请安抚使务必允准杨某请求。"

李允则忙上前相扶，杨延昭却不肯起来。他虽然年过五旬，仍然亲自操兵练武，武艺精强，李允则竟扶他不动，不得已，只能勉强答应下来，这才有今晚杨延昭亲自主持交换之事。

杨延昭走到高翼面前，问道："你还有什么可说的吗？"

高翼不敢看杨延昭，只垂着头，过了好大一会儿，才摇头道："没有。"

杨延昭遂命道："解开绑索。"见兵士尚在迟疑，道："放心，有杨某在，他不敢轻举妄动。"

李子沐料想高翼身上刑伤不轻，行走都很困难，无论如何都难以逃脱看管，遂点点头。兵士这才拔刀，割断了绑绳。

高翼抚摸着手腕上一层又一层的厚厚血痂，抬头仰望夜空，长长舒了一口气，露出罕见的惬意表情来。

这大概是他半年来最轻松、最惬意的一刻——

手足再无任何禁制束缚，终于能像个正常人一样穿上衣衫，站在夜幕之下，仰望星空。

李子沐一眼望见高翼神色，立时心头有气，喝道："你现下很得意吗？"

还欲痛骂高翼恩将仇报，白锋锐忙朝他摇了摇头，又指了指杨延昭，意指高翼曾是杨延昭心腹侍卫，不管高翼如何，都不能令杨延昭当面难堪。李子沐会意过来，这才勉强作罢，又狠狠瞪了高翼一眼。

众人苦苦等待之时，忽闻箭矢破空之声，直朝城楼而去。

李子沐举手叫道："来了。"

不一会儿，便有兵士送来箭书。杨延昭展开一看，告道："城西南十五里枣树林里，而且要我等步行前往。"

李子沐命道："速派快骑通知兵寨。"兵士忙应命而去。

杨延昭道："好了，李钤辖请回吧。我等这就出发了。"

杨延昭当先而行，一名兵士跟在旁侧，举火照路；两名兵士携着高翼在中；侍卫白锋锐则与另一名兵士负责断后。

一行人走出数里后，忽有人自暗处窜了出来，挡在路中。

杨延昭倒也镇定，问道："你就是掳走文广的奸人吗？杨某早猜到枣树林不会是真正的交易地点。"

对方戴着一顶渔民常戴的斗笠，看不清面孔，只压低声音道："我也料不到杨将军会亲自来换人。"又问道："高翼人呢？"

杨延昭遂命兵士带上高翼，道："他人在这里。我孩儿文广呢？"

斗笠男子含含糊糊地道："杨小公子人不在这里。杨将军先将高翼交给我，然后回去西门，一会儿自有箭书告知杨小公子被囚禁之处。"

侍卫白锋锐上前喝道："你话倒是说得轻巧。若是就此让你带走高翼，凭什么相信你会交出杨小公子？"

斗笠男子答道："我已得到我想要的，不交人对我有什么好处？雄州官府必定大肆搜捕，我等藏身更难。而且那小孩子不哭不闹，像个大人不说，还总是冷眼看人，目光可怕得很。”

白锋锐闻言一怔，不由得转头去看杨延昭。

杨延昭道：“不愧是我杨氏之子。”又点头道：“好，杨某答应你的条件。”亲自过去抓住高翼手臂，却不移交给斗笠男子，只喝道：“跪下。”

高翼闻言一怔。

杨延昭喝道：“杨某以主帅的身份，命令你跪下！”

高翼呆了一呆，还是顺从地跪了下来。他双膝刚一着地，便听到“哗啦”佩刀出鞘之声，只见白光一闪，杨延昭已挥刀朝高翼后背斩去。

事出突然，旁人皆惊得呆住，无一例外。

白锋锐叫道：“不要……”

他站得离杨延昭最近，事先亦得过长官李允则提醒，故而格外关注杨延昭言行举止，见杨延昭欲立置高翼于死地，忙猛力一撞。杨延昭身子一歪，刀虽失去准头，但其势未减，斜斩在高翼左肩头。高翼闷哼一声，当即扑倒在地。

杨延昭一生戎马生涯，深知适才一刀不足以致命，推开白锋锐，便欲上前再补上一刀，就此了结高翼性命。

白锋锐急忙挺身挡住，又躬身道：“安抚使有命，务必要让高翼活着，用他换回杨三公子，杨将军切不可抗命。”

此刻抬出河北安抚使李允则的名头也不再管用，杨延昭根本不予理睬，一把将白锋锐推开，挺刀再刺。

高翼已挣扎坐起，转身起来。杨延昭与高翼目光相对时，见其人平静异常，忽然心中涌起一种莫名的悸动。这一刀，竟然再也刺不下去。

电光火石间，白锋锐已抢上前来。他虽然不敢出手阻止杨延昭，却命兵士将高翼迅即拖离杨延昭刀下。

白锋锐微一检视，即道：“高翼伤得很重，不及时救治的话，很快就会流血而死。快，快背他回城，送去医馆救治。”

命两名兵士送走高翼，又对斗笠男子道：“你都亲眼看见了，这里临时出了些变故。请你再多宽限几日，等高翼救转过来……”

杨延昭摆手道：“不必麻烦了。你们要高翼，无非是想得到我大宋军事机密，我杨延昭比高翼知道的机密要多得多，拿杨某自己来换回文广吧。”

白锋锐大惊失色，道：“杨将军！”

杨延昭道：“我以高阳关副都部署的身份下令，谁都不得阻拦杨某跟这个人离开。”一边说着，一边抛下佩刀。

白锋锐见杨延昭当真朝斗笠男子走去，忙挺身拦住，道：“属下恳请杨将军……”

杨延昭厉声喝道：“让开！再敢不听军令，休怪杨某手下无情。”

当年沙场上威风凛凛、令辽兵闻风丧胆的杨六郎立时再现，生龙活虎地站在面前。白锋锐一时惊得呆住，浑然不知所措。

那鬼祟神秘的斗笠男子亦愣在了当场。过了好大一会儿，才竖起大拇指，道：“杨将军不愧是杨六郎，我十分佩服！杨将军这就请回吧，也无须再用高翼来做交换，我方会将杨小公子交还给你。”

杨延昭闻言大感诧异，问道：“如此，你岂不是白费了一场心思？”

斗笠男子拱手道：“我们只是情非得已，才绑架了杨小公子，也不是无心无肺、无情无义之人。况且就算我们得到了杨将军，也是无济于事，不可能从杨将军口中问出半个字来。”

他微微侧头，见白锋锐已率两名兵士包抄了上来，忙退后两步，叫道：“请你们先退开。”

白锋锐道：“喂，你不是说交出杨小公子吗？”

斗笠男子道：“杨将军请先回城，一会儿自会有箭书射到西门处，书中会告知杨小公子所在。若是官府暗中派人追击我，那么杨将军就再也见不到杨小公子了。”

他朝杨延昭抱了抱拳，自转身离去，身影立时没入黑暗中。

情势变化太快，白锋锐甚至有些发怔，问道：“现下该怎么办？当真要相信这奸人的话吗？”

杨延昭道：“也只好如此了。先回城。”

几人急忙掉头赶回西城门。抵达西门时，雄州兵马钤辖李子沐手持一封信，迎上来告道：“适才又有箭书射到。下官担心有事，便先行拆阅了。”

杨延昭急忙抢过来信来，上面写着两竖行字：“郦亭大枯柳西三里小舟中。”

李子沐又道：“下官已经派骑兵朝这一地址赶去了。”

他适才已见过兵士背负身受重伤的高翼回城，问道：“高翼他怎么会……这到底是怎么回事？”

杨延昭关爱儿子，忙道：“杨某得先去接文广。白侍卫，你与李钤辖先回城，向安抚使禀报事情经过。违抗安抚使军令之罪，杨某愿一力承担。”

白锋锐躬身道：“遵命。”

河北缘边安抚使李允则正在议事厅中反复徘徊，显然拿高翼交换杨文广这件事，也令他忧心忡忡。他有一种不好的预感，觉到将有事情发生，当见到侍卫白锋锐与雄州兵马钤辖李子沐奔进来时，急忙起身，问道：“高翼人呢？”

李子沐道：“送去医馆救治了。”

李允则来不及询问经过，挥手道：“快，快去医馆。”也不待旁人回应，率先出门，竟是要亲自赶往医馆。

李子沐忙扯住白锋锐，问道：“安抚使不是已经预备将高翼处死吗？而今既然对方还回了杨小公子，高翼死了岂不是更好？何必还要劳烦安抚使亲自赶去医馆？”

白锋锐踌躇道：“这个嘛……”

李子沐又问道：“你知道事情原委，对不对？快说！”

李子沐与白锋锐父亲、镇州都钤辖白守素是至交好友，他官秩又远比白锋锐高，情急之下，已有当面下令的意思。

白锋锐遂告道："北岸涿州曾提出要以赵振换回高翼，安抚使因为更关爱杨小公子，所以没有同意。现下既然杨小公子无恙，当然也可以再拿高翼去换赵振了。"

李子沐这才明白究竟，当即叹道："这个高翼，还真是个香饽饽。"

河北安抚使李允则赶至雄州医馆时，医师王惟一已为高翼止住流血、缝合了伤口。李允则听说高翼并无大碍，这才松了口气。又见宋副使崔可道之女崔玄妙人也在此，很是意外，忙过去招呼，又问道："苏惠不是接妙娘回白沟驿了吗？"

崔玄妙道："出城后，我人有些不舒服，半途停下来几次，想吐又吐不出来，折腾了好久。本来还想直接去白沟驿歇息，但苏管事好心，又不嫌麻烦地送我回城就医。刚好王医师人还没走，我也想跟王医师聊聊，就让苏管事先去忙了。结果聊着聊着就忘记了时辰，天色已黑，料想城门已闭，便打算在医馆客房歇下，明日再回白沟驿。"忽意识到失言，瞪大了眼睛。

之前王惟一已声称忘记前事，果真如此的话，又如何还会记得崔玄妙？

李允则见崔氏面色惶然，已然会意，忙道："王医师声称不记得来雄州后所发生诸事，这一页，就算已经翻过去了，本使也差不多忘记了。"

崔玄妙忙道："多谢李使君大度。"

李允则见她神色黯然，郁郁寡欢，问道："妙娘是不是在出城途中听到了耶律吴欲被杀的消息？"

崔玄妙点点头，叹息道："这是玄妙的过失。如果不是玄妙带耶律吴欲出客馆，他人现下还好好活着。"

李允则劝慰道："不关妙娘的事。"

崔玄妙道："不管旁人如何宽慰，玄妙心中始终不能释怀。这件事，玄妙也不想再提了。"

又转头看了高翼一眼，踌躇问道："李使君深夜赶来医馆，神情如此紧张，那个人一定很重要吧？”

李允则道：“他名叫高翼，是契丹奸细。”

崔玄妙大为惊讶，也不再多问，行了一礼，道：“李使君还有公务要忙，玄妙告退。”

李允则重新走回榻边。高翼人已舒醒，一开口便问道：“杨文广小公子平安回来了吗？”

李允则冷然道：“你还关心这个？”

高翼道：“杨将军是高翼旧主，对高翼有抚育之恩，我自然关心。”

李允则冷笑道：“好个旧主！好个抚育之恩！”

高翼垂首不答。

李允则遂命道：“来人，带高翼回去，预备用他交换赵振。另外，去赵家村将武宗元带来州府。”

李允则一行离开后，雄州医馆又恢复了平静。王惟一因为次日便要动身离开雄州，自回房睡了。崔玄妙却是难以入眠，起身离开客房，来到庭院中。

正站在杏花树下冥思出神时，院角暗处忽然窜出一人。未等崔玄妙惊叫，那人抢先伸手捂住她嘴，低声告道：“是我，刘遂。”

崔玄妙大吃一惊，等刘遂松开手，忙问道：“刘郎不是被人救走、回去北岸了吗？”

刘遂道：“我本来是打算返回北岸的，但跟一人见过面后，又改变了主意，只让手下先回去了。”

刘遂原本就打算继续留在雄州，有人拿其手下安忠善家人性命要挟，他才不得已同意回去涿州。离开白云观后，刘遂便去见了契丹安插在雄州的联络人，告知对方，他所办虽是私事，可也是奉耿淑仪之命。

对方虽然只听命于辽北院枢密使耶律化哥，但了解事情原委后，也不敢再继续为难刘遂。

毕竟耿淑仪是皇帝宠妃、皇子生母。彼时辽圣宗已经三十九岁，年近四旬，后宫皇后萧菩萨哥及萧贵妃所生之子均已夭折，目下仅存两子：耶律宗训为回鹘女子仆隗氏所生，耶律宗愿为耿淑仪所生。

辽国素来是子凭母贵，耿氏被封“淑仪”，仆隗氏则无封号，仍是宫女身份，二人地位孰高孰下，一望便知。虽则辽国皇位不传汉女所生之子，但耿淑妃本人有一半契丹血统，舅父更是辽国权相耶律化哥。万一辽圣宗不会再有后族萧氏所生子嗣，将来皇位必传给耶律宗愿无疑，到时耿淑仪便是大辽皇太后的身份，谁又敢轻易得罪？

经过一番“讲理”，联络人同意协助刘遂寻找耿绍忠下落。但刘遂手下安忠善始终放心不下家人，刘遂便命他先行返回北岸，将在雄州发生的诸事先行上报。刘遂自己一心想再见崔玄妙一面，竟又独自冒险进城。

崔玄妙问道：“刘郎一直躲在附近吗？”

刘遂点点头，道：“我托人去雄州客馆打探过，说是妙娘已经去了白沟驿。我正想出城时，忽然又看到妙娘乘坐的马车从大街上驰过去，我便一路跟着来到了医馆。但妙娘一直在跟王医师说话，好不容易等到天黑，你二人还说个不停。再之后，官兵又来了，李雄州也来了，我不敢靠近，只能一直藏身暗处，等待机会。”

崔玄妙已从河北安抚使李允则口中知悉刘遂家世。这位出身显赫的刘公子，为了见她一面，可是吃了不少苦、冒了不少险，一时很是感动，心头更有莫名情愫温柔荡漾。

又叹道：“刘郎不该来的。万一被人发现，你这次可就再难逃脱了。虽然李使君不一定会拿你怎样，可他一定会将你当作有用的棋子拘禁起来。”

刘遂笑道：“没事。李雄州必定以为我回了涿州，绝对想不到我人在雄州城里。”又问道：“对了，官兵护送来的伤者是谁？”

崔玄妙奇道：“刘郎不认识他吗？他是你们契丹间谍高翼。听说刘郎之前还闯入禁地，试图营救他。”

刘遂道：“我适才只是远远窥见了人影，而且他的样子跟我上次见到的大不一样。哦，我不是说今晚的高翼是假冒的，而是他之前被关在囚所时，饱受折磨，完全不成人样。”

他心中仍有疑虑，又追问道：“他当真就是高翼吗？”

崔玄妙道：“这是李使君亲口告诉我的。”

刘遂踌躇道：“这可有些奇怪。”

崔玄妙道：“奇怪在哪里？是因为李使君格外关注高翼吗？”

刘遂摆手道：“不说这个。总之，妙娘你没事就好。当晚我撞你那一下……”

崔玄妙道：“我知道的，刘郎不必解释。”

二人一时无语。

刘遂见崔玄妙眉间深有忧色，便安慰道：“尊父灵柩就快要到雄州了，终究能够叶落归根、入土为安，妙娘也不必太过伤心。”

崔玄妙摇头道：“我伤心难过，是因为我今日害死了一个人。刘郎是契丹人，想必也听过他的名字，耶律吴欲。”

刘遂大吃一惊，道：“耶律吴欲怎么会……”又改口问道：“是谁杀了他？”

忽听到王惟一在房中咳嗽了一声，院门外不远处又有一队兵士巡逻经过，崔玄妙忙引刘遂进来自己所居客房，却吹灭了灯火，低声道：“刘郎不介意的话，请过来坐。”

牵了刘遂的手，引他到窗下坐下，自己则坐在对面。

月分明，花淡薄。灯既尽，人已悴。

窗外素月悬空，窗棂疏影投卧于厢房地上。清幽静雅之中，自有一番落寞；迷离恍惚之中，共品玄妙滋味。

崔玄妙见刘遂始终默不作声，遂主动问道：“刘郎何以不继续追问是谁杀了耶律吴欲？你已经猜到是你们自己人做的，对不对？”

刘遂也正在思索这个问题，心道：“她绝对不会这么做，难道是……”

崔玄妙又追问道：“凶手是谁？你我立场不同，玄妙知道自己不该这样逼问刘郎，但耶律吴欲是因为我而死，我想知道凶手的名字，为他复仇。”

刘遂嘴唇嚅动了几下，艰难地道："我不能说。"

崔玄妙既有所期待，听了这四个字的回答，不免流露出失望之色来。

尘世难逢开口笑，古往今来只如此。

次日天不亮，崔玄妙送刘遂出来，正色告道："今日一别，再见亦难。刘郎切勿再冒险来见我。"

刘遂呆了一呆，问道："妙娘仍然怪我没有见告凶手姓名吗？"

崔玄妙摇了摇头，道："刘郎有刘郎的立场，换作我在刘郎的位置，也一样不会说出同党的名字。再则说，刘郎也还不能完全肯定你同党就是杀死耶律吴欲的凶手，就更不能贸然告知了。"

刘遂沉默了一会儿，又问道："妙娘今日要回白沟驿吗？"

崔玄妙道："嗯，送走王医师后就回去。应该会有人来接我。"

又道："刘郎，希望你能尽快找到要找的人，早日返回北岸。如此，我也就心安了。"

刘遂迟疑道："可我一旦回去北岸，便再也没有机会跟妙娘相见了。"

崔玄妙道："嗯，我知道。可是刘郎留在雄州，实在太过凶险，我……我日夜为刘郎担惊受怕……"

好不容易鼓足勇气说出这句话，一时间泪流满面。她不愿意在人前失态，急忙举袖掩面，奔回房中。

刘遂追至房门外，听到房中传出轻微饮泣声，心头波澜大起，几次举手欲推门而进，最终还是强行忍住。在门前站了好大一会儿，听到啜泣声渐歇，此刻天色微明，他实不能再继续逗留，只得狠下心转身离去。

刚出巷口，便遇到了一辆马车。车夫见到刘遂，立即勒马，将车子停了下来。车中跳下来一名青衣女子，左右看了一眼，不见有人，这才上前问道："刘公子为何会在这里？"

刘遂简短地道："我来寻人。"

青衣女子正色道："奴家已经告诉过刘公子，你要寻的人——如果他真还在世的话——一定不会在城内，而是在城外某处不起眼的地方。奴家之前已设法打探过各处宋军营房、赵家村、赵氏笨笨庄园以及道观、寺庙等处，没有任何发现，所以判定这是假消息，也如实禀报了耶律相公。耶律相公这才下令停止搜寻，并非没有尽心尽力。现下既然刘公子搬出了耿淑仪，奴家也只能权当其人尚在人世，后面会重点筛查普通民居。请刘公子少安毋躁，在藏身处静候消息，不要再随便乱跑。"

刘遂少不得要借助对方，当即应允道："好，刘某这就出城，返回藏身之所。"

青衣女子道："现下城中行人稀少，刘公子是生面孔，容易被巡逻兵士盯上，还是奴家送刘公子一程……"忽面色一变，死死盯着刘遂身后。

刘遂惊然回头，崔玄妙不知何时出现在巷口，正怔怔望着刘遂。

刘遂急忙奔过去，叫道："妙娘……"

青衣女子已疾步跟了过来，手腕一翻，抽出匕首，直朝崔玄妙要害刺去，却被刘遂及时握住手腕。

青衣女子喝道："刘公子，你做什么？"

崔玄妙既惊且惧，道："你……你们……"正欲出声呼救，刘遂急忙挥掌，击在她后颈，登时将她打晕了过去。

刘遂抢上前抱起崔玄妙，钻进马车，青衣女子旋即跟了进来。刘遂见她手中依旧握着匕首不放，当即正色告道："你若敢动崔玄妙一根头发，我就杀了你。"

青衣女子迟疑道："崔玄妙已看破奴家身份。"

刘遂道："那又如何？她是宋朝副使之女，她父亲崔可道灵柩还未送还雄州，你再杀他女儿，想想会有怎样的后果。本朝皇帝眼下正着手谋划大事，若是真惹恼了宋朝，两国兵戎相见，便是坏了皇帝大计，你可担得起这个责任？"

青衣女子闻言也有些慌乱，遂问道："那么请刘公子示下，该如何处置崔玄妙？”

刘遂道：“崔玄妙一旦失踪，也会引发轩然大波。你身份即将败露，还是赶紧逃回北岸吧。”

青衣女子道：“这可不行，奴家好不容易才……”

刘遂道：“就算现下杀了崔玄妙灭口，你也脱不了干系。她人一醒，就会立即向官府告发你。你想死在雄州吗？哦，现下宋辽是兄弟之国，不会再公开处死间谍。你想被关进夏地囚所，剥去衣衫，光着身子吊在梁下，日夜受刑受审吗？”

青衣女子思虑了一会儿，也苦无良策，只得应道：“就依刘公子所言。”

刘遂又问：“是不是你杀了耶律吴欲？”见青衣女子默认，便追问道：“你为什么要在这时候动手杀人？难道耶律吴欲认识你？”

青衣女子道：“耶律吴欲不认识我，但他认识别的人。奴家不想在这风口上滋事，也是不得已才杀了他。”

刘遂道：“你已经滋事了，事还不小。当雄州官府都是吃白饭的吗？”

青衣女子忙告道：“这件事巧得很，萧公主萧燕姿居然也在雄州。难怪奴家遇到耶律吴欲时，他那般失魂落魄。萧燕姿已被李雄州逮捕关押，杀死耶律吴欲的罪名，自然由她去顶。”

她见刘遂听到萧燕姿的名字，一点也不意外，自己反倒吃了一惊，问道：“难道刘公子早知道了萧燕姿的事？你居然没有告诉奴家。”

刘遂冷然道：“凭什么要告诉你？你可不要再妄想对萧燕姿下手，她虽然早就成了无父无母的孤儿，可她伯父萧排押仍是北府宰相，弟弟萧匹敌更是当今萧皇后亲自抚养长大，已与梁王之女韩国公主[1]订婚。你不会想得罪梁王吧？”

[1] 辽制，皇子嫡生者，其女与帝女同，故有公主封号。韩国公主为耶律隆庆嫡女，不仅有公主封号，还以所赐媵臣建州城，即头下军州渭州高阳军。

梁王即辽圣宗耶律隆绪亲弟耶律隆庆[1]。此子机敏聪慧，自幼深得父母宠幸，辽圣宗只不过是因为嫡长子身份才得以继承皇位，但无论是辽穆宗，还是萧绰，都更偏爱耶律隆庆。耶律隆庆擅长统兵，论势力、论军功、论名望，都远在兄长之上。

尤其太后萧绰执政两朝，辽圣宗名为皇帝，其实生活在母亲的羽翼阴影下。世人均知圣宗皇帝阇弱，萧绰一死，不少契丹贵族蠢蠢欲动，而辽圣宗不能睦族，国人遂多依附梁王耶律隆庆。真正了解辽国局势的人，都知道目下契丹最强的是梁王耶律隆庆，而不是辽圣宗。而太后萧绰刚刚下葬，辽圣宗便急不可待地对河西回鹘用兵，也有转移国内矛盾、为自己争点颜面之意。

青衣女子当然不敢得罪梁王，也不敢与刘遂相争，便不再言语。

车夫策动车子，一路驰出北门。到了两属地腹地，青衣女子便命车夫停车，自己跳下车来，又道："奴家至少需要半日时间，来安排善后之事。"

刘遂道："那好，我将马车驰到无人处，在那里停上半日，正午之后再放崔玄妙走。"

青衣女子奇道："刘公子该不会是喜欢这宋朝女子吧？莫非刘公子冒险进城，寻的人就是她？"

见刘遂并不否认，当即"哈"了一声，不无惊讶地道："刘公子，你身份何等尊贵，怎么会……"

刘遂冷冷道："这是刘某私事，无须你多问。"

青衣女子遂道："好，奴家不问崔玄妙。但奴家身份败露这件事，过错全在刘公子，若不是你进城探访崔玄妙，她也不会撞见你我二人在一起。日后上头追究责任，刘公子可不要推脱。"

刘遂冷然道："果真追责的话，刘某自会一力承担。"

[1] 耶律隆庆先后有三任王妃，第一任秦国妃萧氏，为耶律观音女（辽景宗和萧绰长女，耶律隆庆姊）和萧继先长女；第二任秦晋国王妃萧氏，为耶律长寿女（辽景宗和萧绰第二女，耶律隆庆姊）和萧排押之女。萧排押之弟，即萧恒德（娶辽景宗和萧绰第三女耶律延寿女），即书中人物萧公主生父。

青衣女子行了一礼，自与车夫离去。

刘遂将崔玄妙身子放平，好让她更舒服些，叹了口气，自坐到车前，充当起车夫。

车子刚一策动，崔玄妙人便醒了。刘遂急忙拉住马头，重新钻进马车，问道："妙娘人可还好？"

崔玄妙目光如冰，狠狠瞪了刘遂一眼，随即推开他的手，意欲下车。

刘遂忙握住其臂，道："不行，妙娘现下不能离开。"

崔玄妙道："除非你杀了我。"

刘遂道："我不会杀你，可我也不能让妙娘离开。"

崔玄妙挣不开对方掌握，便高声叫道："救命！救命啊！"

刘遂一惊，忙捂住崔玄妙嘴唇，又撕下衣襟，塞入其口中，再解下她腰带，将她反绑了起来。

崔玄妙虽然竭力反抗。她是武官之女，力气倒也不弱，但又哪里是刘遂对手？既被制服，便只能怒目而视。

刘遂不敢与崔玄妙目光相对，自坐到前座，驱车朝僻静之处而去。

第九章

凌风远举

李廷珪为古今墨家宗师，其所指李墨号称『天下第一品』，曾留下许多历史佳话。据说李墨存放五六十年后，仍『其坚如玉，其纹如犀』，存放数百年后，磨时尚有龙脑气。徐铉幼时得一锭李墨，与其弟徐锴共同研磨习字，日写五千，整整用了十年，墨才用完。《逐斋闲览》记载有一权贵误将一锭李墨掉入水池，心疼不已，于是下决心掘池寻墨。墨寻回后，不但墨锭未化，外形规整，且光色不变，表里如新。权贵当场叩拜，自此将这锭墨供奉起来，再也不舍使用。

太行迎马郁苍苍，两岸滩声带夕阳。
霜与秋容增古淡，树因烟景恣微茫。
阅人岁月真无谓，得意江山差自强。
曾记城南旧时路，十年回首尽堪伤。

——元 刘因《过镇州》

笨笨湖旁的赵氏庄园当日频频有客人到访，河北缘边安抚使李允则心腹侍卫忻继勋抵达庄园后不久，又有武官连夜赶至，却是定州都钤辖曹玮。

曹玮也算是边关名将，庄园主人赵延祚慕名已久，却无缘得见，闻报大喜过望，亲自出迎。

宾主寒暄见礼后，曹玮便直接道明了来意，道："下官是来见武宗元的，有事要向他请教。"

赵延祚已知武宗元能耐，闻言也不意外，忙引曹玮进来花厅。武宗元正独自品尝赵氏推介的糕点果品。侍卫忻继勋则侍立在一旁，虎视眈眈，寸步不离。

武宗元在定州时曾见过曹玮，见其深夜到访，指名要向自己请教，颇感意外，随即欣然应允。

赵延祚便命人引武宗元、曹玮来到静室，又准备了纸笔，供二人使用。

曹玮见忻继勋始终跟在武宗元后面，踌躇道："下官要向武郎请教之事，最好不要有旁人在场。"

对方官秩远远高过自己，忻继勋料想曹氏请教的无非绘画之类，他也不耐烦听，便点点头，又告诫武宗元道："不要妄想逃出赵氏庄园。"

武宗元苦笑道："全河北都是李使君的地盘，我还能逃到哪里去？"

曹玮果真是来向武宗元请教画技。武宗元虽然年轻，但因成名极早，已习惯被人追捧，也不惊奇。他听说曹玮是为了再见自己一面专门跑一趟雄州，立即生出知己之感来，亦毫不保留，热情教授绘图技巧。曹玮虽是武将，毕竟出身名门，通书画之艺，稍一点拨，便有所醒悟，大获裨益。

送走曹玮后，已是深夜，武宗元大大打了个呵欠，也感觉有些累了，便欲回客房歇息。高丽接伴使陈丽不知道从哪里钻了出来，一把扯住武宗元，低声告道："不久前我四下闲逛，看到有人在搬箱子，就是我们之前在货船舱底看到的那些箱子。"

武宗元最是好事，闻言立时精神一振，忙问道："箱子搬去了哪里？"

陈丽道："赵侍禁的书房。"又道："我一直在等着告诉武郎这件事。为什么你跟这位客人聊了这么久？是跟营救赵振有关吗？"

武宗元摇头道："不是。"随即叹了口气，道："这次赵振怕是没救了。"

陈丽道："那该怎么办？"

武宗元道："没有办法了。我也算尽力了。"

他是天性乐观之人，随即道："不管了，先去看看这位赵侍禁到底在搞什么鬼把戏。"

陈丽遂在前面引路，二人摸黑来到书房。陈丽早有准备，打火点燃了一浸泡过桐油的木棒，武宗元随意打开一口箱子，借着火光一看，立即发出一声惊呼。

陈丽举火一照，奇道："怎么是一箱子墨锭？"

武宗元拿起一块墨锭，看了看成色及印记，叹道："这是上好的李墨呀。这一块就能值许多钱，满满一箱子墨锭，又有七八只箱子，只怕加起来，总价值一年岁币都不止。"

陈丽奇道："就这几箱墨锭，能抵三十万岁币？"

武宗元道："这是李廷珪龙纹墨印记没错。"又开了一只箱子，取墨锭看了，道："这是李氏双脊墨。只怕我刚才说少了，六十万都不止。"

陈丽道："可这些并不是徽墨，更不是李墨，而是易墨。"

武宗元笑道："我自然知道这是易墨，易墨是徽墨的鼻祖，这些箱子是从易县运来，不是易墨还能是什么？但这些墨确实制作得精致，跟真正的李墨一模一样。"

又借着火光看得更仔细些，道："成色跟奚三娘酒肆中的墨锭一样，但多了些跟李墨一样的香气。"

陈丽这才会意过来，道："这些都是李墨赝品吗？赵侍禁弄来这些易墨墨锭，是要当作李墨倒卖吗？"

武宗元道："应该是。这些墨锭足以以假乱真，底部的印记，都是李墨所独有。多了这一方印记，价钱便能升到百倍不止。"

忽听到有人接口道："何止百倍。"

话音未落，书房已是灯火大明，却是赵延祚率人赶了进来。

武宗元尴尬异常，忙放下手中墨锭，将箱子一一合上，道："唔，这个……这个……"转头见到忻继勋也跟在赵延祚身后，一时不知该如何解释。

忻继勋摆手笑道："没事，赵侍禁走私之事，从太祖朝便开始了，大家伙儿都知道，历任边关大帅都知道。"

武宗元怔了一怔，问道："都知道吗？"

忻继勋笑道："不但知道，太祖皇帝还极力鼓励呢。"

宋朝立国之初，尚有收复燕云十六州之心，故而对契丹军情孜孜以求。宋太祖鼓励边关大将聚敛财富，用以收买死士、招募间谍。而聚敛财富的主要手段，就是利用边关便利，与他国贸易，与走私无异。

像赵延祚这等边关豪强，绝大多数财富都是靠经商取得，至于这经商贸易中有多少走私成分，大家都心知肚明。只不过赵延祚很早就有了半官方的身份，又将巨额财富悉数用在了对付契丹上，洞悉内情者自然也不会有异议。

武宗元自是不了解这些，闻言愈发惊奇，一时愣住。

忻继勋道："安抚使派了人来，要召武郎进城，这就出发吧。今晚是别想睡了。"

武宗元闻言，不免有些惴惴不安。

陈丽忙问道："那我呢？"

忻继勋道："安抚使请丽娘暂时先住在赵氏庄园，等寻回高丽使者徐颂再说。"

武宗元上前几步，低声问道："李使君可有要罚我的意思？是不是要将我强行遣返回京？"

忻继勋不答，只笑道："武郎不是一心想救赵振吗？这就当面去求安抚使吧。"

武宗元一愣，转头去见赵延祚，见对方微微颔首，忽有所会意，问道："有法可想了吗？"

忻继勋笑道："有没有办法我不知道，但杨小公子人救回来了，高翼也空闲了，没换出去。"

武宗元大喜过望，当即振奋起来，道："好，救人刻不容缓，这就动身出发。"走出几步，又忍不住回头，朝那几箱墨锭望去。

赵延祚有意问道："武郎可需要拿几块留作纪念？"

武宗元忙摆手道："不用。多谢啦！我家里还有两块李墨，是真的李墨，上次皇帝赏赐的，暂时够用了。"

后来武宗元返回京城，方才知晓宋真宗仿效宋太祖造相国寺门楼之法[1]，欲以李墨为漆，以装饰玉清昭应宫[2]。但玉清昭应宫工程浩大，

[1] 李廷珪所造之墨（称"李墨"或"廷珪墨"）原为南唐御用之墨，北宋大将曹彬（曹玮父）平定江南后，用数艘大船装载，运往汴京，输入内库。宋太祖时造相国寺门楼，以整车的李墨做漆饰。宋太宗赐近臣、淳化秘阁法帖皆用此墨。又，淳化三年（992 年），宋太宗令出内府所藏历代墨迹，命翰林侍书王著（原为后蜀大臣，因善攻书法而被召为专备宋太宗咨询书法艺术的翰林官）编次摹勒上石于禁内，名《淳化阁帖》。《淳化阁帖》是中国最早的一部汇集各家书法墨迹的法帖，号称中国书法的圣经。所谓法帖，就是传统法式，将古代著名书法家的墨迹经双钩描摹后，刻在石板或木板上，再拓印装订成帖。王著识鉴不精，致使法帖真伪杂糅，错乱失序，然镌集尤为美富，摹勒逼真，先人书法赖以流传。《淳化阁帖》共 10 卷，收录了中国先秦至隋唐一千多年的书法墨迹，包括帝王、臣子和著名书法家等 103 人的 420 篇作品，被后世誉为"中国法帖之冠"和"丛帖始祖"。其中，第一卷收录汉章帝至唐 19 位帝王的书法，包括东晋明帝司马绍《墓次帖》、康帝司马岳《陆女郎帖》、哀帝司马丕《中书帖》等。其中三卷是摹刻王羲之书迹的专卷，最终确立了王羲之的"书圣"地位。《淳化阁帖》为中国书法史上的一大重要节点，主宰了中国书法的发展方向，对后世影响深远，并开启了官刻丛帖之端，从而掀起了官私刻帖之风。宋仁宗庆历年间，皇宫意外失火，拓印《淳化阁帖》的枣木原版不幸全部焚毁，因而初期的拓本就显得异常珍贵，被视为宝物，价值连城。

[2] 宋真宗为建玉清昭应宫征李墨当油漆用，为历史真事。李廷珪为古今墨家宗师，其所制李墨号称"天下第一品"，明《遵生八笺》称"李廷珪龙纹墨、双脊墨千古称绝"，留下许多历史佳话。（转下页）

内库储藏有限，宋真宗遂下诏正在民间到处以高价征收李墨。

武宗元听闻消息后，忽有所醒悟，不免暗自揣测宋廷在民间所征李墨中，有多少为真货，又有多少是赝品。

然李墨如此珍品，仅仅当作建筑油漆使用，实在太过奢侈浪费。易墨品质不赖，与李墨所差者，大概也就是一枚印记，权作李墨来用，也未尝不可。此为后话。

却说高阳关都部署杨延昭之子杨文广被绑架这起案子，虽然途中出了大变故，杨延昭竟在交换时欲手刃高翼，再以己身相代，然结局居然还不算坏。

奸人一时为杨六郎气概所震撼，竟出人意料地就此妥协，既未带走杨延昭，也未再索要高翼，且遵守诺言，射书如实告知了杨文广所在。当晚杨延昭即赶赴奸人指定地点，顺利将爱子救出。

从这点上看，“奸人”还算存有良知，算不上特别奸猾狡诈。

杨文广并未受伤，自称也未受过任何虐待。不过对于绑架他的奸人，也说不出更多情况。他手脚一直被绑住，囚禁在不见天日的地方，交换人质当晚，才被临时移到郦亭大枯柳西三里的一艘小舟中。而每日三餐送饭之人，也都用黑布蒙住了面孔，无论杨文广如何叫骂，对方都是一声不吭，故而无从判断对方身份。

河北缘边安抚使李允则原先认可明未光看法，认为是甘州回鹘派人绑架了杨文广。原本只打算救回杨文广后就此了事，但奸人竟然在一无所获的情况下将杨文广释放，又觉得事情蹊跷，只怕内中另有原

（接上页）据说李墨存放五六十年后，仍“其坚如玉，其纹如犀”，抄写《华严经》一部半，才研磨一寸。存放数百年后，磨时尚有龙脑气。徐铉幼时得一锭李墨，与其弟徐锴共同研磨习字，日写五千，整整用了十年，墨才用完。《逐斋闲览》记载，有一权贵误将一锭李墨掉入水池，心疼不已，于是下决心掘池寻墨。墨寻回后，不但墨锭未化，外形规整，且光色不变，表里如新。权贵当场叩拜，自此将这锭墨供奉起来，再也不舍使用。今天台湾故宫博物院收藏有一锭李墨，为世界现存唯一李墨真品，墨体有“翰林风月”题款。据说原为乾隆皇帝所有，由于心爱一直不舍得用，这才保存了下来。李廷珪之弟李廷宽，李廷宽之子李承晏，李承晏之子李文用，李文用之子李仲宣，李仲宣之子李惟益、李惟庆，也都业墨。其中李承晏和李惟庆较为出色。熙宁九年（1076 年），编修官苏颂同修国史，开局那天，宋神宗赐李承晏制双脊龙墨，并特意告知内廷这种墨已经很少，请苏颂务必好好珍惜，足见承晏墨的地位之高。

委，遂派人连夜召来国信所知事赵探，命其继续调查这起怪案。

赵探本来正忙于追查契丹眼线一事，当即禀报了事情结果——

果然如明未光所料，榷场市集店铺就是幌子。那家店铺与巡铺兵士余六所称“高员外”只是认识，并无实质干系。至于余六供称的传递点，位于店铺之外，任谁经过，都能轻易取走。也就是说，余六那条线，随着余六被斩首示众，就此中断。

不过赵探倒是寻了画工，根据店铺店家描述，画出了契丹“高员外”相貌，命兵士四下张贴。

明未光负责跟踪嫌疑重大的狱卒曹建，却未有所发现。或许是因为夏地囚所出了不少事，赵探又先后讯问众人，狱卒曹建一时不敢有所妄动，也不敢再去找相好的女子幽会。

赵探大致叙述了经过，又特意针对狱卒曹建问道：“下官是不是太过偏激了？说不定就真有美貌女子瞧上了曹建？”

李允则不答，只道：“你可知道白沟驿有一名叫林黛的女使？不妨暗中查一查她。”

赵探奇道：“林黛？下官知道她，还见过她好几次。她有何可疑之处？她长得还算标致，勉强称得上美貌，安抚使该不会说，林黛就是狱卒曹建的相好？”

李允则不答，只道：“林黛这个名字颇有意趣，不像是乡农取得出的名字。如若本使没记错，她是你堂兄赵祚举荐的，说是赵州林姓乡农之女，苏惠苏管事的同乡。”

赵探心中当即一凛，迟疑问道：“安抚使该不会是怀疑赵祚吧？”

李允则摇头道：“赵祚是本使亲自招揽，安排在安抚司做书吏，本使自信没有看走眼。”

又摆手道：“或许是本使想多了，只是一个雅致好听的女子名字而已。目下最要紧的，还是先理清杨文广这件案子。”

次日一早，赵探找来明未光及当晚在场侍卫白锋锐，一道调查高翼交换杨文广这件事。问的第一个问题就是："斗笠奸人为什么选择西门，而不是北门？"

北门再往北就是两属地，其侧面还有一处瓮城，可谓雄州人口最密集之地，也是最容易藏身且逃脱的地方，耶律吴欲就在那一带被杀。

东门外不远处有榷场、有市集，是雄州最繁华的地带。

南门则是南北必经之路，出南门不远，就是成片成片的水塘，即大名鼎鼎的水上长城。

唯独西门最为冷清。西门外亦是地广人稀，对奸人最为不利，既方便兵马埋伏，又利于官兵搜索。

白锋锐时在现场，自是关键证人，对此也茫然不解，问道："是啊，为什么选西门？"

赵探问道："对方可有什么可疑之处？"

白锋锐道："对方刻意压低了声音说话，显得嗓子很粗。当时天黑，本来就看不清面孔，他又戴着斗笠，其实根本没必要这么做。"

赵探心念一动，问道："你是说，奸人可能是熟人？"

白锋锐点点头，道："至少是我或者杨将军见过的人，他怕我们听出声音来。"

顿了顿，又道："极可能是杨将军见过的人，因为斗笠奸人特意说了一句'我也料不到杨将军会亲自来换人'。当时我以为只是暗指杨将军位高权重，现下想想，他的本意应该是若事先知道杨将军会亲自来，便会另换他人来，不会再是这个斗笠奸人。"

赵探踌躇道："这可奇怪了。杨将军一直在高阳关，也就是最近几日才在雄州呢。"

白锋锐道："不管怎样，杨小公子总算平安回来，杨将军没事，高翼也没死。"

明未光也在旁侧，插口道："杨小公子被掳这件事，我反复考虑过，若是杨将军依旧在高阳关，或是独自来雄州与李使君商议军机，杨小公子吃住起居都在军营中，即便出营玩耍，也有兵士扈从，奸人根本不可能得手。"

而此次杨延昭之所以会带杨文广来雄州，是因为爱子与新结识的小伙伴李柬之情投意合。但奸人事先不可能预料到明未光会护送李柬之来边关迎接其父李迪归国，故而必定是在杨延昭携爱子与明未光一道抵达雄州后，被奸人看到，这才临时起了歹意。

奸人准备有晴川酒肆伙计衣衫，应该是猜到杨文广孩童天性，终究会因为贪玩而跑出白沟驿，所以一直守候在驿馆附近。

赵探忙问道："明兄是说，奸人的目标一开始便是高翼，而不是杨小公子？杨小公子只是充当了一枚筹码？"

明未光道："又或者奸人的目标一开始便是要在雄州推波助澜，引发宋辽事端。"

白锋锐道："如果是要滋事，何以不采取更激烈的手段，譬如越境杀人放火之类，像以往北岸契丹人那样？"

明未光道："或许奸人及同党跟契丹人行事作风大不相同。不管怎样，奸人绑架杨小公子，是临时起意，原先应该不在他们计划中。或许没有这一节，他们也会真的如白侍卫所言，去杀人放火。"

赵探道："我知道，明兄仍然以为奸人是甘州回鹘一方派来的。"

明未光道："不是吗？河西战事正烈，契丹大将萧图玉正率军全力进攻肃州，甘州回鹘挑起事端的动机最为强烈。"

白锋锐问道："既然是甘州回鹘挑事，绑架杨小公子，再嫁祸给契丹，岂不是更好？为何要用杨小公子来换高翼？"

明未光叹了口气，道："奸人应该发现即便宋辽起了争端，本朝也会习惯性地让步，要搞事，其实挺难的。"

又补充道："这一节，也是我到雄州后自己慢慢领悟的，想必奸人会有跟我一样的强烈感受。"

雄州无论官民，普遍畏惧北岸，凡事只求息事宁人。最典型的就是雄州对待契丹神武军总教头刘遂的态度，其人公然在两属地出现，雄州官府却不派人搜捕，即便捕获刘遂后也不敢过分对待，地方长官甚至默许刘遂被救走被放走。这自然不是河北安抚使李允则无能或软弱——无论敌我，都不会有人认为李允则好欺负——而是宋廷一贯的立场和态度，决定了地方的行事作风。

明未光又道："既然南岸不能作为，故而对奸人而言，高翼比杨小公子更有用，他们大可以利用高翼做筹码，要挟辽国从河西退兵。"

白锋锐半信半疑地问道："高翼有那么重要吗？重要到契丹竟肯接受要挟？"

赵探执掌雄州谍报，自有独到眼光，当即肯定地点点头，道："有。契丹最大的对手始终是宋朝，而不是河西。而高翼熟知大宋河北边军军情，对契丹意义重大。"

明未光道："当然了，杨将军最为有用，但奸人也说了，即便得到杨将军也是无济于事。这些人明显还是佩服杨将军气节的，见高翼身受重伤，生死难卜，原先计划难以奏效，便干脆放了杨小公子，足见也不是真对大宋有敌意，可比北岸的那位兄弟之国要友善得多。"

如此处事，倒也符合甘州回鹘一向是宋朝盟友的身份。

赵探踌躇道："不过这两日我派人细细调查过，近几个月来，雄州都没有发现有讲回鹘语或是吐蕃语的人。明兄来雄州已有数日，该了解本州大多数人口都是兵士，甚至有些人看起来是农夫，其实也是驻军。陌生面孔，又讲蕃语，根本不可能遁形。"

明未光却摇头道："赵兄说得不对。刘遂手下安忠善确实听到两人奸人以蕃语交谈，表明确实有讲蕃语的陌生面孔混进了雄州，只不过……我的意思是，并非赵兄手下无能，而是奸人已成功融入当地，做到了遁形。"

赵探奇道："明兄是指奸人在本地人中有内应吗？"

旋即摇头道："边民警觉性素来高于普通州民，发展内应需要时日，若是契丹倒是大有可能，甘州回鹘绝不可能。再则说，河西本是宋朝盟友，有什么必要这么做？"

白锋锐当即插口道："有讲蕃语的男子在雄州公然出没，而且对方还有杨将军认识的人，这些都是事实。既然赵知事这般有把握，那么顶多不可能是甘州回鹘而已，蕃语又不止回鹘语。"

忽见赵探、明未光均瞪视着自己，不由一怔，问道："怎么，我说错了吗？”

赵探、明未光异口同声地道：“你没说错。”

赵探像是发现了大宝藏，乐滋滋地道：“蕃语确实不止回鹘语、吐蕃语，还有契丹语、西夏语，还有高丽语。雄州目下除了有高丽使者徐颂之外，还有自高丽归国的乡民窦文显等人，这些人都会讲蕃语。而且高丽使者徐颂，坚持不住白沟驿，非要住在乡民窦文显家中，是不是很能说明些问题？”

白锋锐当即会意过来，沉吟道：“高丽使者徐颂现下人还滞留北岸未归，似不大可能涉入这些事。窦文显这些乡民，不是汉人吗？我的意思是，他们怎么可能反过来绑架杨小公子，对付自己人？”

赵探道：“他们是在高丽待了许多年的汉人，很难判断他们心思还在大宋这边。你不信？那我问你，刘遂是不是汉人？是。拒马河北岸的民众大部分都是汉人，也就是燕云十六州被割让后，在契丹治下多年，才变成了辽人。”

又踌躇道：“至于动机嘛，也不难理解，窦文显是在替高丽做事，要在边关滋事，挑起宋辽争端。”

高丽虽是辽国藩属国，却也是在武力下被迫屈服，心中一直有所不甘，根本看不起文化、经济落后的契丹。这次派使者送窦文显等人返宋，便是新任高丽国王王询的友善之举，其实隐有与宋修好、再继续联宋抗辽的意思。只不过宋朝已经靠岁币换取了长期的和平，安于现状，对高丽使者的示意佯作不懂罢了。

而今辽国萧太后新逝，辽圣宗不能服众，为转移国内危机，便开始对河西回鹘用兵，或许高丽由此有了危机。

辽国第一次入侵高丽时，并未获得实际利益，辽军主帅萧恒德甚至还退还了已经占领的州县。一方面是因为高丽成功进行了外交斡旋；二来也是当时宋、辽仍是敌对状态，契丹不敢对高丽过于紧逼，以免给宋朝可乘之机，遂顺势接受了高丽的求和。高丽自此成为辽国藩属国，高丽国王接受辽国皇帝册封后，方能名正言顺，两国甚至还差点联姻。

然此一时，彼一时也。

或许高丽担心辽圣宗平定河西后，会转而将目光投向高丽，毕竟当年契丹灭亡渤海国后，高丽才是实际的最大受益者，不但接受了大量渤海国人口，还占领了不少渤海国故地。

而以高丽的国力，根本无力与辽国抗衡，故愈发要借助宋朝之力。既然宋朝已无收复燕云十六州之心，甘愿每年白白送给辽国三十万岁币，高丽便另有后招，令窦文显等人在宋辽边境作乱。一旦宋辽关系恶化，新掌大权的辽圣宗自然无暇东顾，高丽之厄不战自解。

昨晚赵探已见过宫廷画师武宗元，知悉武氏等四人偷渡到北岸后诸事。赵探认为高丽使者徐颂留在涿州陪伴方偕，似是故意滞留，极可能是有意为之，一旦窦文显等人阴谋败露，徐颂人不在雄州，便可从容置身事外。

赵探说了一番自己的分析，又道："窦文显等人果真为高丽效力的话，徐颂身为高丽副使，哪会不知情？甚至他来雄州，便是为了主导此事。"

明未光也深觉有理，踌躇道："杨小公子被绑架当日，高丽使者徐颂人就在晴川酒肆之内，难保不会有里应外合之事。"

赵探仔细回忆当日酒肆大堂情形，忙道："明兄这么一说，我倒是想起来了，徐颂的确频繁外顾，似是格外留意门外情形。我当时还以为这只是他身为使者的警觉本能。"

白锋锐却觉得难以理解，道："如果高丽绑架杨小公子后直接嫁祸契丹，这才是滋事，为何要提出换取高翼呢？总不会是高丽自己想要河北军情。"

赵探道："高翼时下可是边关热门人物，契丹一心想得到他，宋朝则欲除之而后快，算是博弈的有用棋子。高丽一方虽然绑架了杨小公子，实际却不会对他怎样，忽然听说高翼这般重要，便想要握住他，肯定能派上用场。"

明未光亦赞同赵探看法，道："而且以杨小公子来换高翼还有一个大大的好处，能令人愈发认定是契丹所为。”

高翼是契丹间谍，对契丹价值最大。大宋周边诸国诸部中，只有高丽与大宋隔海相望，是最没有动机的一方。

白锋锐这才会意，道：“是了，若不是刘遂手下意外听到奸人讲蕃语，北岸涿州又提出用赵振换高翼这事，所有人都会认为是契丹绑架了杨小公子，好拿他来换高翼。”

随即又问道：“可他们为什么要讲蕃语呢？他们不是汉人吗？我的意思是，他们既然回了家乡，不该说自己最熟悉的语言吗？”

赵探一愣，随即道：“这倒确实是个疑点。”

或许早有高丽人尾随徐颂一行，混入了雄州，隐身于窦文显家中；晴川酒肆外那两名以蕃语交谈的男子，其实是高丽人？但这似乎不大可能，之前赵探受命监管徐颂、陈丽，亲自监视跟踪二人，也曾在南塘窦文显宅子附近逗留许久，并没有发现异样。而且就算有高丽人一直躲在窦文显家中，不曾外出，接伴使陈丽也不可能一无所知。

明未光忽想到一事，忙道：“或许这个窦文显不是真的窦文显，而是高丽人假扮，高丽语才是他母语。”

赵探闻言，当即“啊”了一声。

白锋锐则是一愣，问道：“这怎么可能？”

赵探忙道：“你别说，还真有这种可能。案情可真越来越诡异了。”

又道：“杨将军此刻大概已经在返回高阳关的路上了，来不及当面向他请教，不知道他可见过窦文显这干人。”

白锋锐道：“来雄州后肯定没见过。之前杨将军人一直在高阳关驻防，但窦文显等人回国后，先随高丽使者去了京师，再辗转回来雄州，曾路过高阳关。至于杨将军本人有没有见过这行人，我就不知道了。”

明未光忙告道：“应该见过。我记得杨小公子提过，说前一阵杨将军邀请了一群百姓到军营中做客，都是从高丽回来的。”

赵探道：“是了，杨将军是边关统帅，格外关注外国也包括高丽局势，窦文显是这些乡民首领，杨将军肯定会亲自召他询问高丽国事。”

又对白锋锐道：“安抚使也召见过窦文显啊，你一直随侍在安抚使身边，肯定也见过窦文显。那斗笠男子……”

白锋锐忙道：“我当时外出有事，回到州府时，窦文显等人正要离开，我只看到了他的背影，也没说过话，没听过他的声音。不过说起来，昨晚那斗笠奸人的身高体貌，跟窦文显还真是差不多。”

又道：“对了，还有个事，契丹东京留守萧恒德攻破高丽后，高丽这才成为辽国附属，对不对？后来才有高丽国王求婚、契丹以萧恒德之女萧燕姿为公主、欲和亲高丽一事。”

赵探当即没好气地道：“那怎么了？耶律吴欲找了萧燕姿这么多年，都没有找到人。萧燕姿隐姓埋名，化名易敏藏身在白云观，我们这么多双眼睛，都没有发现她真实身份，难道高丽人是千里眼顺风耳，提前知道了她下落，还专门派徐颂来雄州找她？再则说，找易敏做什么，她顶多只是准高丽王后，又没有成为真的王后。”

白锋锐道：“没什么，我只是随便说说。”

又无奈摇了摇头，道：“我就知道不能提易敏或是萧燕姿。”

赵探挥了挥手，道：“好了，这就动身去南塘找窦文显吧。咱们适才那些话，都只是推测。按照安抚使的说法，没有真凭实据，都做不得数。尤其是事涉高丽，更是得找到铁证后，方能动手拿人。”

忽又扯住白锋锐问道：“你说耶律吴欲是不是傻子，为了萧燕姿，都肯背叛母国？当年耶律吴欲投宋还挺轰动的，毕竟他有契丹皇族身份，连皇帝都亲自召见了。易敏既然人一直在雄州，不会没有听闻这件事，她不会感动吗？就算不感动，也不至于在重逢后杀人，对不对？”

白锋锐将赵探的手推开，正色道：“这件案子由安抚使亲自负责。易敏到底有没有杀人，他老人家通达睿智，心中自是有数。”

话音刚落，有人大跨步进来，却是侍卫忻继勋。

赵探问道：“你不是负责监管武宗元回京吗？为什么这么快就回来了？”

原来昨夜武宗元见到河北安抚使李允则后，便恳求他同意北岸涿州方面的建议，用高翼换回赵振。李允则虽早已有决定，但为了惩戒武宗元乱来，还是故意拖延着不肯答应。武宗元苦苦哀求，李允则便趁机提出要武宗元动身回京。武宗元不知雄州公文已连夜发出，为了救回赵振，只得同意次日一早便离开雄州。

忻继勋告道：“正好杨将军要带杨小公子回高阳关，便带着武宗元一道上路了。杨将军答应了安抚使，到高阳关后，会再派兵护送武宗元到京师。我只是代安抚使送出南门，就没事了。”

又道：“对了，我刚刚在门外遇到了两位贵客。”

闪身让开，随即有一名少女及老者跨门而入，却是高丽接伴使陈丽和赵探祖父赵延祚。

赵探大为意外，忙上前见礼，问道：“祖父亲自赶来城中，可是有什么事？”

赵延祚径直道：“那名从高丽归来的乡民窦文显，你可还记得？他十分可疑，很可能是他杀了老夫亲信侍从景言。”

赵探闻言大吃一惊，问道：“景言被杀了吗？这是什么时候的事？”

赵延祚道：“老夫昨晚派景言连夜去南塘窦文显家中，取丽娘行囊，但他人一直不曾回来。今早天不亮，巡逻兵士在西门外树林中发现了他尸首。”

赵探已听闻西门外发现了一具男尸，身上绝无伤痕，似是暴病身亡。他因手头事情极多，尚未关注此案，此刻方才知晓死者竟是赵氏庄园侍从景言，忙问道：“不是说景言身上没有伤口，也没有任何异状吗？祖父如何肯定是窦文显杀了他？”

赵延祚当即招手叫道：“丽娘，你来说。”

陈丽遂告知众人道：“景言是中了毒，高丽墨毒。”

原来一早巡逻兵士发现尸首后，有路过乡农认出了景言，便急忙赶去赵氏庄园向赵延祚报信。当时赵延祚正在教陈丽种植竹子，一听说景言死在西门外，便猜到事情不对劲，急忙亲自赶赴案发现场。

因为景言赶去南塘是为了给陈丽取回行囊，陈丽隐约觉得事情跟自己大有关系，心中觉得不安，也跟随赵延祚一道前往。

到现场后，赵延祚也不顾侍从阻拦，不顾忌讳，亲自检视尸首。景言身上确无伤痕，也未见其他异常，只有嘴唇上有少许黑末，似是黑灰或是炭粉。

尽管如此，赵延祚仍然坚定地认为景言是他杀，而不是所谓的暴病身亡。他年事已高，这两年只在庄园内种植植物打发时间，对土壤极是熟悉，一眼认出景言鞋底所沾黑泥是塘泥[1]，料定其人必定到过南塘，在那里被杀，又被移尸到南门外。

彼时两县尉郑定国已率人赶至，听了赵延祚一番话，为难地道："可景言身上看不出有他杀痕迹，实在难以当作杀人命案立案。"

赵延祚遂道："那好，县尉君便直接当景言暴死论处，老夫会自行调查。"

郑定国自是不敢得罪赵延祚，忙赔笑道："下官可不是故意为难，还望赵侍禁体谅。"

赵延祚倒是不以为意，摆手道："县尉君照章办事，谈不上为难。将公差都撤了吧，老夫自会安排后事。"

郑定国料想即便自己留下来，赵延祚也会干预，不欲多生事，便拱了拱手，自率手下差役辞去。

赵延祚转过身来，见陈丽正俯下身子，仔细观察景言面目，忙问道："丽娘可是有什么发现？"

陈丽指着景言嘴唇道："我见过这个，这粉末是高丽猛州贡墨。"

陈丽祖父陈靖出使高丽时，带回来几块高丽墨，成色颇好，研成墨汁后有香甜之气，陈靖很是喜爱。某日陈靖在书房读书，忽有一只苍蝇飞入，落到砚台上，俯饮墨汁，陈靖不及起身驱赶，苍蝇已翻落而死。陈靖这才知道墨汁剧毒，自此将高丽墨锭束之高阁，

[1] 塘泥：即水塘中的淤泥晒干而成的泥土。宋代水上长城的修建是为了防御契丹骑兵，但有时候关键地方会因天气干旱而水涸，故而会经常开塘引水，调节水位，由此会产生大量塘泥。塘泥质地比较坚硬，土质肥沃，非常有利于植物生长，可以直接当作花肥使用。

不敢再用[1]。

陈丽小时候经常听闻大人提及此事，稍微年长，一时好奇，便设法寻到了祖父收藏的高丽墨，用小刀从墨版上刮下来些粉末，盛在纸上，倒到花圃角落中，先是由蚂蚁闻香而来，然吃食墨粉后，便纷纷死去。陈丽亲眼所见，这才知道大人所言不是有意吓唬自己，而是真有其事。

陈丽大致叙述了高丽贡墨毒性奇强，又道："高丽墨不及徽墨密实，自墨版刮下的粉末与众不同，极是轻飘，仿若絮末，而且在阳光下微泛紫色。我因为对当年之事印象深刻，一眼便能认出来。"

赵延祚闻言，忙命侍从撬开景言之口，发现其口腔中亦有不少黑色粉末，这才完全相信了陈丽判断。料想凶手必是先制服了景言，再强迫他服下高丽墨粉。

赵延祚想了想，又问道："丽娘在窦文显家中住了半个多月了吧，他可有高丽墨？"

陈丽道："没有，至少我没看到过。"

犹豫了下，又道："但徐颂行囊中带了一块高丽墨，他说日常习惯了用本国墨，出使宋朝时间会比较长，特意带了一块，随时备用。但徐颂人还在涿州呢。"

[1] 宋代时，徽墨名闻天下，但契丹、高丽、日本也产好墨。契丹好墨非徽墨鼻祖易墨，而是"阳岩镇造"墨，号称"镇库万年不毁"，为辽国精品。高丽猛州、顺州均产好墨，"长挺而坚薄如革版"，高丽将这两州之墨作为贡品，印记曰"猛州贡墨"或"顺州贡墨"。著名墨家潘谷不但精于制墨，而且善于辨墨，认为高丽墨松烟极轻细，只有胶不得法，脆软不光。潘谷曾取高丽墨，再杵入胶，遂为绝等之墨。日本亦有墨，遍肌印文，如柿蒂形。另外当时西域有鸡足山，取山上古松烧取成墨，为天下绝品，据说连徽墨也比不上，时称"但有好墨，中国不及"。当时西域僧人用此墨往贝叶上书写佛经。有宋人曾得到贝叶，上有梵字数百，墨倍光泽。时逢秋雨绵绵，雨水打湿了贝叶，贝叶上的字终不灭。又，潘谷为宋代制墨名家，一生制墨，所制"松梵""狻猊"等被誉为"墨中神品"。宋徽宗御藏之极品宝墨"八松烟"（又称"八松梵"），即出自潘谷之手。此墨后为胡开文（清代乾隆时制墨名手、著名徽商）所藏，今已在墨上重绘水浒戏剧脸谱，赠予美国。潘谷晚年因饮酒过度而神志不清，竟至发狂落在水中淹死。苏轼写诗悼念，有"一朝入海寻李白，空见人间话墨仙"之句。又，高丽墨有剧毒，为历史真事。魏泰（字道辅。姊夫曾布官至丞相，姊魏玩是著名女词人）曾得高丽墨，有蝇饮其汁，立死，足见此墨毒性之烈，但却查不出是何种毒药。魏泰专门记下此事，告诫世人合药勿用高丽墨。之所以会如此告诫，是因为宋人间或会用墨治病，譬如徽墨的辅料有胶、桂皮、丹参、黄连、麝香等数十味中药，以及金箔、银箔、珍珠粉等添加剂。其作用在于为墨锭增光添香，但由此增加了墨的药性，故而此墨能治肿毒。据说患疽肿时，只要用徽墨涂抹，很快就能痊愈。

赵延祚道："但徐颂行囊却在窦文显家中，所以高丽墨也在那里，对不对？窦文显即便不是凶手，也决计脱不了干系。"

一时不明白窦文显为何要杀死景言。他二人从未见过，谈不上有任何恩怨情仇。

陈丽迟疑问道："是不是景言无意中看到了什么不该看到的事？"

赵延祚问道："窦文显家中有见不得光的事吗？"

陈丽忙道："不是那个意思。"又踌躇道："我也说不好。徐颂有时候会和窦文显躲到一旁窃窃私语，一旦看到我出现，便不再继续下去。我以为是男人那类话题，也不好多问。现下想来，好像他二人还真是有什么秘密。"

赵延祚道："一定是景言无意间撞破了窦文显什么事，这才遭了毒手。"遂命侍从先将景言尸首运回赵氏庄园，自己则与陈丽进城来寻赵探。

赵延祚等陈丽叙述完，又招手将赵探叫至身边，肃色道："老夫专程进城来找你，是因为尚有许多问题，需要与你先行确认。"

赵探道："祖父是不是奇怪凶手为何要巴巴将景言尸首从南塘运到西门外？"

赵延祚未及回答，侍卫忻继勋先插口道："是很奇怪。我没有对死者不敬的意思啊，就抛尸而论，随便朝水塘一丢就好了。从南塘到西门，距离可是不近，途中还可能遇到巡逻兵士，真够费事的。"

赵延祚不予理睬，又问道："奸人约定昨晚以高翼交换杨小公子，是不是在西门外进行？"

赵探看了明未光一眼，答道："正是。"

赵延祚这才重重看了忻继勋一眼，道："凶手杀了景言后，没有随意抛尸，是为了找一个替代凶手。"

试想侍从景言是去窦文显家中取陈丽行囊，他意外身死，官府最先怀疑的必然是窦文显。窦文显必须得将嫌疑引到旁人身上，他知道昨晚西门外有事发生，这才有意将尸首抛在附近。

如此，即便有人怀疑景言是他杀，也会认为其死与昨晚高翼交换杨文广一事有关，甚至可能会认为是绑架杨文广的奸人杀害了景言。

然赵氏庄园在雄州城东面，窦文显家在南塘，景言无论如何都不会经过西门，这反倒成为一处绝大的破绽。

忻继勋这才会意过来，但仍有不解之处，问道："高翼交换杨小公子这件事，极为机密，军中之人知情者都甚少，更遑论外人。窦文显一介平民，怎么会知道西门外会有事发生？"

赵延祚点点头，道："这也正是老夫要问赵探的。"

赵探叹了口气，道："我们正怀疑窦文显就是绑架杨小公子的奸人之一。"

明未光也道："将景言抛尸于西门外这件事，愈发证明昨晚现身的斗笠奸人便是窦文显。只有他和他同党才会知道西门外昨晚有事发生。"

料想事情经过是：景言人到南塘时，正好撞到窦文显及同党回来。窦文显闪避不及，又不知景言身份，以为或是担心败露，便出其不意制服了景言。

景言只是在错误的时间，出现在了错误的地点。但既然窦文显出手，便再无回头路。料想他也审问了景言，知道对方是赵延祚侍从。以赵延祚之权势，窦文显无论如何都会有所顾忌，但又必须得杀死景言灭口，苦思之下，竟想出用高丽墨粉将景言毒死、再抛尸于西门外的毒计。

这计划其实极为高明，尤其是嫁祸给奸人，能令窦文显本人嫌疑大减。

至于景言脚下塘泥等破绽，也不算什么，大可解释说景言先到南塘，发现奸人行踪，遂一路跟踪到西门之类。

只不过赵探几人已想到斗笠奸人便是窦文显。原先还只是猜测，既有了景言命案，便多了好几成把握，若再搜出高丽墨、证实窦文显曾刮下墨粉对景言下毒，便算是铁证了。

赵延祚、忻继勋闻言均为之震惊。忻继勋连声嚷道："这怎么可能？窦文显刚从高丽回到雄州没多久，杀死景言已经匪夷所思了，为什么还要绑架杨小公子？"

赵延祚也狐疑问道："窦文显为什么要这么做？"

他困惑的当然不是窦文显为什么要杀死侍从景言，而是问为什么要绑架杨延昭之子杨文广。

赵探道："明兄有个大胆的猜测，认为窦文显是高丽人。"

明未光道："原先只是猜测，现下有九成把握。如果窦文显不是高丽人，如何能知道高丽墨粉可当毒药使用？"

赵延祚呆了一呆，随即跺脚道："都知道这么多事了，你还在这傻愣着？"

赵探忙躬身应道："下官立即调兵，亲自带队前往南塘，捉拿搜捕窦文显一行。"

又对陈丽道："丽娘是关键证人，得先留下来，将全部事情一一交代清楚。"

陈丽闻言不免有些惴惴不安。赵延祚忙安慰道："丽娘不必担心，老夫会在这里陪你。"

赵探又道："明兄，祖父有许多事尚不知情，有劳你留下来协助他老人家。"

明未光点点头，应道："好。"

赵探一一交代清楚，这才出去调兵。白锋锐、忻继勋也匆忙离去，赶去向河北安抚使李允则禀报重大发现。

陈丽因名字为徐颂祖父所取，徐颂名字则是自己祖父所取，早已将徐颂当作好友看待。见目下出了大变故，她不免很是忧心，惶然问道："徐颂人还在北岸，应该不会跟这些事有关吧？"

明未光直截了当地道："窦文显做这些事，背后还有大阴谋，徐颂身为高丽副使，会不知情吗？"

又道："我感觉他坚持要送窦文显等人回乡，其实就是要找个理由来雄州，策划这场大阴谋。至于偷渡去北岸，滞留不归，也是有意为之，好在将来事情败露时置身事外。”

赵延祚插口道：“徐颂偷渡并滞留在涿州，也有可能是有事要办。”

陈丽愈发困惑，道：“但徐颂为什么要如此大费周章呢？高丽是辽国藩属国，且与大宋绝交已久，高丽使者出使大宋才该偷偷摸摸，想去辽地，大可正大光明。”

明未光忽发奇想，问道：“这个徐颂，会不会是来雄州找萧燕姿的？”

陈丽不知萧燕姿是谁，闻言先是一愣，随即摇了摇头，道：“从未听徐颂提过这个名字。”

赵延祚已尽知原委，思忖道：“萧燕姿原先那位未婚夫早就过世了，寻她有什么用？老夫倒觉得徐颂去北岸，更像是寻找高为弁。”

辽涿州永泰军指挥使高为弁出自渤海高氏。渤海国被契丹攻灭后，贵族高模翰逃往高丽，娶高丽公主为妻，后又因在高丽国内犯法而逃到契丹，仕辽为将，自此开启了渤海高氏新的一页。高为弁便是高模翰之孙。

明未光不知高为弁是谁，更不知其来历，然听说高为弁祖母是高丽公主、其人有四分之一的高丽血统，当即“呀”了一声，道：“还真是这样，原来徐颂滞留涿州，是为了去见高为弁。”

一时对赵延祚大起佩服之心，心道：“姜到底还是老的辣。这位赵侍禁，当真名不虚传。”

关于陈丽偕徐颂到晴川酒肆一事，赵延祚已详细了解过——是徐颂坚持要到拒马河看看，甚至在遇到武宗元、方偕之前，他便流露过想去北岸易水游玩的心意，只不过被陈丽当场否决了。但后来既有渡河契机，陈丽还只是个小女孩子，本身也对易水慕名已久，极感好奇，徐颂再一提出偷渡去北岸，又有武宗元、方偕从旁帮腔，她便顺势答应了。

赵延祚既从陈丽口中问明经过，立时便对徐颂起了疑心：武宗元、方偕任性妄为，在雄州算是见怪不怪。徐颂既能被高丽国王选中、以副使身份出使大宋，便代表一国国体，断然不会没有轻重。他坚持以朋友身份送乡民窦文显等人归乡，已是不同寻常，再去北岸，愈发诡异。

赵延祚生平无数次深入契丹境内，亲自探取军情，更是雄州机宜司创司元老级人物，而今虽然已处于退休状态，但对北岸情形仍然了如指掌，自是知悉契丹高模翰一系本出自渤海，高模翰更是娶了高丽公主，其后代子孙均有高丽血统——像高模翰这类母国为契丹所灭的人，本就是机宜司重点争取对象——既知高丽使者徐颂心在北岸，当即便将徐颂与契丹永泰军指挥使高为弁联系了起来。

但若高丽方出于某种动机，有意接触有高丽血统的高为弁，大可通过别的渠道，何必要偷偷摸摸地取道宋境？万一徐颂不能成功偷渡越过界河呢？只有一种解释，徐颂此来雄州，勾连北岸高为弁只是其目的之一，甚至不是主要目的，其着意点仍是宋境边关，也就是雄州。

雄州近来的突发事件，只有三起：一是契丹神武军总教头刘遂护送梁国公主入境求医；二是有人潜入夏地囚所，试图营救契丹奸细高翼；三是高阳关副都部署杨延昭之子杨文广被奸人绑架掳走。

第一起与高丽绝无干系，又是契丹机密，徐颂不可能知悉。第二起，徐颂也不大可能，也无必要涉入其中。那么第三起呢？

近来辽圣宗不顾丧服在身，一反常态，大肆征发兵役[1]，旁人均以为契丹意欲增兵河西，务必攻下甘州回鹘。如若辽圣宗不止是有占领河西之意，还意图东征呢？

辽国已入侵过高丽一次，而今趁高丽君主新立，再度兴兵，意图一举拿下高丽，也合情合理。毕竟，辽圣宗耶律隆绪长期生活在母亲萧太后羽翼之下，在契丹族人中威望不高，甚至还不及弟弟梁王耶律隆庆。如果此次攻灭高丽，必能凭军功威服海内外，他大辽皇帝的宝

[1] 契丹各部族均有军政合一的特点，“有事则以攻战为务，闲暇则以畋渔为生”。

座，也算彻底坐稳了。

再说高丽一方，新即位的高丽显宗王询如若已探得风声，必定深知辽圣宗心意已决，战火必成，因而备战是第一要务。

除此之外，高丽显宗王询应该还会竭尽全力采取其他措施来缓解亡国危机。如此，便能完美解释这次高丽派使者护送宋民窦文显等人归国的用意，不过是意图与断交已久的大宋重新建立联盟而已。

只是以宋真宗赵恒目下心境，其满足于“澶渊之盟”带来的和平，必定无意支持高丽一方，更不可能与高丽同抗辽国。

与宋结盟难成，高丽又无实力单独与辽对抗，便只能另想他法。譬如派徐颂到宋辽边关兴风作浪，挑起南北争端，如此，高丽祸事自解。

至于高丽使者徐颂北越拒马河，试图一见契丹永泰军指挥使高为弁，自是属意高氏高丽血统，争取一切可以争取的力量。

此刻赵延祚虽是第一次说出“徐颂可能是去北岸寻找高为弁”的话，但怀疑徐颂的念头，其实在他脑海中盘桓已久。他昨晚派心腹侍从景言连夜赶去南塘，名为取高丽接伴使陈丽行囊，但最主要的目的，还是要向乡民窦文显打听徐颂的行踪及用意，却不想景言竟意外遇害。

既然赵探等人已经怀疑到乡民窦文显，再与赵延祚推测两相比照，便能肯定窦文显大有问题，绝对是高丽使者徐颂一党。只有高丽接伴使陈丽还不能相信，徐颂竟然会参与绑架杨文广事件。

赵探率兵赶到南塘窦氏宅邸时，窦文显正与另外两名乡民廖毛豆、牛松坡在堂屋中商议什么事情。廖毛豆、牛松坡跟窦文显一样，都是不久前才从高丽归来。三人见官兵破门而入时，皆立即站了起来，虽有惊慌之色，却也不十分意外。

赵探率先跨进门槛，第一眼便留意到堂首供奉一张画像，竟然不是民间常见的菩萨之类，而是何继筠画像。

何继筠[1]便是前任雄州知州何承矩之父，宋太祖时任关南兵马都监，前后在边关任职二十年，能与士卒同甘共苦，故得其殊死效忠。其性格沉稳，智略过人，善于揣度情势，受到边民敬服，河北边境许多百家中姓都供奉他的画像。

这张何继筠画像看上去发黄而陈旧，很有些年头，料想是旧宅主人所供，窦文显迁居进来后，未曾动过。

窦文显认得赵探，忙上前询问究竟。赵探也不搭话，命兵士将窦文显三人就地看管，自己则直接进入内院找寻证据。果然在徐颂房间中找到了高丽墨版。

那块墨大约有半本书大，平置于案上，一旁还置有小刀，刀身及案面上均有残留墨粉，可谓证据确凿了。

窦文显本来正大声质问，向兵士抗议，见到赵探用纸包着墨版出来，脸色登时为之一变，立即住了口。

赵探笑道："听说这个高丽墨有剧毒，可以用作毒药来杀人，而且人死后没有任何中毒异状，厉害得很。三位要不是试上一试？"

窦文显三人面面相觑，均不敢轻易作答。

赵探将墨版交给兵士收好，先走到窦文显面前，问道："你是真的窦文显吗？"

见窦文显不答，便走到廖毛豆面前，问道："你是真的廖毛豆吗？"

廖毛豆亦不答。

赵探不厌其烦，又走到下一人面前，问道："你是真的牛松坡吗？"

牛松坡嘴唇嗫嚅了几下，才开口答道："是。"

赵探摇头笑道："不，你不是。你如果是真的牛松坡，一定很惊讶我怎么会当面问如此古怪甚至愚蠢的问题，甚至听不懂我在说什么。"

[1] 据传何继筠"数奇"（命数不好）。他战功赫赫，但于开宝二年（969 年）才拜建武军节度使。开宝四年（971 年）秋入朝时，突生背疽。赵匡胤亲临其府邸探望，赏赐颇为丰厚。不久何继筠病逝，享年五十一岁。赵匡胤前往吊祭，为之流泪，对左右侍臣说："继筠捍边有功，朕不早授方镇者，虑其数奇耳。今才领节制，果至沦没，良可惜也。"即赠何继筠以侍中之职，赐绢五百匹，并命宦官监护丧事，特令将其生前佩剑和甲胄一同陪葬。又，何继筠之父何福进历事后唐至后周，也为中原朝廷守边，使北境大体安定。后周时，官民感其恩德，向朝廷请求为何福进立德政碑。

又重新在三人面前走了一圈，道："你们三个都不是真人。嗯，一共十七人归国，除了你们三个，不知道剩下的十四人，还有多少是假的。"

随即招手叫道："来人！"

窦文显忙举手道："不必麻烦了。那十四人都是真的，他们在家乡都有亲眷在世，不可能作伪。"如此回答，便等于承认三人是假的了。

这假窦文显倒也有担待，既不愿官府兴师动众张扬其事，也不愿牵累无辜，跟昨晚他未得高翼便放了杨文广的行事作风，倒是颇为一致。

赵探问道："所以高丽特意挑出三名已无亲眷在世者，派你们三人来假冒，对不对？"

窦文显不答，又向廖毛豆、牛松坡摇了摇头，示意二人绝不可再开口。

赵探因事涉高丽，亦不敢轻易做主，便命兵士将三人带回城中，交由河北安抚使李允则处置。

见多识广者如李允则，听说窦文显、廖毛豆、牛松坡三名雄州本地人氏均是高丽人假冒后，亦极为惊奇。他料想高丽使者徐颂人尚未回雄州，三人不会轻易招供，故也不提审，只命将三人下狱，分开拘禁。

这次高丽共送还十七名宋人，尽管假窦文显声称其余十四人均是货真价实，赵探还是派人做了详尽调查。只不过遵从安抚使李允则叮嘱，未将动静闹大，找了别的借口，去讯问十四人相关诸事。这十四人回乡后与亲朋好友频繁来往，忙着应酬，倒真的都是原先被掳去辽地的乡民。

再分别向这十四人询问窦文显、廖毛豆、牛松坡三人情况，十四人也说不出更多。盖因为窦文显一行从契丹逃入高丽后，即被高丽军拘押，高丽军随即将诸人分散到各军营服劳役做苦力，之后许多年诸人都未曾再见过面。

不过有个叫张大麦的男子记得曾无意中听到廖毛豆、牛松坡私下谈及家眷，似是二人在高丽均已娶妻生子，他还纳罕这二人平平无奇，何以高丽会格外善待，还为这二人成立家室。但因为一行人离开高丽前，高丽方再三警告甚至威胁过众人，要求诸民途中及返乡后不得过多谈及或议论高丽相关之事，不然一定会请宋朝出面处置。

高丽与宋朝虽然已经绝交，但也不是敌国，随时都有可能再和好。料想高丽果真出面施压，素来极好面子的宋朝为维持所谓天朝大国形象，只怕还是会向着高丽多些，张大麦遂也不敢多问。

但也不是全无收获——

自廖毛豆家中地窖里搜出两名男子，经宋使李迪之子李柬之当面指认，正是当日装扮成晴川酒肆伙计、掳走杨文广之人。

杨延昭在河北军民中名望极高，这两名男子自知犯下众怒，生怕遭到雄州官府刑讯虐待，自行承认是高丽副使徐颂侍从。

因徐颂尚未归来，河北安抚使李允则只能先派人紧急奏报朝廷，将高丽相关人等关押，容后再作论处。

窦文显一案尚未了结，白沟驿女管事苏惠又赶来州府，禀报宋副使崔可道之女崔玄妙失踪。不但崔氏人不见踪影，连派去医馆接她的女使林黛及驿馆车夫也都不见了。

侍卫忻继勋忙插口道："我早上去送杨将军和武宗元时，在南城门遇到了王惟一王医师。他还提了一句，说崔玄妙天刚亮时就在窗外跟他道别，随后匆忙离开了医馆。"

李允则只淡淡"唔"了一声，随即将目光转向赵探。

赵探先愣了一下，随即会意，忙走到苏惠身侧，低声询问道："最近林黛可有跟一名男子来往？"

苏惠迟疑答道："奴家只见过两次，对方好像是一名狱卒。"

赵探大喜过望，忙道："安抚使神算，狱卒曹建的相好，还真就是白沟驿女使林黛。"

旁人均不知赵探正让明未光暗中监视夏地囚所狱卒曹建，而安抚使李允则则指点赵探调查一下林黛，因而闻言不由得莫名其妙。

李允则见赵探当众失态，不由得皱紧了眉头。

赵探忙道："林黛极可能是契丹奸细，崔玄妙失踪一定跟她有关，多半是她绑架了崔玄妙。"

旁人未及回答，他又自行发问道："可林黛为什么要绑架崔玄妙？她是白沟驿派来接崔玄妙的女使，崔玄妙失踪，她决计脱不了干系，这不等于自行暴露吗？"

李允则道："是不是要等曹建、林黛自己寻上门来，主动告诉你原委？"

赵探忙躬身道："下官这就带兵去捉拿曹建和林黛。"

话音未落，崔玄妙便不顾侍卫阻拦，疾奔进来，一边抹泪，一边告道："白沟驿女使林黛是刘遂同党。她应该就是李使君一直在找的契丹间谍。"

界河巡检使祖名望也在一旁候命，忙躬身问道："要不要下官立即封锁界河？"

李允则点点头，又特意招手将祖名望叫到案边，低声嘱咐了几句。

祖名望愕然之极，大惑难解，又追问了两句。李允则漠然不应，只抬了一下眼皮。祖名望当即心头一凛，躬身道："下官遵命。"

却说雄州界河巡检赵振被关入涿州州狱石室后，便彻底陷入了黑暗寂静中。他虽然只有颈部被木枷固住，却无法坐卧，只能干站着，亦不能入睡，又饿又困又累，也不知道凭他自己的体力还能支撑多久。

次日也不知道什么时分，有狱卒打开牢门进来，先取出赵振口中木棒，喂他喝了一碗稀粥，又道："好好吃吧，这可是你每天唯一的一顿饭了。"

赵振力气稍复，问道："我是昨晚被关进来的吗？"

狱卒笑道："是啊，难熬得很吧？受罪的日子还长着呢，这只是最轻的锁禁。等到过一遍堂，你才会知道什么是真正厉害的刑罚。不过如果你肯求饶招供，这一切立即就能结束。"

见赵振摇头，便重新将木棒勒入赵氏口中，扬长而去。

不一会儿，眼前一切忽然模糊起来，先是变成了重影，随即成了红彤彤一片。赵振明显感到自己的身子软了下来，再没有丝毫力气。木枷勒紧了脖颈，呼吸为之凝滞，陡然急促起来。就在将要窒息的一刹那，有人托住了赵振身子，将他平放了下来。

手铐似乎也被打开，至少赵振感到自己又能挥动手臂。哦，他连动一根手指头的力气都没有，不是他自己在挥动手臂，而是有人将他双手拉过头顶，固在了什么地方。

但为何他身子底下如此冰凉，是因为躺在地上了吗？

忽有一温热之物骑到赵振身上，又有一双手温柔地抚摸他全身。他立时躁动起来，浑身发热，想要努力去亲近那温热之物。对方旋即扑倒在赵振身上，凑到近前，对着他面上吹气。

赵振意识已完全模糊，只能勉强辨认出眼前似有一名年轻女子的面孔晃来晃去，遂问道："你是谁？我这是在什么地方？"

然口中衔了木棒，不能张口，只能徒然发出"呜呜"之声。

一时一阵热浪流遍全身，只觉得通体舒泰，竟是从所未有的畅快。他享受着这份难得的适意快感，口中不停地哼哼唧唧，仿若幼年母亲晃动摇篮时所唱过的歌谣。

忽然"呜"了一声，赵振骤然醒转，只觉得头晕晕乎乎，人依然赤身裸体，被锁紧在木架上，一如之前。原来一切只是一场梦而已。

也不知过了多久，赵振正昏昏沉沉时，铁门忽然打开，有人举火进来，将火把插在门边铜环中，石室顿时亮堂了起来。

随即有狱卒拖进来一名男子，亦如赵振一般赤身裸体，口中勒了木棒。那人双手反缚在背后，全身上下都是鞭伤、烫伤，似是新受过拷打。狱卒将他拖到赵振对面的木架前，一番摆布，也同样用木枷锁了脖颈，随即锁门而去。

火光甚明，赵振可以清楚地看到那男子面孔，年纪跟自己差不多，又黑又瘦。对方因为刑伤过重，尚处于半昏迷状态，只有脖颈被勒压得呼吸凝滞时，才会勉强挣动一下。

赵振料想此人多半是雄州机宜司派在涿州的间谍。他本人虽然饥饿疲累，但尚存有一些体力，已被木枷折磨得十分难受。再见到对方受刑如此之重，体力必已耗尽，再被如此锁禁，只会慢慢窒息，痛苦而死。

眼见那男子不时地扭动身子，赵振极感痛心，却又无法出声，只能眼睁睁看着对方受苦受罪。

又不知道过了多久，铁门终于打开，透出一丝太阳光亮来。原来外面天已经亮了，竟然又过了一天。

有辽兵搬进来一张矮榻，置于室中。旋即有名白发老者进来，先走到赵振面前，笑眯眯地道："你不认识本相，但本相认得你，你是雄州界河巡检赵振，有'河北第一神射手'之称。对了，你赵振在雄州也算一号人物，雄州机宜司素来由赵氏执掌，你应该也见过本相画像，本相就是耶律化哥。"

又走得近些，认认真真打量了一番赵振的裸体，笑道："想不到我们会在这种情况下见面。"

耶律化哥时任北院枢密使，为辽国第一号重臣。赵振自然见过雄州机宜司所绘画像，但却感觉画像与本人不大像，大概是因为描述其长相的宋朝间谍只能远远望见；而能靠近耶律化哥身边的宋朝间谍，不是被杀，就是被囚。

耶律化哥回身到矮榻坐下，依旧上下审视着赵振，似在欣赏一幅画作，颇悠然自得。

赵振大感羞辱，只觉得对方的目光如蚂蚁一般，咬啮着自己全身，偏偏又无何奈何。

耶律化哥又问道："本相一直很好奇，你这个'河北第一神射手'的名号是怎么来的？你跟河北所有人比过箭法吗？"

见赵振"呜呜"出声，便道："赵巡检有话要说。来人，取下他口中木棒。"

口禁一松，赵振便立即叫道："放了他。快松开枷锁，他就快要死了。"

这个“他”，自然是被禁锢在赵振对面的男子了。

耶律化哥回头看了那男子一眼，问道：“他吗？赵巡检认得他？”

赵振道：“不认得。”

耶律化哥道：“他不肯招供，就得一直这样被锁着。”

赵振急道：“他人死了，你就什么都问不出来了。”

耶律化哥想了想，居然道：“也对。来人，去问问他，肯不肯招供？肯的话，就立即放他下来。不肯的话，就继续锁着。”

又回头看了那男子一眼，才道：“依本相的经验，至少还要一个多时辰，他才会完全断气。”

当即有辽兵上前，往那男子胸腹抽了一皮鞭，喝问道：“招不招？”

那男子已露濒死之相，更无法开口，只徒然扭了一下身子。

辽兵近前看了看，道：“他好像肯招供了。”又取出那男子口中木棒，问道：“招不招？”

那男子体力尽丧，已无法站立，他脖颈被木枷固住，人一软，体重便全部落在脖颈及下巴上，无法缓解，即便口禁被取出，也只“咕咕”了两声，说不出话来。辽兵遂打开木枷，将那男子架到耶律化哥面前跪下。

那男子喘气甚急，隔了好大一会儿，才略微平息。耶律化哥命人取来一碗温热米粥喂那男子服下，其人精神立时好转了许多。

耶律化哥这才问道：“现下你可愿意招供了？”

那男子尚有所犹豫。一名辽兵立即扬鞭抽在他后背上，喝道：“这是你最后一次机会，不招的话，就将你重新枷起来。等到你连站立的力气都没有了，便会慢慢被木枷勒死。”

耶律化哥笑道：“嗯，这是比较漫长而痛苦的死法。自从宋辽和好，不能再用宋谍射鬼箭后，基本上都用这种办法来处死谍者。”见那男子不应，便挥了挥手。

辽兵上前架起那男子，欲将他重新锁回木架。那男子已受了半夜苦，深知这木枷刑罚的厉害，立时崩溃，忙点头道：“小人愿招，愿招。”

耶律化哥遂指着赵振问道："他是谁？"

那男子道："雄州界河巡检赵振。"

赵振口禁已去，当即插口问道："你是谁？你怎么会认得我？"

耶律化哥笑道："现下还轮不到赵巡检开口。"

立时便有辽兵抢上前来，重新将木棒勒入赵振口中。

耶律化哥这才问道："你怎么会认得赵振？"

那男子道："小人之前暂居在雄州两属地，经常看到赵振带兵巡视。"

耶律化哥又问道："你叫什么名字？"

那男子道："小人叶葳，是沧州人氏。"又忙辩解道："小人并非宋朝间谍，只是为人收买，渡河到北岸，到涿州一带散播消息。"

原来这叶葳自小不务正业，游手好闲，成人后颇有武力，纠集了一帮亡命之徒，靠走私辽盐为生。前年案发后，沧州官府通缉追捕甚急，叶葳同党大多被捕，叶葳独自一人逃来雄州。

他到两属地时，正好遇到契丹军以涿州刺史耶律守雄的名义到南岸征发民夫到北岸修建城墙，契丹军不知究竟，将叶葳也当作两属民带去了新城服役。修城完毕，叶葳又与其他两属民一道被遣送回雄州。

其他两属民虽未见过叶葳，但以为他是北岸缓冲地带的两属民，两岸两属民往往会临时迁居，这类情况偶有发生。叶葳遂钻了空子，得以栖身于鱼龙混杂的两属地。

去年有人寻到他，以他沧州逃犯身份相威胁，又许以重金，让他到辽地涿州、燕京一带结交朋友，散布消息。叶葳走私辽盐时，与契丹人打过不少交道，会说契丹语，涿州更是汉人聚居地，叶葳既有把柄握在对方手中，又受重利诱惑，便满口应承下来。

耶律化哥问道："收买你的是什么人？"

叶葳道："这就是古怪之处。小人是深夜在家中睡觉时，被人装入麻袋，带到一个地方，与对方谈完交易后，又被送回住所，也是好不容易才挣开麻袋出来。从头到尾，都没见过对方一面。”

但对方却预支了一半酬金，两袋明晃晃的金沙就摆在案上。叶葳料想对方如此能耐，财力又如此雄厚，只怕是还有厉害后招，也不敢逃走。再则说，他本来就是被通缉的重犯，还能逃到哪里去？遂决意将这件事当作买卖来做，先干了这一票再说。

叶葳又道：“其实对方要散布的消息，也不是什么机密大事，只是称耿绍忠人还活着，人在雄州，还有一个儿子。就是这么多。”

耶律化哥奇道：“为什么要散布这个消息？”

叶葳亦是奇道：“耶律相公不是耿绍忠的大舅子吗？对方应该是想用来对付耶律相公你。”

又讪讪解释道：“小人原先并不知道耿绍忠是谁，也是到燕京后，才专门去打听的。”

辽国以契丹族为主体，契丹人地位远在汉人之上。叶葳会说契丹语，自是方便，到辽地打听许多事，旁人也不会轻易起疑心。

耶律化哥笑道：“这倒是事实。不过就算耿绍忠人还活着，真有一个儿子，本相也不会怎样。”

叶葳道：“可是那位很得辽国皇帝宠爱的耿淑仪，不正是耿绍忠的女儿吗？”

耶律化哥笑道：“你说得对极了。”

忽然挥手命道：“来人，将这叶葳押回燕京，关入勾南局，三日一小讯，十日一大讯，务必要拷问出他知道的全部。”

叶葳一时呆住，尚未出声，口中便被勒了木棒，随即“呜呜”着被拖了出去。

耶律化哥随即起身，走到赵振面前，笑道：“你看，你以为你救了叶葳，实际上是害了他。你若任凭他被锁在木架上，今日之内他便会死去，也只会稍微痛苦那么一两个时辰而已。但现下，他会继续遭受苦刑，生不如死，而且不是一天两天、一月两月就能解脱的事。”

顿了顿，又道：“嗯，从这个人的对答及反应来看，怎么也不像是普通人，如果他真是宋朝间谍的话，赵巡检你还可能害了大宋。叶葳适才既然服软开了口，再问后面的话，就容易多了。”

随即示意辽兵取下赵振口中木棒，问道：“赵巡检现下明白了吗？”

赵振冷然问道：“明白什么？”

耶律化哥道：“刘遂啊！他去雄州，除了护送梁国公主就医外，还瞒着本相去办了一件私事，就是寻访本相妹夫耿绍忠下落，大概也想找到本相那位素未谋面的外甥。”

见赵振一脸懵懂，又笑道：“是了，赵巡检人来了北岸，应该不知道雄州发生的那些事。”

赵振一怔，问道：“雄州发生了什么事？”

一旁辽兵喝道：“你这死囚徒，轮不到你发问。”

耶律化哥摇头道：“他是囚徒不假，不过人还没死，你这汉话说得不地道。”

又笑道：“早先本相手下在燕京曾捕获一名宋朝间谍，那人是真的间谍，不像这个叶葳尚且真假难辨。那名间谍也在暗中散布耿绍忠的消息。这件事，明显是有人故意为之。前面那间谍被本相杀了，有点可惜，本来还可以拷问出更多情报的。但本相担心外甥女耿淑仪当面向他对质，所以不得不提前了结了他。本来以为这件事就这么算了，但又跑来一个叶葳。这个收买叶葳的人，大概不知道耿淑仪已经得到消息并且相信了，还一直在想办法打探她父亲耿绍忠的切实下落。这个收买叶葳的幕后人，其实不必再让叶葳来送死，不过他这也是铁了心要引本相上钩啊。”

这些事，赵振还是第一次听说，一时不明耶律化哥用意，只沉默不答。

耶律化哥又道：“赵巡检，本相对你一直很客气，虽然这样将你禁锢在这里，不大雅观，但这只是例行公事。本相并没有下令对你用刑，你若跟叶葳一样，受过一轮刑罚，此刻恐怕也只能勉强挂在木架上喘息等死了。”

赵振道：“所以赵某还应该感谢耶律相公了？”

耶律化哥笑道："感谢就不必了。你实话告诉本相，耿绍忠是不是真的还在人世？他的儿子肯定不会姓耿，现下叫什么名字？"

见赵振不应，便道："好，赵巡检不回答，本相就当你不知道这件事。那么，本相要问下一个问题了，赵巡检来涿州做什么？据高指挥使说，那个叫武宗元的很可疑，你是不是为他而来？"又从怀中掏出通缉赵振的告示，问道："为什么河北安抚司会通缉你？是不是你想维护旧主石普，而跟李雄州起了冲突？"

见赵振始终缄默，又笑道："本相说了这么多，赵巡检总该回应一两句吧。"

赵振遂问道："安抚司以什么罪名通缉我？"

耶律化哥道："违抗军令，畏罪潜逃，就是最普通的那种罪名。是了，雄州已有公文到涿州，指名要索赵巡检回去。可本相怎么觉得这像是一场戏呀！李雄州早就安排好了一切，你堂堂界河巡检，偷渡来到涿州，一旦被捉，就声称北上投辽。李雄州先发出通缉告示，再以公文向涿州要人，赵巡检便能全身而退。但问题是，赵巡检自己不好意思说出叛国投敌的话，对不对？"

赵振当即沉下脸，紧闭双唇。

耶律化哥笑道："你告诉本相，武宗元到底是什么人？只要赵巡检肯说实话，本相就拿你当南岸逃人处置，将你交还给雄州，你也不必再说出那等丢人现眼的托词。"

赵振仍是一言不发。

耶律化哥又道："本相也不想隐瞒，实话告诉赵巡检，武宗元人不见了，极可能已经逃回了雄州。不过本相手里还有方偕，就是那个嗜酒如命的方偕。"

赵振闻言很是惊异，他明明知道沉默才是应付审讯的最好办法，仍然忍不住问道："武宗元已经回雄州了吗？耶律相公为何肯将这消息告诉我？"

耶律化哥笑道："赵巡检以为本相会假装武宗元仍然滞留涿州，以此假象来要挟你就范吗？实在没这个必要。"

又笑道："看样子，赵巡检并不在意方偕。原来这酒鬼真的就是来北岸喝酒的。"

耶律化哥其实早从拒马河北岸暗哨得报：曾有三男一女偷渡过河，来到北岸。那四人根本不知有旁人在侧，为具体去向而争吵不休，决计不会作伪，因而绝不可能是南岸奸细。

此时当面再提武宗元、方偕，不过是借机再多试探一次而已。耶律化哥见赵振反应淡漠，遂顺势摆手笑道："罢了，宋辽是兄弟之国，友好为上，本相会放方偕回去。但是赵巡检你如此不合作，只能拿你当宋朝间谍处置了。"

赵振干脆地应道："悉听尊便。"

他既知武宗元已经脱险，便彻底放下心来，对于即将到来的各种苦难，也做好了坦然面对的准备。

耶律化哥亦感觉到赵振人明显轻松欢快了许多，好奇问道："赵巡检如此得意，是不是觉得你救过梁国公主，公主知恩图报，会赶来救你？放心，梁国公主不会知道你在这里。本相已经下令封锁消息，之前扈从公主入宋的侍从，本相已将他们全部软禁隔离起来。如果刘遂能活着回来，也不会例外。"

赵振道："耶律相公心狠手辣，虑事周全，果然是百闻不如一见。"

耶律化哥哈哈大笑，道："难得得到赵巡检夸赞。看来本相料错了，赵巡检并没有指望过梁国公主来救你。好男儿该如此。来人，松开枷锁，放赵巡检下来。"

几名辽兵应命上前，打开木枷，将赵振解下，架到耶律化哥面前跪下。

耶律化哥却走上前来，亲自将赵振扶起，又命人取来一件外袍，为赵振披上，笑道："你放心，本相不会对你怎样，你得保持目下这副完好无缺的模样。本相预备用你去换回高翼。"

赵振闻言，惊愕不已。

耶律化哥道："反正高翼对李雄州也没什么用处，他宁死也不肯招供，等于就是活死人；但你赵振，却是李雄州的心腹爱将，用活死人换回爱将，这买卖他一点不亏。”

赵振当即摇头道："安抚使绝对不会同意换人的。高翼知悉的秘密太多，不可能让他活着回到北岸。至于赵振，耶律相公就当我是死人吧，有什么手段，尽管使出来便是。”

耶律化哥道："也对。换作我是李雄州，也不会同意。如果你处在李雄州的位置呢？你会同意交换吗？”

赵振坚决地道："绝不可能。就算被捉的人是我至亲，我也不会用高翼去换他回来。”

趋利避害，这也确实是赵振的做事准则——

后西夏元昊自立为大夏皇帝，建立西夏国，设十二监军司，与宋朝爆发战争，三年三大战，夏军连胜。

赵振时任知环州[1]，为一枝独秀的武将出身的西北边关主帅[2]。早在元昊反宋之前，赵振已有所预警，做了周密布置，同时知会其他边帅，但其他三路主帅均未听从。西夏起兵后，宋军各路人马溃不成军，损失惨重，唯有赵振所守环庆一路安然无恙。宋廷遂命赵振取代

[1] 宋夏边界有一条横山山脉（今陕西北横山），从东北向西南延伸，在宋夏两千多里的边境线上形成了一条天然的分界线，被时人称为“山界”。宋朝的布防主要是沿着“山界”进行的，最大限度地利用横山的地形扼守险要。最初，宋朝廷在西北边境设河东、陕西路，后来分为环庆、泾原、秦凤、鄜延四路，加上宋神宗时开拓的熙河路，即通常所称的“关西五路”。环庆路在陕西环州（今甘肃环县）、庆州（今甘肃庆阳）一带，这一带边寨排列甚密，列据要害，“蕃部素不知其山川道路”；泾原路在泾州（今甘肃泾川）、源州（今甘肃镇原）一带，有镇戎军、渭州城两处要塞，壁垒坚固，屯兵颇多，戍守于这一带的多为蕃部弓箭手，“甲骑精强”；秦凤路在熙州（今甘肃临洮）、河州（今甘肃临夏西南）一带，由内附宋朝的吐蕃首领瞎毡率兵驻守；鄜延路在鄜州（今陕西富县）、延州一带（延州为该鄜延路的治所），地形相对开阔，“寨栅疏远”，延州城外只有金明寨为屏障。比较之下，在四路当中，鄜延路的布防最为薄弱。

[2] 当时宋廷在西北边境布防四路，除秦凤路由吐蕃驻防外，三路军事统帅分别为赵振、夏竦、范雍：赵振知环州，负责环庆路军事；夏竦知泾州，负责泾原路军事；范雍知延州，负责鄜延路军事。宋代猜忌武将，以“以文制武”为国策，像赵振这样的例子非常罕见，亦足见赵振本人能力才干之出众。与他同时的夏竦（虽非进士出身，但文才极为出众，十岁即拜姚铉为师。二十五岁被选为国史编修官，与王旦等同修《起居注》，又参与编写《册府元龟》）、范雍（宋真宗咸平初年进士），均出身名门，为当世知名文臣。后来夏竦入朝拜相，范雍亦得任枢密副使，均是宰辅级别的执政大臣，真正守边有功的赵振反而在历史上默默无名，这亦是宋朝国策的体现。

范雍，出知地位更为重要的延州[1]。

赵振告知将吏道："今贼以我夷伤，必乘胜以进，势宜固守。尚虑诸城不能皆如吾谋，苟延州弗支，则陕西未可测，此天下安危之机也。"即延州为陕西最后一道防线，无论如何都要坚守。

不久，元昊寇塞门寨，寨中宋兵仅千人，屡屡向主帅赵振告急求援。赵振认为前几次大战，宋军数万精锐尽丧，此刻出军援救，只是徒然送死，故始终不肯发兵。

寨被围五月，赵振才勉强派百余人前去援救，但于事无补，兵寨仍被西夏军攻陷，寨主高延德、监押王继元皆被俘虏。

赵振旋即遭都转运使庞籍弹劾[2]，坐"拥兵不救"之罪，贬白州团练使、知绛州。赵振也不屑争辩，还未动身，被俘塞门寨寨主高延德、监押王继元亲眷到朝中申诉，称赵振有意逗挠不出救，宋廷遂又改判赵振死刑。

幸亏时任御史的方偕——本书中的大酒鬼——据理力争，分析当时形势，称"兵寡不敌，轻易出兵徒饵贼耳"。朝廷查得军情属实，这才免去赵振死罪，再贬太子左清道率府率、潭州安置。

赵振是边事中成长起来的优秀将帅，宋廷心中有数，处置赵振不过是为了暂时应付舆情[3]。仅过了一年，赵振便复职为右武卫将军、

[1] 为了应对西夏强有力的挑战，除了赵振调防延州外，宋朝廷还对西北防务进行了大幅度调整，夏竦被任命为陕西都部署兼陕西四路经略安抚招讨，有"天下之选"之称的韩琦、范仲淹则被任命为陕西都部署兼经略安抚副使，等于在西北四路之上，常设了经略安抚使。这样，夏竦成为西北边关最高主帅，韩琦、范仲淹为副帅，与鄜延路副都总管、知延州赵振共同负责延州一带的防务。这四人中，只有赵振是真正自战事中一路成长起来的将帅，其他均为不知兵事的文臣。范仲淹名作《渔家傲》："塞下秋来风景异，衡阳雁去无留意。四面边声连角起。千嶂里，长烟落日孤城闭。浊酒一杯家万里，燕然未勒归无计。羌管悠悠霜满地。人不寐，将军白发征夫泪！"便是作于驻守延州期间。"塞下"即指延州。更多夏竦故事，可参见吴蔚作品《江入大荒流》。

[2] 范雍一生中最值得一书的事，应该是时为小校的狄青犯了军法，当斩首示众，范雍赦免了他，由此才使后来宋军多了一员猛将。但后来狄青因在宋军中威望太高，亦深受宋廷猜忌，即便在被解除兵权后，众文臣仍然不遗余力地弹劾他，务必要置他于死地。弹劾狄青最出力者，即为庞籍（时任宰相），即昔日力弹赵振者（时任都转运使）。更多狄青故事，可参见吴蔚作品《掖玲珑》。

[3] 类似例子还有赵滋。如前所言，宋辽边境拒马河为两国界河，河面属于宋朝。但辽兴宗执政时，北岸辽人不断进入界河捕鱼，采集芦苇。雄州地方长官致书辽涿州守臣进行交涉，当时辽兴宗正以天朝自居，试图取代宋朝中原正统的地位，故而对这类事格外重视，多次下诏约束辽朝人民不许进（转下页）

惠州团练使、并代路兵马钤辖，就迁副总管、祁州团练使。

赵振后以左神武军大将军致仕，但其最爱长子赵珣却在战事中被西夏军俘虏，后遇害。赵珣即为《聚米图经》作者，是宋军中有名的美男子，史称“美风仪，性劲特好学，恂恂类儒者”。此为后话。

耶律化哥似对赵振的答复极为赞赏，居然上前用力握了握他臂膀，又笑道：“但也许李雄州就同意换了呢？”

赵振一愣，问道：“这是什么话？”

耶律化哥笑道：“试过才知道嘛。多问一句，也没什么损失，对不对？顶多是被李雄州拒绝而已。然后再一拍两散，李雄州当众将高翼处斩，本相则将赵巡检你带回南京勾南局，慢慢耗着，好好伺候着，绝不会有所亏待。也许终有一天，赵巡检再也忍受不下去了，招承出了所知道的全部军事机密，那本相可就比李雄州赚多了。”

赵振冷笑道：“做梦吧你。”

耶律化哥呵呵笑道：“这么多年，本相逮到过不少间谍。几乎每个人被捕时，都跟赵巡检一样信誓旦旦，但最后还不是都匍匐在本相脚下，百般求饶？当然了，赵巡检还年轻，性子难免自负骄傲些。等到十年过后，本相不相信你还能有今日这份自信和傲气。”

赵振嗤笑道：“就凭耶律相公你现下的光景，还能折磨赵振十年？”

当即有辽兵抢上前来，扬手扇了赵振两耳光。对方下手极重，登

（接上页）入界河捕鱼。辽涿州官府还将曾进入界河捕鱼的民众逮捕，押至宋辽边境示众。界河渔者遂绝。但由于宋朝榷盐，丰厚盐利尽入朝廷腰包，故而民间食盐比辽地要贵许多（具体可参见吴蔚作品《掖玲珑》），所以辽地不断有人自海上偷运食盐进入界河，经过雄、霸二州，进入河北地区贩卖，因为辽盐极其便宜且味道更好，故而很受民间欢迎。宋朝边境巡检司根本禁止不住，宋廷深以为患。宋仁宗嘉祐六年（1061年）、辽清宁七年五月，宋仁宗任命宫苑使赵滋为雄州知州，赵滋上任后，立即派遣巡逻兵捕杀辽盐走私者，砸破他们的运盐船只。实际上，辽盐走私也受到辽官方支持，可以借此来扰乱宋廷盐税及经济，故而赵滋的应对遭到了辽朝政府的强烈抗议。辽道宗耶律洪基专门派人出使宋朝，而宋知瀛州彭思永，河北转运使唐介、燕度，均认为赵滋生事，请求罢免。宋大臣司马光也弹劾赵滋刚愎自用、行动过激，宋仁宗受不住压力，不得不将赵滋解除雄州知州职务，改任闲职。但宋仁宗心中愈发以赵滋为能臣，等风声过后，立即擢赵滋为龙神卫四厢都指挥使、嘉州团练使，后迁天武、捧日四厢都指挥使。宋仁宗因受在“关南事件”中受辽之辱（具体可参见吴蔚作品《江入大荒流》），故而对胆敢与辽对抗的宋臣总是刮目相看。

时有一丝血迹沁出赵振嘴角。

耶律化哥却不动怒，命辽兵退开，笑道：“本相也许活不了十年了，但还会有人继续执掌勾南局，对不对？别说十年，再多刑囚赵巡检二三十年，也能办到。有的是时间，慢慢耗吧。不过也许十年后赵巡检所知道的宋军机密已毫无价值，那么都不用勾南局费力讯问。”

赵振道：“随便耶律相公怎样对我。赵振被捕之时，便已经是死人了。”

耶律化哥笑道：“总而言之，本相不会杀你，也会特别交代继位者不要杀你。死，太过容易；活着，才是一件难事。先前宋朝曾派了两名女间谍来引诱我朝中重臣。美人计嘛，是中原最常用的法子，就连吴王夫差这样的春秋霸主，不也着了越国女谍西施的道？本相抓住了那两名女谍，没有动刑拷打，只命人拔去了她二人满口牙齿，以免她们日后忍受不了痛苦而咬舌自杀，再将她们送去军营做营妓。军中人多肉少，她二人每日都要被数十人奸淫，不停地辗转于男人胯下。起初二女尚且刚烈，放声咒骂我们契丹人猪狗不如之类。不几日，骂声变成了呼号。不到一月，人便软了下来，因手足被锁住，自杀不成，便苦苦求上前交媾的兵士杀了她们。再过了两月，二女求生不得、求死不能，已彻底麻木，哭也不会哭，连眼泪都流不出来，问什么回答什么。再半年过去，她二人神昏智迷，成了疯妇。人是疯了，身子还算完好，所以还是得继续做营妓，这叫物尽其用。”

又上前拍了拍赵振肩头，笑道：“像你这样的雄武男子，就算得不到口供，杀了也实在可惜。本相会派许多女奴来跟你交媾，就像昨晚一样……”

赵振一个激灵，失声问道：“你说什么？昨晚……昨晚……”

耶律化哥笑道：“昨晚是不是就像做了一场梦？你可是雀跃得很，跟平日的冷面巡检形象大不一样呢。其实这是男人的本能，跟意志无关，再坚强的男子，在女人的挑逗勾引下，最终都会被欲火征服。你以后还会做许多这样的梦，梦中还会开花结果。女奴们为你生下的儿女，将来都会是我契丹的优秀谍者。”

他始终态度温和，说话也是不疾不缓，颇有长者温文尔雅之风。然赵振见其面上笑容，忽然感到脊背发冷，不寒而栗——

此人执掌勾南局多年，死在他手中的宋朝谍者多达二三十人，自己一朝落入他手中，只怕自此噩梦开启，身陷地狱烈焰之中，终日炙烤，甚至比传说中还要可怕。

耶律化哥离开后，狱卒又重新将赵振枷到木架之上。他只在当晚入住新城客栈时吃过一碗汤饼，已一日一夜滴水未进，肚子饿得咕咕直叫；昨晚又被枷立了一夜，不曾合眼，是以两腿发软，明显感到体力不支。

正昏昏沉沉之时，忽听到门外隐约有呼喝声，过了一会儿，铁门打开了。有人冲了进来，一见到赵振模样，便立即呆住。

来者竟然是梁国公主耶律燕哥。

赵振先是一怔，随即意识到自己全身赤裸，立即羞得满面通红，本能地用手去遮住胯下。好在契丹习俗与中原大不相同，耶律燕哥见到赵振光着身子的模样，也只是别转了脸，向狱长命道："快放了他。"

狱长支支吾吾，虽不敢违抗梁国公主之命，却也不敢放人。

耶律燕哥道："他是我救命恩人，快放了他。"

狱长道："这个……公主得先去跟枢密使商量。"

耶律燕哥大怒，上前扇了狱长一耳光，喝道："快些放人！"

忽有人叫道："公主息怒。"却是耶律化哥闻讯赶至。

耶律化哥又道："公主，你病情才刚刚有所好转，要好好歇息才是。牢房阴暗潮湿，请公主移步。"

耶律燕哥指着赵振道："赵振救过我性命，请枢密使放他一马。"

耶律化哥居然立时满口应允，连声道："好，放人，本相这就放人。公主说什么就是什么。"

耶律化哥是辽国重臣，大权在握，素有主张，耶律燕哥也料不到对方如此轻易同意放人，颇为意外。

耶律化哥又道："公主请先出去。本相一会儿亲自带赵振出来。"

耶律燕哥转头看了赵振一眼，忽然满面红晕，便迅即转身出去。

耶律化哥走到赵振面前，笑道："赵巡检，你运气好得很啊！本相一防再防，却料不到叶欢那莽撞小子吵着要跟你比试箭法，竟然被公主听到。"

赵振也不是傻子，既已有一线生机，便不愿再妄逞口舌之利，以免触怒耶律化哥，是以只默不作声。

耶律化哥又道："有件事，本相想问问赵巡检，你母亲李氏年过四旬方才生下你，听说你刚生下来时还经历了一番凶险，差点死掉，是也不是？"

赵振问道："耶律相公问这个做什么？"

耶律化哥笑道："这又不是什么宋军军事机密，有什么不能回答的？算了，不答也罢。"忽伸手摸了一下赵振的脸，古古怪怪一笑。

赵振有些头皮发麻，问道："耶律相公到底想做什么？"

耶律化哥笑道："赵巡检有没有想过，你其实不是赵氏亲生子，而本该姓耿？"

赵振愣了一下，问道："你说什么？"

耶律化哥道："呀，赵巡检记性可不大好。本相是当着你面审讯叶葳，你忘了他说的话吗？耿绍忠人还活着，还曾经跟宋女生过一个儿子。嗯，耿绍忠是本相妹夫，那孩子，也勉强算得上是本相外甥吧。"

赵振这才领悟耶律化哥言外之意，一时大为震动，随即喝道："少在这里胡扯！我赵振生于雄州归信赵家村，是赵村长亲自接的生，全村人都知道。"

顿了顿，又道："耿绍忠根本不可能活着。他二十年前就被太宗皇帝亲自下诏处死，首级一直悬挂在雄州北门，直到变成枯骨，自行掉落。"

耶律化哥笑道："原来还是赵延祚亲自接的生，愈发佐证你身世可疑了。赵振，你自己算算年纪，你是不是在'雍熙北伐'后出生，是不是刚好是耿绍忠被挟裹南下之后？"

顿了顿，又道："赵氏子弟都是在赵家村长大，由赵延祚统一聘请老师教文习武，何以只有你赵振年少时就被送去了石普军中？你可是唯一一个不是在赵家村长大的赵氏子弟。”

赵振大怒，连声道：“胡扯，尽是胡扯！”

用力挣动了几下，却摆脱不掉镣铐及木枷束缚，便大声叫道：“快放了我，我不要再在这里听你胡扯。”

耶律化哥忽然收敛笑容，露出罕见的肃色来，沉声道：“你就是姓耿。如果不是因为这个，本相怎么肯放你走？你当真以为本相一定要听梁国公主的话吗？”

赵振失声道：“你……你……”

耶律化哥凝视了赵振片刻，忽哈哈一笑，挥手命道：“来人，解开枷锁，给赵巡检穿好衣衫鞋袜，送他出去。”

耶律化哥人虽然离去，其明显暗示赵振是耿绍忠之子的言语却像毒蛇一般钻进了赵振脑海中，始终挥之不去。他使劲摇了摇头，心道：“不，不，我是赵氏之子，赵家村人氏。耶律化哥是故意这么说，好让我难受。”

赵振刚被带出涿州州府，立时有一名契丹武将抢了过来，一把抓住赵振双手，来回翻看，又急切地问道：“你人可还好？双手没受刑吧？可还能握弓？”

赵振认出对方是永泰军副指挥使叶欢，亦已从耶律化哥言语中得知叶欢也有份营救自己的功劳，连忙道谢。

叶欢笑道：“你是枢密使点名关注的人，我叶欢哪有能力救你？多亏了梁国公主。”抬起手臂，朝不远处的豪华马车指了指。

马车上有人掀开车帘，露出半边脸，正是梁国公主耶律燕哥。赵振身后尚跟着押解辽兵，不便近前，便只朝耶律燕哥点点头，表示相谢之意。

原来耶律化哥正要将耶律燕哥送回燕京，涿州永泰军指挥使高为弁命副手叶欢率军护送。叶欢却是不肯从命，声称要跟赵振比试一场箭法后再走。梁国公主耶律燕哥刚好出来，听在耳中，这才知道赵振人来了北岸，且已被涿州官府逮捕。

原先耶律燕哥与赵振两度相遇，均不知其姓名，也是后来特意询问契丹间谍，方才知道对方是雄州界河巡检。第一次在晴川酒肆相遇，赵振于她有救命之恩。第二次相逢于拒马河畔，赵振已知她身份，一度要下重手，却还是放过了她，甚至还有殷殷期许她大病得愈之语。那之后，她便再也不能忘记这名宋人男子，既然知道其人陷于涿州，当然不能坐视不理，于是立即直接冲进大狱营救。

叶欢又不无遗憾地道："我受命护送公主回南京，这就要动身出发。赵巡检今日便要被送回雄州，怕是再难以见面了。叶欢不能与你比试一场箭法，实在遗憾。"

赵振正待接口，永泰军指挥使高为弁走了过来，叫道："公主车子不能快行，你们该动身上路了，不然天黑之前到不了良乡。"

叶欢躬身道："领命。"又对赵振笑道："日后再比箭法吧。现下宋辽是兄弟之国，总会有机会的。"

高为弁冷然道："要不要举办一场'涿州、雄州箭法大赛'啊？"

叶欢当即喜道："那样再好不过。"见高为弁一脸严肃，这才意识到长官是在反讽，忙行了一礼，自去召集骑兵，护送梁国公主上路。

目送耶律燕哥一行离开，高为弁这才转身，对赵振道："走吧，我奉命护送赵巡检到新城。"

赵振转头看了一眼，身后及身侧辽兵均虎视眈眈，如临大敌，心道："这护送，倒像是押解。"翻身上马后，忽想到一事，问道："方偕和徐颂人呢？"

高为弁道："方偕前晚在涿鹿酒肆喝醉了，被我带回了军营。结果他昨日打晕了看守，穿着看守衣衫偷跑出去，混进了永宁驿馆，偷喝了许多酒果，又喝得酩酊大醉，现下人在军营，还未起身。他跟我手下军校约了今晚比酒，你就是八匹马拉他，他也不会跟你回雄州的。"

赵振闻言万分惊奇，永泰军军营可是雄州间谍千方百计想混进去查探的军事重地，方偕人居然就在里面，还要跟契丹军校在军营中比酒，可谓匪夷所思了。

赵振又问道："比酒之后呢？"

高为弁道："喝醉输了的，得跪下来磕头叫爷爷。等方偕叫完爷爷，自然会送他回雄州。"

顿了顿，又很气愤地道："你知不知道酒果酿造极难，珍贵至极？我只有幸喝过一次。方偕昨晚混入永宁馆，居然一口气喝掉了十之八九，还大模大样地从驿馆出来，跑去涿鹿酒肆跟店家品论酒果，说这酒果是先酿酒，再靠果子吸酒后再度发酵，所以当年新果酿的酒果方才好喝，而永宁馆中藏的酒果太陈了，大概放了好几年，实在不爽口。他差不多喝光了驿馆的酒果，还声称不好喝、不爽口。"

赵振一呆，问道："那你们预备如何处置方偕？"

高为弁恨恨道："等今晚他比酒输了，就剥光他衣衫，让他跪在地上，满地爬着叫爷爷，全军营都要叫遍。"

赵振又是一呆，问道："那是不是最终还是会放了方偕？"

高为弁道："是啊，我刚刚说过了，等方偕叫完爷爷，自然会送他回雄州。"

想了想，又道："这小子酒量太厉害了，说不定韩小树也不是他对手。你放心，方偕赢了也会放他回雄州，我亲自送他到渡口。"

赵振自小受到严格管束，极少饮酒，也不知道有人能靠酒量赢得满堂喝彩与尊重，还以为辽方看出方偕无足轻重，所以不拿他当回事。辽国没有榷酒榷盐一说，丢失几瓮酒，大概也不算什么事。又问道："徐颂呢？"

高为弁有些恼怒，道："为什么方偕找我要徐颂，赵巡检你也找我要徐颂？我只在涿州城外修睦亭遇到过他，后来城门处见到他和方偕一起进城，之后一直没见到他人。或许他跟武宗元、陈丽一样，暗中溜回雄州了。"

赵振点点头，道："多谢高指挥使告知。"

他已从堂兄赵探口中得知徐颂是高丽使者，自然有心探听徐氏切实下落，但又不敢太过表露，以免对手起疑，想到之前北院枢密使耶律化哥似对方偕不以为意，而此刻高为弁更是当面声称未见到徐颂，暗道：“徐颂自己也知道身份特殊，必定不敢在辽地惹事，但方偕却是个麻烦精，他大概见到难以劝转方偕，便自己先行溜回雄州了。跟武宗元一样，也算是聪明人。”

策马行出一段，高为弁又问道：“武宗元是什么人？徐颂又是什么人？”

见赵振默然不应，遂道：“我知道赵巡检不会说，但我有军令在身，不得不问。”

赵振问道：“如果我不答，高指挥使是不是要将我重新扣押？”

高为弁道：“那倒不会。”顿了顿，“原先枢密使便已经决定放人了，正好梁国公主也要报答救命之恩，枢密使不过是做个顺水人情。”

赵振奇道：“没有梁国公主出面，耶律化哥也打算放我走？”不由得又想起耶律化哥那番声称自己姓耿的暗示来。

高为弁道：“是啊，枢密使在新城时便收到了雄州指名索回赵巡检的公文。他老人家深思熟虑后，昨日已派人送信到雄州，提出要用你换取高翼。今日一早信使抵达，说李雄州已经同意用高翼换你回去。老实说，这件事我们都很意外呢。”

赵振心道：“这么说，今早耶律化哥进牢房审讯我时，便已知道安抚使同意换人，他却不露半丝口风，一心想从我口中套话，当真是老奸巨猾。”

又暗忖道：“高翼知悉机密甚多，安抚使何以会同意用他来换我？”

高为弁见赵振满腹心事，策马也慢了下来，问道：“怎么，赵巡检也料不到李雄州会同意用高翼换你？”

赵振闭口不答，心中则纳罕之极。

出涿州南城门时，正好见到修睦亭在举行送别仪式。辽方相送官员是北府宰相刘晟与雄州知州耶律守雄，宋方则是以正使李迪为首。李迪身后停放着一副黑木棺材，当是副使崔可道灵柩了。

赵振忙问道：“今日便是移交崔副使灵柩的日子吗？”

高为弁道：“这副黑木棺材比寻常棺木要重一倍多，走不快，拖慢了行程，今日只能到新城，已经跟李雄州改约了明晚在界河交接。走吧，我们绕过这里，我尽快送赵巡检到新城，我今日还得赶回涿州呢。”

出城后一行人即快马加鞭，飞快驰到新城县境。高为弁只送赵振到两属地边界，便率手下离去，还带走了赵振所乘马匹，赵振只能徒步赶去北岸渡口。

刚走出三四里地，忽有飞骑赶至赵振身边，马上骑士一跃而下，却是辽永泰军副帅叶欢。

叶欢满面笑容，先递过来一只金簪。金簪通体黄金，簪头镶嵌着一颗拇指盖大的珍珠，晶莹润泽，一望便是贵重之物。

赵振诧然道：“这金簪是给我的吗？”

叶欢笑道：“这是梁国公主命我来送给赵巡检的。是有些奇怪，不过公主的事，我们做臣子的，也不好多问。但我自己，却很欢喜来。”

赵振先是惊愕，随即会意过来，当即道了谢，将金簪收入怀中。

叶欢又从马鞍上解下两副弓箭，喜滋滋地道：“难得公主特意指派我来追赵巡检，正好可以比试一场。弓箭我老早就预备好了。”

赵振接了弓箭，问道：“这里尽是树林、灌木、芦苇之类，要如何比法？”

叶欢道：“靶子是死的，就算百步穿杨，也配不上你河北第一神射手大名。”左右看了看，一时也寻不到鸟雀等活物，遂道：“这样，你我各先射一箭，后射者若能射落前者的箭，就算赢，如何？”

赵振沉吟道：“这有些难度，我还从未与人这般比试过。”

叶欢哈哈一笑，道：“有难度才好。我在崖居山寨[1]长大，寨子在半山峭壁上，除了穴洞便是林木，也没有合适的靶子，我们奚族人便时常用这种法子来比试箭法。”

又道：“这里算是契丹境内，赵巡检是客人，你先射。”

赵振遂弯弓搭箭，随意朝旁侧柳树树干射了一箭。叶欢早已退开

[1] 即今北京古崖居，位于延庆区西部约20公里处的张山营镇东门营村北的峡谷中，是我国已发现的规模最大的崖居（在陡峭山崖上凿建的居所）遗址，传说为西奚族聚居地。

数步，亦随之射出一箭。赵振羽箭将至树干时，叶欢之箭斜插过来，将其射落。

赵振当即喝了一声彩，赞道：“好箭法！”

叶欢笑道：“现下该我先射了。”

也如赵振一般，对准柳树树干射了一箭。其箭触及树干时，赵振之箭飞驰而至，与叶欢之箭并排插入树干。两支箭挨得极为紧密，远远望去，就像是一支箭。

赵振放下弓箭，笑道：“看起来是我输了。”

叶欢欢声笑道：“你没输。”当即竖起大拇指，道：“河北第一神射手，果然厉害。”

他是性情中人，当即上前扶住赵振肩头，笑道：“比试的结果我很喜欢，要不然赵巡检将我的箭射落，也只是平手。但你后手后发，却能与我同时射中同一个地方，这世上，没几个人能办到。”

赵振笑道：“仍然是平手。”

叶欢忽收敛笑容，左右看了一眼，确信四下无人，这才道：“赵巡检能回去雄州，固然是好事，叶欢也替你欢喜。但只怕这趟并不顺利，你长官会怀疑你。”

赵振已知对方汉话不好，但大概意思听明白了，当即问道：“为什么？”

叶欢道：“好像说燕京勾南局派人查过你，凡是在雄州担任要职的，都是例行要查的。但赵巡检是雄州本地人氏，故而能查到的事情更多，好像说你不是你父亲的亲生子。”

赵振心中“咯噔”一下，口中却本能地斥道：“胡扯。”

叶欢忙道：“嗯嗯。总而言之，赵巡检要小心些。若是雄州长官逼你太紧，对你要打要杀，不妨再逃到北岸来，叶欢一定会帮你。就算你不肯为契丹效力，我也可以带你躲去我奚族人聚居的崖居山寨。那里十分隐蔽，没有本族人带路，外人绝难寻到。”

赵振闻言立时哭笑不得，但对方语出至诚，心中仍然极是感激，抱拳道：“多谢！”

叶欢又将自己腰刀解下来送给赵振，笑道：“幸得两国不再打仗。你是雄州界河巡检，时时乘船在界河上巡防，叶欢也会自请调驻新城，这样我也会经常带兵巡视北岸，我二人就能再见面了。”

赵振道：“好。一言为定。”

与叶欢分别后，赵振便径直奔到拒马河新城渡口。此渡口虽然地处北岸两属地，但因界河为宋所有，契丹亦无正规水师，而大宋造船技术则极为发达，领先于当世[1]，故而渡口素由雄州界河巡检司把守，设有一处简单巡铺。北岸有公事到南岸，契丹一方使者也总是乘坐界河巡检司的巡逻船只。

与往日不同的是，除了例行两艘飞鱼船之外，今日渡口还停靠有一艘虎头船。

虎头船正名“飞虎战船”，是一种人力踏动的车船[2]，虽不及飞鱼船小巧便捷，但亦行驶如飞，且配有连排强弩等军事装备，是作战兵船，一般不停靠在北岸，以免契丹一方误会。但这艘船算是特殊情况，是专程迎接大宋使者崔可道灵柩的座船。

渡口宋兵远远见到有人靠近，便主动迎了上来。

一江天堑，南北阻隔，新城渡口不是普通船码头，公然至，非官即差。然待兵士认出了赵振，一时愣住，又面面相觑，不知该如何是好。

赵振当即意识到河北安抚司通缉自己的告示已发至渡口巡铺，眼

[1] 宋代始终未能控制北方及西北，与西域陆路交通始终受阻，与外界商贸交流完全依赖于海上交通，即由所谓的陆路丝绸之路转为海上丝绸之路，故而大力发展造船技术。又，唐代以前，中国与外国贸易，丝绸为大宗货品，故名“丝绸之路”。到了宋代，瓷器后来居上，其实叫“瓷器之路”更加名副其实。

[2] 车船是在桨的基础上加以改进和设计的，桨用手力，而车船使用脚力，为古代一项重大的船舶技术发明。有说南北朝祖冲之所造“千里船”即为车船，参见《南齐书》卷 52《祖冲之传》：“造千里船，于新亭江试之，日行百馀里。”由于该记载过于简单，未谈及动力，故难以判断。南宋李纲认为，车船的发明人是唐人李皋（唐太宗李世民五世孙、曹恭王李明玄孙），参见李纲《梁溪全集》卷 103《与宰相论捍贼札子》：“荆湖间车船乃唐嗣曹王皋遗制，其大有至三四十车者，挟以双轮，鼓蹈而进，驶于阵马。”《旧唐书》卷 131《李皋传》有以下记录：“常运心巧思，为战舰，挟二轮蹈之，翔风鼓浪，疾若挂帆席，所造省易而久固。”两段记载的共同点是车船有双轮，用人力“蹈之”，使船前进。到了宋代，车船盛极一时。当时大型车船长 20 ～ 30 丈，吃水 1 丈左右，可容纳 700 ～ 800 人；中型车船一般承载 200 ～ 300 人。宋朝有记录最大车船长 36 丈，宽 4 丈 1 尺。

前兵士仍视自己为上司，正犹豫是否要上前擒拿，便主动举手，示意并无恶意，又道："送我过河，我要回雄州面见安抚使。"

铺长结结巴巴地道："那个……那个……"

赵振道："哪个？快些送我过河便是。"

他是巡检司副长官，负责界河巡视，一向颇有威信。铺长不敢再说，忙引赵上了一艘飞鱼船，命兵士划桨，船飞快地朝对岸驶去。

快到南岸时，河岸上忽然冒出一名女子，一边跌跌撞撞地奔跑，一边回头张望，神色仓皇之极。

赵振箭术高超，目力极好。他因总在拒马河上往来巡视，而白马驿距离界河亦近，见过那女子几次，当是白马驿女使林黛，却不知她何以如此狼狈不堪，似是被人追逐。

正莫名惊诧时，又见到一队巡检司兵士现身于河岸上，领头的竟然是巡检使祖名望。从现时情形来看，林黛惊慌逃避的，当是祖名望一行了。

然更令人意外的还在后头。祖名望忽站定脚步，弯弓搭箭，直朝林黛射出一箭。

羽箭疾若流星，正中林黛背心。她闷哼了一声，当即朝前扑倒在地。

赵振亲眼见到顶头上司射杀了白马驿女使林黛，不由得诧异万状。

祖名望眼见林黛倒地，急忙赶上前去，又命兵士将林氏身体翻转过来，确认其人已死，这才长舒了一口气。又命手下兵士将林黛尸首遮盖起来，抬至最近的巡铺暂存，等上头指示下达后再行处置。

再一转头，见到有飞鱼船靠岸，率先跳下船的，竟然是副手赵振，祖名望不由得怔住。

祖名望早已知晓赵振被真宗皇帝钦点为宫廷画师武宗元的向导，而后莫名潜往北岸，即遭河北安抚司通缉，具体原委不得而知。但他身为界河巡检司长官，与赵振相处日久，深知赵氏为人，料想其人忠肝义胆，绝不至于因为老上司石普遭贬一事而叛国投敌。

而且目下祖名望已了解到武宗元曾偷渡过河至南岸易水一游，料想赵振偷渡去北岸，必是为了私下寻找武宗元。他既猜透此节，也不下令擒拿赵振，反而迎上前去，先主动告道："武宗元已安然返回，目下已由杨将军护送，动身返京。"

赵振忙躬身见礼，道了声谢，又朝林黛尸首望了一眼，问道："她是……"

祖名望道："白沟驿女使林黛。她是契丹奸细，以美色勾引了夏地囚所狱卒曹建，发展其为内应。曹建已被逮捕，正由赵探讯问，以尽快追查契丹间谍同党。"

赵振意外至极，又忍不住问道："林黛已无路可逃，指挥使明明可以将她生擒，为何要突下狠手？"

祖名望颇为无奈地叹了口气，心道："我亦堂堂大宋禁军武官，顶天立地的男子，你以为我想当众射杀一名不具武力威胁的妇人吗？"

原来之前祖名望离开安抚司官署时，安抚使李允则特意将他召近身前，低声嘱咐道："有劳祖指挥使亲自带人在界河巡防，如果遇到林黛，便称其反抗拒捕，直接将她当场射杀。"

祖名望闻言自然不解，问道："活捉不是更有利吗？说不定还能从林黛口中讯问出其同党名单。"

然李允则漠然不应，且神色严肃，祖名望虽然云山雾罩，也只能躬身应命。

祖名望自己也不明白为何安抚使专门下令务必要将林黛当场杀死，自然也难以对赵振解释清楚，只模棱两可地答道："林黛意图谋害崔使者之女崔玄妙，又拒捕反抗在先，我只是奉命行事。走吧，快些进城去见安抚使。他老人家知道赵巡检回来了，一定很欣慰。"

一名黑脸兵士纳罕至极，忙扯住同伴，低声问道："赵巡检不是被安抚使亲自下令通缉了吗？为何巡检使还待他这般好声好气。"

同伴答道："你看赵巡检像是投靠北岸的叛贼吗？"

黑脸兵士怔了一怔，答道："倒是不像。"

同伴道："那就对了。巡检使知道赵巡检没有投敌，所以才没有下令收缴兵器，将其擒拿上绑。”

路过晴川酒肆时，刚好酒库库吏米霰从店中出来。他一眼见到赵振，立即赶过来，惊讶地招呼道：“赵巡检，你回来啦。”

又转头看了一眼土墙上的通缉告示，讪讪问道：“那个……那个……”

赵振很喜欢米霰的憨厚淳朴，素来与他亲近，忙道：“没事了。”

米霰这才长舒一口气，道：“没事就好。我心底里虽然认定赵巡检不会偷渡投敌，但还是很为你担心。对了，我新酿了果酒，改日给你送过去。”

一名巡检司兵士笑道：“听说米库吏自打为官家做事后，轻易不酿果酒，一旦出手，必是好酒。这次既酿了新果酒，不知可否让我等也尝尝，过过酒瘾？”

米霰立即露出为难的样子，又不好明里拒绝，便随口搪塞道：“酒不多，这次没酿多少。争取下次吧。”

那兵士虽然官阶远远不及赵振，却是界河巡检使祖名望的心腹，一向大大咧咧，爱开玩笑，当即笑道：“米库吏何以区别待人？每次酿酒，都不忘送给赵巡检，而且从来只送他一人，都没见你送酒给顶头上司安抚使。殊不知赵巡检酒量小，根本就喝不了多少。”

米霰看了赵振一眼，忙道：“我还有事，得赶回酒库了。”拱了拱手，匆忙离去。

店家奚松烟亦闻声而出，笑着寒暄道：“赵巡检人还活着，这可太好了。怎么，祖巡检使这是要带你去见安抚使呢？”

赵振不便多言，只“嗯”了一声。

奚松烟道：“咦，赵巡检换了新兵刃了？这好像是奚族人常用的佩刀，赵巡检从哪里得来的？”

界河巡检使祖名望心思一直在死去的林黛身上，此刻听到奚松烟一番话，才留意到赵振身上佩刀果然不是其随身兵刃，不由得多看了下属几眼。

赵振一时不及解释，又想到自己日常所佩腰刀还押在奚松烟手中，便道："我要赶着去见安抚使，回头再来向三娘请教。"

奚松烟似笑非笑地道："赵巡检一定要来，三娘恭候大驾。"

赵振当时将佩刀押在晴川酒肆，便知道这是为自己身上套了一层枷锁，然情急之下，不得已才有此权宜之计。此刻听奚松烟弦外有音，料想要取回佩刀，对方必定有所要求。奚松烟在雄州算是不起眼的小妇人，却是个旁人不敢轻易招惹的神秘莫测的人物，他还真不知这位奚三娘会提出什么条件，眼见对方神情意味深长，一时竟有些忐忑起来。

界河巡检使祖名望却忽然想到一事，忙将奚松烟叫到一旁，低声问道："白沟驿女使林黛可是刚刚来过晴川酒肆？"

河北安抚使李允则得知林黛是契丹奸细后，即命祖名望亲自带兵布防界河，以防林黛偷越拒马河，逃往北岸。

祖名望料想偷渡多发生在夜间，林黛要想逃脱，必会入夜后才会有所行动，遂与国信所知事赵探兵分两路——赵探前去追捕林黛姘头曹建，祖名望则负责追捕林黛。

他赶至林黛住所，又赶来白沟驿，均不见林氏人影，倒也是意料之中的事。原本以为晚间才会是巡防重点，却不想在白沟驿一带逡巡时，竟然迎面撞见了林黛。此刻想来，极可能是林黛急于逃亡，北岸契丹方一时没有接应船只，她走投无路之下，便来向甚有门道的奚松烟求助。

奚松烟倒也不否认林黛到过晴川酒肆，答道："她是来过。不过三娘正忙着跟米霰聊天，没空理她。"

祖名望虽已射杀了林黛，心中还是指望能更进一步，追踪到林氏同党，忙追问道："林黛说了些什么？她可是有事要求三娘？"

奚松烟道："我在跟米霰说话，让她先等着，后来掉过头看，她人已经走了。"

祖名望奇道："此话当真？"

奚松烟当即轻蔑地道："我奚三娘又不是傻子。现下雄州不天平，这林黛从来没进过我酒肆院子，今日破天荒寻上门来，还一副失魂落魄的样子，能是什么好事？亏得有米霰在，不然还真难以找到合适的借口打发她走。”

米霰官任酒库库吏，每日自白沟驿进出，虽然与林黛没说过几句话，却是经常见面。他见林黛似有急事要找奚松烟，便有意相让，要先行辞去。奚松烟却不肯放米霰走，扯住他询问果酒酿法，丝毫不给林黛插话的机会。大概林黛也看出奚松烟是用拖延来搪塞，猜到即便自己开口，也不会有好的结果，便先行离去。

祖名望自是知晓奚松烟是个八面玲珑人儿，又亲眼见到酒库库吏米霰从酒肆出来，料想奚氏所言不虚，这才作罢。

至白沟驿取了马匹，巡检使祖名望便与赵振一道快马赶回归信县城。河北缘边安抚使李允则正在厅中与定州都钤辖曹玮议事，听侍卫报称界河巡检赵振自行归来，极是惊讶。

曹玮遂起身道：“下官昨晚已见过武宗元，向他讨教，学得了不少地图绘制技巧。安抚使交代的事，下官也记下了，下官这就告辞回定州了。”

李允则点头道：“甚好。”

他弟弟李允正时任定州知州一职，患有佝偻病，老病未去，又有新病缠身。李允则不免有所牵挂，又道：“告诉舍弟，凡事不要太急太过，安心养病即可。”

曹玮道：“是，下官记下了。”

后来曹玮按照武宗元教的绘画技巧，绘制了泾原、环庆两路的地图，山川城郭、战守险要之处历历在目。宋廷极为重视，宋真宗留一份在枢密院，将另一份交付泾原、环庆两路保存，还特意下诏，命诸将出兵时，都按此图来商议。此为后话。

曹玮刚一离开，赵振与祖名望便匆忙赶至。祖名望先行进去禀报白马驿女使林黛已死一事。赵振不得长官相召，只能先在外等候。

彼时两县尉郑定国也在厅外等候禀事，见状忙上前扯住赵振，问道：“我方尚未与北岸商议具体交换细节，涿州如何这么快就放了你？”

赵振虽与顶头上司祖名望一道归来，祖氏却因赵振罪名未清，一路上未谈及任何公事，是以赵振对诸事一无所知。听郑定国提及两岸交换事宜，赵振当即问道："安抚使为什么会同意拿高翼去换我回来？"

郑定国道："还不是因为那个武宗元。"

赵振忙问道："武宗元怎么了？他不是已经回来了吗？"

郑定国答道："他人是回来了，但为了救你，没少惹事，还跑去笨笨湖找了赵延祚赵侍禁。安抚使头疼得要死，又不能拿他怎样，为了让他尽快动身回汴京，不得不答应用高翼换赵巡检回来。"

赵振奇道："武宗元怎么会……"

忽听到厅中李允则叫道："郑县尉进来！"

两县尉郑定国忙奔进厅去，过了好大一会儿才出来，招手叫过赵振，道："安抚使命赵巡检进去。"

又道："看安抚使脸色不大好，不知道是太过疲累还是烦心事太多，赵巡检小心些回话。"

赵振忙道了谢，跨入议事厅，见礼完毕，先主动告道："是梁国公主出面干涉，耶律化哥才放了我。"

界河巡检使祖名望仍在旁侧，闻言忙道："如此可就太好了。我们不必再交出高翼。"

李允则摆手道："不。契丹先提出换人，本使既然已经答应了契丹，双方协议就算达成。即便赵振是因为梁国公主出面才被立即放回，但仍然可以说是耶律化哥履行了协议，我方也该交人。"

祖名望道："自古都是兵不厌诈……"

李允则道："不必再说了。劳烦祖巡检使去做准备，明日一早你亲自护送高翼过河。再有差池，提头来见。"

祖名望只得躬身应道："下官遵命。"

李允打发走祖名望，议事厅中除了侍卫之外，便只剩赵振一人立于堂下。李允则只提笔埋头批阅公文，也不理睬赵振。赵振干等了好大一会儿，甚是无趣，便朝侍立一旁的侍卫白锋锐招了招手。

白锋锐微一犹豫，随即走过来低声问道："什么事？"

赵振问道："适才安抚使说'再有差池'，就表示已经有过差池，可是曾有人想要救走高翼？"

白锋锐道："这件差池，一两句话说不清楚。现下安抚使正火大，赵巡检最好小心些。"随即退到一旁。

赵振颇为尴尬地站在大厅中，李允则不发声，他也不敢主动开口，只垂首不语。

过了好大一会儿，李允则才放下手中毫笔，抬头问道："之前本使是不是特意交代过赵巡检，武宗元为人恣意，放浪不羁，一定会想方设法渡河去北岸，赵巡检务必得严加提防？"

赵振应道："是交代过。安抚使果然料事如神。"

李允则问道："本使是料事如神，那么赵巡检可有严加提防？"

赵振道："是下官失职。"

李允则又问道："就算当时晴川酒肆有意外情况发生，被武宗元临时钻了空子，但老夫也交代过善后之法，你可有执行？"

赵振道："有。下官没有走官方渠道，自行偷渡去了北岸，预备寻到武宗元等人后，悄悄带回雄州了事。"

李允则忽然发了怒，重重一派案桌，喝问道："有个屁！你被契丹捕获，为何违抗军令，不按照事先约定去做？"

他为人和善，对待部属素来宽厚，即便部属犯错，也极少有重话。这还是赵振第一次见到李允则生气，先是愕然，随即低下头去。

原来武宗元一到雄州便问及涿州楼桑庙吴道子壁画，李允则早料到武氏必定想方设法前去涿州，是以一开始就交代过赵振，一定要盯紧武宗元，不令他越河进入辽界。

入宋以来，文人墨客冒险越过界河，到易水一游，是司空见惯之事。武宗元若是普通人，倒也罢了，即便被北岸抓住，也不过训斥几句，便会予以释放。但武宗元却是个要害人物，除了宫廷画师身份外，尚有特使的身份，正奉宋真宗之命为朝廷绘制河北边境地图——

宋翰林院[1]下设有翰林图画院，专事绘画及塑造。去年时，宋真宗在皇宫滋福殿观览赵振所得《契丹阵图》时，忽然重视起地图来[2]，于是命翰林院分派画工到诸路，描绘出当地山脉河流、地形地貌及地理位置的图形，交付枢密院，以备派兵屯戍、议定租赋时参阅。

彼时武宗元已被选为玉清昭应宫画师之首，深得真宗皇帝宠爱。武宗元听说宋真宗着意经营全国地图后，主动要求到河北缘边地带绘制地图，既有为国效力之意，也想借机到拒马河北岸涿州楼桑庙一游。

宋真宗对武宗元大加赞赏，又想起夺得《契丹阵图》的赵振正在河北雄州为官，便下了一道诏书给河北缘边安抚使李允则，命他派赵振扈从武宗元。

武宗元既才气纵横，也是个极有主见的人，他只身抵达雄州后，向李允则提出的第一个条件，就是不得声张，除一名本地向导外，不得有其他人跟从。

武氏肯低调行事，自是一件大大的好事。但他负责绘制的雄州、霸州等缘边地区，尽为边关重地，只派赵振一人随行，未免不够周全。但武宗元却坚持自己的主意，不肯让步，还讲出了一大堆堂而皇之的理由。李允则料想赵振武艺高强，缘边一带均驻有重兵，即便当真有事发生，赵振也能凭安抚司令牌随时从近处调兵，便点头应允。

武宗元与赵振相处不到一日，便受不了其刻板。但赵振是真宗皇帝亲自指定，也不能换人，武宗元便提出要其身穿便服，且保持距离，

[1] 翰林院始设于唐代，为人文待诏之所，宋代虽沿置，但翰林院职责已与学士院（即翰林学士院）分开，成为专门掌管供奉书画、捏塑、琴棋、医术、天文等技艺以侍皇帝的机构，隶属于入内内侍省。具体又分天文、医官、图画、御书四院。宋代翰林图画院始置于宋太宗雍熙元年（984 年），位于内中苑东门里，宋真宗咸平元年（998 年）移往皇城右掖门下。《清明上河图》作者张择端即在翰林图画院为供奉画家。宋代翰林图画院供奉画家也称“翰林”。

[2] 军政与边备中地图学的发展、地形之测量与地图之绘制，为王朝军政与边备之要务，亦向为帝王与朝廷所重视。由于北方及西北军事压力巨大，宋真宗虽无雄心，却也不得不关注讲武之事，故格外重视地图测绘，如至道二年曾命李允则往西北绘制边防郡县山川形胜之势。宋辽议界时，宋真宗甚至亲自画边界地图。见《长编》卷 261“八年三月甲寅”条：“八年三月辛酉晦，沈括使辽回，得契丹顷岁始议地畔书，指古长城为分，今所争乃黄嵬山，相远三十余里，表论之。……喜愕，谓括曰：‘两府不究本求，几误国事。’上自以笔画图，使内侍李宪持诣中书、枢密院切论辅臣，使以其图示敌使，议乃屈。”

互不干涉，平常二人也要假装不认识。

李允则素来认为奇才多怪人，亦满口应允，但私下却交代了赵振一番，令他严密监管武宗元，切勿让他越过界河去辽地游玩。万一发生意外，譬如武宗元甩开赵振，私自潜往涿州，赵振须得在不惊动旁人的情况下，悄悄将他寻回。若是与辽方官兵遭遇，赵振便装作不认识武宗元。能双双脱身最好，若是武宗元被逮，赵振就得杀了他，以免被契丹发现武氏身份，从其手里得到河边缘边地图。若是赵振被逮，赵振便称欲投契丹。按照“澶渊之盟”协议，宋辽不得接纳对方逃亡之人，雄州若是通缉赵振，辽方须得将其逮捕后，遣送回宋境。

李允则甚至为赵振想好了绝妙的投敌理由——刚好赵振前上司石普因妄言被逮捕下狱，且被有司判了死刑，宋真宗念在昔日旧情[1]，才改房州安置。但明眼人均知石普原是赵氏心腹，之所以忽然失宠，竟获流放房州的重罚，不过是看不惯真宗皇帝自欺欺人、大搞封禅上天书活动而已。彼时天下争相逢迎宋真宗，就连一向以“刚直自任”著称的寇准都不例外[2]，敢公然出声反对者，只有石普、张咏[3]、孙

[1] 石普起于宋太宗潜邸，其父为宋太宗藩邸旧臣，石普十岁时便随父入晋王府，很得赵光义喜爱。赵光义即位后，命名匠打造一条金带，系到身上，刚好被石普看见了，石普喜欢金带，立即伸手讨要。宋太宗也毫不吝啬，当即取下金带送给了石普。石普很是感动，此后对赵宋皇室一直忠心耿耿。其人性格刚强，倜傥有胆略，颇通兵书，以及阴阳、星历、六甲之术。同时也是一员猛将，骁勇善战，抵御契丹，固守边防，颇有建树。宋军传信牌即在他的建议下创建。但石普反对宋真宗大搞“上天书”。当时宋真宗用于天下道观祭祀的年花费便有七十余万，相当于输送辽国岁币的两倍。石普对此十分心疼，直言不讳地劝阻，请罢天下醮设以赡国用，因而忤逆了宋真宗，遂坐妄言边事及灾异，判处死刑。宋真宗改为除名流资州，旋改房州安置。同时增房州屯兵百人，专门看守石普。直到后来宋仁宗即位，石普处境才有所改善，后以左卫大将军（武散官官名）官职卒。

[2] 赵恒大搞“上天书”，劳民伤财，“百姓不服”，他开始有些不安，因此有人提出，只要平素不相信这些活动的寇准出面，便能使百姓折服。于是，赵恒命宦官周怀政暗示寇准“上天书”，想用寇准的名声来收服人心。寇准开始不愿意参与这种荒诞不经的活动。寇准的女婿王曙当时在内阁当郎官，与宦官周怀政交好。王曙在一些别有用心的人的授意下，极力撺掇怂恿寇准，说只要寇准愿意“上天书”，便可以重回宰相位置。寇准一时陷入两难境地。寇准有个门人，颇有远虑，提出一个解决困境的办法：“寇公走到半路假称有病，坚持要外补为官，此为上策；如果入见皇帝，也可揭发天书之事皆是伪造的祥瑞，可以保全寇公平生正直的名声，此为中策；最下策则是再入中书省为宰相，如此则平生威望尽损。”十分可惜的是，寇准少年富贵，长期担任中枢要职，功名之心极重，难以自拔，最终还是没有听从门人的建议，违心地加入了“上天书”的行列。此事成为寇准一生中的重大污点，为时议所非。

[3] 当时宋真宗在王钦若、陈尧叟、丁谓等大臣的迎合下，屡次搞“天书”、封禅等自欺欺人的活动，又大肆祭祀孔子、老子，并尊崇道教，大造道观，耗资巨大，以至岁出日增。张咏临死前奋力（转下页）

奭、李迪寥寥几人，即赵振因为维护石普而跟上司起了冲突，甚至违抗军令。至于赵振因扈从武宗元而消失的两个月，正好可以解释为去为解救石普奔走了。

起初赵振还很不情愿，不愿意利用老上司的名号，他也是真心认为石普有功于国家，不该被朝廷以稀奇古怪的罪名定罪。但李允则却正色告诉他，石普彻底触怒了皇帝，赵振想要救人，除非自己立下大功，在朝廷及皇帝眼中有足够的分量，才能为老上司说得上话。赵振这才勉强听令，又自信在自己的看管下，武宗元绝不可能为所欲为。

事实上，武宗元果真成功偷偷跑去了易州。赵振自知大大失职，便火速潜入辽境寻访。然他未找到武宗元，便先遇到了辽永泰军指挥使高为弁。赵振之前得过李允则嘱托，是以未做反抗，束手就擒。

民间偶尔越境之事，宋辽双方大多轻描淡写。但赵振却是河北鼎鼎有名的神射手，有官方身份，不能被当作平民对待。赵振本欲按李允则交代，谎称因不满朝廷处置石普，自己又无力援救，遂欲北走契丹，另投明主，然话到嘴边，却始终说不出口。

高为弁见状，多少猜到一些，主动询问赵振是否来投契丹时，赵振心中傲气当即被激发了出来，矢口否认。如此，李允则事先安排好的计策，就此无用。

高为弁又将赵振解往涿州，不想在城外修睦亭意外遇到武宗元等人，这才有后来诸事。

李允则见赵振沉默不应，重重拍了一下桌案，喝问道："说，为什么不按事先约定去做？"

（接上页）上书，历数丁谓的罪行，并说："乞斩丁谓头置国门谢天下，然后斩我张咏头置丁氏之门以谢丁谓。"相当于是以死相谏。然而，宋真宗只是赞叹张咏的忠直，并无悔改之意。不过张咏比起石普来，谏语已经委婉太多了。宰相王旦因为对宋真宗的所为不闻不问，从不提出反对意见，所以安坐宰相的位子。但王旦死前留有遗命，让家人为他削发披缁入葬，表示悔恨他当初不谏"天书"的过失。又，张咏为北宋名臣，一生传奇事迹极多，其人故事可参见吴蔚作品《斧声烛影》《交子》。

赵振遂单膝跪下请罪，又实话答道："下官说不出口。"

李允则怒道："本使当面对你下了命令，你是在籍武官，军令如山，岂能为了你一时的面子和荣辱，就公然违抗军令？"

赵振从未见过长官发这么大火，不敢答话，只长跪不起。

李允则转头见到侍卫忻继勋在门槛外探头探脑，想进来又不敢进来，当即皱眉喝问道："你做什么？"

忻继勋勉强跨进厅来，期期艾艾地道："那个……那个崔玄妙有事要找白锋锐。"

之前崔玄妙亲眼见到刘遂与白沟驿女使林黛交谈，识破了林黛身份，遂被刘遂打晕，藏在马车中带出城去。

刘遂对崔玄妙深怀情意，并无伤害崔氏之意，虽将她制服绑住，单独留在郊外马车中，却只是为了拖延时间，好给自己和林黛逃走的机会，故而并没有绑得太紧。刘遂离开后，崔玄妙自行挣脱绑绳，奔来州府，告知林黛实为契丹奸细一事。

李允则仔细问明经过后，料想崔玄妙来雄州后经历了不少风波，亦受了不小惊吓，又知她与契丹刘遂有所纠缠，便将她临时安置在州府后衙，命侍女张巧巧开导作陪。预备等崔可道灵柩至北岸时，再亲自陪她前往白沟驿迎候。却不知她此时为何指名要找白锋锐，颇感意外。

侍卫白锋锐自然也是莫名其妙，却不敢擅动。

李允则一时不明所以，遂朝身侧的白锋锐点点头，道："你去吧。妙娘有什么事，尽心尽力为她去办。"

白锋锐有所迟疑，低声问道："万一跟刘遂有关呢？"意思是之前崔玄妙与契丹刘遂几度纠缠不清，只怕她找自己所办之事，极可能与刘遂有关。

李允则道："与刘遂有关，也按妙娘的意思去办。"

白锋锐虽然诧异，仍躬身应道："属下遵命。"

等白锋锐离去，李允则这才转过头来，重重看了赵振一眼，喝道："来人，拿下赵振，交由机宜司讯问。"

第十章

世侍相逢

武宗元为天才画家，少年时已成就大名，十七岁绘北邙山老子庙壁画，号称『精绝』。稍后又于洛阳上清宫画三十六天帝，其间将赤明和阳天帝画成宋太宗相貌，宋真宗赵恒见之，惊叹画笔之神。但武宗元对自己的绘画颇为珍秘，虽贵人大臣日走门下，求画甚勤，都不轻易肯诺。有京师富商高某，有画癖，常投刺拜于武宗元庭下，欲求水月观音一轴，迨十余年，武宗元终被其诚意打动，点头答应。又过了三年，才完成画作，携往高某家时，其人早已死去。武宗元感慨万千，于是焚画垂泪离去。

遥看白洋水，帆开远树丛。
流平波不动，翠色满湖中。

——清 康熙皇帝《白洋湖》

天水相与永，金波万顷明。
载舟堪独会，鉴物人遥平。

——清 乾隆皇帝《鄚州道中》

界河巡检赵振回到雄州后，便迅即赶回官署拜见河北安抚使李允则。李允则虽然对赵振自行归来感到意外，却对赵氏私下违抗军令一事十分不满，发了一通脾气后，便下令逮捕赵振，交由机宜司讯问。

赵振闻言大急，当即站起身来，还欲辩白，已有两名兵士抢上前来，捉住他双臂。赵振运劲于肩，一晃一抖，将兵士甩开。

李允则大怒，拍案道："好你个赵振，竟敢在本使面前抗命拒捕！"

赵振急忙抢上两步，解下契丹军将叶欢所赠佩刀放在地上，示意自己并无反抗之心。又重新单膝跪下，道："安抚使若以违抗军令处置下官，下官任凭发落。但安抚使要将下官移交机宜司，便是怀疑下官是契丹间谍，下官不服。"

李允则道："你被辽人擒获，视为重要棋子，却又被辽国公主私下放回，还敢称不是契丹间谍吗？你该知道雄州是大宋北门、军事重镇，你身为在职武官，稍有嫌疑，便当接受机宜司调查。"

赵振忙道："下官曾经救过辽国公主，她……她只是知恩图报。至于间谍，根本无从说起。之前安抚使交代过下官，一旦在北岸出事，便谎称投辽，如此，安抚使便可正大光明地将下官救回。但下官没有这么做，应该说，是耻于说出‘投降’二字。这一节，安抚使最是清楚，亦足以证明下官对大宋忠心耿耿。”

李允则怒气微消，问道：“你跟辽国公主到底有什么勾连？”

赵振便大致说了两次与梁国公主耶律燕哥偶遇之事。

又道：“当日在晴川酒肆，旁人都亲眼见到，下官跟梁国公主素不相识，当时根本不知道她身份，见有人持刀刺向她一个病重的弱女子，便出手制止。下官虽是便服，究竟还是有界河巡检的身份，有人在辖境内伤人闹事，焉有袖手旁观之理？”

李允则问道：“那么后来那次呢，辽国公主主动告知了身份，你为何不当场抓捕她？”

侍卫忻继勋忍不住插口道：“是啊，你当时将辽国公主带回来，安抚使必定会让王医师给她治病，不会亏待她。而且你后来被北面涿州抓住，完全可以拿辽国公主去换你回来。耶律化哥不敢不换。”

赵振只得答道：“下官当时赶着去找武宗元。”

忻继勋道：“如果你没有去涿州，就不会有人知道武宗元的身份，他现下安然无恙不说，只怕连心心念念的楼桑庙吴道子壁画也看过了。”

赵振道：“下官只是按安抚使事先交代办事，立即赶赴北岸找到武宗元，及时将他带回来。”

忻继勋道：“雄州边关重地，处处设有巡铺，你连将辽国公主押解去最近巡铺的时间都没有吗？还敢狡辩。”

赵振一时无言以对。

李允则遂问道：“那位辽国公主，可是令你动了恻隐之心？”

赵振迟疑了下，答道：“当时在下官眼中，她只是个病重的女子，不是什么辽国公主。”

李允则闻言当即冷笑道：“辽国公主肯为你出面，放你回来，想来你在她眼中，也不是什么雄州界河巡检。”

朝心腹侍卫忻继勋挥了挥手，命道：“搜他身上。”

忻继勋遂走到赵振面前，喝道："抬起手来。"

长官就坐在堂上，赵振不敢抗拒，只得规规矩矩地举起了双手。他原先衣衫早为涿州狱卒撕烂，穿在身上的衣衫是辽人提供，身上一无长物。忻继勋伸手一摸，便搜出了金簪，问道："这是什么？"

赵振道："是梁国公主派人送给我的金簪。"

忻继勋"哈"了一声，还待冷嘲热讽几句，见上司李允则脸色不豫，忙将金簪奉了过去，自己退到一边。

李允则道："这金簪上的珍珠是辽东北珠，极为贵重。看起来，辽国公主对你颇有情意。"

赵振知道李允则素有韬略，且极有手段，曾以美男反间计令辽国太后萧绰杀死两位姊姊，当即猜到长官可能会别有用意，忙道："下官与梁国公主只见过寥寥几面，并无交情。若是安抚使想利用此节，利用下官去接近梁国公主，契丹人尤其是耶律化哥不是傻子，一眼便能识破下官是别有居心。"

李允则板着脸道："你倒是厉害，竟能事先拿话来堵住本使。"

又指着地上的佩刀问道："那是契丹人的兵器，你从哪里得来的？该不会跟金簪一样，也是辽国公主送的吧？"

赵振答道："是涿州永泰军副指挥使叶欢送的。他奉梁国公主之命来送金簪，临别时，送了这柄腰刀给下官。"

侍卫忻继勋忙上前拾起佩刀，拔出来一看，当即赞道："好刀。"又忍不住讥讽道："想不到我们雄州界河赵巡检人见人爱，去一趟北岸，人人争相送礼。"

李允则喝道："继勋！"

忻继勋忙道："是。"重新将腰刀放回原处，退到一旁。

李允则起身徘徊了几步，才道："赵振违抗军令，被捕后擅作主张，不肯按照本使事先交代行事。好在武宗元自己机灵，抢先逃回了雄州。但他为了救你，惹出一堆风波，迫得本使不得不同意拿高翼去换你。这一切，都要算在你赵振头上。本使罚你杖责二十，罚俸三月，你可心服？"

即便在军中，杖责二十也算是极重的肉刑及惩罚。赵振低声道："下官不敢不服。"

李允则道："不敢不服，就是不服了。也罢，目下雄州正是多事之秋，赵振身为界河巡检，职责重大，这二十杖，不妨先寄下。你退下吧。"自将金簪收入怀中，根本没有还给赵振的打算。

赵振本来还想禀报在北岸涿州州狱所遇叶葳之事，然见李允则已转身进了内堂歇息，只得拾了佩刀，退了出来。

出来雄州府署，赵振见天光已暗，便径直出城，预备先回巡检司官署。忽听到背后有人叫喊，却是忻继勋带着一队兵士追了上来。

赵振瞥见一名兵士手中挽着绳索，立时意识到不妙，本能地退开两步。

忻继勋面色颇为不善，也不寒暄，开门见山地道："赵巡检，安抚使有命，要将你拿下。"

赵振愕然道："赵某适才已经向安抚使交代清楚了，安抚使也有责罚下达，只不过行责暂时寄下了，没有当堂行刑而已。"

忻继勋道："这是军令，忻某也只是奉命行事。来人，缴了赵振兵刃，绑起来。"

赵振见兵士已四下包围住自己，遂道："那好，我任凭你们捉拿便是。可是我还想再见安抚使一面。"

忻继勋道："安抚使特别交代过了，不必带你回官署，将你逮捕后，直接解往机宜司囚所审问。"

赵振原以为是要补打二十军杖，闻言立时动了真气，怒道："我不是契丹间谍，凭什么要解我机宜司去？"口中说着，右手便欲去拔佩刀。

兵士见赵振有抵挡意图，当即各自拔出兵刃；亦有人弯弓搭箭，对准赵振。

忻继勋挥手止住兵士，走到赵振身边，好言劝道："你身为雄州界河巡检，如此要害之职，却与辽国公主有所牵扯。再则说，你入辽后如何被捕，见了哪些人，说了哪些话，照例要由机宜司讯问清楚，这只是例行公事而已。若是当街拔刀顽抗，便坐实了通敌叛国罪名。”

赵振闻言亦知有理，只得松了刀柄，自行解下佩刀，递给忻继勋。

忻继勋接了兵刃，忽附到赵振耳边，低声道：“我信得过你赵振。”

赵振很是惊奇，问道：“你不是一向看我不顺眼吗？”

忻继勋闻言立即来了气，气呼呼地道：“我就是看你不顺眼，怎么样？但这并不代表我就会认定你通敌叛国，甚至借机落井下石，公报私仇。这是两码事。”

赵振倒是颇为感动，道：“多谢你肯信任我。”

忻继勋白了赵氏一眼，道：“我信任你没用，得安抚使信任你才行。安抚使下令拿你是问，我绝不会徇私放你走。”

赵振点点头，主动转过身，将双手放在背后。他心中仍有疑惑，又问道：“我与你互不统属，素无来往，到底是什么时候结下了私仇？”

忻继勋已忍耐了多年，此刻听到事主当面发问，便再也按捺不住，愤然质问道：“当年高阳关军中比武，你故意让着我的，是也不是？”

不待赵振回答，又补充道：“你之前已当众看不起我，再敢说假话，就是进一步羞辱我。”

赵振愣了一下，只得实话答道：“我不是有意相让，只是不想去做安抚使的亲信侍卫。”

河北安抚使李允则虽是河北边关最高军政长官，却为人亲和，不事威仪，没有一点官架子。自打上任雄州，除了善抚士卒外，还经常微服出城，亲自体察民情民意，且极少带侍从。有时在田边遇到乡农，便会坐在田埂上与其闲话家常，由此洞知人情。

然军中将士却因此而忧心忡忡，毕竟雄州是边关重地，名为友邻、实为强敌的辽人近在咫尺，潜伏在河北的契丹间谍更是不知道有多少，万一有人要对李允则下手，可谓防不胜防。将士们担心长官安危，再三相劝李允则不要如此随意，他却始终不肯接受，也不愿意带着侍卫出行，以免给人前呼后拥的印象。

后来高阳关副都部署杨延昭出面，在高阳关举办了一场军技大赛，河北诸军将士均可以参加。那场军技大赛堪称一场年度盛事，河北安抚使李允则也受邀到场。

比赛结果，前三名优胜者分别是忻继勋、白锋锐、赵振。李允则亲自为三人颁发奖品时，杨延昭率众将当众劝说李允则将忻继勋、白锋锐二人拨至麾下为贴身侍卫，且允准二人始终着以便衣，以方便长官出行。

李允则这才会意这场军技大赛的真正用意，诸军面前，众目睽睽之下，他不能拂却部下好意，只得勉强同意。忻继勋、白锋锐由此转调入河北安抚司，成为安抚使李允则的心腹侍卫。二人既感意外，亦深觉荣幸。

但军中盛传第三名界河巡检赵振是故意落败。忻继勋原本不信，后来亲眼见到赵振射技超群，这才会意那日台上比武较技，赵振确实是在故意相让，是以一直耿耿于怀。后来忻继勋成为李允则侍卫，驻于雄州，少不得要与担任界河巡检的赵振打交道，每每见到赵振，便会想到比武之事，心中有气，便处处刻意针对对方。

但忻继勋不知道的是，赵振早已事先得到消息，军技大赛的第一名、第二名都会指派给安抚使为亲信侍卫。他受界河巡检使指派，奉命参加大赛，本有实力力拔头筹，但却不愿意入河北安抚司，成为最高长官亲信，便有意落到第三。

赵振解释了原委，见忻继勋满脸俱是不可思议的神情，忙解释道："我是雄州本地人氏，小时候经常到拒马河河边玩耍，很羡慕虎头船上的兵士，觉得他们保家卫国，威风凛凛，总想着长大后要像他们一样，所以……"

忻继勋问道："所以你赵振是铁了心要做你的界河巡检，宁可在比赛中落败？"

赵振道："是。"

忻继勋怔了一怔，才道："不管怎么说，你在大赛上故意相让，有失公平，而且许多人都猜到了这件事，着实让我心里不痛快。"

不待赵振回答，挥手叫道："来人，把赵振绑了。绑得结实些，别让他半途挣脱逃走了，他可是河北第一神射手。"言语中大有揶揄之意。

赵振闻言只能苦笑。随即有兵士上前，粗暴地将他双手并在一处，用绳索牢牢缚住。又有人往他头上套了一个厚厚的黑布袋，赵振只觉得呼吸为之一滞，眼前一黑，便什么都看不见了。

国信所知事赵探赶去逮捕狱卒曹建时，其人仍然在夏地囚所当值。赵探顾全狱长曹全的面子，只谎称有事，将曹建叫出，带至附近的巡铺后，这才下令将其拿下，就地审问。

赵探见曹建神色自若，丝毫不感到意外，怀疑其相好林黛已设法与其暗通消息，遂问道："可是林黛逃走前知会了你？"

曹建已有两日未曾见过林黛，听赵探第一句话问话便提及林黛姓名，料想林氏身份已然败露，自己矢口否认亦是无用，便坦然答道："没有。不过我既然做了，便早知会有今日。"

狱长曹全亦跟进了巡铺。他本来还不大相信侄子竟会甘为契丹人内应，听了曹建这番话，方才确认无疑，又惊又怒，抢上前来，质问道："你为什么要这么做？"

按捺不住失望和愤怒，又狠命扇了曹建两耳光，这才道："你亲生父母，都是为契丹人所害，你却替契丹人做事，对得起他们在天之灵吗？"

见曹建不答，还要扬手再打，赵探忙上前拦住，道："我还有话要问曹建，请曹狱长暂且息怒。"

曹建干脆地应道："赵知事别白费心机了，我没什么可说的。就算带我去夏地拷问，我也还是这句话。"

赵探冷笑道："想不到你还是条硬骨头的汉子，却不知何以没有半分骨气，叛君叛国，甘为杀父杀母仇人效力？"

曹建闻言，脸色为之一变，瞬时十分阴沉难看。

赵探问道："是因为女人吗？怎么，抵挡不住林黛美色的诱惑？"

曹建摇了摇头，道："我若说出实话，只怕赵知事不会相信。"

赵探哈哈一笑，道："我赵探也算审问过不少契丹奸细，还没有遇到过难以置信的实话。你倒是说说看。"

曹建便一字一句地道："我是为了大宋。"

赵探闻言，当即愣住。

曹全喝道："你小子满口疯话。趁赵知事人在这里，还不赶快交代出同党名字，将功赎罪，也好得个全尸。"

赵探却起了好奇之心，摆手道："你不妨具体说说看。"

曹建很是诧异，他料不到赵探居然真有兴趣听下去，遂正色道："契丹侵占我中原领土，白得了燕云十六州，还不满足，以往每年秋季都要兴兵南下，所过之处，烧杀掳掠，河北多少百姓因之而家破人亡。我亲爹亲娘就是死于契丹人之手。自我成人起，每日所思，便是我大宋兵马能够挺渡拒马河，取契丹皇帝狗命。"

后来宋辽议和，宋廷以屈辱岁币来换取和平。最令曹建郁闷沮丧的是，"澶渊之盟"并非"城下之盟"的权宜之计，以金钱财物讨好满足契丹成为大宋国策，宋真宗甚至大举裁兵减员——

真宗皇帝刚刚即位的时候，为了应付北方强大的辽国，以及西北与党项的战争，大肆扩军，招募禁军至五十余万人，加上地方上的厢兵，号称养兵一百万，数目相当庞大。"澶渊之盟"后，宋真宗立即着手裁减军队，遣散老弱残兵，精减编制，如取消富有战斗力的河东效顺一军；龙骑军原有十二个指挥，减为六个指挥；等等。不仅如此，宋真宗为了表示友好的诚意，还将同辽国接壤的地名做了改变：改威虏军为广信军、静戎军为安肃军、破虏军为信安军、平戎军为保定军、宁边军为永定军、定远军为永静军、定羌军为保德军、平虏军为肃宁军。

"澶渊之盟"实实在在为饱受战乱之苦的河北地区带来了和平，却浇灭了曹建个人的复仇希望。但他只是个普通的平凡人，也无力改变什么，只能浑浑噩噩、苟苟且且地活着，每日营营役役，料想十年、二十年后的日子，与今时今日不会有本质上的不同。

偶尔他也会幻想自己有一天变成了盖世英雄，于百万军中取契丹皇帝首级，但他也知道，自己没什么本事，只能做做白日梦而已。

上天却偏偏在这时候给了曹建一个机会。

自从高阳关副都部署杨延昭心腹侍卫高翼被捕，因杨六郎杨将军之威名赫赫、始终官任河北军中要害之职，高翼便一举成为极为敏感的人物——

宋方一心要从他口中逼问出潜伏在雄州的契丹间谍名单。辽方亦对高氏极为关切，意图营救，关押高翼的夏地囚所意外成为拒马河两岸焦点。

当日契丹方找上狱长曹全，利用曹氏沦落在北地为奴的一双儿女曹珍、曹珠，要挟其就范，却未能成功，契丹间谍便又将目光转向曹建。曹建有曹全侄子兼副手的双重身份，也是未来夏地囚所的狱长，自然是再合适不过的下手对象。对方瞅准曹建年过三十、依旧未能娶亲，便有意以女子美色相诱，引他入瓮。

至于曹建本人，大的本事没有，却贵有自知之明——

当秀丽可人的林黛主动接近并有意挑逗时，他便恍然明白对方是有所图而来；而当林黛有意无意地打探高翼时，他基本已能断定对方就是契丹奸细。

但曹建非但没有告发林黛，反而假意上钩。后来林黛果然以奸情威胁曹建，他勉强了一阵子，便顺势答应了对方的要求：为契丹内应。

事实上，曹建也确实提供了林黛一方需要的情报及讯息，但却不是怕被告发，而是为了大宋——

在曹建看来，在位的真宗皇帝居安不能思危，安然满足于眼前以金钱换取和平的状况，只沉迷于“以神道设教”，东封泰山，西祀后土，热衷“祥瑞”，又在京师及地方大建官办宫观，长此以往，国将不国。只有遭受重大挫折后，宋廷方才能痛定思痛，逆势而起。

赵探听了曹建一番自述，惊愕交加，问道：“照你这么说，你甘为契丹奸细，就是为了让大宋早些遭受你口中的‘重大挫折’？”

曹建点点头，又道：“试问为何南北议和已有数年，何以双方边境明争暗斗依然不断？我方是因为有像李使君这样有见识的长官，深知燕云一日不归，中原就不会太平安稳。而契丹每年白得三十万岁币，占尽上风，就连辽使过境，也都一个个趾高气扬，处处逞能，要凌驾在大宋之上。即便如此，辽人却还要向大宋境内派遣间谍，甚至不惜花费数年，伏下高翼这样厉害的棋子？为什么？因为他们本是豺狼野性，垂涎中原繁华，想要占领灭亡大宋之心，从来没有改变。”

反观大宋朝廷，不思进取，只是一味求和、委曲求全，日后必生大患。曹建所作所为，不过想要进一步助长欲望膨胀。

曹建顿了顿，续道：“契丹如果能成功救出高翼，便会尽知我朝河北军中虚实，保不齐很快就会兴兵南下。到那时，大宋认清了兄弟友邦的真面目，就会知道岁币这条路行不通，必须得全心全力抵抗，甚至以举国之力北伐，收复燕云十六州，方才是上策。”

他侃侃而谈，振振有词，言语惊人。赵探只听得目瞪口呆，愣了一下，才问道：“你口口声声说是为了大宋，万一契丹当真大举南侵，侥幸突破了本朝防线，由此得以进袭中原腹心呢？”

曹建反问道：“就像当年契丹灭后晋那样吗？”

旋即摇头道：“不可能，绝对不可能。契丹永远灭不了大宋。大宋虽然武力不济，却已经统一了中原，远非后晋时所能相比，国力更是远在契丹之上。试问一下，一个依靠掠夺或榷场贸易才能获取生活物资的马上之国，怎么可能灭掉一个财富远胜过自己的庞大对手[1]？我是希望大宋吃点契丹人的苦头后认清局势，这叫置之死地而后生。”

狱长曹全忍不住插口道：“胡说八道！你忘记父母深仇大恨，甘心为契丹人做事，还一套一套的。”

曹建也不反驳，只道：“叔叔，我本来一向很看不起你。但你那般思念婶婶及珍珠儿，却仍然没有屈服于契丹人的威胁，没有就范，这

[1] 此为书中人物观点。事实上，最后北宋便是被比自己国力弱小得多的金人（女真）所灭。

一点，我很佩服你。”

曹全闻言一怔，问道：“你知道契丹曾用珍儿、珠儿来要挟我这件事？”

曹建点点头，道：“林黛有跟我提过。她还说叔叔没有向官府举报此事，表明还有回旋余地。她还是希望我能找机会说服叔叔，这样我们叔侄可以一道为契丹人做事，更便利些。”

曹全当即斥道：“我可不像你，明明身负血海深仇，却要认贼作父。”

曹建道：“林黛答应了我，只要我提供他们需要的讯息，不管能不能救出高翼，契丹人都会放珍珠儿回来。”

曹全大为意外，问道：“有这种事？为何你不同我商议一声？”

曹建苦笑道：“给契丹人当奸细又不是什么光彩的事，我还要四处炫耀吗？”

又道：“不管怎样，我做了他们要我做的事，他们应该会履行诺言，放珍珠儿回来。”

曹全关心一双子女，忙问道：“契丹真的会放人？怎么个履行法？”旋即意识到失言，朝赵探道：“抱歉。”勉强退到一旁。

赵探遂问道：“你刚刚说的这些，可是真的？”

曹建坦然道：“事情到了这个地步，我也不指望还能活命，没必要再特意编排一番谎言。我说出心里话，只是要让你们知道，我没有背君叛国。相反，朝堂上那些装神弄鬼、只会奉迎皇帝的大官，各地争献祥瑞的阿谀取悦之徒，才是真正的叛贼。”

自从宋真宗为掩饰澶渊之盟耻辱而大搞天书封祀以来，一国君臣如病如狂。曾有明眼人私下评点道：“堂堂君臣，为此魑魅魍魉之事，可笑，可叹。”

明面上，却没有人敢说。大着胆子劝谏皇帝的，如大将石普，跟赵氏有颇深的渊源，仍然被宋真宗找借口逮捕下狱，还差点掉了脑袋。

赵探自是明白曹建话意，内心深处甚至还有几分赞许，但他吃的是官家俸禄，不能公然评判当今天子，便问道：“你可知道林黛在雄州还有哪些同党？”

曹建摇了摇头，道：“林黛只是利用我，并不是真正信任我，甚至心中根本看不起我，哪会向我透露信息？我原本也想从她身上多打探些契丹方面的情况，但觉察到她一再提防我，心想我又何必多此一举，遂就此作罢。不过……”

赵探忙追问道：“不过什么？”

曹建道：“我曾暗中跟踪林黛，到过一处农舍，她进去了很久才出来。那处农舍，应该是契丹谍者在雄州的联络点。”

不待赵探发问，先主动道：“我愿意交代出所有与林黛有关之事，但赵知事要答应我一件事。”

赵探冷笑道：“你已是阶下囚，还有资格讨价还价吗？按照惯例，我该立即将你解回夏地囚所，动用刑罚拷问。你在夏地任狱卒几年，该知道刑罚厉害，没几个人能挺得住。”

曹建道：“就算我远远不及高翼，挺不了那么久，招供也是几日后的事，那时林黛人早跑了。”

赵探道：“她能跑到哪里去？偷渡过河吗？你当界河巡检使是白吃饭的吗？”

转头见到狱长曹全凄凄惨惨地站在一旁，几度欲言又止，心中一时不忍，遂道：“你先说说你的条件。”

曹建道：“我会将我所知悉数告知赵知事，这之后，请赵知事下令解开绑缚，准我自行了断。”

不待赵探回答，又转头对曹全道：“叔叔，侄儿对不住你，坏了曹氏声名不说，还不能为你养老送终。所幸你心善，收养了一老一小，即便契丹人不放珍珠儿回来，你不再是孤零零一个人，后半生也算是有所指望，侄儿可以放心离去。侄儿还有个请求，我死后，请将我埋在拒马河畔。我要亲眼看看，宋辽这兄弟之国，到底能盟好多久。”

赵探原本难以决断，听到曹建后面那番话，心中大为震撼。曹全虽未出声应答，却已是老泪纵横。

赵探心中微一盘算，即点头道：“好。我答应你。”

曹建遂大致叙述了为契丹内应之经过——

他在任夏地囚所狱卒，原本无足轻重，接触不到州府文书、军中机密等，故而林黛对他所求也不多，不过是高翼的关押情状及夏地囚所的详细地图。

而后契丹神武军总教头刘遂被关入夏地，林黛便让曹建寻机杀了刘遂，以免刘遂受不住酷刑而招供出契丹军情。

曹建心中不免有所犹豫，犯人死在囚所，狱长要担首要责任。他杀了刘遂的话，无论如何曹全都脱不了干系，他不愿意牵累叔叔，遂表面答应下来，但却没有立即行动。很快刘遂被人救走，曹建连夜将消息告知了林黛，这件事遂不了了之。那也是他最后一次见到林黛。

至于那处农舍，原是二人在树林中偷欢后，林黛先行离去，曹建一时好奇，跟了上去。他知道林黛对自己设防，故而一路谨慎小心，没让对方发现，遂发现林黛进了农舍。

曹建道："林黛既已败露，不可能再回白沟驿，极可能就藏身在那处农舍中。"

当即将农舍具体方位告知赵探，又道："好了，我已经说出我所尽知，这就请赵知事履行诺言，为我松绑，准我自杀。"

赵探踌躇了一会儿，才道："准你自杀，可是太过便宜你了。"

曹建道："大丈夫言而有信。况且我所知甚少，留着我拷问，也不过是白费力气。现下林黛才是赵知事的首要目标，她必定想方设法要逃去北岸，若是赵知事在天黑前赶至农舍，应该还能堵住她。"

赵探道："那好，就如你所愿。"上前亲自为曹建解了绑缚。

一旁狱长曹全知道侄子大限已到，虽然怒其不争，惑其所为，然骨肉至亲，当此生离死别之际，还是一阵心痛，不由得哽咽出声。

处置完狱卒曹建，赵探派遣心腹回城，向安抚使李允则禀报曹建一事，自己则亲自率兵赶往曹建交代出的农舍。途中遇到一小队巡检兵士，遂得知界河巡检使祖名望已在追捕时一箭射死了契丹奸细林黛。

之前赵探与祖名望一道离开官署时，祖名望已私下将安抚使李允则特别交代当场杀死林黛一事告知了赵探，并询问原因。

赵探回答道："安抚使深谋远虑，素有胸襟，他老人家既然这般交代了，自有他的道理。"

虽然随口搪塞了过去，心下却料想林黛是妇人，一旦被捕，不便对其采用常规刑讯手段——试想一名年轻美貌的女子被剥去衣衫，一丝不挂地吊起来拷问，狱卒们看到她的裸体，心中会不会大起波澜？这是男人的生理本能，与立场之类无关——即便靠刑罚从林黛口中讯问出同党名单，也实有辱颜面，这是李允则不屑做的。不如将林黛当场杀死，虽断了一条可能的讯息来源，却省却了未来北岸涿州赶来交涉干预的种种麻烦。

赵探既猜到原委，听说界河巡检使祖名望已遵命射死了契丹奸细林黛，也未感诧异，只感慨祖名望竟能抬脚便撞见林黛，心道："这次祖巡检使运气好得很，不费吹灰之力便寻到了林黛。没留活口有点可惜，但安抚使有令在先，也只能如此。不管怎样，我机宜司可不能落在巡检司后头。"

又听说界河巡检赵振已自北岸归来，既惊且喜，只是他目下有公务在身——即便林黛已死，那处农舍作为契丹间谍的联络处，说不定还有别的线索——一时顾不上赶回城中与堂弟相会。

到那处农舍时，天光已暗，屋中尚未点灯。赵探刚命兵士四下包围了房子，便有人闻声而出，竟然是契丹南京神武军总教头刘遂。

赵探很是意外，上前问道："你还没有逃走吗？"

刘遂则问道："崔玄妙平安了吗？你们是怎么找到这里的？"

赵探当即嗤笑道："你是当世剑术名家，号称契丹第一高手，怎么也跟普通人一样，废话还挺多。"

刘遂见赵探已大大咧咧地走到自己面前，问道："你武艺不及我，不怕我借机挟持你吗？"

赵探之前在白云观与刘遂一番交锋后，已大略知其为人性情，当即哈哈一笑："我料想你不会这么做。"又道："而且就算你挟持了我，也没什么用处。"

转头命道："如果刘遂以我为人质，就将我二人当场射死。"

兵士轰然应命，一齐举弓，对准院中二人。

刘遂见四下已被官兵围住，知道反抗也是徒伤几条人命而已，当即解下腰中软剑，递给了赵探。

赵探随手接了软剑，低声问道："你是不是早就知道易敏就是萧燕姿萧公主？"

刘遂微微一愣，却是闭口不答。

赵探问道："是只有你一个人知道她真实身份，还是有其他人也知道？"见刘遂沉默不应，情急之下，干脆一把揪住对方衣领，喝道："快说！"

刘遂将头转开，依旧无动于衷。

赵探忽想到此人吃软不吃硬，又对宋副使之女崔玄妙别有情怀，便松了手，有意问道："你不是想知道崔玄妙状况吗？"

刘遂果然被捏住了软肋，立即问道："她怎么样？"

见赵探意味深长地看着自己，这才醒悟过来，面色一红，定了定神，遂道："好吧，我确实早就知道萧公主化名易敏，栖身在雄州。"

刘遂与萧燕姿同为契丹贵族，互相认识，这不奇怪，但刘遂早已知悉萧燕姿化名，这可就让人纳罕了。赵探立时听出了端倪，问道："你不是在晴川酒肆当场认出了易敏吗？"

刘遂道："在这之前，我便已经知道易敏。至于在酒肆遇到她，算是巧遇，但我也不感到意外。"

原来宋辽议和后，两国友好往来，使者不断。前年有契丹使者奉命出使大宋，自拒马河南岸渡口下船，前往白沟驿，必须要经过晴川酒肆。契丹使者刚好在酒肆门口遇到了来为师傅购买饮子的易敏。那位使者出自耶律皇族，一眼便认出了女道士装扮的易敏便是神秘消失的萧公主。只是事出突然，契丹使者一时难以置信，甚至疑心女道士只是面貌酷似萧燕姿，遂未张扬。

归国后，使者将此事禀报给了辽太后萧绰，还犹豫着声称应该是容貌相似而已。萧太后却留了心，亲自指派心腹前往雄州，多方打探下，终于确认白云观女道士易敏即是出逃的萧公主萧燕姿。

刘遂又道："但这件事极为隐秘，太后没有声张，知情者也寥寥无几。去年承天皇太后移驾南京休养，我前去行宫拜见，方才从太后口中得知。"

赵探奇道："何以萧太后死前要将这件事特意告诉你，而不是旁人？"

刘遂道："萧公主异母弟萧匹敌是我徒弟，他自幼随我学习剑术，我与他师徒情分深厚。赵知事应该知道，萧匹敌是承天皇太后亲外孙，最得太后宠爱，我也算是爱屋及乌的范例，因为萧匹敌而得到了承天皇太后的亲信。当年萧恒德私通太后女官一事，是一桩大大的丑闻，皇太后下有严令，不令人提及此事，她当然也不会将萧公主下落告知萧匹敌。"

但即便铁腕强硬如萧太后，亦知血浓于水，骨肉亲情，终生难以割断。萧匹敌口中不提半句，却一直坚信萧燕姿未死，对流落在外的姊姊极为关心。萧绰爱怜外孙，既知自己时日无多，便将萧燕姿下落告诉了外孙最信任的刘遂。她说萧燕姿虽然背叛族人，却是萧匹敌在世上最亲的亲人，将来如果有合适的机会，刘遂可将萧燕姿下落告诉萧匹敌，并设法接萧燕姿回来。

赵探闻听经过，不由得暗暗称奇，问道："既然萧太后因为钟爱萧匹敌而原谅了萧燕姿，又知道萧匹敌心中放不下姊姊，为何不派人带萧燕姿回辽国？"

刘遂道："承天皇太后当有她的顾虑吧。甚至太后在知悉萧燕姿下落后，并没有惊动她本人，就是怕她得知自己行踪败露后又逃亡他处，再难寻觅，足见太后用心良苦。不过而今承天皇太后驾崩……"一时说不下去，扼腕叹息。

赵探心念一动，问道："你留给易敏一封信，就是将萧太后的'良苦用心'告诉了她？"

刘遂点点头，此话题涉及辽宫廷秘事，他不愿意再多谈下去，便改口问道："崔玄妙人可还好？"

赵探道："她没事。人现下住在州府后署，就算你刘遂胆大包天，武功盖世，也见不到她了。"

刘遂道："她平安无事就好。"

赵探窥见其面色黯然，思忖这二人敌我对立，即便互相生有情意，也注定不能再见面，更不要说在一起了。然而他自己呢？他对易敏怀有深情，以往对方的道士身份已是阻碍，而今多了一层辽国公主名号，根本不能再有任何幻想。是以此刻，他看到刘遂神情悲戚落寞，忽然起了一种同病相怜的强烈感觉。

刘遂见赵探以古古怪怪的眼光望着自己，不明所以，问道："怎么了？"

赵探摇了摇头，又叹了口气，道："赵某得公事公办，刘公子武艺了得，不得不防。"挥了挥手，命道："来人，将刘遂绑了。"

兵士已仔细搜过农舍内外，不见他人，也没有搜到文书之类物事，倒是在内室地上找到了一根针灸所用的银针，料想之前医师王惟一便是被带到这里为辽梁国公主耶律燕哥治病。

赵探见农舍再无线索，便先行撤去，亲自押解刘遂进城去见河北安抚使李允则。

时已入夜，河北安抚使李允则仍坐在堂上批阅公文，听说契丹神武军总教头刘遂再次被捕，很是意外，忙命人带他进来。

刘遂已知李允则一直对自己留了余地，站定后，微微欠了欠身，算是见礼。

李允则道："刘公子，又见面了。本使以为……算了，不说了。"

又道："刘公子也算是执着之人。不找到你要找的人，你是绝不会罢休的，对不对？"

刘遂昂然道："是。"

侍卫忻继勋见刘遂挺着身子，露出一副有恃无恐的样子，当即动了怒，喝道："姓刘的，你在雄州一再生事，是不是仗着自己在契丹有些身份，以为我们安抚使不敢拿你怎么样？"

刘遂闻言一怔，随即应道："刘某并非有意冒犯李使君威严，实是刘某既答应了要寻到人，就必须得有个明确结果，这样回去后才能有所交代。"

李允则点点头，表示理解，又招手命道："来人，解了刘公子绑缚。"

赵探忙劝阻道："刘遂武艺高强，松不得绑绳。"

侍卫忻继勋也道："安抚使人在堂上，不容有失。"

李允则摆手道："无妨。刘公子是正人君子，自懂得分寸。"

忻继勋大是不平，奇道："刘遂可是三番两次朝崔玄妙动手。堂堂男儿，欺负一个弱女子，也算正人君子？"见长官坚持，只好拔刀上前，割断刘遂双手绑索。

李允则离座下堂，走到刘遂面前，正色问道："本使问刘公子一句话，如果耿绍忠真的还活着，契丹预备付出什么代价？"

这句话如同晴天霹雳一般，一旁赵探、忻继勋尽皆失色。忻继勋愣了一下，还待插嘴发问，赵探急忙朝他摇了摇头。

刘遂也愣在当场，再仔细凝视李允则，见其满脸肃色，不似作假，一时心头"突突"狂跳不止，既喜且惊。

他思索了好大一会儿，才答非所问地道："耿绍忠是刘某外叔祖。刘某姨母是当今大辽皇帝之淑仪，外叔祖南下时，她才两岁，尚未记清生父的面容。李使君可知道，北院枢密使耶律化哥再三从中沮遏，仍然难改耿淑仪寻父心意。若不是她已为人母亲，膝下尚有皇子要抚育，只怕会亲身至雄州寻父。李使君也是父母所养，也育有儿女，应该知道世间最可贵的，无非是骨肉亲情。"

李允则道："刘公子是在对本使晓之以理、动之以情吗？那本使问刘公子一句，和议之前，你们辽人南下掳走人口数以万计，可知也令无数家庭妻离子散，家破人亡？"

刘遂一时哽住，无言以对。沉默良久，才道："李使君想要什么条件来交换，尽管开口。"

李允则道："本使想换两个人。"凑到刘遂耳边，说出了那两人的名字。

刘遂惊愕不已，几乎不能相信自己的耳朵，追问道："是这两个人吗？"

李允则道："他二人，是战争千千万万受害者之一。既然刘公子强调世间最可贵的是骨肉亲情，那么无数大宋百姓因为你们契丹南下烧杀掳掠而流离失所、骨肉分离，你可有过半分愧疚之心？"

刘遂面露愧色，沉默了好大一会儿，才道："李雄州果然名不虚传，难怪总能令人心服口服。好，这件事，我代北面答应了。"

李允则却不大放心，问道："你们北院枢密使耶律化哥会同意吗？据本使所知，他不但干涉耿淑仪寻父之事，之前刘公子你被捕下狱，他甚至预备派人杀你灭口。"

刘遂道："这件事，无须经过耶律化哥，我会当面禀报我大辽皇帝，请圣上定夺。耿淑仪母子恩遇正浓，圣上一定会同意交换。"

李允则道："好，那就一言为定。这件事，最好是秘密进行。具体交换细节，等刘公子回北岸禀报贵国皇帝后，再行商定。"

刘遂应道："刘遂遵命。"

李允则遂转身命道："来人，送刘公子到客馆安置，明日一早与高翼一道，由界河巡检司护送回北岸。"

又特意强调道："如若刘公子再擅自逃逸，留在雄州滋事，你我约定就一笔勾销。"

刘遂正因耿绍忠一事而喜出望外，不敢得罪李氏分毫，忙躬身答道："李使君有命，刘遂不敢违抗。"

顿了顿，又追问道："李使君当真只换那两个人吗？"

一旁赵探忍不住插口道："刘公子，安抚使与你都谈好条件了，你如何还问出这等幼稚可笑的话？"

刘遂道："唔，刘某实在是想不到……"摇了摇头，又问道："刘某有个大胆请求，李使君可否准我见一见耿绍忠？"

李允则不答，只挥手命道："送刘公子去客馆。为刘公子安全考虑，多派兵士，严加看护。"

刘遂本也没抱立即见到耿绍忠的希望，见李允则已有逐客之意，只得转身。走出几步，心有不甘，又回身问道 :“李使君可否准许刘某见一见崔玄妙？”

李允则干脆地答道 :“不准。”又叫道 :“赵探，你留下。”

等兵士将刘遂带出，侍卫忻继勋便朝赵探连使眼色。赵探不予理睬，先详细禀报了狱卒曹建口供，又道 :“下官未经安抚使允准，即擅自与曹建达成协议，这个……”

李允则摆手道 :“曹建这件事，你处理得很好。他人既死，就不必再提，也算为曹狱长留点情面。”

赵探应了一声，又道 :“对了，下官抓到刘遂时，他提及易敏……”

侍卫忻继勋当即重重咳嗽了声，赵探及时住了口。李允则佯作未闻，垂首去看手中公文。赵探遂讪讪问道 :“耿绍忠，当真还活着吗？”见李允则不置可否，料想耿氏确实尚存人世，一时惊异不已。

李允则又道 :“本使今晚与刘遂的谈话内容，只到此为止，你们可听得明白？”

忻继勋心中疑惑甚多，却不敢再问，躬身应道 :“遵命。”

赵探也道 :“是，下官决计不敢泄露半字。”

他既知堂弟赵振已回到雄州，又问道 :“不是已经拿高翼换回赵振了吗？为何还要用耿绍忠去交换他？另一人又是谁？”

李允则不答，只道 :“赵振已被逮捕，现下关在夏地囚所，就交由你审讯。本使不管你用什么手段，务必从赵振口中问出他勾连契丹实情。”

赵探大惊失色，竟然愣住。见李允则已起身往后堂去了，忙抢上前扯住侍卫忻继勋问道 :“安抚使适才是说赵振暗通契丹吗？”

忻继勋点点头，道 :“安抚使亲自下的逮捕令。”

又道 :“易敏是契丹公主，赵知事与她素来亲近，眼下事发，安抚使没逮捕你下狱审问，反而派你去审问赵振，算是对你信任到家了。你可别再提易敏，安抚使下了严令，绝不准你干预接触易敏的案子，如若你私下去军营探视，就得立即拦下。”

赵探一时顾不上易敏，又追问道："你说得清楚些，赵振怎么暗通契丹了？之前安抚使以违抗军令、畏罪潜逃通缉赵振，不是有意做戏给北岸看的吗？"

忻继勋转头一看，已不见长官身影，忙道："现下不行。崔玄妙委托了白锋锐去办一件私事，他人不在官署，现下安抚使身边只有我一名侍卫，实在脱不开身。抱歉了啊。"朝赵探抱了抱拳，匆忙去追李允则。

赵探傻在当场，百思不得其解。忽有人走过来，拍了拍他肩头，叫道："走吧。"

转头一看，却是明未光。赵探茫然问道："明兄叫我去哪里？"

明未光道："夏地囚所。不然还能去哪里？"

赵探道："明兄知道赵振被逮进夏地囚所了？"

明未光点点头，道："安抚使派人召我来官署，将有关赵振的所有事都告诉了我，还命我在这里等赵兄，好从旁佐助。"

赵探当即苦笑，嘀咕道："佐助？监视还差不多。"

耿绍忠确实还活着。多年来，他都被囚禁在一处秘密所在，囚所中有榻有案，他本人双脚也钉了重镣，虽不得自由，但相比于阴森恐怖的夏地囚所，已是天上地下。

铁门打开，一名黑衣妇人飘然而进，告知耿绍忠：他将会被释放，苦苦挨了这么多年，终得返回辽国，与家人团聚。

耿绍忠意外至极。他料不到自己竟然还有重见天日的一天，却没有流露出平常人常见的欣喜若狂。

黑衣妇人问道："怎么，耿郎留恋这里，不愿意离开？"

耿绍忠遂直截了当地问道："什么条件？"

黑衣妇人道："你大舅子耶律化哥现下官任北院枢密使，全权负责对南事务。耿郎已是辽国丈，不容小觑，你若回去，耶律化哥一定会亲自出迎。我有一只盒子，想请耿郎带给耶律化哥，一定要亲自交到他手里。"

耿绍忠目光炯炯，凝视着黑衣妇人，踌躇不语。

黑衣妇人笑道："怎么，耿郎怀疑我在盒子中装了机关，或是撒了毒药，要暗算耶律化哥吗？实话告诉耿郎，仅是一只木匣，里面装了一轴画而已。"

耿绍忠遂道："好，我答应雪娘，一定为你带到。但我也有一个要求，我想见见你我的儿子。"

黑衣妇人摇头道："不行。我早就告诉过耿郎，那孩子一生下来就被赵延祚派人抱走了，说孩子无辜，怕日后被我利用。"

顿了顿，又道："这是千真万确的事。我其实大可以谎称赵延祚抱走孩子，是为了将他培养成潜入契丹的谍者，以此来折磨耿郎，但我还是选择告诉你实话，因为我自己也被折磨着。"

耿绍忠道："多谢雪娘没有拿谎言来欺骗我。但母子骨肉相连，雪娘心中不会没有牵挂，以你的手段，只要你想，不会找不到孩子下落，对吧？雪娘之前没有骗过我，我希望这次你也不要撒谎。"

米雪沉吟不答，只漠然望着耿绍忠。

耿绍忠道："最初我被带到这里，雪娘用种种酷刑对付我，目的只是为了套取契丹军情，尤其是关于耶律化哥的讯息。那个时候，我是不共戴天的大仇敌，雪娘可不会这样看着我。"

米雪道："耿郎还记恨前事吗？"

耿绍忠摇了摇头，道："不，雪娘从宋人刀下将我救下，虽然也有自己的目的，但你我立场不同，我从来就没有怪过你。"

叹了口气，续道："这么多年过去，你我竟然已能和平相处，还生育了一个儿子。我知道这一切只是雪娘的怀柔手段，你的目标从来就没有变过。不过有时候，我还真的会产生错觉，觉得你就是我妻子，这也算是缘分吧。但我也知道，雪娘千方百计地想对耶律化哥下手，他曾以宋军尸首为京观，是宋军不共戴天的大仇人。是了，这句话我早就想问了，雪娘一定有亲人死在耶律化哥手里吧？"

黑衣妇人也不否认，只问道："你知道我一心要杀耶律化哥，还肯为我转送盒子吗？"

耿绍忠坦然道："我会先验证盒子，确认无虞后再转交给耶律化哥。如若盒子有什么机巧，害死的顶多是耿某人而已。我二十多年前就该死了，苟活了这么些年，也够本了，更何况还是死在雪娘你手中。”

又问道：“怎么样，木匣换见我儿一面？”

黑衣妇人也是果决之人，遂道：“好，我设法带我孩儿来见你。但丑话说在前头，只是见一面而已。耿郎若敢道破玄机，不但是害了你自己，也害了他。你可明白？”

意指耿绍忠一旦道破真相，与亲子当场相认，黑衣妇人不但会对耿绍忠本人不利，还会对亲生儿子下狠手。

耿绍忠闻言一怔，露出极为古怪的神色来。

黑衣妇人冷笑道：“怎么，你以为他是我亲生儿子，我就下不了手？”

耿绍忠深深叹息，道：“自从雪娘肯对我这个阶下囚投怀送抱起，我便知道雪娘为了复仇，什么事都能做出来。赵延祚应该了解雪娘为人，所以才会一开始就将孩子抱走。幸亏如此……”

黑衣妇人道：“怎样？”

耿绍忠见黑衣妇人面色忽然变得阴冷锋锐，不由一怔，问道：“雪娘该不会将我们的孩子训练成了谍者，派往契丹行刺耶律化哥吧？”

黑衣妇人冷笑道：“实话告诉耿郎，我一直想这么做。”

界河巡检赵振被捆送到机宜司夏地囚所后，便被剥去衣衫，扯脱鞋袜，换上赭色囚衣，手足钉了重镣，推到墙边坐下。所幸未被锁入立枷中，只用铁钳锁了脖子，固在墙壁铁环上。

只是头罩未被取下，赵振目不能视物，只依稀觉得面前不远处案桌上点有一盏微弱油灯，入口处则守有两名狱卒，似在窃窃私语。

他自是不知，狱卒曹建忽得暴病而死，狱长曹全是曹建叔父，正处于丧期，人未在夏地囚所。这是前所未有之事——曹全自任职，未曾缺席过一天——囚所上下，不免有些不安的情绪，狱卒也难免相互议论揣测。

赵振连日疲累，虽然再度身处囹圄，但已远不及人在北岸涿州中时那般有负担，肉体上精神上皆是如此，竟倚墙昏昏沉沉地睡了过去。

也不知道过了多久，迷迷糊糊中，赵振被人拍醒，旋即有人开了颈钳，取下头罩。赵振侧头一看，站在身边之人，正是国信所知事赵探，也是他同族堂兄。

赵探道："安抚使指名要我来审问你。"

赵振点点头，先主动告道："第一，赵振不是间谍，没有做过任何对不起大宋的事。第二，兄长有职责在身，不必顾念同族之情，尽可使出所有手段。这是你分内之事，赵振不会因此而怪你。"

赵探道："那好，为兄我只能公事公办，对不住了。来人，把赵振吊起来。"

狱卒当即上前扯过赵振，将他双手高举吊了起来。赵振脚尖着地，只靠勉强踮脚，来支撑住全身重量。

这刑罚没有北岸涿州石室木枷那般厉害，只是赵振已经一天滴水未沾，全无力气，支撑了一会儿，便松懈了下来，任凭绳索拉扯着手臂，生生作痛，额头大粒大粒的汗珠沁出。

赵探道："这般被吊着很难受吧？"

又奇道："你怎么会如此不济？还没开始用刑，你人就快要晕过去了。是了，你被契丹捉住后，他们一直饿着你，对不对？"

赵振尽力挺了挺身子，道："我不会丢我们赵氏的脸，来吧。"

赵探摇了摇头，道："你是我堂弟，我不想对你使用肉刑，野蛮不说，伤残了你肢体，日后再回去赵家村，村民都不知道拿怎样的眼光怎样看我。"

又道："这样，咱们互相体谅，速战速决，你快些交代，我早点交差，你也能少受点罪，还能吃上热饭热菜。说，你跟辽国公主是怎么认识的？"

赵振有气无力地答道："我已经向安抚使说明过了，就是在晴川酒肆时遇到的梁国公主。当日兄长人也在酒肆中，也见过公主。"

赵探已从明未光转述中知悉赵振详细行程，又问道："你第二次在拒马河边遇到辽国公主时，已经知道她身份，却轻易放过了她。辽国公主虽然生了病，却也是年轻貌美的女子，你是不是喜欢她，对她动了心？”

赵振道：“我也说明过了，当时在我眼中，她就只是一名病重的弱女子，不是什么辽国公主。”

赵探道：“其实你喜欢她也正常啊，男人嘛。那些文人不是总说窈窕淑女、君子好逑吗？管她是不是辽国公主，喜欢就是喜欢。喜欢为什么不敢承认？”

赵振一怔，诧然问道：“兄长平日就是这般审讯犯人的吗？”

赵探叹了口气，又继续问道：“之后呢，你被契丹捉住后，可有正式过堂？”

赵振道：“涿州刺史耶律守雄提审了我一次。当时他们已经得到河北安抚司通缉我的告示，我本来还是有机会按照安抚使的吩咐，声称是去北岸投靠的，但永泰军指挥使高为弁猜到了原委，立即将我当作宋朝间谍关押了起来。”

赵探道：“为什么高为弁猜到了原委，是不是你故意暗示了什么？”

赵振道：“没有的事。高为弁有意拿武宗元试探我，我可能稍微露出了焦虑之情。虽然契丹一方不知武宗元身份，我却是知道他万万不能落入敌手。”

赵探问道：“后来呢？”

赵振道：“后来我一直被锁在一间不见天日的牢房中，再后来北院枢密使耶律化哥来了。是了，还有一个名叫叶葳的男子，说是沧州逃犯。”

赵探道：“叶葳？”

依稀记得在州府公文中见过这个名字，忙询问究竟。赵振遂叙述了被捕后的详细经过，只未提耶律化哥最后那番关于他其实姓耿的话。

赵探沉吟道：“耶律化哥明显是有意当着你面审问叶葳，他不会平白无故地这么做。”

赵振闻言一愣，心道：“那间牢房中有四具木架，应该是专门用来关押本朝间谍的。”

叶葳半夜被带进牢房，锁禁在赵振对面的木架上。二人虽无法交谈，赵振却是亲眼看到叶葳受苦，几近窒息而死。后来耶律化哥到来，赵振以为他只是专门来讯问自己，至于叶葳，则是因为赵振求救，耶律化哥方才留意到他，于是当着赵振之面审问了叶葳。

原先以为耶律化哥只是权宜行事，同时还能当面警告赵振，不吐实的话，就会落得跟叶葳一样下场，被带去燕京勾南局饱受酷刑荼毒。

但现下听了赵探分析，赵振忽然意识到耶律化哥极可能是有意让他听到叶葳那番招供，好为后面暗示赵振本来姓耿做铺垫。

那么耶律化哥怎么能事先预测叶葳会交代出耿绍忠相关诸事？难道这一切，只是耶律化哥事先安排好的计策？

赵探不知赵振正心事满腹、有苦说不出，又问道："就这么简单？耶律化哥亲自到了牢房，当着你面审问了受刑后的叶葳，却没有对你正式过堂审问？"

赵振道："没有。"

赵探道："如此，不是愈发显得你可疑吗？"

赵振反问道："我到底有什么可疑？"

赵探道："你不可疑？那为什么耶律化哥要用你来换高翼？"

赵振道："高翼之前长期在杨将军身边担任心腹侍卫，知悉我军许多机密，耶律化哥当然要千方百计地换他回去。"

赵探道："你也知道高翼重要了。我的意思是，我们都知道高翼比你更有价值，但契丹却敢提出用你来换高翼，足见你赵振在契丹人心目里，也有跟高翼一样的地位。"

赵振一怔，随即应道："这只是契丹方自己一厢情愿、异想天开而已，安抚使怎么可能同意用高翼换我？就连耶律化哥也说只是问问，他其实并没有抱多高期望。"

赵探道："如果只是你，安抚使当然不会同意了。可是那个武宗元闹得动静不小，竟然还跑去笨笨湖求了祖父，说愿意筹集万金，求他秘密招募一队人马，潜往北岸涿州救你。"

赵振虽然已经知晓武宗元曾倾尽全力营救自己，却不知“万金”一事，愕然道：“竟然有这等事？武宗元年纪轻轻，也就二十岁，绝不是能拿得出万金的人。赵村长何等人物，应该一眼就能识破这只是武宗元的大话。”

赵探笑道：“那你可就小瞧武宗元了。你以为他就是个朝廷派来绘制山川地形图的普通画师吗？他随手画一幅画，就能卖出许多钱，只怕比你我几年的俸禄都要高。听说有人为了求一轴水月观音，每日捧着黄金在路上等他[1]。”

见赵振一副全然不信的样子，便道：“你知道奚三娘为什么要帮武宗元吗？帮他逃离你的监管，又帮他偷渡潜往易县，就是因为武宗元随手两下给她画了一幅画像。那幅画我亲眼看过，跟真人一模一样，简直神了。”

赵振一直也不明白晴川酒肆店家奚松烟这样的玲珑人物何以要帮助素昧平生的武宗元，此时听了赵探一番解释，方才会意过来，不由得喃喃道：“这可实在想不到。”

又问道：“武宗元为什么要如此卖力救我？跟在他一起的这两个月，我们都不怎么说话，跟陌生人一样。”

赵探道：“武宗元说你是因为他才会去北岸，才会被契丹人捉住，他内心有愧，若再欠上你一条性命，他这辈子都过不安生了。”

赵振坦然道：“那是武宗元想多了。我只是奉命行事，一路保护他，越过界河寻他，都是分内之事。至于我被契丹抓住，那也是我自己运气不好，跟他没有任何关系。”

[1] 武宗元为天才画家，少年时已成就大名，十七岁绘北邙山老子庙壁画，号称“精绝”。稍后又于洛阳上清宫画三十六天帝，其间将赤明和阳天帝画成宋太宗相貌，宋真宗赵恒见之，惊叹画笔之神。但武宗元对自己的绘画颇为珍秘，虽贵人大臣日走门下，求画甚勤，都不轻易肯诺。画史记载有京师富商高某，有画癖，常投刺拜于武宗元庭下，欲求水月观音一轴，迫十余年，武宗元终被其诚意打动，点头答应。又过了三年，才完成画作，携往高某家时，其人早已死去。武宗元感慨万千，于是焚画垂泪离去。由此足见武氏对己画珍惜、与其画受人重视之一斑。又，武宗元传世作品有《朝元仙仗图》卷，是一幅道教壁画的稿本。卷后有南宋乾道八年（1172 年）张子珉题跋，并有元人赵孟頫（宋太祖赵匡胤十一世孙、赵德芳嫡派子孙）题识，定为武宗元真迹，现藏美国王季迁先生怀云楼。

赵探道："总而言之，就是这姓武的折腾个不停。他是玉清昭应宫壁画左部之长[1]，皇帝宠臣，谁也不能拿他怎样，若不顺他的意，他就会继续折腾下去。他听到祖父说可以拿高翼换你回来，便自己去找安抚使，但高翼那时出了点事，好在人没死，安抚使为了让武宗元尽快回京，便答应了下来，准备向契丹提出以高翼换你。但还没派出信使，北岸涿州先有信使过河，提出的交换条件，竟然跟安抚使想得一模一样。"

顿了顿，刻意加重了语气，问道："你说说看，辽方为什么把你看得跟高翼一样重要？"

赵振也隐隐觉得有些不合情理，愣了好大一会儿，才道："我不知道。或许契丹只是随意试探，他们真正想要的是高翼，刚好我又被他们捉住。"

顿了顿，又道："用我换高翼，这不是正好证明我跟契丹并无勾结吗？"

赵探奇道："能证明吗？我有点绕晕了。好吧，我将你这番话回禀安抚使，看他老人家如何判断。"转身便欲离去。

赵振挣了两下，叫道："喂！"

赵探道："嗯，我知道你被吊着不好受，但是按照夏地讯问惯例，犯人不招供，就不能松刑，我可不能徇私。"

走出几步，又有些于心不忍，遂招手叫过狱卒，命道："放赵振下来。不过不要给他饮食，让他继续饿着。"

狱卒遂遵命将赵振解下，依旧拖去墙角用颈钳锁住。

赵振勉强坐直身子，见入口处不知何时多了一名抱剑男子，奇道："我见过你，你曾引着两名孩童去了晴川酒肆，其中一人是杨将军的三公子杨文广。你到底是谁？"

---

[1] 宋真宗营建玉清昭应宫时，招募天下画师，以图画殿庑墙壁。应征者逾三千，中选百余人，划分二部，武宗元夺得冠首，为左部之长。其中选时，还不到二十岁，辈流莫不敛衽。

那人走到案桌旁坐下，冷然道："我是新来的狱卒。之前我曾从这里救走了刘遂，现下奉李使君之命来看管你，算是将功赎罪。"

赵振万分惊奇，道："你……"

有狱卒抢过来喝道："犯人不许出声。"

倒不是狱卒有意针对赵振，这是夏地囚所规定。狱卒生怕承担责任，当即取了木丸，塞入赵振口中，又用黑布袋将他头部罩住。

新来的狱卒正是明未光。他施然走到赵振面前，告道："你是雄州界河巡检，长期统兵，在巡检司颇得人心，李使君担心你部属或是其他有心人会来救你。但我是外人，跟雄州所有人都没有丝毫干系，现下只听命于李使君一人。如若你试图逃走，或是有人来救你，我便得杀了你。你听明白了吗？"

赵振口不能言，目不能视，但却能清晰感到对方手中长剑散发出来的凛凛寒气。

赵探很快又折返了回来，亲自上前扯下赵振头罩及口禁，将一件布条状的物事举到他面前，喝问道："这是什么？"

赵振愕然不解，反问道："这是什么？"

赵探道："你当真认不出来吗？这是从你衣衫角中搜出的信，上面还盖有耶律化哥的朱印。"

赵振一时傻了眼，忽然明白契丹军将叶欢所言"只怕这趟并不顺利，你长官会怀疑你"之意，原来耶律化哥决意放他走时，便已经想好了后招。他自知被刻意陷害，百口莫辩，却又莫名欢喜，心道："我一定不姓耿了，否则耶律化哥怎么会如此处心积虑来害我？"

赵探又问道："你下船时便直接遇到了祖巡检使，然后随他进城见安抚使，不久即被逮捕下狱，对吧？所以这封衣带信，你根本没有机会送出。"

赵振少不得要勉力自辩，告道："我之前被关入涿州大狱时，便已被剥去全身衣衫，回雄州时所穿衣裳，是耶律化哥手下给我的。我身上除了鞋袜是自己的，内衣外衣，均是敌人所给。我根本就不知道这衣衫中还藏了书信。”

赵探道：“你的意思是，书信是耶律化哥故意缝进衣角，好陷害你？耶律化哥怎么能未卜先知，知道你一回雄州就会被安抚使下令逮捕？”

赵振道：“应该是耶律化哥知道我第二次遇到梁国公主时，放过了她。这件事早晚会被安抚使知晓，以安抚使为人，一定会追究责任。”

赵探道：“奇怪了，为什么耶律化哥要刻意针对你？安抚使已经同意用高翼换你，耶律化哥这样陷害你，最坏的结果，就是你被以通敌罪名处死，这对耶律化哥有什么好处？”

赵振道：“我不知耶律化哥有何居心，但我所言，俱是事实。”

赵探为难地道：“我也愿意相信你，只是所有事实及证据都对你不利，你自己心中该有数吧？”

赵振点点头，道：“兄长尽管公事公办。大不了一死，赵振就算被在军前处死，也绝不会承认通敌罪名。”

一旁明未光忽然插口问道：“耶律化哥是北院枢密使，在辽国是一人之下、万人之上的人物，专总权柄，地位显赫。如果真是他陷害赵巡检，为什么？你赵振是河北军中的重要人物吗？”

赵探忙道：“赵振官任界河巡检，还算是重要职位，但他也不是巡检司最大的官儿，上面还有巡检使。而且在河北，界河巡检司只负责巡防界河及两岸，军中比他重要的人物多的是。”

又道：“如果不是武宗元闹事，旁人都拿他没办法，安抚使是绝不会同意拿高翼换回赵振的。”

明未光道：“我知道啊，之前本来是要用高翼去换杨小公子的，出了意外，高翼这才闲置了，不然哪里轮得到赵振？”

言外之意，赵振之重要程度，甚至不及杨延昭的小公子杨文广。

明未光见赵振亦是若有所思、垂首不语，遂解释道：“明某并非有意贬低赵巡检，南北两岸都知道，高翼的价值比你赵巡检更大。李使君同意用高翼换赵巡检回来，不管出于什么理由，对耶律化哥而言，已是意外之喜。为什么这之后耶律化哥还要节外生枝，采用非常手段来对付你？毕竟你人先回了南岸，高翼尚滞留在雄州。万一出了岔子，李使君决定继续扣押高翼，耶律化哥岂不是得不偿失？如果赵巡检是河北关键人物，譬如杨将军，又譬如李使君，他想用离间计来借刀杀人，将你除掉，倒也说得过去。可是如赵知事所言，赵巡检不负责领军，只负责界河巡防，对契丹而言，实在不是深具威胁的人物。”

赵振亦是百思不得其解。他自知这次跳进黄河也洗不清，死倒也罢了，只是死得身败名裂，他实在不甘心。

明未光又道：“我不是怀疑赵巡检，而是觉得这里面大有蹊跷。”

赵探闻言大奇，问道：“明兄相信赵振？”

明未光点点头，道：“相信。但赵巡检身上一定有什么特别的地方，所以耶律化哥才会精心布局，用衣带信来陷害他。”

赵探道：“但如果安抚使不同意用高翼换赵振，又或者赵振回到雄州后并未被捉拿，又会怎样？耶律化哥的这些伎俩岂不是没用了？”

赵振道：“耶律化哥一定还有后招，多半会将我当作南岸逃人，直接移送押解回雄州。”

赵探奇道：“你怎么知道？”

赵振便大致叙述了契丹永泰军副指挥使叶欢那番话，又道：“我只是不明白耶律化哥为什么要这么做。”

看起来，耶律化哥是要借雄州官府之手杀了赵振。赵振自认与北岸素无冤仇，就算是南北争斗，杀死他一个小小界河巡检，也不能对时势产生任何影响。

倘若耶律化哥出于某种私人目的，譬如极度厌恶赵振之类，一定要将他除去，倒是勉强说得过去。但为什么耶律化哥要释放赵振时，还刻意说了一番关于耿姓的话呢？

耶律化哥不会平白无故演这么一出，必是有所伏笔，日后要利用此节。可赵振若是因其陷害而被河北安抚司处死，他这套戏码又有什么用处呢？

赵探此刻方才知道赵振与契丹永泰军副指挥使叶欢比试箭术一事，忙道：“你跟契丹军将结交，还私下收取对方所赠宝刀，犯了朝中大忌，这又是一项重罪罪名。”

明未光奇道：“他二人只是惺惺相惜而已，也是重罪吗？”

赵探道：“明兄私下与刘遂有所勾连，若不是安抚使大度，格外开恩，你此刻也该被锁在这里拷问。”

明未光一时无语。

赵探又道：“况且明兄跟赵振还不一样，你只是平民身份，他则是在籍禁军武官，怎能擅自与敌方将领结交？知法犯法，罪加一等。”

赵振昂然道：“这是我的错。与敌将结交这项罪名，我认下便是。”

赵探无奈摇了摇头，又道：“不管怎样，我还是信得过你。我会如实禀报，请安抚使示下。”

赵振道了谢，又忍不住问道：“这衣带信上写了些什么？”

赵探道：“就一个字：‘耿’。”

赵振闻言，当即怔住。

赵探早猜测这“耿”字，必是指契丹耿绍忠——他不但是当今辽国皇帝的岳父，还是耶律化哥的妹夫。赵探已知耿绍忠尚在人世，且将通过交换回辽国，但此事是重大机密，知情者寥寥无几，赵振绝对不在其列。此刻忽见堂弟神色古怪有异，当即起了疑心，问道：“你可是知道这个‘耿’字的意思？”

赵振不答。

赵探追问道：“你是不是还有事瞒着我？”见赵振不答，语气立时变得严厉，喝道：“赵振，我以你兄长和堂官的双重身份下令，马上将你所知之事一五一十全部说出来。”

赵振叹了口气，道：“我没有什么可说的了。”

赵探瞪视堂弟良久，这才一字一句地道：“来人，将赵振锁入立枷，不许供应饮食。”

赵探再次来到夏地囚所时，赵振感觉已经过去了许久，像远古那么久。他长时间滴水未进，嘴唇枯干发裂，体力尽失，狱卒打开枷锁，架他起来时，他连动一下手指的力气都没有，但赵探却毫不留情，依旧命人将他高吊了起来。

赵振有气无力地道："不管兄长怎么问，我还是那句话，我不是契丹间谍。"

赵探没好气地道："你以为审问犯人，尤其是你，是什么美差吗？以为我很想来这里讯问你吗？你遭罪，我也遭罪。你只是肉体些微难受，我却是心中万般痛苦。"

又朝一旁明未光指了指，道："看到没有，现下安抚使连我都不信任了，还专门派了监管。"

赵振一时愣住，愕然半晌，才道："抱歉，是我连累了兄长。"

赵探道："安抚使专门做过承诺，只要你招承罪名，所有过错由你赵振一人承担，不会牵累家人。"

赵振奇道："牵累家人？我爹娘均已过世，罪及族人的话，不也包括兄长你吗？"

赵探道："但你娘亲还有兄长、弟弟呀。通敌叛国罪名重大，势必要牵累他们。"

赵振心道："安抚使这是拿我大舅、小舅性命来要挟我就范，这可不像是安抚使平日为人。再则说，逼迫我承认通敌叛国有什么好处？我承认了，顶多是被处死，也招承不出更多契丹军情。"

忽联想到耶律化哥那番极其诡异的暗示，心道："我该不会真的姓耿吧？会不会安抚使以牵强理由将我逮捕下狱拷问，是因为他早就知道我确实不是赵氏亲子，甚至怀疑我在北岸涿州时，便已私下与耶律化哥相认？"

旋即暗骂了自己一声，心道："什么相认，我胡思乱想什么呢。是了，叶欢还说过我回到雄州后会被长官怀疑，这些一定都是耶律化哥的圈套，我千万不能上当。"

赵探见赵振神色闪烁不动，便又告道："安抚使也下了军令，要是我不能取得你口供及同党名单，我罪责难逃。"

赵振无可奈何地道："逼我承认通敌叛国也就罢了，还能有什么同党？"

赵探为难地道："这是安抚使的命令。他老人家看到衣带信后，发了好大的火，我才为你辩解了几句，就遭到劈头盖脸一番叱责，再不敢多言。"

语气一转，又喝问道："快说，你同党是谁？"

赵振答道："我是大宋禁军武官，官任雄州界河巡检，要说同党，排第一号的，就是安抚使本人了。"

赵探闻言一怔，一旁明未光居然忍不住嗤笑出声。

赵探忙喝道："还要嘴硬。快些交代出你契丹同党的名字。"

赵振苦笑道："这样看来，兄长是非要将赵振屈打成招吗？"

赵探道："实话说，我也不大相信你会通敌叛国，但辽国公主坚持放你这件事，还有衣带信这件事，确实解释不通。我有军令在身，这些问题每日都得问一遍。看你这样受苦，我也难受，不过我已经尽了最大努力，没有对你动那些伤残肢体的苦刑。你可知高翼被带到这里后，数日下来，便完全不成人样了。"

赵振点点头，道："多谢。即便兄长不得不使出酷刑来对付我，我也不会有怨。"

赵探道："那咱们从头再来。说吧，你到辽境后，都见了哪些人？跟哪些人说过话？"

赵振道："我早说过了，我到新城寻找武宗元，因不及出城，才在新城客栈住下。因使用宋钱被店家告发，这才被捕……"又将经历复述了一遍。

明未光还是第一次听到耶律化哥审问叶葳一事，忙插口问道："那叶葳当真是沧州逃犯吗？"

赵探道："当真是。我回城后到安抚司查阅过沧州送来的公文，确实有个叫叶葳的人因为走私辽盐被通缉，但通缉告示遗失了，所以没有画像，不知道是不是耶律化哥审讯的叶葳。根据赵振描述，年纪倒是对得上。我已经派了人到两属地调查，看是否有人见到过叶葳这个人。"

明未光踌躇道："这件事，有点古怪，耶律化哥似乎是有意当着赵振的面审讯叶葳。”

赵探也早留意到这一节，并仔细思虑过，当即答道：“但叶葳招供的讯息，跟赵振没什么关系。而且赵振老早偷渡去了北岸，根本不知道刘遂来雄州主要是为了寻找耿绍忠一事。”

明未光思忖道：“这就更奇怪了。如果没有两岸交换一事，倒能理解，耶律化哥已经将赵振当作死人，可以毫无顾忌地行事。可是他当时明明已经收到雄州同意用高翼交换赵振的回信，像耶律化哥这样的老道人物，怎么可能在赵振面前审讯叶葳，泄漏关键讯息？”

赵探道：“所以了，越来越觉得赵振可疑。”

又转头问赵振道：“你自己做何解释？”

赵振自己也觉得此事难以理解，心道：“难道这也是耶律化哥的诡计之一，让安抚使和堂兄他们都怀疑我、猜忌我？”

赵探既猜不透究竟，又见赵振亦无言以对，便摆了摆手，道：“罢了，先例行公事，继续审问。”

又问道：“你跟那辽国公主，到底有没有……你说你救了她，她反过来便放了你，是在报恩。可她是辽国皇帝最爱的公主，多少人抢着奉承她、巴结她，甚至甘愿为她去死，她从来都不放在心上。你是大宋武官，算是敌人，明明已沦为阶下囚，她为什么还要对你报恩？”

赵振一时瞠目结舌，心道：“是了，梁国公主那样的身份、地位，为何要对我报恩？虽然我从来也没有指望过回报。”

赵探是审讯老手，见到赵振神色，不由得又多了几分疑虑，问道：“你该不会是真的……真的……”

赵振定了定神，长叹道：“我没什么可说的了，再辩白也是无用。兄长尽管公事公办，把所有手段都使出来吧。”

赵探转头去看明未光。明未光起初不理，后来经不住赵探一再逼视示意，只得开口道：“赵振体力消耗太大，虚弱得厉害，受不起酷刑。万一把人弄死了，可就不好办了，你我都要承担责任。再则说，赵振也不是那种靠刑罚威逼就肯招供的人，换个别的法子吧。”

赵探忙问道：“还有什么别的法子？”

明未光当即推却道："我现下只是狱卒，负责看管赵振，不负责审讯。赵兄自己想办法。"

赵探叹了口气，命狱卒将赵振解下，扶他到墙边坐下，自己也坐到旁侧，道："你知道我一直喜欢易敏吧？原来易敏不是我们认识的易敏，她也是辽国公主。"

赵振瞪大眼睛，失声问道："兄长说的易敏，是白云观的易敏道长吗？"

赵探道："难道雄州还有第二个易敏吗？你现下知道安抚使为什么指派我来审你了，反过来也是对我的警告。万一哪天我也被扣上通敌叛国的罪名，那么我今日用来对付你的手段，说不定便会有人用到我身上。"

赵振这才恍然大悟，道："难怪当日在晴川酒肆，易敏忽然脸色大变，如见鬼魅，原来是见到并认出了刘遂。"

仍然大惑不解，又问道："但易敏怎么会是辽国公主？"

赵探道："她就是那个本来要嫁去高丽做王后的萧公主，也就是辽国降臣耶律吴欲苦苦寻找的燕姿。你离开雄州后，可是发生了不少事。"当即将杨文广、刘遂、崔玄妙，包括高丽窦文显诸事原原本本地说了。

赵振当即问道："高丽使者徐颂偷渡去北岸，是为了见永泰军指挥使高为弁吗？"

赵探道："这是祖父的推测，也确实是徐颂行为反常的最合理解释。"

赵振思忖道："既然赵村长这般断定，当不会有错了。"

又道："我见过高为弁多次，最初是他带兵抓捕了我，最后也是他押解我出境。离开时，我特意问了方偕和徐颂下落，他称方偕留在永泰军军营与契丹军士拼酒，徐颂则不知下落。现下想来，提到徐颂一句时，他神色闪动，甚是可疑。"

而且高为弁在押送赵振上路时，特意多问了一遍武宗元、徐颂身份，说是奉命而为。武宗元之前在修睦亭前见到赵振后，神色异常，高为弁起了疑心，武氏后来逃走，愈发加重了高为弁的怀疑，他向赵振试探讯问武宗元来历毫不奇怪。但徐颂身份应该始终不曾暴露，他甚至还跟方偕进了涿州城。高为弁为什么会单独问及徐颂身份呢？

赵探却顾不上徐颂疑点，先追问道："方偕人在永泰军军营吗？"

赵振道："是啊，不但人在里面，还快活得很。"大致将方偕要与高为弁手下军校拼酒一事说了。

赵探连连惊叹，道："这姓方的小子真是运气好，偷喝了涿州永宁馆的酒果，居然安然无恙。可惜是个酒鬼，回来雄州，也派不上用场。"

见明未光不解己意，便解释道："永泰军军营是涿州军事重地，不知多少大宋谍者想混进去一探究竟，方偕竟然大大方方地待在里面。可惜他人始终醺醉，断然不可能记得军营情状，实在可惜。"

明未光好奇问道："契丹当真会放方偕回来吗？"

赵振道："应该会。耶律化哥和高为弁均跟我提到过方偕，看不出他们对方偕有任何敌意。"

明未光道："这可奇了。"

赵探掌管雄州谍报，对契丹风俗甚是了解，当即应道："契丹人素来佩服酒量好的人，方偕大概是真海量，没什么可奇的。"

又转过头来，肃色问道："赵振，现在你说实话，为什么衣带信是个'耿'字？"

赵振既已知晓契丹神武军总教头刘遂潜来雄州，除了护卫治病求医的梁国公主外，还负有探寻耿绍忠下落的使命，当即答道："应该是跟耿绍忠有关。"

赵探追问道："耿绍忠跟你有什么关系？为什么耶律化哥非要将这一字信缝在你衣衫里？"

赵振道："这是耶律化哥有意陷害我。我原先不知道有衣带信，更不知内容如何。"

赵探道："好，就算耶律化哥陷害你，为什么不写别的内容，非要写这个'耿'字？赵振，你瞒不过我眼睛，之前你还不知道刘遂打探耿氏一事，听到一字信时，便愣住了。刘遂在雄州生事时，你人在北岸，而耿绍忠已消失了二十年，你不可能联想到他身上。但适才我提及刘遂在暗中打探耿绍忠下落时，你并不惊讶，似乎耿绍忠这个名字对你并无出奇，再联想你听到衣带信内容时的反应，表明你当时想到的‘耿’，就是耿绍忠，对不对？”

赵振既不愿意承认，也不能否认，只好沉默不语。

赵探又追问道：“你是怎么想到耿绍忠的？安抚使说了，这件事，你不解释清楚，休想活着离开这里。你不招供也不要紧，最终会以通敌叛国罪名被处死，你家人也要受牵累。这‘家人’中，估计也包括我这个堂兄，极可能包括我祖父。”

赵振惊道：“这跟赵村长有什么干系？”

赵探道：“毕竟，他老人家是我们赵氏家族的首脑，对所有赵氏子弟都负有责任。而且是祖父亲自将你送入军中。”

赵振沉默了好大一会儿，才道：“这个‘耿’字，应该是耶律化哥故意写给我看的，他曾说我是……”

一语未毕，地牢入口忽起了一阵骚动，随即有人大踏步进来，正是赵探祖父、传奇人物赵延祚。

赵探惊诧异常，忙迎上前去，问道：“祖父，您老人家怎么来了这里？”见赵延祚目光径直落在赵振身上，忙解释道：“赵振不肯招承通敌罪名，孙儿正对他动之以情……”

赵延祚也不理睬孙子，径直走到赵振面前。赵振勉力起身行礼，道：“拜见赵村长。不，是赵侍禁。”

赵延祚道：“赵巡检不必多礼。”扶起赵振，见他摇摇欲坠，衰弱得厉害，转头命道：“去取碗热粥来。”

狱卒不敢擅动，看到赵探点头应允，这才奔去取粥。

粥取来后，赵延祚接过木碗，亲自喂赵振服下。赵振面色渐红，精神亦为之一振。

赵延祚又摆手命道：“你们都退下。老夫有几句话要对赵振说。”

赵探怔了一怔，颇感为难地道：“祖父有所不知，安抚使下了命令，除非有他的允准，不然谁都不准接近赵振。您人来了，孙儿挡不住，可您要将我支开，那可万万不行。”

见赵延祚面色一沉，忙抢先道：“祖父，论辈分，您是孙儿长辈；论官秩，你比赵探高出许多；于情于理，您老人家下了命令，赵探都必须遵从。但夏地囚所是赵探管辖范围，您并非赵探的上司，官职再高，在这里也没有指挥权。而且就算祖父强行命我退下，也管不了这位。”一边说着，一边朝旁侧的明未光指了指。

赵延祚曾在拒马河两岸叱咤风云，无论宋人还是辽人，听到“赵延祚”三个字，无不凛然敬畏三分。他本是一介平民，却得皇帝亲自召对，能做到这份上，可谓传奇，亦当得起“英雄”称号。然现下他竟被一语噎住，一时答不出话来，只干瞪着赵探。

赵振忙道：“事无不可对人言。赵村长有话请讲，赵振洗耳恭听。”

赵延祚见赵探坚持不肯退下，一旁更有明未光虎视眈眈，自知理亏，亦无可奈何，遂上前扶赵振坐下，问道：“你可知道，你生下来后，除了你生母，第一个抱你的人，就是老夫？”

赵振闻言一呆，心中莫名忖道：“为什么不是我爹，而是赵村长？而且赵村长为什么用‘生母’，不用母亲或是娘亲？”

忽然一阵战栗，脊背冷汗直冒，脑海中又不由自主地回想起耶律化哥那句话来：“你其实不是赵氏亲生子，而本该姓耿。”

赵延祚留意到赵振神色不善，以为他只是连续几日经历磨难而已，未想其他，续道：“你是老夫亲自接的生，老夫心里，早将你当作了亲骨肉。本来你父母临终前，将你托付给了老夫，是老夫自作主张，将你送去了石普石将军帐下。你小小年纪就背井离乡，身边也没个可以嘘寒问暖的亲人，你怨不怨老夫？”

赵振听到“亲自接生”一句后，已大感释然，忙道：“多亏石普将军悉心教导，才有赵振今日。赵村长恩德，赵振一直铭记在心，怎敢有怨？”

赵延祚点点头，又问道：“你当真没有私通契丹吗？”

赵振道：“没有。”

赵延祚凝视着赵振的双目，赵振心中无愧，亦坦然相对。

隔了好大一会儿，赵延祚才道："老夫相信你，也会替你向安抚使作保。"

赵振微微一怔，忙道："赵侍禁愿意相信赵振，赵振已是感激万分。这件事，您老人家不必卷进来。您安心在笨笨湖颐养天年便是。赵振命运，就交给老天爷来决定吧。"

赵延祚道："你是赵氏子弟，老夫是赵家村村长，而今你有难，老夫怎能置身事外，弃你于不顾？"

赵探忍不住插口道："祖父请三思，赵振他尚有可疑之处。"

赵延祚当即转头问道："怎么，连你也怀疑赵振通敌叛国？"

赵探迟疑不答。明未光忽然插口道："我与赵探都相信赵振，但他身上确实有可疑之处，好几处地方解释不通，证据亦对他不利。赵探既然负责调查讯问，就当秉公执法，如果因为心中相信赵振，而有意忽略这些不利因素，那就是他本人失职了。"

赵延祚先是一怔，随即击掌赞道："想不到明公子竟如此机敏，难怪安抚使会派你来襄助赵探。"

顿了顿，又道："明公子说得固然在理，但老夫实在难以相信，赵振是当朝天子钦封的忠臣良将，仅仅因为去了一趟北岸，就做起了私通外敌的勾当。"

赵探忙道："目下赵振罪名极重，嫌疑难清，祖父贸然为他作保，日后万一有事，祖父必受牵累。您老人家年事已高，何必……"

赵延祚不待孙子说完，先摆手止住了他，又正视着赵振，一字一句地问道："老夫以赵氏家长的身份再问你一次，赵振，你可有勾结契丹？"

赵振应道："没有。"

赵延祚又问道："现下没有，将来也不会有？"

进一步追问道："现下你备受怀疑，极可能受到刑讯。你会不会怀恨今日所受的一切，将来背叛大宋？"

他的语气极为冷峻，眉目间亦现出森然之色——那位威风凛冽于拒马河两岸的无畏壮士，俨然又站到了面前。

赵振慨然道："赵振生是大宋人，死是大宋鬼。长官下令拿我审问，我努力分辩就是，即便受刑含冤而死，亦不敢有屈。若是侥幸挺过此劫，日后敢起异心，不用赵村长问罪，赵振先自我了断。"

赵延祚道："好，你可要记住你今日的话。"上前拍了拍赵振肩头，即转身欲去。

赵探忙叫道："祖父！"

赵延祚这才正眼看了一回孙子，道："你做得很好，没有因为赵振是你堂弟而徇私。该怎么做，就怎么做，不能因为他是赵振就破了例。"

赵探道："是。"

赵延祚叹了口气，又摇了摇头，便转身离去。

赵探隐约觉得祖父今日古古怪怪，很有些不对头，有心问个明白，忙对明未光道："你先盯着这里，我去去就来。"抬脚追了出去。

地牢瞬时安静了下来，只剩明未光和赵振两人面面相觑，气氛略微有些尴尬。

明未光盯了赵振许久，忽然问道："赵巡检可是有什么难言之隐？"

赵振已决定不提"耿姓"一事，此刻当然也不会对仍属陌生的明未光吐实，只缄口不言。

明未光道："看情形，是真的有隐情了。难不成赵巡检爱上了那位辽国公主？"

赵振一愣间，有狱卒奔了过来，道："赵知事有命，赵巡检拒不招供，得让他吃点苦头，不然旁人会认为赵知事徇私。"

明未光闻言，便退到一边。狱卒倒没有立即动刑拷打赵振，只封了他双目、口耳，将他拖到墙边，锁入立枷中。

这立枷表面不及涿州大狱中的木架消耗体力，但时间一久，尤其在被剥夺了听觉、视觉及言语能力后，极端难熬——

身体被禁锢得动弹不得，有一点点麻木，直至完全失去知觉。他听不到、看不见、说不出，呼吸不畅，脑海中还不时产生幻觉，疑心置身于幻境之中。然半梦半醒之间，一团乱麻之中，莫名惊悸徘徊不去，实实在在的难熬。

最可怕的是，桎梏感始终纠缠不清，身体和精神上都冲不出这小小的牢笼，莫可解脱，愈发促人发疯崩溃。

相较之下，肉体的疼痛实在不算什么，那份精神上的压迫感窒息感，才是真正难挨。与上次落入契丹人之手完全不同，这次他被捕下狱，是受自己人猜忌，着实令人沮丧，心理上大受打击，赵振甚至一度怀疑自己是否能挺得过去。

忽而又想到了高翼——这位契丹奸细，自被关进夏地囚所，除了受审遭刑之外，基本都是被锁在立枷中，时间长达数月之久。他竟然挺了过来，这份意志力，不可谓不惊人。

只有切身体验过，方才能明白旷日持久的锁紧对人的摧残程度之深，所谓生不如死，大抵如此。生无眠，死长眠，死亡反而是解脱。

即便高翼是对头，却也是一位可钦可佩的对手。

然高翼又是何等幸运，得以通过交换回到辽国，结局总算还是圆满。而落入契丹手中的大宋间谍，到底经历了什么，简直不可想象。这些默默无闻的英雄，在饱受折磨后惨烈死去，最终落个尸骨无存的下场。他们的英灵，可能够归返故乡？

夏地囚所不见阳光，不知白天黑夜，只能靠看守喂食次数来判断大致时日。一连过了八九日，竟然都不见赵探再来。

不知是不是因为赵探审讯不力，未能得到赵振供述，从而受到上司责罚？但也未有新堂官再来囚所继续审问。

料想雄州当是出了大事——虽则有契丹送回宋使者崔可道灵柩，但单是这件事，还不足以绊住赵探数日——地方官府疲于应付，这才一时顾不上赵振。

那神秘狱卒明未光应该也已悄然退去，地牢里再也感受不到森森剑气。

虽则囚所位于地下，冬暖夏凉，气温变化不大明显，但到了夜间，还是能略微感觉到凉意，偶尔还能听到夜虫躲在某处角落中嘤嘤鸣叫。

记得小时候，赵振最爱往拒马河边跑。有时候晚上睡不着觉，也会偷偷溜出家门，奔去河边。爱子心切的娘亲自然不放心，但也从不忤逆儿子心意，便一路跟来河边。

赵振不像一般孩童那般爱玩水，只是喜欢坐在河边的枯松下，眼中是粼粼波光，耳边是夜虫唧唧，身侧则有母亲。那真是他印象中最美好的一幕。

后来双亲病逝，赵振被送去军中，主帅石普怜惜他年幼孤苦，亲自教他读书。某日他述及月夜下与娘亲静坐拒马河边的情形，石普随口吟诵道："飒岸浮寒水，依阶拥夜虫。"

在这清冽的春夜，他忽然回想起了这些往事，心中平静了许多。虽则被禁锢得动弹不了分毫，然拒马河近在咫尺，他仍然可以毫不费力地想象自己乘坐虎头船徜徉河上、意气风发的样子。转头望去，老母亲正站在岸边，朝他招手——

温柔月色，慈爱母亲。一切都那么美好，一切都那么短暂。

正思绪满怀时，两名狱卒奔过来，打开了枷锁。赵振被锁禁数日，只有方便进食时才能稍微轻松一点点，身子早已僵硬。好在狱卒极有经验，一左一右架起他，来来回回在地道中绕了几个圈子，待到赵振肢节能够活动，这才将他带回囚室，却没有绑上刑架，只强迫他跪下。

旋即有人上前取下赵振头套，又掏出他耳中及口中塞物。动手之人却是河北缘边安抚使心腹侍卫忻继勋，最初也是他将赵振押解到夏地囚所。

忻继勋又命道："脚镣也开了。再给赵巡检穿上鞋袜。"

狱卒虽然纳罕，却也不敢多问，当即遵命行事。

赵振见忻继勋虽命狱卒松了械具，却并没有放自己走的意思，便问道："你是接替赵探来审问我的吗？"

忻继勋不答，只上上下下打量了赵振一番，道："你这副模样，似乎还不够凄惨。"

赵振闻言一呆，问道："什么意思？"

忻继勋不答，径直到角落中抓了一把灰，不由分说地抹到赵振脸上。

赵振猝不及防，骤然吸进几口尘土，几近窒息，咳嗽了数声，方才调匀呼吸。

忻继勋这才满意，又笑道："不错，我就是安抚使亲自指定的新审讯官。安抚使知道我一向厌恶你，绝对不会像赵探一般徇私。这下你落到我手里，怕了吧？"

赵振忙问道："赵探可有受到责罚？"

忻继勋笑道："赵探直接向安抚使请辞，还一套一套的，声称他和你是亲戚，理该回避，说得振振有词，结果……"

话到这里，生生有意顿住，见赵振大现焦虑之色，这才笑道："我跟你开玩笑的。赵探没事，安抚使差遣他办别的差事呢。我也不是新堂官。不过你也别庆幸，曹狱长已经处理好家事，回夏地囚所当差了。"

话音刚落，便有人进来囚室，却是狱长曹全陪着安抚使李允则到来。赵振大为意外，遂勉强振作，向李允则行礼。

李允则见到赵振灰头土脸，既狼狈又虚弱，甚至已经难以辨别出本来面目，颇为动容，但仍冷然道："本使不信任赵巡检，下令将你关押在这里，严刑讯问。看情形，赵巡检你也受了不少罪。怎么，你心中就没有丝毫怨气吗？"

赵振垂首道："赵振仍是界河巡检，一日未被免职，一日便是安抚使下属，见到长官，理该行礼。至于赵振受怀疑、遭刑讯，则是另外一回事。"

李允则闻言，朝心腹侍卫忻继勋使了个眼色。忻继勋会意，躬身行了一礼，引狱长及狱卒先退了出去。

等诸人退出，李允则亲自上前扶起赵振，正色告道："赵巡检，本使从来没有怀疑过你，如此待你，是故意为之，是要做给旁人看的，目的也是为了请君入瓮。"

赵振惊愕交加，怔了一会儿，才会意过来，问道："安抚使以为会有辽人间谍来营救赵振吗？这怎么可能？"

未及回答，便有女子声音接口道："怎么不可能？"

却见一名黑衣妇人缓缓自暗处走了出来。地道中灯光昏暗，看不清脸，只能从声音大致辨别对方年逾中年。

那黑衣妇人又道："当日安抚使本只以杖责二十、罚俸三月为罚，是我请安抚使派人将赵巡检追回扣押，作为诱饵。"

赵振又是一愣，问道："娘子到底是什么人？娘子怎会预先料到有人来救我？"

黑衣妇人"嘿嘿"一笑，答道："我是谁不重要。重要的是，我对男女情爱的了解，比世上任何人都要深。"

又笑道："事实也证明我的预料没错，那位辽国公主听说赵巡检被囚禁拷打，当真派了人来救你。可以说，这次得以破获契丹雄州间谍网，你赵巡检有一半功劳。"

赵振深感意外，一时愣住。

黑衣妇人又转头问道："算得上一半功劳吧？怎么说那些契丹奸细也是因为赵振被捕一事有所行动，这才彻底败露。"

李允则摇头道："这一次，真正的功臣不是赵振。他是食朝廷俸禄的禁军武官，受点委屈，吃点小苦，实在不算什么。"

赵振勉强回过神来，喃喃道："这怎么可能？公主她……"

黑衣妇人问道："赵巡检喜欢那位辽国公主，辽国公主也对你心生爱意，对不对？"

赵振怔了一怔，忙摇头道："没有这回事。"又急朝李允则行礼，恳切地道："安抚使，下官跟辽国公主决计没有任何瓜葛。"

李允则只慢吞吞地捋着胡须，默然不语。

黑衣妇人笑道："赵巡检喜欢辽国公主，与你依旧忠于大宋，并不矛盾。反过来，辽国公主也是一样。”

赵振一时愕然，只觉得这妇人莫名其妙，但见她在李允则面前谈笑自如，料想必是大有来头，不敢有丝毫轻视之心。忽有所会意，问道：“你……你该不会就是米家务的米雪娘子吧？”

这次轮到黑衣妇人惊讶了，当即问道：“你知道我的名字？”

赵振答道：“赵振就是归信县赵家村人。少年时听说米家务村米霰天生就会酿酒，小小年纪，酒酿得极好。我有一阵贪玩贪杯，偏偏族中长辈管束得严，不让饮酒，我便偷偷跑去米家务跟米霰结识，喝到了他用山荆子红果酿的甜酒。那时候，米霰便跟我提过，他有个长得像画中人的姊姊，名叫米雪。”

那黑衣妇人当真就是归信米家务村的米雪，闻言不由叹道：“我那傻弟弟，可是太容易轻信人。”

又问道：“这应该是赵巡检被送走之前的事吧？”

赵振道：“是。那时候我爹娘刚刚病故，我心情一不好，就跑去找米霰讨酒喝，后来被赵村长抓到。那之后，村长就将我送去石将军军中了。”

忆及儿时往事，又见到了传说中的米雪，一时感慨无限。

这位米雪，虽不及赵延祚那般名动四方，但在雄州机宜司内部，也是一代传奇人物。

米氏之母姓周名瑾，原是官宦之女，契丹军南下时举家遇害，周瑾因年轻貌美被掳北上，途中侥幸逃脱，仓皇中逃进了米家务村，无以依身，遂嫁给了村民米二。

周瑾在米家务村安身后，先后为米二生下了三个孩子，长男米雳，次女米雪，幼子米霰。单从三个孩子的取名，便可知周瑾知书知情，不是普通村妇。

周瑾恨辽入骨，自己既无力为家人复仇，便将全部希望寄托在子女身上。米二早死，她无力养家，便将年幼的米雳、米雪送至赵家村，交给赵延祚教养。这兄妹二人倒也不负母望，成为赵氏培育谍者之佼佼者，长期潜伏在辽地燕京，为宋方获取了许多关键情报。

至于老三米霰，年纪要小很多，性情也大不相同。他自小生活在米家务村，以为米雱、米雪常年在外经商，浑然不知兄长、姊姊深入辽地，日夜以生命冒险。

彼时米雱已与赵延祚幼女赵袖——赵探姑姑——秘密成亲。然赵袖也是个有主意的女子，料想无论男女，自己与米雱的孩子日后必会走上谍者之路，这是她极度不愿意看到的，是以在身怀六甲之后，悄然远走他乡，下落不明。

而米雪早与赵氏得意门徒金勇相恋，金勇亦潜伏于燕京。相比于米雱和赵袖的天各一方、思念绵绵，这对小情侣无疑要幸运得多。

雄州机宜司中也有些流言，传闻米雪一直在利用自身美色引诱契丹汉人大臣刘晟，靠一手美人计，这才获取了不少有用情报。

据说这也是后来大宋燕京谍者失败的根源。金勇多日不见米雪，思及爱人日夜陪伴敌人，一时心起嫉妒，竟在刘府外反复徘徊，结果被路过的南京留守耶律化哥留意到。

时值“雍熙北伐”前夕，辽人已知宋军将大举北伐。耶律化哥起了疑心后，当场下令逮捕了金勇。金勇最终未能抵住酷刑，不但供出了宋师将水陆夹击燕京的绝密军事情报，还供出了同伴名字。宋谍者包括米雱和米雪兄妹在内，被一网打尽，诸人均受射鬼箭酷刑而死。

消息传到雄州后，周瑾因痛失一双儿女，一病而亡，只留下米霰一人。米霰这才知晓兄长和姊姊不是什么商人，而是机宜司派驻燕京的谍者。只是许多年过去，竟不知米雪尚在人世，且人一直在雄州。

李允则见赵振已猜及米雪身份，这才道：“本使为二位正式引见，这位是米雪，机宜司的传奇人物。这位赵振……”

米雪笑着接口道：“界河巡检，河北第一神射手。我听赵知事提过你不少事。”

她口中的“赵知事”，显然不是指赵探，而是第一任知雄州机宜司事赵延祚。

赵振摇头道："可赵村长及赵知事却从未向赵振提及过娘子任何事，哪怕是娘子的名字。"

他口中的"赵村长"自是指赵延祚，"赵知事"则是现任知事赵探了。

但赵振确实从现任雄州酒库库吏米霰口中听说过米雪及其故事，顿了顿，又问道："不是传说娘子跟米雳在雍熙北伐时已经……已经那个了吗？娘子既然人还活着，为何不与米霰相见？"

米雪不答，只摆手道："好了，咱们说正事吧。这些闲话，日后得空再聊。"

李允则遂道："你暂时不必回界河巡检司，米雪娘子有一件大事，要你去办。你听米雪娘子号令即可。"

赵振躬身道："遵命。"

李允则道："你先随米雪娘子去办事。明日一早来安抚司见本使，本使另有差遣。"

赵振应了一声，便随米雪出来。

忻继勋一直在囚室门口候命，见状忙迎上来笑道："怎样，重获自由的滋味……"一语未毕，便听到李允则叫道："继勋，请曹狱长进来。"只得舍了调侃赵振的机会，陪狱长曹全进去。

出来夏地囚所，夜凉之气迎面袭来。赵振仍是一身囚服，单衣单裤，寒风一吹，竟然打了个冷战，又一连打了三个喷嚏。

忽觉身上一暖，竟是米雪脱下披风，披到了他身上。赵振吓了一跳，还待推辞，米雪却头也不回地自行朝前走去。

赵振忍不住回过头去——身后流淌的仍然是那道拒马河，那道永不结冰的拒马河，岸边星星点点，不是渔火，而是巡检司巡铺的灯光。

他忽然想到了北岸的梁国公主，心道："难道公主真的对我有情意，不惜派人到雄州来救我？但这怎么可能？我与她总共才见了寥寥几面而已。"

又暗忖道："会不会不是梁国公主来救我，而是耶律化哥？耶律化哥认定我姓耿，先故意陷害我，再设法救我，带我去北岸，好让我无路可走，不得不死心塌地投靠他。”

比较起来，后者的可能性要大多了，也更加顺理成章，毕竟只有耶律化哥才能随意调动契丹潜伏于雄州的谍者。进一步说，耶律化哥既然动用了整张雄州谍网，当是务必要救出赵振，他这么做的前提，显然是认定赵振是耿绍忠之子。那么话说回来，他赵振是真的该姓耿吗？

一时之间，越想越是心惊，却全身燥热，额头竟然有汗冒出。

忽听到米雪重重咳嗽了一声，赵振这才回过神来。他见米雪摸黑行路，脚下极快，一时顾不上多想，忙疾步追上前去。

米雪转过头来，似笑非笑地问道：“怎么，赵巡检想起那位公主了？”

赵振料想对方已认定事实，自己解释也无用，便干脆岔开话题，问道：“娘子之前提到契丹雄州间谍网已被破获，想来该抓的都已经抓了，到底有哪些人？”

米雪答道：“一些不大容易能想到的人。但最奇的还不是这个，而是最先找到谍网缺口的，是一个所有人都猜不到的人。”

赵振闻言愈发惊奇，问道：“到底怎么回事？”

米雪似是对这一话题颇为倦怠，道：“这件事，回头你自己去问安抚使或是赵探吧。这也不是什么大事。”

赵振大惑难解，道：“一举擒获契丹潜伏在雄州的谍者，这难道还不是大事吗？”

言外之意，若是普通民众毫不关注也就罢了，米雪本人就是谍者出身，该知道对峙双方用谍的重大意义。

米雪摇了摇头，道：“不过是多了几桩生离死别的悲剧而已。”

又叹了口气，幽幽道：“在我眼中，目下雄州最大的事，就是拒马河岸边多了两座坟茔。唉，一座是狱卒曹建的。你应该已经知道他自甘堕落，给契丹人通风报信的事了。”

赵振点点头，问道：“另一座是谁的？”

米雪道：“崔可道。”

原来数日之前，辽方已按照约定，正式送回宋副使崔可道灵柩。

契丹地方长官以涿州刺史耶律守雄为首，护送灵柩至拒马河新城渡口，新任北府宰相刘晟更是亲自过河，向宋方及崔氏家眷表达哀悼之情，足见诚意。宋正使李迪等使团人员，亦随同崔可道灵柩返回宋境。

雄州方面，河北最高军政长官李允则亲自陪同崔可道之女崔玄妙到白沟渡口迎接灵柩。当然，宋方真正的核心官员是宦官阎文应，他是朝廷特派的钦差。于宋臣而言，皇帝特派中使监护后事是难得的荣耀，旁人自然也不能多言。

不过还是出了一点意外，即关于崔可道身后之事的安排——

按照原先计划，将由宦官阎文应陪同崔玄妙护送灵柩回京安葬，但随行使团的皇城司亲事官高朋座将一封崔氏遗书交给了崔玄妙。

在信中，崔可道提及了一件崔玄妙从未听过的往事，即祖辈与契丹的仇怨。

崔氏为开封人，昔日辽太宗耶律德光攻灭后晋、占领开封后，在所有俘获的后晋人脸上刺上了“奉敕不杀”四个大字，表示格外开恩才赦免中原汉人的性命。这其中，便有崔可道祖父崔煮冰。

对儒者出身的崔煮冰而言，遭番人黥面，自然是莫大羞辱。当他将儿子崔小寒抚育成人，令其投笔从戎，便自杀而死。临终遗言，无半句涉及家事，只咬牙切齿地说出了“燕云十六州”五字。

崔小寒曾参与宋太祖、宋太宗两朝的北伐战争，然终究未能实现父亲的遗愿。他亲身经历战事，看到了宋廷的懦弱、将帅的无能，而他自己又没有改变时局的能力，日益迷茫，转而消沉，遂开始信奉道教，还给自己的儿子取名崔可道。

转眼崔小寒郁郁病逝，到了崔可道这一代。崔可道虽在朝中为武官，却是距离收复故土的梦想越来越遥远。至“澶渊之盟”签订，宋真宗下诏大肆裁军，崔可道便已明白，自此只能遥望燕云，此生再无踏足的可能。

辽国太后萧绰病逝后，宋廷不知出于何考虑，竟选中镇州都钤辖白守素为副使。宋辽交战时，白守素杀敌极多，一手惊人射术，令对方闻名胆寒。这一段往事，势必会令白氏北行之旅蒙上浓重的阴影，毕竟和议才过了六年，亡者亲人的伤痛，多半尚未抚平。

然使团临行之前，宋真宗忽临时下诏，改副使为崔可道，其实是崔可道自请为之，并非白守素有所忧惧而上书请辞。

通常宋廷派使者出使外国，使团成员中必须有皇城司人员。该人除了监视使团之外，还负有搜集契丹情报的使命。此次皇城司亲事官高朋座被指派为李迪使团随行人员。刚好崔可道与高朋座交好，他为好友置宴送别时，忽然想到祖父临终遗命，不觉泪流满面。虽然燕云难复，但他至少可以代祖父去一趟北方，于是临时起意，主动上书，请求加入使团。宋真宗居然准奏，还令崔可道替代白守素为副使。

自古武将外出作战前，多有预先留下遗书的习惯。崔可道是武官，既认为北上燕云犹如身赴战场，故而在白沟驿停留时，连夜挥毫写了一封遗书，交给同行的皇城司亲事官高朋座保管，声称此行一旦有意外发生，便将他尸骨运回宋境，埋在拒马河岸边。即便看不到收复幽燕的那一天，也要为大宋保卫边关。想不到一语成谶，这一趟出使辽国，当真成为崔可道的绝命之旅。

高朋座将遗书交给崔玄妙时，特意告道："尊父恨辽人入骨，但入北地后，始终保持了使者风范，礼敬契丹上下[1]，可谓相当了不起。"

崔玄妙倒也平静，读完父亲遗书后，便主动与河北安抚使李允则及朝廷钦差阎文应商议，最终决定遵从崔可道遗愿，将其安葬在拒马河畔。

一切从简，丧礼既成，崔玄妙自然要留下来为父守丧。宋使者李迪一行及朝廷特使阎文应，则动身返京，回朝述命。

至于李迪一行之前被强行滞留在北岸，是因为辽地正大肆征发兵马，为宋使团成员留意到。契丹地方长官发现端倪后，不知该如何处置，又担心辽国军机泄露，正好宋副使崔可道灵柩出了差错，便干脆将李迪等人先行软禁，派快骑请示过辽圣宗后，方才与崔可道灵柩一

[1] 宋仁宗即位后，宋廷命夏竦（即与赵振同为西北边关的夏竦）出使辽国。夏竦因为父亲死于契丹入侵，不愿拜见契丹国主，坚决推辞，上表称："父殁王事，身丁母忧。义不戴天，难下穹庐之拜；礼当枕块，忍闻夷乐之声。"此表被认为"四六骈文对偶精绝"，传诵一时。

道送回。

赵振听米雪述说了崔可道安葬经过，他对拒马河感情深厚，既知崔氏指定要求葬在界河河畔，不免格外多了几分嘘唏。又忍不住问道："崔副使之死，可有可疑之处？"

米雪道："没有。安抚使亲自开棺，崔玄妙本人验尸，确认崔副使系得急病而死。当是入辽地后，心绪低落，加上水土不服，为外邪所侵，感染了风寒，这才暴病身亡。"

这番说辞，太过正式，感觉极像是官方套话。赵振料想崔可道身故一事必定另有隐情，但此事既已有定论，他亦无权过问，不知情也就罢了。

赵振又问道："契丹可是要东征高丽？"

米雪点点头，道："辽方既知宋使窥见了军情，生怕李迪等人误会，便干脆将话说开了，称调动兵马不是要与大宋开战，而是要讨伐高丽。"

前一任高丽穆宗王诵受过辽国皇帝册封，是契丹认可的高丽国王。而现任高丽显宗王询是靠武将康兆武力扶持上台。辽国原先不知究竟，只以为穆宗王诵是病故。不久前有女真人向辽廷告密，辽圣宗这才知道穆宗王诵是为高丽权臣康兆所杀。杀死大辽册封的国王，是为大不敬，刚好太后萧绰病逝，辽圣宗急于在国中立威，而驸马萧图玉所领河西战事又颇为不顺，遂决意大举东征，降服高丽。

米雪又道："康兆弑主，另立新君，且隐瞒真相，等于不给契丹面子，辽国皇帝震怒之下，便有一场战事发生。北面将话挑明后，还特意要求宋方保密，要求我方务必遵守盟约，不得对高丽有任何形式的援助。"

随即话题一转，冷笑道："高丽跟大宋和好，表面颔首低眉，可实际上花花肠子也不少。那高丽使者徐颂，迄今未返回雄州，也不知在北岸还会闹出什么花样。"

二人来到官道口，有一辆马车及车夫正等在那里。

米雪引赵振上了车，车夫便驱马而行。车子一路东驶，途中遇到几处巡哨，车夫不知向对方出示了什么，均顺利得以通过。

到了一处大宅子，有老仆闻声来开了门。米雪引赵振到堂中坐下，便自行转入后堂。

再出来时，米雪已换上了一袭白衣，虽然面色清淡发黄，然在灯光映照下，还是隐现昔日绝代佳人之风采。

这是赵振第一次看清米雪面目，不由得一怔，倒不是米氏貌美出众，而是对方装扮颇异于汉人——

他久在界河巡防，知道契丹民众无论男女，多穿白衣或是黑衣，妇女多作佛妆[1]，唯一的装饰便是头饰，有戴花的，也戴瓔珞的，年纪大些的妇人则以皂纱笼髻如巾状，散缀玉钿于上，恰如米雪当下的模样。

看样子，她是在燕京待得太久，迄今身上还保留有北地习俗。

米雪见赵振呆呆望着自己，只微微一笑，又将手中捧着的衣衫递了过来，道："那边架子上有水，赵巡检先将一下，大略洗洗，换上这套衣裳。"上下打量了一下赵振身材，补充道："应该还是合身的。"说完便又自行出堂去了。

赵振依言洗了脸，换好衣衫，却始终不见米雪再进来。他对米雪径直将自己带至其居所，却又无所交代而颇感困惑，但既然长官李允则吩咐了要听米雪号令行事，也不敢擅动，只在堂中空坐。

等了小半个时辰，忽闻到一股浓郁的饭菜香气，却是米雪提着一只食盒进来。她走到案边，将食盒中的菜肴及餐具取出摆好，竟有四菜一汤。又招手叫道："赵巡检请过来坐。这些是我亲手做的，尝尝看。"

赵振受宠若惊，依言坐下，又见只摆有一副碗筷，遂问道："这是娘子专门为我做的吗？"

[1] 佛妆亦作"佛粧"，即以黄粉（栝楼汁儿）染颊，是契丹妇女中极为流行的面妆，有保护面部皮肤的作用。据张舜民《使辽录》云："北妇以黄物涂面如金，谓之佛妆。"宋人彭汝砺："妇人面涂黄，而吏告以为瘴疾，问云谓佛妆也。"又有诗云："有女夭夭称细娘（原注：俗谓妇人有颜色者为细娘），真珠络髻面涂黄。华人怪见疑为瘴，墨吏矜夸是佛妆。"

米雪点点头，道："不一定合赵巡检口味。不过你这些天被关在囚所，没正经吃过东西，应该也不会挑食吧。"

赵振尴尬一笑，忙道了谢。他也确实饿得发慌，立时提箸，开始风卷残云。

米雪自到一旁坐下，目不转睛地注视着赵振，嘴角还微微露出一丝笑意，似是觉得赵振狼吞虎咽的模样十分有趣。

赵振颇觉尴尬，只埋头苦吃，不敢发话。忽有所意动，侧过头去，米雪正以极为奇特的目光凝望着他，那眼神，正是他记忆中幼年时娘亲的眼神——温情脉脉，亲和，慈蔼。

赵振心中大颤，蓦然想到当日他在北岸被辽人捕获，曾遇到契丹新任北府宰相刘晟。刘晟第一眼见到他，便赶过来询问他来历身份，得知究竟后，本要离开，但又临时回身，问赵振道："你果真姓赵吗？"下一句问话则是："你是雄州本地人氏吗？你娘亲是不是姓米？"

那一幕，尤其是那两句莫名其妙的问话，便如新近发生一般，神差鬼使地重新冒了出来。

赵振不由一怔，竟然毫不思索地问了一句话："娘子何以要对赵振这么好？"

米雪眼中的柔情倏忽消失了，犹如流星消失在暗夜之中。她脸色也冷淡了下来，问道："赵巡检说什么？"

赵振本来心怀期待，然见对方瞬时判若两人，一时竟有些惊慌起来，忙道："没什么，赵振只是心中感激娘子罢了。"

米雪显然不信，追问道："你刚才明明有话要说，到底想说什么？"

赵振踌躇了一会儿，才道："娘子何以不与米霰想见？他一直以为娘子死了，还在家中供奉了娘子牌位。"

米雪不答，明显有些急躁不耐烦，催道："你快些吃，一会儿我带你去见一个人。"

赵振遂不再出声，默默进食，竟然将盘碟吃了个底朝天，所有菜肴都吃光了。米雪也没多说，起身道："你随我来。"

进来后堂，米雪即取过一只黑布袋交给赵振，道："赵巡检虽是朝廷武官，但不是机宜司的人，要进入机宜司重地，须得蒙眼。这是惯例。”

赵振点点头，自行将布袋套到头上。米雪扳动机关，旋即有门板打开之声，米雪从旁扶了赵振，携入地道口。往下走了一段斜坡，又打开一道铁门，随即右转，曲曲折折走了很长一段斜坡，来到一道石门前，方才停下。

米雪令赵振取下头套，道：“这里面关着一名重犯。你进去后，我不让你开口，你不能说一个字。即便重犯主动与你交谈，从你口中套话，你也决计不能理睬。可有听明白？”

赵振躬身应道：“遵命。”

米雪随手一抹，石门边立即露出一个圆洞，圆洞中又自动伸出一枚铜盘来。铜盘大约是普通铜镜的两倍大，上面镶嵌有一块一块类似棋子的东西，印着不同的汉字。

米雪见赵振一脸纳罕，遂告道：“这是璇玑锁。只有知道解法，方才能打开机关，钥匙是无用的。”

赵振闻言，忙主动转过身去，不看米雪解锁。

不一会儿，石门自动滑开，露出一间石室来。那石室甚是空旷，有两楹大小，一分为二，中间隔以铁栅栏。里间有案有榻，一名白发老者正坐在灯下，一听到脚步声，便急遽起身，带动脚上的铁镣“哗哗”作响。

白发老者疾步走到栅栏边，问道：“就是他吗？”

赵振打量那白发老者身材与自己相仿，恍然有所醒悟，自己身上的那套衣衫，应该当是米雪为眼前这白发老者所置。又见对方牢牢盯着自己不放，目光奇异而热烈，似是要冒出火来，心中极为不自在，更有种不好的感觉。他大概猜到了端倪，却不敢多想，心中只一个声音：“不是这样，不是这样。”

米雪不答，只默默站到一边。

白发老者隔着栅栏朝赵振招手，叫道：“你走近些。”

赵振不应，脚下亦是不动。

白发老者却丝毫不以为意，只盯着赵振看，又问道："你怎么看着不大好？一脸疲累的样子。"

米雪这才开口道："他叫赵振，官任雄州界河巡检，前些日子意外落入了耶律化哥之手，没少吃苦头。不过人没大事，只是遭了些罪，尚未完全恢复罢了。"

白发老者诧然问道："你怎么会被耶律化哥捉住？既然他捉了你，你又是如何脱的身？"忽有所会意，失声道："难道是……"

米雪重重咳嗽了一声，打断了白发老者的话头。

白发老者遂改口道："人没事就好。"

赵振依旧一声不吭，也不愿意再与白发老者对视，将头扭转到一边。

米雪又道："赵巡检，你先出去，在门口等我。"

白发老者忙道："等一等！再等一下！我还有话要说。"

赵振早隐隐觉得不妥，心中亦忐忑难安，便遵命迅即退出。在门前等了好大一会儿，才见米雪出来。石门自行合上。他遂自行套上头套，依旧扶着米雪的手，一路自密道出来。

除下头套后，赵振忍不住发问道："那犯人是谁？"

米雪爽快地答道："耿绍忠。"

赵振虽大略猜到究竟，闻言仍然吃了一惊，愣了一愣，才问道："娘子为何要带我来见他？"

米雪饶有意味地看了赵振一眼，问道："赵巡检自己认为呢？"

赵振迟疑问道："是因为那封衣带信吗？我……我之前不知道契丹人在给我的衣衫中缝了密信，也万万料不到耿绍忠尚在人世。"

米雪道："耶律化哥不是当着赵巡检的面审讯了叶葳吗？叶葳招供出了实情，耿绍忠尚在人世，你应该早就知道了呀。"

赵振听米雪提及叶葳一事极其顺畅，心念一动，暗道："之前叶葳声称是受人收买，前去辽地散布流言。莫非这幕后指使的神秘人，就是米雪？"

又见米雪仍然审视着自己，显然是要得到答案，只得摇头答道：“我不知道，我只认为这些都是耶律化哥的诡计。”

米雪又问道：“为什么耶律化哥要着意施计对付赵巡检，他可有对你暗示过什么？”

赵振心中疑虑已越来越重，当即便想说出耶律化哥对自己所言，然见到米雪目光尖锐冰冷，敌意极重，心中不免又起了怯意。倒不是害怕自身有危险，而是担心话一出口，便再难挽回，自己又会立时陷入受猜忌受怀疑的境地，说不定会再度被关押讯问。被自己人讯问的滋味，可是比死还难受。

心中反复盘旋，最终还是决定先忍上一忍，只道：“似乎耶律化哥也没相信叶葳的话，认为是有人在故意设下圈套对付他。”

米雪“哼”了一声，道：“耶律化哥这只老狐狸。”

赵振正待进一步询问叶葳之事，米雪又问道：“赵巡检见过耿绍忠后，有何感想？”

赵振不明原委，仍然答道：“耿绍忠一直被关在这里吗？被囚禁了二十年之久，他人居然很是平静，身上看不出怨恨之气，可谓难得。”

米雪“嗯”了一声，道：“安抚使正在考虑，要不要将耿绍忠交还辽国。”

赵振闻言大为吃惊，问道：“这是为什么？”

他已从赵探口中得知刘遂前来不独为辽梁国公主求医治病，尚负有秘密使命，便又追问道：“难道是因为刘遂已经发现了耿绍忠还活在人世吗？”

米雪不答，只问道：“赵巡检怎么看这件事？”

赵振道：“耿氏、刘氏是辽国最得宠的两大汉人家族，这耿绍忠之女更是当今辽国皇帝的宠妃，新近还为辽主诞下了皇子。耿绍忠被囚多年，他表面泰然，不起波澜，内心未必真是如此。若是恨大宋入骨，此番放他回去，他日后必定利用耿氏及女儿的势力，疯狂报复大宋，可以说是后患无穷。”

米雪颇感意外，问道：“那么照赵巡检的意思，该如何处置耿绍忠？杀了他吗？”

耿绍忠年纪不到五十，但因长期遭到囚禁，受过的折磨也不算少，看上去已是风烛残年的老者。赵振一时犹豫，心中反复权衡了许久，才道：“杀他，总比放他回去好。”

米雪道：“说得极是。今晚就由赵巡检亲自动手，杀了耿绍忠，如何？”

赵振闻言，当即怔住。

米雪冷笑道：“安抚使命赵巡检听我号令，我现下命你杀了耿绍忠，你这是要抗命吗？”

赵振问道：“娘子是因为疑虑未消，有意带赵振来这里，让我手刃耿绍忠，好看我有没有暗通契丹吗？如果是因为这个，赵振不想动手。赵振问心无愧，不必通过杀囚来证明自己。若是安抚使和娘子仍然怀疑赵振，大可重新将我逮捕下狱，继续拷问，清者自清，浊者自浊，终归会有证明赵振清白的那一天。但如果安抚使认为留下耿绍忠会有后患，那么赵振愿意听从娘子号令，一刀杀他了事。”

他这番话发自肺腑，料想多半会触怒对方，是以已做好再度身陷囹圄的准备。不想米雪竟露出了欣慰之色，点头道：“很好。你是真真正正长大了，已经是深明事理、能够独当一面的好男儿了。”

赵振不解其意，未及回应，米雪已然挥了挥手，道：“好了，这里没事了，你去吧。车夫会送赵巡检回城。”

赵振忙道：“赵振还有事想请教娘子……”

米雪冷然道：“夜色已深，我也累了。有话日后再说。”不再理睬赵振，头也不回地往后堂去了。

赵振无奈，只得悻悻出来。

果如米雪所言，车夫正等在大门口，先迎上前告道：“赵巡检今夜所见所闻，须得当从未发生过，不得向任何人透露。赵巡检心中如有疑问，请直接去找安抚使求教，不得再来这里。这是米雪娘子的交代，也是安抚使的命令。赵巡检可有听明白？”

等赵振点过头之后，车夫这才载上赵振，径直来到雄州城外，又告道："目下天没亮，雄州还在夜禁中，城门不开，小人只能送赵巡检到这里了。"

赵振道了谢，送走车夫后，也不愿意在城门外白白空守，便自往界河而来。刚到河边，便遇到了一队巡检司兵士，赵振忙举手招呼。

此刻天光已蒙蒙发亮，兵士一眼认出赵振，很是吃惊，愣了一会儿，才赶上来见礼。

为首兵士期期艾艾地问道："赵巡检不是因为那个……那个被关起来了吗？"

赵振也不解释，只问道："崔可道崔使者的坟茔在哪里？"

兵士忙道："就在那边，往西一两里便是，正对雄州北门的位置。"料想赵振已然无事，很是欢喜，又问道："赵巡检是要去拜祭崔使者吗？小人带路，引您过去。"

赵振道："不必了，你们继续巡防，我自己寻去便是。"

走出几步，又问身问道："这几日，雄州可有什么大事？"无非是想从兵士口中打听契丹间谍这件事。

那兵士一愣，随即应道："崔使者后事就是最近最大的事了，不但咱们安抚使亲自操办后事，就连北边刘宰相都来坟前拜祭过，还说是代表契丹皇帝呢。"

赵振猜测契丹间谍必定身份敏感，即便已被逮捕，事情亦不曾公开，巡检司只负责巡防界河，兵士不闻讯息，极是正常。

想了想，又问道："赵祚、苏惠夫妇近来怎样？"

赵祚是河北安抚司书吏，也算赵氏族人；苏惠则是白沟驿管事，兼作通译。白沟驿也算巡检司辖境，他常年巡防界河，对内中人员甚是熟悉。他亲眼见到林黛被一箭射死，林黛既是契丹奸细，那么举荐的苏惠多半难逃干系，她与丈夫均是早年被掳，极可能与之有所牵连。

那兵士应道："昨日小的巡防路过白沟驿，还见过苏管事，说要回去赵家村。赵文书前日还来了巡检司官署，他二人都很好啊。"

赵振遂不再多问，自往崔可道坟茔赶去。

赵振只见过崔可道一面，宋使李迪一行渡河北上时，是由赵振亲自护送。但他跟崔可道话都没说过一句，之所以想要祭拜，一是此刻刚好有些闲暇；二是崔氏死后不肯归葬故乡、只愿长守国门的气度，着实令人钦佩。

此时天光尚未大明，赵振原以为不会遇到人，却料不到已然有人悄然伫立在崔可道墓前。河岸晨雾浓重，一时难以看清，料想当是崔氏之女崔玄妙。走得近些，方才从身形辨认出是一名男子。

那男子听到动静，亦回过头来。赵振当即吃了一惊，道："是你。"

对方竟然是契丹神武军总教头刘遂！赵振立时本能地去拔兵刃，却在腰间摸了个空。

刘遂忙道："赵巡检不必紧张，刘遂并无恶意，只想来拜祭崔使者。"

赵振不知刘遂与崔玄妙有过一番情愫，自是不信。他知道刘遂剑术高明，腰间还缠着一柄软剑，而自己手无寸铁，绝非其敌手，正待高声呼叫巡逻兵士过来援手，刘遂已主动举起双手，示意不会动武，又恳求道："请赵巡检不要声张，我……我是偷跑出来的。"

随即面色一红，讪讪问道："赵巡检可知道崔玄妙目下栖身何处？是在雄州城中，还是在白沟驿馆？"

赵振莫名其妙，随即想到刘遂一定不知道自己一回到雄州即遭逮捕之事，当即道："这就请刘公子随我去见安抚使吧。有话回头再说。"

刘遂忙道："昨日刘某已经拜见过你们安抚使了。噢，赵巡检应该还不知道，刘某此来雄州，其实是受安抚使所邀。"

赵振奇道："安抚使请你来雄州？那你适才为何说是偷跑出来的？"

刘遂未及回答，便有人扬声道："那不是赵振吗？"

雾气朦胧，随风流转。脚步声纷纷沓沓，旋即有数名男子破雾而来，为首者竟是雄州巡检使祖名望及机宜司知事赵探。

祖名望一见到刘遂，焦虑面色立即松弛了下来，叫道："刘公子，你不打招呼，便擅自离开巡检司大营。你同伴高员外声称不知你去了何处，我派人到处搜寻，找你不到，可把人急坏了。”

刘遂忙赔礼道：“实在抱歉。之前我曾提过想出来走走，祖巡检使坚决不准，我不得已，才出此下策，自己偷跑了出来。”

祖名望也不敢过分责怪刘遂，只摆了摆手，道：“还好赵知事神机妙算，猜到刘公子人一定会在这里。”

赵探摇头道：“这不是神机妙算，是扳着脚指头都能想到的事。”又走到赵振面前，问道：“怎样？”

赵振道：“还好。”

赵探拍了拍手中抱着的黑色木匣，道：“我和祖巡检使还有重要公务要办，就不跟你多说了。”

祖名望也上前拍了拍赵振肩头，道：“回头再谈。”

赵振应道：“好。”

赵探道：“刘公子，请吧。”

刘遂应了一声，又道：“对了，既然在这里偶遇赵巡检，正要有件事相告，是之前梁国公主在晴川酒肆遇刺那件事。”

辽方北院枢密使耶律化哥雷厉风行，很快查到行刺一事是金乡公主耶律赛哥手下所为，但刺客声称与金乡公主无干。耶律化哥禀报了辽圣宗，辽圣宗也不愿意过多追究，只将金乡公主手下杀了了事。

一旁赵探听在耳中，好奇问道：“刺客要杀的是皇帝女儿，何以皇帝置之不理？不是说梁国公主是皇帝最爱之女吗？”

转念便明白过来，道：“是了，契丹正对河西用兵，金乡公主丈夫萧图玉担任主帅，若是处置金乡公主，必定影响前线，阵前换帅，亦是大不吉利。”

刘遂点头道：“萧图玉是萧太后戚属，生母是太宗皇帝之女嘲瑰公主，出身极为尊贵。萧图玉本人长期统领西北路军事，善于统兵。皇帝新掌大权，正是用人之时，对萧图玉格外倚重，这次听从萧图玉建议，委任他为主帅，对河西用兵，便是明显的例子。但以金乡公主这副好强争胜的性子，怕是不会轻易消停，日后再生事端的话，皇帝必定不会轻饶[1]。”

刘遂未提刺客行刺目的，但旁人均知金乡公主生母李芳仪与大宋有亡国深仇，刺客必受金乡公主指使，将梁国公主杀死在宋境，重新挑起宋辽战端，若是契丹成功灭宋，李芳仪便可得报大仇。

辽圣宗也不是傻子，不会想不到金乡公主及其母李氏才是刺客背后主使，他未做进一步深究，料想除了需要借重萧图玉外，还是对李芳仪宠遇不衰吧。

既提及梁国公主遇刺，赵振便有心向刘遂询问梁国公主病情，然当此敏感之际，又有旁人在侧，话到嘴边，仍然咽了回去。

刘遂却不知赵振境遇尴尬，又道："梁国公主交代过，如果刘遂再遇到赵巡检，务必代她致谢。公主说，赵巡检救命大恩，永志不忘。"

赵振面色一红，众目睽睽之下，也不敢回应，只"唔"了一声。

赵探重重看了赵振一眼，转头催促道："好了，天已经亮了，一会儿日头就该出来了。刘公子，咱们出发吧。"

刘遂勉强转身，还忍不住西顾。赵探窥测其心思，直截了当地告道："崔玄妙人不在白沟驿。而且就算她来了，也不会愿意在这里见到刘公子的。"

刘遂脸色当即黯淡了下来，怅然叹了口气，道："走吧。"

赵振忽心念一动，有所联想，忙上前扯住长官，低声问道："你们要去哪里？"

祖名望道："护送刘遂去榷场渡口。"

赵振道："莫非安抚使决定了要将耿绍忠交还契丹，刘遂是来接人的？"

祖名望奇道："这是机密大事，你竟然能猜到？"

---

[1] 七年后，金乡公主耶律赛哥擅杀无罪奴婢，依律定罪，萧图玉削使相衔（任西北路招讨使，拜驸马都尉，加同政事门下平章事），金乡公主降为县主，夫妇二任俱流放于乌古部。不久，金乡公主因疾薨于贬所，萧图玉被诏令起复乌古敌烈部详稳，实际上仍然被贬谪在乌古部。彼时辽圣宗仍然在位，其亲生女儿杀一奴婢，即被定罪流放边地，是为辽史上的重大事件，一说跟辽圣宗整顿法纪有关。

又忙低声告道："这件事是在暗中进行，南北两面都不会声张此事。契丹那边，耶律化哥都不知情，是契丹皇帝直接通过刘遂来与安抚使交涉。"

赵振闻言大奇，道："为何要刻意瞒过耶律化哥？"

祖名望道："好像之前耶律化哥一直在阻挠耿淑仪寻父。刘遂在雄州被捕后，潜伏在雄州的契丹间谍为了自保，还预备杀他灭口。即便他们是自家人，闹出了这么多幺蛾子，心中难保没有芥蒂。"

赵振问道："契丹间谍……"

一语未毕，赵探远远呼叫了一声。

祖名望转头见赵探已率领兵士护着刘遂走远，忙道："护送刘遂和耿绍忠过河是安抚使当面交待的大事，怠慢不得。我走了，回头再说你的事。"

赵振见天色已明，便整了整衣衫，拈草为香，在崔可道坟茔前拜了三拜，这才转身往北门而去。走不多远，便迎面遇到侍卫白锋锐。

白锋锐既是安抚使李允则心腹，当早已知晓原委，看到赵振，也不意外，只点点头，算作招呼。

赵振奇道："白侍卫大清早来这里做什么？"

白锋锐举了举手中的皮袋，道："打水。只有清晨的拒马河河水，方能做好凉浆引子。"

赵振问道："什么凉浆？是安抚使常喝的那种饮子吗？不是一向用州府院中的井水吗？"

白锋锐道："河水是用来做凉浆引子的，跟药引子差不多。"不及多解释，自去拒马河河边打水。

赵振守在一旁，正想着要与白锋锐一道进城，好在路上问明诸事底细，忽有一名男子悄无声息地从晨雾中冒了出来，招呼道："赵巡检！"

对方四十岁上下，竟然是皇城司亲事官高朋座，即朝廷派在李迪使团中的眼线。赵振在护送使团过河时，对方还专门找赵振搭过讪。

赵振大感诧然，问道：“使团不是已经离开雄州动身返京了吗？高亲事何以人还在雄州？”

高朋座无奈地道：“出了窦文显这档子事，高丽副使徐颂尚滞留北岸未归，下官职责所在[1]，一时走不了啊。”

又道：“赵巡检，你脚下真够快的！下官可是好不容易才追上你，还差点失了你的踪迹。”

赵振奇道：“高亲事追我？”旋即醒悟，道：“原来高亲事一直在暗中监视我。”

高朋座抱了抱拳，道：“下官有职责在身，得罪之处，还请赵巡检多多包涵。”

赵振料想是因为自己仍有暗通契丹的嫌疑，便点点头。

白锋锐已打完水，走过来问道：“赵巡检不是该进城去见安抚使吗？”

赵振未及回答，高朋座已抢先道：“赵巡检晚一会儿再进城。白侍卫先请。”打发走白锋锐，又笑道：“下官想跟赵巡检随便聊上两句，不知可好？反正闲着也是闲着。”

赵振道：“高亲事不必客气，有什么疑问，尽管问便是。”

高朋座笑道：“爽快。”旋即话锋一转，问道：“耶律化哥为什么会命契丹间谍出力营救你？就算赵巡检救过契丹公主，她人已经回去了燕京，如何能及时知悉赵巡检被捕一事，又指令耶律化哥全力营救？”

赵振道：“我从北岸回来，见过安抚使后，便被逮捕下狱，昨晚才被放出。这期间发生的事，毫不知情，只从安抚使口中听到过只言片语。关于契丹间谍出力营救赵某的具体情形，还请高亲事见告，不然赵某无法回答问题。”

高朋座道：“好啊。来，咱们到河边坐下，下官将所有事情，都一五一十地告诉赵巡检。”当真引赵振来到拒马河河边，叙说了缘由。

---

[1] 宋辽虽有“澶渊之盟”约定，但仍然是敌对之国。据史籍记载，追查宋境内契丹间谍之类诸事，均有皇城司参与。宋廷派使者出使外国，使团成员中必须有皇城司人员。而外国使团在开封，朝廷所安排的陪伴人员，内中也潜伏有皇城司人员。足见皇城司除了对内监视外，在外交中也发挥着特殊作用。

原来赵振被捕下狱后，潜伏的契丹间谍即收到北岸耶律化哥手令，要设法打探赵振被囚后的具体情形。

赵振忙道："只是打探吗？这正是耶律化哥奸计，希望借安抚使之手来除掉我。"

高朋座道："这么说，赵巡检也不认为是辽国公主感激你救命之恩，甚至暗中爱慕你，这才指令耶律化哥出力救你？"

赵振坚决地摇了摇头，道："绝不会有这种事。"

高朋座遂道："实话告诉赵巡检，这次得以将契丹间谍一举擒获，并不是因为他们在暗中设法营救你，而是早有人发现蛛丝马迹；而且那个人极有心智，派了人暗中监视这些人，他们一有所行动，便被发现了端倪。"

赵振闻言一呆，随即叹道："这一定是安抚使了，只有他老人家才能如此深谋远虑。"

忽有所会意，改口问道："该不会是崔玄妙吧？"

高朋座骇然而惊，这才真真正正地严肃起来，问道："你怎么会知道？这件事，只有安抚使、米雪娘子和我是知情者，连赵延祚都蒙在鼓里，你怎么会知道？"

赵振奇道："真的是崔玄妙？呀，那么发现端倪的人该是白锋锐了。"

又忙解释道："我上次回城见安抚使时，听忻继勋说只有他一人随侍安抚使，白锋锐去替崔玄妙办私事了。我虽然只见过崔小娘子一面，但她可不像随意差遣旁人的人，更何况这人还是安抚使的心腹侍卫。"

高朋座当即一拍大腿，赞道："赵巡检说得太对了。正是我的好侄女崔玄妙目光如炬，第一眼便发现了疑点。"

赵振呆了一呆，又问道："契丹奸细该不会就是……"

高朋座忙道："打住！打住！是下官找赵巡检解惑，等下官先问完。"

又问道："赵巡检从米雪娘子那里离开后，乘车到了城外，然后来到界河，最先遇到的是你手下兵士，对不对？你为什么要向他们打听赵祚、苏惠夫妇情形？"

赵振当即一惊，问道："他夫妇二人果真是契丹间谍吗？"

他已知高朋座表面嬉笑，实则目光灼灼，一直在暗中观察自己的反应。关于他向巡检司兵士打听赵祚、苏惠夫妇情形一事，须得立即解释清楚——忙说了之前登岸时见到巡检使祖名望射杀白沟驿女使林黛，知晓林黛是契丹奸细，由此怀疑到举荐林黛的赵祚、苏惠夫妇，则是顺理成章之事。他既已猜到崔玄妙是最先发现疑点者，崔氏一直住在白沟驿，而苏惠在驿馆任管事，嫌疑愈发重大。

赵振又道："高亲事既然已向赵某手下盘问过我的言行，若是赵祚、苏惠夫妇无事，不必再提。此刻用此等怀疑的态度审问赵振，当是他夫妇二人有事了。"

转念想到赵祚虽然只是河北安抚司书吏，却执掌机要文书，愈发忧心忡忡，道："赵祚的危害，可能比高翼还要大。"

高朋座道："你与赵祚同族，你可有受过耶律化哥指令，回到雄州即与契丹奸细联络，将那封衣带信交出去？"

赵振道："赵某已经说过了，这只是耶律化哥构陷我的诡计，包括衣带信在内。"

高朋座道："但契丹奸细确实收到了要营救你的指令。"

赵振道："这怎么可能？赵祚位处关键，安抚司重要文书，均过其手，对契丹而言，价值何等重大。且不说耶律化哥为什么要救我，他这等老谋深算，怎么会为了救我而牺牲赵祚这般关键人物？"

高朋座道："下官说的都是实话，赵巡检不信的话，可以去找安抚使，他那里有契丹奸细的亲笔供词。"

赵振难以辩解，遂扯开衣领，露出脖颈的勒痕，告道："我在涿州时，被锁禁在黑牢之中，脖子被木枷套住，半刻不得松懈。若是我与契丹暗通，耶律化哥会如此待我吗？高亲事是皇城司亲事官，做的也是探事勾当，当深知人心。"

高朋座当真上前，托起赵振下巴，仔细察看了一番伤势，这才道："不错。赵巡检被关在夏地时，是用立枷禁锢，伤不到下颌这里。这一圈，当是契丹刑具所留。赵巡检，你连遭两次禁锢，可真是吃了不少苦。”

又道：“下官这下算是相信赵巡检并没有暗通外敌了。但耶律化哥为什么要先构陷你，然后又要手下奸细设法救你呢？”

不待赵振回答，先自问自答道：“或许耶律化哥非常欣赏赵巡检，一心想要收服你，让你为他所用。但他料想你赵巡检软硬不吃，便玩了一套手段，让你在雄州没有立足之地，你走投无路之下，不得已便只能为他效力了。”

又问道：“下官这番推测，是不是比米雪娘子声称辽国公主因爱慕而救赵巡检要合理得多？”

赵振已开始意识到这高朋座是个审讯高手，不但观察力极强，还擅长套话，一时不敢轻易应答。

高朋座又自顾自地道：“但雄州人才济济，赵巡检虽然有‘河北第一神射手’的名头，却并不是什么特别了不起的人物。这话没错吧？论射术，白守素肯定比你厉害。再则说，你只是界河巡检，并不领军作战，按例不得过问军机，故而对契丹也没有用处。可耶律化哥偏偏对你情有独钟，为什么？”

又道：“会不会是耶律化哥知道辽国公主爱上了你，他怕留下后患，所以务必要除掉你？但当时安抚使已同意用高翼换你回来，耶律化哥遂用一石二鸟之计，先放你走，但暗中做了手脚，让你回到雄州后也没有好果子吃。”

赵振反问道：“那耶律化哥为什么又要命契丹奸细设法营救我？”

高朋座道：“应该是赵巡检救过的那位辽国公主太过爱你，逼迫耶律化哥改变了主意。”见赵振连连摇头，极为诧异，问道：“这是很好的解释呀，为什么赵巡检不点头称是？”

赵振正色道：“我只见过公主几面，当日在晴川酒肆救她，只是职责所在。我与她立场不同，她对我也谈不上情意可言。”

高朋座道：“辽国公主不是还专门派人送了金簪给赵巡检吗？你堂堂男子，又是武官，要金簪何用？辽国公主不会不知道。她巴巴送来这个，无非是赵巡检身边保留有她的私物，这难道还不是情意吗？”

赵振道："金簪只是公主的谢礼。况且我被押解出涿州时，公主已动身返回燕京。以她的病情及体质，返归燕京后，当会以静心休养为务，顾不上旁事。"

高朋座奇道："赵巡检是说，你回到雄州后被捕下狱，辽国公主都不一定知情？"

赵振道："是。"

高朋座道："那赵巡检岂不是愈发难以澄清？"

赵振道："我不能罔顾事实，更何况我本来就清清白白。"

高朋座当即笑道："赵巡检，好样儿的。"又道："不过那支贵重金簪，赵巡检是拿不回来了，当被没收充作公物，你明白吧？"

赵振道："明白。"

赵振表面坦荡，并不在意，心中却颇感黯然，倒不是因为没有了金簪，而是他猜到那支金簪日后一定会被派上用场——若有人冒用赵振的名义，手持金簪去向梁国公主求助，她会不会罔顾立场、出面帮忙呢？

高朋座忽然"咦"了一声，抬手朝东面一指，道："那边有艘船过河了。会不会就是送耿绍忠的座船？对了，赵巡检怎么想耿绍忠这件事？"

赵振道："既然高亲事一直在监视赵某，当已从米雪娘子口中了解过，赵某是主张不放耿绍忠走的。仅这一节，便足以证明我并无勾连契丹。"

高朋座笑道："或许赵巡检猜到安抚使已决意放走耿绍忠，才有意那么说。可别说你猜不到啊，就凭赵巡检猜及崔玄妙、白锋锐这一节，便足见你智谋过人。"

赵振万般无奈。自己被反复质疑、不断盘问，已很是不快，心道："连安抚使都信任我，将我释放，你新来雄州，对我更是一无所知。难道安抚使还不如你吗？"

但对方是皇城司官员，他不敢公然驳斥，只好道："我知道自己无法解释耶律化哥害我又救我这件事，但这并不表明我跟契丹有勾结。

事实上，耶律化哥诡计多端，他的心思，谁能轻易猜得中？实在想知道他到底怎么想，应该当面去问他本人才对。”

高朋座见赵振明显语气不善，忙道：“别发火，千万别发火。下官不是在审问赵巡检，只是跟你随便聊聊。”

又紧接着逼问道：“赵巡检是当事人，曾与耶律化哥面对面交谈，难道你真的不知道他会如此异样对待你吗？至少赵巡检会有猜测吧。”

一边说着，一边饶有深意地望着赵振，暗示意味极度强烈。

赵振本来只是有些赌气，听了这话，心头火苗当真“嗖嗖”窜了上来，站起身，大声道：“耶律化哥说我该姓耿，暗示我是耿绍忠之子。且不说这是不是事实，耶律化哥不是一再阻挠耿淑妃寻父吗？耿淑妃是他妹妹耶律氏跟耿绍忠所生，他连自己的妹夫都毫不在意，又怎么会在意一个跟他并无血缘的耿姓之子？”

高朋座微微笑容顿敛，面色蓦地沉穆起来，也跟着起身，问道：“下官读过赵巡检的供述，里面可没有提及耶律化哥暗示你是耿绍忠之子这件事。赵巡检，你为何要有意隐瞒这件事？”

见赵振不答，遂续道：“赵巡检是大宋禁军武官，曾落入敌手，更遭敌方要害人物亲自审讯，应该主动上报全部经过，一句话、一个字都不能漏，有任何隐瞒，都是重罪。赵巡检少小从军，不会不知晓我大宋军纪吧？”

赵振冲动之下说出了“耿姓”一事，虽不懊悔，但自知高朋座此刻所言是事实，甚感沮丧，又不愿意就此承认罪名，只默然不应。

高朋座却不肯放松，又道：“其实赵巡检心中是有疑虑的。你不能确定耶律化哥所言是不是真事，所以才不敢上报，对不对？下官再问你一句，你如果真的是耿绍忠之子，会怎么做？”

赵振怒火再一次被点燃，愤然道：“谁说我姓耿？我昨晚见过那姓耿的，我对他……”

瞬时又意识到自己失态失语，勉强压制火气，改口道：“我知道皇城司官员是天子耳目，随时随地有执法权。如果高亲事不立即逮捕赵振，我就要进城去见安抚使了。”

高朋座居然拍了拍手，道："好啊。赵巡检请吧。"

赵振见对方仍留在原处不动，很是意外，问道："高亲事不跟我一道进城吗？"

高朋座摇头道："下官就不去了。下官得在界河这里等高丽副使徐颂，他人回来了，下官才能回京。他一日不归，下官就得在雄州干耗着。"

又道："其实我们皇城司素来不过问机宜司的案子，赵巡检有通敌嫌弃，本是机宜司的事。可下官人在雄州，不能看见了，还当没看见，对不对？其实巡检司跟皇城司从前做的差使[1]，很有几分相似之处。赵巡检既是巡检司副长官，应该最能体会到我们这帮当差的表面风光，其实苦命得很，做的都是些车轱辘活计，就像下官现下在这里，来来回回向赵巡检问那些问题。眼下下官唯一的期盼，就是那高丽副使徐颂快些回来，下官得以早日返京。那之后，赵巡检再也不必担心被下官骚扰盘问。"

他忽然开始莫名其妙地东扯西拉，跟先前话题迥异，也不知是不是完全相信了赵振。这态度，反倒令赵振有些哭笑不得。

走出数步，赵振忽想到一事，忙回身问道："契丹奸细是安抚使侍女张巧巧，对不对？"

高朋座闻言惊愕不已，问道："赵巡检是怎么猜到的？"

赵振道："凉浆。安抚使平日饮食，都是由张巧巧经手。他老人家素来公私分明，像凉浆这种费时费事的饮子，宁可不饮，也绝不会派白锋锐一大早出城打水。"

高朋座奇道："适才白侍卫去打河水，就是为了制作凉浆吗？"

赵振点点头，道："一定是张巧巧出了大事。储存在大缸的凉浆也用光了，白锋锐为了让安抚使继续喝上凉浆，才会私下跑出来打水。"

高朋座笑道："就凭赵巡检这番话，下官相信你没有通敌卖国。不

---

[1] 皇城司最初除了监察百官、刺探情报之外，还有捕盗之职。捕盗的范围不仅仅局限于皇城，还覆盖到整个京城。由于权力太大，行为过当，带来了许多负面影响，故而宋真宗专门下诏终止了皇城司捕盗的权力："自今捕贼，止委开封府。"

错，张巧巧是契丹奸细，还有两县尉郑定国。”

崔玄妙当日坚持从州府后署搬去对街客馆时，侍女张巧巧送她过去，刚好在官署门口遇到了两县尉郑定国。虽然张巧巧只与郑定国淡淡打了声招呼，崔玄妙却凭着女子的本能直觉，感到这两人之间有些不同寻常。

但即便有事，又与崔玄妙有何相干呢？她有自己的痛苦、自己的悲伤，哪里有多余精力去理会闲事？

而后李允则善待孤女，不仅是敦厚长者，更宛若亲人，令崔玄妙深为感动。自发生遭刘遂绑架一事后，李允则便命崔玄妙住进后署，好予以照顾。

再度与张巧巧近身相处，崔玄妙便又回想起了当日情形，从旁仔细观察，愈发觉得张巧巧很有些怪异。大宋边帅赴任不携家眷，像张巧巧这种贴身侍女，其实还有侍寝侍妾的身份。崔玄妙觉得应该为李允则做点事，好报答他的悉心照顾，便设法找来侍卫白锋锐，拜托他暗中监视两县尉郑定国——

之所以另行锁定郑定国，是因为张巧巧是李允则侍女，负责照顾安抚使起居，须得随时候命，除非有要紧之事，方能外出。她人大多半时间被限制在官署后衙中，即便有古怪之处，也出格不到哪里去。但两县尉郑定国就不同，他负责雄州所辖容城、归义两县治安，行动自如，远比张巧巧自由，也更容易露出马脚。

再则说，明面看起来更容易监视张巧巧，其实不然：州府门禁森严，内外各有禁制。譬如崔玄妙即便是安抚使贵客，也不能随意去官署办公区域。又譬如侍卫白锋锐不能无事来后衙安抚使居所。但张巧巧却有着身份上的最大便利，旁人实难掌握她会何时趁间隙溜出去。张、郑二人果真行苟且之事的话，必定是在城外进行。也就是说，张巧巧必会去寻郑定国幽会，监视郑氏，反倒最为方便。

之所以托请侍卫白锋锐，是因为崔玄妙初至于此地，举目无亲，偌大雄州，除了安抚使李允则之外，不知道还有谁可以信任。但这桩小事兼丑事，总不能让堂堂河北安抚使自己出马。

白锋锐之父白守素，原是李迪使团副使，临出发前，才替换为崔可道。白守素曾有心推掉出使一事，不过怕被旁人笑话，没好意思上书，心想事成后，还感激皇恩浩荡不已。不想崔可道竟意外命丧他乡，白守素为此大感愧疚，特意派人送信给白锋锐，令爱子务必向崔可道家眷致歉。

当日在晴川酒肆外，白锋锐鼓足勇气叫住崔玄妙，然拙口笨舌，说错了话，崔玄妙有所误会，还当面扇了白锋锐一耳光。后来过了几日，崔玄妙多少了解到白氏父子品性，自己醒悟过来，转而道歉。白锋锐自是不以为意。只是二人都是性情冷淡的人，关系也并没有好到哪里去，相处得依然尴尬。

至于崔玄妙出人意料地找到白锋锐，如何说服他在不对任何人声张的情况下去监视两县尉郑定国，不必再多细述。总而言之，本是捉奸在床的初心，白锋锐意外发现了郑定国与白沟驿管事苏惠暗中往来，且在位处两属地的一处偏僻农居相会，情状极为诡异。

白沟驿女使林黛的契丹奸细身份败露，完全是个意外。而且当时刘遂已在未惊动他人的情况下顺利制服崔玄妙，林黛只需杀了崔氏，由刘遂承担杀人罪名，便可将事情完全掩盖住。

但刘遂对崔玄妙莫名怀有极大好感，绝不肯伤她分毫。他身份显赫，兼之武艺高强，林黛无力与他对抗，只得遵照其建议，预备跑路逃回北岸。

林黛身份见光后，引荐林氏进白沟驿的苏惠自是嫌疑极重，其夫君赵祚还在安抚司任职。虽则苏惠亲来禀报过崔玄妙失踪一事，但这丝毫不能减轻她的嫌疑。

尤其苏惠和赵祚均是南归汉人，曾在契丹生活多年，赵祚还在燕京担任过契丹小吏。像这类情形，本该受到朝廷严密监管，集中居住在东京归明院，若非苏父苏翰到京师击打登闻鼓闹了一场，只怕赵祚夫妇现今仍然被软禁于归明院中，万难离开汴京半步。

在这之前，赵祚夫妇到苏惠家乡赵州寻亲未果。在这之后，苏父苏翰再未出现过。赵祚则携妻子苏惠回来了家乡雄州。赵氏双亲早已亡故，在本地并无根基，却在各种机缘下，得以进入河北安抚司为书吏。

这些事情，原本看似随意，并不相干，到现今前后串联起来一看，愈发显得赵祚夫妇可疑。

机宜司知事赵探多次请求逮捕赵祚夫妇讯问，均遭河北安抚使李允则拒绝。盖因为李允则素来不主张捕风捉影，牵累无辜，赵祚更是由李氏亲自引进安抚司，除了作保人是赵延祚本人外，还代表着对南归汉人的信任和鼓励。

风浪既起，赵祚夫妇表现得惶恐不安，赵祚主动请求辞职，苏惠亦再三请罪。李允则均不允准，令二人照旧当职，并当众做出承诺，除非有真凭实据，不然绝不会动他夫妇一根头发，也绝不允许旁人诽谤败坏二人声名。

本来事情到了这里，赵祚夫妇只需要低调一阵子，风头很可能就过去了。但偏偏两县尉郑定国因为林黛被射杀一事而急不可耐，几次三番去找苏惠商议，未免太不寻常。

白锋锐是安抚使心腹侍卫，比常人更多了几分警觉，料想事情绝不简单，便等不及抓住郑定国、张巧巧奸情，直接将事情禀报了李允则。

一向肃穆沉静的李允则闻报亦大感骇然。关于契丹内应，他心目中审视过许多人，但郑定国从不在其列。郑氏官任县尉，属于地方行政体系，不在军事系统内。然“县”是国家行政区划的基层及根本，若契丹果真已渗透进地方，可谓十分惊人。

李允则遂以商议公务为名，将郑定国召入州府后，就地逮捕审讯。郑定国深知李允则老谋深算，一见行踪已然败露，便即双膝跪地，招供了一切。

嫌疑极重的苏惠竟然真的就是契丹奸细，而且还是间谍头目！

至于郑定国逮捕契丹降臣耶律吴欲，则纯属偶然。郑定国原先不知耶律吴欲身份，只是依例拦下讯问，不想耶律吴欲慌里慌张，意图逃走。郑定国当着众下属的面，亦无法徇私，只得将其逮捕。耶律吴欲随即自称认识河北安抚使李允则，郑定国推测此人不是契丹谍者，这才舒了一口气，遂据实禀报上去。不想耶律吴欲竟是大有来头，郑定国对此自是后悔莫及。

契丹神武军总教头刘遂第一次被捕，论起来算是郑定国的功劳。但这“功劳”，却是事先安排好的——

刘遂自己成心被捕，是以事先约定，入夜后郑定国走一趟雄州医馆，视情况抓住刘遂，既能为郑氏自身添一笔华丽光彩，刘遂亦得以顺利进入雄州牢狱探访寻人。

本来苏惠、郑定国均不同意刘遂此计，但刘遂执意为之，以其身份，旁人一时难以阻止。苏惠只能紧急派人回北岸上报，并预先做好了杀死刘遂灭口的准备。

而郑定国本是科举出身[1]，初入仕途，年轻有为，与北岸毫无瓜葛，之所以甘为契丹奸细，是因为与安抚使侍女张巧巧有染，被苏惠发现。但要挟郑定国就范的人，并不是苏惠，竟是张巧巧。苏惠找上张巧巧后，几乎没费丝毫力气，便令其欣然应允为己所用。张巧巧同意为契丹做事不说，还主张将郑定国也拉下水，最终以奸情威逼其就范。

旁人均知张巧巧是李允则亲妹所赠，来自汴京，根本不可能与契丹有所牵连。张巧巧被叫至堂上后，也以此理由抵赖，李允则却缓缓说出了她的身世——

原来这张巧巧不是普通女子，颇有来历，其姊姊张妙妙生前是许王赵元僖爱妾。赵元僖正妃，即为李允则之妹。当年张妙妙仗着得宠，大行不法之事，正妃李氏斥责了几句，张妙妙便怀恨在心，意图毒害李氏，结果误害了赵元僖。后宋太宗赵光义得知爱子暴死真相，下诏将张妙妙绞死，其家属均流放沙门岛。张妙妙父母均早死，只有一幼妹张巧巧，张巧巧一直跟在姊姊身边，自然也在流放之列。

沙门岛为大宋最高流放之地，号称“鬼都”，去者九死一生，几

[1] 宋代县尉是县级政府机构中专掌治安的官员，一般在文官中选任。据宋人吴儆《竹洲集》载：“（县尉）常以文臣初入仕者为之。”

无生可能。彼时张巧巧年龄尚小，却也知道厉害，抱住李氏大腿苦苦哀求，死活不撒手。李氏一时动了恻隐之心，便设法将其救下，留在身边。

后来张巧巧长大，便成为李氏侍女。李氏喜她伶俐乖巧，又将她送给了李允则，好让兄长身边有个贴心人可以照应。却万万料不到这张巧巧着实不安分，不但勾搭上了两县尉郑定国，还甘心为契丹人做内应。

李允则既知张巧巧姊姊张妙妙被朝廷绞杀，其余近亲均流配死于沙门岛，就连张氏父母坟茔也被太宗皇帝下诏推倒铲平，料想此女必定久有报仇之心，这才为契丹所趁。至于她与两县尉郑定国之奸情被苏惠发现，不过是个引子罢了。

张巧巧既矢口否认，李允则便令取出郑定国口供。张巧巧听说姘夫已和盘托出，当即破口大骂不止。李允则只一声不吭地听着。安抚使这般态度，旁人自然也不敢对张巧巧如何。

等到骂得精疲力竭，张巧巧这才哭泣出声，随即主动告知她并非要为家人报仇，而是因为怀恨李允则，因为之前李允则意图将她许配给侍卫白锋锐。

张巧巧虽只是侍女身份，眼界却甚高，宁可为妾，也不愿意下嫁一名普通侍卫。李允则不愿强人所难，遂没有再提。张巧巧窥测李允则对自己毫不用心，遂由爱生怨，主动勾搭上了气度儒雅的两县尉郑定国，原本也是图一时鱼水之欢而已。二人偶尔会到城外幽会，不想被苏惠发现，她暗地找上张巧巧，欲以此来要挟她为内应。张巧巧竟欣然同意。她本无立场，只要能出一口怨气，为契丹人做事又有何妨？

苏惠盯上张巧巧，是因其安抚使贴身侍女的身份。其实州府内外分明，张巧巧更是深知李允则精明无比，稍微问及公务，立马便会露出马脚，所以力主扯郑定国下水。苏惠见张巧巧如此主动，又知悉其最亲最爱的姊姊张妙妙是为宋太宗所杀，自是喜出望外。

郑定国虽是被迫屈服，然之后亦与苏惠通奸，苏惠爱其书生气质，亦视其为心腹。

李允则既盘问出事情原委，却没有立即逮捕相关人等——张巧巧被秘密囚禁在后署。郑定国则照常在严密监视下照常办公，甚至还参加了宋副使崔可道的丧礼——而是预备放长线，好将潜伏在雄州的契丹奸细尽可能地一网打尽。毕竟郑定国、张巧巧只与苏惠、林黛联络，但契丹方在河北肯定不止安插了这两人。

再说苏惠，也算是一号人物。她从林黛口中得知崔玄妙已猜到林氏真实身份后，对林黛未能杀死崔玄妙灭口而恼怒不已，更恨刘遂一再阻扰坏事，然已来不及挽救，遂命林黛先行躲藏起来。

苏惠自是知晓林黛是由她举荐入白沟驿，林黛既然身份败露，她自身也难逃嫌疑。于她而言，最好是走为上计，但她还是舍不得目下好不容易才得到的信任及地位，遂决意留下来冒险一试。她即刻赶去城中，向安抚使李允则禀报崔玄妙失踪，意图力证自己与崔氏之事无干。

她其实也想到，即便官府对她有所怀疑，但因为夫君是由安抚使李允则亲自招纳，宋廷为了面子以及安抚人心，没有铁证，绝不会动她夫妇分毫。

林黛本欲尽快逃回北岸，见苏惠不肯立即安排船只，便怀疑苏氏要杀自己灭口，毕竟苏惠曾对刘遂这等身份不凡之人都起过杀机，一时恐慌不已，遂自行去找晴川酒肆店家奚松烟，想要借助奚氏之力偷渡过河。不想奚松烟却对林黛不理不睬。林黛担心官兵追来，既不得门路，便只能悻悻离去。刚出门不远，便迎头撞上界河巡检使祖名望一行，仓皇逃走之时，更被祖名望当场射死。

彼时两县尉郑定国及张巧巧均尚未败露，苏惠很快得知林黛已被射死，虽则惋惜，却也庆幸。河北安抚使李允则已下令雄州加强戒备，界河巡防严密。苏惠自知嫌疑深重，不敢轻举妄动，更不敢冒险派人将林黛已死消息传回北岸，故而北岸一直不知林黛已然暴露一事。

不久，北岸有契丹联络人到来，传下北院枢密使耶律化哥之命，要苏惠设法保住界河巡检赵振性命。

苏惠早知赵振回到雄州后即遭逮捕，原以为只是因为赵振去过涿州，更曾落入敌手，照例要由机宜司讯问清楚，待接到北岸命令，方知赵振被捕另有隐情。她自知风声正紧，自己不能有丝毫越位行为，而夏地囚所内应的狱卒曹建也蹊跷暴病而死，一时间没有其他人手可用，遂找两县尉郑定国，要他设法探知赵振在狱中情形。

然郑氏得到指示后未及行动，即遭安抚使李允则逮捕。郑定国旋即交代出了一切，又按照李允则吩咐，照常当职不说，还主动与苏惠联络，告知赵振已被认定通敌叛国，在夏地囚所中受到严刑拷打。

郑定国对此事大惑不解，有意询问究竟。苏惠遂告知赵振极可能是耿绍忠之子，与当今辽国皇帝宠妃耿淑仪是同父异母的姊弟，北岸有心收他为己用，须得设法营救。

送走郑定国后，苏惠旋即派人将赵振目下状况传回北岸，请耶律化哥示下。她既知赵振身份不凡，当全力以赴，在这件事上立下大功，好为后来铺路。

这一切经过，早落入负责监视的机宜司知事赵探眼中。等到机宜司将苏惠同党姓名及联络点基本掌握后，安抚使李允则这才决定收网。

皇城司亲事官高朋座讲述整件事情经过时，有意略过了苏惠所言赵振身世一节。又道："自下官回到雄州，安抚使便将所有事情合盘告知。对雄州契丹间谍布网这件事，下官从始至终都有参与，算是亲历者。"

高朋座虽然只是品秩不高的亲事官，但皇城司是天子耳目，监察四方，权高位重。契丹间谍案既涉及李允则身边侍女，李允则须得即刻上报；而高朋座正好在雄州，让他从旁监管整件案子，再合适不过。

赵振一早曾向巡检司兵士打听过赵祚夫妇，兵士告知二人无事，此刻又听高朋座声称已然收网，忙问道："那么现下情形如何？"

高朋座道："还能如何，所有相干人等已被秘密逮捕下狱了呀。"

赵振问道："赵祚呢？"

高朋座笑道："你堂兄赵祚不是契丹间谍，只有苏惠是，意外吧？"

赵振愣了一下，才道："我虽与赵祚同族，相交不多，对他也不甚了解，谈不上意外不意外的。"顿了顿，又道："不过还是很意外，因为赵祚位处关键，苏惠竟然没有拉他下水，实在有些奇怪。”

迟疑了下，还是觉得匪夷所思，追问道：“赵祚当真没有涉入吗？”

高朋座道：“没有。这才是苏惠的精明之处。她深知自己依附于丈夫，只有赵祚安然无恙，她才能在雄州立足。像赵祚这类执掌机要文书的官吏，每日都在官署中来来回回，每日都要在长官面前出现好多次，别说安抚使精明过人，雄州机宜司也不是吃素的，稍微有可疑之处，便会被留意到。”

又道：“毫无疑问，是契丹故意给了赵祚逃走的机会。但赵祚如果不是真心逃归大宋，一心想要报效国家，又怎么可能通过李使君及赵延祚赵老爷子的法眼，被招纳进入河北安抚司？虽说用人不疑，但首要还是疑人不用。”

这一切，显然都是契丹方事先安排好的——将间谍苏惠嫁给了仍然忠心于大宋的汉人小吏赵祚，再设法促使赵祚携妻逃回大宋。

赵祚诚心向宋丝毫不假，而苏惠只是依附于丈夫的温柔妻子，旁人眼中看到的只有赵祚的能干及忠诚，自然不会多起疑虑。

赵振心道：“难怪林黛身份败露后，举荐她的苏惠未受牵累，其实安抚使心目中早就认定了赵祚清白。”

转而想到自己处境如此尴尬，仅耶律化哥密令雄州契丹间谍设法营救自己一项，便是有嘴说不清的事，当从严论处。安抚使却仍然信任有加，之前的关押讯问不过是做给外人看，又亲自去夏地囚所将自己释放，一时心中感动，更是大生知遇之感。

高朋座又道：“李使君倒也是沉得住气，直到昨晚，才当面拆穿苏惠的真面目。昨晚安抚使亲去夏地囚所释放赵巡检时，其实下官人也在场。在这之前，我等专意去了一趟赵家村。”

老村长赵延祚已事先派人将赵祚夫妇召至笨笨湖庄园。二人一进来，便被分开安置。苏惠见情状不对，颇不自安。

待到李允则一行到来后，苏惠立即上前下拜，声称要辞去白沟驿管事一职，自此留在赵家村，专心侍夫，不问外事，以证清白。

李允则只简短告道："已有人证指认惠娘就是契丹潜伏在雄州的间谍头目。"

苏惠当即辩驳道："我一个妇道人家，怎么可能是契丹间谍，还是头目？"

又问道："人证是谁？安抚使之前当面做过允诺，没有实证，绝不会怀疑我夫妇。"

李允则沉声道："不管事情是真是假，都只能到此为止了。惠娘是知道的，你夫君赵祚是赵村长作保、本使亲自招纳进安抚司，这件事若是公然调查，定会大起波澜。"随即朝侍立一旁的机宜司知事赵探举手示意。

赵探当即走到苏惠面前，递过一只小瓷瓶，道："这是一瓶毒药，请娘子自裁，既能顾全大局，也能保住赵氏及你夫妇二人清名。"

苏惠显然料不到会是如此局面，大惊失色，即刻退开两步。赵探却不肯放松，逼上前去。苏惠怎么也不肯伸手接过瓷瓶，勉强定了定神，才问道："我夫君呢？"

赵探冷然道："赵祚已先走一步。安抚使适才对娘子说的这番话，已经对赵祚说过一遍。他毫不犹豫地就饮下了毒药，可不像娘子这般不爽快。"

苏惠先是一愣，旋即涨红了脸，连连摇头，嘶声道："我不信！我不信！"

赵探道："怎么，娘子以为安抚使会用假毒药来试探你吗？这可是真毒药，服下立死，赵祚便是最好的例子。"

苏惠方寸已失，道："我……我要见见我夫君。"还待奔出去寻找丈夫，却被兵士拦住。

老村长赵延祚旋即带人抬着赵祚尸首进来。苏惠抢上前去，见到赵祚双目紧闭、面色铁青，还是不能相信丈夫已经死去，上前一探，触肤冰冷，全无鼻息，这才跌坐在地，泪水夺眶而出。也不知这难过是为她自己，还是为赵祚。

赵延祚正色告道："是老夫亲自送赵祚上的路。"

苏惠泣声道：“村长怎可如此狠心？他……他不是你的亲生儿子吗？”

本地一度曾有流言称赵延祚与赵祚之母有染，而赵祚之母之所以为儿子取名赵祚，便是要表明与赵延祚无干。

赵延祚当即斥道：“赵祚是老夫孙辈，旁人胡说八道倒也罢了。你身为赵祚妻子，怎可妄自附和流言？”

苏惠咬了咬牙，抹了一把眼泪，从地上爬起来，主动上前，接过了赵探手中瓷瓶。又朝李允则冷笑道：“安抚使威名在外，人人称赞最是体恤下属。想不到为了保全你自己及赵氏家族名声，竟然下毒害死我夫妇。苏惠无辜，死不瞑目！”

赵探斥道：“你无辜？这里有张巧巧和两县尉郑定国的供述，他二人早已供出了你。你那些同党，也在你今日返回赵家村途中悉数被捕。”

苏惠一怔，随即应道：“张巧巧是安抚使侍女，她居然是契丹奸细吗？看来安抚司后衙内，也不怎么干净。郑定国只是个县尉，根本不领军事，谁会发展他做奸细？这供述压根儿就是假的，不过是因为我举荐过林黛，你们便要将屎尿盆子都扣在我夫妇头上。”

赵探还待反驳，李允则伸手止住，只淡然告道：“事已至此，无可挽回，惠娘就安心上路吧。赵村长会妥善安置后事。”

赵探使了个眼色，便有两名兵士站到苏惠身后。她若不肯主动服下毒药，便预备用强。

苏惠容颜惨淡，泣声道：“你们……你们好狠的心肠……”

缓缓举起瓷瓶，忽面色一变，将那瓶毒药远远抛开，傲然道：“不错，我就是潜伏在雄州的契丹谍者首脑人物。”

老村长赵延祚问道：“当真是你吗？”

苏惠展颜笑道：“是我，不过事情跟我夫君无关。你亲手杀了你自己的儿子，哈哈哈……”

赵延祚皱眉道：“怎么，你很得意？”

苏惠笑道：“当然了。赵祚对你们大宋忠心不二，却无端地被你们逼死，所谓亲者痛、仇者快……”

忽想到一日夫妻百日恩，赵祚也是自己的亲人，甚至可以说得上是今生唯一以真心待她的至亲，不由得止笑噤声，转头去看赵祚尸首，泪水又无声地流淌了下来。

李允则皱眉道：“惠娘宁可自称是契丹间谍，也不愿意自裁吗？”

苏惠道：“活着才有希望。对安抚使而言，苏惠活着，也比死了有用。”

李允则道：“惠娘既然招承是契丹间谍首脑，本使也不会手下留情。你可知你即将面临什么吗？”

苏惠冷笑道：“无非是拷打刑讯而已。你们以为我会怕吗？有什么手段，尽管使出来。”又大大方方环顾四周，颇有慷慨豪迈气度，倒真让人不敢小觑。

赵探见李允则点头，便朝兵士招了招手，命道：“押她去夏地囚所。”

兵士正待上前拿人，苏惠忽道：“等一下！”特意走到赵延祚面前行了一礼，道：“我夫君对我所作所为一无所知，他是一心想要为大宋效力。请老村长念在同族的份上，务必照顾好他身后事。”

赵延祚微一踌躇，即道：“好，老夫答应你。”顿了顿，又道：“赵祚落到这个下场，其实还是你害死了他。”

苏惠轻叹一声，似有话要说，但还是强行忍住。走出数步，再回过头来凝视赵祚尸首时，面上已有两行清泪流下。

这个复杂多变的女子，心中还有几缕真情吗？

皇城司亲事官高朋座叙述完昨晚赵家村之事，赵振一时很是惊叹，不过不是为苏惠，而是佩服李允则极为高明的讯问手段。

高朋座又道：“昨晚赵巡检被释放时，苏惠人已经在夏地囚所。”

赵振忙问道：“那么赵祚……”

高朋座道：“赵祚没死。但他听说苏惠是契丹间谍后，万念俱灰，也跟死人差不多。安抚使应该很快会宣布赵祚在河北安抚司任上有功，将会入朝任职，苏惠亦随之赴任。真实的情况则是，下官返回京城时，会将赵祚一并带走，软禁在归明院中，他本来就该在那里。至于如何处置苏惠，就是雄州机宜司的事了。”

赵振虽与赵祚来往不多，然想到其人千辛万苦逃回宋朝，却落得个这样的结局，也颇觉怅然。又问道：“目下这些事，包括苏惠、郑定国被捕，均未公开，知情者极少，对不对？”言外之意，官方应该不会公布真相，而是要设法掩饰，以免引发更大动荡。

高朋座道：“不错，这起案子案情重大，尤其是张巧巧身份特殊，不能随意张扬，要等上报朝廷后再决定如何处置。”

又笑道：“赵巡检昨晚离开雪娘居所后，随即来了河边，下官一直在暗中监视，你不可能从旁处打听到这件事。赵巡检既然向我当面揭破张巧巧，便表明你绝无可疑了。”

赵振反问道：“我如果不折返回来询问张巧巧一事，会是怎样？”

高朋座道：“嗯，下官也相信赵巡检，但不会放松，会依旧盯着你。你折返回来，表明你的确与诸事无干，下官也就不用再在你身上花费精力了。”

赵振颇感诧异，问道：“为什么会相信我？”

高朋座笑道：“下官从巡检司兵士那里听说赵巡检一大早赶来河边祭拜崔可道后，就相信你了。你与老崔只见过一面，话都没说上一句，没任何交情，但在获得自由后的第一件事，即是赶来拜祭老崔，着实令人意外。这是英雄惜英雄啊。老崔是我至交，因为他，我也信你。更何况，适才一番闲聊，赵巡检身上疑点已清，再没有任何理由怀疑你。”

赵振狐疑道：“疑点已清？可耶律化哥陷害我又救我这件事……”

高朋座笑容忽敛，正色道：“赵巡检其实自己早就猜到了究竟，何必还来问下官？”

赵振先是愕然，随即沉默。他的脑海中隐隐约约有一种呼唤，但却不愿去听，不愿再想。

高朋座似是看出了赵振心中的矛盾与纠结，便道：“许多年前，下官与老崔——噢，就是葬在那边的崔可道，我二人自幼相识，是老交情了——我和老崔陪着他父亲老老崔去见一位方外高人。那高人告诫崔世叔说：‘世人在意者，无非是从何处来，向何处去。其实都是自取烦恼，最重要者，仅是当下。’我那时年少，听在耳中，很是不以为然，还想世人最在意的，难道不是功名利禄吗？然随着年纪渐长，到了某一日，忽然就领悟了那位长者的那番话，当真是谆谆教诲。赵巡检，最重要的是当下，你是雄州界河巡检，当今大宋皇帝亲自授你官职，你该对得起这份荣耀及头衔。”

赵振道：“我……我隐瞒了耶律化哥的部分言语，亲事官不逮捕我问罪吗？”

高朋座笑道：“下官我又不是赵巡检上司，不过是闲得发慌，想看看赵巡检会做些什么，再扯着你聊几句而已。你隐瞒不报，确有不是之处，但怎么处置你，是河北安抚使的事。”

顿了顿，又道：“不过赵巡检确实是个人才，不知有没有兴趣改调来我们皇城司？”

随即想到当初赵振在战场夺得《契丹阵图》，为大宋获取了辽方的第一幅军事地图，价值极为重大，宋真宗亲自召见赵振，授予官职，赵振却坚持放弃朝官之任，一定要到雄州边关任职。他甚至当面拒绝了皇帝挽留，又哪里会进皇城司？便改口道：“他日赵巡检如果想重返朝中，不妨考虑下皇城司，下官一定向长官大力举荐。”

赵振苦笑着道了谢，道：“安抚使虽出于信任将我释放，但我有所隐瞒是事实，加上之前违抗军令之罪，若从严论处，未必能挺过这一关。”

高朋座“哈哈”一笑，道：“下官略通面相。赵巡检这个人呢，是那种沉闷的人，就是你本人没什么乐子，旁人也不会觉得你有趣，但命中有福，遇到大险大难，总能死里逃生。”

见赵振满脸讶然之色，遂笑道：“赵巡检不信？不信也无妨。”

赵振摇头道：“不是不信。而是这番话，之前那位京城来的画师武宗元也说过，跟高亲事讲得一模一样。”

天刚亮时，一队便衣兵士护送白发老者耿绍忠来到雄州米家务榷场。正值榷场开市之时，人来人往，颇多喧闹。一行人未做停留，直接来到渡口，登上一艘货船。

一下来货舱，便有一名老者迎上来招呼，又道：“老夫赵延祚，本地人都叫我赵村长。我们许多年前曾经见过面，耿郎应该还记得吧？”

耿绍忠被囚二十年，其间除了米雪所告，外事一概不知，但赵延祚成名已久，耿绍忠老早就听过他的大名，后来他被胁裹南下，至雄州时，赵延祚还当面问过话。虽则对方苍老了许多，但耿绍忠还是一眼就认了出来，当即拱了拱手，又问道：“赵村长专程等在这里，有何见教？”

赵延祚道：“老夫特意等在这里，就是为了告诉耿郎一句话，老夫于你有恩。他日老夫若有需要，耿郎须得有所回报。耿郎本是汉人，当知‘守信感恩’四字，为做人之根本。”

耿绍忠闻言大为惊奇，问道：“当年是赵村长从宋军刀下救了耿某吗？”

赵延祚却摇了摇头，道：“真正救你的是米雪，老夫不过是出了点力而已。当然，米雪坚决主张留耿郎性命，也是为了要利用你，耿郎对此心知肚明，所以这不算恩德。老夫说的恩德，是救了你孩儿性命。”

耿绍忠当即一怔，问道：“赵村长是说赵振吗？”

赵延祚也不拐弯抹角，径直道：“米雪接近耿郎，并为你生下孩儿，这都是预先计划好的。本来预备是要将你孩儿训练成刺客，赴燕京行刺耶律化哥。耶律化哥是什么人，老夫不说，耿郎也清楚，你孩儿本领再高，也难以得手，最后只会被捉住，受尽折磨后，再以酷刑处死。”

耿绍忠道：“所以赵村长抢先一步抱走了赵振，令雪娘无计可施？”

赵延祚点点头，道：“你我并无私怨，只是各为其主而已。你孩儿更是无辜，不该无端成为牺牲品。虽然他与耶律化哥并无半点血缘关系，但若是你亲生孩儿死在你大舅子手里，你会是怎样的感受？”

耿绍忠一时若有所思，缄口不语。

赵延祚又道："耿郎前半生风光荣耀，后半生不见天光，说是大起大落，其实也只是'起'和'落'而已，即便沦为囚徒，依旧受到最大的关注和重视，并没有经历过真正的世情冷暖。等耿郎活到老夫这个岁数，就会明白，在这世上，一个人能给另一个人的最大恩德，就是让他人生中少一些悲凉。"

耿绍忠闻言大震，尤其最后一句，深具震撼。他沉默许久，才道："这确实算一分恩德。"

赵延祚道："尤其是老夫最爱的女婿米霰，还惨死在了你大舅子耶律化哥手里。"

耿绍忠道："多谢。"

赵延祚道："将心比心而已。但这份恩德并非白白付出，多年来米雪可没少怪老夫，就为了这么多年的遭埋怨，老夫也得索求回报。"

耿绍忠慨然道："赵村长若想要耿某出卖契丹军情，还是趁早绝了念想。耿某心中感激你为我孩儿的付出，但我决不会背叛辽国。"

赵延祚道："老夫不是要耿郎背叛契丹，而是希望你也能将心比心，老夫救了你孩儿，也希望你将来能帮老夫救一个人。"

耿绍忠当即应道："好，这件事，耿某可以答应赵村长。但耿某还有个条件，希望赵村长能将真实身世告诉赵振，让他自己选择，是随母留在南岸，还是随父返回北岸。只要赵村长答应我这个条件，无论将来你要救的是谁，耿某一定竭尽全力，决不推辞。"

赵延祚问道："耿郎想带走赵振？"

耿绍忠答道："他是我儿子，极可能是我耿某人唯一的儿子，我当然要尽力争取。"

赵延祚又问道："耿郎以为赵振会愿意到契丹认父吗？"

耿绍忠道："这应该交由赵振自己选择。他有这个权利，对不对？更何况宋辽两国已不是敌人，而是兄弟。"

赵延祚踌躇了好大一会儿，才道："好，老夫答应你。但若是赵振自己不愿认父，你有孩儿留在大宋这件事……"

耿绍忠道："耿某永不再提，绝不会再有第三人知晓这件事。"

赵延祚道："好，一言为定。"

耿绍忠忙应道："君子一言，驷马难追。"

赵延祚见耿氏不由自主地流露出了喜色，忍不住嘲讽道："耿郎伪降大宋，还敢称君子吗？"

耿绍忠昂然道："我对大辽始终忠心耿耿，当初降宋只是权宜之计，只为有机会北归，并非朝三暮四之辈。"

赵延祚道："不错，是这样。"顿了顿，又道："撇开敌我身份不谈，总体而言，耿郎还算是个不错的人。"

耿绍忠笑了一笑，应道："若不是这份'不错'，耿某大概也不能活着离开雄州吧？"

赵延祚道："正是。"又肃色道："耿郎既认同老夫所言恩德，请余生务必劝谏辽主，不要再有征战之心。南北维系和平，人间便会少许多悲剧。"

耿绍忠道："好，耿某记下了。"

赵延祚遂拱手作别，道："耿郎请。今日一别，后会无期，耿郎多多珍重。"

耿绍忠道："珍重。"

目送赵延祚离开，耿绍忠内心忽然一阵冲动，也极想登上船头。即便见不到想见的人，再看看对方生活的这片土地，也是好的。心中虽然有所期盼，但同时也很是清楚，这一趟离开雄州后，余生漫漫，应该是再也见不到他和她了。

耿绍忠自是不知道，他念念不忘、满心牵挂的赵振，就在几里之外的拒马河边。

与皇城司亲事官高朋座作别后，赵振便径直进城。走不多远，又遇到了巡检使祖名望、机宜司知事赵探一行，只不过这次赵探身边多了两名少男少女。

赵探也很惊讶，问道："你不是早该进城去见安抚使吗？怎么耽误了这么久？”

又见赵振目光在那生面孔的一男一女身上，遂主动告道：“这是曹狱长的一双儿女曹珍、曹珠，安抚使用耿绍忠换了他二人回来。”

赵振大为惊讶，问道：“耿绍忠吗？”

赵探道：“安抚使说了，曹狱长忠心为国，甚至不顾儿女安危也不肯屈服于契丹人压力，无论如何都要让他全家团聚。想不到吧？不单你，所有人都想不到，据说辽国皇帝听到后都惊呆了。”

言外之意，耿绍忠的个人价值，实在要比曹全一双儿女大许多。毕竟宋方将耿氏秘密囚禁了这么多年，又一再否认其人在世，显然是因为耿绍忠尚有利用价值，尤其他女儿是现任辽主宠妃，多多少少可以做些文章。但现在为了换回两名普通汉人奴隶，河北安抚使李允则竟然同意放耿绍忠回国，实在令人意外。

赵振呆了一呆，才叹道：“安抚使真是个难得的好人。”又将赵探拉到一旁，道：“兄长现下方便吗？小弟有几句话，想私下问你。”

赵探道：“也罢，反正我也要进城去向安抚使复命。祖巡检使，就劳你送曹珍、曹珠去见曹狱长。曹狱长还不知情呢，千万要留意，别让他高兴得昏死过去。”

祖名望笑道：“换作是我，非乐得晕过去不可。”

等祖名望一行走远，赵振才迟疑问道：“兄长比我年长，我出生时，兄长应该已经醒事。我是不是在赵家村出生？”

赵探本来春风满面，闻言立即变了颜色，忙摆手道：“这件事，你别问我，话头都不要提。”

赵振心中登时凉了半截，失声道：“难道……”

赵探忙道：“打住！别提！我好歹是你堂兄，你可不要害我。现下在我这里，有两个话题是禁忌，一个是你赵振；一个是萧燕姿，就是易敏。”

赵振道：“好，我自己当面去问安抚使。”

赵探道：“如此最好。”顿了顿，又道：“最好别问。你刚从牢里放出来，就别给自己找事了。”

赵振却坚决地摇了摇头，道："这件事，我今天一定要问清楚。"

赵探道："也行。换作是我，也要弄个明白。不过你可别怪我隐瞒，昨晚之前，我根本不知道这回事，甚至耿绍忠还活着这件事，我也是数日前才知道的。"

虽然半句不提赵振，话意却很明显。赵振心头既沉重又茫然，竟有些手足无措起来。

进来州府，侍卫忻继勋先迎了上来，将契丹军将叶欢所赠腰刀及巡检令牌交还给赵振，告道："令牌是你被捕后，由巡铺铺长交上来的，安抚使命我一并还给你。"

赵振犹豫了一下，这才伸手去接，态度甚是勉强。

忻继勋奇道："怎么，不想要？你不想做这界河巡检了？"

赵探道："他是怕一会儿惹怒安抚使发脾气，兵刃和令牌又要被收回去。对吧，赵振？"

忻继勋不知究竟，笑道："不会，安抚使心情好得很。之前那件事，就算揭过了，说不定连赵巡检身上寄着的二十杖也能免了呢。"

赵探道："那也得看赵振会不会惹上新事。"一边说着，一边饶有意味地看着赵振。

赵振不答。

赵探叹了口气，朝厅内看了一眼，问道："安抚使还未起身吗？"

忻继勋道："今早天快亮时才从夏地囚所回来，回来后又批阅了数封急件，实在撑不住，这才回房睡了。所以不是未起身，而是人刚歇下不久。"

赵探道："你也跟了安抚使一夜，不困吗？"

忻继勋道："还好吧。白锋锐先去睡了，我再盯一会儿，等他出来换我。"

话音刚落，便听到大厅中有动静，转头一看，正见到李允则自后堂出来。忻继勋知道安抚使心中惦记着公务，也不敢相劝，忙奔进去，扶李允则坐下。

李允则招手命赵探、赵振二人进来，先问赵探道：“事情顺利吗？”

赵探道：“顺利。祖巡检使安排了货船及精干人手，伪装成行商，护送耿绍忠过河。北岸那边，刘遂说已经安排好了心腹接应，一登岸，便会快马直驰燕京，去见契丹皇帝。”又转头看了看赵振，似有所顾虑。

李允则摆手道：“无妨。”

赵探遂续道：“雪娘交代的盒子，也交给了耿绍忠。他做下承诺，一定会当面交给耶律化哥。”

李允则皱了皱眉，问道：“就这样？刘遂没有向你私下打听萧燕姿吗？”

赵探道：“没有。其实也不奇怪，估计萧太后在世时，便派人跟易敏……不，萧燕姿有过接触。萧太后曾将萧燕姿下落告诉了刘遂，他是辽国极少的几个知情者之一，估计应该猜到她无论如何都不会再回辽地，所以再打听也是多余。”

李允则立时瞪大了眼睛，问道：“你说什么？在刘遂来雄州之前，他便已经知道萧燕姿人在雄州？”

赵探道：“是啊，刘遂说萧太后早就知道萧燕姿化名为易敏，藏身于雄州白云观中。”

李允则一拍桌案，道：“坏了，怕是要糟。”又责怪道：“这件事，你为何不早早禀报？”

赵探莫名其妙，辩解道：“不是下官不禀报，安抚使不是命人交代过下官，不能提及半句易敏吗？”

李允则抚额道：“坏了，坏了，坏了。”

连说三声“坏了”，旋即起身离座，走到赵探面前，肃色道：“你速速派人过河，令北岸谍者以紧急联络方式知会高翼，要他务必小心，同时将萧燕姿一事，原原本本地告诉他。记住，不能传书，只能口头传达。”

赵探怔了一怔，问道：“高翼？下官没听错吧，安抚使说的是高翼吗？”瞬时会意过来，失声道：“难道高翼……”

李允则道：“还不快去办事。”

赵探忙躬身道："遵命。"

赵探奔出议事厅后，忻继勋这才会意过来，讪讪问道："安抚使适才是说高翼……是说他是自己……"见李允则已重新坐下，面色焦虑，便及时住了嘴。

忻继勋又转头看了看赵振，问道："赵巡检在笑什么？"

赵振愣了一下，奇道："我哪有笑？"

忻继勋道："赵巡检刚经历过一场祸事，以为安抚使多少会另眼待你，没想到连高翼这等机密之事也未加避讳，没有事先令你退出，可见依旧完全信任你，所以你很开心，对吧？"

赵振白了忻继勋一眼，躬身行礼道："下官雄州界河巡检赵振奉命来见安抚使，听候差遣。"

李允则摆了摆手，居然接着忻继勋的话头问道："赵巡检在笑什么？"

赵振不明其意，答道："下官没有笑啊。"

一旁忻继勋力证道："赵巡检刚才明明偷笑了，还不承认。"

赵振想了想，道："下官被关在夏地囚所时，一度对高翼起了极大的佩服之心。下官的意思是，被禁锢的滋味极不好受，高翼竟能挺那么久，实在是毅力过人，只怕下官也要自愧不如。下官自知不该对敌人起这等心思，还很有些耿耿于怀，现下既然知道高翼是自己人，心里便舒畅多了。适才大概是一时忘形，有所流露……"

忻继勋奇道："赵巡检的意思是，再多关你些日子，你便受不住了，要招供自己通敌叛国了？"

赵振道："当然不是，我是说……"

一时不知该如何辩解，心中很有些恼怒，暗道："我还以为忻继勋在暗中帮我，原来他对我旧怨未消，仍然时不时要在安抚使面前给我使个绊子，令我难堪。"

幸好李允则并不以为意，摆手道："赵巡检不必再解释。你即刻返回巡检司官署，将你这些日子的行踪写一份完整报告，从为武宗元做向导起，直到今早来安抚司述命，这期间见过哪些人，说过哪些话，一个字都不能落下。"

赵振迟疑道："这有好几个月时间呢。"

李允则道："嫌长？嫌长也得写。不写完，不得出巡检司一步，否则以违抗军令从重论处。退下吧。"

赵振只得应道："下官遵命。"

脚下却是不动，又吞吞吐吐地道："有件事，下官想要禀报。之前下官在北岸涿州被捕，耶律化哥审讯下官时，特意强调赵氏子弟都在赵家村长大，只有我年少即被送去了军中。"

忻继勋笑道："那耶律化哥将赵巡检家世查得很清楚啊。"

李允则闻言却是大起反应，将手中毫笔重重一放，道："你把耶律化哥原话再说一遍。"

忻继勋久在安抚使身边，熟知上司脾性，料想事情不妙，忙退到一旁，再也不敢轻易插口。

赵振早已猜到耶律化哥必是认定他姓耿，是耿绍忠之子，这才轻易放了他。之所以刻意陷害他，无非是让宋方猜疑他通敌叛国，逼得他无路可走，再设法营救，他便不得不为契丹效力。

赵振自己猜到了，皇城司亲事官高朋座也猜到了，李允则这等人物，不会猜不到，却任凭米雪声称是因为辽国公主爱上了赵振才会如何如何，这自然是想要搪塞耿姓这件事，让赵振就此放下，用心不可谓不良苦。

但赵振怎能放下呢？如若他不姓耿，米雪又何必苦心经营呢？

他是猜到了，只是还不能确认。进来州府之前，他便已决定要向安抚使当面问个清楚明白，不然心中总有个疙瘩，一辈子都放不下，也不可能放下。

既鼓足了勇气，赵振便将耶律化哥原话复述了一遍。忻继勋当即瞪大了眼珠，惊奇万分。

李允则却并不责怪赵振先前有意隐瞒，只问道："你，是不是该以国事为先？"

赵振怔了一下，应道："是。"

李允则道："那么本使再问你，你现下是什么身份？"

赵振道："大宋禁军武官，雄州界河巡检。"

李允则道："你身居要害之职，食朝廷俸禄，不思报效国家，却为对头的一番胡言乱语而整日心神不宁，是不是有过？"

赵振道："是。安抚使教训得是。"

李允则"哼"了一声，道："你心中并不服气，是不是？"

赵振难以压制内心的冲动，大声道："如若换作是安抚使，应该也想知道自己的身世吧？"

李允则道："你确实不是在赵家村长大，但你不是唯一的一个，还有赵祚，他也不在赵家村长大。耶律化哥派人查了你，像赵祚这样叛辽投宋者，他更是会查。为何他不提赵祚，偏偏只说你不在赵家村长大？分明是利用你被捕的机会，故意扰乱你心神。"

忻继勋忍不住插口道："这肯定是耶律化哥离间之计，安抚使没有上当，将赵巡检放了出来。你还不知足吗？"

赵振道："可是……"

李允则有些不耐烦起来，大手一挥，道："赵振暂时停职，回赵家村老宅待着。本使会上奏朝廷，请求将你调往他处任职。"

赵振是宋真宗格外关注的武官，其官职亦为皇帝亲授，李允则虽有权将其免职，但调往他处，仍须上报朝廷，由朝廷做主。

赵振闻言大急，忙单膝跪下请罪，道："下官有错，安抚使尽管责罚，或以军法从重处置，但请不要将下官调离雄州。"

李允则似是动了怒气，冷笑道："怎么，到了这个份上，你还想日日乘坐虎头船，在界河上耍威风？"

赵振一怔，随即猜到定是忻继勋将与自己私下谈话告诉了李允则，一时无可奈何，只好道："雄州是赵振家乡，下官只想留下来，为家乡效力。哪怕将下官免职，让我做一名普通兵士也好。"

李允则冷然道："你现下还有脸提雄州是你家乡吗？继勋，缴了他令牌。"

忻继勋走到赵振面前，叹了口气，道："看来赵探有先见之明。"

赵振不得已交出了巡检令牌，却是极不甘心，干脆心下一横，质问道："难道下官真的是耿绍忠的儿子？不然何以将下官囚禁在夏地，再三讯问，此刻又想要将下官调离边界？"

李允则怒道："敌人一番花言巧语，你心中始终念念不忘，可有想过这只是耶律化哥的攻心之计？"

赵振道："当然有想过。可是下官确实是出生在雍熙北伐之后，时间对得上。而且昨晚米雪娘子带下官去见耿绍忠，分明……分明就是……"一时寻不到合适的措辞。

李允则冷笑道："分明就是什么？带你去与耿绍忠父子相认吗？父子之情，血脉相连，昨晚你见到了耿绍忠，可有感受到骨肉之情？"

赵振瞠目结舌，一时答不上来。

李允则道："本使告诉你，你就是赵家村赵德与李氏所生之子。本使再问你，你能做到从此不再提甚至不再想这件事吗？"

赵振心中早下定决心，虽窥见忻继勋朝自己连使眼色，仍然坚定地摇了摇头，道："做不到。关于身世这件事，下官一定要弄清楚。"

李允则见赵振顽强固执，当即勃然大怒，重重一拍案桌，喝道："来人！将赵振拿下。"

赵振一怔，问道："敢问安抚使，下官犯了何罪？"

侍卫忻继勋也挥手让兵士先退到一旁，插口问道："是啊，之前的事，不是已经弄清楚了吗？赵振是清白的，跟北岸没什么关系。"

李允则道："你不是一向看不惯赵振吗？怎么这会儿反倒为他说话了？"

忻继勋忙道："于私，属下是不喜欢赵振，又死板又自大；于公，赵振官任界河巡检，恪尽职守，并无失职之处。此次偷渡去涿州，前后事情经过也都交代清楚了。他被关在夏地这么久，吃足了苦头，也当是违抗军令的处罚。既然罚都罚过了，为何还要拿他？"

李允则面沉如铁，道："赵振当面顶撞长官，以下犯上……还有，他刻意隐瞒耶律化哥……"

一语未毕，界河巡检使祖名望不待通禀，匆忙闯将进来，躬身报道："安抚使，北岸涿州永泰军指挥使高为弁率兵冲破了界河巡检司防线，强行在雄州两属地登陆，指名索要赵振。”

忻继勋大惊失色，道：“这不是兴兵越界吗？”

祖名望道：“契丹军倒是暂时停驻在两属地，没有跨过界线。还说若是不交出赵振，就要移书朝廷，知会本朝皇帝。下官已派人知会城外兵寨，各兵寨已进入戒备状态。”

顿了顿，又道：“虽说是兴兵越界，但对方也没有太过分，表面还算客气，并没有兵戎相见，只是一力索要赵振。”

赵振见李允则、祖名望，忻继勋诸人均扭头瞪视着自己，面色登时一片煞白，忙道：“下官敢对天起誓，跟契丹绝无勾结。”

李允则霍然起身，走到赵振面前，冷笑道：“你昨晚才被释放，大半夜都在雪娘那里，今早又来了安抚司，即便雄州仍然残存有契丹间谍，北岸也不可能这么快知道你已经无事。耶律化哥一定以为你还被关在夏地囚所中，为了救你，竟然公然出兵越界。契丹这本钱可下得够大。赵振，赵巡检，你好大的面子。”

赵振全身发麻，自知万难辩白，当即解下佩刀，放到地上，道：“安抚使既然不相信下官，便请当着契丹人的面，将下官处死。耶律化哥面审下官的部分经过，下官之前曾刻意隐瞒未报，犯下大过，愿意一死，以正军法。”

李允则面沉如铁，一字一句地道：“好，这可是你自己说的。”

忻继勋从来没见过李允则这等阴郁脸色，料想长官心中极其愤怒，杀机大现。此刻赵振生死恰悬在一线之间，明知不该多话，但为了救赵振一命，还是壮着胆子道：“安抚使，赵振犯浑发疯，您老人家可不能由着他性子。”

李允则丝毫不为所动。

忻继勋揣度求情之类的话不会有任何效果，便又道：“赵振果真姓耿，是耿绍忠之子的话，那岂不就是契丹国主宠妃耿淑妃的弟弟？虽非一母所生，却还是有一半血缘。如若耿淑妃之子将来继承皇位，他就成了辽国皇帝的舅舅了。留着他，不吃亏啊。”

赵振闻言大感气愤，喝道：“忻继勋，你少在这里婆婆妈妈！赵振宁可以被以军纪处死，也绝不以耿氏之子身份苟活。”

忻继勋未及回答，李允则道：“好，就如你所愿。”

随即大手一挥，命道：“来人，将赵振绑了，交由赵探带去国信所，在契丹军前斩首示众。命八大兵寨结营固守。命李钤辖速速调派兵马，全线封锁两属地边界。祖巡检使，你速回巡检司，指挥兵船在界河上结阵，截断契丹军退路。”

辽永泰军指挥使高为弁被引进白沟驿国信所时，知事赵探已等候在大厅中。

双方各报了身份，见过礼后，赵探先笑道：“不好意思，照例高指挥使不能入境，只能暂时借国信所官署一用。”

高为弁面色不善，但仍然抱拳道：“好说。”

赵探问道：“高指挥使违背两国盟约，率兵越过界河，所为何事？”

高为弁道：“先把赵振交出来再说。”

赵探道：“噢？之前贵国北院枢密使耶律相公提出以赵振交换高翼，安抚使本来不大愿意，不过出于两国友好考虑，最终还是同意了。后来赵振因贵国梁国公主干预，被先行释放，我们本可继续扣押高翼，但我们安抚使仍然遵守约定，将高翼还给了你们，等于是公平交换。高指挥使何以又来索要赵振？难不成高翼一回到契丹，便因水土不服生了重病？这可怪不到我们头上。”

高为弁态度甚是强硬，道：“赵知事交人便是。”

赵探名义上是国信所官员，实际执掌机宜司谍报，极少出面应付外事。河北安抚使李允则这次特意派他出马，无非是想要从对方口中探问高翼目下处境。他见高为弁只坚持索要赵振，半字不及高翼，料想高翼多半无事，便告道：“赵振犯了军法，我方安抚使正要将他正法。”

高为弁先是诧异，随即拍手叫好：“好啊，你们杀了他正好，倒省得我方动手了。”

赵探闻言大为意外，问道：“高指挥使希望赵振死？”

高为弁道："当然。"

赵探一时不明所以。他与李允则一样，原以为高为弁是奉北院枢密使耶律化哥之命，为营救赵振而来，却料不到对方却是如此态度。一时又怀疑高为弁只是有意试探，便问道："高指挥使为什么想杀赵振？"

高为弁不答，只冷笑道："问这么多干吗？我就知道李雄州不是真的要杀赵振，不过是想找借口，不肯交人而已。"

赵探已奉了严令，绝不能露怯，便命道："来人，带赵振进来，就地处死。"

高为弁仍然不相信宋方会杀赵振，问道："你们不是在做戏吧？"

赵探道："行刑就在眼前，这还能有假吗？"

赵振一动不动地跪在庭院中。他听到了拔刀出鞘的尖锐声音，感受到了刀锋破风而来的急迫压力。死亡如此临近，这便是当下了——

天清日白，他在契丹人的注视中，死在了自己人手里。

好的是，终不至身败名裂的地步，罪名只是触犯大宋军法，而不是通敌叛国。

他是军人，少年时便已誓师上阵，冲锋杀敌，见惯死伤血腥场面，自己亦早已做好随时赴死的准备。甚至无聊时，还曾暗暗揣度过濒死是何样滋味，有过许多幻想。至身临其境时，方才知真正感受——

那一瞬间，身子悬了起来，既未上升，也未下坠，只是浮着，没有了根基，没有了依靠。

周遭一片混沌，没有天，没有地，只有说不清是黑色还是红色的星星点点，或是暗光，或是微尘。

人没有恐惧，也没有遗憾，更没有空寂，只有许许多多的画面，如流星般一闪而过，一幕一幕，虽然转瞬即逝，却是清楚明晰。

这，就是他的一生了吧？

不知怎的，忽然又想到了昨晚米雪亲手操持的那顿晚饭。何以在人生的最后关头，他想到的竟是这个？

忽有人叫道：“且慢动手！”

刀生生顿住。刀势不衰，仍进了一分，刀刃触及赵振后颈，登时有血渗出。好在入肉不深，赵振身子只略微晃了晃，并未倒下。

站在台阶上观刑的赵探大大松了一口气。虽然对契丹方一定会出声阻止行刑极有把握，但适才情形实在惊险至极。他的两只拳头张开，满手心尽是冷汗。

然出声救下赵振者，并不是契丹永泰军指挥使高为弁，而是其身侧的招讨使奇鲁。

奇鲁不待旁人发问，先道：“赵振不能就这样死，一刀杀了他，太过便宜他了。他杀了叶欢，我要将他带到叶欢灵前，生挖出他心肝，好祭奠亡者。”

赵振闻言大震，回过头来，颤声问道：“叶欢被杀了吗？”

高为弁大为愤怒，斥道：“明明你杀了他，你竟然还要当众惺惺作态。可怜叶欢还一直敬你是英雄。”

赵探大惑不解，问道：“这到底是怎么回事？”

高为弁指着赵振道：“他杀了我永泰军副指挥使叶欢。”

当即告知叶欢仰慕赵振威名，明知双方立场不同，还是一心想跟他结交。刚好梁国公主耶律燕哥感激赵振救命之恩，派叶欢送了一支金簪，结果叶欢这一去，人再也没有回来。

之前叶欢讨下护送梁国公主返回燕京的差事，是预备完成任务后顺便回一趟旧居崖居山寨。他人一直未回涿州，高为弁以为他护送梁国公主抵达燕京后，便回了奚族人旧居探亲。而护送梁国公主的队伍，则以为叶欢临时有事，被滞留在了涿州。原先跟随叶欢上路的永泰军亲兵，在护送梁国公主到燕京后，便按照原定计划，自行去了崖居山寨。是以几日之内，竟无人发现叶欢失踪。

契丹招讨使奇鲁也是奚族人，与叶欢情若兄弟。他最近奉调到燕京，有些闲暇时间，便到涿州寻叶欢相聚。刚好这时叶欢亲兵也自崖居山寨回来，永泰军指挥使高为弁这才知道叶欢根本未至燕京。后来又在新城城外发现了叶欢坐骑，众人便开始怀疑事情出了蹊跷。

而叶欢最后可知的行踪，是奉梁国公主之命去送金簪给赵振。高为弁遂派人到新城渡口一带搜寻，竟在拒马河北岸两属地的一片芦苇荡中发现了叶欢尸首——

人已死去多日，当胸致命一刀，别无其他伤痕。

叶欢是奚族著名勇士，以其人之武艺，若遇袭击，不可能不加反抗即遭杀害，除非凶手是他认识的人。而叶欢本就是来送金簪，又死在拒马河边，除了赵振，再也想不出凶手还会有谁。

赵振也万万料不到契丹纵兵越过界河竟然是因为叶欢之死，一时又悲又喜，悲的是叶欢莫名遇害，喜的则是断然不存在耶律化哥为救他而大起兵戈之事了。只是与叶欢分手时尚属安好，何以会忽然遭逢意外？

尚在凝思时，有人将赵振从地上拉了起来。侧头一看，他身后兵士竟是安抚使心腹侍卫白锋锐，这才意识到适才挥刀斩向他后颈的正是白锋锐本人。虽大感意外，却是一时不及多想，扬声告道："我没有杀叶欢。我们在北岸两属地分别后，我便径直到新城渡口登船，回了雄州。"

赵探忙接口道："赵振没有理由杀人啊。你方涿州已将他释放，叶欢也只是来送金簪，为什么要节外生枝？"

高为弁道："为什么杀人，这就得问赵振了。"

赵探道："赵振说了，不是他杀人。"

高为弁道："除了他，还能有谁？"

赵探道："你们涿州那么多人，一个嫌疑人都没有吗？为什么非要算到赵振头上？"

高为弁怒道："赵知事的意思是，是我们辽人杀了叶欢，再赖到赵振头上吗？"

赵探正色道："高指挥使，我得事先把话说明白：你未经事先照会，领兵越界来到雄州，已大大违反了和约。但念在你永泰军副将惨死，情有可原，我方对此事也表示谅解，不必过多追究。你真正要的，是杀死叶欢的凶手，对不对？那么你一开口，就该先把事情经过叙述明白，再寻求我方合作，一起捉拿真凶。你一上来就坚持索要赵振，到底有何居心？噢，我明白了，你这是懒政。”

高为弁一怔，未及回答，奇鲁先问道：“什么叫懒政？”

赵探道：“就是不作为，胡乱应付差事，一心想早日交差了事。”

见奇鲁仍是愕然难解，便解释道：“涿州是永泰军驻地，叶欢被杀，高指挥使身为顶头上司，肯定有责任，对不对？你们长官必定为此大发雷霆，责令高指挥使捉住真凶，极可能还规定了期限。而叶欢死去多日，人证物证俱失，根本无从调查。高指挥使重压之下，便想拿赵振当替罪羊。他也知道他如果说明了经过，我大宋一方肯定要介入调查，这是他不愿意看到的。所以高指挥使一来雄州，二话不说，便点名索要赵振，想直接带去北岸，这样才能顺顺当当将杀人罪名算到赵振头上。而当高指挥使听到赵振因触犯军法要被处死，登时喜出望外，赵振一死，再也无法出声抗辩，可以随意朝他身上泼污水，别说杀死叶欢，就是杀死牛欢、马欢、羊欢的罪名，通通都可以算到赵振头上。”

奇鲁听了赵探一番话，居然十分认同，转头问道：“高指挥使，你真是这样想？”

高为弁大怒道：“南人一贯花言巧语，你怎可相信他们的话，还帮敌人说话？”

赵探闻言很是不悦，道：“赵某哪一句是花言巧语，请高指挥使指出来。”

奇鲁并非高为弁下属，其招讨使官秩还在指挥使之上，兼之是直爽性情，也不顾有外人在场，当即接话道：“高指挥使不肯说明原因，只一力索要赵振。赵知事称赵振将被正法时，你又从旁添柴加火，想要赵振立即死在眼前。如若不是我出声阻止，赵振此刻人早已经死了。这些都是事实，是我亲眼所见，不叫帮敌人说话。”

赵探忙笑道："而且宋辽早已不是敌人，是兄弟，对不对？"

奇鲁为人憨直，答道："名义上是兄弟，实际上还是对头。但赵知事适才一番话，分析得极有道理。"

高为弁久在涿州，对雄州诸事远比奇鲁熟悉，忙告道："赵知事跟赵振是兄弟，当然要一力维护。"

奇鲁闻言一呆，一时难以置信，问道："赵知事跟赵振真是兄弟吗？"

赵探道："堂兄弟。"

奇鲁当即竖起大拇指，道："了不起。赵知事竟然能秉公执法，力斩兄弟于刀下。你们李雄州也真了不起，敢派赵知事来监刑。"

赵探当即愣住，一时竟难以接话。

高为弁忙道："你们李雄州人呢？赵知事一力维护赵振，李雄州就任凭你胡作非为吗？是不是要高某人带兵去雄州城中拜见，才肯给个交代？"

此时雄州都钤辖李子沐及界河巡检使祖名望已带兵赶至。李子沐闻言冷笑道："好个带兵去雄州城中。高指挥使这是要公然破坏盟约，在雄州动武吗？"

高为弁虽气势汹汹而来，其实并不敢真的败坏盟约，眼见宋兵争相涌进，环伺于四周，个个剑拔弩张，如临大敌，便稍微露了些怯气，道："我只要带走赵振而已。反正李雄州本来也要杀赵振，不如就当他已经死了，交由我方带回去，大家都好交代。"

赵探当然不会同意，道："高指挥使口口声声'交代'，何以你只想带赵振回去交代？"

高为弁道："因为赵振就是杀死叶欢的凶手。"

赵探摇头道："赵振是最不可能杀死叶欢的人。"

高为弁冷笑道："赵知事再维护赵振也无用，他是最后一个见到叶欢的人，凶手一定就是他，别无旁人。"

赵探道："或许叶欢在返回途中，撞见了北岸走私不法者，对方为了灭口，这才杀了叶欢。"

高为弁道："别人说这话不奇怪，难道赵知事也不知情吗？南北阻隔，新城渡口位处两属地，那一带行人极少，来往者多是官方人士，有哪个走私者会胆大到去那边？”

顿了顿，又道：“就算真有这回事发生，现场必定会有一番激烈格斗。叶欢武艺不赖，一般人绝非其对手，更不会听凭对方当胸一刀杀死自己。”

又朝赵振一指，道：“只有他，才有近身杀死叶欢的机会。”

赵探一时难以辩驳，问道：“赵振为什么要杀叶欢？”

高为弁道：“我也想知道，所以我才要带赵振回涿州审问。重刑之下，不怕他不说实话。”

赵探连连摆手道：“事情没弄清楚之前，高指挥使不能带走任何人。”

他二人针锋相对，各不相让。奇鲁忙道：“二位先不要吵。赵知事，为何你说赵振是最不可能杀死叶欢的人？正如高指挥使所言，他明明嫌疑最大。”

赵探道：“因为叶欢把自己的兵器送给了赵振。”

又拍了拍自己腰间的兵刃，道：“咱们都是军人，该知道兵器的重要性，肯将随身佩刀送给对方，那就是过命的交情。而赵振也很受感动，明知道不能接受，否则就是严重违反军纪，但仍然收了下来，结果回来雄州后就被安抚使下令逮捕下狱审问。”

奇鲁闻言大奇，问道：“当真有这回事吗？我们还以为凶手杀了叶欢后，取走了他兵器和坐骑。”

赵探遂命人取来兵刃。奇鲁一眼认了出来，道：“这真是叶欢佩刀，是他十二岁那年，本族族长所赠。”

又特意走到赵振面前问道：“叶欢果真将他最心爱的宝刀送给你了吗？”

赵振道：“是。我二人比试过箭法后，依依惜别时，叶欢将佩刀解下来送给了我。”

当即述说了最后见到叶欢的情形，更是将临别时叶欢最后那句话当众说了出来：“幸得两国不再打仗。你是雄州界河巡检，时时乘船在界河上巡防，叶欢也会自请调驻新城，这样我也会经常带兵巡视北岸，我二人就能再见面了。”到最后一句“我二人就能再见面”时，两行清泪缓缓流过面颊。

庭院中一时寂然，无人出声。

赵振朗声道：“我赵振与叶欢肝胆相照，不论国家，不论民族。他是因为给我送物才追到拒马河边，结果意外被人杀死，赵振对此也负有责任。高指挥使，赵振愿随你过河，一定要查出是谁杀了叶欢。”

高为弁嘴唇嚅动了几下，他本受命要将这件事闹大，但却被适才赵振那句“我与叶欢肝胆相照，不论国家，不论民族”感动，再难以说出指斥对方的话来。

契丹招讨使奇鲁却有惊人之举，自行走到赵振身后，拔出刀来。宋兵不明所以，登时鼓噪起来，一齐亮出兵刃。奇鲁却举了举手，表示并无恶意，随即挺刀割断赵振手上绑索。旁人均感意外，赵振本人亦惊奇不已。

奇鲁又道：“请赵巡检随我等过河，带我去你与叶欢比试箭法的地方。果真如你所言，我便相信你没有杀死叶欢。”

赵振应道：“好。”

赵探忙道：“赵巡检，你是朝廷命官，又是戴罪之身，不得长官允准，不可私自离境。”意指这件事关系重大，须得回城请示过河北安抚使李允则再说。

赵振却道：“赵某长官不就在这里吗？”随即向巡检使祖名望躬身请命道：“请指挥使允准下官随契丹军过河。况且下官跟叶欢比试箭法的地方，属于缓冲地带，下官身为界河巡检，登陆北岸，只要人在两属地内，便不算违制离境。”

他虽是巡检司副长官，却是当今真宗皇帝亲自任命。祖名望深知赵振只是因为年纪尚轻、资历不够才得任副职，飞黄腾达是迟早的事，故而素来不敢以下属对待，此时更不敢擅作主张，只踌躇道：“这个嘛……”

赵振道：“下官找到杀死叶欢的真凶后，自会返回雄州领罪。”

祖名望忙道："我倒不是担心这个……"

赵振道："那么下官便当巡检使准了。"

祖名望不敢应答，只转头去看赵探和雄州都钤辖李子沐。

高为弁见气氛微妙，担心再出意外，忙大声道："赵振既肯主动赴北岸接受调查，我等即刻退兵。等到叶欢一案了结，涿州自会行文说明今日越界之事。"

李子沐并不统领机宜司及巡检司——机宜司的挂名长官甚至不是河北安抚使李允则，而是皇帝心腹宦官；巡检司一般归地方管辖，基本职能是治安，类似县尉，只不过前者是军队系统，后者是行政。但雄州界河巡检司因其特殊性，不归于雄州，直接隶属于河北安抚司——与赵探、赵振互不统属，但他是雄州地方最高军事副长官，考虑更多的是一方安危，低声道："契丹兵马涌入雄州，即便不会真的动武，仍然是心腹大患。这些人多留一刻，便多一分不测，后事难以预料。他们肯自行退去，自然再好不过。赵振现下处境尴尬，杀也不是，放也不是，不如顺其自然，静观其变。"

赵探闻言觉得有理，便不再出声阻拦，又暗暗朝侍卫白锋锐使了个眼色。白锋锐会意，当即转身离去。

祖名望见李子沐、赵探二人均不反对，便勉强点点头。

契丹招讨使奇鲁又特意走到赵探面前，问道："你们安抚使要杀赵振，是因为他私自接受了叶欢送他的佩刀吗？"

赵探道："不全是。但这一条，确实也算赵振身上的重要罪名。"

奇鲁道："这把刀……"

赵探爽快地将佩刀递给了奇鲁，道："刀就先交还给招讨使保管。你自己和赵振商议，看要如何处理。"

奇鲁既惊且喜，道："这可实在太好了。"当即接了佩刀，别在自己腰间。

高为弁见旁人再无异议，便大手一挥，命道："走！"

赵探忙追过去，拉住赵振，低声告道："那奇鲁倒还讲理，高为弁可是一心想要你死，你小心些。"

赵振问道："之前我被关在夏地囚所时，兄长讲述过高丽使者徐颂之事。赵村长认为徐颂偷渡去北岸，是为了见高为弁，对不对？"

赵探道："对，但这只是猜测，尚无定论。徐颂和方偕二人迄今未归，安抚使已派了人过河寻找。你突然问到这个，莫非是……"

一语未毕，高为弁已从旁催促，命令契丹兵士强行将赵振带走。

契丹军乘船过河时，雄州界河巡检使祖名望亦率巡检司兵士乘坐虎头船跟在契丹船队之后。但到达新城渡口后，虎头船只停靠在岸边，祖名望等人并未下船。

一登岸，赵振便先问道："叶欢是在何处被杀？"

高为弁敌意仍极为浓重，道："这得问你赵巡检了。"

赵振遂改口问道："叶欢尸首是在哪里被发现的？"

奇鲁答道："再往前几里地。"

赵振道："我想先去那里看看。"

奇鲁道："好，我带你去。"

高为弁忙拉住奇鲁，有意落在后头，正色道："赵振说的那些话，只是他一面之词。叶欢人不在了，他可以随意编排，反正死无对证。要我说，必是赵振杀了叶欢无疑，叶欢宝刀就是最好的证据。他是杀了人后，顺手取走了宝刀。"

奇鲁却摇头道："赵振说的是真话。如果不是叶欢告诉过他，他怎么会知道古崖山寨？那是我奚族人世居之地，极为隐秘不说，不是自己人，绝对不能踏进山寨半步。叶欢竟然肯邀请赵振到山寨避难，可见心中早就当他是兄弟。"

又道："高指挥使，奇鲁不是傻子，看得出来你一心要让赵振当替罪羊。你明明与叶欢交好，我不信你会任凭杀死他的真凶漏网，可是另有苦衷？"

高为弁当即听出了弦外之音，反问道："难道你怀疑我跟叶欢之死有关？"

奇鲁道："你确实很难解释你一口咬定赵振是凶手这件事。我猜你多少知情，但你只想将事情推到赵振身上。如若不是我出声阻止宋人行刑，只怕杀死叶欢的罪名，就真的落在死去的赵振头上了。”

高为弁道：“我怎么会知情？当日我受枢密使之命，押解赵振出境。在叶欢护送梁国公主上路后，我才带着赵振出发，根本就不知道叶欢会折返回来追赶赵振。”

奇鲁道：“对，事情经过是这样。但这里面有个疑点，高指挥使押着赵振到了北岸两属地，便撇下赵振自行离去。那地方距离河岸尚远，他须得步行很长一段时间，才能抵达新城渡口。”

高为弁不解其意，应道：“是这样啊，叶欢便是在赵振赶往渡口的途中追上了他。”

奇鲁道：“问题就在这里，赵振是从涿州大狱中放出，由高指挥使直接押解到边界，他身上肯定一无长物，更不要说兵刃了。叶欢尸首，你我都亲眼看过，他是被短兵刃一刀杀死，所以也不存在赵振夺取叶欢宝刀后杀人这回事。”

高为弁一时惊奇万状，眼睛睁得滚圆，瞪视着奇鲁。

奇鲁道：“怎么了？很奇怪吗？不怕告诉高指挥使实话，奇鲁是个粗人，这些不是我自己想到的，是枢密使告诉我的。”

这“枢密使”，便是耶律化哥。

高为弁既惊且奇，问道：“耶律相公早认为叶欢不是赵振所杀吗？为何还当面交代我要以强硬态度对待南岸，务必将赵振带回？”

奇鲁道：“应该还是想利用赵振来做什么事吧。他老人家看得远，非我等所能揣测。”

又问道：“对了，枢密使明明命高指挥使带赵振回来，何以宋人要杀赵振时，你不出面干涉？”

高为弁忙道：“我原先不知耶律相公另有安排，以为赵振就是杀死叶欢的凶手，带他回来，他也逃不过一个死字。况且适才状况你也见到了，李雄州本来就要杀赵振，我只不过顺水推舟而已。”

奇鲁道：“那么为何高指挥使不先说明原委，再向雄州要人呢？”

高为弁道：“如果说明原委，李雄州必定声称不是赵振杀人。毕竟赵振有官职在身，他杀死我契丹武将，于南朝声名有污，李雄州会极力庇护，到时候纠缠不清，还不知道要僵持多久。”

而高为弁久守涿州，知道以往南北交锋中，宋人怯懦怕事，总会先行退让，只求息事宁人。这就是为什么耶律化哥交代一定要摆出强硬态度，是因为契丹气盛强势惯了。

高为弁最近气不大顺，此次奉命兴兵越界，原本是想好好摆摆大辽的架子，在雄州耀武扬威一番，借机出一口闷气。以为奇鲁坚持跟随自己来雄州，只是因为与叶欢情若兄弟，想要亲自捉拿凶手，却料不到竟是耶律化哥另有安排。

一时惊疑交加，猜测耶律化哥对自己起了猜疑之心，所以才令奇鲁从旁监视。而奇鲁因认为自己言行异样，已大大起了疑心，甚至开始怀疑自己与叶欢之死有关，这可是严重至极，须得立即说明撇清。高为弁当即对天起誓道：“我跟叶欢一向相处甚欢，他意外遇害，我万分心痛，也立誓要为他报仇。我确实认为赵振是凶手，所以才一心想要他死。至于他人死在雄州，还是涿州，在我看来，并无分别。请奇鲁招讨使务必相信我。”

奇鲁道：“我也不信高指挥使会跟叶欢被杀有关。”

他的措辞甚是古怪。虽则奚族人大多汉话不好，也经常词不达意，但高为弁强调的是请相信他，奇鲁则回答得是另外一句。一对一答，字义差异颇大。

高为弁一怔，还待再作解释，奇鲁却不愿意再谈，抬脚疾步去追赵振。高为弁心中一时生出不祥之感来。

奇鲁引赵振来到一片芦苇荡，告道：“就在那里，是我亲自抱他上来的。”

赵振道：“这一带是浅水滩，水不深，距离官道也不算远，但处处淤泥，路人不会平白无故来这里。叶欢应该是被人杀死后，移尸来这里。”

料想凶手杀了叶欢，怕被人发现，便将尸首拖进了芦苇荡。

再回到官道，却没有发现蛛丝马迹，料想即便当时留下了血迹，也早被风沙及来往行人抹去，想从现场找到线索，几无可能。

赵振一时束手无策，便决意先引奇鲁去比箭现场，那里应该还留有箭支，足以证明自己所言是实，遂道："我与叶欢比试箭法的地方，在那边一片小树林里。已经走过了，还得折返回去。"

奇鲁道："好。"忽举手相招，命道："来人，将赵振绑了。"

赵振大吃一惊，问道："招讨使还未看过比箭之处，何以就要绑我？"

奇鲁道："不必看了，我知道赵巡检说的都是真话。"

一旁高为弁也大感意外，不知奇鲁意欲何为。虽则涿州是他的地盘，但他既知奇鲁另承北院枢密使耶律化哥之命，便不敢再轻易出声。

赵振已有所会意，问道："这么说，招讨使即便知道我不是杀死叶欢的真凶，仍然还是要扣下我？"

他之前意外得知契丹兴兵是因为叶欢被杀时，既伤痛叶欢之死，却又舒了一口气，暗自庆幸自己不必再背上投敌叛国的罪名。实在没想到几番转折风波之后，契丹军的最终目的，仍是将他带来北岸，心中不由得又多了几分苦涩滋味——

契丹将他扣押，应该仅仅是个开始，如若耶律化哥明确告知他就是耿绍忠亲子，他该如何面对？更难堪的是，对赵振自身而言，等于坐实了之前河北安抚使李允则的猜测，契丹军越界的最终目的，还是要救他，叶欢被杀只是借口，只想顺理成章地将他带到北岸。

奇鲁叹了口气，道："实在抱歉了，我也不想这么做，可我有军令在身……"正待下令，忽见到三名男子从旁侧芦苇丛中钻了出来。

对方也料不到官道上站着一大队契丹兵士，一时愣住，愈发显得形迹鬼祟可疑。

奇鲁先是一怔，随即命道："将那三人一并拿下了。"

高为弁忙叫道："且慢！"

但奇鲁手下可不会听永泰军指挥使的命令，一拥而上，赶上去捉拿那三人。

那三名男子，中间一人似已昏迷，由另外两名男子搀扶着。右首男子见契丹兵士不由分说地冲了上来，当即放开同伴，拔剑出鞘，迎了上来，剑光一闪，便削中两名契丹兵士手腕。虽非致命，两名兵士却在瞬间丧失了继续作战的能力，兵刃掉落在地，只能捂住伤腕退开。

其余兵士见敌人凶悍了得，当即张弓搭箭，直朝那男子射去。

那男子舞出一团剑光，干净利落地将箭支击落，又横剑挺立，傲然道："怎样，明某这手剑法，比之你们契丹第一名家刘遂如何？"

这男子，便是曾在雄州惹出不小风波的明未光了。契丹人敬重英雄，当即有人拍手叫好。

奇鲁见状大为诧异，忙上前喝问道："你是什么人？竟敢在涿州撒野拒捕。"又一挥手，契丹兵士一齐搭箭，或瞄准明未光，或瞄准他身后的两名男子。

高为弁忙道："且慢动手。那边酒醉不醒的男子，名叫方偕，旁边的是他同伴徐颂。二人虽然是南岸偷渡过来的，但枢密使早已知情，也已默许。雄州那边确实发过公文来，说会派人来寻方偕和徐颂，应该就是这姓明的了。"

奇鲁居然听过方偕的名字，问道："就是那个将你们永泰军酒量最厉害的韩小树都喝趴下了的方偕吗？"

一名永泰军兵士闻言很不服气，道："谁说韩军校喝趴下了？明明是方偕拼酒输了，愿赌服输，他还趴在地上叫大家伙儿'爷爷'呢。"

奇鲁道："我可是听说韩小树头天晚上就倒下了，还吐了好几口血，紧接着就大病一场，现今人还躺着没好，还疑心患了腐胁疾。而这方偕第二日生龙活虎不说，又从涿州北上，一路喝到燕京。每过一处，都是以海量震动地方。"

他并不真的关心方偕酒量，不过是顺口一提，又朝明未光质问道："你到底是什么人？"

使剑男子答道："在下明未光，只是一介草民。受河北安抚使李雄州之托，来北岸寻人，事先已经知会过涿州耶律使君。"

奇鲁道："你剑法很好啊！你手中的剑看着很不错的样子，可以给我看看吗？”

明未光直截了当地拒绝道：“不行。”

一名兵士喝道：“你这南人好生不识相！这位是我们招讨使。你虽然是宋朝官员，受南岸李雄州所派，但来到我们契丹，就该老实点儿。快些交出兵器！”

明未光道：“明某不是官府中人，实在论起来，也不是宋人。”

明未光原是北汉皇族出身。宋太宗赵光义御驾亲征灭亡北汉后，纵火焚烧了有“龙城”之称的北汉都城太原，许多来不及撤离的无辜民众被熊熊大火吞没。明未光最尊重的两位亲眷即死于那场大火，他从不认为自己是宋人，以示不忘故亲。

旁人自是不知原委。奇鲁奇道：“那你是什么人？”

明未光冷然道：“江湖人。我们江湖中人，最不怕事大。宋人也好，辽人也好，有国有家，都是看得见的；我们江湖人，只有江湖，是看不见的。”

奇鲁道：“这话是什么意思？”

明未光道：“意思就是，宋人多怕辽人，一向忍让，所以契丹作威作福惯了。可明某不会由着你们。我看你们这意思，是务必要夺下明某手中佩剑，而我是一定不会相让的。咱们大打一架怎样？你们人多势众，我以寡敌众，虽然大大吃亏，但只要出尽全力，也不至于一败涂地。”

又道：“这一场架打下来，不管谁输谁赢，涿州肯定会责怪雄州，雄州则必定认为涿州不对，宋辽重新开战，是不是就趁了这位招讨使心意？我怎么记得契丹萧太后才刚刚下葬，当年澶渊之盟，宋辽约为兄弟之国，可是她亲手缔结。怎么，她人刚走，你们就要挑衅滋事，败坏盟约，重启战端？”

奇鲁因另有顾虑，想先行扣下莫名冒出的明未光三人，万万料不到对方会是如此强硬姿态，又再以一顶“败盟”的大帽子扣下来。而今辽丽大战在即，奇鲁奉调来燕京，正是为了东征高丽做准备。对一心想要靠讨伐高丽建立威望的辽国皇帝而言，目下最不愿意看到的事，应该就是宋辽关系恶化。奇鲁尚有要事待办，既无把握，便不愿意多生事端，遂摆手命道："放他三个过去。"

明未光插剑入鞘，却不肯就此离去，指着赵振问道："这个人，是不是雄州界河巡检赵振？"

奇鲁道："你认得他？你不是江湖人吗？你们南人说的江湖人，应该就是侠客的意思吧？"

明未光道："之前赵振被逮捕下狱，李雄州担心他手下巡检司兵士出力营救，聘请我做狱卒，看管过他几日。"

又扬声问道："赵巡检，你可真够倒霉的！在雄州，你整日披枷带锁；在涿州，你也是被五花大绑。你到底得罪了哪方？"

赵振不予理睬，只对奇鲁道："招讨使，我想跟明未光说几句话。请你看在我与叶欢惺惺相惜的份上，让我过去，就说几句话而已。我人已被绑住，不可能从你眼皮底下逃掉。"

奇鲁尚有所犹豫，踌躇不语。

赵振又道："明未光是局外人，非敌也非友，绝不会冒险出手救我。"

奇鲁遂道："好，这可是看在叶欢份上。赵巡检若敢起异心，休怪我下手不容情。"

明未光一见赵振过来，便先低声问道："赵巡检，你何以又被契丹捉了？"

赵振道："说来话长。有人杀了涿州永泰军副指挥使叶欢，我是最后一个见过叶欢的人，契丹人以此为由兴兵越界。我是主动跟随他们来这里，原本是想查明叶欢被杀真相。"

明未光皱了皱眉，问道："被杀的契丹武将名叫叶欢吗？"

赵振心念一动，问道："怎么，明郎认得他？"

明未光摇头道："不认得，但我听过这个名字很多次。"

转头看了看徐颂，这才低声告道："实话告诉赵巡检，叶欢是高丽使者徐颂所杀，他自己已经承认了。"

原来徐颂近来夜间常做噩梦，有时候大白天的也会恍恍惚惚，惊悸之下，时不时地会叫出“叶欢”两个字。与他同行的方偕多次追问原委，徐颂总是支吾搪塞。明未光找到方偕、徐颂二人后，也立即发现了徐颂的异样之处。

今日到了新城两属地，徐颂迟疑不肯前行，似有所畏惧。明未光疑虑已久，他可不会像方偕那般和善客气，再三逼问之下，徐颂终于说出了曾在河边杀死契丹男子叶欢的事实。但具体原委，他不肯多说，明未光亦无从得知。

至于适才徐颂不肯走官道，非要引着明未光、方偕胡乱改走小道，应该也是为了避开凶杀之地。不想三人自芦苇丛中钻出来时，刚好遇到了奇鲁一行。

赵振闻言愈发困惑，道：“叶欢怎么会认识徐颂？”

叶欢既是在毫无防备的状况下被一刀杀死，必是先前见过徐颂，但这怎么可能呢？一个是奚族人，一个是高丽人；一个是契丹武将，一个偷渡过河的高丽使者，完全是风马牛不相及。

明未光早知自高丽归国乡民窦文显诸事，道：“我原先不知叶欢是永泰军副指挥使。徐颂偷渡去涿州，应该是去见永泰军指挥使高为弁；或许他去见高为弁时，遇到过叶欢。”

赵振早留意到高为弁一认出徐颂便神色紧张，当即会意过来，道：“原来那日我被放回雄州时，徐颂人早已等在附近。”

料想徐颂见过高为弁后，便要设法返回雄州，但怎样过河却是个问题。高为弁既知赵振将被释放，便让徐颂预先等在新城渡口附近，等到赵振经过时主动现身，表明身份，如此，便可正大光明地随赵振乘坐雄州界河巡检司船只过河。

不想当日叶欢快马追上赵振，又是比箭又是畅谈。徐颂因为见过叶欢，生怕对方起疑，尤其不能被赵振知道他去见过高为弁一事，遂不敢出来，只能躲在一旁干着急。

等到叶欢与赵振惜别，折返回去时，意外发现了躲在路边的徐颂。他既在顶头上司高位弁处见过徐颂，当然要下马询问一番。徐颂大概是担心，竟出其不意地杀了叶欢。

明未光道："不管经过及动机如何，叶欢的确是徐颂所杀。只是目下赵巡检不能说出真相，我必须得带活的徐颂回去雄州。再则说，我也不希望见到契丹又多了一个对高丽用兵的理由。你是大宋武官，当然希望对头契丹穷兵黩武，消耗国力，如此大宋便可大占上风。但弱小国家从来都是一样的，都不希望受到入侵，老百姓更是无辜，不该遭遇生灵涂炭。大宋其实并不比高丽强多少，高丽至少在上次战争中没有吃亏，靠外交手段保全了土地和利益，大宋却是靠实实在在的岁币，才勉强换来数年和平。"

赵振奇道："明郎一番长篇大论，是想要赵某就此隐瞒真相吗？你也知道辽国强大，自古弱肉强食，契丹兵力已经发动，东征高丽势不可避。何况叶欢是因为相送赵振，这才遇害。无辜之人都应该得到真相，即使他是契丹人。"

明未光只知叶欢替梁国公主来送金簪，不知他与赵振倾心结交一事，对赵振这番言词很不以为然。但他生性冷傲，也不屑争辩，只道："不管怎样，我都要带徐颂走。这里的事，只能有劳赵巡检自己解决了。徐颂是真凶不假，但我是奉李使君之命带徐颂回雄州，赵巡检若说出真相，契丹定会将叶欢之死算到大宋头上。"

顿了顿，又道："赵巡检不妨保持沉默。就算契丹认定是你杀了叶欢，他们应该也不会对你怎样。"

明未光既得河北安抚使李允则信任，甚至受托渡河寻人，已尽知赵振诸事。

赵振听到最后那句话，料想明氏早已认定自己该姓耿，不由得暗中苦笑道："看来明未光是认为将杀死叶欢的罪名算到我赵振头上，才对大宋最为有利。难道我赵振就不是宋人了吗？"

虽心头大感苦涩，仍慨然应道："好，明郎做你该做的，我做我该做的。不过请让我跟徐颂说上几句话。"

见明未光迟疑，遂反问道："怎么，这都不行？赵某应该没有机会再回南岸了，就当是我最后的愿望吧。"

明未光思虑了好大一会儿，最终还是点头应允，引赵振来到徐颂面前。

徐颂已将醉得不省人事的方偕放到路边，不断搓着双手手掌，一副局促不安的样子。

赵振不愿意拐弯抹角，开门见山地问道："徐使者为什么要杀叶欢？"

徐颂登时慌乱不已，结结巴巴地道："我……我不是有意要杀他。他经过时发现了躲在路边的我，又认出了我，质问个不停，我……我一时着了慌……"

赵振早已猜到究竟，问道："是不是你去找高为弁时，遇到过叶欢？就算如此，你也用不着杀了他。"

徐颂道："原先叶欢不知道我真实来历，高为弁只对他介绍说是东北亲眷。"

高氏祖先原是渤海国贵族，与东北原渤海国故地仍有千丝万缕的联系，高为弁如此介绍，叶欢自不会起疑。

徐颂续道："叶欢发现我躲在道边，立即猜到我是要渡河去南岸，由此对我身份起了疑心，一再追问。而且就算他放我走，我怕契丹知道究竟后猜忌高为弁，夺去他的兵权，如此，局势对我们高丽愈发不利了。"

吞了一口唾液，又道："我也是被逼无奈。我之前从来没有杀过人，总以为对习武之人而言，杀个人实在不算什么，直到真的动了手，才知道杀人其实是件很可怕的事。他……他死了也会找上我。我……我永远忘不了那血淋淋的一幕……"

忽听到背后有窸窸窣窣之声，立时心惊胆战，毛骨悚然。大着胆子转过头去，却是醉酒的方偕醒了，他一骨碌爬起来，走到赵振面前，道："我认得你，你是……"

明未光见已有几名契丹兵士朝这边走来，担心节外生枝，忙道："好了，我们该走了。"

赵振料想徐颂即便真的卷入绑架高阳关副都部署杨延昭之子杨文广诸事，宋廷还是会礼送其归国，叶欢无辜惨死之仇终不能报，一时心中不甘。他双手被缚，无力阻止，却还是挺身挡在徐颂面前，不肯让开。

明未光敌意大盛，果断出手，将赵振推到一边，携了徐颂、方偕自行离去。

契丹兵士将赵振重新带到奇鲁面前。赵振见奇鲁丝毫没有押解自己上路的意思，心中不免犯起了嘀咕，暗道："莫非我全想错了，奇鲁是要在这里将我杀死？如此，杀死叶欢的罪名，仍然可以推到我头上。"

他见奇鲁手握刀柄，杀机已现，当即问道："招讨使不想知道是谁杀死了叶欢吗？"

奇鲁立即松开了手，问道："莫非赵巡检知道凶手是谁？"

赵振道："我有几句话想问高指挥使。"不待高为弁反应过来，先问道："高指挥使，你确信你当日只送了我一人来这边吗？"

高为弁先是一愣，随即沉下脸问道："赵巡检这话是什么意思？难道你是暗示我与叶欢被杀有关？"

赵振道："就是字面上的意思，当日高指挥使是否只送了赵某一人来新城渡口。"

高为弁忽然会意过来，当即"啊"了一声，张大了嘴巴。

奇鲁疑心大起，问道："高指挥使，高为弁，莫非真的是你……"

高为弁忙道："不是我，是……"

奇鲁追问道："是谁？"

高为弁不答，先一把揪住赵振衣领，喝问道："真的是他杀了叶欢吗？"

赵振不答，只漠然凝视着高为弁。

奇鲁大为着急，问道："到底是谁？"

高为弁跺了跺脚，随即挥手呼叫部下道："快随我去追人！"

赵振忙叫道："不必再追。"又道："明未光不好惹，他奉命带徐颂回去，必定不会放人。你们双方大打一架的话，输赢还是小事，宋辽争端重启，你国皇帝东征高丽的计划不免就要泡汤了。这个责任高指挥使承担得起吗？"

高为弁果然顿住了脚步，然而却是一副追悔莫及的模样，极其失落。

奇鲁问道："凶手是徐颂，对不对？"

他虽然不明究竟，但适才只有明未光、方偕、徐颂三人经过这里，应该就是高为弁的追击目标。之前高为弁未见过明未光，而那方偕又是个大酒鬼，剩下的便只有徐颂一人了。

高为弁见奇鲁双目中怒火闪动，右手已经紧紧握住了刀柄，有些着慌起来，忙道："我实在想不到徐颂他……"

赵振插口道："高指挥使一明白过来，便起意要去追捕徐颂，足以证明他与此事无干。"

高为弁料不到赵振会帮自己说话，一时大为感激。

奇鲁一时顾不上责难，咬牙切齿地道："我要亲手杀了他。"便欲立即去追徐颂。

赵振道："招讨使请留步。徐颂是高丽使者。"

奇鲁大感意外，"啊"了一声，转头去看高为弁。高为弁不得已，只能点点头，示意赵振所言是实，又补充道："徐颂是出使大宋使团的副使。"

赵振道："果真因为一个徐颂大打出手的话，宋辽就此交恶，正好趁了高丽人心意。招讨使果真想为叶欢报仇，不妨在东征高丽战场上见高低。"

奇鲁一想有理，便打消了捉拿徐颂的念头，但仍然怒意未消，气恼地道："你们李雄州包庇杀人凶手，这笔账可不能就这么算了。"

赵振道："安抚使根本不知道徐颂在涿州的所作所为。我也是刚刚见到徐颂神色不对，这才猜到的。安抚使派明未光来寻徐颂，是因为他那帮高丽手下在雄州兴风作浪，甚至绑架了杨六郎杨将军的小公子。"

杨延昭威名赫赫，奇鲁久闻起名，闻言惊异万状，问道："竟有这等事？"

赵振道："你们契丹在雄州安插了不少探子，高指挥使不会没听到风声。”

高为弁立即点头应道：“有这回事。耶律相公还认为是回鹘人所为，实在想不到……”又愤然道：“高丽居心险恶，竟然提出以杨三公子交换高翼，分明是要嫁祸于我们契丹头上。”

赵振已知高翼是河北安抚使李允则用计安插进辽地的宋朝间谍，闻言心念一动，暗道：“看情形，高翼尚未暴露，高为弁语气中，仍然将他当作契丹自己人。”

奇鲁哼了一声，森然问道：“废话少说，高指挥使，你跟徐颂到底是什么关系？莫非你真的跟高丽有所勾结？”

高为弁一听，心中“咯噔”一下，暗道：“难怪枢密使安排奇鲁跟着我，原来早怀疑我与高丽私通。是了，枢密使多半已知悉徐颂身份，也知道我带他去过我私宅。”

他自知此刻生死悬于一线之间，一时不及多想，急忙叙述了事情原委——

当日徐颂主动找到高为弁，表明身份，声称偷渡来北岸，是专程来见他。高为弁自然很是吃惊，但他本人有高丽血统，不愿就此告发徐颂，又因官署门前不便交谈，便带了徐颂回去私宅。

正如所料，高丽已得知辽国即将大举东征高丽，徐颂要求高为弁利用高氏家族的影响力，设法阻止辽圣宗。高氏自高模翰之后，在辽国地位已大大下降，高为弁只是永泰军指挥使，在朝中根本说不上话。即便他能够决定军政大事，也不愿意放弃高氏三辈人好不容易在契丹积累的荣华富贵，所以当即拒绝了徐颂，并要求徐颂即刻离去。

刚好此时副指挥使叶欢有事来找高为弁商议，正好撞到高氏送徐颂出来。高为弁为了掩饰，便称徐颂是东北来的亲眷，叶欢也不疑有他。

高为弁很快意识到危险，万一此事露出马脚，可就大事不妙了，于是又收留了徐颂，准备寻找合适的机会送他过河。

很快高为弁便得知耶律化哥要释放赵振，于是派心腹将徐颂先行送去新城渡口附近，令其等在道旁，等赵振经过时现身，与赵氏一道返回雄州。不想梁国公主又派叶欢快马送金簪给赵振，遂有了后来之事。

至于徐颂，次日来到永泰军军营，接走了半醉不醉的方偕。高为弁虽然惊诧徐颂竟没有随赵振返回雄州，但既然对方没有再找他，料想已然死心，也就随他去了。

高为弁知道奚族人最重情义，大致叙述完经过，又特意强调道："我祖母是高丽公主，就因为这一点干系，我也不愿意太过绝情。毕竟徐颂异想天开，幼稚可笑，可确实是为了他母国而费心费力，颇令人钦佩。况且我知道徐颂这一趟必然徒劳无功，高丽终将臣服在大辽脚下，所以始终没太当回事，想不到徐颂他……"

深深叹了口气，又道："我自知大错已经铸成，再怎么做，也不能令叶欢活转过来。我高为弁对天起誓，此次东征，一定会自请为前军先锋，攻克高丽后的第一件事，便是亲手杀了徐颂，割下他的人头来祭奠叶欢。"

他早已下定决心，说完"祭奠"一句，便立时拔刀出鞘，削去了自己的左手小指。又强忍疼痛，续道："如若做不到，我会砍下我这只左手，以谢叶欢在天之灵。"

奇鲁颇为动容，又仔细盘算回味了好大一会儿，这才相信高为弁与徐颂杀死叶欢之事无干，一时踌躇不语。

高为弁道："如果招讨使还不相信我，我愿意自刎谢罪。"

奇鲁这才道："那倒不必。希望高指挥使记得你今日许下的誓言。"

高为弁道："我这就赶回涿州，当面向枢密使请战。"

奇鲁点点头，道："高指挥使先行一步，我随后就到。"顿了顿，又道："高指挥使，你要多留心下你府中的女奴。我去见枢密使时，亲眼见到那名叫莺歌的女奴从枢密使房中出来。"

高为弁家眷尽在燕京，他因长驻涿州，在城中有一处私宅，安置有一名女奴莺歌，不必当值时，便会回私宅风流快活一番。莺歌是辽廷赏赐，起初高为弁还大呼幸运，竟然分到了如此貌美可人的汉女，却不想竟是耶律化哥的眼线，一时脸色惨白若纸。

奇鲁不愿意自己人在赵振面前失态，忙提醒道："高指挥使此刻赶去面见枢密使，将事情原委如实上报，再自请出战高丽，应该还来得及。”

高为弁回过神来，应道：“是了，多谢。”自拱手辞去。

高为弁率部离开后，奇鲁转头看了看赵振，无奈摇了摇头，随即拔出刀来，走到赵振身后。

赵振早有心理准备，倒是丝毫不惧，只问道：“是耶律化哥命招讨使杀了我吗？”

话音刚落，便觉手上一松，双手脱缚。原来奇鲁拔刀，竟是为了割断绑索。

奇鲁道：“不是。枢密使命我先带赵巡检回到北岸，再在两属地杀了高为弁，再放赵巡检走，将杀人罪名算到你头上。”

赵振惊愕交加，这才明白奇鲁适才为何要莫名其妙地扣下明未光三人，应该是怕这三人日后成为证人，作证说曾见到赵振已被牢牢绑住，根本不可能杀死高为弁。

奇鲁见赵振神色闪动不定，一副难以置信的样子，遂解释道：“枢密使告诉我说高为弁暗通高丽，极可能涉入了叶欢命案。我原本不信，但见到高为弁一心要杀你，便开始信了。若不是适才赵巡检意外指出徐颂才是真凶，我极可能真的遵命杀了高为弁。”

叹了口气，将叶欢宝刀还给了赵振，挥手道：“你走吧。”

赵振道：“招讨使既没有杀高为弁，又放我走，回去后要如何向耶律化哥交代？”

奇鲁闻言登时露出喜色来，道：“赵巡检不顾自身安危，先考虑他人，果然是条汉子，足见叶欢没有看错人。你放心，我的官秩、军功足以自保。再则说，东征在即，我奚族善造车[1]，正要大显身手。时

[1] 奚人多居山林，善于造车，史称“奚车”。奚车是奚族重要的交通工具和生产工具，有“马是人的足，车是家的脚”之说。奚人甚至以车为栏，人居其间。奚车不但供奚人自己用，还大量供给契丹，即史籍所记“契丹之车皆资于奚”。除广泛用于牧业生产外，奚车战时也用于运载辎重。奚车大都用牛挽之，北宋吴奎使辽时，曾见过奚车，有“奚车一人驾，朝马二人骑”的诗句。另一位出使辽国的沈括则记载：“奚车不能任重而利于行山。”

值用人之际，非但我不会有事，高为弁应该也不会有事。”

赵振心道：“耶律化哥既知高为弁曾与徐颂暗中会面，又怀疑高为弁杀了叶欢，却不以军法处置，欲以另外手段除掉其人，应该也有不愿战前杀将的用意。”遂放下心来，当即道了谢，就此告别。

来到新城渡口，虎头船仍然停在原处。界河巡检使祖名望一见赵振出现，急奔下船，迎上来问道：“他们放了赵巡检，应该是找到真凶了吧。”

赵振点点头，问道：“明未光三人呢？”

祖名望道：“他三人乘坐飞鱼船过河了。怎么，赵巡检途中遇到了他们？”

赵振奇道：“明未光什么都没说吗？”

祖名望道：“只说找到了徐颂，要立即带他回雄州见安抚使，半句没提遇到过赵巡检呀。”

赵振心道：“明未光此人当真厉害，剑法高明，又沉得住气。他料想若是说出我已被契丹人拿住，祖巡检使多半会按捺不住，带兵下船，赶过去察看究竟。万一两方起了冲突，那可就是大事。他索性一个字都不提，祖巡检使不知究竟，只能按照事先约定等在渡口。可明未光明明见到我被绑住，处境堪忧，就任凭我落在契丹人手中吗？他是不是早已不拿我当自己人？我……我到底是不是姓耿？”

其实在这之前，赵振心中早已有七八分确定自己本该姓耿，然而耶律化哥现下又如此待他，要将杀死永泰军指挥使及副指挥使的罪名同时加到他头上，似是要陷他于万劫不复的境地，无论如何都不像是对待妹夫亲生儿子的态度。

难道耶律化哥恼恨耿绍忠移情别恋，另与宋女生下一子，要为妹妹耶律氏出气？可如此一来，耶律化哥不就彻底得罪耿绍忠了吗？耿绍忠从前就是萧太后宠臣，而今其亲女更是贵为辽国皇帝宠妃，只怕他动了真怒，耶律化哥也没有好果子吃。

似乎兜了一大圈，又重新回到了起点。还是那个疑问：他，到底姓不姓耿？

他如果不姓耿，为什么北岸耶律化哥，南岸李允则、米雪都会有那般古怪的反应？

他若是姓耿，何以他见到耿绍忠时，并没有那种血脉相连的悸动与羁绊？

到了白沟驿渡口，巡检使祖名望道："请赵巡检自己回城去见安抚使吧。我这边还有些公务要办，得随虎头船驶往水寨。"

赵振应了一声，自行下船。

路过晴川酒肆时，内里有人叫道："赵巡检！"

赵振转头一看，大酒鬼方偕在酒肆大堂中，面门而坐，正向他招手。赵振遂进去问道："方郎酒才刚醒，这么快又喝上了吗？"

方偕笑道："哪有过酒肆不入的道理？反正明未光只是要带徐颂去见李使君，没我什么事。闲着也是闲着，不喝酒，还能做什么。"

又问道："赵巡检刚刚不是人在北岸吗？好像还被契丹人捉了。难道是方某看错了？"

赵振不答，只道："请方郎随我进城去见安抚使。"

方偕奇道："我吗？我只是一介平民，为何要带我去见安抚使？"

赵振道："方郎偷渡越界，去了辽地，还出入过契丹军营，又去了燕京，这些日子的行踪都得一一交代清楚。"

方偕倒是爽快，应道："好。"当即将酒一饮而尽，站起身来，叫道："店家，结账。"

店家奚松烟闻声出来，见案上酒坛还剩下大半，便笑道："没喝多少，这次就不收酒钱了。方郎现下名头响亮得很，万一将来喝遍天下无敌手，三娘可就大大沾光了。"

方偕哈哈一笑，忙道了谢。

赵振见奚松烟并不理睬自己，微一迟疑，还是追上前问道："三娘，我的佩刀……"

奚松烟道："就知道赵巡检是无事不登三宝殿。至于你先前押在这里的佩刀嘛，三娘我有件事想请赵巡检去办，事情办好了，佩刀自然会双手奉还。”

赵振问道：“三娘想要赵某办什么事？”

奚松烟道：“二十斤乌梅。”

赵振道：“乌梅[1]可是军用物资。”

奚松烟道：“三娘要乌梅，是用来制墨。易墨以鱼胶为底，添入少许梅子汁[2]，比往常都要好。”料想说了对方也不懂，遂道：“不管怎样，想要佩刀，拿二十斤乌梅来换。”

赵振为难地道：“赵振现下的处境，三娘不会没听说吧。赵振自身难保，还不知回城后安抚使会如何处置。三娘想办的事，只怕赵振办不了。”

奚松烟道：“装惨没用。办不了，佩刀就得押在这儿。”

赵振一时无奈，只得先携方偕离去。途中又问道：“你跟契丹军校拼酒，到底是输了还是赢了？”

方偕笑道：“输了。不过我是有意输的。我在涿州捅了个不小的娄子，混进永宁驿馆把馆中藏的酒果差不多喝光了。虽然契丹人好酒，也敬佩酒量好的人，但这个酒果也不是随随便便就能喝的。表面上涿州长官没太当回事，但我早看出高为弁还有涿州军营的那些人都特别气愤，我再赢一场酒，估计就算能活着回来雄州，也得被契丹人拘禁好久。所以我在韩小树快要不行的时候先装醉倒下了。果不其然，我输了之后，大家都特别高兴，涿州军营里简直是欢声如雷。我装模作样趴在地上叫了几声‘爷爷’，那些人也就放过了我。次日睡醒，徐颂来接我，我就安全出来了。”

又问道：“武宗元人呢？他可得好好谢谢我，涿州军营这场酒其实是为他喝的。”

[1] 乌梅由青梅加工而成，具有敛肺、涩肠、生津、安蛔之功效，与甘草同为军中常备解药，故而为军事物资。

[2] 此处取自典籍。又据唐人韩鄂《四时纂要》所载制胭脂法，当需要酸性原料如醋或石榴籽时，可用乌梅代替。当为相同原理。

当日涿州修睦亭前，方偕早看出武宗元必定认识赵振，而契丹指挥使高为弁也起了疑心，方偕便故意东扯西拉，将话题转移到酒上，这才缓解了气氛，暂时消除了危机。

赵探答道："武宗元早回汴京了。"

方偕"哎哟"一声，道："可惜。不过我很快也要去汴京，到时再去找他。"又问道："陈丽呢？"

赵振也不了解高丽接伴使陈丽是随李迪使团回了京城，还是仍然留在雄州等高丽使者徐颂归来，只道："方郎先顾好自己吧。"

来到州府，刚好遇到机宜司知事赵探与皇城司亲事官高朋座引着徐颂、陈丽出来。徐颂垂头丧气，陈丽也是一副愁眉苦脸的样子，然一见到方偕，面上立即有了光彩，奔过来问道："方郎人还好吧？"

方偕笑道："我很好啊。丽娘你呢？"

陈丽转头看了一眼徐颂，道："我……我要回京城了。"

方偕忙道："那很好啊，我也要去京城，准备应试科考。咱们一道上路，也好做个伴。"

赵探已赶将过来，利落地捉住方偕右臂，道："你不能走，安抚使指名要见你。"

方偕只好道："那好，回头我去京城找丽娘。"

陈丽迟疑道："徐颂惹了很大的祸，论起来，我这个接伴使也有责任。我……我也不知道回京会怎么样。"

方偕忙道："丽娘放心，不管怎样，我都会去找你。"

陈丽点点头，忽然满面绯红，慌忙举袖掩面，转身随高朋座去了。

后来契丹北院枢密使耶律化哥彻底弄清武宗元、徐颂、陈丽、方偕四人的身份，最遗憾的却不是辽永泰军指挥使高为弁没有及时拘捕武宗元，而是未能留下陈丽。

自大宋立国以来，对辽谍报打击的最大者，不是河北豪强赵延祚，也不是雄州边守李允则，而是时下炙手可热的权臣丁谓。当年丁谓一举擒获辽谍报首脑人物马珠勒格，并使用铁血手段，成功从马珠勒格口中获取了辽间谍名单，契丹在大宋境内精心布置的谍报网遂遭到毁灭性打击，迄今未能完全恢复元气。

耶律化哥本人也差点因此被贬职，所幸不久后“澶渊之盟”达成，辽国大大获利，萧太后及圣宗皇帝心情极好，方才不再追究此事。

而这丁谓，根本就不是主掌边事的大臣，亦非领兵对阵的武将。耶律化哥竟折戟于其手中，简直是奇耻大辱。

丁谓本是天才式人物，兼之为人功利，一般人都不放在眼中，生平好友极少，只有两名足以推心置腹的朋友，这便是孙何、陈靖。而陈丽，就是陈靖孙女。

如若能捉到陈丽，以宋朝间谍罪名予以审讯，不管丁谓明面上如何反应，其心理上必不好受，毕竟，陈丽是因为他才会受到各种残酷虐待。如此，耶律化哥也算是为当年之事出了一口恶气。

然人生不如意事十之八九，武宗元虽然对吴道子壁画魂牵梦绕，却还是能在关键时刻断然掉头，陈丽亦随之折返。由于武宗元有所预警，机智地改走易水，契丹眼中最重要的两位人物，就此逃过一劫。

至于高丽使者徐颂，返回汴京后，即与使团连同窦文显、廖毛豆、牛松坡三人，一齐递解出境。

而后徐颂在返回高丽途中跳海，生死不知。是以后来辽圣宗征服高丽，契丹军将高为弁亦无法取得徐颂首级，来祭奠被杀的永泰军副指挥使叶欢，高为弁还为此斩下了自己的左手。

此为后话。

送走高朋座一行，赵探放开方偕，先抢过来拍了拍赵振肩头，道：“回来就好。我们原先都以为你会被就此扣下。明未光更是声称契丹人预备将你解去燕京，这下他被着实打脸了。”

赵振很是不解，问道：“明未光怎么会这样想？”

赵探道：“你当时已经被绑住了啊。明未光说他看得出，奇鲁防范的是高为弁，对你却无恶意。”

不待赵振询问，先主动告道："安抚使不是真的要杀你，不然不会指派白锋锐去做刽子手。怎么，你不信？你可是皇帝亲自任命的界河巡检，安抚使能不上奏请命，便杀了你吗？"

赵振一怔，问道："如果当时奇鲁不叫停呢？"

赵探道："白锋锐那一刀也不会真的斩下去，只不过后面就要靠我来圆场了。"又看了看赵振后颈的伤，道："你以为白锋锐真的收不住手吗？他是故意的，他听到奇鲁出声阻止后，仍然有意伤了你，如此契丹便不会起疑了。"

又道："不过我们都料不到契丹会是因为叶欢被杀而来兴师问罪，原先的计划都用不上，只能按照李铃辖所言，静观其变了。好在你回来了。你是将徐颂才是真凶一事告诉奇鲁了吗？"

赵振道："当时我以为奇鲁要当场杀我，便用言语暗示了高为弁，令他自己猜到并说出了真相。"大致叙述了经过。

赵探听说奇鲁本来要杀高为弁，惊奇不已，思虑了好大一会儿，才道："安抚使正与李铃辖议事。一会儿进去后，你将事情交代清楚，老老实实认错，人头应该能保住，最多打几下军棍。"

又招手叫过方偕，问道："你，应该早看出徐颂有问题，何以始终不问半个字？你总不可能一直是醉着的吧？"

方偕叹道："那日我们在燕京饮酒，徐颂忽然哭出声来，说是契丹将要入侵高丽，问我可否能想到办法阻止。我当时人还清醒，却佯装醉了。他最难的时候，身边只有我，只能向我求助，我却没有任何回应，还有什么资格去问其他事？"

又道："其实这次武宗元、陈丽有惊无险，包括我自己，很大一部分是因为徐颂。"

徐颂自新城渡口折返回涿州后，找到了方偕，本来是商议设法返回雄州，方偕突发奇想，要去燕京饮酒。徐颂也想找机会拜见住在燕京的高为弁亲眷，便欣然同意。

两人虽结伴前往，心境却完全不同，一个是豪饮如牛，一个则是满腹心事。徐颂愁苦时，便向方偕倾诉。所谓倾诉，更像是喃喃自语。徐颂以为方偕醉了，其实方偕都听在了耳中，只不过依旧佯装不醒而已。

也正是从徐颂的自语中，方偕才知道何以高为弁追到涿鹿酒肆后，对待自己还算友善，完全将自己当作酒鬼来看。而之后也一直认定武宗元、陈丽二人还在涿州，都是因为徐颂之言——

徐颂曾告知高为弁，方偕确实是来辽地喝酒的，而武宗元就是来看吴道子壁画的。至于武宗元与陈丽已提前返回雄州一事，徐颂也没有说实话，只按照方偕的说法，声称二人先去了楼桑庙。

高为弁祖母是高丽人，徐颂这次来涿州，是特意来找他，向他求助，他当然不会怀疑徐颂之言。所以当高为弁先后派快骑往楼桑庙及新城渡口追赶，未能找到武宗元、陈丽时，也就算了；若他不是误以为武、陈还在涿州，派兵全面封锁河道，二人未必能及时逃脱。

赵探听了方偕叙述，愣了一愣，这才道："我原以为方郎只知酒醉，想不到你也心明。"

方偕道："不是心明，是实在不知该怎么办才好，不得已装糊涂。"

赵探因知道方偕曾两进永泰军军营，又狐疑问道："辽方真的没对方郎怎样？"

方偕笑道："我人到了涿州后，要么醒着在喝酒，要么醉酒昏睡过去了，连半醉半醒的时候都很少，他们能对我怎样？"

见赵探依旧审视着自己不放，当即收敛笑容，问道："赵知事该不会是怀疑我被辽人策反，再派回大宋做奸细吧？"

赵探忙道："绝对没人怀疑方郎。连防范宋人那么厉害的契丹人都没怀疑过方郎，还带你去了涿州军营呢。"

方偕奇道："这是什么话？契丹人对我好，不正好说明我可疑吗？"

赵探笑道："方郎还想自己可疑？我的意思是，契丹人早看出方郎只是一个酒鬼，不值得防范，所以才会带你去涿州军营。这样的人，怎么会有人费尽心思去策反？"

挠了挠头，又道："不过像方郎这样在涿州大闹了一场，毫发无损，全身而退，还真是头一回见。”

方偕朝州府内指了指，问道：“听说那个李使君很厉害，他会不会因为我偷渡过河而责罚我？”

赵探正色道：“会。方郎就等着挨罚吧。”

方偕立时有些紧张起来，搓手道：“那该怎么办？”

赵探“哈”了一声，道：“方郎在涿州军营时，面对千军万马，都能面不改色心不跳，应付自如，回到自家地盘，反倒不知所措？”

方偕摇头道：“那不一样。契丹人性情豪爽，嗜好美酒，在辽地时，基本靠酒量就能解决全部问题。而回到雄州……”忽然眼前一亮，问道：“李使君好饮酒吗？”

赵探先是一怔，随即斥道：“你小子还真是……这话可绝对不能当面问安抚使。”

三人进来州府，在议事厅外候命。不一会儿，侍卫忻继勋送雄州都钤辖李子沐出来，又叫道：“安抚使可以见方偕了。”

赵探遂引方偕进去。

赵振未得召见，不敢擅动。忻继勋招手叫道：“怎么，赵巡检还等着安抚使亲自出来迎接？”

赵振闻言，便跟着忻继勋进来。

见礼之后，李允则先问道：“你是莆田方鼎之子？”

方偕应道：“是。”

李允则问道：“本使几年前听过你的名字，听说你小小年纪就能写诗作文。”

方偕一怔，奇道：“李使君如何会知道方偕的名字？”

李允则道：“前任河北转运使薛奎，曾在你们莆田任过知县。你家在莆田城内义门上坊，对不对？”

方偕生性豪放，也没将偷渡去辽地饮酒太当回事，忽闻李允则与旧日师长薛奎相识，这才收敛笑容，叉手站好，应道：“是。”

李允则道：“方郎可知雄州是军事重镇，酒库之酒是官物，酒库也是禁地。你擅入禁地，偷取官物，可是犯了重罪。”

方偕料不到对方会提窃酒而不是偷渡，当即色变，有心求饶，但又自知犯错是实，不好意思开口。

李允则又问道：“你可知错？”

方偕忙深深作了一揖，道：“方偕知错。”

李允则问道：“如今有个法子可以将功赎罪，你将你被契丹指挥使高为弁带走后的经过一五一十地交代出来，所历所闻所见，一个字都不能漏。”

方偕奇道：“就这个？”转念便猜到李允则是想要更多了解契丹情况，忙躬身应道：“是，方偕遵命。”

当即按李允则要求，讲述起相关诸事。每到关节之处，李允则都会插口问及详情，方偕总能一一详细描述出来，包括涿州永泰军军营内人马安置等。

侍卫忻继勋越听越惊奇，忍不住问道：“方郎都喝醉了，还能记得这么多？这些该不会都是你瞎编的吧？”

方偕笑道：“喝酒是我的毛病，也是好处，我醉了比醒着更清醒。诸位不信吗？那好，坦白说，我那晚在雄州酒库偷喝了两瓮新酒，两瓮应该不算少吧？”

忻继勋应道：“何止，一头牛都能醉倒。”

方偕道：“我出来酒库后，便自月门进来驿馆。走不多远，遇到一名杂役……”当即描述了那杂役身形外貌，又描述了驿馆大门当值的守卫等。

续道：“我走下台阶后，有一名兵士道：‘这人我怎么从来没见过？’另一名兵士道：‘他是米家务人，跟米霰同村，是专门请来验酒的。’”

忻继勋忙道：“属下之前奉安抚使之命调查酒库失窃案，盘问过那晚当值的兵士，那两名兵士，确实说过这些话。”不由得开始对方偕刮目相看，道：“想不到方郎还是个奇人。”

方偕笑道：“其实我也不知道我为什么会醉酒后格外醒事，这完全是上苍的恩赐，非人力所为[1]。”

又详细描述了燕京南门一带的布防，道：“我当日喝醉了，疯疯癫癫地闯过关卡，上到城头去唱歌。契丹兵士已经听说了我的事，非但没有阻拦，还有人主动上来跟我约酒。”

赵探大喜过望，忙道：“只怕方郎还要在雄州多留几日，下官会派人将方郎所述详细记录下来。”

方偕笑道：“何必劳烦他人？方某完全可以自己写。”

赵探笑道：“那再好不过。”

方偕又有意问道：“这个，是否能弥补我偷渡之过？”

李允则原本就没有打算追究偷渡一事，只想吓唬吓唬方偕，却料不到这年轻人除了酒量惊人，更是身负异才，当即笑道：“足以弥补。”又道：“天色不早。赵知事，你先带方郎下去，好好安置，明日再请方郎动笔不迟。”

赵探道：“遵命。”

正要带方偕离去，侍卫白锋锐陪着米雪匆忙进来。

米雪径直道：“我听说了那件事。”转头见到赵振，微微一怔，也不及招呼，又问道：“那件事，安抚使是如何处置的？”神色十分焦虑。

赵探猜测米雪是为高翼而来，忙命兵士先带方偕出去，告道：“雪娘放心，下官已派人紧急传口信到北岸。而且据赵振描述，高翼应该还没有暴露，至少涿州永泰军指挥使高为弁在言谈之中，仍然将他当作他们自己人。”

米雪闻言愈发着急，跺脚道：“辽国即将东征高丽，萧燕姿曾是名义上的高丽王妃，她人竟然一直躲在雄州，这是大事，耶律化哥不会不问，高翼必定已经暴露无遗。只不过耶律化哥隐忍不发，想放长线钓大鱼。你派人与高翼联络，等于是送羊入虎口。”

赵探一时愣住。

[1] 此为历史真事。方偕平生性喜饮酒，酣宴往往无节制，但醉后却记忆清晰。他任福清（今福州福清）知县时，部属乘他醉时偷懒不理事，不想方偕酒醒后，竟件件清楚。部属幕僚十分惊异，从此再也不敢偷懒。

李允则道："是本使下的命令。"又长叹一声，道："雪娘说得对。本使竟然一时没想到，是本使疏漏了。"

米雪摇头道："不是安抚使的错。安抚使深具谋略，不会疏漏。谍者虽然都是无畏的勇士，但用谍与真正的战场还是有所不同，只会更血腥更残酷。"

李允则虽然表面尽量不动声色，心中却是大起波澜——

谍战是不见硝烟的战场，背后有着无数的血腥与惨烈。而成与不成，因素实在太多。譬如高翼，本是天衣无缝的计划，却意外因而暴露，他之前所受的种种作为铺垫的苦楚，便都化作了流水。

而方偕竟能凭一己之酒量，喝光了永宁驿馆的酒果，亦能全身而退，还堂而皇之出入涿州军营及燕京城墙，无意间为大宋探取到了价值重大的军事情报。

再想到高翼付出了如此惨重的代价，却不想因为一个微不足道的小破绽而露馅，不免十分令人不甘。

然谋事在人，成事在天，尽管尽了最大努力，却只得到最坏的结果，真可谓"情势不由人"。

米雪又道："是我失算，太想让耶律化哥死，这才放走耿绍忠，不然还可以用他来换回高翼。"一时追悔莫及。

李允则摇了摇头，道："耿绍忠换回了曹狱长的儿女曹珍、曹珠。他二人虽是平民，却与高翼一样重要。"虽意指放人并无不妥，但他与米雪却是出于完全不同的目的，才决定将耿绍忠放归辽国。

米雪闻言很是感慨，道："安抚使到底是安抚使，米雪可没有你老人家这样的胸襟。"

李允则毕竟是边关最高统帅，很快就平定了心绪，道："高翼是军人，早知道可能会有这样的结果。这件事，先到此为止。"

侍卫白锋锐忽插口道："不如拿苏惠去换高翼。她是契丹安插在雄州间谍头目，耶律化哥必然十分在意。"

李允则道："如若能换回高翼，就算将苏惠及她那些同党全部放回去，本使也愿意。”

米雪遂行礼告退，又侧头看了看赵振，微微叹了口气，便转身离去。赵振心中忽然大起悸动，想要追出去，脚下刚动，便听到李允则喝道：“赵振留下。”

赵振无奈，只能眼睁睁地看着米雪头也不回地离开，又回身重新向长官见礼，禀报了今日到北岸后的诸多情形。

李允则虽然已从明未光口中了解到部分情形，但听说耶律化哥曾安排招讨使奇鲁杀死永泰军指挥使高为弁，然后再嫁祸给赵振，仍深感意外，却只捋摸胡须，踌躇不语。

侍卫白锋锐极为费解，因议事厅中只有自己、忻继勋、长官及赵振，别无外人，便忍不住问道：“高为弁有高丽血统，耶律化哥心生猜忌，命人杀他，不算稀奇，可为什么要嫁祸给赵振？”

侍卫忻继勋接口道：“这是耶律化哥有意为之，嫁祸赵振只是明面，他还会进一步怪罪我大宋。如此，本朝多少会觉得对契丹有所亏欠，断然不会在这个时候再站到高丽一方了。”

白锋锐道：“可赵振没有杀高为弁啊？”

忻继勋道：“赵振只有一个人，奇鲁手下那些人都可以作证是赵振杀了高为弁，这叫众口铄金。赵振之前已有种种……种种那个，说不清道不明，脑袋都差点掉了，再撞上高为弁这件事，那可真的百口莫辩。”

白锋锐道：“可是……”

李允则忽摆手道：“好了。赵振，你先回巡检司，将你这些日子的行踪如实记录下来。至于你之前所犯过错，暂时按下，容后再论。”

赵振躬身应道：“下官遵命。”微一迟疑，又道：“安抚使，下官想问一句实话，关于下官身世，下官到底是不是……”

忻继勋重重咳嗽了一声，抢到赵振身边，低声道：“你苦头还没吃够吗？趁安抚使还没发话，快些滚出去。”

赵振却不理睬，扬声道：“这件事困扰下官已久，下官须得当面向安抚使问个明白。”

李允则重重一拍案桌，喝道："你是非要揪着这件事不放吗？耶律化哥如此待你，将杀人罪名嫁祸于你，要置你于死地，你还认为你自己姓耿吗？"

赵振道："可是之前……"

李允则却不由分说地挥手命道："来人，拿下赵振。"

忻继勋刚要求情，李允则随即朝他一指，喝道："将他也绑了。"

忻继勋莫名其妙，问道："安抚使，你指错人了吧？"

李允则道："没错，就是你。"又重新下令道："来人，将赵振和忻继勋都绑了。"见一旁白锋锐目瞪口呆，不知所措，当即斥道："怎么，连你也要抗命？"

白锋锐忙躬身道："属下不敢。"先上前收缴了赵振、忻继勋兵刃，又到门边叫进兵士，命将二人上绑，先带出去。

忻继勋虽不敢抗拒，心中却大为不平，一出议事厅，便厉声质问道："赵振，你使什么坏了？你是不是做了什么见不得人的事，有意将我拖下水？"

赵振摇头道："我不知道安抚使为什么下令拿你。"

忻继勋道："那安抚使发这么大脾气，下令拿你，又是为什么？大家都知道你姓赵，出生于赵家村，在石普将军军中长大，为什么非要纠结到底姓不姓耿？"

赵振一时气结，只默然不语。

不一会儿，侍卫白锋锐重新出来。忻继勋忙道："安抚使只是一时之气，对不对？他是不是要你放了我？"

白锋锐道："不是。安抚使下令将你二人关押讯问。"随即对兵士下令道："将他二人封了三觉，带走。"

忻继勋闻言惊诧不已，道："不是吧？我只是替赵振求过几次情，又不是……"

一语未毕，口中便被塞了麻布，随后两耳也被塞住，又有布套当头罩下，当真是不能视物、不能闻音、不能出声的"三无"了。

赵振被左右兵士携着，拉扯着前行。虽然头被罩住，但此时天光暗淡，前面有兵士举火照明，依稀能从光影中大致辨别出街道。

等到出了北门，赵振便心中一沉，心道：“是要带我去夏地囚所吗？”

一回想起在囚所的痛苦经历，不由得心如死灰——看来安抚使仍是将他当作契丹间谍对待，却不知为何连忻继勋也拿了。

天色彻底暗了下来，无边的漆黑像一张巨大的欲望，劈头盖脸地罩住了大地。

黑暗中跌跌撞撞走了老远，忽闻见了极重的水气，赵振料想必是接近拒马河了。如此，自己必是被押往夏地囚所无疑。后面的忻继勋大概也猜到了此节，极力挣扎，发出急促的“呜呜”声，却无济于事。

终于到了目的地，赵振被连人带索绑到一根柱子上。从光影来判断，忻继勋当是被绑在了他对面。兵士旋即退了出去。二人“三觉”被封，也无法交谈，真是有苦说不出。

也不知道过了多久，头罩忽被人揭下，来者竟是赵延祚。赵延祚先取了赵振耳塞、口布，又过去取下忻继勋的头罩及封禁。

忻继勋大力吸了几口气，先打量了一下四周，奇道：“这里不是夏地囚所吗？”

赵延祚摇头道：“不是。这里是笨笨湖庄园的地下密室。”

忻继勋忙声辩道：“赵村长，赵侍禁，我好冤枉啊！快放开我。”

赵延祚道：“先别急。之所以绑着你们二位，是怕你们情绪激动之下，做出不可理喻之事。”

忻继勋奇道：“赵村长是担心我对赵振动手吗？哈，我还真的想揍他一顿。”

赵延祚道：“你二人是同母异父的兄弟。”

赵振、忻继勋大吃一惊，异口同声地道：“怎么可能？”

忻继勋看了看赵振，又连连摇头道：“他？不可能，绝对不可能！”

赵延祚摇了摇头，捡起两团麻布，分别塞入赵振、忻继勋口中，禁止二人出声。又道：“抱歉，请二位稍微委屈下，听老夫把话说完。”

随即指着赵振道："你，赵振，是米雪与刘晟所生。"

又指着忻继勋道："你，忻继勋，则是米雪与耿绍忠所生。不错，米雪就是昔日机宜司女谍者米雪，米雳的妹妹，米霰的姊姊，你们都已经知道并见过她了。刘晟是现任契丹北府宰相。耿绍忠嘛，老夫不说，你们也都知道他是谁。"

赵振一时如坠冰窖，这才明白为何当日在涿州遇到刘晟时，对方会莫名问一句"你娘亲是不是姓米"——

原来那才是他真正的亲生父亲。当时刘晟必然是感受到什么，这才过来相询，看来至亲骨肉、同气连枝，此语真不虚。

另一边忻继勋虽不能出声，却猛力挣扎，显然是有话要说。

赵延祚却不肯松开口禁，只道："不是有人说你跟刘遂有点像吗？你亲生父亲姓耿，刘遂生母也姓耿，所以容貌有所相似，不算稀奇。"

他也不管赵振、忻继勋二人反应如何，续道："当年米雪从契丹逃回时，已怀有身孕。那时的她，完全变了一个人，多次想要打下腹中胎儿，却始终不能如意。后来生下一子，就是赵振你，你生母不顾产后虚弱，亲手抱起你，要将你溺死。老夫赶到时，你人已在水池中，抱你出来时，旁人都以为你已经死了。幸好上天垂怜，隔了老大一会儿，又自己活了过来。米雪声称你是刘晟之子，不能留在人世。老夫干脆将你抱走，交给村民赵德抚养，又告诉米雪你人已经死了。一两年后，米雪怀上了耿绍忠的孩子，老夫料定她有意如此，好利用孩子去对付耶律化哥，所以也趁她产后无力，将孩子抱走，交给了定州军将忻信阳抚养。那个孩子就是你，忻继勋。"

赵延祚又道："米雪知道是我抱走了忻继勋，多次来找我要人，我自然不会让她如愿。但米雪就是米雪，她最终还是自己追查到了忻继勋的下落，甚至知道她的第一个孩子也还活着，就是赵振，不过因为安抚使的及时干预，她同意不再介入你二位的人生。至于事情发展到今天这个地步，完全是天意。你二人均被刻意带离雄州，却最终还是各凭本领回到了这里。赵振如若不去北岸寻武宗元，便不会落入耶律化哥之手，耿姓之子一事也不会就此浮出水面，更不会引发后面这一系列事件。”

重重叹了口气，道：“你们不要怪米雪心狠，没有母子之情。她为大宋所做出的隐忍及牺牲，比老夫所了解的任何一个人都要多。如若说这世上有老夫钦佩的妇人，那么一定是米雪。”

随即走到赵振面前，问道：“你听明白了吗？”

赵振点点头。赵延祚便伸手挖出他口中布团，又回身解开忻继勋口禁，道：“现下你们两兄弟自己吵吧。”自行掩门出去。

赵振、忻继勋面面相觑，均震惊不已。

好半晌，忻继勋才问道：“赵村长……他……他说的是真的吗？”

赵振心头也是一片茫然，只沉默不应。

忻继勋大急，嚷道：“为什么是我？为什么？”极力想挣开绑缚，却始终不能如愿，便高叫道：“喂，来人，快来人！放开我！”

一时如疯如癫，狂呼了好一阵子，却始终只能听到自己的回音。忻继勋骤然间气馁极了，竟哽咽着哭出声来。

赵振皱眉问道：“你哭什么？”

忻继勋道：“我……我也不知道。”顿了顿，又道：“从前我很敬慕你，虽然表面总跟你过不去，但心底里还是服你的。自从知道你姓耿，我便……便……”

赵振问道：“便看不起我了吗？”

忻继勋道：“那倒不是。但再看你时，肯定会跟以往不同。我还悄悄和白锋锐议论，一旦真的确定你本来姓耿，会怎么做。实在想不到我才是那个该姓耿的人。”

赵振未知真相之前，本来极纠结身世之事，此刻见到忻继勋一如他之前的苦闷彷徨，反而豁然开朗，遂劝慰道：“亲生父母是无法选择的，好在血缘并不代表一切，你也无须太介怀。”

忻继勋赌气道：“你说得轻巧，又不是你姓耿。”

赵振叹道：“我的处境，又能比你好多少？最起码你还有疼爱你的养父养母，我则是自幼失去双亲。”

忻继勋一想自己确实比赵振幸运得多，便问道：“后面该怎么办？”

赵振正色道：“你我在宋境长大，自然是地地道道的宋人，绝不能有认敌为父之心。至于后面该怎么办，首先得看安抚使会如何处置你我。”

忽有人推门进来，竟然是米雪。赵振倒还算镇定，只是不知该如何招呼，遂保持沉默。

忻继勋并不是第一次见到米雪，此刻却仿若初次见到世上最奇异的事物，双目圆睁，紧紧盯着她不放，嘴唇抖抖索索，却说不出一个字来。

米雪神色倒是与往日无异。她在人生韶华时，便经历了数不清的惊涛骇浪、狂风骤雨，早已磨砺得心如顽石，世间极难再有能让她动容之事。

她先走到赵振面前，平静地告道：“你已然知道了身世，但我还是想亲口告诉你，你是我所生，生父则是契丹北府宰相刘晟。”

刘晟是汉人，却能在契丹官至北府宰相，可谓人中龙凤。当年米雪与兄长米雳潜伏燕京，已崭露头角。刘晟虽然文采斐然，却是个花花公子，年纪轻轻，便成为辽翰林学士。米雪以美色相诱，探听了不少情报。

“雍熙北伐”前，大宋派在燕京的间谍金勇不慎露了行踪，被辽南京留守耶律化哥逮捕，重刑之下，招出了所知一切，米雳由此被捕。米雪则因刘晟及时通风报信，侥幸逃过一劫。

金勇被捕后还招出了宋师将自海上进攻燕京的计划。耶律化哥紧急上报后，辽国调兵遣将，在海岸线严密布防。轰轰烈烈的“雍熙北伐”最终以宋军惨败而告终，辽军大胜还师时，将米雳以“射鬼箭”酷刑处死。

米雪想方设法摆脱了刘晟的监禁，千辛万苦，逃回雄州，其时已有身孕，后产下一子，即为赵振。

不久前赵振偷渡去辽地、返回雄州后即被关押讯问，其实是米雪的主意。她早听说刘晟负责主持移交宋使者崔可道灵柩，人一直在涿州，遂怀疑赵振被押至涿州后，刘晟认出了赵振，这才以辽梁国公主的名义纵走了亲子。

至于“耿姓”的相关推测，则是在赵振被捕下狱、狱卒意外发现衣带信之后。纵然想到耶律化哥已认为赵振是耿绍忠之子，但米雪仍没有排除刘晟已认出亲子的可能。

后来刘晟护送宋使者崔可道灵柩到白沟驿馆时，米雪甚至亲自出面，乔装混在人群中，暗中窥测动静。见刘晟毫无异色，也没有提及赵振及打听其人诸事，这才彻底相信了赵振之言。

即便相信赵振清白，但有衣带信及“耿姓”之事，米雪便想利用他来引出更多契丹间谍。在这之前，米雪曾先后派人到辽地散布耿绍忠仍在人世且育有一子的消息，以为日后除掉耶律化哥埋下伏笔。既然耶律化哥根据各方面收集的情报，断定赵振为耿绍忠之子，料来不会轻易放弃他。

实际上，大概受到了来自辽圣宗宠妃耿淑妃的压力，狐狸一般狡诈的耶律化哥确实花费了不少力气在赵振身上——先陷害赵振，再指示潜伏在雄州的契丹谍者设法营救赵振。

虽然这一次将契丹间谍一网打尽的关键契机仍是崔玄妙，但事实却证明，米雪的预测完全准确——耶律化哥不只是不放弃赵振，还对其势在必得。

至于这一次耶律化哥欲杀死高为弁后再嫁祸赵振，当是不知契丹间谍头目苏惠已在昨夜被捕，不过是一石三鸟之计：既能除掉有高丽血统的高为弁；又能将杀人罪名算在宋朝武官头上，借机向宋朝廷施压，在外交上占据主动；而赵振则无路可走，即便宋朝廷知道其无辜，也不得不予以严惩，或是当作杀人凶手送交契丹处置，后一种可能还更大些。如此，赵振除了认父屈服之外，别无出路。

颇为讽刺的是，日后刘晟之子刘三嘏南下投宋，虽有欧阳修等名臣力谏，宋仁宗却怕得罪辽国，慌忙将刘三嘏送还，刘三嘏由此被杀。此为后话。

米雪又道："我对刘晟全无情意，接近他，又留在他身边，只是要利用他获取契丹军情。怀上你，完全是个意外，所以后来我一心要打掉你。甚至在你出生后，还想要溺死你。这些事，我也不指望你能理解……"

赵振忽然道："娘亲……"本来有话要说，然一声"娘亲"出口，便直接噎住。

这是米雪第一次听到有人叫她"娘亲"，先是一怔，随即背过身去，似是不愿意理睬赵振，其实是不想对方看到自己眼中突如其来的汹涌泪意。

顿了好大一会儿，等到泪光散去，米雪才重新转身，道："我听说米霰曾对人说，你是他最愿意亲近的人，他之所以接受雄州酒库库吏一职，就是为了时常能在拒马河边遇到你。"

赵振惊愕异常，道："是这样吗？米霰一向待我很好，他……"

米雪摇头道："米霰不知道我还活着，更不知道你是我的骨肉。他待你好，应该是他与你有甥舅之实，血脉相连，本能地想要亲近吧。"

赵振又低声问道："为什么带我去见耿绍忠？"意指耿绍忠想见的必是亲生之子，而明明忻继勋才是耿氏骨血。

米雪不答，只反问道："你说呢？"本来平静的脸上，登时现出几分冷峻来。

赵振一时无言以对。米雪便走到忻继勋面前，径直告道："赵振是你的兄长。你的生父，就是耿绍忠。今日一早，他已经离开雄州，返回辽地。"

忻继勋只微微张了张口，一向能说会道的他，此刻仿佛变成了有苦说不出的哑巴。

米雪又道："你跟赵振不同，是我有意怀上的。我那时主动接近已沦为囚徒的耿绍忠，想为他生下一个孩子，但绝不是出于情意，也没有什么好意。"

米雪与兄长米雳感情极好，米雳惨死于耶律化哥之手后，米雪侥幸逃脱，发誓要复仇。而彼时耶律化哥已因功升为北院大王，极难接近，根本没有报仇的希望。

刚好耿绍忠在“雍熙北伐”时被部下强掳南下，被迫投降宋朝。后耿绍忠寻机逃出汴京归明院，欲逃回辽国，结果在雄州边境被捕。宋太宗尚未从惨败中缓过劲来，得报后立即下诏将耿绍忠就地处死。但实际上，耿绍忠并未死去，而是被米雪设法救下，又秘密囚禁起来。

米雪随即施以各种手段，预备最大化利用耿绍忠，毕竟耿氏是她大仇人耶律化哥的妹夫。

至于为耿绍忠生子，是因其人软硬不吃，米雪不得已选择的最后一步。她从一开始就打算利用这个孩子来挟制耿绍忠，若不是忻继勋被赵延祚抢先抱走，还不知今日会是何等局面。

米雪又道：“我原本想直接用你来威胁耿绍忠，如若他不肯就范，就干脆将你培养成谍者，派往燕京，伺机行刺耶律化哥。不光是为了报杀兄之仇，当年耶律化哥将我大宋千千万万将士尸首垒为京观，才换来今日的荣华富贵，是我大宋不共戴天的大仇人。你若得手，固然是好，若是失手被杀或被擒，等契丹将你处死后，我便将你身世告知辽方。如此，就等于是耶律化哥亲手杀了妹夫的亲生儿子，也是耿绍忠唯一的儿子，他不可能轻易释怀。但赵村长早料到我被仇恨蒙蔽了双眼，是有意为耿绍忠生子，趁我生育后无力，将你抱走……”

大致经过，忻继勋已听过一遍，但此刻从亲生母亲口中说出来，还是感到惊心动魄，不寒而栗。一时不知该如何回应，嗫嚅了半天，也说不出一个字来。

赵振听说生母米雪欲拿耿绍忠之子去对付耶律化哥，忽然想到自己被囚禁在涿州时，迷迷糊糊中曾做过怪梦，梦中有女子跟自己交媾，而耶律化哥还曾暗示那不是梦，是真实发生过的事。会不会许多年后，也会有人寻上门来，而那人正是自己与梦中女子所生？

旋即摇了摇头，暗道：“这一切都是诡计，没有这样的事，根本没有发生过。”

米雪重重叹了口气，看了一眼赵振，道："说起来，你兄弟二人，均要感谢赵村长。赵振就不必说了，是赵村长救了你性命。"又转头看向忻继勋："至于你，除了赵村长之外，还要特别感谢安抚使。和议之后，我查到你已由定州忻氏抚养长大，也一度起意要再在你身上下功夫。"

彼时耿绍忠与耶律化哥妹妹所生之女已入宫为辽圣宗嫔妃，号"耿淑仪"。忻继勋既是耿绍忠亲骨血，耿淑仪便是他同父异母的姊姊，这其中自然大有文章可做。但赵延祚坚决阻止了这件事，甚至请出新上任的雄州知州李允则。米雪最终被李允则一番话打动，彻底打消了念头。

忻继勋结结巴巴地道："可安抚使从来没有提过。"

米雪道："安抚使当然不会提了，他希望你一辈子都被瞒下去，这是为你好啊，傻孩子。"语气之间，不由自主地流露出几分母亲的柔情来。

忻继勋的心一下子蹿得老高，忍不住叫道："娘亲！"

米雪先是一愣，随即沉下脸，道："你二人亲生父亲虽是辽人，其实是地地道道的汉人。他二人生在北地，自幼认贼作父，不提也罢；你二人却是食大宋禄米长大，当思哺育之恩。我当面问你二人一句，日后你们会叛宋投亲吗？"

赵振断然摇头道："不会。"

忻继勋也道："不会。娘亲才是我们的亲人。"

米雪先走到赵振面前，道："赵村长答应了耿绍忠，要让你自己选择去留。你可以渡河去北岸，以耿绍忠之子出现也好，以刘晟亲子身份出现也好，但你从此以后就是辽人，不能再回大宋。你若留下来，也不能再在雄州军中任职。你自己选吧。李使君答应了我，如果你想去北面，他不会阻止，今晚就放你走。你若留下来，会先被扣押，等候朝廷发落。"

赵振毫不犹豫地道："我留下来。"

米雪道："你去辽国，等着你的是高官厚禄，还有可能娶到心仪的梁国公主。留下来，备受猜忌，仕途尽毁，还可能有牢狱之灾、杀身之祸。”

赵振很是不解，问道：“娘亲为什么这么说？难道你希望我走吗？”

米雪面色陡然变得柔和起来，幽幽道：“娘亲没有抚育过你，没对你好过，现下唯一能做的，就是希望你后半生平平安安。”

赵振决然道：“赵振是宋人，当然要留在宋境。不管朝廷如何处置赵振，赵振都不会改变立场。”

米雪道：“你是知道的，因为萧太后丧礼，今年岁币交接延后了。过两日刘晟要来雄州公干，商议今年岁币移交一事。你想见你亲生父亲一面吗？他还不知道你是他的亲生儿子。”

赵振道：“不见。我和他有父子之实，却无父子之情，何必徒生烦恼？”

米雪闻言很是感慨，道：“好一个‘有父子之实，却无父子之情’。好孩子，娘亲也是和你有母子之实，却无母子之情，娘亲对不起你。”

忽然袖出匕首，往赵振左脸颊上划了一刀。这一刀入肉甚深，登时鲜血淋漓。

赵振虽然意外，却是一声不吭，强忍剧痛。

忻继勋失声惊叫道：“娘亲这是做什么？”

米雪肃色道：“这是娘亲给你的记号，要让你终生记得，大宋才是你的母国。他日你若敢背叛大宋，娘亲一定亲手取你性命。”

赵振应道：“是，赵振记得。”

米雪转身走到忻继勋面前。忻继勋见那柄匕首沾满了血，已经知道米雪将要做什么，他一向自负英俊，虽然心口“怦怦”乱跳，但还是勉力挺了挺胸。

米雪举起匕首。刀刃碰到忻继勋脸面时，他明显抽搐了两下。米雪忽然心软了下来，再也下不去手，当即转身，急冲出石室。

忻继勋一时不知所措，转头去看赵振，见他已是血流满面，忙问道：“你没事吧？伤得重不重？”

赵振摇了摇头，道：“没事。这点小伤不算什么。”

忻继勋忽露出沮丧之色，恼怒地道：“你们都欺负我！你是这样，娘亲也是这样。”

赵振愕然问道：“这话从何说起？”

忻继勋道：“之前高阳关比武你让着我，其实明眼人都知道我这第一是水来的。你这不是欺负我吗？还有娘亲她只划伤你的脸，给你留下记号，却不理会我，分明是偏心。”

赵振哭笑不得，正待劝慰几句，忽有两名赵氏侍从推门进来，各自上前，解开了赵振、忻继勋绑索。其中一人道：“安抚使有命，劳烦二位暂时留在这里，等朝廷批示下来，再作处置。”

忻继勋随意惯了，顺口接道：“再作处置？难不成要将我二人以敌论处，在军前斩首吗？”

那侍从道：“小人一概不知。”又与同伴取出镣铐，要锁赵振、忻继勋手脚。

赵振倒是一动不动，未加抗拒。忻继勋好不容易才得松绑，手臂麻劲儿还未过去，慌忙退开几步，道：“关押就关押，也没必要又是手铐又是脚镣的吧。安抚使既然下了命令，我二人一定老老实实待在这里，绝还敢违抗。”

侍从道：“安抚使有令，二位身手出众，必须加以禁锢，以免二位暴躁之下有所异动，惊扰到了老村长。还请忻侍卫不要让小人为难。”

忻继勋无奈，只得任凭对方作为。

侍从又道：“这里虽然比不上夏地戒备森严，但也别指望能逃出去。”

忻继勋很不服气，道：“我大哥高官厚禄加辽国公主都不肯走，是决不会逃的。”顿了顿，又道：“我不能输给他，当然也不会逃。”

等侍从出去，石室便陷入了寂静。赵振、忻继勋各自倚墙坐下，表面闭目养神，内心却各自心潮澎湃。

过了很久，还是忻继勋先开了口，叫道：“喂……喂……大哥……”

赵振“嗯”了一声。

忻继勋问道：“朝廷会如何处置我们兄弟两个？”

赵振问道："你怕死吗？"

忻继勋道："当然不怕。我最怕的是朝廷怀疑你我有通敌嫌疑，自此不再信任你我兄弟。"

赵振道："不错，那才是最可怕的事。"

彼时，河北安抚使李允则也在笨笨湖庄园，由机宜司知事赵探作陪。二人均一言不发地站在庭院中。一旁还有一名黑衣男子，头上罩着兜帽，看不清面孔。

赵探也是此时方知米雪是赵振生母、契丹北府宰相刘晟则是其生父。忽想到那晚米雪得知赵振偷渡去了北岸后，极是平静。

一般母亲会怎么做呢？自然是想方设法送信给旧情人刘晟，让他务必救亲生儿子一命。但米雪非但无动于衷，还在赵振回来后，建议李允则将其逮捕审问。料想不是怀疑赵振为梁国公主耶律燕哥所爱，或是与耶律化哥有所串谋，而是担心刘晟已与赵振父子相认，刘晟又派赵振回雄州卧底。这做母亲的心肠，也着实够狠的！但她恨的应该不是赵振，而是刘晟吧？

正思绪满怀之时，米雪飘然而进。

赵探忙定了定神，迎上前问道："他二人怎样？"

米雪道："还好。"

这句"还好"太过空泛，赵探闻言一怔，却又不好再问。

李允则上前告道："本使已飞骑上奏朝廷，请求将赵振调往南方，将忻继勋调往京城。他二人各得其所，若仍能继续奋发，仍然会有一番作为。"

米雪甚是淡然，只简短应道："如此甚好。"

她的心思显然不在两个儿子身上，随即转向那名黑衣男子，道："高翼已然败露，后面可就看你的了。"

黑衣男子取下帽兜，躬身应道："属下一定竭尽全力，不负朝廷所托。"

赫然便是前夏地囚所狱卒曹建。

尾声

这条宋辽界河曾被鲜血染红，虽则和平如约而至，但历史的记忆不曾淡去，注定会有人恨它，但亦有人爱它。恨它的人早晚会被内中的压抑激怒，而爱它的人却能体验到那如雾霭般黏稠的郁结之下湍流不息的生命波涛，以及生生不息的生命韵律。历史长河滔滔不绝，恰如拒马东流水。尽管中原相继涌现出许多忧国忧民的仁人志士，但最终还是无法改变北宋日益孱弱的国运。靖康二年，北宋灭亡。蒋兴祖女于雄州驿墙壁上题《减字木兰花》。回首乡关归路难。雄州自此落入异族之手，直到明朝建立，方才重回中原汉人怀抱。

舆地星分箕尾间，转移兴废几循环。
秦并燕赵为名郡，宋御辽金作汉关。
故国荆榛春寂寂，荒城苔藓雨斑斑。
行人莫问当年麦，高水东流日夜潺。

——明 刘同《高阳关》

这一日，辽永泰军指挥使高为介率兵士押解着一名五花大绑的男子来到新城渡口，声称此人名叫祁英俊，是大宋安插在燕京的间谍。

最出人意料的是，高为弁将祁英俊带到渡口后，便扬长而去。宋渡口巡铺铺长询问究竟，祁英俊只是一言不发。铺长遂命兵士载祁英俊过河，交由界河巡检司处置。

巡检使祖名望刚好人在附近，得报后赶来，亲自盘问祁英俊。

祁英俊亦不肯表明身份，只要求面见国信所知事赵探。祖名望尚不能确定对方身份，也不敢松绑，遂押解他到白沟驿国信所官署。

国信所知事赵探一见到祁英俊，便露出了极为古怪的神情，并非喜悦，而是近乎匪夷所思。

祖名望一时起了好奇之心，忙问道："此人真是咱们自己人吗？"

赵探不答。按照惯例，外人不得过问机宜司事务，祖名望自知失言，当即不再询问，自拱手告辞。

赵探忙引祁英俊进来内堂，为他解去绑缚，先问道："情形如何？高翼怎样？"

祁英俊先行见礼，这才告道："高翼已落入敌手。"

这虽是意料之中的事，但一经证实，还是不由得让人深为沮丧失望。

赵探又问道："你既然也落入敌手，契丹为何放了你？"

祁英俊道："是高翼救了我。"

又告道："小人奉命给传口信，先按留了暗记，然后一直等在联络之处。后来高翼到来，小人装作不经意的样子，慢慢靠近他。对上暗号后，小人正要讲述萧燕姿萧公主一事时，高翼忽然有所警觉，掉头就走。这时候，一大群契丹军士忽然冒出，一拥而上，将小人和高翼同时抓获……"遂将此后的经过细细道来。

契丹兵士逮捕高翼、祁英俊二人后，便直接押到了勾南局刑讯室，但却没有立即动刑拷问，只剥光二人衣衫，反剪了双手，禁锢在木架上。

这木架与雄州界河巡检赵振被锁禁在涿州大狱时完全相同，是一件极其厉害的械具——

犯人脖颈被木枷紧紧束住，任何异动和挣扎，只会令呼吸愈加不畅，白白增加自身痛楚。等到犯人支持不住，站立不稳，身子开始松懈下垮，全身重量便会集中在颈项上。但出于求生本能，犯人又会竭力减轻颈中压力，重新努力站直身子。如此反反复复，犯人最终体力消耗殆尽，缓慢窒息而死。整个过程极为惨烈，且无须旁人动手，便能令犯人从始至终痛不欲生。

高翼和祁英俊室面对面而立。正首木架上，还锁禁着另一名赤身男子，大概受刑已久，已开始全身瘫软。他仍然努力挣扎着，想站着身子，口中不断发出"嚯嚯"之声，似是有话要说，却因为勒了木棒，而说不出一个字。只能拿眼睛望着一旁的看守，流露出乞求之色。

过了三四个时辰，高、祁二人已感到疲惫时，耶律化哥才姗姗来到。

他依然是一副和善老者模样，见正首男子已一动不动，便问道："人死了吗？"

看守答道："叶葳已经断气一个多时辰了。"

耶律化哥道："很好。尸体拖出去，剁碎了喂狗。"

等兵士将叶葳尸首解下来拖出去，耶律化哥这才慢慢踱步到高翼面前，笑眯眯地告道："本相早就知道你是大宋间谍，本来还想利用你钓大鱼，可惜监视你的人太沉不住气……"回身朝锁禁在对面木架上的祁英俊指了指，道："只抓住了这条小鱼。"随即让高翼主动招供。

高翼自是不肯依从，还大呼"冤枉"，称自己受萧太后密令，潜伏在宋朝河北之地，为辽国殚精竭虑。被捕后受尽宋人刑罚荼毒，却是只字未吐，不可谓不坚韧顽强。大辽皇帝也是看到并欣赏这一点，所以才钦封他为参谋。

高翼又问道："耶律相公既然认为高翼是宋人奸细，为何之前还要煞费苦心，用雄州界河巡检赵振换我回来？"

耶律化哥道："本相原先的确以为你是自己人，各种信息和迹象都表明了这一点，就连刘遂都提供了最为有力的佐证，不由得人不信。因你久在杨六郎身边，颇有价值，所以本相一心要救你回来。我大辽间谍尽由本相掌管，独独不知道你。你自称是受承天太后密令，潜伏于宋军中，其实是利用了承天太后仙逝一节，不可谓不高明。这应该是李雄州的主意吧？"

高翼尚不知自己何时露出破绽，当即辩解道："我半年前即遭李雄州逮捕，当时承天太后人还健在，甚至还未归政给当今皇帝。"

耶律化哥笑道："半年前本相患了重病，几乎不能下地，连后事都预备好了，但最终还是挺了过来。本相猜你和李雄州演的这出苦肉大戏，原本是针对本相的，对不对？本相一死，你便谎称是本相安插在河北的间谍，只受本相一人统辖。死无对证，兼之你确实是高勋后人，又是流落界河两岸时为杨六郎收留，旁人自然不会轻易质疑。"

高翼道："没有这回事。高翼祖上仕辽为官，后来意外败落，内中原委，耶律相公比我更清楚。承天太后派人寻到我，答应我只要为契丹做内应，立下大功后，便可为我高氏家族恢复名誉。"

耶律化哥斥道："还要狡辩！你以为承天太后仙逝，便无人能够戳穿你的谎言了吗？如果你真是受承天太后之命，既然潜伏在南岸这么多年，何以会不知道萧燕姿一事？"

高翼当即愣住。

耶律化哥道："你应该不知道萧燕姿是谁吧？萧燕姿就是本来要嫁去高丽做王后的萧公主。不错，她人在雄州这件事，承天太后瞒过了所有人，也包括本相在内。但太后不可能绕开本相，另行在宋军军中安插间谍。如果说因为你是高勋之后，承天太后待你格外不同，那么你必是太后心腹无疑，太后绝不可能不将萧燕姿这件事告诉你。"

又笑道："你自己说说看，这是不是破绽。"

高翼当即驳斥道："我知道这是怎么一回事了。之前刘遂在雄州被捕，听说耶律相公怕他经受不住拷打而招出雄州间谍名单，动了要杀刘遂灭口的心思，因此得罪了耿淑妃及耿氏、刘氏两大家族。当今皇帝对此也颇有微词。耶律相公故意陷害我，好在皇帝面前争一件大功劳，来弥补你之前的过失。"

耶律化哥也不反驳，只笑道："李雄州能选中你，你又切切实实经受住了那么长时间的拷打，必有过人之能。这里的这些刑罚，想来你也不放在眼里，不过你同党未必有你这身硬骨头。"

高翼看了祁英俊一眼，道："他吗？我根本就不认识他，只是在市集撞见的路人而已。"

耶律化哥笑道："那咱们就来看看。"

命人将祁英俊脚下垫着的木板抽去两块。祁英俊只能踮起脚尖，高仰下巴，才能勉强让脖颈不被勒住。

耶律化哥也不着急，自在一旁置下一案，慢悠悠地批阅公文。

耗了将近一个时辰，耶律化哥见高翼始终做出一副若无其事的样子，便站起身来，指着祁英俊道："他大概会在半夜时断气。嗯，大概还有两三个时辰，你慢慢观赏吧。"便欲转身离去。

此时祁英俊身子已软了下来，下巴完全挂在木枷枷板上，几近窒息，喉咙中不断发出"嚯嚯"声。那是生命一点一点逝去的声音，可怕而瘆人。高翼已亲眼见过叶葳被缓慢勒死的过程，一时忍耐不住，便道："耶律相公无非是想要我的亲笔供述，好向大辽皇帝证明我是大宋谍者。你放了这个人，我便如你所愿。但我是受你所迫，之所以屈服，是不愿意见到无辜者惨死在眼前。"

耶律化哥笑应道："甚好。料想你也不会招供出宋军军情，不过两国和好，已为兄弟之国，要那军情何用？你只需按本相交代，写下你与李雄州串谋的供状，本相便放了你同党，非但饶他性命，还将他送回雄州。如何？"

高翼冷笑道："看来我所料不错，耶律相公只是要拿我到皇帝面前邀功而已。"然也无可奈何，只得点头同意。

祁英俊并未被封去听觉，将二人对答听得一清二楚，虽有心阻止高翼，却连张口的气力也没有。

耶律化哥命人解下祁英俊，给他穿上衣衫，又道："你回去告诉李雄州，高翼已落入本相手中，本相一定会好好待他。"

祁英俊大致叙述完经过，赵探见他极其衰弱，便安排他先去歇息，自己则入城去见安抚使李允则。李允则听说原委后，便命赵探私下派使者前往涿州，与契丹商议以苏惠交换高翼一事。

北岸很快就有了回复，辽北院枢密使耶律化哥的原话是："决计不行。高翼原是辽人，早年因走私械斗逃去南岸，属于逃亡之人。现今他既已回到契丹，当以大辽法纪论处。至于苏惠，就留给你们吧。她是贺令图之女，原本就是宋人。"

雄州使者伶牙俐齿，口才极好不说，又擅长察言观色，既得耶律化哥亲自召见，便按照宋河北安抚使李允则事先的交代，暗示可以因杀人命案遭扣押的易敏——也就是萧燕姿——交换高翼。

耶律化哥的回答是："李雄州如此想得回高翼，本相愈发不能令他得逞了。本相也不会杀高翼，他就是李雄州活生生的失败例子，本相可舍不得杀他，还会将他当宝贝一般供起来。"

阴恻恻的冷笑令人不寒而栗，可想而知高翼落入其手，将会是怎样的悲惨境遇。

使者回报后，河北安抚使李允则亲自去了一趟夏地囚所。

苏惠同党已尽数招供，只有苏惠一人甚是顽强。但因为她是女儿身，李允则特别交代了不必用刑，狱长曹全遵命只将她锁禁在立枷中。即便如此，被封去三觉、全身禁锢的滋味也非常人所能忍受，才几日不见，苏惠已完全变了个人，头发散乱，憔悴得不成样子。

李允则将耶律化哥拒绝交换一事当面告知后，苏惠脸色愈发惨淡，极度失望。她在赵家村时不肯服毒自杀，宁可选择苦捱刑讯，自是心中有所期盼。

李允则又问道："你当真是前雄州知州贺令图之女吗？"

苏惠大吃一惊，道："是吗？我……我竟然是贺……他的女儿？我……我知道我自己是宋人，但是不知道我竟然是……是……"

无论在宋朝还是辽国，贺令图均是声名狼藉之辈，就连苏惠也耻于说出生父的名字。

一旁赵探忍不住插口问道："你既然知道自己是宋人，为何还要替契丹人做事？"

苏惠道："我是宋人，可我在辽地出生。苏惠十岁的时候就被掳去，但林黛才是真的苏惠。我是在辽地出生，契丹人将我养大，教我做事。"

原来辽北院枢密使耶律化哥智计深沉，早年在被掳北上汉女中挑选妙龄少女，收入麾下。有些年龄幼小者，根本就不记得自己是宋人，只以为自己是契丹人。这些女子均受到严酷训练，成人后即成为契丹女谍者，除了分派往宋朝、西夏等境外之地，也用来监视契丹大臣，譬如永泰军指挥使高为弁身边的女奴莺歌，其实就是耶律化哥手下。

这些少女在各种管束下长大，被调教得服服帖帖。而绝大多女子均有家眷沦落于北地为奴，稍有异动，便会举家遭到屠戮。而若能立下功劳，便能摆脱汉奴身份，是以这些女子均对耶律化哥忠心不二。

苏惠确实是宋前雄州知州贺令图之女。贺令图价值被榨干后，即被萧太后赏赐给耶律化哥为奴。耶律化哥心中虽然瞧不起这个软骨头，然贺令图是大宋开国皇帝宋太祖亲眷，仍可利用——

耶律化哥将女奴刘氏许配给贺令图，后刘氏生下一女，是为苏惠。苏惠一出生，耶律化哥便令人将其抱走，另交他人抚育。

苏惠极小时便被接入军营，加入女谍者的训练行列。十四岁初潮起，每夜都会被契丹军士轮奸。不要说反抗，哪怕是稍微不能令人满意，便要受到重罚，极尽凌辱之能事。为了生存，苏惠学会了温婉柔顺，会洞察人心，极擅长与人相处。

十六岁时，苏惠产下一子，虽然不知道具体生父是谁，但她却很爱惜这个孩子，毕竟是自己的亲生骨肉，也是在世上的唯一依靠。

然此子一如既往地被耶律化哥抱走，交给他人抚养。为了保儿子周全，仍有再见之时，苏惠不得不更加卖力，又听从耶律化哥安排，嫁给契丹小吏赵祚为妻。

之所以选中赵祚，是因为有人向勾南局告密，说赵祚有逃回宋朝之心。耶律化哥正想将苏惠派去宋朝，岂不是大好良机？于是详加调查赵祚，发现他居然与传奇人物赵延祚同族同村，愈发成为最理想的人选。

苏惠大致叙述完经过，又伏在地上，朝安抚使李允则连连磕头，道："求安抚使饶过苏惠性命，我愿意做牛做马，报答您老人家。"

又朝赵探磕头道："赵知事掌管谍报，苏惠愿意将所知道的一切都说出来，为你效力。"

赵探不无嘲讽地道："连耶律化哥都放弃了你，还主动告知了你的身份，分明是嫌弃你，你还有什么价值可言？"

苏惠先是一呆，随即道："一定有的，苏惠什么都愿意做。安抚使，求你看在我夫君赵祚份上，留我一条性命。"

李允则踌躇不语，转头去看狱长曹全，意在征询对方意见。

曹全摇头道："她极有心计，而且全然不知廉耻。"

苏惠被带到夏地囚所后，照例要脱光自身全部衣衫及鞋袜，另行换上囚衣。她居然借机搔首弄姿，以裸体引诱狱卒。后来苏惠被日夜锁禁，方便时得靠外人协助，而她也不安分，种种姿态，令人恶心，狱卒根本不敢多看她一眼。狱长曹全得报后，担心狱卒把持不住，干脆换由自己来为苏惠宽衣解带。

曹全又道："这妇人诡计百出，实在留不得。她既是宋人，犯下通敌叛国之罪，该按大宋律例以凌迟极刑处死。"

宋代凌迟之刑极为血腥残酷，先将犯人用铁钉活活钉于木桩上示众三日，然后砍下手脚，再"零刀碎割"，令犯人受尽苦楚而死。自李允则到任河北之地，还从未用过如此惨烈的刑罚。

李允则又转头去看赵探。赵探认为苏惠虽自幼饱受磨难和屈服，却是个性果决，因为唯一挂念的儿子在耶律化哥手中，所以才受其控制，仅凭这一点，她无论如何都不会背叛契丹。但又觉得以凌迟极刑来处置苏惠，实在有些残忍，毕竟这是他曾以"大嫂"称呼的女子。一时有所迟疑，只瘪了瘪嘴，露出甚是为难的样子。

李允则微一凝思，一言不发，即转身离去。

苏惠慌忙呼叫求饶，李允则却头也不回地去了。她自知大限已到，便收敛了适才的楚楚可怜模样，道："请在临刑前让苏惠再见我夫君一面。"

赵探道："赵祚早已随皇城司亲事官一行前往京城。"

苏惠道："那好，我想再回赵家村看一眼。"又叹道："我每次回去赵家村，都希望能永远住在那里，和夫君相伴终老。"

赵探不敢擅作主张，先奔出去向长官请示，片刻后又重新返回，问道："可是你杀了耶律吴欲？"

苏惠犹豫了下，才点头承认道："是。"又补充道："是我亲自动的手。"

当年她在契丹军营中时，除了接受间谍训练之外，还充作军妓，供军中将士淫乐。某日一名将官嫌她伺候得不尽心，命人将她赤身高吊在旗杆下，又让全营军士围观，以为羞辱。刚好耶律吴欲来军营找朋友，见到苏惠梨花带雨，十分可怜，便主动为她求情，苏惠这才被放了下来。

这次耶律吴欲重回雄州，令人意外。尤其他被带到白沟驿面见河北安抚使李允则，离开时与苏惠撞上过一面。而当时耶律吴欲反应明显，分明认出了苏惠。所幸押解他的宋军兵士未觉察到异样，但苏惠却有了强烈的危机感。她既知道耶律吴欲早已降宋，便决意将其杀死灭口。

那日苏惠与林黛同时乘车进城，去客馆接宋使者崔可道之女崔玄妙。包括车夫在内，三人俱为契丹奸细，有备而来。

苏惠本待进入客馆后，寻机将耶律吴欲解决。不想刚一进城，便见耶律吴欲独自在大街上行走，一副失魂落魄的模样，可谓意外惊喜。

苏惠急叫车夫停车，主动上前招呼。耶律吴欲这次反应不及上次见面强烈，只微微点点头，叫道："苏惠娘子。"

苏惠左右看了一眼，告道："苏惠有话要告诉耶律郎君。"

耶律吴欲先是一怔，随即摇头道："娘子大可放心，吴欲绝不会说出你的事，就当全然没见过你。"

苏惠意志坚决，既动了杀机，无论如何都要做到底，便道："苏惠是真的有急事要告诉郎君。"将耶律吴欲诱到无人处，忽然袖出短刃，杀死了对方。

苏惠随即回到车上，换下了带血的衣衫。整件事干净利落，毫不拖泥带水。而案发后，白云观女道士易敏成了首要嫌疑人，完全没有人疑心到苏惠头上。

而后林黛因刘遂不肯杀死崔玄妙灭口而暴露。林黛欲逃回北岸，途中遭遇界河巡检司官兵，遭巡检使祖名望射杀。车夫因与林黛同行，必受怀疑，所以迅即逃亡。他倒是颇有头脑，抢先利用手中的通关凭证逃往内地，迄今未能捕获。

苏惠大致叙述完经过，又恳求道："苏惠已交代了真相，请赵知事务必满足我最后一个请求，让我回赵家村再看一眼。"

赵探断然拒绝，又道："现下说什么都晚了。安抚使宽厚仁慈，看在赵祚份上，同意免去极刑，为娘子留个全尸。这是一瓶毒药，请娘子自己动手吧。"

苏惠极是失落，犹豫了好大一会儿，虽不情愿，还是接过了瓷瓶。随即惨然一笑，拔开瓶塞，一饮而尽。眼前立时一暗，陷入汹涌澎湃的无边黑暗中……

也不知过了多久，忽然一个激灵，苏惠又醒了过来。眼前仍是一片黑暗，周遭朦朦胧胧有灯火闪动，不知身在何地，全身也被绑住，一动不能动。

忽有人取下了罩在其头上的布袋，苏惠努力睁了睁眼，居然是夏地囚所狱卒曹建。

苏惠惊奇不已，问道："你不是死了吗？我……我是不是也死了？"

曹建正色告道："娘子没死，我从赵探手中救了你。现下娘子是生是死，完全由我说了算，你老老实实把你所知道的关于北岸的一切都说出来。之前安抚使下令不准对娘子动刑，是因为夏地从来没有刑讯过女犯，担心大有不便之处。但娘子落入了我手中，任由我处置，我可不会有任何顾虑。"

苏惠泣声道："苏惠与林黛情如姊妹，她与你虽无夫妻之名，却有夫妻之实，郎君忍心这样吗？"见曹建似意有所动，忙道："林黛很会服侍人吧？苏惠一点也不比她差，只会将郎君服侍得更舒服。"

曹建皱眉道："娘子在我面前还来这一套吗？那咱们先公事公办……"

苏惠闻言，以为曹建已动了心，便努力挤出一个媚笑来，颇有勾魂摄魄之姿。

不想曹建续道："就先按大宋律例处置。噢，娘子在辽地长大，不熟悉律法。像你这种免死的死囚，要在额头刺上'免斩'两个大字，再往左右脸颊各刺一面旗帜。"

一边说着，一边朝一旁几案指了指——

那案上放着一只木盘，盘中早准备好了刺针及黑色墨水。大宋立国后恢复了肉刑，黥面所需工具，均是官府必备常物。

苏惠一时恐惧异常，冷汗直冒，连声哀告求饶。曹建却毫不心软，握紧刺针，飞快地朝她额头扎了下去……

就在雄州知情者尽为高翼担心时，辽北院枢密使耶律化哥忽然暴毙而亡。因目睹经过者甚多，故而也不是什么秘事——

当时辽圣宗在燕京行宫中举办宴会，为宠妃耿淑妃所生皇子耶律宗愿庆祝生日，同时还为耿淑妃之父耿绍忠归国接风。与宴者，均为辽国达官贵人。

宴席上，耿绍忠忽取出一只黑色木匣，声称是宋朝女谍者米雪送给耶律化哥的。之前他被迫答应了米雪，要将木匣当面交给耶律化哥，但因为米雪与耶律化哥结有深仇，他心有顾虑，担心米雪借机加害耶律化哥，所以迟迟没有拿出来。

众人目光一下子集中到耶律化哥身上。他随即摆手笑道：“无妨。耿相公一直携在身边都没事，本相又有何惧？”

辽圣宗却摆了摆手，道：“还是稳妥些好。”

南京神武军总教头刘遂忙主动上前，以剑挑开木匣，确定没有机关、暗器之类，这才将木匣送到耶律化哥案上。

耶律化哥特意侧头看了汉人宰相刘晟一眼，哈哈一笑，便伸手去取木匣中的卷轴，手尚未触碰到木匣，忽然笑容凝注，仰天倒下。

一旁侍者抢上前去搀扶时，耶律化哥竟已气绝身亡。

耿绍忠一时目瞪口呆，转头去看辽圣宗，大辽皇帝自然困惑至极。殿中众人均以狐疑警觉的目光望着耿绍忠。

耿绍忠急忙上前，道：“臣敢以性命担保，臣决计不知宋人要害耶律化哥。”料想言词无力，便自行走到耶律化哥案前，捧起了那只木匣。

众人立时哗声一片。辽圣宗急令侍卫去夺下木匣。侍卫担心有毒，迟疑着不敢上前，只面面相觑。辽圣宗大怒，正要发作，耿绍忠已将木匣倒了个底朝天，除了卷轴之外，还掉落出一封信。耿绍忠也不管是否有毒，丢下木匣，先拾起卷轴，展开一看，竟画着一名男子，英姿勃发，栩栩如生，分明是汉人宰相刘晟的画像。

刘晟见耿绍忠吃惊地望着自己，料想与己有关，不得已，勉强走过来。他不敢太靠近耿绍忠，只探身一看，当即愣住，结结巴巴地道：“这……这是……”

耿绍忠摇了摇头，将卷轴丢给侍卫，又拾起信件，展开读出声来："化哥郎君如晤。当年燕京一别，光阴匆匆，竟已二十年有余。妾日夜思念郎君，只恨宋辽有别……"

读到这里，当即呆住，心道："原来米雪念念不忘的情郎，就是耶律化哥吗？"

转头见圣宗皇帝面色难看，便不再读下去，将信件默默交给了侍卫。

辽圣宗已急召御医到场，命其检验木匣及相关物事。

御医忙活了好一阵儿，举袖拂了拂额头汗水，这才上前禀报道："木匣、卷轴、信件都没毒。"

辽圣宗忙问道："那耶律化哥？"

御医摇了摇头，表示不知死因。

在场群臣已听到耿绍忠所读"妾日夜思念郎君"云云，当即有人暗自猜测道："会不会木匣是耶律化哥旧情人之物，他认出之后，太过激动，竟至身死。"

耿绍忠又再度请罪道："陛下，臣罪该万死，不该为了自己脱身，答应替米雪送这个匣子。"

辽圣宗忙道："这怎能怪到国丈头上？请快快起身。"又道："耶律化哥年事已高，情绪一时失控，出了意外，也是正常之事。"

耿绍忠忙道："多谢陛下不罪之恩。"

契丹男女无大防，贵妇亦有资格出席公开官宴。耿氏原配耶律氏也在席上，耿绍忠又刻意抚慰道："夫人，尊兄意外去世，你还要节哀顺变。"

耶律氏与耶律化哥性情迥异，她素来不喜欢兄长，又许多年未曾生活在一起，也不怎么悲伤。此事遂不了了之。

可耶律化哥之死毕竟与米雪木匣相关。隔了几日，涿州移文切责雄州，要求给一个交代。

雄州则回文称米雪赠送木匣给耶律化哥，完全是个人行为。而耿绍忠当年能保住性命，全赖米雪舍命相救。她如今为宋辽兄弟友情感动，这才主动说出耿绍忠仍在世间的事实。雄州得知原委后，也在第一时间将耿绍忠送还，足见诚意。却不想有人故意挑衅，将耶律化哥暴死一事算到米雪头上，实有失公允。

辽圣宗收到雄州回复后，虽仍有心滋事，但也难以为继，只能就此作罢。与以往宋方总是退让不同的是，这一番交锋，大宋总算没有吃亏。

耶律化哥是导致“雍熙北伐”惨败的关键人物，他的死虽属意外，却令河北宋军将士欢欣鼓舞。

而耿绍忠始终不相信耶律化哥只是见到情人旧物后情绪激动而暴毙，疑心米雪暗中做了手脚，还曾派信使送信给米雪，期待她说出真相。他最关心的，自然是米雪心上人到底是不是耶律化哥。然米雪已踪迹全无，自此再不闻声息。

雄州机宜司知事赵探亦疑心是米雪所为，却不知她何以能单单毒倒耶律化哥一人。后来他有机会见到米雪，便忍不住向对方请教。米雪因事过境迁，便告知了真相——

原来早前米雪曾将死士及沧州逃犯叶葳派往辽地。二人在离开雄州前，均用药物染过头发。耶律化哥最喜欢亲自拷问抓捕的间谍，乐此不疲。他先后当面讯问过死士及叶葳，嗅入了二人头发上的药物。

耿绍忠代送的木匣，则为另一种药物浸泡过。与之前的药物合二为一，能瞬间转化为剧毒，是以令耶律化哥当场毒发身亡。

赵探得知究竟，钦佩之余，亦有些喟叹——

叶葳是沧州在逃重犯，死不足惜，但死士却是以自己的性命换了耶律化哥一命。尽管耶律化哥官职、地位相对要重要得多，那死士也是心甘情愿，但总觉得应该有更好的办法，而不必多牺牲一条性命。

耶律化哥暴死后，宋河北安抚使李允则陡然又生出了希望，想设法救回高翼，便命赵探暗中进行此事。

高翼之所以得到李允则如此重视，实是因为这件事本来与高翼一点干系都没有。

去年辽北院枢密使耶律化哥患上一场重病，其人年事已高，病来立即如山倒，几近垂死。一心要除掉耶律化哥的米雪想出一条绝妙计划，选忠义死士伪装成契丹间谍，姑且称其为某甲，先将某甲逮捕，严刑拷问，等耶律化哥一死，再设法将某甲纵归。只要操作得当，契丹人便会认为某甲是耶律化哥生前安插在大宋的心腹间谍，不疑有它，而某甲亦成为辽国英雄人物，因其熟悉宋军军情，必定受到契丹重用，自此便能为大宋源源不断地提供情报。

米雪与李允则、赵延祚商议后，二人均认为是个好计划。而实施计划的关键，在于某甲的人选。赵延祚最先提到了高翼。

高翼彼时在高阳关军中任职，是副都部署杨延昭心腹侍卫。赵延祚之所以将目光投向高翼，很大一部分是因为他的身世——他是辽汉人重臣高勋之孙，内中大有文章可做。

只是高翼因家族没落，自幼流落民间，少年时靠在拒马河两岸走私为生，后虽被杨延昭收入麾下，然其人桀骜不驯，只服杨延昭一人。

李允则和米雪均认为其并非理想人选，但李、米二人同时又相信赵延祚的判断，愿意一试。三人遂约定，如果高翼能挺得过三个月酷刑，就将真相告诉他；如若挺不过，便还其清白，送回杨延昭军中。而这件事之所以进行得顺利，在于前半段完全是真实的，除了李允则、赵延祚、米雪三人，无人知道高翼是刻意被诬陷，包括高翼本人及其主帅杨延昭。

高翼被捕后，即被押解到雄州夏地囚所，受到严厉讯问。他起初还大呼冤枉，后来发现辩解无用，便干脆一言不发，默默忍受各种刑罚。

在此期间，局面又发生了变化——耶律化哥竟然挺了过来，逐渐康复；辽国萧太后却一命归西。而随后则有种种迹象表明，潜伏在雄州的契丹间谍正加紧活动，开始了打探并设法营救高翼诸事。

李允则等知情者料想耶律化哥绝不会出错，或许他误将高翼当成了太后萧绰安插在宋军中的心腹，遂决意顺势而为，让高翼冒充萧太后心腹——

一来萧太后既死，死无对证，只要高翼坚持己说，旁人无法驳斥。

二来高翼祖父高勋是被萧绰所杀，明眼人均知其人仅仅是辽景宗与皇后萧绰争权的牺牲品。事实上，高勋力扶辽景宗登位，有定鼎之功，如若辽景宗当不上皇帝，当然也就没有萧绰这个皇后。萧太后晚年对诸多前事均有追悔之意，譬如追封萧燕姿生父萧恒德为兰陵郡王等，所以她找到高翼，令其以功劳换回家族名誉，亦是极有可能发生之事。

这一计划极为周密，而且高翼久在杨延昭身边，也确实有重大价值，契丹绝不会起疑。

巧就巧在先前有辽太后萧绰私下寻找并联络萧公主萧燕姿一事，因事情极其隐秘，知情者寥寥无几。耶律化哥也是去年才隐约听闻承天太后派了心腹到雄州寻人。南朝事务素来由耶律化哥全权负责，萧太后却绕过他行事，他自是十分好奇，当面询问萧太后。萧太后却不肯见告详情，只说此人干系到辽宫秘事，她要亲自处理，外人不必知悉。而后萧太后病重，未及说出“此人”姓甚名谁，便已去世。

耶律化哥得知高翼之事及高翼身世后，怀疑高翼便是萧太后口中的“此人”，是太后有意安插在宋军中的棋子。毕竟高翼是高勋之孙，若是萧太后答应为高勋平反昭雪，高翼必定出尽死力。

既然关注到高翼，耶律化哥便指令契丹间谍设法打探其人状况。而各种细节均证明高翼确实是“自己人”，耶律化哥便命手下密切关注，伺机相救高翼。

再说高翼。他从一开始就被蒙在鼓里，被关在夏地囚所严刑拷打了好几个月，受尽荼毒，情状凄惨。直到今年辽国开始对河西用兵并大肆调动兵马后，李允则感到可能有机会将高翼纵去北岸，这才亲自赶至夏地囚所，屏退所有人，将真相告诉了高翼。

高翼不怒反喜，既意外又感激，毕竟能被河北最高长官亲自选中，是对他莫大的信任[1]。他自己也经受住了最严酷的考验，对得起这份信任，足以自傲。

随之风云陡起，李允则还未想到如何将高翼放回辽国，便先后有高阳关副都部署杨延昭之子杨文广被掳，及雄州界河巡检赵振在北岸被捕诸事。

对于绑架者提出以高翼交换杨文广一事，李允则起初是有所犹豫的，毕竟他感觉绑架杨文广一事，不像是辽人所为。为此，他还专门命人将高翼带到雄州军营，与其进行了一番秘密对谈。

高翼受教于杨延昭，自是极愿意以自身去换回杨文广。

李允则问道："如若歹徒不是辽人呢？"

高翼很是吃惊，道："怎么会？"又道："除了契丹，谁还敢公然在我大宋河北界面上为非作歹？"

李允则道："本使是说'如若'。"

高翼道："那么高翼会相机行事。"又问道："歹徒还可能是什么人？"

李允则道："河西蕃人。你身上背负着契丹间谍的罪名，他们以为提出拿你交换杨三公子，本使必会将绑架这件事算到契丹头上。你若落入他们手中，只怕有死无生。"

高翼道："虽说坏了安抚使大事，但能救回杨元帅爱子，高翼死而无憾。"

李允则道："实在是委屈你了。本使这一生为国家殚精竭虑，自问问心无愧，却唯独对不起你。"

因杨延昭位处要害，在边关声名远播，不容有失，李允则最终还

[1] 高翼冒充契丹间谍故事，根据宋将种世衡及其下属法崧（原名王嵩）真实事迹改编。前面经过一模一样，法崧在不知情的情况下，被种世衡下狱，拷打了长达半年之久。法崧到西夏后，又经受了极为残酷的严刑讯问，这才获得了西夏国主李元昊的信任。法崧遂成功用间，除掉了李元昊的左膀右臂野利旺荣及野利遇乞。宋夏战争中，用间用谍更为频繁。"法崧行间"是中国古代间谍史上最典型也是最成功的"反间"案例。最不可思议的是，李元昊在事后已意识到中了宋人离间之计，却害怕被人指责杀害有功之臣，仍然优待法崧。后李元昊与宋朝联络，还派法崧为使者，法崧由此全身而退，安然返回宋朝。彼时庞籍（即赵振为西北边关主帅时弹劾赵振者）为枢密使（最高军事长官），极其欣赏法崧，认为他立下奇功，于是上奏"请优进嵩官"。法崧重新改回原名王嵩，加官晋爵，"进侍禁、阁门祗候"。因这段故事与本书情节无关，不再详述，将在吴蔚后续作品中具体涉及。

是决定要以高翼换回杨文广。他事先做了安排，要将歹徒一网打尽，但对是否能活着救回高翼，也没有太大把握。

至于之后杨延昭要亲手杀死高翼，再以己身换回爱子，而歹徒竟然被打动，主动释放了杨文广，则是意外，更是惊喜。

更意外更惊喜的是，辽北院枢密使耶律化哥主动提出以赵振换取高翼，事情遂顺理成章。这么长时间的苦心经营，终于看到了曙光。

却万万料不到高翼前脚刚走，后脚便露出了萧燕姿的漏洞。

如果高翼真是萧太后心腹，潜伏河北已久，必然知悉萧燕姿一事。甚至在耶律化哥看来，应该是高翼为萧太后寻找到了萧燕姿。

但事实上，高翼对萧燕姿一无所知。他去年即遭逮捕，之后一直被囚禁，拒马河两岸大小事务一无所知。李允则认为高翼任侠自负，不善作伪，故而觉得他不应该知道的，便不会告诉他，以免在应对老奸巨猾的耶律化哥时露出破绽。

谋事在人，成事在天。时运如此，不可强也。

这一日，北岸有使者到来，商议以高翼交换萧燕姿一事。这使者，竟然是南京神武军总教头刘遂。他称辽国皇帝已大致同意了李允则的建议，但有一个条件，须得是萧燕姿自己愿意返回契丹。

这条件，听起来简单，其实根本就不可能办到。

倒不是辽方有意刁难，而是萧燕姿同父异母弟萧匹敌亲口提出的条件。

在辽方看来，萧燕姿比高翼重要得太多。之前耶律化哥拒绝交换，只是为了令老对手李允则难堪难受。对萧燕姿那些贵为显宦的亲眷而言，一百个高翼，都比不上一个萧燕姿。

然即便是旁观者，只要想想萧燕姿早年所经历的一切，便会觉得难以释怀。铁腕太后已然离世，给当事人造成的巨大伤害及阴影，又岂会轻易散去？

再说萧燕姿本人。

那辽太后萧绰当真是女中豪杰。当年意外发现萧燕姿行踪后，居然没有派人向雄州索回，只派心腹伪装成商人，渡河到了雄州，悄悄送了一封亲笔书信给萧燕姿。信中告知——

不必担心行踪泄露，契丹一方也不会再找她，她可以好好过自己的生活。

至于其父萧恒德，也被追封为兰陵郡王。其弟萧匹敌，由齐天皇后萧菩萨哥亲自抚养[1]，且赐姓耶律，名耶律匹敌。

末了还有一句：日后若有需要，萧太后会派人来找她，以珠花为凭。

至于“日后”是何时，“若有需要”又指什么，不得而知。萧燕姿烧了萧太后的亲笔信，将珠花埋在了拒马河边。

萧燕姿好不容易才在雄州安定下来，有了一介栖身之地，又能漂往何处？更何况师傅还在病中。是以她并没有遁走，而是摆出了听天由命的姿态。

好在萧太后再也没有派人来找过她。这位不可一世的承天皇太后过世后，萧燕姿长舒了一口气，如释重负。

杀父之仇，不共戴天。她原先视萧太后为仇敌，而今对头被老天爷收走，她也没有大仇得报的喜悦，但解脱却是真实的。料想太后既

[1] 萧匹敌（萧公主同父异母弟）出生未满月，生母越国公主耶律延寿女（萧绰最爱之女）忧愤病死，父亲萧恒德被太后萧绰赐死。萧绰怜惜萧匹敌幼小孤苦，亲自接入宫中抚养，后又交由侄女萧菩萨哥（萧绰弟弟萧隗因之女）照顾。这本是常人难以企及的荣耀，却在后来为萧匹敌带来杀身之祸。萧菩萨哥为辽圣宗第二任皇后，虽受宠爱，但却没有子嗣，辽圣宗太子耶律宗真为宫人萧耨斤所生。辽圣宗病危时，遗命以耶律宗真继位，萧菩萨哥为皇太后，萧耨斤为皇太妃。但萧耨斤手段更为高明，耶律宗真即位为辽兴宗后，萧耨斤即自立皇太后，施展权谋，把持朝政，又大力排除异己，诬陷萧菩萨哥参与谋反，趁辽兴宗春季射猎之机，派人逼令萧菩萨哥自杀。萧匹敌曾经为萧菩萨哥抚育，爱若己子，亦为萧耨斤所嫉。萧耨斤指使人诬告萧菩萨哥弟弟萧浞卜与萧匹敌谋逆。萧匹敌妻子秦晋王公主（辽圣宗亲弟耶律隆庆嫡女。非改嫁刘晟二子刘二玄的耶律隆庆遗孀秦晋国妃）窃闻其谋，对丈夫说：“尔将无罪被戮。与其死，何若奔女直国（即女真）以全其生！”萧匹敌道：“朝廷讵肯以飞语害忠良。宁死弗适他国。”遂被杀。又，耶律隆庆亦为萧绰所生，为辽圣宗亲弟，极受宠爱，封秦晋国王，赐铁券，拜大元帅，出门排场比辽圣宗还大，故其嫡女均封公主。萧匹敌被杀后，其妻秦晋王公主安然无恙，还晋封为韩国长公主。该公主有渭州（治今辽宁省阜新市西北五十里红帽子村古城遗址）为媵臣州（媵臣为随嫁的臣仆）。其妹陈国公主与驸马合葬墓于 1986 年发现于今内蒙古自治区通辽市奈曼旗青龙山镇，是迄今为止，保存最完整、规模最大、出土文物最多的辽墓墓葬。据考古人员介绍，墓室被开启时，陈国公主平卧在尸床左侧，驸马在右侧（后入葬），两人从头到脚都穿戴着契丹皇族独特的葬服。

然做过承诺，随着其人死去，自己应该会有一份安宁。

孰料于她而言，并没有安宁可言。这，大概就是她的命运——

自从她在晴川酒肆遇到契丹神武军总教头刘遂，人生便重新开始了风起云涌，无时无刻不处于担惊受怕中，又生怕病中的师傅知觉，因而只能刻意压抑自己的情感。

等到因为杀死耶律吴欲的罪名被捕后，她反而平静下来：我不杀伯仁，伯仁因我而死。吴欲到底是因她而身败名裂，又莫名死在异国他乡，不得归返故乡。她欠他太多，无以为报，便以性命来赔他好了。

于是她下定决心，要在过堂时主动招承杀人罪名。但奇怪的是，她人一直被监禁在雄州军营中，无人提审，无人过问。她猜测当是安抚使李允则想利用她的身份来谋划什么，但她是契丹逃人，“公主”的名号又有什么用呢？

某一日，终于有了一名访客，却是一名少女。萧燕姿依稀有些印象，好像那日在晴川酒肆中见过这名女子。

对方也有些局促不安，先自我介绍道：“我叫陈丽。”

萧燕姿很是惊奇，问道：“你就是陈丽？”

陈丽奇道：“道长认得我吗？”

萧燕姿当年被萧太后封为公主，许嫁高丽王治，自然背负有监控高丽的秘密使命，是以被迫了解了许多跟高丽有关诸事，陈丽便是其中一则。陈丽祖父陈靖是个传奇人物，曾于宋太宗淳化四年（993 年）出使高丽。当年正好是契丹第一次征伐高丽，故而宋人出使高丽也是大事，被辽间谍上报后记入了机密档案。

萧燕姿道：“我知道你。你名字的‘丽’，就是高丽的‘丽’。”

忽然有所感叹，如果不是诸多意外，譬如父亲不为她出头、试图改变她的命运，她本该嫁往高丽，成为高丽王后。

尽管是违心的，尽管她那位未婚夫极为短命。但现下看来，这反倒是最好的选择——

至少父亲人还在世。他是世上唯一真正关心她的亲人，有着最深沉最真挚的父爱。

陈丽见萧燕姿长久沉默，陷入沉思，实不知该如何与她相处，遂实话告道："李使君派我来告诉道长，你师傅有专人照料，也为她请了最好的医师。道长有什么需要，尽管跟我说。"

萧燕姿摇了摇头，简短地道："没有。多谢丽娘，多谢李使君。"

这次尴尬的见面就这样结束了。

直到今日，才有了第二位访客，却是河北安抚使李允则本人。

李允则先道："易敏道长……本使已经知晓你真名，但你应该不愿意旧事重提，所以本使还是称你现下的名号。"

萧燕姿道："多谢安抚使。"

李允则已事先命人搬进一个铜盆，告道："这是一盆墨水。本使将道长被捕当日所穿道袍丢到铜盆中，出来的就是这盆水。道袍所染，并非血迹，而是墨汁，是道长为陈家写衣物疏时所留，对不对？"

通常衣物疏是写在木板上，因边境禁止伐木，故而衣物疏木板改为纸质。萧燕姿书法娟秀，很受本地民众欢迎。但那日陈家供应之纸是草纸，太过吸墨，沁墨沁得厉害，字很难写得规整，萧燕姿一时着急，打翻了墨砚，弄了一身。这一节，李允则已派人向陈家确认过。

李允则又道："其实本使一早就知道你不是凶手，但道长身份特殊，本使得保护道长，所以才将你当作凶手囚禁。"

萧燕姿问道："真凶是谁？"

李允则道："原来易敏道长对耶律吴欲尚有关切之意。"

随即告道："真凶是白沟驿管事苏惠，你没见过，也应该听过她。她是契丹间谍，是耶律化哥手下，原是汉人，现已伏法。"

萧燕姿叹道："所以吴欲终究还是死在了自己族人手里。"又摇了摇头，道："他不该死的，该死的是我。他是为了我，才会背负叛国的罪名。"

李允则道："既然道长知道耶律吴欲的付出，为何再度重逢后，仍然要与他争吵？"

萧燕姿道："我没有办法面对过去。就算他为我而死，我也没有办法再回头。可是他实在不该死的。"

李允则道："死未必就是一件坏事。或许，反倒是一种解脱。"

萧燕姿闻言色变，斥道："安抚使怎么敢这样说？就因为死的人跟你毫无关系，你便可以说出这等毫无人性的话吗？"

李允则一时颇难下台，遂肃色道："本使今日来，是要告诉道长，辽方捉住了本使一名得力下属，提出用你交换。但有个前提条件，须得道长自己愿意回去契丹。"

又道："对道长而言，是有着痛苦的过去，但北岸才是你真正的家。那里有你的亲人，你弟弟萧匹敌更是无时不刻不在盼着你回去。"

萧燕姿答非所问地道："对不起，我不该骂安抚使没有人性，其实我早知道，人没有了希望之后，活着比死去更痛苦。"

李允则道："对耶律吴欲或许是没有了希望，但对道长不是，你还有亲人在等着你回去。"

萧燕姿坚决地摇了摇头，正待说"那些人不是我的亲人"，李允则说了一句令她大为震动的话："至少道长可以借机将耶律吴欲的骨灰带回去，让他归返故乡，得以安息。"

萧燕姿踌躇很久，才下定了决心，点头道："好，我答应了，我回去。不管怎样，易敏也还算有一点用处，能为吴欲做一点事。"

既得到萧燕姿应允，李允则便派人召来契丹使者刘遂，告知萧燕姿已同意返回契丹。

刘遂闻言倒是不觉得意外，道："我知道安抚使一定有办法说服她。旁人……包括她至亲之人，都未必办得到。"

李允则道："萧燕姿是萧太后钦封公主，还一度是高丽准王后，身份非比寻常，而高翼只是普通军校。这两人身份太不对等，交换一事，对我方太不公平。本使还要加上两个人，田平和龙雁。"

田平和龙雁均是潜伏在燕京的大宋谍者，是祁英俊被捕后契丹顺藤摸瓜所抓。

刘遂不愿意节外生枝，又想到耶律化哥已死，辽国东征高丽在即，勾南局暂时无人主事，放两个宋朝间谍应该不难办到，遂道："好，我答应了。"

李允则道："本来萧公主现下就可以随你离开，但她先回了白云观，想多陪陪她师傅。我们约好的最后期限是一个月。"

刘遂道："好，一言为定。刘某回去燕京禀报圣上后，即刻安排释放高翼、田平、龙雁三人。"

李允则遂招手叫过侍卫白锋锐，命道："送刘使者出去。"

一出州府大门，刘遂便拱手道："就到这里吧。不劳白侍卫远送。"

白锋锐也不客气，转身便回了官署。

李允则正在厅首徘徊，一见白锋锐进来，忙问道："怎样？"

白锋锐道："属下敢说，刘遂一定不会马上离开雄州，而是要去找崔玄妙。"

李允则点点头，道："他应该为了见崔玄妙，才接的这趟差事。不然他贵为使者，何以只身前来雄州？"

此刻崔玄妙正在晴川酒肆中。

父亲葬在了拒马河边，她自是要留下来守孝；又认为自己只是一介平民，不便再住在雄州客馆或是白沟驿中，欲另寻居处。

酒肆店家奚松烟听闻崔玄妙是家中独女，父亲离世后，家中只剩了她一个人，便告诉她道："三娘知道这么说有些矫情，妙娘也不需要三娘的怜悯和同情。如若你来酒肆跟三娘做伴，我会将你当女儿一样看待。"

崔玄妙道："多谢。"

其实她也很喜欢奚松烟，自然愿意栖身酒肆。奚氏出身于易县制墨世家，为人爽朗，没有半分妇人的柔弱，处世自有原则，与众不同，在暗流汹涌的拒马河两属地，也算得上独树一帜。

但奚松烟得知崔玄妙并非只想守孝三年，而是意欲永久留在雄州后，还是吃了一惊，道："尊父崔使者葬在拒马河边，属于两属地。妙娘要留下来定居，自然也会选两属地。你是官宦之后，何必留在这里做个被朝廷看不起的两属民？做了两属民，你就不能再嫁南人了。”

崔玄妙诧然道：“朝廷还有这样的规定吗？”

奚松烟道：“现下你知道为何许多边民对朝廷寒心，而宁可做契丹子民了吧。哦，三娘说的这个朝廷，是大宋的朝廷。”

崔玄妙道：“先父葬在两属地，玄妙自然也就成了两属民。这是我自己的选择，旁人怎么看，玄妙根本不在意。”

奚松烟大喜道：“说得太好了。三娘就喜欢妙娘这样干脆又有主见的女子。”又道：“妙娘放心，有三娘在，决计没有人敢欺负你。”

话音刚落，河北安抚使心腹侍卫白锋锐便匆忙进来。

奚松烟奇道：“你来做什么？你们安抚使治军甚严，大白天的你还敢进我这酒肆？”

白锋锐看了崔玄妙一眼，颇为局促地道：“我是特意来告诉崔小娘子，刘遂来了雄州，正在设法寻你。”

崔玄妙很是意外，一时沉吟不语。白锋锐很有些怕她，话既带到，便匆忙辞去。

奚松烟笑道：“白锋锐这小子喜欢你。”

崔玄妙先是一怔，忙道：“没有这回事。三娘千万不要误会，白侍卫之所以见到我总有些不好意思，是因为我早先发现了他一直在暗中喜欢张巧巧。”

之前爆出契丹间谍案，张巧巧和两县尉郑定国均为契丹奸细。这二人是宋人，已按律法斩首示众，以儆效尤。张巧巧是安抚使心腹侍女，李允则却能大义灭亲，且公开处刑，不加避讳，着实令人钦佩。至于苏惠及其同党，是由北岸派遣，有辽人身份，反倒得以保全性命。不过死罪虽免，活罪难逃，被关在夏地囚所拷问，日子也不好过。后来辽耶律化哥有意曝出苏惠实为宋人，苏惠便难逃一死，至于后续种种，实为特殊际遇。

奚松烟“啊”了一声，道：“没想到这白锋锐这般没眼光。”

崔玄妙叹息道：“感情的事，大概跟眼光没什么关系。喜欢上一个人，有时候就是刹那间的事。”

奚松烟狐疑问道：“那个叫刘遂的契丹男子是真的喜欢妙娘，妙娘不会也喜欢他吧？你可不要忘了，他那时将你绑在车上，任由你自生自灭。”

崔玄妙未及回答，院中伙计忽然高声叫道：“有客。”

崔玄妙忽有所感应，急忙转身奔进厨下。

旋即有灰衣男子奔了进来，正是刘遂。

奚松烟忙上前挺身拦住，喝道：“你来这里什么？你是契丹人，不怕我上报雄州官府吗？”

刘遂懒得亮出契丹使者身份，随口应道：“三娘也是契丹人，准确地说，是辽地汉人，我也是，跟三娘一样。”

奚松烟道：“但我那短命鬼丈夫是宋人，我奚三娘是两属民，有一半宋人身份。你是辽人不说，还是什么总教头，是契丹大官，有官方身份，等于是大宋的对头。虽则说现下南北通好，但宋是宋、辽是辽，究竟不是一家人。你私下越过界河，便是犯了禁忌。”

刘遂听到“宋是宋、辽是辽，究竟不是一家人”一句，心有所感，一时无言。

奚松烟无不嘲讽地道：“怎么，没话说了？趁还没有被人发现，快些滚回北岸去。”

刘遂道：“我不是来惹事的，只想见见崔玄妙。”

奚松烟道：“她人不在这里。”

刘遂道：“那好，我就在这里等她。”

奚松烟道：“妙娘不会来的。”

刘遂道：“那么三娘就当我是主顾好了。对了，给我来一壶饮子，外加两盘馓子，我还真有些饿了。”

奚松烟没好气地道：“没有饮子，也没有馓子。你就喝西北风吧。”

刘遂也不回应，自往窗下案桌走去。奚松烟忙招手叫过伙计，命道：“把那案座位撤了。”见伙计迟疑不动，便亲自抢过去，将矮凳拖开。

刘遂站了一会儿，见奚松烟敌意极浓，摆出一副决不会相让的架势，只得道："那好，我先走了。麻烦三娘转告妙娘，我还会再来雄州找她。"

奚松烟道："雄州还是归大宋的吧，怎么你想来就来？三娘警告你，再来这里，我就呼叫巡检司兵士来捉你。"

刘遂不应，只拱了拱手，自行离去。

奚松烟转身进来厨下，见崔玄妙倚靠在灶台边发呆，当即问道："怎么，妙娘想见他？"

崔玄妙道："其实不想。"

奚松烟奇道："什么叫其实不想？"

崔玄妙道："就是不想，因为见一面也没什么用处。他无非是要解释或是赔礼，即便我原谅了他，就此释怀，之后也是各走各的路，敌我有别，终究是事实。何必徒生烦恼？"

刘遂返回燕京后不久，辽方也不等萧燕姿返回，便先行释放了高翼与田平、龙雁三人。

当日，河北安抚使李允则亲到白沟驿渡口迎接，令高翼等人极其意外。尤其是高翼，这条冒充契丹间谍之计，相关诸人苦心经营了这么久，他却一事无成，即遭落败，心中倍感愧疚，不想安抚使竟然不以为意，还亲到渡口迎归，实在令人感动。

赵探见高翼脸面丰润，气色反倒比离开雄州时好了许多，不免很是诧异。

高翼忙道："祁英俊被释放后，我便被耶律化哥囚禁起来，除了手足被铁链锁住、不得动弹外，每日都是好吃好喝，不曾受到刑讯。"

赵探奇道："耶律化哥待你这么好吗？赵振落到他手里，耶律化哥还认为他是耿绍忠之子，都没少吃苦头。"

高翼一时露出局促之色来，犹豫了下，才讪讪道："起初我也不明白，慢慢才有所了解，耶律化哥命人在饭食中下了迷药，每每我昏晕过去时，他便……他便派女子来与我交媾，日日如此。"

赵探"啊"了一声，道："耶律化哥这是要再造出一个苏惠啊。"

高翼一向在杨延昭身边当差，不能尽知雄州诸事，好奇问道：“苏惠是谁？”

李允则道：“这件事，回头再说。你安然回来就好。”

狱长曹全抢上前来，道：“高军校，之前的事实在对不住……”

高翼忙道：“曹狱长不必再说，你只是做分内之事而已，高翼也是做分内之事，都是为了国家，不必介怀。”

高翼还待跪下请罪，李允则将他扶起，正色道：“事情难成，此乃天意。我们都尽了全力，无怨无悔。尤其是你高翼为大宋所做出的牺牲，本使永远都会记得。本使已写信将全部事情经过告知了杨将军。他听说真相后十分震动，也十分欣慰，而今你能平安回来，他肯定最是喜悦。本使已准备了快马，你这就动身返回高阳关吧。”

高翼大喜过望，道：“多谢安抚使。”

他急切地想见到主帅杨延昭，也不待与众人一一道别，便上马急驰而去。

一个月后，契丹使者刘遂亲来雄州迎接萧燕姿，宋辽交换一事遂就此了结，算是皆大欢喜的结局。

刘遂在将萧燕姿送回后，又悄然渡河，在雄州登岸后，走不多远，便遇到一队巡检司兵士。有人认出了刘遂，发一声喊，众兵士便一齐围了上来。

刘遂多次来往于拒马河两岸，已对两属地由来有了更多了解，平静地道：“我是未经照会，便私自越过了界河，但这只是小过错。这里是两属地。论起来，我现下站在容城地界上，这容城，既是雄州的容城，也是易州的容城，这可是宋辽两国都认可的。只要我没有踏入全属南地，就不算侵犯大宋，你们也不能正式逮捕我。”

领头兵士道：“按照惯例，没有正当理由越过界河，便得将你驱除出去。我们当然不会逮捕刘公子，但是必须请你立即离开。”

刘遂摇头道：“不行，我得留在这里。你们该知道我是什么人，若是跟我动手，你们几个占不到便宜，而且事情闹得大了，你们回去都还要受上司责罚。”

领头兵士当即回敬道：“刘公子自己也好不到哪里去。”

刘遂道：“不错，打上一架的话，你们要受罚，我也要受罚。不如我们就当没见过。”

领头兵士冷笑道：“刘公子说什么大话呢。”

刘遂道：“总之，我要去晴川酒肆，几位别拦我。实在想抓我，就先去请示你们安抚使李雄州，再来晴川酒肆捉我。”将拦在身前的兵士推开，就此扬长而去。

领头兵士见刘遂如此大大咧咧，有恃无恐，一时不知该如何处置，便派了两名兵士跟着刘遂，自己则赶回巡检司官署，向上司禀报。

与上次吃闭门羹不同的是，这次刘遂一踏进酒肆，奚松烟便扬声招呼道：“刘公子来了！随便坐啊。”

刘遂微感诧异，却也没有多问，自往窗下坐了。奚松烟人只站在柜台后，也不出来招待。刘遂只好自己枯坐在一边。

过了半个多时辰，奚松烟记完了账，这才叫道：“有客！”

一名伙计闻声而出，赶过去问道：“公子想用些什么？”

刘遂道：“随意吧。”

伙计道：“那好，请公子稍候。”

奚松烟道：“敝店可没有随意。就给刘公子来一壶水红花子，再来一盘馓子吧。”

伙计应了，自往厨下而去。

刘遂奇道：“三娘何以突然改了态度？”

奚松烟本来心头有气，闻言当即发作，将酒瓶往案桌上重重一顿，怒道：“刘公子以为三娘我想巴结你呀？还不是上头下了命令，务必得好好对你。”

刘遂微一思忖，即起身道：“那好，我走，不给三娘添麻烦。”又道：“请转告妙娘，不见到她人，我是不会离开的。”

奚松烟追出去问道：“如果妙娘已经回京城了呢？”

刘遂道："那我就去汴京找她。"

奚松烟冷笑道："你只要往南离开两属地一步，便会被雄州官府以间谍罪名逮捕。还去汴京寻人，说什么大话呢！"

刘遂道："那么请三娘教我一个法子，我要怎么做？"

奚松烟想了想，试探问道："要不你倒戈投降大宋？"又道："以你刘公子的本领，必能得到重用，做个大大的官，如此便能堂而皇之地去汴京跟妙娘相会。"

刘遂摇头道："这个不行。我生是辽人，死也是辽人。"

奚松烟"哈"了一声，应道："那么我先替妙娘告诉你：'她生是宋人，死也是宋人。'"

刘遂点点头，道："当然是这样，也一定会是这样。"走到门口，又回身道："烦请三娘转告妙娘，我愿意在这里等她。"

奚松烟狐疑问道："刘公子的意思是……"

刘遂道："我可以不再回契丹，不再做辽国的官，就在这里等妙娘回心转意。"

奚松烟奇道："你想留在两属地，做两属民？"

刘遂点点头，又反问道："三娘做得，我刘遂为什么做不得？"

奚松烟又问道："若是妙娘真的回了汴京，永远不回来这里呢？"

刘遂道："那我就一直等下去。我也不敢说会等一辈子，但会等到我自己厌倦为止。"

奚松烟先是一怔，随即露出笑容，上前将刘遂扯回酒肆，令他重新坐下。

刘遂惊愕无比，问道："三娘想怎样？"

奚松烟笑道："刘公子最后那句话，说得太实在了，三娘很喜欢，非常喜欢。老实说，三娘活了大半辈子，你这样的男子没见过几个。要是三娘年轻时遇到你，非得嫁给你不可。"

刘遂当即红了脸，也不知该如何作答，只好默不作声。

奚松烟笑道："听说你在辽国是个极其了不得的人物，怎么三娘说句玩笑话，脸就红到脖子根了？"又道："你先留在这里，我去找妙娘。”

刘遂当即起身问道：“妙娘人在哪里？”

话音刚落，便有一大群人涌了进来，为首者竟是宋雄州界河巡检使祖名望和辽涿州永泰军指挥使高为弁。

高为弁径直走到刘遂面前，先行了一礼，道：“刘公子，我奉命带你回去。”

奚松烟忙插口道：“今天是什么霉运日子，契丹又兴兵越界了吗？”

高为弁道：“这里是两属地，高某带走我们自己人，还要经奚三娘允许吗？更何况高某已与雄州界河祖巡检使达成共识，只要找到刘公子，高某立即就走。”

祖名望道：“还有一个共识，就是双方都不能动手。高指挥使极明白事理，这次只带了两名亲兵上岸。”

刘遂心道：“这位祖巡检使分明是在暗示高为弁势单力孤，我若强行突围而去，宋方也不会干预。”这是大事，料想祖名望不敢擅自作主，必是受了上司交代。

他心中很感激安抚使李允则的照顾，但却不愿意与自己人翻脸，若公然拒捕，那就大有叛国通敌之嫌了，于是站起身来，道：“好，我跟高指挥使回去。”

忽有女子声音道：“你不能回去。”竟是崔玄妙忍不住奔了出来。

刘遂又惊又喜，上前道：“妙娘……”

崔玄妙急切地道：“刘郎若是回去，就再也回不来了。”

刘遂柔声道：“会的。我要做两属民，这是我的心意，谁也改变不了。”

崔玄妙道：“你坚持的话，契丹皇帝就会杀了你。”

刘遂自知身份不同一般，出身还在其次，他天赋异禀，少年时即成就大名，为契丹顶尖剑术高手，仅此一节，便足以令所有人侧目。料想崔玄妙所言有几分道理，便沉吟道：“这个……我也说不好。不管怎样，我得回去跟圣上交代一声。若是我回不来，就请妙娘……嗯，这个……”一时寻不到合适的措辞。

高为弁已从旁催促道："走吧。"又道："刘公子，你武艺太强，为防意外，我要将你上绑。"

刘遂道："好，请稍候。"

随即解下腰间软剑，交到崔玄妙手中，道："这是绿腰软剑，我自幼随身佩戴，除了上次有意交给手下外，从未离过身。先留给妙娘，以为信物。"

崔玄妙捧着软剑，尽管极力抑制心中的强烈情感，眼中仍是泪光盈盈。

两名契丹兵士取出绳索，上前拉开刘遂，将他反手缚住，不容分说地带了出去。

崔玄妙忙叫住高为弁，问道："刘遂这次回去燕京，是不是必死无疑？"

高为弁迟疑了一下，才答非所问地道："刘公子这般重要人物，我国皇帝不会任凭他流落到宋境的。"

奚松烟道："等一下，三娘有几句话想请高指挥使转告大辽皇帝。"

抬起手来，先朝刘遂指了指，道："这个人……"又指着崔玄妙道："是因为她才来雄州，她是崔副使之女崔玄妙。刘公子喜欢她，她也喜欢刘公子，天作之合。如果成全他二人，辽国得宋使者之女为媳，也算一桩美事。"

高为弁大为意外，问道："小娘子就是崔副使之女吗？尊父北上时，我见过他几面。"又问道："崔小娘子愿意嫁到契丹吗？"竟似已将崔玄妙嫁给刘遂当作真事。

崔玄妙面色一红，未及回答，奚松烟已抢先道："不是这个意思。他二人就在两属地结合，成为两属民，既是辽人，也是宋人。宋使者之女是契丹媳妇，辽国武官是大宋女婿，多好的事！这可比那些哭哭啼啼北上寻女的故事好听多了，足以流传千百年呢。"

高为弁一时呆住，愣了好大一会儿，才道："高某一定将三娘这番话悉数上报。"自转身出去。

祖名望须得监管高为弁一行，也立即率兵跟了出去。一大群人瞬间走得干干净净。崔玄妙虽然没有追出门，却望着门口发呆，两行泪水终于缓缓滑落了下来。

在笨笨湖庄园地下密室关押了三个月后，赵振和忻继勋终于被放了出来。侍从先引二人来见庄园主人赵延祚，赵探也在堂中。

赵延祚开门见山地告道："你兄弟二人均已调离雄州。因你二人身世特殊，今生大概都不会再有返回雄州的机会。这也应该是我们所见的最后一面了。"

又拍了拍赵振肩膀，勉励道："你仍然是我赵氏子弟，男儿志四方，怀忠思报国，好好做。"

赵振道："是，赵振谨遵村长教诲。"

忻继勋忙问道："那我呢？"

赵延祚先是一怔，随即笑道："你也好好做，不能比你大哥差。"

忻继勋笑道："姜还是老的辣。到底是赵侍禁，这话说得对极了。"

赵探带赵振、忻继勋二人进城面见安抚使李允则。来到州府大门前，赵探便与二人作别，告道："安抚使专门下了命令，你二人这两日内便会启程，军中之人一律不得相送。兄长我在这里跟二位道别。再会了。"

进来州府，侍卫白锋锐迎上前来，将兵刃交还给赵振及忻继勋。又特意告道："这柄契丹军将叶欢赠送的宝刀，安抚使专门上奏，朝廷念宋辽友好，恩准你留下。"

赵振大喜，连声道谢。

进来议事厅，安抚使李允则先问道："本使派人送了数册书过去，三个月过去，你二人可有读完？"

忻继勋忙道："大哥把安抚使送来的书都读完了。"

李允则道："那你呢？"又笑道："你这'大哥'还叫得真顺口。"

忻继勋不好意思地道："属下只勉强看了一本，又担心安抚使回头要考属下，便缠着大哥一本一本地讲。讲着讲着，我觉得他真的是我大哥。这些天一直这么叫，叫着叫着就顺口了。”

李允则点点头，摆手道：“赵振，你先退下，到外面候着，本使有话要单独对继勋说。”

赵振应了一声，正待退出，忻继勋忙一把将兄长扯住，嚷道：“大哥不能退下。”

又道：“属下不是有意抗命，可为什么大家伙儿都偏心，都待我与大哥不同？”

李允则闻言立时哭笑不得，遂实话告道：“不是偏心。赵振自小在军营长大，经历过各种风浪，懂得照顾自己，也能克服一切艰难险阻。你小子一直有父母关爱，各方面经验都比不上赵振。本使特意留下你，是担心你心中始终有个郁结，过不了你自己那一关，想开导你几句。”

忻继勋忙道：“属下经验不比大哥差。属下跟着安抚使这几年，经历得也不算少。”又拍着胸脯道：“大哥能挺过去，我也能。”

李允则见他自信满满，遂道：“那好，你们兄弟就同时听令吧。继勋，从现在开始，你就不是本使下属了，即刻动身出发，到京城殿前司报道，听候新差遣。赵振，你已被免去雄州界河巡检一职，回巡检司官署办完移交后，立即动身前往新驻地。”

忻继勋奇道：“去新驻地吗？大哥既然改调，不该跟我一道先进京吗？”

李允则道：“赵振已调任湖北都巡检使兼制置南路。这是告身[1]、官印及官服，枢密院提前发来这里，就是为了让你尽快到任。”

忻继勋道：“都巡检使兼制置南路？是真的吗？哇，大哥，你一下子升了好几级官啊。”

现任高阳关副都部署杨延昭即兼有“缘边都巡检使”一职，足见

---

[1] 告身：即官告，或作官诰，授官凭信，似后代任命状。北周已见，南朝称除身。唐任命官员经考查合格，尚收仆射同意，报告门下省，由给事中读其考查情况，黄门侍郎检视，侍中审查后上报皇帝，主管部门执行。凡授官者自各种途径出身者以至公卿皆给以凭信，加盖文为“尚书吏部告身之印”印信，称为告身；武官由兵部授给，将相告身用金花五色绫纸。宋告身视所授官职高低，以各色绫约书写，盛以锦囊，由官告院授给。

赵振新任官职之重。

赵振也十分意外，上前接了官印诸物，又感怀不已。

李允则道："这是朝廷对你的信任及器重，希望你好自为之，不辜厚望。"

赵振道："下官谨遵安抚使教诲。"

李允则道："不过本使也听说是武宗元在皇帝面前说了你不少好话，说全靠你奔走佐助，才能如期完成河北边关阵图。皇帝念你劳苦，遂下令超擢褒奖。"

赵振忙道："给武宗元做向导是上头交代下来的差事，下官辛苦只是分内之事，算不上功劳。武宗元是因为偷渡过河一事心中愧疚，这才出面为下官说话，如此岂非对旁人不公平？"

李允则道："怎么，你是想抗令不遵，不肯接受皇帝钦定的任命吗？抗旨不遵，可是杀头重罪。"

赵振忙躬身道："下官不敢。"

李允则遂道："武宗元没有推荐错人，皇帝也没有用错人。好好做。"

赵振道："是，下官遵命。"

忻继勋既知分别在即，很有些伤感，道："安抚使，继勋不能再在您身边了，你老人家要多多保重身子。"说到后面，竟有些哽咽。

李允则当即斥道："堂堂男子，还这般哭哭啼啼，像个妇人。退下吧。"

出来州府，已有兵士牵着马匹等在大门处。忻继勋料不到来得如此之快，然军令如山，只得抱了赵振一抱，随即翻身上马，策马而去。

赵振自行回来巡检司官署。自从他被指定为宫廷画师武宗元向导，便一直不在任上，另有武官代他为巡检，是以也没有太多移交事务。与诸人简短道别后，就此结束界河巡检之任。

赵振却没有立即动身赴任，而是赶往晴川酒肆，想要取回押在店家奚松烟手中的佩刀。又绕道去了崔可道坟茔，想要最后拜祭一次，竟意外在坟墓前遇到崔玄妙、刘遂。

二人均是一身衰服，赵振到时，二人尚手牵着手。

崔玄妙见有人来，慌忙松开了刘遂的手。她见过赵振一次，但当时不知他身份，后来多多少少也听到了一些关于他的事，便上前问道：“这位是赵巡检吧？”

赵振忙道：“在下正是赵振。我已被免去雄州界河巡检一职，不再是赵巡检了。”

他不知前事，窥见崔玄妙、刘遂神色暧昧，多少猜到了一些究竟，但还是吃惊刘遂身为契丹高级武官，竟能在雄州行动自如。只是料想崔玄妙这等官宦之女，不会不知轻重，也不多问，自行上前拜祭。

等赵振拜祭完毕，崔玄妙和刘遂一齐朝他拜谢回礼，崔玄妙随即自行走到一边。

赵振道：“刘公子，你可算是雄州常客了。”

刘遂见赵振对自己态度还算友善，以为他已知事情原委，便主动告道：“前次我被带回燕京后，许多人出面说了情，尤其是梁国公主和耿淑妃……”刻意顿在了这里。

赵振先是不解，待见到刘遂以眼色暗示，这才恍然大悟，心道：“我之前与梁国公主多多少少有些牵扯，耿淑妃是耿绍忠之女，刘遂必是以为我是耿绍忠之子，所以才特别提到这两人。”

刘遂见赵振会意，这才续道：“不过说实话，最终打动圣上的，还是奚三娘那番话。我也向圣上立下毒誓，今生今世，决不会为大宋效力，而且会终身留在两属地，不会逾越半步。圣上最终同意我来雄州，但只能在两属地。”

赵振一直听得云里雾里，到这里才勉强听懂——原来刘遂为了崔玄妙，舍弃了辽国的一切，甘为雄州两属民——一时很是感慨。

换作他，自然不会这么做，他自小就被教导以国家社稷为先，但同时又钦佩刘遂的勇气。舍弃，也需要巨大的勇气；更何况以刘遂的身份，远远不止舍弃这么简单。

刘遂又道：“我来雄州还没几日，正想要找赵巡检，想不到今日在这里遇到你。我这里有一封信。”

赵振闻言，登时紧张了起来，心道：“该不会是我那位亲生父亲写的信吧？不可能呀，他不可能知道我是他儿子。契丹那边，仍然认为我是耿绍忠之子呢。难道是耿绍忠写给我的信？”

刘遂已从怀中掏出信件，递过来道：“这是梁国公主给赵巡检的信。”

赵振不接，道：“赵某是大宋武官，不该擅自接受他国之物。叶欢所赠腰刀已是破例。若是赵某接了信，便要立即上交，我不想这么做。”

刘遂道：“那这封信我先留着。如若赵巡检想要，随时来找我。”

赵振心道：“我今日就会离开雄州，怕是再也没有机会了。”

他不知信中说了些什么，也不愿意妄自猜测，甚至想读信的念头一点都没有。这应该表明，他对梁国公主并未生出特别的情意吧？

待进来晴川酒肆，赵振未及开口，奚松烟便笑盈盈地取出佩刀，交还给了他。

赵振很是惊奇。奚松烟主动解释道：“赵巡检欠下了三娘的债，债不还清，这刀本来是不能归还的。但之前有人寻来晴川酒肆，解了赵巡检之困。”

赵振愕然不解，问道：“此话怎讲？”

奚松烟道：“有人给了三娘一笔钱，让三娘带给赵巡检一句话。”

赵振问道：“什么话？”

奚松烟道：“赵巡检还记得涿州一夜春宵吗？”

赵振大为费解，问道：“什么？”

奚松烟道：“就是这句话，‘赵巡检还记得涿州一夜春宵吗？’这是对方原话，内中原委三娘一概不知。不过这句话应该很重要，来者付出了一大笔酬金。话三娘带到了，佩刀也还给了赵巡检，咱们这下算是两清了。”

赵振一时愣住原处，心头百般复杂滋味。

就在赵振、忻继勋离开雄州的当月，辽西北招讨使萧图玉攻破肃州。

为了进一步遏制河西蕃族与宋朝结盟，辽国又大力扶持西夏，支持西夏统一河西。西夏势力不断壮大，而甘州回鹘因部落众多，内部缺乏统一调度而日渐衰退。宋仁宗天圣六年（1028 年），西夏发动突然袭击，攻克甘州，甘州回鹘灭亡。此为后话。

同年七月，即契丹攻破肃州次月，辽圣宗耶律隆绪宣布御驾亲征高丽。

当时河西战事才刚刚结束，重臣萧敌烈进谏道：“国家连年征讨，士卒抚敝，况陛下在谅阴，年谷不登，疮痍未复。”意指除了天灾人祸外，辽圣宗还在为萧太后服丧中，实不该大兴兵事。

但辽圣宗是第一次独立秉政，急欲摆脱太后萧绰阴影，希望吊民伐罪，藉军功树立个人威望，遂不听劝阻，一意孤行，率四十万契丹大军，打着“义军天兵”旗号，攻入高丽境内。

十一月，辽军渡过鸭绿江。高丽权臣康兆亲率三十万大军迎战。高丽军大败，康兆本人也被俘。

颇为讽刺的是，辽国征伐高丽，借口是高丽大臣康兆杀了辽国册封的高丽穆宗王诵，另立王询为主，所以高举着“义”字旗号。但康兆被俘后，辽圣宗见其人英武，有心收为己用，下令解开康兆绑缚，亲自劝其投降。

康兆回答道：“我是高丽人，怎么还能做你的臣子？”

辽圣宗还不死心，又问了一遍，康兆还是不肯投降。辽圣宗面上无光，便命将康兆处以凌迟之刑。一边剐肉，一边继续劝降，康兆始终不为所动。

辽圣宗又向另一被俘高丽大臣李铉云劝降。李铉云当场吟诗道：“两眼已瞻新日月，一心何忆旧山川？”表示愿意为辽圣宗效力。

一旁康兆听到，勃然大怒，斥道：“你明明是高丽人，怎能说这种话？”最终康兆不屈而死。

辽军继续南下，一路势如破竹，大军直抵高丽都城开京。高丽显宗王询弃城逃跑。然辽军攻下开京后，遭到高丽军偷袭。辽圣宗有所忧惧，下令焚毁开京后，就此撤军。

但辽圣宗并未就此放弃，此后十年之间，辽丽战端屡起，赵振生父刘晟还曾被任命为东征军主帅。

宋天禧四年（1020 年），高丽上表请称蕃纳贡。辽圣宗因连年战争导致国力凋敝，遂趁势同意。高丽重新成为辽国藩属国，辽丽战争结束。此为后话。

到任湖北的第一天，赵振即开始巡视辖地，以尽快熟悉当地状况。正好遇到关卡拦下一名可疑的佩剑男子。那男子，赫然便是赵振在雄州界河巡检任上时见过的明未光。其人身后还跟着一对老年夫妇及两名年轻女子。

赵振忙上前询问究竟。明未光也未料到在此遇到赵振，便实话告道："这四人是余六的家眷。"

赵振奇道："余六？是雄州界河巡检司的兵士余六吗？"

明未光道："正是。论起来，余六也曾是赵巡检部属。余六犯下死罪，已然伏法，但家眷无辜，不该被流放到南方烟瘴之地。明某此趟南行，就是为了救他四人。"又道："赵巡检既然已是赵使君，还望顾念昔日一点旧情，高抬贵手，放我们过去。"

赵振摇头道："赵某明知你身后四人是逃犯，若是就此放你们走，便是徇私，日后如何服众？"

明未光当即手抚剑柄，问道："那么赵使君想怎样？"

一旁兵士见他有反抗之意，"唰"地一起亮出了兵刃。

赵振挥手止住兵士，上前两步，低声道："明郎想动手吗？你双拳难敌四手，且要顾及余六家眷。而且你公然拒捕，不但自己难以脱罪，还连带加重了他四人身上的罪名。"一边说着，一边伸手去摘明未光腰间长剑。

明未光起初不肯相让，但赵振坚持不放，他遂勉强松了手。

赵振随即退开，命道："将这五人都拿下了。"

五人即被带回城中下狱，明未光与余六之父关在一处，余六之母及两个妹妹则关在单独的女牢中。好在赵振有所交代，狱卒尽心照顾，五人过得不算辛苦。

过了一个多月，赵振亲来大狱，将五人放出，声称自己已经以官爵为余六亲眷作保，朝廷已特赦四人归返雄州。至于明未光，余六亲眷既然无罪，他劫囚罪名也就不了了之。

明未光极感意外。他料想赵振不敢拿自己怎样，但必会派人与寇准联络，却料不到他竟然以自身官爵为保，为余六亲眷求了情。一时很是感慨，又特意解释道："当日在拒马河新城渡口附近，我并非有意任由赵使君落入契丹人手中，实是以为……"

赵振摆手道："明郎不必解释，赵某早已忘了当日之事。"

明未光自是知道，赵振不是忘了，只是不愿再提及而已。

往者不可谏，来者犹可追。总堪惆怅。

在湖北任职时，赵振最大的功绩，是创制了一种新式弓箭。南方暑天又湿又热，宋军统一装备的弓弩不利使用，赵振根据本地实际情况，别创了一种小矢，可远射三百步[1]。且箭力强劲，中辄洞穿，威力很大，在平定南方蛮族时，稍一崭露头角，蛮人即一惊而散。

再巧不过的是，赵振在南方任上时，还遇到了一位说不上故人的故人，即雄州赵延祚幼女赵袖。她身边还跟着一个名叫米悟的年轻女子，脸上有一道天然疤痕，据称是克夫绝户之相，故而大龄未嫁。而后赵振坚持娶米悟为妻，当赵振调防任西北边关主帅时，米悟已为赵振生下赵珣、赵瑜、赵璞三子。

赵振最担心的有辽人赶来与自己父子相认的那天，终究没有到来。他知道上天眷顾了自己，但每每遥望北方，便会不由自主地回想起拒马河的风云岁月，偶尔还是会好奇，他身上到底发生了什么？又

[1] 宋代一步合 1.536 米。宋射杀辽将萧挞凛的床子弩（弩炮）为多弓合力发射，靠摇动绞车张弩，巨箭状如标枪，射程也仅为千步，这还是古代射远武器所达到的射程最高纪录。而赵振所发明小弓箭为单弓，三百步射程已极为了得。

留下了什么？还有他那位神秘而又决绝的亲生母亲，以及根本不知他存在的亲生父亲，现下可还安好？

拒马河，拒马河，河水悠悠自东注，落日渺渺明孤鸿。

这条宋辽界河，曾为鲜血染红，虽则和平如约而至，但历史的记忆不曾淡去，注定会有人恨它，但亦有人爱它。恨它的人早晚会被内中的压抑激怒，而爱它的人却能体验到那如雾霭般黏稠的郁结之下湍流不息的生命波涛，以及生生不息的生命韵律。

缭天兮白虹，萧萧兮北风。壮士怒兮易水飞，羽声激兮云不归。

历史长河滔滔不绝，恰如拒马东流水。尽管中原相继涌现出许多忧国忧民的仁人志士，但最终还是无法改变北宋日益孱弱的国运。

靖康二年（1127 年），北宋灭亡。蒋兴祖女[1]于雄州驿墙壁上题《减字木兰花》词云：

朝云横度，辘辘车声如水去。
白草黄沙，月照孤村三两家。
飞鸿过也，万结愁肠无昼夜。
渐近燕山，回首乡关归路难。

回首乡关归路难。雄州自此落入异族之手，直到明朝建立，方才重回中原汉人怀抱。

灭亡北宋者，并非宋之大敌契丹，而是首以盟友身份进入宋廷视野的女真人。这，可谓历史绝大的讽刺。

出生于雄州容城的元代儒学大家刘因有《白沟》诗云：

[1] 蒋兴祖女：宜兴（属江苏）人。能诗词。父蒋兴祖于宋钦宗靖康年间任阳武县令。金兵南侵时，蒋兴祖坚持抗战，至死不屈，极为忠烈。其妻、子均死于难。其女年仅十五岁，因貌美而被金兵掳去。北行时，途经雄州驿，题《减字木兰花》词于壁。

宝符藏山自可攻，儿孙谁是出群雄。
幽燕不照中天月，丰沛空歌海内风。
赵普元无四方志，澶渊堪笑百年功。
白沟移向江淮去，止罪宣和恐未公。[1]

又有《白雁行》一诗：

北风初起易水寒，北风再起吹江干。
北风三起白雁来，寒气直薄朱崖山。
乾坤噫气三百年，一风扫地无留钱。
万里江湖想潇洒，伫看春水雁来还。[2]

两首诗合起来，便是两宋三百年的风云历史。

沧海桑田，人世变易。然历史的大开大合，王朝的兴衰更替，个人的成败荣辱，置于浩瀚的宇宙洪荒中，亦是如此的微不足道，带给后世者，唯有深沉的思索。

（全文完）

鸣谢：感谢刘海涛先生提供创作素材。特别感谢涿州赵梦懿女士提供了专业知识支持。另外，在本书创作过程中，还得到过许多朋友的帮助，难以枚举，在这里一并致谢。

[1]“宝符藏山”指宋太祖赵匡胤设封桩库。“儿孙”一句指继位者宋太宗赵光义才干不足。“赵普”一句指赵普身为宰相，并不支持宋太祖收复燕云十六州。“澶渊”指宋真宗签订澶渊之盟。“白沟”一句指北宋灭亡，宋室南渡，南宋与金人划江而治。“止罪”一句指不该将北宋灭亡之责全算到宋徽宗头上。

[2]诗中三处“北风”皆喻蒙古军南下。“朱崖山”实指厓山。公元 1279 年南宋末帝在厓山（今广东新会海中）投海，宋亡。

附录一

五代年号表

后梁年号

年号	庙号	名字	即位时间	即位年龄	在位年数	死时年龄	世系	备注
开平、乾化	太祖	朱温	907年	56	6	61	宋州砀山人，父朱诚，乡儒	黄巢起义军将领，882年叛变投唐，赐名全忠。903年封为梁王。次年，迁昭宗于洛阳，寻杀之，立其子李柷为帝（哀帝），907年废哀帝自立，国号梁
凤历	郢王	朱友珪	912年		2		太祖第三子	乾化二年（912）年六月，朱温拟立次子友文为太子，友珪即杀父自立，次年二月，为其弟朱友贞所杀
乾化、贞明、龙德	末帝	朱友贞	913年	26	11	36	太祖第四子	太祖时封均王，朱友珪杀父自立，友贞以讨逆之名杀兄自立，龙德三年（923年），李存勖建唐，同年攻入开封，灭后梁，梁末帝命部将杀己

后唐年号

年号	庙号	名字	即位时间	即位年龄	在位年数	死时年龄	世系	备注
同光	庄宗	李存勖	923年	39	4	42	沙陀部人，先世姓朱邪，祖朱邪赤心，被唐帝赐姓李，父李克用，被唐昭宗封为晋王	908年其父李克用死，存勖继任河东节度使，袭封晋王，攻破幽州，尽并卢龙之地，连年攻粮，尽占河北之地，923年称帝，同年十月攻占开封，灭后梁，定都洛阳，926年被部下所杀

续表

年号	庙号	名字	即位时间	即位年龄	在位年数	死时年龄	世系	备注
天成、长兴	明宗	李嗣源	926年	60	8	67	太祖李克用养子，父李霓	随李克用、李存勖父子征战，屡立战功，庄宗立，拜中书令，又拜太尉兼蕃汉内外马步军总管，926年后唐魏州发生兵变，庄宗被乱兵所杀，嗣源遂入洛阳，称监国，寻称皇帝
应顺	闵帝	李从厚	934年	20	2	21	明宗第三子	即位前封宋王，明宗死，嗣位，后为李从珂部下所杀
清泰	末帝	李从珂	934年	50	3	52	镇州人，本姓李，明宗养子	即位前封潞王，兼侍中，闵帝被杀，乃即位，大将石敬瑭叛后唐，引契丹兵败唐军，攻洛阳，李从珂自焚身亡

后晋年号表

年号	庙号	名字	即位时间	即位年龄	在位年数	死时年龄	世系	备注
天福	高祖	石敬瑭	936年	45	7	51	沙陀部人，家太原，父臬捩鸡，李克用部将	仕后唐北京留守，后反唐，936年借契丹兵攻入洛阳，灭后唐称帝，国号晋，割燕云十六州与辽，对辽主自称子
天福、天运	出帝	石重贵	942年	29	5	51	父石敬儒	天福六年（941年）封齐王，次年石敬瑭卒，其子幼冲，遂由齐王嗣位，946年，辽兵攻入汴，出帝被掳至辽建州，后晋亡

后汉年号表

年号	庙号	名字	即位时间	即位年龄	在位年数	死时年龄	世系	备注
天福、乾祐	高祖	刘知远	947 年	53	2	54	沙陀部人，世居太原，父刘琠	与石敬瑭俱事后唐，后合谋反唐，后唐灭亡后，事后晋，为河东节度使，北京留守，封北平王，947 年出帝被辽所掳，知远在太原称帝，国号汉，后定都于汴
乾祐	隐帝	刘承祐	948 年	18	3	20	高祖第二子	乾祐元年（948 年）二月，封周王，同年嗣位，950 年。李守贞等藩镇叛乱，帝命郭威平之，帝忌郭威，欲杀之，郭威反，兵临汴城，帝为溃军所杀，后汉亡

后周年号

年号	庙号	名字	即位时间	即位年龄	在位年数	死时年龄	世系	备注
广顺、显德	太祖	郭威	951 年	48	4	51	邢州尧山人，本姓常，因父死，母适郭氏，乃随姓郭	后汉重臣，950 年以邺都留守起兵入汴，次年，灭后汉，即帝位，建后周
显德	世宗	柴荣	954 年	34	6	39	荆州龙冈人，父柴守礼，郭威收以养子	太祖卒，柴荣以太祖养子嗣位
显德	恭帝	柴宗训	959 年	7	2	21	世宗子	显德六年（959 年）封梁王，同年世宗病死，嗣位，960 年正月，辽兵南侵，殿前都点检赵匡胤率军出御，在陈桥策动兵变，建宋代周，恭帝在位实六个月

附录二

北宋&辽年号表

北宋年号表

年号	庙号	名字	即位时间	即位年龄	在位年数	死时年龄	世系	备注
建隆、乾德、开宝	太祖	赵匡胤	960年	34	17	50	父是赵弘殷	仕后周，以军功累至殿前都点检，掌禁军。恭帝显德七年（960年）一月，领兵到陈桥驿，与部将策动兵变，被拥立为皇帝，国号宋
开宝、太平兴国、雍熙、端拱、淳化、至道	太宗	赵光义	976年	38	22	59	太祖弟	即位前任开封府尹、中书令，加封晋王，位在宰相之上。太祖卒，嗣位
至道、咸平、景德、大中祥符、天禧、乾兴	真宗	赵恒	997年	30	26	55	太宗第三子	以皇太子嗣位
乾兴、天圣、明道、景祐、宝元、康定、庆历、皇祐、至和、嘉祐	仁宗	赵祯	1022年	13	42	54	真宗第六子	以皇太子嗣位
嘉祐、治平	英宗	赵曙	1063年	32	5	36	赵允让第十三子	年四岁，由仁宗养于宫中，后立为皇太子，以皇太子嗣位
治平、熙宁、元丰	神宗	赵顼	1067年	20	19	38	英宗长子	以皇太子嗣位
元丰、元祐、绍圣、元符	哲宗	赵煦	1085年	9	16	24	神宗第六子	以皇太子嗣位

续表

年号	庙号	名字	即位时间	即位年龄	在位年数	死时年龄	世系	备注
元符、建中靖国、崇宁、大观、政和、重和、宣和	徽宗	赵佶	1100年	19	26	54	神宗第十一子	即位前封端王。哲宗死，嗣位。靖康二年（1127年）被金兵虏归，后死于五国城
宣和、靖康	钦宗	赵桓	1126年	27	2	62	徽宗长子	政和五年（1115年），立为皇太子。宣和七年（1125年）12月，受父禅即帝位。靖康元年（1126年）11月，金兵攻破汴京。次年二月，金废钦宗及太上皇徽宗为庶人，虏诣金国，北宋亡。帝在位一年又四个月

辽年号表

年号	庙号	名字	即位时间	即位年龄	在位年数	死时年龄	世系	备注
神册、天赞、天显	太祖	耶律阿保机	916年	45	11	55	德祖皇帝撒剌之子	其先世累代为契丹迭剌部酋长和部落联盟军事统帅。唐天复元年（901年），阿保机立为本部夷立堇，专征讨。903年，继任于越总知军国事。907年被选为契丹八部首领，连任九年，伏杀七部首领，统一契丹诸部。后梁贞明二年（916年）称帝，国号契丹（947年改称辽）

续表

年号	庙号	名字	即位时间	即位年龄	在位年数	死时年龄	世系	备注
天显、会同、大同	太宗	耶律德光	927年	26	21	46	太祖第二子	太祖死，由皇后（述律后）摄军国大事。一年后，德光在述律后支持下夺取其兄耶律信之皇位继承权即位
大同、天禄	世宗	耶律阮	947年	30	5	34	太宗德光之侄，东丹王耶律信长子	即位前随太宗南入大梁，封永康王。大同元年（947年）四月，太宗卒于栾城，耶律阮于回军途中受从征诸将拥戴为帝嗣位。951年，帝率军攻后周救北汉，从征将领察割等发动兵变，帝被杀
应历	穆宗	耶律璟	951年	21	19	39	太宗长子	即位前封寿安王。天禄五年（951年）世宗被察割等人所杀，时璟随征在军中，诛察割，即帝位。应历十九年（969年）二月，为近侍小哥等人所杀，附葬怀陵
保宁、乾亨	景宗	耶律贤	969年	22	14	35	世宗第二子	四岁时，被穆宗收养于宫中，穆宗被害，耶律贤与大臣萧思温、女里、高勋等领兵即位于穆宗柩前
乾亨、统和、开泰、太平	圣宗	耶律隆绪	982年	12	50	61	景宗长子	即位前封梁王。景宗卒，嗣位。以年幼，由萧太后（名绰，小字燕燕）摄政。太后临朝二十七年

续表

年号	庙号	名字	即位时间	即位年龄	在位年数	死时年龄	世系	备注
景福、重熙	兴宗	耶律宗真	1031年	16	25	40	圣宗长子	以皇太子嗣位
清宁、咸雍、大康、大安、寿昌	道宗	耶律洪基	1055年	24	47	70	兴宗长子	六岁封梁王，后进封燕国王、燕赵国王。兴宗卒，嗣位
乾统、天庆、保大	天祚帝	耶律延禧	1101年	27	25	54	道宗长孙，父耶律濬	六岁封梁王，后近封燕国王。道宗卒，嗣位。在位期间，女真族渐盛，辽上京、中京、西京皆被女真（金）所陷，保大五年（1125年）二月，帝为金兵所俘，辽亡

附录三

宋代武臣三班借职至节度使叙迁制

武臣三班借职至节度使叙迁制，是宋代武职官吏从三班借职至节度使逐级升迁的制度。

《宋史·职官志九》：

武臣三班借职至节度使叙迁之制：三班借职（转三班奉职）。三班奉职（转右班殿直）。右班殿直（转左班殿直）。左班殿直（转右侍禁）。右侍禁（转左侍禁）。左侍禁（转西头供奉官）。

西头供奉官（转东头供奉官）。东头供奉官（转内殿崇班）。内殿崇班（转内殿承制）。内殿承制（转供备库使，有战功转礼宾副使，特旨东西染院、西京作坊副使。有战功，并谓曾经转官酬奖）。

供备库使（转西京左藏库副使，有战功转如京副使）。礼宾副使（转崇仪副使，有战功转洛苑副使）。

西染院副使（转如京副使，有战功转内园副使）。东染院副使（转洛苑副使，有战功转文思副使）。西染院使（转如京使，有战功转内园使）。东染院使（转洛苑使，有战功转文思使）。西京作坊使（转内园使，有战功转六宅使）。

西京左藏库使（转文思使，有战功转庄宅使）。崇仪使（转六宅使，有战功转西作坊使）。如京使（转庄宅使，有战功转东作坊使）。

洛苑使（转西作坊使，有战功转左藏库使）。

内园使（转东作坊使，有战功转内藏库使）。文思使（转左藏库使，有战功转右骐骥使）。六宅使（转内藏库使，有战功转左骐骥使）。庄宅使（转右骐骥使，有战功转宫苑使）。

西作坊使（转左骐骥使，有战功转宫苑使）。东作坊使（转宫苑使）。

左藏、内藏、左右骐骥，宫苑使（并转皇城使）。

皇城使（转遥郡刺史。凡已上使、副，除皇城系东班，余并西班。其东班翰林以下十九司使、副，虽有见在官及迁转法，并授伎术官）。

遥郡刺史（转遥郡团练使，特旨转正刺史）。遥郡团练使（转遥郡防御使，特旨转正团练使）。

刺史（转团练使）。团练使、遥郡防御使（转防御使）。防御使（转观察使）。观察使（转节度观察留后）。节度观察留后（转节度使）。节度使。

名臣包拯关于雄州的奏疏

請選雄州官吏奏

臣昨送伴虜使到白溝驛，竊見瀛、莫、雄三州幷是控扼之處，其雄州尤爲重地。今高陽關一路，全藉塘水爲固，然雄州據塘水之地，州城至北界只三十里，路徑平坦，絶無蔽障之所。其間居民又係兩地供輸，以至本州衙校及諸色公人等，多是彼中人户充役。凡欲商量處置事宜，必被窺伺，往往先意漏泄，竊恐浸成大患。若知州、通判、駐泊都監等各得其人，則責以撫馭守邊之術，凡事遞相關防，必無他虞，萬一輕授，即未免爲朝廷之憂。緣塘州軍可爲邊境之固者，乃北倚雄州爲重耳。雖城壁堅峻，而兩界人户悉處其中，深可爲慮也。欲乞特降指揮，今後應雄州通判、駐泊都監等，幷令特選慎重有材略及武藝之人，庶免敗事，兼高陽關主兵帥臣，亦乞早賜差選。《包拯集》卷九。

論契丹事宜奏　一　慶曆三年冬爲監察御史時作〔一〕

臣伏見契丹近遣人使復有請求，今朝廷重遣使命以答其意者，蓋羈縻不絶之誼也。且北虜自先朝請盟之後，邊鄙無事，垂四十年，近因昊賊背畔以來，邀乞無厭，情僞可見。臣訪聞虜中官吏薄於俸給，人民窘於衣食，故自將相而下，以及族帳，各萌南牧之心，所未欲者，特其主耳，亦非甲兵用度

附录五

宋辽边关地道示意图

宋辽边关地道地下平面图

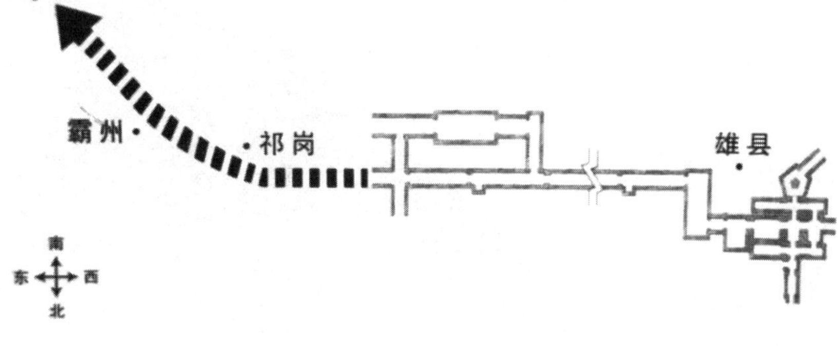

附录六

拒马河

附录七

制墨 1　引自《天工开物》

附录八

制墨2　引自《天工开物》

附录九

制墨 3　引自《天工开物》

后　　记

黑云压城城欲摧，半卷红旗临易水

——雄州拒马两属地

唐朝末年，北方契丹日益强大，唐廷于河北平原中部古瓦桥置瓦桥关，以防契丹。稍后，又于瓦桥关东北面连置益津关和淤口关，合称“三关”[1]。

唐天祐四年（907年）三月二十七日，唐哀帝李柷正式禅位于朱温，唐朝至此正式灭亡。朱温代唐称帝，建国号“梁”，改年号为“开平”，史称“后梁”，为五代第一个朝代。

后梁太祖朱温一改秦汉以来中原王朝素以长安（今陕西西安）或洛阳（今河南洛阳）为政治中心的传统，定都于大梁（今河南开封）[2]，

[1] 瓦桥关：故址在今河北省雄县城西南。今雄县（县政府驻雄州镇）隶属河北省保定市，由雄安新区托管。雄安新区为国家级新区，地处北京、天津、保定腹地，规划范围涵盖河北省雄县、容城、安新等3个小县及周边部分区域，对雄县、容城、安新3县及周边区域实行托管。益津关：在今河北省霸州市境内。霸州市是廊坊市代管的县级市。淤口关：在今河北省霸州市信安镇。

[2] 政治中心东移主要是因为战乱与经济因素，与个人喜好关系不大。比如宋太祖赵匡胤出生于洛阳夹马营（今河南省洛阳市瀍河区东关），故极爱洛阳，但最终也还是以开封为首都。当时关中因战乱而荒芜，河洛地区也持续衰退，而开封处于隋唐大运河中枢地位，是天下粮食、货物的转运站，聚集四方财富，遂成为五代首都的首选。

由此改变了南北交通的格局——

在后梁之前，北方幽燕南下洛阳或长安，均沿太行山东麓大道南行，再渡黄河向西，直趋都城所在[1]，无须经过瓦桥关。而开封比长安、洛阳要偏东许多，成为后梁首都后，南下道路亦相应东移[2]，瓦桥关一跃成为交通要冲。

自唐朝末年开始，契丹屡屡南犯，三关一带时有战争。至五代时，契丹大肆对外扩张，三关愈发战火不断。后晋时，“儿皇帝”石敬瑭割让国土给契丹，瓦桥、益津、淤口三关随燕云十六州[3]入辽，为契丹所有，属涿州（州治今河北涿州）。

五代后周时，周世宗柴荣有平一天下之志，在中原尚未完全统一的局面下，决意先行出兵夺回燕云十六州。

显德六年（959年）三月十九日，柴荣下诏北伐。征伐目标不是依附于辽国的北汉[4]，而是契丹[5]。而就在本月初一，柴荣最为倚重的

[1] 即所谓“太行如砺，黄河如带”。大致相当于今京广铁路一线，为彼时连通南、北的最快捷路线。

[2] 贯穿河北地区南北的新交通要道大致路线是：开封—澶州—德清军（清丰）—大名—贝州（后改恩州）—冀州—深州（武强）—瀛州（河间府）—莫（鄚）州—雄州（瓦桥关，位于拒马河南）—新城（位于拒马河北）—涿州—幽州（析津府）。

[3] 燕云十六州具体指：幽州（今北京）、顺州（今北京顺义）、儒州（今北京延庆）、檀州（今北京密云）、蓟州（今天津）、涿州（今河北涿州）、瀛州（今河北河间）、鄚州（今河北任丘）、新州（今河北张家口涿鹿）、妫州（今河北张家口怀来）、武州（今河北省张家口宣化）、蔚州（今河北张家口蔚县）、应州（今山西应县）、寰州（今山西朔州东）、朔州（今山西朔州）、云州（今山西大同）。相当于今北京、天津全境，及山西和河北的北部地区。

[4] 后周与北汉结有深仇，后周代后汉而立，北汉则是后汉的延续。后汉隐帝刘承祐猜忌重臣郭威，将郭威及外甥柴荣所有在京亲眷杀死，又派刺客行刺郭威。郭威被迫起兵，攻破开封，建立后周，是为后周太祖。郭威因亲生儿子被杀，遂收养外甥柴荣为养子。显德元年（954年），郭威因病驾崩，时年五十一岁。外甥柴荣即位。北汉世祖刘崇（后汉高祖刘知远弟）趁后周国丧之际，自率三万兵力，并招引辽国骑兵万余人，南犯潞州（治今山西长治）。柴荣力排众议，率军亲征。后周军与北汉、契丹联军在高平（今山西高平）遭遇。后周军初战不利，柴荣冒着矢石亲临战场，终于扭转战局，后周军大获全胜。北汉世祖刘崇丢弃大量辎重，仓皇北逃。五月，柴荣又乘胜追击，包围北汉都城太原，但由于粮饷不继，又加连日霖雨，士卒病疲，未能将其攻克。而在忻口（今山西忻州北）阻击辽军的后周军作战不利，大将史彦超战死，士气大挫。六月，柴荣下诏班师。

[5] 当时天下尚有多个政权并立，如南有南唐、南汉、吴越，北有北汉，西南有后蜀等。而天下的局势则更为复杂，除宋朝外，还有辽、吐蕃、大理等几个较强的民族政权。所有政权中，以契丹最为强大，柴荣毅然选择了先向最难啃的骨头动手，在当时出乎所有人的意料，甚至连枢密使王朴为柴荣制定的战略，也是先易后难：“吴蜀平，幽可望风而至。”但后世史学家均认为柴荣更有高瞻远瞩的战略眼光：以强者之师战胜强者，其他弱者自会畏服。而以强者之师征服弱者，强师亦会变为疲军，难以再与强军相抗。特别值得注意的是，后来宋朝是先灭南唐、南汉、吴越、后蜀、北汉，再行攻辽，（转下页）

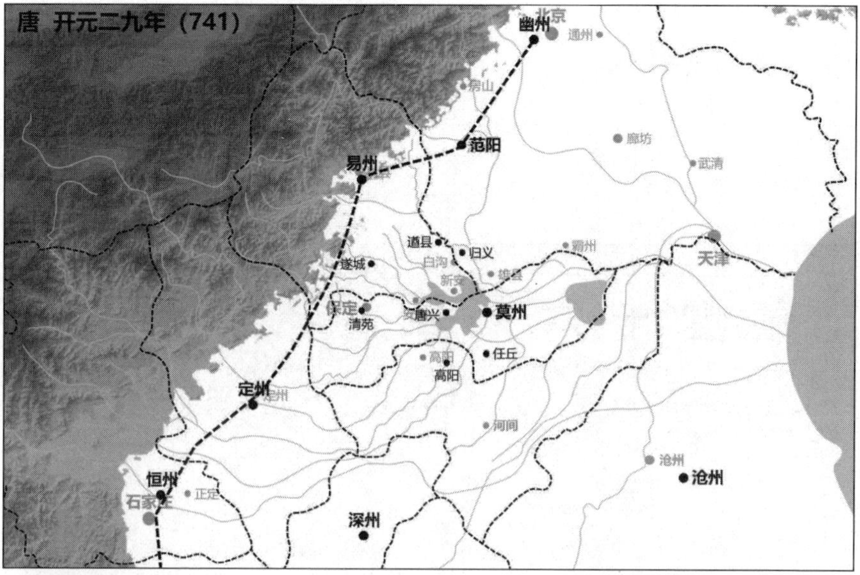

唐幽州南下路线

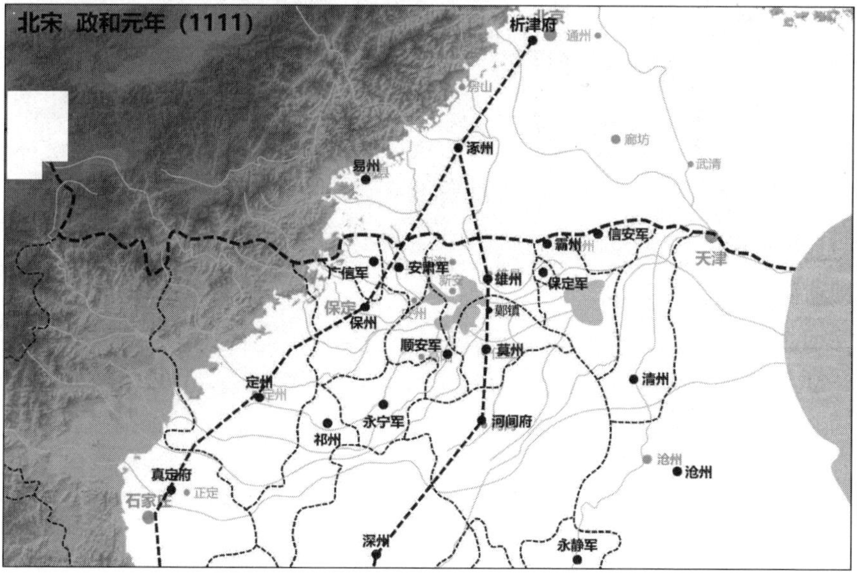

宋幽州南下路线

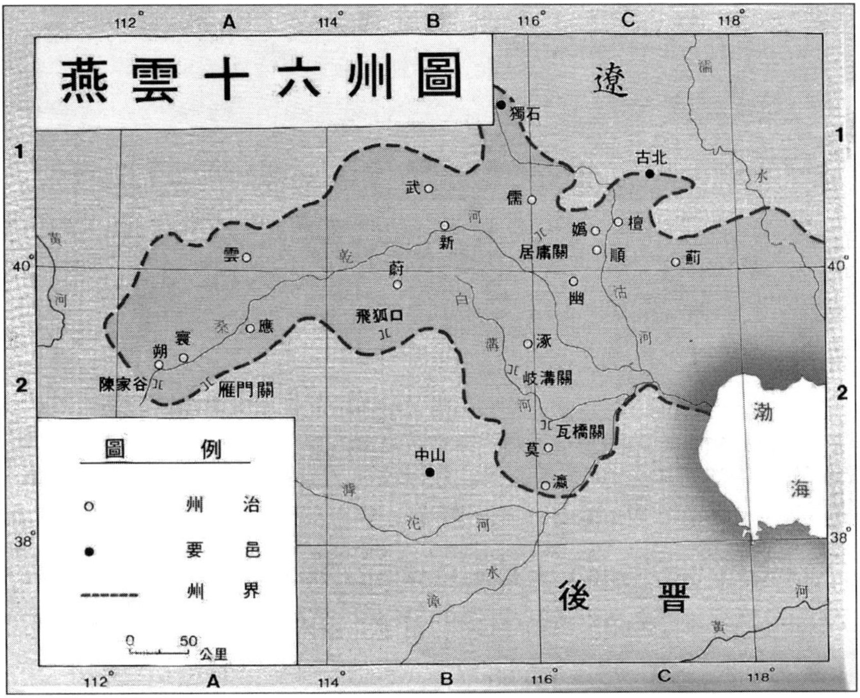
燕雲十六州圖
112°
A
114°
B
116°
C
118°
1
2
40°
38°
遼
獨石
古北
武
儒
嬀
檀
新
居庸關
順
薊
雲
蔚
幽
飛狐口
應
寰
朔
涿
陳家谷
雁門關
岐溝關
瓦橋關
莫
瀛
中山
渤
海
後
晉
黃
河
乾
河
白
溝
河
沽
河
桑
滹
沱
河
漳
水
灤
水
圖例
州治
要邑
州界
0
50
公里

燕云十六州

肱股重臣王朴暴卒[1]。

三月二十八日，柴荣身穿戎装，离开开封，前往沧州（州治今河北沧州）。

四月十六日，后周诸军在沧州集结完毕，柴荣正式率军出发，北伐契丹。

四月十七日，柴荣军到乾宁军驻地，辽宁州[2]刺史王洪献城投降。

四月二十二日，柴荣任命韩通为陆路都部署（陆路总指挥）、赵匡胤为水路都部署（水路总指挥），水、陆两军大举北进。柴荣本人乘坐龙舟，率领水军顺流向北。周师战舰如云，前后数十里长。

四月二十六日，到达益津关。辽守关将领终廷辉献关投降。自益津关往西，水面逐渐狭窄，水军难以前进，柴荣遂舍舟登陆，继续西进，很快接近瓦桥关。

四月二十七日，露宿在野外。当时柴荣比预定日期提前抵达，大军尚未会合，身边侍卫亲兵尚不足五百，赵匡胤亦在其中。而营帐四周不时有成群的契丹骑兵出没，随行官员均胆战心惊，唯有柴荣镇定自若。

四月二十八日，赵匡胤率领先锋直抵瓦桥关下，契丹守将姚内斌出降。柴荣遂进驻瓦桥关。

（接上页）结果屡战屡败。此即钱穆先生所云："晋时运阳城之战，耶律德光几不免，周世宗一举而下三关，契丹非不可胜。但太宗（赵光义）才弱，又无贤辅尔。周世宗用兵欲先取幽州，则吴蜀不足平。宋则以赵普谋，先南后北为持重，兵力已疲，而贻难艰于后人，则太祖（赵匡胤）之失也。"当然，柴荣首选攻辽，也有其他诱因，彼时辽国在位皇帝为辽穆宗耶律璟，其暴虐不堪，杀人成性，左右侍从稍有过错，就会被他亲手杀死。其人在位后期，更因疾恙缠身而酗酒荒政，"每夜酣饮，达旦乃寐，日中方起"，因此得了"睡王"的称号，史称"逞无厌之欲，不恤国事，天下愁怨"。耶律璟如此昏乱残忍，故而辽地政治腐败、社会秩序极不稳定，易给外敌可乘之机。

[1] 王朴字文伯，东平（今山东东平）人。自幼聪慧警敏、好学擅文，于后汉乾祐三年（950年）中状元，担任校书郎。广顺元年（951年）二月，后周太祖郭威命养子柴荣为镇宁军节度使，王朴被授为节度掌书记，自此成为柴荣身边的重要谋士。史载宋太祖赵匡胤即位后，某日路过功臣阁，风开半门，刚好露出阁中王朴画像。赵匡胤一眼望见，"却立耸然，整御袍襟带，磬折鞠躬"。左右侍从问道："彼前朝之臣，礼何过也？"赵匡胤以手指龙袍说："此人在，朕不得此袍著。"赵匡胤一代雄主，对前朝已故大臣敬畏至此，足见王朴之能。

[2] 此宁州为辽宁州，州治在今河北青县；后周称为乾宁军；北宋改为清州（州治仍在青县）。又，后周亦有宁州，州治在今甘肃宁县。又，辽国后于1011年在渤海国故地设置宁州，治所新安县（县治在今辽宁省瓦房店市西北70里永宁镇）。

后晋石敬瑭于天福元年（936年）割让燕云十六州时，瓦桥关算是正式入辽，但其实这一带自后唐同光二年（924年）起，便已为契丹军强占，至后周军收复，前后相隔三十五年。

柴荣也是自唐末建关以来，第一个进驻瓦桥关的中原皇帝。而在八个月后，率先进入瓦桥关的后周大将赵匡胤悍然发动“陈桥兵变”，黄袍加身，摇身变成了大宋开国皇帝。

瓦桥关“地控扼幽蓟”，而益津关“倚神京之重，控瀛海之阻，作固作屏，东西联络”。二关是契丹南京的南面门户，一朝落入后周之手，通往幽州（又称燕京，今北京。辽以幽州为南京）的大门已然洞开。

四月二十九日，辽莫州（州治在今河北任丘北）刺史刘楚信献州城投降。同日，辽淤口关守将也不战而降。

五月初一，后周各路大军相继赶到瓦桥关。瀛州（州治在今河北河间）刺史高彦晖见退路被切断，孤城难守，只好献本城投降。

至此，瓦桥关以南失地，全部收复。

自柴荣率师北伐，一矢未发，契丹边关城邑均望风而降。仅用三十二天，兵不血刃，便收复瓦桥、益津、淤口三关及宁州、莫州、瀛州三州——史籍所称“关南之地”——共得十七县，一万八千三百六十户。

此时形势对后周军极为有利，收复燕云十六州全部失地的大好前景，已展现在柴荣的眼前。

五月初二，柴荣在瓦桥关大会诸将，准备乘胜夺取幽州。诸将均认为不可。柴荣不听，当场下诏，准备继续进军。

庆功宴会之后，后周先锋都指挥使张藏英[1]奉命率部出征，在瓦

[1] 张藏英：涿州人，自称是唐朝名相张嘉贞之后。唐朝末年，张氏举族为盗贼孙居道所害。张藏英时年十七岁，仅以身免。此后，他便以复仇为人生目标，到处寻找仇人孙居道下落。后在幽州访到孙居道，张藏英挺刀上前行刺。孙居道未死，张藏英则被官府逮捕。后唐幽州节度使赵德钧赏识张藏英胆气，将他释放，任其为官。张藏英一心复仇，打听到孙居道在关南一带出现，便主动求为关南都巡检使。后果然在关南抓到了孙居道。张藏英设下父母灵位，将孙居道残酷折磨了三天三夜，这才刳挖其心，以祭父母。之后投案自首，但地方官府释而不问。张藏英自此名声大噪，燕、蓟均知其人，称他为“报仇张孝子”。这期间，石敬瑭割让燕云十六州给契丹，张藏英变成了辽地汉人，在国籍上已成为辽国人。（转下页）

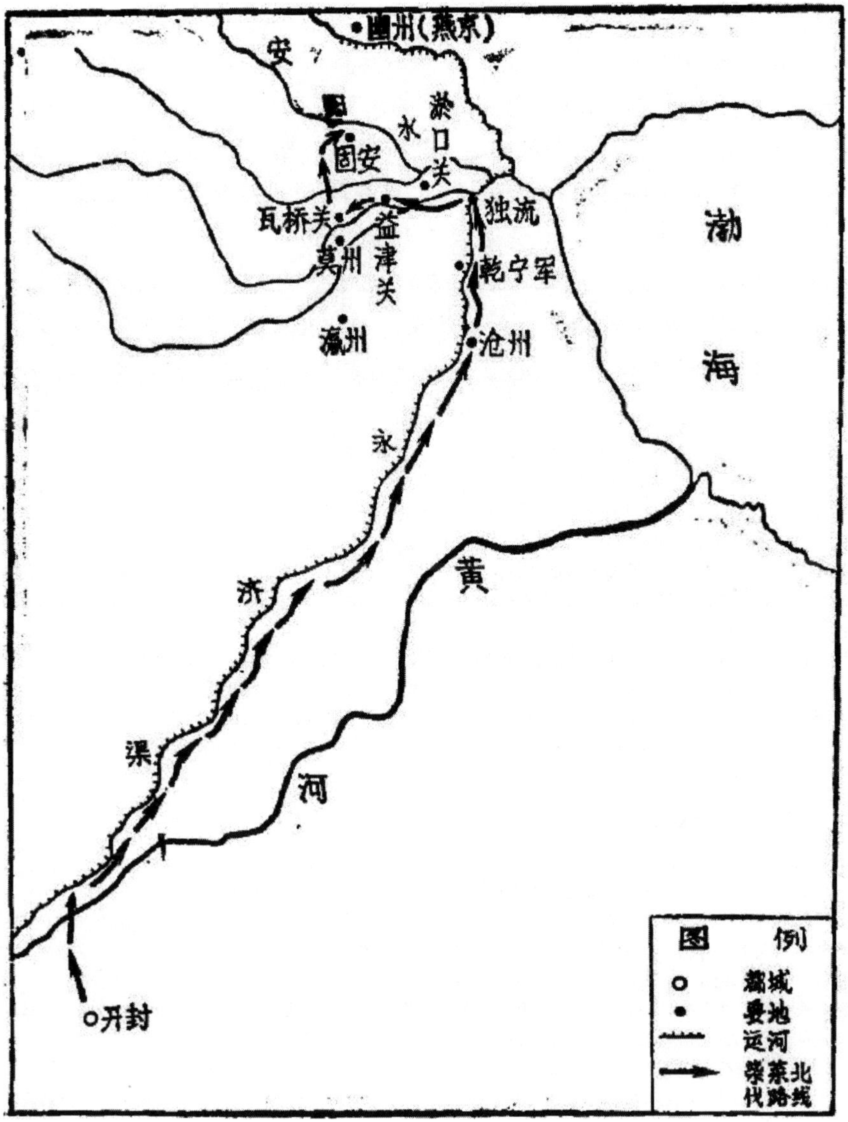
幽州(燕京)
安
固
永
淤
口
关
固安
瓦桥关
益
津
关
独流
莫州
乾宁军
瀛州
沧州
渤
海
永
济
渠
黄
河
开封
图 例
都城
要地
运河
柴荣北伐路线

柴荣北伐图

桥关北击败契丹数百骑兵，并于当天攻下固安（今河北固安）。

固安距幽州仅一百二十里，可谓燕京的南大门。柴荣得报后极为兴奋，亲自赶至固安北边的安阳水[1]视察，下令架设浮桥，以备大军通过。

当日傍晚，柴荣自安阳水返回瓦桥关[2]。先登上关北的一座小土山（今河北雄县雄州镇望驾台村一带），有借夕阳残照登高览胜之意。

由于后周军北上时尽量避开人烟稠密之处，极少扰民，“河北州县非车驾所过，民间皆不知之”，是以此时当地民众方才听说中原皇帝驾临。瓦桥关虽沦入契丹已久，然汉人胡化现象[3]尚不严重，尚有许多“汉民宿齿”在世，汉民族认同感仍在[4]，遂有百余名父老专程持牛

（接上页）辽人也非常欣赏张藏英，任命他为卢台军使兼榷盐制置使（卢台军治所在今天津宁河境内，因为滨海，故设有盐场），领坊州刺史。张藏英这样的人物，从不敢忘记父母之仇，当然也不会忘记自己是汉人。后周太祖广顺三年（953 年），张藏英率内外亲属并所部兵千余人，及煮盐户长幼七千余口，牛马万计，舟数百艘，航海归周，一时名动天下。又，《资治通鉴》记先锋都指挥使为刘重进。因《宋史》及《旧五代史》均记先锋都指挥使张藏英攻克固安，故而可能是张藏英、刘重进二人担任同一官职，张藏英攻打固安时，柴荣又派同样熟悉契丹状况的刘重进前去增援。刘重进原为幽州人，后梁末隶军籍。后晋初，因习契丹语，应募使北边。历事后汉、后周，屡从征，累建功。

［1］安阳水即唐五代时桑干河南支，径今河北固安、永清二县北。桑干河旧作桑乾河，相传每年桑葚成熟的时候河水干涸，故得名。古称漯水，溹涫水。为永定河的上游，是海河的重要支流，位于河北省西北部和山西省北部。上源为发源于山西省的源子河与恢河，一般以恢河为正源。两河于朔州市马邑村汇合后，称桑干河。在河北省怀来县朱官屯与夹河村之间，与洋河汇合，始称永定河。此后流经河北省和北京市，在天津市汇入海河，流入渤海。

［2］据《资治通鉴》二百九十四卷“后周纪”:“是日，趣先锋都指挥使刘重进先发，据固安。上自至安阳水，命作桥，会日暮，还宿瓦桥。是日，上不豫而止。”可见五月初二当日，柴荣从瓦桥关去了固安，又从固安回到了瓦桥关。但以当时马速而言，要完成一个来回，似乎有些困难。马是食草性动物，能量来源极为低效，而马奔跑需要消耗大量能量，这就在很大程度上局限了马的奔跑距离。一般来讲，马奔跑时的平均时速大约为 20 公里 / 小时，100 公里的行驶距离耗时为 5—6 小时。瓦桥关距离固安大约 130 里（65 公里），张藏英（及刘重进）在参加完庆功宴后方才率军出发，即便宴会安排在早晨，张藏英一军最快下午才能抵达并攻下固安。即便柴荣未等至固安捷报，与张藏英前后脚出发，到固安安阳水（桑干河）视察后，也不大可能在当日返回瓦桥关。除了时间行程极度紧张之外，瓦桥关北面的拒马河才是后周大军需要跨越的第一道天堑，故疑《资治通鉴》记载有误，柴荣当是至拒马河南岸视察。

［3］在中国民族融合史上，胡人汉化与汉人胡化并存。譬如唐朝安史之乱时，河湟一带为吐蕃占领，至唐末时，河湟汉人皆从吐蕃之俗，汉人胡化现象突出。唐末诗人司空图有《河湟有感》：“一自萧关起战尘，河湟隔断异乡春。汉儿尽作胡儿语，却向城头骂汉人。”

［4］这一点也被视为柴荣北伐的优势，如宋人田况《儒林公议》云：“始石晋时，关南山后初莅虏，民既不乐附，又为虏所侵辱日久，企思中国，常若偷息苟生。周世宗止平关南，功不克就，岁月既久，汉民宿齿尽逝，新少者渐便习不怪，居常右虏下汉。其间士人及有识者，亦常愤然，无可奈何。”田况为北宋名臣，宋仁宗时官至枢密使，祖籍冀州信都（今河北）。其祖父田行周年幼时正逢后晋割让燕云十六州，陷于契丹。其父田延昭在宋真宗景德年间设法南归，性沈鸷，教子甚严，八个儿子成人后都很有名望。田况是长子。

酒上山，进献给柴荣。

就在当夜，本来意气风发的柴荣突患疾病[1]，进攻幽州之事不得不暂时搁置。

五月初四，后周大将孙行友攻下易州（州治在今河北易县），俘获辽刺史李在钦。柴荣下令将李在钦斩首。

五月初五，柴荣下诏，于瓦桥关置雄州，州关同治，此即“雄州”之来历。割原涿州归义县（宋太宗时避赵光义讳改名归信）、原易州容城县，归属雄州管辖。以陈思让任雄州都部署，高怀德为副，率本部兵驻守；于益津关置霸州，州关同治，征发数千丁壮民夫修筑霸州州城。割原莫州文安县、原瀛州大城县，归属霸州管辖。由韩令坤任霸州都部署，张铎为副，率本部兵驻守；于淤口关设淤口寨。后于宋太宗太平兴国六年（981 年）升为破虏军。宋真宗景德元年（1004 年）改名为信安军。

五月初六，柴荣派侍卫都指挥使李重进领兵出土门（今河北获鹿西南），进入河东地界，以防止北汉出兵援助契丹。

五月初七，柴荣病情加重，卧床不起。随行文武大臣苦苦劝谏，柴荣勉强同意返回开封治病。

五月初八，柴荣自雄州动身返京。

由于柴荣止步于瓦桥关，雄州遂被推到了中原与契丹对峙的第一线，成为天下第一军事重镇，战略地位不亚于雁门关。

瓦桥关北面的拒马河，亦成为关南之地的天然防线，自此惊浪汹涌，怒涛澎湃。

[1] 据北宋陶岳所著《五代史补》：当日傍晚柴荣在瓦桥关外的小土山召见本地父老后，曾询问此地名字。父老答道：“历世相传，称之为病龙台。”柴荣闻言默然，遂上马离去。当夜，柴荣就开始生病。陶岳又记当时幽州民间有人议论说：“此不足忧，且天子姓柴（柴荣为郭威养子，其实姓郭。柴荣为后世习称），幽州为燕地，燕者也，烟火之谓也。此柴入火不利之兆，安得成功？”卒如其言。又，陶岳为东晋名臣陶侃之后，宋太宗太平兴国五年（980 年）进士。历官四十余年，有廉洁名。曾为端州（今广东肇庆）知府。当地老百姓称说，历任刺史、知府不索取砚石（端砚为端州名产）的，只有包拯、陶岳二人。又，太平兴国五年进士榜是中国历史上著名的“龙虎榜”，向敏中、张咏、寇准、王旦、李沆、苏易简、宋湜等人均于这一届进士及第，后来均成为一代名臣。所提七名进士，除张咏以地方政绩扬名外，其余六人均相继位列宰辅大臣。

后周大军回师途中，抵达澶州（州治在今河南濮阳西），柴荣忽然停了下来，决定在此停留几日。

特别值得一提的是，澶州[1]是柴荣的发迹地[2]，他对这片土地有很深的感情。入驻澶州行在后，柴荣便闭门养病，谁也不见。于是，人心惶惶，不可终日，史称“周世宗既定三关，遇疾而退，至澶渊迟留不行，虽宰辅近臣问疾者皆莫得见，中外汹惧”。

显然，柴荣并不着急返回开封，甚至想在澶州把病养好，然后再次掉头北上，直取幽燕。

彼时后周太祖女婿张永德正驻守澶州，因是柴荣名义上的妹夫，算是至亲，有机会亲近柴荣。于是群臣告知张永德道：“天下未定，根本空虚，四方诸侯惟幸京师之有变。今澶、汴相去甚迩，不速归以安人情，顾惮旦夕之劳而迟回于此，如有不可讳，奈宗庙何！”

张永德深以为然，趁面圣之机，将上述一番话一字不漏地转达给了柴荣。

柴荣问道：“谁使汝为此言？”

张永德对以君臣之意皆愿为此。

柴荣熟思久之，叹道：“吾固知汝必为人所教，独不喻吾意哉！然观汝之穷薄，恶足当此！”

---

[1] 后晋石敬瑭割让“燕云十六州”后，北方天然屏障尽失，契丹居高临下，虎视中原。而河北地形无险可守，“一旦北骑至河上（黄河）”，“据北道之会、扼大河之津”的澶州便成为中原门户。后晋少帝曾亲自拒契丹大兵于此，后周世宗柴荣即位前也曾长期驻守于澶州。又，澶州有黄河浮桥（大阳浮桥），为曲浮桥，由 49 艘大船（脚船）连接而成。宋真宗于景德元年（1004 年）十一月亲征至澶州，由南城到北城，即是乘辇经浮桥渡过黄河。脚船需要定期维修更换，原是由温、台二州（今属浙江）制造后运往澶州，但途中历时二三年，自宋仁宗天圣六年（1028 年）开始，改由本州制造脚船。原材料包括秦陇同州（治今陕西大荔）所产松材，磁州（治今河北磁县）、相州（治今河南安阳）所出铁钉石灰。又，宋代第一座浮桥为“采石矶浮梁”，位于在今安徽马鞍山市西南采石矶与和县西南横山浦之间长江上，也是历史上第一座长江浮桥，由南唐落第举子樊若水（后改名樊知古）一手策划。樊若水故事可参见吴蔚作品《韩熙载夜宴》。

[2] 广顺元年（951 年），后周建立。郭威自称为周朝虢叔后裔，因此以“周”为国号，史称“后周”，以别于其他以周为国号的政权，后周太祖郭威登基后，即委任外甥兼养子柴荣为澶州节度使，专事治理澶州。广顺三年（953 年），柴荣入朝任开封府尹（五代惯例，京师最高长官开封尹均由储君担任），进封晋王，这才离开澶州。

既对张永德深感失望，但也认为群臣说得有理，于是即日趣驾归京。

四十五年后，景德元年（1004 年），宋朝第三位皇帝宋真宗[1]在澶州与契丹签订城下之盟——澶渊之盟，以巨额岁币来换取和平。若是柴荣地下有知，不知该做何感想。

五月三十日，柴荣回到京城开封。

六月初二，柴荣爱女去世，柴荣十分悲痛，病情进一步恶化。

六月十五日，柴荣下诏罢去妹夫张永德殿前都点检一职，夺其禁军兵权，改以资历名望更浅的赵匡胤为殿前都点检。

六月十九日，柴荣在皇宫万岁殿驾崩，时年三十九岁，在位仅六年[2]。

六月二十日，柴荣之子柴宗训（柴荣宣懿皇后符氏所生）即皇帝

[1] 尤其要强调的是，宋太宗赵光义曾一再告知众子（包括宋真宗），声称自己参加过柴荣领导的诸多战斗，包括柴荣北伐："朕周显德中，年十六，时江、淮未宾，从昭武皇帝（赵弘殷）南征，屯于扬、泰等州。朕少习弓马，屡与贼交锋，贼应弦而踣者甚众。太祖（赵匡胤）驻兵六合，闻其事，拊髀大喜。年十八，从周世宗、太祖，下瓦桥关、瀛、莫等州，亦在行阵。"之所以称"声称"，盖因为这番话仅是赵光义对儿子们的自夸，其人从征柴荣的"辉煌往事"，诸多史籍如《旧五代史》《资治通鉴》《宋史》等，无一字一句记载。不过比起其兄长"黄袍加身""杯酒释兵权"的精湛表演，赵光义不过是小巫见大巫。

[2] 柴荣神武雄略，史称"五代第一明君"。司马光在《资治通鉴》中对他评价非常高，称："其御军，号令严明，人莫敢犯，攻城对敌，矢石落其左右，人皆失色，而上略不动容。应机决策，出人意表。又勤于为治，百司簿籍，过目无所忘。发奸擿伏，聪察如神。"可以说是赞誉有加。柴荣文治武功均不再多提，这里重点讲一下"吏治"及"禁佛"。先说"吏治"。柴荣即位后即有志澄清吏治，采用严刑峻法，对文武贪吏屡加重责，然"禀性伤于太察，用刑失于太峻，及事行之后，亦多自追悔"。宋真宗亦认为柴荣"用刑峻急，诛杀过当"。如左藏库使符令光（极可能与柴荣皇后符氏同族，未及详考）出自功臣世家，在朝中任职，素以清廉谨慎自守，很有廉洁干练的名声，仅因制造军士袍襦不及时，便被柴荣下令当街处死，即"以小过见诛""人皆冤之"。再说"禁佛"。中国历史上共有四次大规模"灭佛"，分别是北魏太武帝拓跋焘、北周武帝宇文邕、唐武宗李炎以及后周世宗柴荣的禁佛，后世统称为"三武一宗"。佛教史中则有一个专用名词，叫作"三武一宗法难"。这里只谈"一宗"。柴荣即位后，为了增加劳动力和兵源，下诏限制寺院的发展。诏旨颁布后，废佛之风席卷全国，当年废寺院三万三百三十六所，仅保留寺院二千六百九十四所，还俗僧尼多达六万一千二百人，收效显著。另外当时有檀越销融铜钱以铸佛的风气，柴荣反其道而行，下令毁灭天下铜制佛像，以铸造铜钱（周元通宝），并限定民众于五十日内缴纳铜佛，由官府收购。只要家藏五斤以上的铜佛而不缴纳，则判死刑。相传柴荣下诏毁佛像时，镇州（州治今河北正定。宋仁宗时升为真定府。而后分河北东、西路，又成为河北西路路治）有一铜制观世音菩萨像颇具灵验，无人敢毁。柴荣遂亲往该寺，取斧砍破菩萨胸部，观者为之战栗。皇帝如此雷厉风行，一时之间，天下佛像几灭。柴荣此举，自然招致广大佛教徒的怨恨。诸多佛教典籍记载柴荣北伐途中所患疾病为胸疽，而"胸发疽生于正胸堂，去结喉三寸，与心窝不远，乃手足六经交会之所，其患最凶，丧人性命，宜速治之"。又记汴都有一将士名叫周百胜，年老家居，蔬食佛。一夕梦黄衣吏将他带进大城至官府，看到后周世宗柴荣人在地狱中，被绑在大铁床上，狱卒持凿破其胸，灌以铜汁，叫声（转下页）

位，是为后周恭帝，年仅七岁。由符太后（柴荣宣慈皇后，宣懿皇后妹。三妹于后周显德年间嫁赵光义为继室，赵光义即位后追册为懿德皇后。故符氏一门三后）垂帘听政，宰相范质、王溥等主持军国大事，格外倚重殿前都点检赵匡胤。

次年，显德七年（960 年）正月初一，后周最高禁军统帅赵匡胤在陈桥驿（今河南封丘东南陈桥镇）发动兵变。部将“强行”将黄袍加在赵匡胤身上，拥立他为皇帝。

正月初四，赵匡胤率军回师开封，逼使后周恭帝禅位。因赵匡胤发迹于宋州（今河南商丘），故曰国号为宋，改年号建隆，由此建立了赵宋王朝。

一登上皇位，宋太祖赵匡胤亦面临北伐契丹与内定中原的先后取舍。相较于柴荣，赵匡胤目光要短浅得多，更重内忧，而轻外患，故而选择了先着力消灭中原的割据势力。

从整个形势看，宋朝统一全国的实际路径是先易后难，先西南，再东南，然后再向北发展，先后灭掉荆南、后蜀、南汉、南唐等国。宋朝群臣联名上表，要给赵匡胤加尊号“一统太平”，以庆贺胜利。不料赵匡胤却说：“燕、晋还没有收复，怎么称得上是一统太平呢？”

显然，大宋开国皇帝心中亦念念不忘北方的燕云十六州。失去燕云十六州，等于失去了防御北方少数民族南下的天然屏障，长城防御体系被彻底打破。而与中原王朝共享平原的契丹，就成了悬在大宋头上的一把利剑，赵匡胤早已感受到敌人随时可能重兵压境的危机。

然此时的局面，已经与宋朝立国之初大不相同。经过多年统一中

（接上页）惨不可闻。据阎王说，柴荣因毁佛像遭致此罚，世间周通钱（周元通宝）尽时，方脱此罪。事见《宋高僧传》《林间录》《佛祖统纪》《六道集》等。又，后周世宗柴荣将佛寺铜像销毁铸成了“周元通宝”，故周元通宝被称为毁佛钱，在中国钱币史和宗教发展史上都产生过深远而重大的影响。毁佛钱是用佛铜铸就，是吉祥的象征，故衍生出许多关于此钱深具灵性，可以驱邪避灾、治疗疾病的说法。《书影》中说“妇人手握此钱，可治难产”，清代金陵（南京）地区有难产妇女手持周元通宝即可顺利分娩的习俗。另外周元通宝中还有一种显德响钱，由长安赵村广济寺两座大铜佛于显德二年（955 年）铸成，总共铸钱 365 缗，共计 365000 枚。因铜佛中混有三成黄金，故这批铸钱格外与众不同，受到时人追捧，一枚显德响钱甚至可以换一千枚周元通宝。而今更是千金难求一见。

原的内战，宋军已成疲惫之师。而北方的辽国早已经休养生息，再次坐大一方。更关键的是，自赵匡胤“杯酒释兵权”开始，以文制武、削弱武将成为宋朝的国策，军队的战斗力大为削弱。

正因为对北伐契丹并无把握，赵匡胤统一中原后，没有立即挥师北上，而是下令在开封附近广植树木，以此应对契丹铁骑由燕云十六州疾驰而至的威胁。

开宝二年（969 年），北汉内部发生内讧，赵匡胤决定率军亲征北汉。宋军围攻太原三个月不下，战斗异常激烈。而辽国此时刚好也发生了内讧，辽穆宗被杀，辽景宗即位，忙于安定局面，无法派出大规模的援军南下援助北汉，小规模的援军均被宋军击败。

但北汉仗着城池坚固，苦苦支撑，竟然抵挡住了宋军的猛烈进攻。转瞬进入夏季，宋军水土不服，多生痢疾，而契丹援兵再次赶到，宋军不得不退兵。

这之后，赵匡胤想到用一种更为消极的方法来收复燕云十六州，不是靠武力，而是靠金钱。他在内府库专门设了一个“封桩库”，相当于一个专款专用的小金库，还说：“俟满五百万缗，当向契丹赎燕蓟。”打算等到小金库的钱积累够一定数量了，就用这些金钱去赎回燕云十六州的失地。赵匡胤又曾向左右说：“我以二十四绢购一契丹人首。其精兵不过十万人止费二百万绢，则敌尽矣。”

如此坦率地用金钱私利来衡量军国大事，为中国古代君主所罕见。这就是堂堂宋朝开国皇帝的雄心，也由此缔造了一个富足天下的王朝。但却仅仅是富，谈不上强，原因就在于宋朝重内轻外的根本。

开宝九年（976 年）八月，赵匡胤再次将北伐收复燕云十六州的计划提上日程。这一次，宋廷几乎是倾举国兵力，派出大将党进、潘美、杨光美等分五路攻北汉太原。如此规模，昭显了赵匡胤的势在必得之心。太原城在宋军的攻势下，已经岌岌可危。辽国为保北汉，急派兵赶来救援。

就在宋辽两军僵持的关键时刻，赵匡胤在可疑的“斧声烛影”中离奇死去，最终带着壮志未酬的遗憾离世。时年仅五十岁。赵光义即位为宋太宗后，即下令北伐宋军回师。

赵光义在重重迷雾中即位，大有得位不正之名，因此也有着要超越兄长的万丈雄心，一心要实现宋太祖未能完成的收复燕云十六州的梦想，即位时便称：“太原我必取之。”宰相薛居正竭力反对，道：“得之（北汉）不足以辟土，舍之不足以为患。”赵光义拒而不听。

太平兴国四年（979年）正月，赵光义御驾亲征，挥师北伐，首要目标是北汉，其次便是契丹手中的燕云十六州。北汉国主刘继元欲战无力，不得不出城投降，北汉名将杨业[1]亦为赵光义所得。

北汉是五代所留下来的最后一个割据政权，它的灭亡，标志着五代十国分裂割据的局面基本结束。

此时的北汉国力已经相当衰微，其十州四十一县的土地虽然均为宋朝所得，但总共不过三万五千户人口，军队也不超过三万，宋军在数量上远远超过了北汉军。可见宋朝与北汉这一仗的胜利，更多的是国力较量的胜利[2]。

降服北汉后，赵光义急于建功立业，决定趁势伐辽，奇取幽蓟。宋军将士在外征战已近半年，人马劳顿，均不愿意继续北上，但却没人敢出言劝阻。

开始一切都还顺利，宋军势如破竹，直达幽州城下后，立即开始攻城。幽州是辽之南京，且是五京中最为繁荣的城市。辽景宗得报后，立即派出大批精锐增援幽州。赵光义命令宋军在高梁河（今北京西直

[1] 杨业：本名杨重贵，祖籍麟川新秦（今陕西神木），后移居太原。父亲杨信曾为后汉麟州（今陕西神木）刺史，以武力雄踞一方。杨重贵从小就擅长骑射，因年少英武，很受当时北汉国主刘崇的看重，被收为养孙，改名为刘继业。北汉归宋后，赵光义爱刘继业骁勇，令其复姓杨，名业（一作邺）。之后杨业成为宋朝著名将领，史称杨令公，其与后代的事迹被演绎成各种各样的戏曲和故事，其中最有名的便是《杨家将》。

[2] 据金人元好问（太原人）诗：“君不见，系舟山头龙角秃，白塔一摧城覆没。薛王出降民不降，屋瓦乱飞如箭镞。”描写的正是北汉时太原民众的守城战。“薛王”即北汉末代皇帝刘继元。刘继元母是刘崇（北汉建立者）之女，先嫁薛钊，生子刘继恩，后嫁何氏，生刘继元，二人都做了舅父刘承钧（即刘钧，刘崇之子）的养子。刘继元出降后，太原百姓仍不肯投降，可见宋军并不得民心。赵光义占领全城后，为了断绝北汉臣民的希望，下令焚毁太原城，改太原为平晋县，以榆次县为并州，将太原城中的僧人、道士及豪民全部迁往西京洛阳，普通百姓则迁居并州。赵光义又派兵在太原城内纵火焚烧庐舍，以驱赶民众。大火起时，城中尚有许多老弱病残者来不及转移，均为大火所吞没。

门外）布阵防守。双方在河滩上激战，宋军大败。赵光义慌不择路，狼狈逃命，屁股还中了辽军两箭。后来他病痛而死，便是因为此次的箭疮遗留症发作。

雍熙三年（986 年）正月，赵光义因向辽方求和遭拒，恼羞成怒，又想一雪前耻，遂再次派宋军大举攻辽。这也是宋朝历史上最后一次对辽北伐——

宋军兵分三路，东路军以曹彬为主、崔彦进为副，率主力十余万出雄州，直取幽州；西路军以潘美为主、杨业为副，王侁、刘文裕为监军，率西路军出雁门；中路田重进部出飞狐口（今河北涞源），取蔚州（今河北蔚县）。

按照宋太宗赵光义的计划，三路大军一起发动，由曹彬所率的东路军大张声势，扬言直取幽州，持重缓进，将辽军主力吸引在幽州以南，西路、中路军则趁机北上，攻占沿途州县，然后与东路军会师，共取幽州。

潘美和杨业率领的西路军出师后，克寰（今山西朔州东）、朔（今山西朔州）二州后，转破应州（今山西应县），沿途所向披靡，连战连胜。到了四月，西路军已经攻占了云州（今山西大同）。如此辉煌的战绩，给东路军的曹彬造成了极大的压力，为了争功，曹彬等不及与中路和西路军会师，便孤军冒进，往攻涿州。

再看辽军方面的应对。辽太后萧燕燕得知宋军三路压境后，并没有分兵抵挡，而是决定集中优势兵力，先破曹彬的东路军，因为东路军进军的地形平坦开阔，便于契丹发挥骑兵之长。

辽将耶律休格先奉命赶到涿州，虚张声势，疲惫宋军。不久后，萧燕燕与儿子辽圣宗率精骑数万进抵涿州东，与耶律休格一起对涿州的曹彬宋军形成钳击之势。

曹彬见势不利，引军南撤。当时天下大雨，宋军士气低迷，疲惫不堪。耶律休格率精锐骑兵穷追不舍，于岐沟关（今河北涿州西南）追及宋军，宋军不堪一击，死者数万人。

曹彬领溃军逃至拒马河，不顾一切地连夜抢渡逃窜，慌乱中人马相踏，伤亡甚众，河水为之不流。残部退营易水南，又被辽军追及，士卒惊遁，被杀数万。

岐沟关战役，完全改变了宋辽的实力对比，使整个战争形势都发生了变化，直接促使了宋西路和中路军的惨败。

宋东路军溃败后，辽军立即移师西线，以十万大军开始反攻。

宋西路军主帅潘美要求杨业出雁门直趋朔州出战，以阻击辽军。杨业素有智谋，不愿意贸然应对强敌，主张避开敌人锋芒，声东击西。

但宋监军王侁（后周枢密使王朴之子）认为有数万精兵在手，不该畏惧辽军，主张正面与辽军决一死战。杨业被迫出军，又无人接应，孤军奋战，最终被辽将萧挞凛俘虏。杨业之子杨延玉（戏曲小说中杨七郎杨延嗣的原型）、淄州刺史王贵（当时已经七十三岁）、岳州刺史贺怀浦（雄州知州贺令图父亲，宋太祖孝惠皇后兄长）全部力战而死。杨业绝食三天而亡，"天下闻其死，皆为之愤叹"。

西路军失败后，中路军力孤难支，也遭受惨败。

至此，宋三路大军在先期节节胜利的情况下全部失败，所取州县复失，收复燕蓟故地终成泡影。

这一年，是宋太宗雍熙三年，故而史称"雍熙北伐"。

在这场战事中，最为幼稚可笑的人物便是首谋北伐的雄州知州贺令图。辽将耶律休格南下时，先派人诈降。贺令图轻而无谋，贪功心切，竟然信以为真，亲自率领数十骑到辽营。耶律休格骂道："你常好经度边事，今天来送死吧！"麾左右尽杀贺令图从骑，反缚贺氏而去。

名将杨业之死，也标志着一个主动进取时代的结束。在雍熙北伐中，失去的不仅仅是杨业等大批将士的生命，还有宋朝君臣失去收复幽云诸州的信心——

从此，宋朝再也无力、也没有信心发动对辽国的进攻了，改取守势，这就是史书中所说的"岐沟之蹶，终宋不振"。

此后，宋朝对辽采取消极防御的方针，"来则备御，去则勿追"。辽兵则占着燕云十六州的有利地形，不断南侵，"自飞狐以东，重关复岭，塞垣巨险，皆为契丹所有，幽蓟以南平壤千里，无名山大川之阻，蕃汉共之，此所以失地利而困中国也”。

既然燕云十六州收复无望，而“自十六州既割之后，山险皆为敌有，而河北尽在平地，无险可以据守矣”，赵光义不得不采纳了大臣何承矩的建议，“因陂泽之地，潴水为塞”，即以水设防，设险固塞，在西起保州（今河北保定）西北，东至泥沽海口（今天津东南塘沽附近），利用这一带水网交织的地理特点，挖通河渠塘泺，筑堤蓄水，大种榆柳，赫然构成一条南北防线。以后水域逐渐增广，终于构建了一条东西九百里、纵深六十里的水障地带。其总体规模绵亘七州郡，“深不可行舟，浅不可徒涉”，仿若一道水上长城[1]。

其间设缘边战棹司，下辖十六寨（一说二十八寨。寨原为“砦”，为宋朝军事单位）、一百二十五铺，戍卒三千余、部舟百艘，往来巡警，以此作为防线，来阻遏辽军铁骑的进攻。

客观上，这道人工开挖的水上长城号称“安次城南水没路，波涛滚滚人难渡”，为瓦桥关等三关助威不少，对阻遏辽军南侵起到了一定作用，契丹总是选择冬季水位下降或枯涸时出兵，且不得不选择水浅通道[2]，便是因为受制于“高帆去不极，天际见人家”之汪洋。

只是，这种开塘泺以限马足的努力，比起万里长城的功效来，实在是弱得太多。水上长城亦标志着北宋对辽已由攻势转为纯粹的被动防御。

宋真宗景德元年（1004年），这是中国历史上不能被忘记的一年。这一年，是宋朝“积弱”的正式开始。宋辽双方于干戈烽火中订立了和约，这就是历史上著名的“澶渊之盟”（澶州西有湖名澶渊，澶州也称澶渊郡）。澶渊之盟规定：

[1] 今瓦桥关等关早已不存，水上长城大部分都已填成平陆，垦为农田，只有西部的白洋淀保留了下来。迄今白洋淀仍是冀中平原上最大的湖泊，水面广阔，风光优美，湖产丰富，有“华北明珠”之称。

[2] 这样的通道，当时只有两条：一条是固安—雄州，相当于今京大公路；另一条是易州—遂城（今河北徐水），相当于今京汉铁路沿线。契丹通常选择春季正月、秋季九月出兵，一般不过多深入宋境，不攻打城池，不砍伐林木。但是凡距辽界300里范围内的宋人房屋、庄稼等，都会放火焚毁。

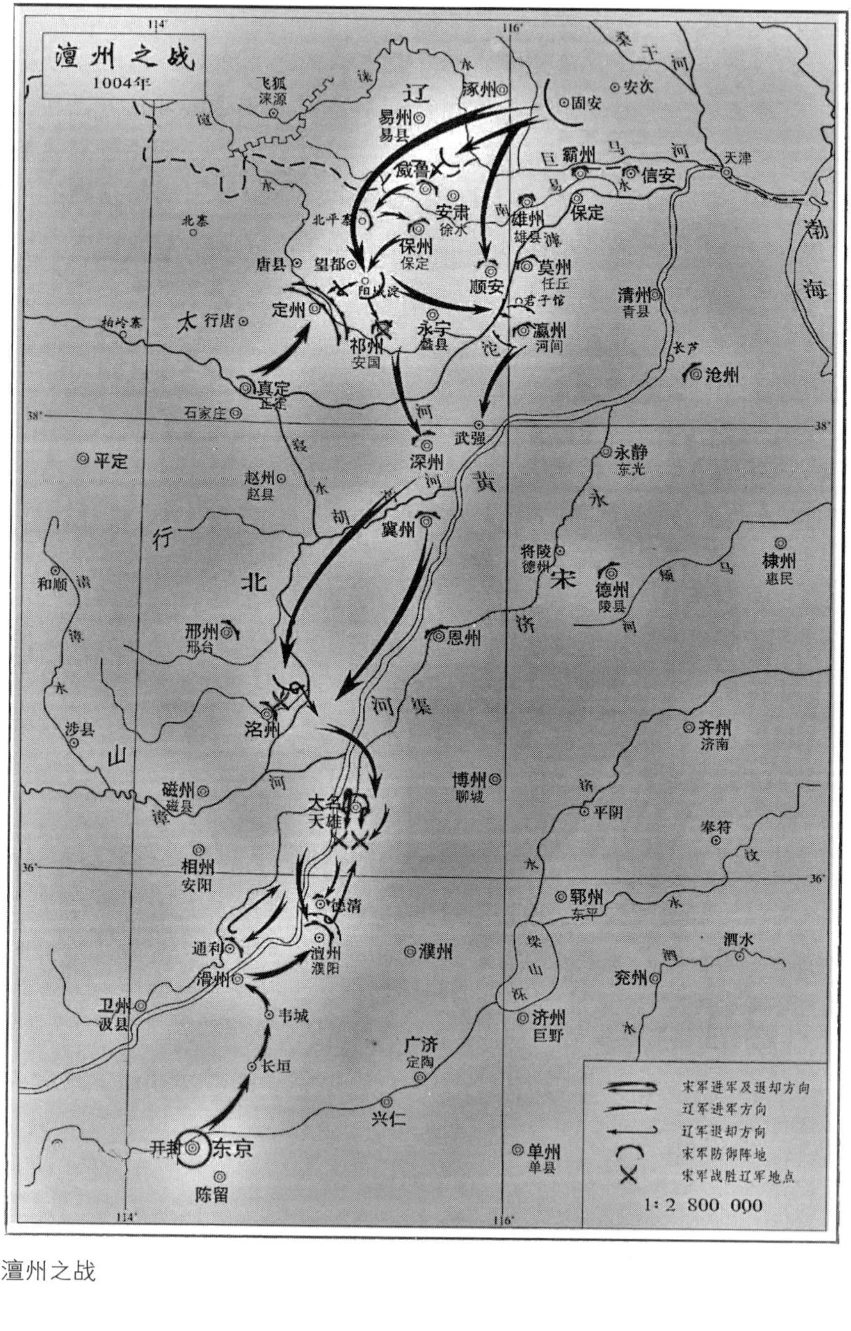
澶州之战
1004年
辽
宋
宋军进军及退却方向
辽军进军方向
辽军退却方向
宋军防御阵地
宋军战胜辽军地点
1∶2 800 000
东京
开封
陈留
澶州
濮阳
滑州
大名
天雄
德清
通利
韦城
长垣
兴仁
易州
易县
涿州
固安
安次
霸州
信安
天津
保定
雄州
雄县
莫州
任丘
瀛州
河间
沧州
清州
青县
保州
安肃
徐水
望都
唐县
定州
祁州
安国
永宁
蠡县
顺安
真定
正定
石家庄
深州
武强
冀州
邢州
邢台
洺州
磁州
磁县
相州
安阳
卫州
汲县
恩州
博州
聊城
永静
东光
将陵
德州
陵县
棣州
惠民
齐州
济南
平阴
奉符
郓州
东平
濮州
济州
巨野
兖州
泗水
广济
定陶
单州
单县
平定
赵州
赵县
和顺
涉县
太行山
北
渤海
黄河
御河
永济渠
梁山泺

澶州之战

一、辽宋为兄弟之国，辽圣宗年幼，称宋真宗为兄[1]，宋尊萧太后（辽圣宗生母萧燕燕）为叔母，后世仍以世以齿论。

二、双方撤兵，以白沟河（拒马河）为国界（界河）[2]。双方各守现有疆界，不得侵轶，并互不接纳和藏匿越界入境之人。

三、宋方每年向辽提供“助军旅之费”银十万两，绢二十万匹，称为“岁币”，至雄州交割。

四、双方于边境设置榷场，开展互市贸易。

澶渊之盟是中国历史上的著名事件。一方面，这是一个在宋军占有优势局面下签订的屈辱性条约；另一方面，这一条约给宋辽边境带来了长期和平，极大地促进了两国经济、文化的交流与发展。

澶渊之盟后，宋朝在雄州、霸州等处设置榷场，进行双边贸易。宋、辽保持友好关系，双方每逢有皇帝即位、生辰、丧事等，都互派使者来往。宋辽边境大致安定，不曾兵戎相见。这种局面一直维持到北宋末年，时间长达百年之久。时人评论道：“（辽）与朝廷（宋）和好年深，蕃汉人户休养生息，人人安居，不乐战斗。”

然和平始终只是表象，宋、辽之间未再发动大规模的战争，但私下的争斗并未停止——恰如被抑制爆发的火山，火山底下，仍是蠢蠢欲动的暗流——双方都想在对峙局面中占据主导地位，间谍战略遂成为抗衡的有效手段[3]。而绝大部分角逐较量，都发生在雄州拒马河。

[1] 辽圣宗耶律隆绪比宋真宗赵恒小三岁，二人同月而生。辽圣宗一直称呼宋真宗为"兄皇"或“哥哥皇”。宋真宗驾崩后，辽圣宗很是感慨，对宰臣吕德懋说：“吾与兄皇未结好前，征伐各有胜负，洎约兄弟二十余年，兄皇升遐，况与吾同月生，年大两岁，吾又得几多时也？”说完大哭。

[2] 此界河雄州一段名“拒马河”，实为南拒马河与易水合流，故而文人墨客描写拒马河时常引用易水及荆轲典故；霸州一段名“白沟河”，实为北拒马河与各支流合流。南拒马河最终亦与白沟合流。霸州以东名“界河”或“海河”，为前述各流与天津境内支流合流，最终流入渤海。因主流均为拒马河，故而有时三名通用或混用，此为历史原因，非作者混淆。譬如论及拒马河时，有时单指雄州一段拒马河，有时则统含拒马河、白沟、界河诸段。又譬如提及白沟或界河时，实际所指可能是雄州拒马河。再譬如书中人物各有习惯性称谓，如宋边关大将杨延昭（即杨六郎，名将杨业之子）习惯称“界河”，其实雄州一段正式名称是拒马河，但因杨延昭本人以高阳关路副都部署兼任保州缘（沿）边都巡检使及界河巡检使，故而“界河”是他的习称。此处一并说明，书中正文不再一一注释，请读者自行根据上下文予以区分。

[3] 宋仁宗庆历年间，时任陕西经略安抚判官的田况（即前述田延昭之子）在《上兵策十四事》中说：“自古用兵，未有不由间谍而能破敌者也。”这也代表了宋廷的立场和态度。成书于宋仁宗年（转下页）

大宋疆域，东北以河北路（今海河、河北雄县一带）、河东路（今山西雁门关一带）为界；西北以陕西横山、甘肃东部、青海湟水为界；西南以岷山、大渡河为界。

宋辽交界位处河北路及河东路。河东一带边境有崇山峻岭等天然屏障，且边界被宋廷设为禁地，故不多做讨论。这里重点谈的是河北边境——

因契丹为宋之大敌，且占据了燕山、长城一线，地处高位，对中原成俯冲之势，具备致命威胁，故而一马平川的河北具有举足轻重的地位，是首都开封的战略前沿。宋仁宗朝名臣包拯论御边之策时指出："河北者，国家根本之地，存亡系焉。"欧阳修也称河北乃"天下诸路中最重之地"。

河北沿边，宋以镇州（柴荣亲破佛像之地）、定州（治安喜，今河北定州）、保州、雄州、霸州为边州。保州以东，为河北边境的东段，宋辽间以拒马河为界，界河长达九百里，从陶河直至泥姑海（即渤海）。河北边界中段，从界河至定州，狼山、北平寨、长城口、鱼台口铺、捉马口铺、花塔子口铺等均为沿边要地。河北边境西段，以镇州大茂山（位于今河北保定唐县西北 70 公里处）为分界处。

显而易见，拒马河是北部边关防卫重中之重。当年柴荣北伐契丹即止步于此河南岸，而宋辽亦是约定以拒马河为国界，长达九百里的拒马河遂成宋辽的天然边界线。

拒马河古称涞水，因发源于今河北省涞源县太行山东麓的涞山而得名。涞山源头为泉水，涌水量仅稍大于小溪，然沿途两岸有多处沟谷泉水流入，遂汇集成一条大河。清乾隆皇帝弘历有诗句"源出房山幽谷细，成川拒马阔泠泠"即描述此景。因为水流量大，拒马河从不断流，甚至在冬季也不结冰[1]。

（接上页）间的《武经总要》亦有专门的《间谍》卷来讲述间谍对于国家战争的重要性。就连名臣包拯也有数道专门讨论探事人（间谍）的奏疏。

[1] 此处参考典籍记载，称拒马河是中国北方冬季最大的不结冰的河。但据作者向河北本地人民请教，对方告知只有南拒马河定兴—大田段不结冰，迄今亦然。

约在汉代时，涞水改称为巨马河，意指水流湍急，仿若巨马奔腾。后渐作“拒马”，相传东晋大将刘琨曾在此阻挡后赵石勒南下[1]。

拒马河流经紫荆关向北，至涞水县西北境，折向东流，至今北京市房山区十渡乡大沙地，进入北京市界。流经十渡风景区、千河口、张坊等村，到铁锁崖分为南、北两支。

北支称北拒马河，向东南流经房山区（乾隆称拒马河“源出房山”，实误），自南尚乐乡南河村出北京市界，流入河北省涿州市。在东茨村与大石河、小清河汇流，南折流至白沟镇，这一段又称白沟河。

南支称南拒马河，自张坊向南，入河北省易县，在北河店汇入易水，即史籍所称“涞易合流”。再至白沟镇与白沟河汇合，始称大清河。于天津市郊独流镇与子牙河相汇后，流入海河[2]。全长308公里。

易水又名易河，因本地曾有古民族“有易氏”聚居而得名。分南易水、中易水、北易水，三水均发源于河北省易县境内，且于本县境内汇合。

战国末年，荆轲欲入秦行刺秦王嬴政，燕太子丹于易水饯别。高渐离击筑，荆轲合着音乐高歌道：“风萧萧兮易水寒，壮士一去兮不复还。”自此，易水名扬天下。

易水出易县后，即与南拒马河相汇。两河虽不同源，但最终汇作一河，兼之雄州、霸州一带原先均属古易县，故而古人写拒马河，多用易水之典。

而拒马河还不仅仅是界河那么简单。拒马河南的雄州战略地位显著，“地控边塞，常屯重兵”。澶渊之盟后，雄州是天下最大最繁华的榷场，又是每年岁币交割之地，还是宋辽双方来往使者的必经之处[3]，

[1] 据《涞水县志》载：“晋刘琨守此以拒石勒。”刘琨少时与祖逖为友。二人半夜一听到鸡鸣，就披衣起床，拔剑练武，刻苦锻炼，以求将来报效国家。“闻鸡起舞”成语即由此而来。石勒是中国历史上唯一一位奴隶皇帝，所建后赵是北方最强的国家。

[2] 海河是中国华北地区主要的大河之一，由北运河、永定河、大清河、子牙河、南运河五条河流在天津市汇流，再东流到大沽口，流入渤海，故又称沽河。

[3] 当时由于水上长城的存在，霸州以东洼淀连绵，直至海滨，除了南运河可通行外，其余水陆皆通行不便。雄州以西为太行山东麓延伸地，山壑、陡河横列，舟桥通行不便，故而雄、霸两州是宋辽交通往来必经之地。

由此成为天下最受瞩目的边关重镇。

但雄州却有一个独特的历史遗留问题——

雄州为后周世宗柴荣始置，其所隶归义县（太平兴国元年，即976年，为避宋太宗赵光义讳改名为归信）原为辽涿州所隶，容城县则原为辽易州[1]所有。辽方虽然默许了关南之地为宋所有的事实，却不肯在归义、容城二县问题上吃亏，辽涿州、易州（二州州治均位于拒马河北）在行政区划上仍设有归义、容城二县，旧归义（归信）、容城县治位于拒马河南，已为宋有，辽人便在涿州新城重设归义、容城县治（因两县居民绝大多数在拒马河南，故为侨治），因而拒马河两岸同时有两个归义县、两个容城县并存，北属契丹，南属大宋。

最神奇的是，契丹主观上认定宋雄州所领归义（归信）、容城二县，仍归辽涿州、易州所有，会越过拒马河，向两县民众收取赋税。

宋方武力不及契丹，本着息事宁人的态度，默许了契丹这一做法。宋属归义县有四乡八寨，容城县有三乡，绝大多数民众居住在靠近拒马河南岸三四十公里的地方，这一带遂成为缓冲地带，即历史上著名的“两属地”（又名“两输地”）。意思是，这一片区域，既为契丹所有，也归大宋所有[2]。

生活在两属地的民众，称为“两属户”或“两输户”，具有双重国籍，同时向大宋和契丹纳税。但这并不代表两属户赋税徭役格外沉重，生活在水深火热之中，反而因为缓冲地域的特殊性，宋朝历代皇帝在徭役、税收方面给予了两属地最大优待及照顾，以此来维系两属户的向心力。

[1] 后晋开运三年（946年），契丹南侵，占领易州。后周显德六年（959年），柴荣将易州收复。宋太宗端拱二年（989年）正月，辽军围攻易州，城破，宋易州刺史刘墀投降。宋守将率兵南逃，被辽军包围，全军覆没，无得免者。易州遂为辽所得。辽以马质为刺史，赵质为兵马都监，将易州官民迁往燕京。辽圣宗亲登易州五花楼，抚谕士庶。

[2] 两属地并非宋真宗“澶渊之盟”后才出现。早在端拱初年，宋太宗下诏蠲免雄州归信、容城两县民税，辽方听闻后便寻机南越拒马河，公然向两县民众收税，宋方未予反击，遂成两属地事实。在这种情况下，宋廷担心这一地区“人情外向”，于是，又开始象征性地征取当地民户（即两属户）牛草、马桩税，目的是从经济上“以系属之”。但若遇天灾，宋廷会优先赈济该地区。甚至当辽方向两属地摊派徭役过重时，宋廷还会主动出面与辽方交涉。

当然宋雄州民众也不是全部生活在两属地，于是州民分作了两类人：一类是两属户；另一类称作全属南户，意为完全属于宋朝的大宋子民。就雄州人口而论，两属户占绝大多数。

至于拒马河北岸，虽然辽方并无详细记载，但根据史籍记载来推断，应该是同样的情况[1]，也存在一定范围的缓冲地带。

澶渊之盟后，宋辽表面维系着和平局面，但由于存有关南之地等历史遗留问题，辽人讹利之心不死，而宋人复燕之志未酬，双方实际上是盟而不好、争而不战，较量从未停止。尤其契丹以天朝自居，有心取代大宋华夏正统之位，为达目的而孜孜以求。而两属地因为独具便利，故而成为宋辽双方着意经营之地，拒马河一时风起水涌，风云变幻。

《拒马河》讲述的即是一段发生在雄州拒马河两属地的故事——

涉易水，北风凉。昔为战国今虞黄，簪缨万里总文章。

总文章，边尘起。烈士悲秋风，壮心犹未已。谁知己，为君死。

谨以此篇小文作为《拒马河》一书后记。

故事中，蕴含着历史的细节；细节中，还原了历史的声音和颜色。《拒马河》力争用更宏大更广阔的视野，来看待宋代的历史。

[1] 据《宋会要辑稿》蕃夷二之二三：熙宁七年（1074 年）三月二十六日，宋神宗对辽国使臣萧禧说："昨来赵用擅入全属北朝地分，雄州职官十余人并已重行停降，今来郭庠侵入全属南界地分，兼先放箭射伤巡人，理须应敌，况北朝近差巡马，已是创生事端，其郭庠等并其余细故，并循常别无违越，无可施行。"既然有"全属北朝地分"与"全属南界地分"对应，辽方当在拒马河北面也设有缓冲地带，只不过在与辽方的争锋之中，宋人总是居于守势，从未越过界河向北岸归义、容城二县收取赋税，行使主权，故而拒马河北岸虽有缓冲地带，却不能算作真正的两属地。赵用"擅入全属北朝地分"，指时任界河巡检的赵用派宋兵越过界河、进入辽境事件。当时宋神宗任用王安石改革，大力发展乡巡弓手（即民兵），引发契丹警惕。兼之辽方以往常以大船自海口运盐到界河（即走私辽盐入宋境），为宋界河巡检赵用以强硬手段阻止，辽方一心要除掉赵用，便有意派人挑衅滋事，在界河上捕鱼不说（"澶渊之盟"约定宋辽双方均不得在界河捕鱼），还公然劫夺宋界河司官船虎头船。赵用忍无可忍，派兵过河追捕，夺回虎头船。早有准备的辽方立即派七八千兵马越过界河，在拒马河以南两属地巡逻，实际上已占领雄州两属地。辽方又以数万军队压境，大造浮桥，做出将要渡河南下侵宋的架势。宋廷软弱，不敢得罪强敌，最终屈服于辽方的政治讹诈，处置了赵用等一批雄州官员，又遵照辽方要求，罢去了雄州乡弓手。又，宋真宗时宋辽签订"澶渊之盟"，约为"兄弟之国"，尚互称"国"。而到宋神宗时，已公然用"南朝"称宋、"北朝"称辽，实与契丹一心取代大宋成为华夏正统有莫大干系。关于此节，吴蔚作品《掖玲珑》已有详细探讨，此处不再赘述。

与以往吴蔚作品多采用多线索、单视角不同的是，本书采用多线索、多视角。尽量按照故事发生顺序，以免产生时序上的混乱。但有时候为叙事流畅，会有所交叠，亦会有情节回溯。因为历史背景恢宏复杂，重点部分会有重复交代。

读诗使人灵秀，读史使人明智。鉴历史，可以知兴替；鉴以往，可以知未来。

愿前行路上，你我同行。

天地蜉蝣，沧海一粟。俯仰尘世，唯爱永恒。谨以此书献给挚爱的家人笨笨。

吴蔚

2020 年 8 月 30 日于北京